I

In einer alten Truhe habe ich das gepreßte Blütenblatt einer Pfingstrose gefunden, sorgfältig zwischen Leinen verwahrt. Man spürt die Vergänglichkeit, denn die zarten, beinahe durchsichtigen Blütenblätter lösen sich fast in nichts auf, wenn ich sie herausnehme, um sie dir zu zeigen. Du blickst auf sie, fast ein wenig geistesabwesend, und mit dieser milden Neugier, mit der man gern auf Gegenstände blickt, die einem nichts sagen. Dein Blick wandert schon bald weiter zu anderen Dingen.

Für mich ist es merkwürdig zu erleben, wie du, der mir so nahesteht, so ganz und gar unberührt sein kannst von etwas, das mich so stark berührt. Aber du weißt ja nichts von dem, was war oder was kommen wird, und so kümmert es dich auch nicht. Du läßt einfach deinen Blick weiterwandern, gleichgültig, zufrieden.

Noch sagt dir dieses spinnwebzarte, altrosa Blatt nichts, du verbindest damit ebensowenig wie mit all den anderen Sachen hier in diesem Raum. Auch nicht mit der Frau, die hier wohnte, denn du kennst sie nicht. Aber in diesen Tagen und Nächten ist es für mich wichtig geworden, dir von ihr zu erzählen und von den anderen Menschen, die mir nahegestanden haben. Nur indem ich dir von ihnen erzähle, kannst du mich kennenlernen.

Wenn ich den Blick hebe, sehe ich die Schwalben, wie sie in

raschen Schwüngen über Jakobs Wiese schießen. Jetzt am Abend fliegen sie so niedrig, daß ihre Flügel fast das tränennasse Stroh berühren und die glänzenden Tropfen sprühen lassen.

Ich habe diese Abendstunden immer geliebt. Die Schwalben kündigen mit ihrem verspielten Flug an, ob es morgen Regen oder Sonnenschein geben wird, und die Landschaft verliert sich langsam in der blauen Dämmerung. In diesen Abendstunden bin ich immer so froh gewesen. Es ist eine gute Zeit für Vertraulichkeit.

Ich will, daß du jetzt zuhörst. Ich werde dir alles erzählen – das, was ich weiß, und das, von dem ich glaube, es zu wissen, das, was mir erzählt worden ist, und das, was ich mir dazugereimt habe. Du bist ein guter Zuhörer, sei gesegnet dafür, mein Lieber. Einen guten Zuhörer, den brauche ich jetzt am allermeisten.

2

Anders Larsen Ås war nicht irgendeiner. Das konnten alle sehen, als er mit Maren Pütt in den Armen feierlich und mit sehr geradem Rücken über die Tanzdiele in Vonheim walzte.

Was das anbelangt, auch Maren Pütt war nicht irgendeine. Die Leute pflegten über die jüngste Tochter Karl Pedersens auf Øgård zu sagen, sie sei schlank wie eine Weide, schön wie eine Rose und scheu wie eine Glockenblume. Er hatte den Spitznamen Pütt seit seiner Jugend, weil er schon immer so schrecklich gut darin war, Kautabak auszuspucken.

»Pütt«, sagt Karl, und schickt einen braunen Strahl Kautabak quer durch den Raum in das Spuckbecken bei der Tür, ehe er sich den Bart mit dem Handrücken abwischt. »Pütt!«

Seine vier Töchter haben seinen Spitznamen geerbt, auch wenn sie weder priemen noch spucken, und sie sind, als sie heranwachsen, eine schöner und adretter als die andere. Und von allen die schönste ist Maren.

Maren mit den dicken Zöpfen, die einige Male um den Kopf gewunden sind, und mit den grauen, ein bißchen traurigen Augen unter ernsten Brauen. Maren mit dem schüchtern gebeugten Nacken und mit einer Taille, die war so schlank, daß die Männer gern ihre derben Fäuste darum gelegt hätten, um zu messen, ob sie wirklich *so* dünn ist. Maren mit den schmalen Hüften, die sie binnen eines Jahres das Leben kosten werden.

Aber warte, so weit sind wir noch nicht. Genau jetzt tanzt die zerbrechliche, achtzehnjährige Maren mit Anders Larsen, der also nicht irgendeiner ist, sondern Hoferbe von Ås – dem einzigen Hof der Gemeinde mit einer Glocke, die zu den Mahlzeiten ruft.

Und genau da wird die Tür zu dem Lokal der jungen Leute mit solchem Spektakel geöffnet, daß Herman Myra, der die Ziehharmonika spielt, daß die Schweißtropfen fliegen, fast aus dem Takt kommt, aber dann schnell weiterspielt, denn hier kommen Kerle von außerhalb, und das führt selten zu etwas anderem als zu Unannehmlichkeiten.

Als erster kommt Ansgar, der schon seit einem Jahr ein Auge auf Maren Pütt geworfen hat, seit sie nämlich zum Konfirmandenunterricht ging und immer durch die Nachbargemeinde mußte, um einmal in der Woche zusammen mit den anderen Konfirmanden beim Pastor vorbereitet zu werden.

Nun, mit der gehörigen Anzahl von Schnäpsen intus, scheint es dem Ansgar, die Zeit sei reif, sein sonnenklares Recht einzufordern, weshalb er geradewegs auf Anders zusteuert und ihm die Beute fast aus den dünnen Armen reißt.

Aber an Mut und Unternehmungsgeist hat es dem Hoferben von Ås nie gefehlt, auch wenn er nicht so viel an Muskelkraft zu bieten hat, und hier stehen nun sowohl Ehre wie Zukunft auf dem Spiel. Er rafft sich also mannhaft auf, »richtet sich auf zu voller Größe«, wie er es seither zu beschreiben pflegt, das soll heißen bis zu mindestens 1,70 m, und protestiert mit seiner ganzen Würde: »Jetzt wirst du gleich merken, daß *ich* nicht irgendeiner bin!« Das wird ihm vier verschiedene Dinge einbringen, und zwar in der genannten Reihenfolge: Eine Ohrfeige, »daß die Zähne wackeln«, den Spitznamen »Irgendeiner«, der ihn ein Leben lang begleiten wird, Maren Pütts unsterbliche Liebe, die ihn ein knappes Jahr begleiten und schließlich in Punkt vier münden wird – der Tochter Mathilde.

Und mit ihr hat meine Geschichte angefangen. Unsere Geschichte. Denn es ist auch deine.

3

Wie soll ich es nur schaffen, dir alles so zu erzählen, wie es wirklich war?

Sie heirateten schon im selben Frühjahr, Anders Irgendeiner und Maren Pütt, nach leichtsinnigem Umgang mit Jakobs Scheune, die in dieser Geschichte einen so zentralen Platz einnehmen wird, daß ich dir genausogut gleich jetzt mehr von ihr erzählen kann.

Jakobs Scheune, die damals gerade neu gebaut war, steht am Ende der Jakobsau, dicht unterhalb des Hügels Jakobshaugen, mit dem Rücken zu den blauenden Bergen, die kleinen, weiß gestrichenen Fenster sind dem Ort zugewandt. – Oh, die blauenden Bergrücken hier im Innern von Vestfold!

Es gibt nichts Schöneres als unsere freundlichen, nicht sehr hohen, blauenden Berge!

Damals stand also die Scheune mit frischgestrichenen Brettern, gestrichen mit einer roten Scheunenfarbe, die Jakob in Leinöl angerührt hatte, ehe er sie auftrug. Die Farbe färbte auf Marens selbstgenähten Wintermantel aus schwarzem, selbstgewebtem Lodenstoff ab, als sie dicht beieinander an der Scheunenwand saßen und an den Frühlingsabenden dem Sonnenuntergang über der Jakobsau zuschauten, ehe sie hineinschlüpften durch das Scheunentor, das damals noch nicht in den Angeln quietschte, um so der ganzen Gemeinde zu verkünden, daß hier nun die unaussprechlichsten Sachen getrieben würden.

Anders wurde durch Marens schüchternen Blick und die zarte Gestalt netter, aber das hinderte ihn selbstverständlich nicht, dahin zu gelangen, wohin er wollte.

Er blätterte sich durch alle ihre Knöpfe und Haken, Rüschen und Spitzen und Bänder mit der gleichen andächtigen Ungeduld, mit der ein Kind in einem schönen Bilderbuch Blatt für Blatt umwendet, so neugierig auf das nächste Bild, daß es sich nicht die Zeit nimmt, erst das Bild zu genießen, auf das es blickt, ehe es weiterschaut.

Das Resultat war eine hastige Trauung unter Pastor Evensens strengem Blick. Der Pfarrer erinnerte sich durchaus an Marens schlanke Taille vom Konfirmationsunterricht und ärgerte sich, weil seine sittliche Erziehung auf steinigen Grund gefallen war. Doch Maren lächelte so schüchtern und zerknirscht, daß es bei wenigen vorsichtigen Ermahnungen blieb.

Ich kann sie vor mir sehen, ja, ich weiß ganz genau, wie sie ausgesehen haben, weil sie beim Photographen waren und »abgelichtet« worden sind. Die Photographie steht noch heute auf der Anrichte in der guten Stube auf Ås. Bei passender Gelegenheit wird sie von behutsamen Händen aufgenommen, der Staub abgewischt und vorgezeigt: »Schau, das sind Anders und Maren.«

Was ich sehe, ist ein Brautpaar vom Ende des letzten Jahrhunderts. Er im schwarzen Anzug, schon als Fünfundzwanzigjähriger kahlköpfig. Sie im schwarzen, auf jeden Fall dunklen Kleid mit einem kleinen weißen Kragen und einer Unmenge von Knöpfen, die ihn in der Hochzeitsnacht verrückt gemacht hätten, wenn er nicht schon mit ihr dahin gekommen wäre, wohin er wollte. – Ein kaltes Vergnügen mag das gewesen sein, in der zugigen Scheune im März und April, aber auf so etwas hat die Liebe ja noch nie Rücksicht genommen.

Ja, ich kann sie vor mir sehen. Maren hat ein Bukett von weißen Dahlien, das sie zur Seite hält. – Warum hält sie es nicht über die kleine Andeutung eines Bauchs, den man unter dem Kleid erahnen kann? Ist sie, trotz allem, stolz auf das kleine Leben, das Resultat der kalten Frühjahrsnächte in der Scheune?

Selbstverständlich ist sie stolz. Sie hat einen Hof mit Land und Essensglocke geheiratet. Die ihre eiligen Schläge über die Gemeinde geschickt hat, genau um elf, um drei und um sieben, an jedem Wochentag, solange sie denken kann. Wie oft hat sie nicht ihr Spiel und später ihre Arbeit unterbrochen beim Klang der Essensglocke auf Ås. Auch in Øgård hörten sie die Glocke und richteten die Mahlzeiten danach.

Und nun soll sie also Hausfrau werden, die hübsche kleine Maren Pütt. Da steht sie und ist beinahe ebenso groß wie ihr Ehemann Anders, der für *sie* niemals irgendeiner sein wird, sondern in der kurzen Zeit, die sie zusammen haben, ihre Liebe und ihren Respekt behält, bis sie im Kindbett stirbt, an einem frostigen Tag im Dezember des gleichen Jahres.

Ich glaube, Anders wurde durch Maren netter. Er sieht jedenfalls auf dem Photo netter aus, als ich Grund habe zu glauben, er sei es späterhin im Leben gewesen. Aber schon auf dem Bild kann man sehen, daß »der Kerl da nicht irgendeiner ist«, so wie er dasteht, breitbeinig und die Nase hochmütig in die Luft erhoben. Beide starren sie ernst in den Apparat.

4

Das, was jetzt kommt, hätte ich so gerne umgangen. Die hübsche kleine Maren Pütt hätte doch wohl glücklich auf Ås leben können, unter den regelmäßigen Schlägen der Essensglocke, bis zum Ende ihrer Tage. Sie könnte die kleine Mathilde und andere Kinder geliebt und erzogen haben, empfangen in einem warmen und respektablen Ehebett, nicht in der eiskalten Jakobsscheune.

Statt dessen stirbt sie, ehe das Jahr um ist, zitternd vor Kälte, während das Blut aus ihr herausrinnt, in die Matratze und weiter auf den ungestrichenen Fußboden der Kammer. Das Blut hinterläßt auf den Bohlen einen Fleck, weshalb das Bett immer in der gleichen Ecke des Zimmers stehen bleiben muß, um ebendiesen dunklen Fleck zu verdecken.

Arme kleine Maren. Hättest du fünfzig Jahre später gelebt, hätte wohl keiner auf deine schmalen Hüften geschimpft. Da hätte dich ein Krankenwagen mit Blaulicht ins lokale Krankenhaus gebracht, wo dich ein Stab von effizienten Krankenschwestern für die Operation vorbereitet und den Gynäkologen gerufen hätte, der mit einer raschen Ausschabung der Gebärmutter dich von den folgenschweren Resten befreit und wohlbehalten zurück ins Leben gebracht hätte. Und zu der kleinen Mathilde.

Es gelingt dir, den Namen, den sie tragen soll, zu flüstern. War es der Name deiner Mutter? Ich weiß es nicht genau. Du schaffst es, die Hände dem kleinen, frisch gewickelten Bündel entgegenzustrecken, das vorsichtig zu dir ins Bett gelegt wird. Und das letzte, was du bewußt erlebst, ist ein eifrig suchender Säuglingsmund, der eine Hautfalte deines Halses zu fassen bekommt. Der kleine Mund saugt. Ein Lächeln huscht über dein Gesicht. Ein Zucken geht durch den Körper. Dann bist du fort.

Nahmst du diese Erinnerung, dieses erste und einzige Erleben des Kindes mit dir in die Dunkelheit? Diejenigen, die dich später zurechtmachten, behaupteten, das Lächeln habe noch auf deinen Zügen gelegen, aber ich glaube ihnen nicht. Ich glaube nicht, daß eine neunzehnjährige frischgebackene Mutter voller Hoffnung und Träume, lächelnd und versöhnt in den Tod gehen kann. Es gelang dir nur nicht zu protestieren.

5

Mathilde hat natürlich keine Erinnerungen an ihre Mutter. Für sie ist die Mutter nur das etwas ernste Foto auf der Anrichte in der guten Stube. Die, von der sie Muttermilch und Fürsorge im ersten Lebensjahr bekam, mußte sie mit Vetter Konrad teilen, und um die Wahrheit zu sagen, sie verlangte nach ihrer Hälfte, und sie bekam sie auch reichlich.

Konrad ist Katrines viertes Kind. Und Katrine ist Marens sieben Jahre ältere Schwester, früh verheiratet mit einem Bauarbeiter, sie lebt zu Hause auf dem elterlichen Hof, wo sie dem Vater mit dem Haus und den Tieren hilft. Zusätzlich gebiert sie Kinder nach angemessen langer Zeit, wenn der Bauarbeiter zu Hause auf Besuch gewesen war.

Der kleine Konrad ist nur vierzehn Tage vor Mathilde zur Welt gekommen, und Katrine ist auf und kümmert sich am nächsten Tag um den Kuhstall. Sie hat doch keine Zeit, sich mitten in den Weihnachtsvorbereitungen hinzulegen! Als sie die Botschaft vom Tod der Schwester erreicht, ist sie gerade beim Brotbacken. Sie läßt das Nudelholz fallen und setzt sich auf die Schlafbank, mitten auf einen ordentlich gestapelten Berg Fladenbrot – sie hat es dort hingelegt, um auf dem Küchentisch mehr Platz zum Arbeiten zu haben – und weint hilflos in ihre blaue Schürze, denn sie hatte ihre kleine Schwester so gern.

Dann trocknet sie die Tränen, überläßt die Kleinen dem Großvater Karl und geht nach Ås, um Maren zurechtzumachen und die kleine Mathilde mit sich zu nehmen. Sie macht ein paar dürftige Versuche, den niedergeschmetterten Witwer zu trösten, aber Anders ist nicht irgendeiner und läßt sich nicht von Worten trösten wie: »sein Kreuz tragen« und »der Wille unseres Herrn«. Und das können die meisten wohl einsehen.

Anders, einziger Sohn und Hoferbe von Ås, dem großen Hof, ist total verwöhnt. Niemals ist ihm in den Sinn gekommen, daß er etwas, das er sich wünschte, nicht bekommen – und behalten sollte. Jetzt sieht es so aus, als hätten Gott und Maren ihn aufs grausamste im Stich gelassen. Katrine und ihre wohlgemeinten Bibelworte schiebt er beiseite und geht wütenden Schritts hinaus in den Stall, wo er eigenhändig Marens Lieblingskalb »Gullsi« erschlägt. Auf der Beerdigung gibt es jedenfalls frisches Fleisch und Brühe.

Und Maren Pütt kommt bei Glockengeläut und leise rieselndem Weihnachtsschnee unter die Erde. Sie weckt im Tod bedeutend mehr Trubel als zu Lebzeiten, zurückhaltend wie sie war. Mathilde trägt man schreiend aus der Küche von Ås, damit sie ihr erstes Lebensjahr an Tante Katrines Brust verbringen kann, und Anders ist wieder allein, bitter, mürrisch und weniger irgendeiner denn je.

6

Sie muß als Kind schrecklich einsam gewesen sein, glaube ich. Jedenfalls nach ihrem ersten Lebensjahr, in dem sie bettelte und schrie, um soviel wie möglich von der Brust der Tante und von der Aufmerksamkeit der Cousine zu bekommen. In den ersten Wochen teilte sie die Wiege mit Vetter Konrad, aber der wurde rasch in eine große Kommodenschublade umgebettet, weil die Mutter Angst hatte, er würde von dem vielen Gewiege ganz verwirrt werden.

Denn Mathilde wollte geschaukelt werden. Asta, die älteste der Cousinen, war mit ihren drei kleinen Geschwistern schon tüchtig im Wiegen, und außerdem hatte sie gerade gelernt, bis hundert zu zählen. Stundenlang saß sie mit zusammengekniffenen Augen und den Fingern in den Ohren auf einem kleinen dreibeinigen Schemel und schaukelte und zählte, zählte und schaukelte. Eins, zwei, drei, vier ..., bei fünfzig, allmählich behutsamer wiegend, nahm sie vorsichtig prüfend die Finger aus den Ohren. Ja, das Schreien klingt weniger wütend. Bei fünfundsiebzig hört es ganz auf, und Asta kann die kleinen Geschwister auf dem Hofplatz hören. Lieber Gott, laß das Kleine schlafen! Ich will hinaus in die Sonne! Bei fünfundneunzig steht die Wiege beinahe still, aber bei siebenundneunzig, achtundneunzig ... schreckt Mathilde auf und brüllt los, so daß Asta sich wieder die Ohren zuhält und die Wiege in rasende Bewegung versetzt. Und dann wieder von vorn – eins, zwei, drei, vier ...

In späteren Jahren kann Asta Mathilde nicht sehen, ohne den Drang zu verspüren, mit dem Fuß zu wippen und bis hundert zu zählen. Sie verspürt einen schrecklichen Drang, sich die Finger in die Ohren zu stecken, aber das kann andere Gründe haben.

Und Mathilde wird ihr Leben lang die wiegende, schaukelnde Bewegung lieben. Als Kind, ja lange noch als Jugendliche, verbringt sie Stunden auf der Schaukel, die ihr Vater an der prächtigen Eiche ganz hinten im Garten angebracht hat. Die gleiche Eiche, die noch heute dort steht, sie wird weit über hundert Jahre alt sein. Von dort aus hat sie eine so gute Aussicht über die Jakobsau. Und später, viel später, ist es der Schaukelstuhl in ihrer Kammer.

7

Du solltest die Niederung Jakobsau sehen, so, so wie sie aussieht, wenn es am allerschönsten ist! Die flaumweichen, rostroten Halme, an deren Namen ich mich nie erinnern kann – hießen sie Straußgras? Mit Gräsern war ich nie gut, aber die Blumen kenne ich, die hat mir Evine beigebracht. Klee und Leimkraut, Hahnenkamm und Lichtnelke und unzählige Butterblumen. Auf den trockenen Felsrücken rund um die Scheune stehen Pechnelken mit ihren schönen, rot-violetten Blütenköpfen und den klebrigen, ekligen Stielen Seite an Seite mit Hornklee und den scheuen, rosenroten Katzenpfötchen.

Und der Fluß, ich werde dir den Fluß zeigen! Wie ein silbernes Band durcheilt er die Wiese, und er schmiegt sich wie ein glitzernder Tropfen in die Ausbuchtung, wo wir baden. Mathilde wäre dort einmal fast ertrunken. Störrisch und eigensinnig wie sie war, meinte sie wohl, daß sie wie die größeren Kinder im Tiefen schwimmen könne. Platsch hinein, und weg war sie. Mit Mühe und Not wurde sie von Hermann Myras ältestem Sohn gerettet, einem dreizehn, vierzehn Jahre alten, wilden und unerschrockenen Schlingel. Unter den Kameraden brachte ihm das natürlich viel Ehre und Bewunderung, aber Klein Mathilde hielt ihren Nacken noch gerader als sonst und behauptete steif und fest, sie hätte es schon geschafft, sowieso. Dummes Kind!

Warum bist du so hochmütig, Klein Mathilde? Deshalb, weil dich keiner mag? Oder mag dich keiner, weil du so hochmütig bist? Wenn die Gruppe der Mädchen kichernd vorbeikommt, auf dem Weg zur Milchrampe auf Lund, wo am Frühlingsabend die Jungen samstäglich herausgeputzt ungeduldig warten, hast du stets eine unverblümte Bemerkung parat. Eine kleine Boshaftigkeit, woraufhin die jungen Mädchen sich verstohlen unsichere Blicke zuwerfen und wünschen, du wärest zu Hause geblieben. Oder war es nicht so? Glaube ich das nur, weil ich dich erst so viele Jahre später kennenlernte?

Ich weiß, daß die Jungen alle ganz wild auf dich waren. Sie kamen aus den Nachbarorten zur Milchrampe auf Lund und scharten sich eifrig um die Mädchen. Aber auf dich waren sie aus. Stolz und hochmütig und strahlend schön, deine dicken dunklen Zöpfe auf dem Rücken, standest du da, mitten in der Schar, und ließest deine schlagfertigen Sarkasmen elegant und gedankenlos fallen, so daß sie den einen oder anderen, zufällig Ausgewählten trafen. Drehtest stolz deinen steifen Nacken, daß die Zöpfe flogen, und lachtest dein spöttisches Lachen, deiner selbst so sicher wie nur eine sein kann mit einem großen Hof und einer Essensglocke im Hintergrund.

Oder warst du das nicht, Mathilde? War es bei dir nicht anders als so oft bei uns Menschen, daß die Tränen, die du so gnadenlos in den Augen der Freundinnen hervorzulocken suchtest, nur ein Versuch waren, deine eigenen bitteren Tränen zu verbergen? Ich weiß es nicht, werde es nie erfahren. Aber ich weiß, daß du um dich herum einen Kreis schufst mit diesen deinen eleganten – vielleicht gedankenlosen – Boshaftigkeiten, gerade so effektiv, als hättest du in den roten Sand des Weges mit einem scharfkantigen Stein einen Kreis um dich geschlagen.

Nur eines der Mädchen wagte sich in diesen Kreis. Nicht weil du sie netter behandelt hättest als die anderen, sondern weil sie zu diesen seltenen Menschen gehörte, die keinerlei Stolz haben, weder zu verlieren noch zu verteidigen. Anna, einfache, ungekünstelte Anna. Näher bist du einer Freundin nie gekommen. Die anderen in der Schar der Kameradinnen hatten bald genug von deiner Art und kehrten dir den Rücken.

Hast du nicht gemerkt, wie sie sich zurückzogen, Mathilde? Hast du nicht gesehen, wie sie paarweise den Weg entlangschlenderten? Warst du von deiner eigenen Schlagfertigkeit und Anziehungskraft und davon, deine eigene Einsamkeit zu verstecken, so überzeugt, daß du nicht die Hochzeitsglocken hörtest, die bald für die eine, bald für die andere der Freundinnen läuteten?

Schönheit und Essensglocke halfen dir nicht viel. Fünfundzwanzig Jahre alt, sitzt du auf Ås auf der Schaukel und denkst, das Leben sei vorüber, ehe es angefangen hat. Oh, Mathilde. Arme, bittere Mathilde. Deshalb tust du mir so leid.

8

Wir zwei hätten Mathilde damals kennen sollen. Es heißt, sie sei sehr schön gewesen. Sie glich der Mutter und deren Familie, aber die grauen Augen lagen tiefer und standen näher beieinander als bei den Leuten von Øgård, und das gab ihr ein listiges, leicht maliziöses Aussehen. Die hübsche, sehr aufrechte und schlanke Gestalt hatte sie vom Vater. Der Kopf saß so stolz auf den geraden Schultern, daß die Leute annahmen, sie sei hochmütiger, als sie es war.

Ja, aber stolz war sie. Daran gibt es keinen Zweifel. Unsympathisch, fanden viele, und das wurde mit den Jahren sicher nicht besser. Aber sie hat ja auch nicht gerade allzuviel Zärtlichkeit erfahren. Sie kann sich nicht erinnern, daß ihr Vater sie ein einziges Mal auf den Schoß gesetzt oder sie in den Arm genommen hat.

Anders Irgendeiner gab sicher das, was er an Liebe und Fürsorge zu geben hatte in dem Jahr, als er mit Maren Pütt zusammen lebte, und obendrein empfing er mehr, als er gab. Aber um die Tochter kümmerte er sich auf seine Weise, und während vieler Jahre hat er davon gefaselt, daß er sie zum Altar führen werde zu einem wartenden Bräutigam aus guter und wohlhabender Familie. Hier hat Anders Irgendeiner sich verrechnet, denn von den solcherart interessanteren Söhnen des Orts hatte bald einer nach dem anderen von Mathildes bissigen Bemerkungen genug, ließ Essensglocke Essensglocke sein und ging zufrieden mit einem der zwar weniger vermögenden, aber gutmütigeren Mädchen zum Altar. Nicht alles bekommt man für Geld, Anders Irgendeiner. Selbst wenn es so viel ist.

Nein, nicht alles bekommt man für Geld. Mathilde, die hatte Essen und Kleidung im Überfluß, bekam aber nur wenig Liebe und hat noch weniger gegeben. Vielleicht gerät sie deshalb so vollständig aus der Fassung, als sie sie zum ersten Mal erlebt. Denn das geschieht so ganz und gar unerwartet.

9

Wenn der Schnee schön harschig war, hatte es auf dem Hügel hinter Jakobs Scheune immer eine Rodelbahn gegeben. Als ich klein war, rodelte ich mit meinem Vater auf seinem großen alten Schlitten. Hui, was für ein phantastisches Gefühl, an einem sternenklaren Abend sicher an ihn gedrückt zu sitzen und den Hang von ganz oben an hinunterzufahren! Der kleine Hügel in der Mitte des Hangs ließ den Schlitten abheben, ehe er einige Meter weiter auf der kleinen Brücke über den Bach sauste und weit über die Wiese.

Noch heute kann ich mich an das Kribbeln im Bauch erinnern, diesen Schwindel während der kurzen Sekunde, wenn der Schlitten durch die Luft flog. Ich kann mein eigenes Jauchzen hören und das tiefe Lachen meines Vaters. Und ich spüre die Tränen, die der Wind aus meinen Augen preßte. So anders als meine Tränen heute.

Wunderbar war es, den Kopf in den Nacken zu legen und die Sterne anzuschauen. Mein Vater lehrte mich viele Sternbilder, aber inzwischen habe ich sie vergessen. Ich kenne nur noch den großen Wagen und den Orion mit dem Gürtel.

War das der gleiche Schlitten, auf dem Mathilde vor fast vierzig Jahren fuhr? Er könnte es gewesen sein, denn der Schlitten war sehr alt, und ich glaube, Vater bekam ihn von Ås. Er hatte ihn wieder instandgesetzt und dunkelblau angemalt, auf seine ein bißchen schludrige Art, daran kann ich mich erinnern.

Aber in Mathildes Jugend war der Schlitten neu und schön. Vielleicht hat Anders den für sie gebaut, er war geschickt mit solchen Arbeiten.

Viele Winterabende lang war Mathilde auf dem Jakobshügel gefahren. Sie hatte bald bei dem einen, bald bei dem anderen der jungen Männer von außerhalb auf dem Schlitten gesessen, und sie ließ sich ein bißchen von ihnen drücken, und sie ließ sich an den Mantelknöpfen herumfingern, ohne dabei anderes zu empfinden als eine leichte Neugier. Kichern sie deshalb so hysterisch, die anderen?

Jetzt sitzt sie mit einem Neuen oben auf dem Hang, bereit

hinabzufahren. Er ist der neue Schweizer auf Ås – ja, du weißt natürlich nicht, was ein *Schweizer* ist, und wir sagen heutzutage auch meistens Knecht. Er hat vor ein paar Wochen angefangen, und sie hat, um die Wahrheit zu sagen, sich nicht recht entschließen können, ob sie spaßeshalber ein bißchen mit ihm flirten oder ob sie ihn übersehen soll. Besonders interessant anzuschauen ist er eigentlich nicht, findet sie, ein bißchen zu groß und vierschrötig, selbst wenn er an und für sich gut aussieht. Aber die anderen Mädchen finden ihn ganz eindeutig spannend, und das hat Mathildes Interesse geweckt.

Der Abend ist schön, kalt und klar und dunkelblau. Ein schmaler kleiner Neumond hängt schräg über dem Scheunendach, und dieser Schnitz hat sogar Kraft genug, um einen vorsichtigen und verzaubernden kleinen Schimmer auf die Niederung am Bach zu werfen. An der blauschwarzen Himmelswölbung glitzern Millionen von Sternen und – da fällt eine Sternschnuppe. Wünsch dir etwas, Mathilde!

Er, der Schweizer – am Anfang konnte ich nicht mehr darauf kommen, wie er noch hieß. Stell dir vor, daß ich das vergessen konnte! Mathilde mag den Namen unzählige Male geflüstert haben, aber anscheinend bin nur ich es, die, ein einziges Mal, gehört hat, wie sie ihn laut aussprach. Und damals habe ich ihn mir nicht eingeprägt. Deshalb dauerte es lange, bis mir sein Name wieder einfiel. Er hieß Harald.

In dem gleichen Augenblick, wo die Sternschnuppe ihren kleinen leuchtenden Kratzer in die Himmelshaut ritzt, beugt er sich vor, Harald, und legt die Arme um Mathilde, zieht sie fester an sich und flüstert mit warmem feuchtem Atem an ihre Wange: »Na Mathilde, sollen wir es drauf ankommen lassen?«

Es gibt Augenblicke, da macht unser Lebensweg einen Bogen. Oft durch ein äußeres Ereignis verursacht, aber vielleicht auch genausooft verursacht durch einen Menschen, dem wir begegnen und der uns so unbegreiflich nahe kommt. Oder ist alles ganz anders? Kommen uns Menschen nur in solchen Phasen nahe, in denen wir besonders verletzbar sind und offen, weil wir an einem »Bogen im Weg« sind? Würden Mathilde und der Schweizer Harald in diesem Frühling und Sommer Seite an Seite auf Ås gelebt haben, ohne viel Notiz voneinander zu nehmen, wenn nicht Mathilde, oder vielleicht auch alle beide, an einem »Bogen im Lebensweg« standen? Ich werde es wohl nie wissen. Aber ich glaube, niemand hat eine solche Macht, dich zu verletzen, wie die Menschen, denen du begegnest, wenn dein Leben diesen Bogen beschreibt.

Die warme Stimme, der feste, drahtige Körper, die Arme, die sie fest umschlungen hielten, der steife Bart, der sie ein bißchen an der Wange kratzt, als sie ihm das Gesicht halb zuwendet. Sie hatte keine Wahl. Sie konnte es nur drauf ankommen lassen. Sie flüstert ja, und sie sausen den Abhang hinab.

Jetzt brauche ich Hilfe. Denn das, was jetzt kommt, läßt sich nicht beschreiben. Oder es ist früher schon so viele tausend Male beschrieben worden, daß ich nicht die Illusion hege, es besser zu können, nicht einmal gleich gut. Denn wer kann die alles verschlingende, herzzerreißende Verliebtheit beschreiben, ohne über lauter vollkommen abgenutzte Ausdrücke zu stolpern. »Herzzerreißend!« – Aber es gibt ja doch keine Worte!

Mathilde liebt. Bedingungslos, sich selbst auslöschend, grenzenlos. Keiner, am allerwenigsten sie selbst, hätte das jemals für möglich gehalten. Denn so ist sie eigentlich nicht. In den fünfundzwanzig Jahren ihres Lebens hat sie so wenig gegeben – und noch weniger bekommen.

Der harschige Schnee hielt sich bis weit ins Frühjahr hinein, und die jungen Leute benutzen die langen, dunklen Abende, um auf ihren Schlitten den Jakobshügel hinunterzurodeln. Über die ganze Ortschaft hin waren die Jauchzer der Mädchen zu hören und das frohe Lachen der Jungen. Eigentlich sind ja sowohl Mathilde als auch Harald zu alt für dieses Kinderspiel, aber sie möchten es um nichts in der Welt missen. Sie auf gar keinen Fall.

Den ganzen Tag geht Mathilde in ungeduldigem Warten umher. Sie macht ihre Arbeit auf dem Hof, wie sie das immer getan hat. Das geht ihr leicht von der Hand, sie ist in praktischen Dingen geschickt. So oft wie möglich macht sie sich außerhalb des Hauses zu schaffen. Steht da und hält Ausschau nach diesem großen, etwas ungelenken Menschen, der schon mit einem kleinen Lächeln ihr Herz in solch rasenden Galopp versetzen kann, daß sie denkt, man müsse außen auf dem blauen Arbeitskittel sehen, wie es pocht und schlägt.

Abends, nachdem das Vieh versorgt ist, geht sie mit dem Schlitten zum Jakobshügel. Immer wieder fahren sie den Hang hinunter, daß die Eiskruste auf dem Schnee unter den Schlittenkufen knirscht und die Tränen sprühen. Anfangs sitzt sie einfach nur dicht vor ihm, so wie die anderen jungen Leute. Sie genieren sich ein bißchen voreinander, aber ab und zu läßt er seinen steifen Bart ihre Wange streifen. Das ritzt ein bißchen in die weiche Haut, wie die Sternschnuppe am ersten Abend.

Nach und nach landen ihre Hände in seinen geräumigen Fausthandschuhen. Er faltet seine Finger zwischen ihre, und die Fingerspitzen gleiten vorsichtig über die Haut ihrer Handflächen. Da beginnt ihr Herz geradezu halsbrecherische Übungen zu vollführen. Irgendwann läßt er seinen Mantel aufgeknöpft, um sie noch näher zu haben, sie noch besser zu spüren. Und sie tauscht den dicken Wintermantel gegen den dünneren Gabardinemantel – es ist ja schließlich schon etwas später im Frühjahr und ein wenig milder.

Eines Abends steckt er seine Hand unter den Gabardinemantel und legt sie auf ihre Brust, und da scheint ihr, als hielte er ihr Herz selbst. Ganz offen und ohne Verteidigung liegt es da und klopft heftig in seiner großen Faust. Aber an diesem Abend bricht der Schnee verschiedentlich unter dem Schlitten. Ein Hauch von Tauwetter weht mit schwachem Sausen über die blauenden Hügel, und die jungen Leute, die laut lachend und scherzend nach Hause gehen, wissen, das war die letzte Schlittentour für dieses Jahr. Mathilde und der Schweizer folgen schweigend nach.

10

Später wird Mathilde diesen Frühling und Sommer als ihr Leben selbst ansehen. Das, was früher war, liegt wie von Nebel verschleiert, das, was danach kommt, ist nichts als Zeit, Bitterkeit und Träume.

Aber sie bekommt also diesen Frühling. Sie pflückt Leberblümchen und Huflattich und hört, wie sich die Lerche begeistert jubilierend über die Jakobsau erhebt.

Jemand hat mir einmal erzählt, wenn die Lerchen jubilieren, dann tun sie es nicht aus Lebensfreude und Überschwang, wie man es doch herauszuhören meint. Es heißt, sie singen, um Feinde von dem Nest, das am Erdboden versteckt liegt, abzulenken. Der Vogel hängt gleichsam still in der Luft, nicht direkt über dem Nest, sondern ein Stück weit entfernt in dem verzweifelten Versuch, die Eier und die Jungen zu schützen. Wenn er landet, weit vom Nest entfernt, läuft er still und flach an den Boden gedrückt zurück zur Nachkommenschaft. Denk dir das angstvoll klopfende kleine Lerchenherz: Sind sie noch da? Ist seit dem letzten Mal etwas Entsetzliches geschehen? Immerzu muß die Lerche das gleiche Ablenkungsmanöver vollführen. Ich wünschte, man hätte mir das nicht erzählt. Dieses Wissen hat für mich etwas von dem Jubel aus dem Gesang der Lerche genommen.

Aber für Mathilde wird der Gesang der Lerchen in diesem Frühjahr zu einem Bild ihrer eigenen strahlenden Lebensfreude. Sie pflückt hübsche kleine Sträuße von Buschwindröschen und schleicht sich damit verstohlen in sein Zimmer auf dem Speicher des Waschhauses, während er im Kuhstall ist. Mathilde! Sie, die noch nie eine Blume für jemanden übrig hatte.

Jetzt macht sie sich heimlich treppauf zu schaffen mit immer neuen Sträußen, die sie in einem Wasserglas auf seine Kommode stellt. Gleichzeitig fährt sie verstohlen mit der Hand über die kleine Mulde, die sein Kopf auf dem Kissen im ungemachten Bett hinterlassen hat. Einmal legt sie ihr Gesicht in die schalenförmige Vertiefung und spürt seinem Geruch nach. Herzklopfen bekommt sie davon, und die Hände zittern so, daß sie beim Auswechseln der verblühten Blumen etwas Wasser auf das kleine gestickte Tuch verschüttet, das sie auf seine Kommode gelegt hat, unter das Blumenglas.

Es ist gerade so, als hätte alles in der Natur ihr etwas zu erzählen. Im Bach gluckert es. In Wiesenrispengras und Haselstrauch und Ahorn flüstert es: Harald, Harald. – Für den, der nie verliebt war, klingt das vermutlich überspannt.

Ob er ihren Namen in den Ackerfurchen hört, durch die er geht, den Pflug fest gepackt, oder wenn er hinter dem Pferd Bellmann auf dem Langholz sitzt, das weiß ich nicht. Vielleicht geht es Männern nicht so. Aber daß die junge schöne Frau sowohl Träume wie heftiges Verlangen in ihm weckt, kann man sich wohl denken.

Und er redet gern mit ihr. Mit ihm zusammen zeigt sie weder Hochmut noch Stolz. Er kann ihr von den Büchern erzählen, die er gelesen hat, oder sogar von seinem heimlichen Traum, auf die Kunsthochschule zu gehen.

Denn er ist unglaublich geschickt mit seinen Händen. Mit diesen gewaltigen Fäusten schnitzt er die zartesten kleinen Figuren aus Ebereschen- oder Erlenholzstückchen. Am geschicktesten ist er bei Pferden. Eines von ihnen steht noch auf der Anrichte in der guten Stube, neben dem Hochzeitsbild von Mathildes Eltern. Ich glaube, er hat es Mathilde einmal geschenkt. Das ist ein Pferd mit vollem Geschirr, sogar einen winzigkleinen Zugdorn gibt es. Er ist lose und kann herausgenommen werden. Und das Pferd ist so fein gearbeitet, so naturgetreu bis hin zu den kleinen Haarbüscheln direkt über den Hufen, daß du nicht verwundert wärst, wenn es von seinem fein geschnitzten Klötzchen, auf dem es befestigt ist, steigen und anfangen würde herumzutraben.

War das Pferd das einzige, das er ihr einmal schenkte? Abgesehen von der Fotografie, von der ich weiß, daß sie sie bekam, wie ich auch weiß, jedenfalls glaube, daß er ihre bekam. Vielleicht war es das. Aber Liebe hat doch ein bißchen mit Geschenken zu tun. Ich glaube, er schenkte ihr viel. Und ich glaube nicht, daß er ihr weh tun wollte.

Nein, er will ihr gar nicht weh tun. Er redet so gerne mit ihr, und er ist von dem weichen, schlanken Körper angezogen. Er sieht in ihren Augen ihre grenzenlose Hingabe, und etwas in ihm sagt vielleicht, daß er damit nicht zu weit gehen darf. Aber er ist so jung, und die Frühlingsnächte sind so blau, so blau. Und in einer der blauen Frühlingsnächte nimmt er sie im Heu in Jakobs Scheune.

Und sie? Ist sie nur erfüllt von einer dankbaren Verwunderung darüber, daß sie ihm so guttun darf? Sie ist mit Tieren aufgewachsen. Hat gesehen, wie Pferde und Rinder, Schweine und Katzen sich paaren. Sie hat den Hahn und die Hennen gesehen. Das ist nicht überraschend für sie, auch wenn es das erste Mal ist. Nicht der Akt selbst. Aber es überrascht sie ein wenig, daß es so weh tut und so rasch vorüber ist.

Später hat sie es besser. Er ist lieb und rücksichtsvoll, zärtlich und geduldig. Er läßt ihr Zeit, die neuen und unbekannten Gebiete seines Körpers zu erforschen, so wie er sich gleichzeitig so herrlich in ihrem verliert. Denn jetzt führt kein Weg zurück. Getan ist getan und kann nicht ungeschehen gemacht werden, sagt man. Und ungeschehen will es keiner von ihnen sein lassen, wenn sie sich in den Nächten des Frühsommers verstohlen über die Jakobsau zum Stelldichein in der Scheune schleichen. Nachdem die Nächte immer heller werden, müssen sie immer längere Umwege in Kauf nehmen. Aber mit dem Herbst kommt die Dunkelheit zurück, das weiche blaue Dunkel der Nacht, der Verbündete aller heimlich Verliebten.

Nur ab und an spürt er einen Stich, spürt er Unruhe, Schuldgefühle, wenn ein anderes Gesicht in seinen Gedanken auftaucht, während des Herbstes immer öfter. Aber das ist am hellen Tag. In den Nächten hat er es vergessen. Denn Mathilde ist so schön, und sie will so gern.

II

Wie warst du eigentlich, Harald? In der letzten Zeit habe ich mir oft gewünscht, ich hätte dich gekannt oder auf jeden Fall mehr von dir gewußt. Dein Bild zeigt einen Mann Anfang Zwanzig, gutaussehend, scheint mir, nachdem ich es mir öfter angeschaut habe. Anscheinend gehörst du zu denen, die nach und nach gewinnen. Deine glatte Stirn wölbt sich im kräftigen Schwung zum Haaransatz, und du hast schöne Augen unter geraden, dunklen Augenbrauen, umgeben von dichten schwarzen Wimpern.

Deine Nase ist zu lang und deine Kinnpartie zu ausgeprägt für die ausdrucksvollen, nachdenklichen Augen, aber der Mund ist empfindsam geschwungen unter dem steifen kleinen Bart – der ist bestimmt rot oder auf jeden Fall mit rötlichem Schimmer, will ich glauben. Ja, du warst schon ein gutaussehender Mann voller Charme. Kein Wunder, daß Mathilde so hingerissen war von dir.

Hingerissen! Mathilde war nicht nur jugendlich hingerissen von Harald. Das war mehr. Hätte sie schon früher etwas erlebt, wäre er vielleicht einer unter vielen geworden oder auf jeden Fall unter einigen. Aber er war der erste. Und blieb der einzige.

Mathilde war in ihrem fünfundzwanzigjährigen Leben nie in die Nähe dieses besonderen schwindelnden Gefühls gelangt, das ein Glitzern in den Augen eines jungen Mannes oder ein ausgelassenes Werfen seines Kopfs in einem Frauenkörper wecken kann. Rundherum haben ihre etwas ferneren Freundinnen sich, als sie jung waren, durch ihre Jugend gekichert und geschwärmt, ein bißchen mit dem einen oder anderen geschmust, ehe sie am Ende, in der weißen Kirche vor dem Altar knieend, den Segen des Pfarrers erhielten, während vom Altarbild Christus und seine Jünger auf dem Weg nach Emmaus freundlich auf sie herablächelten.

Sie selbst hat verständnislos und ein wenig von oben herab auf all das Flirten ringsum gesehen, aber unter der herablassenden Miene verbarg sich ein halb unbewußtes, ungeduldiges Warten. Denn das Leben ist doch wohl mehr als dieses hier? Da gibt es doch wohl irgend jemanden? Einer, der in ihr Leben gesegelt kommt und sie aus ihrem Alltagstrott herausreißt. Einer, der auf die Knie fällt und seinen Kopf in ihren Schoß legt und das dunkle Gefühl der Lust weckt, von dem sie bislang nur ahnt, daß es das gibt, wartend wie ein Samenkorn im Winterschlaf. Einer, der anders ist als alle und der sie auf Händen durch die Gemeinde und durchs Leben tragen wird, zum kaum verhohlenen Neid der Freundinnen.

Auf dies hier ist sie ganz und gar unvorbereitet. Und deshalb so unendlich verletzbar. Denn so hatte sie sich das nicht vorgestellt: Ein Mann aus besserem Haus sollte es sein. Ein Kavalier, der sie verehrt und bewundert. Und trotz unbestimmter Träume von romantischem Herzklopfen hätte sie niemals geglaubt, daß sie es sein könnte, die die Kontrolle verliert. Eine Verliebtheit, bei der sie die Zügel in der Hand behält – etwas anderes wäre ihr gar nicht in den Sinn gekommen. Eine romantische, aber kontrollierte Liebe hat sie sich vorgestellt – und die drehte ihr indessen eine lange Nase! Eine, die nach angemessener Zeit in eine Verlobung mit glänzenden glatten Ringen münden würde, Neid unter der Schar der Freundinnen, Hochzeit in der Kirche, Brautschleier. Ehebett, Alltagsleben, Kinder. Nicht dieses hier. Und nicht ihres Vaters – ihr eigener – Viehknecht.

Aber als sein Bart an einem eiskalten Winterabend an der Haut ihrer Wange kratzt, da durchläuft ihren Körper von dieser Berührung ein solcher Schauder, daß sie augenblicklich verloren ist. Sie sitzt in seinem Schoß und erlebt mit aufmerksamer Verwunderung, wie tief in ihr etwas zum Leben erwacht und sich seinem großen Körper entgegenstreckt, so wie im Frühling die ersten Sprossen sich ihren Weg durch den hartgefrorenen Boden stoßen und sich der Sonne und ihrer Wärme entgegenrecken.

Harald, Harald, was tust du? Wie konntest du über einen anderen Menschen eine solche Macht erlangen? Und wußtest du überhaupt, daß es so war? Hast du irgendwann einmal gesagt, daß du sie liebst? Kaum. Lieben, ein so großes Wort hättet ihr beide nicht benutzt. Aber oft sagtest du: »Ich bin verrückt nach dir!« Einmal hast du gesagt, daß du sie »so unheimlich gern« hättest. Du sahst ihr verliebt lächelnd in die Augen und meintest, was du sagtest.

Das war in einer dieser schimmernden, dunkelblauen Frühsommernächte, wo die Natur innezuhalten scheint, so als ob sie selbst nach innen horcht, als ob sie selbst von ihrem eigenen Wunder ganz und gar hingerissen ist. Ihr seid in der Scheune gewesen, wie ihr es in jenem Frühjahr und Sommer fast in jeder Nacht wart, und jetzt schlendert ihr heim, an Harriet Lunds Gartenzaun entlang. Oft gingt ihr am Waldrand längs und nahmt den Umweg über Lund, um nicht von den Fenstern auf Ås aus gesehen zu werden. Anders Irgendeiner könnte nachts schlaflos herumgegeistert sein, so wie es später seiner Tochter auch erging.

Du bist, wie so oft nach euren Schäferstündchen, erfüllt von Dankbarkeit für ihren Körper, der dir so guttut. Ihre Fähigkeit, sich deinem Mund und deinen Händen hinzugeben, ohne etwas zurückzuhalten, verblüfft dich jedes Mal aufs neue.

Sie flüstert, sie jubelt »Ja! Ja!« wenn sie dich aufnimmt und dich spüren läßt, daß du einen Punkt, tief, tief innen in ihr berührst. Die Ekstase, die sich in ihren Zügen spiegelt, läßt ihr Gesicht so offen und verletzlich sein wie das eines Kindes und gibt dir das ungestüme Gefühl, etwas zu überwinden, das so erregend auf dich wirkt, daß du ganz schnell dein Ziel erreichst.

Aber anschließend bist du von einer geradezu ängstlichen Zärtlichkeit erfüllt, weshalb du wieder und wieder ihre Haut streichelst, während du immer wieder flüsterst, wie wunderbar sie sei, wie unglaublich lieb und schön, und wie gut es dir mit ihr geht. Verwirrt und lächelnd siehst du in ihre weit geöffneten Augen – siehst du überhaupt je die Frage in ihnen? Und dann schläfst du ein, das Gesicht an ihren Hals gepreßt, ohne einmal den Satz gesagt zu haben, den sie am liebsten hören möchte.

Aber in dieser Nacht, als ihr euch vorsichtig am weiß gestrichenen Lattenzaun von Lund entlangschleicht, bist du von so dankbarer Freude dem Leben gegenüber erfüllt, von deiner eigenen und ihrer Jugend und von der schon fast mystischen Schönheit der Natur. Alles fließt in dem berauschenden Gefühl von Verliebtsein und Liebe zusammen.

Langbeinig springst du einfach über den ordentlich gestrichenen Zaun und pflückst eine der prächtigen Pfingstrosen, die dort im Gartenbeet stehen, den Kopf schwer vornübergeneigt vom nächtlichen Tau. Du überreichst ihr die schöne große Blüte und sagst: »Mathilde, ich hab dich so unheimlich gern!«, und dann fällst du auf die Knie und schlingst deine Arme um ihre Beine. Du steckst den Kopf in den Spalt zwischen ihre Schenkel und durch den dünnen Kleiderstoff erkennst du ihren Duft wieder und den deinen.

Das entzündet alle deine Sinne aufs neue, und lachend wirfst du sie ins taunasse Gras und findest noch einmal den Weg zu ihr. Die Gesichter ganz nahe, verborgen in den duftenden rosenroten Blüten liegt ihr beieinander, während die Sterne am Himmel verblassen und die erste Amsel auf einem Zweig fast genau über euren Köpfen ihr langgezogenes Flöten anstimmt, das den neuen Tag verkündet.

12

Ich habe in einem von Mathildes Verstecken das gepreßte Blütenblatt einer Pfingstrose gefunden. Es liegt mit vielen anderen gepreßten Blüten zusammen, die alle auf kleine rechteckige Papierstücke geklebt sind. Aber dieses scheint viel älter zu sein, und es ist das einzige, bei dem kein Name auf dem Papier geschrieben steht. Beim Anblick dieses spinnwebzarten, durchsichtigen und beinahe farblosen Blütenblatts denke ich an Staub und Asche, an die Vergänglichkeit, und ich fange an zu weinen, und die Tränen fallen auf das spröde graue Papier, auf dem die Blüten angebracht sind.

Aber du bist hier, mit deinen erwachenden Sinnen und deinem verwunderten Lauschen auf meine Stimme. Ich will dir, mein Kleiner, alle meine Erinnerungen schenken, gib gut auf sie acht, denn wenn ich einmal nicht mehr bin, bleiben nur die Erinnerungen, die ich mit dir teilte, übrig, wie das hauchdünne, langsam vergehende Blütenblatt einer Pfingstrose, befestigt auf einem sorgfältig zurechtgeschnittenen Stück grauen Papiers.

Meine Mutter sang oft das Kirchenlied von der Vergänglichkeit. Und vielleicht ist auf der Welt nichts so vergänglich wie Verliebtsein und Liebe. Nein! Ich will das nicht glauben! *Du* sollst das nicht glauben!

Er *war* in jenem Sommer in Mathilde verliebt. Er muß es gewesen sein, denn ich glaube nicht, daß Harald ein böswilliger Schürzenjäger war. Aber vielleicht war er mehr in das Schmeichelnde ihrer Aufmerksamkeit verliebt als in sie selbst. Und unter Umständen sogar am allermeisten in das Bild, das sie sich von ihm zurechtgelegt hatte.

Mathilde war die Erbin eines großen Hofes mit Essensglocke, aber ich glaube nicht, daß das für ihn wichtig war. Großbauer zu werden, war niemals sein Wunsch gewesen. Wichtiger war, wie schön sie war und ihm zugetan. Denn das war sie, ihm hingebungsvoll zugetan.

So voller Glut und leidenschaftlich erfüllt, erblühte sie für ihren Liebsten in diesem Sommer. Ihre tiefen grauen Augen strahlten unter der hohen Stirn, auf der sich die feinen Haare zart kräuselten, denn sie trug noch Zöpfe wie ein junges Mädchen. Aber nachdem er ihr eines Nachts auf dem Heimweg über die Jakobsau die langen Zöpfe um den Kopf gewunden und provisorisch mit Margeriten und Lieschgras befestigt hatte, trug sie ihr Haar immer als geflochtenen Kranz. Wie sie es auch in all den Jahren tat, in denen ich sie kannte.

Ja, sie war erblüht und dabei so schön, wie es nur die ganz seltenen Blumen sind, und so war ihre Blüte nicht von Dauer. Und auch die Schar der Freundinnen spürte ihre Veränderung und rückte näher, neugierig und verwundert. Nicht, daß sie wirklich Freundinnen fand, die hatte sie niemals. Sie ließ niemanden an sich heran, vielleicht mit Ausnahme der einen, Anna.

Nein, auch Anna ließ sie nicht wirklich an sich herankommen. Aber sie mochte sie lieber als alle anderen, und sie war freundlicher zu ihr. Ihr Lachen war weniger spöttisch, und wenn sie mit Anna sprach, war ihre Stimme einen Hauch weicher. Vielleicht, weil Anna so wenig forderte. Sie war Mathilde gegenüber voller Bewunderung und hielt sich gern in ihrer Nähe auf, ohne sich um größere Vertraulichkeit zu bemühen. Aber falls Mathilde im Begriff war, diese stürmische Verliebtheit jemandem anzuvertrauen, dann wohl ihr. Und dann war es also ausgerechnet Anna, für die er sie verlassen würde.

Wann war Anna zum ersten Mal in seinen Gedanken aufgetaucht, dieses anonyme kleine Mädchen? Sie war jünger als Mathilde und keineswegs schön, nicht einmal hübsch. Aber wo die Liebe nun mal hinfällt, wie es so schön heißt. Vielleicht nahm er sie zum ersten Mal richtig wahr, als er die Arme hochstreckte, um sie von der Heufuhre herunterzuheben. Sie war da und half in diesem Sommer auf Ås beim Heuen. Dieses rundliche kleine Wesen, das so anstellig war und in dessen Augen die Lachlust aufblitzte, war so ganz anders als Mathilde. Wie Feuer und Wasser, kann man sagen.

Wenn Mathilde wie das heiße und verzehrende Feuer war, so war dieses Mädchen wohl wie klares und erfrischendes Wasser. Nachdem er einige Wochen lang mit sich gekämpft hatte, kannte er keinen anderen Gedanken mehr, als sich in das ruhige klare Wasser gleiten zu lassen.

13

Eine fröstelig kalte Oktobernacht liegt über der Jakobsau. Der Vollmond wirft seinen kalten Schein über Scheune und Au, und wohl niemals hat das Scheunentor so herzzerreißend in den Angeln gekreischt wie jetzt – wann soll Jakob sie schmieren? Das Tor geht auf, und ein junger Mensch stürzt heraus und rennt so schnell er kann über die Wiese. Halb verwelktes Gras peitscht um seine Beine, und seine Hosenbeine sind bis hoch an die Knie vom Tau triefend naß.

Voller Scham verspürt er ein Gefühl der Erleichterung darüber, daß er entkommt. Aber vor allem ist er verzweifelt – über das Leben, über sich selbst, über die Zufälligkeiten, die ihn in diese Situation gebracht haben.

Man kann nicht Diener zweier Herren sein – und man kann nicht zwei Frauen lieben. Und wenn es einem nicht selbst gelingt, herauszufinden, wen man sich am meisten wünscht, dann greift der Zufall ein. Sie soll also was Kleines bekommen, die andere. Als sie ihm das erzählt, hat sie ihre blanken Augen so vertrauensvoll auf ihn gerichtet, daß ihm klar ist – da gibt es nur eines zu tun. Er weiß nicht, ob sie eventuell von Mathilde und den Nächten in der Scheune vage etwas ahnt. Er wird es nie erfahren.

Bei all der Verzweiflung fühlt es sich doch irgendwie gut an, jetzt handeln zu müssen. Er will ja mit der ganzen Geschichte schon seit dem Sommer Schluß machen. Daß Mathilde traurig sein wird, hat er erwartet. Nur daß sie dermaßen verzweifelt sein würde, nein, das hat er nicht geglaubt. Daß das Leben so schwer sein kann! Er hebt einen Stein auf und wirft ihn voller Wut weit weg, ehe er ins Waschhaus schlüpft, wo er sein Zimmer hat. Am nächsten Tag ist er fort.

Ich weiß nicht, ob es sich wirklich so zugetragen hat. Aber so kann es gewesen sein. Als Anna wegging und in aller Stille diesen Schweizer heiratete, da wurde in der Gemeinde schon getuschelt. Sie ließen sich in seiner Heimatgemeinde nieder und bekamen mehrere Kinder.

Aber sollte er nicht ... sagten die Leute. Waren nicht er und Mathilde ein bißchen ... und so. Das Gerede legte sich rasch.

Mathilde war in den folgenden Wochen vielleicht ein bißchen blasser. Und im Winter war sie in Oslo, um die feine Haushaltsführung und das Nähen zu erlernen. Ja, ja. Es muß natürlich immer etwas Besonderes sein bei denen auf Ås. Vornehme Haushaltsführung!

Im Laufe des Sommers kam sie wieder nach Hause zurück, und von da an hatte sie jenen verbissenen, bitteren Zug, an den ich mich so gut erinnere.

Und so vergingen die Jahre. Wie glänzende Glasperlen auf einer Schnur, so reihten sie sich aneinander. Mathilde lebt zusammen mit ihrem Vater, Anders Irgendeiner, der mit der Zeit immer reizbarer wird, launenhaft und aufbrausend. Die werden schon noch gewahr werden, daß er nicht irgendeiner ist!

Aber unsterblich ist er ja nicht, und an einem bitterkalten Wintertag kommt Bless nach Hause getrottet vom Wald, wo sie zum Holzeinschlagen waren. Anders hängt quer über einem enormen Birkenstamm hinten auf dem Pferdeschlitten. Das Herz, sagen die Leute, und damit haben sie auch recht. Er hat wohl zu hart zugepackt, der alte Dickkopf.

Mathilde richtet das Begräbnis aus, mit frischem Fleisch und Brühe, so, wie es sich gehört. Ob sie den Vater betrauert, zeigt sie nicht, aber das hat auch keiner von ihr erwartet.

Dann macht sie weiter, wie gehabt. Kommandiert die Dienstmädchen und die Knechte herum, streng, aber eigentlich nicht ungerecht. Sie ist nur so mürrisch und schroff. Ein Lächeln und freundliche Worte hat sie nur für die Katzen übrig. Und selten einmal für Ragnhild, merkwürdigerweise.

14

Ragnhild ist die Tochter von Asta, die Mathilde während ihres ersten Lebensjahres so unermüdlich wiegte. Asta hatte früh geheiratet und war eine Bauersfrau mit rasch wachsender Kinderschar geworden. Ragnhild, die geboren wird, als Mathilde auf der »vornehmen Haushaltungsschule« weilt, ist das siebte Kind auf dem Kleinbauernhof. Ein paar Jahre vor ihr kamen Zwillinge und im Jahr darauf kommen wieder Zwillinge, vier richtige Rabauken, die ihrer friedliebenden Schwester das Leben ordentlich schwermachen.

Deshalb wundert sich keiner, wenn Ragnhild ab und an gern der Unruhe und dem Spektakel entkommt. Aber daß sie ausgerechnet den Weg nach Ås findet und sich dermaßen Mathilde anschließt, daran stoßen sich doch etliche. Mathilde ist nicht unbedingt dafür bekannt, daß sie gut mit Kindern umgehen kann.

Gleichwohl verbringt also Ragnhild aus freiem Entschluß viel Zeit ihrer Kindheit in der seltsamen Atmosphäre auf dem Hof unter der Essensglocke – und ohne sichtbaren Schaden davonzutragen. Sie ist beim Vieh und in den Ställen anzutreffen, spielt mit den Katzen, es gibt jede Menge Katzen auf Ås.

Oder sie schaukelt auf der großen Schaukel, die ganz hinten im Garten an der Eiche hängt. Sie baut sich kleine Bauernhöfe, wo die großen Tannenzapfen Kühe und die etwas kleineren Kiefernzapfen Schafe und Schweine darstellen. Eicheln sind Hühner und Katzen.

Und immerzu singt sie, summt und singt sie kleine Melodien und Verse, die sie in der Schule oder sonstwo gelernt hat. Man weiß immer, wo sie ist, deshalb ist es leicht, auf dieses Kind achtzugeben.

Mathilde hat Ragnhild sehr gern, auch wenn sie das nicht oder nur selten zeigt. Im Gegenteil, sie kann schroff und ungeduldig sein, obwohl Ragnhild doch ein so vernünftiges Kind ist und recht weit für ihr Alter. Aber Mathildes mürrisches Benehmen prallt gleichsam von ihr ab. Sie ist, wie sie ist, ruhig und stets vor sich hin summend.

Von zu Hause ist sie außerdem beträchtlich heftigere Umgangsformen gewöhnt. Für gewöhnlich herrscht dort ein solches Gezeter, daß sie ihr eigenes Singen nicht hören kann. Die Mutter schimpft, und die Brüder schreien und heulen. Die ältesten Schwestern stopfen sich die Finger in die Ohren und lesen, und Taff, der Hund, kläfft und tut was er kann, um das Ganze zu übertönen.

Die Mutter greift ein, wenn die Rauferei zwischen zweien der Buben gar zu wild wird. Geschickt und gebieterisch schnappt sie sich die beiden im Nacken und reibt ihnen die Nasen aneinander, »damit sie merken können, daß sie zur gleichen Familie gehören!«. Für den Augenblick hilft es auch. Dazwischen bewegt sich der Vater, zurückhaltend und ruhig wie Ragnhild, und meint unbeholfen: »Nein, nun seid ihr aber zu weit gegangen, Kinder.« Die wenigen Male, wo er tatsächlich eingreift, wird es still.

Nein, daß Ragnhild sich nach Ås hingezogen fühlt und zu »Tante Mathilde« und sich dort aufhält, sooft sie kann, ist kein Wunder. Und allmählich vermißt Mathilde sie, wenn sie wieder weg ist, so sehr, daß sie anders als sonst und nicht mehr sie selbst zu sein scheint. Es ist, als brüte sie vor sich hin, als wünschte sie das kleine Mädchen ungeduldig zurück, obwohl sie sich so wenig um Ragnhild kümmert, wenn sie auf dem Hof ist.

Und Ragnhild ist ein friedliebendes und vernünftiges Kind, das nur selten den Zorn der Erwachsenen auf sich zieht, weder zu Hause noch auf Ås. Nur ein einziges Mal knallt es, da bekommt sie von Mathilde eine schallende Ohrfeige.

Das passierte eines Tages Anfang Mai. Sie hatten den Kuckuck gehört, und Ragnhild erhielt die Erlaubnis, barfuß zu gehen. Glücklich streift sie umher und sammelt die Tannenzapfen und kleine Äste vom letzten Jahr für ihren Bauernhof, den sie mitten auf dem Hofplatz aufbaut. Kühe und Kälber, Schweine und Schafe nehmen unter ihren geschickten Händen Gestalt an. Aber sie hat kein Pferd. Keiner der Zapfen ist groß genug, um ein Pferd sein zu können. Da fällt ihr das schön geschnitzte Pferd auf der Anrichte in der guten Stube ein, barfuß stapft sie dorthin, holt sich das Pferdchen und trägt es ehrerbietig hinaus zu den anderen Tieren. Sie setzt es auf einen flachen Stein, damit ihm nichts geschieht, und bewegt die Kälber und die Schafe hin und her, leise vor sich hin summend.

Da kommt Mathilde vom Hühnerstall. Als sie das Pferd sieht, setzt sie den Eierkorb so hart ab, daß einige Eier zerbrechen, und dann gibt sie Ragnhild eine Ohrfeige, daß es knallt. Sie zischt: »Das Pferd wird nicht angefaßt«, nimmt es, schnappt sich den Eierkorb und marschiert wütend ins Haus. Das Mädchen sitzt da, wie gelähmt.

Nach einer Weile erhebt Ragnhild sich, bleibt stehen und schaut sich verwirrt und unsicher um, ehe sie traurig vom Hof schleicht. Auf bloßen Füßen geht sie den ganzen langen

Weg nach Hause. Unterdessen denkt sie, daß sie nun niemals mehr nach Ås kommen kann. Dieser Gedanke trägt zusammen mit den wunden Füßen dazu bei, daß ihr die Tränen in einem fort über die Wangen laufen, so daß sie mit streifigem Gesicht und Blasen an den Füßen in das Spektakel zu Hause zurückkehrt. Viele, viele Tage lang singt sie nicht.

Mathilde hat das Pferd auf seinen Platz auf der Anrichte gestellt. Die Hände zittern ihr. Sie steht in der guten Stube am Fenster und schaut dem kleinen traurigen Kinderrücken nach, während ihr die Handfläche vor Scham brennt. Denn diesen Schlag hätte der bekommen sollen, der das Pferd gemacht hat, und nicht das Kind, das glaubte, das Pferd sei zum Spielen.

15

Mehrere Tage lang geht sie wie auf Nadeln. Sie räumt in der Kammer auf, wo Ragnhild gewöhnlich schläft. In der letzten Zeit ist sie fast jedes Wochenende hier auf dem Hof gewesen. Jetzt liegen das Nachthemd, eine kleine rote Strickjacke und ein paar andere der kleinen Kleidungsstücke hier drinnen, und sie sehen so seltsam verloren aus in dem leeren Raum.

Mathilde macht sich des Abends in der Kammer zu schaffen, und in dem stillen, dunklen Haus nimmt sie das Nachthemd, atmet den Duft des Kindes tief ein, schluchzt, mein Kind, mein Kind! Die Tränen, die sie vergießt, zeigen eine derartige Verzweiflung, daß niemand, der sie sah, glauben würde, Ragnhild sei der Grund.

Aber es gibt niemanden, der sie sieht, nur die Katze, die

sich an ihre Beine schmiegt und schnurrt. Und die hat schon früher Mathildes Tränen gesehen.

Unter der Woche ist sie in der Gemeinde unterwegs. Sitzt in ihrer etwas mürrischen Art und tunkt die Zuckerstückchen in den schwarzen Kaffe, während sie den mehr oder weniger willigen Gastgebern Neuigkeiten zu entlocken versucht.

Wie gewöhnlich gibt es von den Leuten auf Rønningen viel zu erzählen.

»Hast du gehört, daß die Jungens dort beinahe die neue Scheune angezündet haben? Zündeten das trockene Gras an, weißt du. Asta und ihr Mann haben das gerade noch löschen können.«

»Nein, wirklich wahr? Hat man so was Verrücktes schon gehört?« (Aber Ragnhild, erzählt etwas von Ragnhild!)

»Ja, das waren die jüngsten Zwillinge, die Ostern mit der Schule anfangen sollen. Und die ältesten, die neunjährigen, haben alle Hühner in die Küche gescheucht, als die Eltern mit dem Boot draußen waren. Sie hatten angefangen, darum zu feilschen, ob wohl alle Hühner da hineinpassen, und das mußten sie nun untersuchen. Ja, das sind Rabauken! Fünfzig, sechzig Hühner, die vor Schrecken wie von Sinnen sind. Hühnerdreck überall in der Küche, wie man sich denken kann!«

»Hat man da noch Töne!« (Und Ragnhild ...?) Sie kann sich nicht überwinden zu fragen. »Ja, ja, Asta hat schon ihr Tun: Danke für den Kaffee. Ja, ja.«

Und damit verschwindet Mathilde und macht sich auf den Weg, zugeknöpft und sehr aufrecht. Sie ist dreiunddreißig, aber sie kleidet sich und benimmt sich, als wäre sie doppelt so alt.

»Das war ja schrecklich, wie zahm die heute war«, sagt die Hausfrau und kommt sich fast ein bißchen betrogen vor, wie sie die Kaffeetassen wegräumt. Und die Kinder, die um den

Küchentisch gesessen haben, Augen und Ohren weit aufgesperrt, finden das auch. Heute war Mathilde irgendwie komisch. Kein einziges böses Wort über irgendeinen Menschen! Ob sie frühzeitig alt wird?

Ja, Mathilde fühlt sich alt, uralt in diesen Wochen. Denn das dauert wochenlang an. So lange ist Ragnhild noch nie von Ås weggeblieben, seit sie auf eigene Faust dorthin kommen kann.

Und dann wundern sich die Leute im Dorf, ob Mathilde nun ganz und gar wieder in die Kindheit zurückkehrt. Denn gleich, nachdem das Pflügen erledigt ist, gibt sie dem Knecht den Auftrag, ein Spielhaus unter der Eiche ganz hinten im Garten zu bauen.

Es wird ein hübsches kleines Haus, denn der Knecht ist geschickt und geht die Sache mit Lust und Liebe an, auch wenn ihm Sinn und Zweck dieses Gebäudes nicht ganz klar sind. Für das Fenster, das nach der Jakobsau hin liegt, schnitzt er eine hübsche Verzierung, und er tischlert zwei kleine Stühle und einen Tisch. Aufs Dach kommen richtige Ziegel, und die Haustür erhält Schloß und Schlüssel aus Schmiedeeisen. Mathilde legt Flickenteppiche auf den Fußboden, und an das Fensterchen hängt sie dünne weiße Gardinen.

Die ganze Gemeinde folgt dem Bau dieses kleinen Hauses mit Spannung, aber ganz besonders gespannt und neugierig ist Ragnhild, auf dem Weg zur Schule und zurück, mit ihrem Ranzen, der auf dem Rücken hüpft. An der Milchrampe, dort wo der Weg sich gabelt, scheint sie voller Freude abzubiegen, merkt aber, wie das jeden Tag doch schwerer wird, ohne daß sie weiß, warum.

Aber eines Tages steht Mathilde höchstpersönlich an der Milchrampe und wartet auf sie. Sie tut nicht einmal so, als habe sie dort etwas zu schaffen, sondern steht nur steif und aufrecht neben der schiefen alten Rampe, als Ragnhild zusammen mit den anderen Kindern vorbeikommt.

»Du kommst mit mir nach Hause«, sagt sie brüsk, wie es ihre Art ist, aber ihre Augen strahlen mehr, als es jemand im Dorf schon mal gesehen hat. Und die kluge kleine Ragnhild begreift, daß dies die einzige Liebeserklärung ist, die sie jemals von der mürrischen Tante bekommen wird. Stillschweigend schiebt sie ihre kleine Hand in Mathildes, und zusammen gehen sie langsam durch die grüne Birkenallee.

16

Nach dieser Episode wird Ragnhild für Mathilde fast so etwas wie eine Tochter. Immer öfter kommt sie mit ihrem kleinen Bündel und fängt an, tagelang zu bleiben. Bald wohnt sie mehr auf dem Hof der Tante als zu Hause. Und das ist nicht so merkwürdig, wenn man bedenkt, wieviel Unheil ihre wilden Brüder anrichten.

»Das wird böse mit ihnen enden«, sagen die Leute im Ort und schütteln nachdenklich die Köpfe. Aber es geht gut, seltsamerweise. Zwar brechen sie sich zwischendurch schon auch einmal Arme oder Beine, aber nach einigen Wochen in Gips ist das ja wieder in Ordnung.

Ragnhild fühlt sich jedenfalls in der Stille auf Ås wohler als unter ihren geräuschvollen Brüdern. Ihre vier Schwestern sind groß und gehen ihre eigenen Wege. Zwei und zwei halten sie immer zusammen, und so eine kleine singende Schwester dabei zu haben, wäre eine ziemlich unnütze Bürde, finden sie. Außerdem gibt es dort ja das Spielhaus. Mathilde wußte schon, was sie tat, als sie es bauen ließ.

Ja, weißt du, das Haus ist schon toll. Denn damals sah es

schon genauso aus wie heute, Stube und Küche und die klitzekleine Veranda mit der schönen Brüstung, die aus Holz geschnitzt ist. Aber der alte grüne und eingestaubte Diwan, den Mathilde hineinstellte, ist gegen ein hübscheres Sofa ausgetauscht worden. Und die Gardinen sind neu. Statt der weißen Gardinen aus Ragnhilds Kindheit hängen da jetzt karierte Baumwollgardinen.

Das Spielhaus lockt auch andere kleine Mädchen nach Ås. Bald klingen eifrige Kinderstimmen mit der Essensglocke um die Wette. Sobald sie einen Grund sieht, ermahnt Mathilde sie barsch, stiller zu sein, aber die Kleinen haben schnell begriffen, daß sie es nicht so meint. Hin und wieder kann es passieren, daß sie mitten auf dem Hofplatz, zwischen Kuhstall und Vorderhaus, stehenbleibt und den Kindern zuschaut, die so eifrig beschäftigt sind. Als ob sie denkt: So also sehen sie aus, wenn sie acht Jahre alt sind, zehn Jahre ...

Wenn es niemand sieht, dann können ihre Augen schon mal glänzen. Und dann hat sie im Garten etwas zu tun und bringt eine Flasche Apfelsaft – Mathildes selbstgemachter Apfelsaft ist der beste auf der Welt! – oder sie kommt mit ein paar ordentlichen Scheiben Brot und einem kleinen Glas Pflaumenmarmelade.

Einmal hatte sie zwei hartgekochte Eier dabei. Da flog ihr die kleine Synnøve – ein süßes kleines Ding – aus lauter Dankbarkeit um den Hals. Das machte sie nur einmal, denn Mathilde schüttelte die Kleine ziemlich unwirsch ab und verschwand zwischen den Apfelbäumen, »Nun benehmt euch mal!« murmelnd.

Du arme, sonderliche, mürrische und schrullige Mathilde! Nun hastest du durch den Apfelgarten, den Rücken so steif und aufrecht, als hättest du einen Stock verschluckt, wie die Leute im Ort oft von dir sagen.

Aber – gib acht! – jetzt bist du an einen Ast mit duftenden, halbreifen Äpfeln geraten, so daß dir die schweren rotbackigen Früchte um die Ohren schlagen. Du brauchst doch nicht auf diese Weise halbblind fortzurennen! Und du kannst dir in Ruhe mit dem Zipfel deiner geblümten Schürze über die Augen fahren, denn hier, in deinem eigenen Apfelgarten, ist ja niemand, der dich sieht.

Auch im Waschhaus ist niemand, der dich sieht, denn das Mädchen, das dir hilft, ist noch im Stall. Sie ist mit dem Melken fertig und hat die Milch bereitgestellt, damit du sie in Milch und Sahne trennst. Jetzt gießt du Milch in die blanke Schüssel der Milchschleuder und beginnst langsam und nachdenklich die Kurbel zu drehen. Aber gib auf den Ton acht, Mathilde! Es wird nichts mit der Sahne, wenn es zu schnell geht – oder zu langsam.

Die Zentrifugenweise, die kennst du. Sie begleitet dich, seit du als kleines Mädchen auf einem Schemel standest und die Kurbel für deine mürrische Großmutter drehtest. Das gehört zu den ganz wenigen Erinnerungen, die du an sie hast. Mürrische alte Großmutter Kristine, die dir so wenig zu geben hatte, daß du sie nicht die Spur vermißt hast, als sie in dem Winter, als du vier wurdest, starb.

Aber sie lehrte dich, auf den Ton in der Milchschleuder zu hören. Durch die Jahre hin hast du gelernt, daß – wenn die Zentrifuge den richtigen Ton gefunden hat, wenn du die Kurbel mit der großen Übertragung in genau dem richtigen Tempo drehst, so daß die Sahne, haargenau so dick, wie sie soll, durch die eine Öffnung fließt, und die Milch, achte auf den Schaum, durch die andere – du deine Gedanken bei dieser Arbeit schweifen lassen kannst, getragen vom gleichförmigen Ton der Zentrifugenweise.

Paß auf das Lied auf, Mathilde, mir scheint, daß du heute ungleichmäßig kurbelst. Und beug dich nicht über die Schüssel, salzige Tränen haben weder in der Sahne noch in der

Milch etwas zu suchen. Warum bist du heute wohl so besonders niedergeschlagen und deprimiert? Ist es das helle Lachen der Mädchen, das du hörst und das sich mit dem Geräusch des Separators mischt? Oder das Gefühl von zwei Mädchenarmen um deinen Hals und von einer daunenweichen Kinderwange, die sich einen schwindelnden Augenblick lang an deine preßt?

Jetzt sinkt der Ton der Zentrifuge und erstirbt schließlich ganz. Mathilde läßt Sahne Sahne sein und sinkt auf den dreibeinigen Schemel, der dort steht. Es ist derselbe, auf dem sie als Kleine stand, auf dem ich – wir – oftmals gestanden haben, wenn wir die Kurbel der Milchschleuder für einen Erwachsenen drehten.

Mathilde sinkt auf den Schemel und schlägt die Schürze vors Gesicht. Ihr aufrechter Rücken krümmt sich, aber nur für einen Augenblick, dann hört sie die Tür des Kuhstalls. Sie legt Schürze und Gesicht wieder in ordentliche Falten und gibt der Zentrifuge Schwung, denn es könnte ja sein, daß die Magd auf dem Weg zum Vorderhaus ihren Kopf hereinstreckt. Wer ein Unglück als heimliche Bürde trägt, kann niemals vorsichtig genug sein.

17

Als Ragnhilds Konfirmation ansteht, richtet ihr Mathilde das Fest aus. Sie lädt das halbe Dorf ein und macht alles so großartig, daß der armen Konfirmandin ziemlich unwohl zumute ist. Ein solches Aufhebens um ihre Person ist sie weder gewöhnt, noch gefällt ihr das. Aber so wie Mathilde Herr ist über alles übrige auf Ås, so bestimmt sie auch hierüber. In rauhen Mengen wird geschlachtet und gebraut und gebacken, und obendrein näht sie Ragnhild auch noch das Konfirmationskleid, weiß und knöchellang, so wie es damals üblich war.

Leise vor sich hin singend schickt sich Ragnhild in die Situation, friedlich wie sie nun mal ist, jedenfalls in ihrer Jugend. Auf dem Konfirmationsphoto, das von ihr im Garten unter dem Flieder aufgenommen wurde, lächelt sie ruhig und heiter in die Kamera. Den Kopf hält sie leicht erhoben, und ihr Mund steht offen. Fast meint man sie in den Apparat singen zu hören. Zuversichtlich. Sie war damals so zuversichtlich.

Nicht, daß sie nicht wüßte, was sie will. Auf jeden Fall will sie in Ruhe und Frieden mit den Leuten leben. Die Unruhe mit den Brüdern während ihrer Kindheit hat sie schnell gelehrt, daß es das klügste ist, nachzugeben. Und im Umgang mit ihrer mürrischen Tante Mathilde hat sie gelernt, daß die Leute oft nicht so übel sind, wie sie wirken, wenn man sich nur die Zeit nimmt und ordentlich hinschaut.

Jetzt sitzen sie also an ihrer Konfirmationstafel, alle ihre acht Geschwister. Das älteste Zwillingspaar wird siebzehn Jahre alt, und die beiden sind schon zweimal eine Saison auf einem Walfänger gefahren. Sie schenken ihrer Schwester eine Truhe aus dem Holz des Kampferbaums, und sie haben auch das Geschenk der jüngsten Zwillinge bezahlt, einen schicken Koffer mit braunen, ledernen Ecken.

»Du mußt mal rauskommen, Ragnhild«, sagen sie und sind starke Männer mit der Erfahrung der sieben Meere und der vier Himmelsrichtungen. »Du mußt etwas von der Welt sehen.« Und so stehen sie nach dem Essen auf dem Hofplatz von Ås und werfen um sich mit »Cape Town« und »Las Palmas« und recken dabei ihr flaumiges Kinn hoch in die Luft. – Jawohl, hier sind Burschen, die haben schon was von der Welt gesehen!

»Ich würde so gern mal nach Oslo fahren«, sagt Ragnhild. Bei einem so naiven Wunsch können die weltumsegelnden Brüder natürlich nur verächtlich schnauben. Oslo!

Die jüngeren Buben hingegen sind noch nicht zu alt, um Unfug anzustellen, im Gegenteil haben sie begriffen, daß sie sich beeilen müssen, um das noch hinzubekommen. Im übrigen ist es schon schmachvoll mit Brüdern, die so groß geworden sind und weitgereist. Sie fangen an, die Hühner zwischen all die Konfirmationsgäste mit ihren Sonntagskleidern zu scheuchen, und hören weder auf die nervösen Ermahnungen ihrer Mutter: »Pack den einen und schlag damit den anderen«, noch auf das vorsichtige »Nun reicht's aber, Jungens« ihres Vaters.

Sie geben keine Ruhe, nicht ehe Mathilde mit der Kaffeekanne in der Hand aus der Küche gesaust kommt und wütend zischt: »Jetzt benehmt euch mal anständig!« Dann bittet sie nach drinnen zu Kaffee und Apfelkuchen, und die Hühner können ihr friedliches Picken auf dem sonnigen Hof fortsetzen.

Ragnhild bleibt noch einen Moment in der Sonne stehen. Heute ist sie Ehrengast und braucht nicht mitzuhelfen. Sie blickt hinüber zur Jakobsau, der Niederung, wo die Scheune steht, deren Farbe abblättert, im Hintergrund die blauenden Berge. Und sie denkt an den Koffer und daß sie, selbst wenn sie ihr Leben lang hier im Ort leben soll, doch gern einmal in Oslo gewesen sein würde, in Norwegens Hauptstadt.

18

Vier Jahre dauert es, ehe sie fort kommt. Vier Jahre als Dienstmagd auf Ås, den Koffer als heimlichen Traum oben in dem großen Wandschrank in ihrer Kammer. Vier Jahre die

Rinder versorgen, die Kälber, vier Jahre Brotbacken und Nähen und nach ländlichen Festen nächtliche Radtouren mit bald dem einen, bald dem anderen der grünen Burschen aus der Gemeinde.

Aber eines Tages wird der Koffer gepackt, und sie zieht fort, bis zum Bahnhof in Tønsberg gefolgt von den kurzatmigen Ermahnungen ihrer Mutter und den verdrossenen Protesten Mathildes. Der Zug prustet und schnaubt mit ihr von dannen durch die herbstliche Landschaft des Vestfold und liefert sie mit Koffer, Regenschirm und Handtasche auf dem Bahnhof in Oslo ab. Sie ist neunzehn Jahre alt und nie weiter als bis Holmestrand gekommen.

Ich glaube, diese Geschichte habe ich viele hundert Male gehört. Ich kann den Duft von Kaffee riechen, von Apfelsaft und frischgebackenen Waffeln, die blau gestrichene Küche vor mir sehen. Ich kann die große Wanduhr in der Stube hören, das Ticken der Sekunden hängt im Raum, jedesmal, wenn Ragnhild eine Pause macht, um sich die Lachtränen abzutrocknen. Und dieses Lachen, Ragnhilds Lachen, von dem Mutter immer sagte, es klinge, als würden Erbsen aus einem Sack kullern, das sitzt noch in den Wänden von Ås. Denn das Weinen, das kam später.

Aber jetzt herrscht noch Lachlust vor, wenn Ragnhild beschreibt, wie sie, als wäre sie gerade vom Himmel gefallen, in Norwegens Hauptstadt steht, rings um sich das wimmelnde Leben, schon damals, Mitte der dreißiger Jahre. Ein klitzekleiner Mensch mit einem riesengroßen Koffer und null Erfahrung mit Städten größer als Tønsberg und Holmestrand. Sie beschließt, daß sie zuerst einmal das Schloß sehen will.

Sie trägt ein flottes Kostüm, Mathilde hatte ihr nur widerwillig und schmollend beim Nähen geholfen. Es hat einen engen Rock und eine taillierte Jacke und läßt sie noch kleiner erscheinen, als sie ohnehin ist. Aber der große Koffer macht ihr nichts aus, sie ist es gewohnt, Milchkannen von vierzig Litern zu bewältigen.

Schwieriger sind die hochhackigen Schuhe. Für eine, die nur auf dem Fußboden in der Küche geübt hat, stellen die Pflastersteine unerwartete Herausforderungen dar. Aber trotz des Herumwackelns kommt sie hinauf zum Schloß und bleibt mitten auf dem Platz davor stehen, überrascht, daß es wirklich nicht größer ist und weder Turm noch Spitze hat. Aber groß genug für eine Familie ist es durchaus, und praktisch, wie sie ist, denkt sie: »Da gibt es viel sauberzumachen, aber die haben wohl Leute zur Hilfe.«

Dann sieht sie die zwei Schilderhäuschen auf beiden Seiten des Eingangs und geht hinüber, um die hoch aufgerichtet stehenden Gardisten mit dem Federbusch von nahem in Augenschein zu nehmen. Sie baut sich vor dem einen auf, stellt den Koffer ab, hebt den Blick und begegnet zwei braunen Augen in einem etwas eckigen, aber recht gutaussehenden Gesicht, und sie ist dermaßen verdutzt, daß sie knickst, eine erwachsene Frau.

Gibt es das, Liebe auf den ersten Blick? Ich glaube es, denn genau das geschieht in diesem Moment zwischen der winzigen Ragnhild aus Stokke und dem großen, kräftigen Lars Larsen von einem Hof in der Nähe von Holmestrand. Sie schauen sich an und lächeln.

Später sind sie dieses erste Treffen in jedem kleinsten Detail durchgegangen, in tausend Nächten voller Gelächter. »Ist dir eigentlich klar, daß du *geknickst* hast, kannst du dir das vorstellen?« – »Und du, du hast dich einfach umgedreht und bist abmarschiert!« Denn genau das ist es, was er tut. Macht plötzlich eine halbe Drehung und marschiert los, stoppt und marschiert zurück, sieht sie an, ängstlich, sie könnte verschwinden, wendet und marschiert wieder los.

Ragnhild begreift ja allmählich, daß in diesem Tun ein Sinn liegt, besonders weil der Gardist aus dem anderen Häuschen genau das gleiche Manöver vollführt, genau zur gleichen Zeit. Sie setzt sich auf den Sockel von König Karl Johann mit dem Koffer neben sich und wartet auf die Wachablösung. Die beiden Gardisten werden unter viel umständlichem, militärischem Getue abgeholt und marschieren im Gleichschritt zu dem niedrigen Holzgebäude im Park, rechts vom Schloß. Sie geht nicht hinterher, sondern sitzt ruhig und betrachtet das Treiben ringsumher, während ein Teil von ihr denkt, das hier ist der glatte Wahnsinn, so etwas passiert nur in Büchern, nicht im richtigen Leben. Aber ein anderer Teil von ihr weiß, wenn sie jetzt geht, wird sie sich ihr Leben lang darüber ärgern, deshalb wartet sie weiter auf dem Sockel von Karl Johann, sicher, daß er zurückkommen und sie finden wird.

Und das tut er tatsächlich nach erstaunlich kurzer Zeit. Er ist noch immer in Uniform, aber hinter der militärisch strengen Kleidung und dem Federbusch ahnt Ragnhild einen ländlich-stattlichen Bauernjungen mit dunklem, lockigem Haar und kräftigen Fäusten. Er hat frei für zwei Stunden, während derer er und sein uniformierter Kamerad, der ihm auf den Fersen folgt, die Erlaubnis haben, auf der großen Straße, die zum Schloß hinaufführt, der Karl-Johanngate, auf- und abzuspazieren. Also tun sie das, Ragnhild und er, und flanieren auf der belebten Straße auf und ab, und der Kamerad folgt in respektvollem Abstand. Ragnhild weiß nicht, was ihr mehr imponiert, die großen schönen Gebäude oder die kraftvolle Gestalt, die an ihrer Seite geht und ihren Koffer trägt. Sie hat das merkwürdige Gefühl, nach Hause gekommen zu sein, wobei ihr die große fremde und hektische Stadt und die flotte aufrechte Gestalt, von der sie kaum die Augen abwenden kann, vor froher Erwartung Herzklopfen verursachen.

Er erhält ihre Adresse in der Jakobs-Aallsstraße, wo sie ein möbliertes Zimmer durch einen Bekannten aus der Gemeinde gefunden hat. Beiden ist klar, daß sich Herrenbesuch gleich am ersten Abend nicht gut ausnehmen würde, deshalb verabreden sie, sich auf der Straße zu treffen. Als er auftaucht, auf die Minute genau – er hatte eine Viertelstunde lang ungeduldig hinter der nächsten Ecke gewartet – ist er in Zivil, denn an diesem Abend hat er frei. Sie gehen im Schloßpark spazieren. Im Schatten der großen Bäume finden sie eine Bank, wo sie sitzen und ungestört reden können, während sie sich verstohlen lächelnd und ein wenig schüchtern anschauen.

Später am Abend gehen sie in ein Lokal. Lars zeigt sich großzügig und spendiert Ragnhild ein Essen. Schweinekotelett mit Jägerkohl und Sahnereis, für eine Krone pro Person. Anschließend schlägt er noch einmal ordentlich zu, für fünfunddreißig Öre Kaffee und Sahnetorte, weil er nun mal die Spendierhosen anhat. Während sie am heißen Kaffee nippen und verstohlen in der herbstdunklen Fensterscheibe das Profil des anderen bewundern, erhält er Ragnhilds Beschreibung ihrer ersten Begegnung mit der »Wolldecke«.

19

Ragnhild ist immer eine gute Erzählerin gewesen, und die Geschichten von der Zeit in Oslo, von dem Winter, als sie möbliert bei der »Wolldecke« wohnte, habe ich so oft gehört, daß es mir so vorkommt, als hätte ich sowohl das Zimmer als auch die schrullige Wirtin gesehen.

Das möblierte Zimmer lag in so einem vornehmen alten Mietshaus, von denen es in der Gegend viele gibt. Der Eingang vom Hof aus führte über eine schmale geschwungene Treppe nach oben, und dann ging es in ein dunkelbraunes und klitzekleines Entree mit Spiegel und Hutablage. Von hier aus gelangte man in Ragnhilds Zimmer. Das war groß, ursprünglich sicher als Stube verwandt oder vielleicht als Bibliothek, und es ist anzunehmen, daß es ein heller und schöner Raum hätte sein können, wenn nicht jemand auf die merkwürdige Idee gekommen wäre, Wände und Fußboden mit flaschengrünem Filz zu tapezieren. Ob das der Wirtin selbst eingefallen war, wissen weder Ragnhild noch ich, aber ich habe von ihr nie anders als von der »Wolldecke« reden gehört, und ich glaube, selbst Ragnhild hat vergessen, wie sie eigentlich hieß.

Es heißt, grün sei eine Farbe, die beruhigt, aber drei Meter hohe Wände bedeckt mit grünem Wollfilz – das war dann doch etwas zu viel. Anscheinend war der angeklebt worden, damit der Raum wärmer wirken sollte, denn es gab keine Wärmequelle. Die Küche nebenan hatte zwar einen großen alten Herd, aber schon zum Essenkochen war immer zu wenig Holz da, weshalb gar nicht daran zu denken war, Holz zu benutzen, nur um sich aufzuwärmen.

Dem Rest der Wohnung war, soweit Ragnhild sehen konnte, der grüne Filz erspart geblieben, aber alle Möbel, ja sogar die Bilder an den Wänden und die Kronleuchter unter den Gipsrosetten waren sorgfältig in eine Unzahl weißer Laken gehüllt. Zwischen diesen mit Laken bekleideten Möbeln huschte die »Wolldecke« raschelnd umher, in Seide gekleidet, in aller Regel schwarz, in Kleidern, die aussahen, als stammten sie aus dem vorherigen Jahrhundert. Wie ein uralter Geist wachte sie gewissenhaft über ihre gespensterhaften Gemächer und achtete mit höflichen kleinen Anfragen und Bemerkungen darauf, daß bei der Mieterin alles anständig zuging.

»Wie gut, daß das Fräulein vom Lande ist. Die Mädchen

vom Lande sind so sehr viel bescheidener und einfacher als die Mädchen aus der Stadt. Und ist sie vielleicht sogar verlobt? Nein, das ist auch gut so, denn von Herrenbesuch kann selbstverständlich nicht die Rede sein.« Die Gefahr, in ihrer eigenen Wohnung auf einen waschechten Mann zu stoßen, ließ auf ihren Wangen erschreckte, rote Flecken erscheinen. Denn stell dir vor, sie kommt in die Küche, um sich eine Tasse Tee zu bereiten, »nur im Neglisché« ...

Bei dieser Vorstellung drückten die Augen der »Wolldecke« ein derart kugelrundes Erschrecken aus, daß Ragnhild lange glaubte, der Ausdruck »nur im Neglisché« bedeute, die Wirtin pflege in der Wohnung herumzugeistern ohne einen Faden am Leibe. »In der eiskalten Wohnung!« Erst einige Wochen später sollte sie entdecken, daß das »Neglisché« der »Wolldecke« ihr langer und glänzender seidener Morgenrock von unbestimmter Farbe und Herkunft war.

Der Anblick dieser altertümlichen Erscheinung, in Morgenrock und den Kopf voll unzähliger klitzekleiner abstehender Papilloten, die einzusetzen bestimmt den ganzen Vormittag gedauert haben mußte, reichte, um den meisten einen Schrecken einzujagen. Und Ragnhild enthielt wohlweislich ihrem neuen Bekannten sowohl die »Wolldecke« als auch das Negligé vor, ohne ganz sicher zu sein, wen sie eigentlich vor wem schützte.

Im übrigen war es nicht so schwierig, die beiden einander vorzuenthalten, weil die »Wolldecke« die meiste Zeit zwischen ihren mit Laken bedeckten Möbeln in ihren eigenen Räumen zubrachte, ohne daß Ragnhild eigentlich jemals Klarheit darüber erhielt, womit sie sich beschäftigte, abgesehen davon, Papilloten in den Haaren zu befestigen. Oder wofür in aller Welt diese Lakendrapierungen gut sein sollten.

Im großen und ganzen trafen sie sich nur wenige Male am Tag. Wenn Ragnhild nachmittags von der Arbeit kam, traf sie die »Wolldecke« oftmals im Korridor, bekleidet mit Sachen, die nicht nur aussahen, als stammten sie aus längst vergangenen Zeiten, sondern auch wirkten, als hätte man sie ihr in zufälliger Reihenfolge übergeworfen. Außer Atem und abgehetzt setzte sie sich die absonderlichsten Hüte auf; einer von ihnen trug einen schwarzen Schmetterling, der auf einer langen Spiralfeder wippte, ein anderer eine solide kleine Straußenfeder, die sich kokett vor das eine kugelrunde Auge der »Wolldecke« legte und sie dazu veranlaßte, wie eine kurzsichtige Eule immerfort zu blinzeln. Mit mörderischer Energie spießte sie sich lange Hutnadeln aus Perlmutter durch die Locken und stürzte zur Tür, um einkaufen zu gehen, stets zehn Minuten, ehe die Geschäfte schlossen, und stets die Bemerkung: »Ach du liebe Güte, ich habe so viel zu erledigen!« atemlos über die Schulter werfend.

Ansonsten ist sie nicht zu sehen, aber um so mehr zu hören. An jedem Samstagabend, genau um acht Uhr, nahm sie ein Bad in der großen Badewanne mit den Löwenfüßen. Ragnhild und Lars können sie dann ihre unterdrückten Schreie ausstoßen hören, wenn sie in das eiskalte Wasser steigt. Und Tag und Nacht sickern die merkwürdigsten Geräusche durch die Filzwände zu Ragnhild und ihrem eingeschmuggelten Freund. Es klingt, als ob die ganze Wohnung jede Nacht auf den Kopf gestellt würde, aber tags drauf steht alles, soweit Ragnhild bei den kurzen Einblicken, die sie bekommt, beurteilen kann, wieder an seinem gewohnten Platz, in seine weißen Laken gehüllt.

Es war und blieb ein Rätsel, was diese Person trieb. Vielleicht arbeitete sie wie verrückt, um warm zu werden, denn ihre Räume waren vermutlich genauso eiskalt wie der Rest der Wohnung. Und der ist so kalt, daß Ragnhild und Lars keinen anderen Ausweg sehen, als die Abende unter der Bettdecke zu verbringen, etwas, das sie vermutlich in jedem Fall getan hätten, aber so haben sie einen Vorwand. Glücklich kriechen sie in der vertrauten Wärme zusammen, während der Frosthauch wie eine Wolke aus ihrem Atem entsteht, und die wenigen Male, wenn Ragnhild einfällt, daß sie das nicht tun dürfte, denkt sie gleichzeitig, daß etwas, das sich so richtig anfühlt, nicht ganz verkehrt sein kann.

Denn sie sind sich sicher, daß sie den Rest ihres Leben zusammen verbringen werden. Es muß nur geplant werden, wie und wann. Sie benutzen die Nächte, ehe er sich hinausschleicht, um von der Zukunft zu träumen, während die »Wolldecke« wie verrückt auf der anderen Seite der flaschengrünen Wände poltert.

Viele Kinder und ein kleiner Hof auf dem Land, darin sind sie sich einig. Von seinem Traum vom Walfang auf der anderen Seite der Erdkugel ist sie nicht so begeistert, verständlicherweise. Wer wünscht sich schon, daß der Liebste weggeht und man selber den Winter hindurch allein auf dem Hof sitzt.

»Du hast es hier doch wohl kalt genug«, sagt sie und zieht ihm die Decke weg, so daß sich der große Körper augenblicklich in der eiskalten Luft dagegen auflehnt. Und schon sind sie wieder in dem üblichen Wirrwarr von Lachen und pst! sagen und Zärtlichkeiten, wobei sie beide verzweifelt darum kämpfen, die Decke überall unten zu halten, damit die kostbare Körperwärme nicht in Rauch aufgeht.

20

Ja, das war ein schöner Winter für die beiden in Oslo, mit Ausflügen hinaus vor die Stadt, wo Zukunftsträume mit glitzerndem Sonnenschein um die Wette auf dem knirschenden weißen Schnee aufblitzen. Sie sind sich ihrer so gewiß, daß es keine Katastrophe ist, als sie schwanger wird. Selbst wenn es natürlich beschämend ist, heiraten zu müssen. Ragnhild hatte an eine Hochzeit im Juni gedacht, zu Hause in der Kirche, und nicht an eine rasche Trauung mit sich abzeichnendem Bauch auf einem Standesamt.

Deshalb ist sie da über die Fehlgeburt nach nur wenigen Wochen auch recht froh, denn sie weiß ja nicht, daß dieser nur der erste einer nicht enden wollenden Reihe von Spontanaborten war. Und sie weiß nichts von all den Tränen der Verzweiflung, die sie über alle diese kleinen Lebenskeime vergießen wird, die sich weigern, sich in ihr festzusetzen und statt dessen nach einigen Wochen voll ängstlicher Spannung mit einem Strom von Blut herausgeschwemmt werden.

Aber dieses Mal ist sie froh. Freudestrahlend vertraut sie ihre Erleichterung Borgny an, der Kollegin auf der Arbeit im Hotel, wo sie als Zimmermädchen angestellt ist. Sie arbeiten in der gleichen Schicht, und im Laufe des Winters wird Ragnhild dieses zurückhaltende, ein wenig kurz angebundene Mädchen richtig gern leiden mögen.

Etwas an ihr kommt Ragnhild so bekannt vor. Als ob Borgny an etwas oder an jemanden von zu Hause erinnert, ohne darauf zu kommen, an was. Bis sie plötzlich entdeckt, daß der leicht mißtrauische Blick der engstehenden grauen Augen und die mürrische Art, eine bissige Bemerkung zu blaffen, hin und wieder an Mathilde erinnern. Tatsächlich vermißt sie die mürrische Tante mehr, als sie sich vorher vorgestellt hatte, ja mehr als die Eltern. Da ist es irgendwie gut, Borgny zu haben. Ihre kurz angebundene Art prallt an der gutmütigen, zuversichtlichen Ragnhild ab – sie könnte noch einen Granitbrocken gern haben, dieses Mädchen!

Nach und nach blickt Ragnhild hinter die abweisende

Miene und erfährt das eine und andere über Borgny, das der für immer einen Platz in Ragnhilds geräumigem Herzen sichert. Daß Borgny in einem Kinderheim aufgewachsen ist und gar keine Familie hat, weckt in Ragnhild, die allmählich begonnen hat, an die lärmende Geschwisterschar mit einiger Wärme zu denken, tiefes Mitgefühl. Und stell dir vor, nie eine Mutter oder einen Vater gehabt zu haben, nicht einmal eine verdrießliche Tante Mathilde!

Ragnhild lädt Borgny in ihr Wolldecken-Zimmer ein und bewirtet sie mit Tante Mathildes Saft von schwarzen Johannisbeeren. Dabei erzählt sie Geschichten von ihren ungestümen Zwillingsbrüdern, bis Borgny mehr und mehr auftaut und laut schallend über die verrückten Geschichten lacht. Sie sitzen zusammen in dem kalten, grünen Zimmer, trinken glühendheißen Saft und wissen nicht, daß die eine der anderen einmal das größte Geschenk machen wird, das ein Mensch bekommen kann. Aber das kommt erst viele Jahre und für Ragnhild viele Fehlgeburten später.

21

In diesem Frühjahr wird das Leben von Ragnhild und Lars eine unerwartete Wendung nehmen. In den Osterferien sind sie zu Hause bei Ragnhilds Eltern. Respektabel sind sie jeder für sich untergebracht, Ragnhild wohnt in dem Zimmer, das sie immer mit den älteren Schwestern teilte, wenn sie nicht in der Kammer auf Ås geblieben war. Lars bekommt das Zimmer der Zwillinge, das in diesem Winter leer steht. Auch die jüngsten Buben sind auf Walfang.

Es ist für sie merkwürdig, heimzukommen in ein Haus, das so still ist. Vater und Mutter wirken ohne alle die Jungen um sich herum fast schon ein bißchen verloren. Der Vater liest die Zeitung mit den gleichen wachsamen und aufmerksamen Blicken, die er rasch in den Raum schickt, wie er es immer getan hat, jederzeit bereit, sich wegen des einen oder anderen Gegenstands zu ducken, der in rasender Wut nach einem der streitenden Zwillingsbrüder geworfen wurde.

Die Mutter steht am Spültisch, genauso bereit, einzugreifen wie früher, genauso bereit, die Drohung »den einen schnappen, und den anderen damit verhauen« in die Tat umzusetzen. Eine solche jahrelang eingeübte Bereitschaft abzulegen, dazu bedarf es mehr als einer Walfangsaison.

Aber weder fliegen länger lose Gegenstände, noch hagelt es schallende Ohrfeigen. Und die einzige, die sich ein bißchen ungesetzlich verhält, ist Ragnhild, wenn sie sich im Dunkel der Nacht auf lautlosen Füßen verstohlen vom Mädchenzimmer zum Jungenzimmer schleicht, um sich in die starken Arme von Lars zu schmiegen, der in einem schmalen Kojenbett liegt und ungeduldig wartet. Und die Mutter, die von den unruhigen Nächten vieler Jahre her das Knirschen jeden Bettes im Haus kennt, dreht sich zur Wand um, so daß das taube Ohr oben liegt und denkt, daß sie ja richtig verlobt sind. Und daß er ein prächtiger Bursche ist.

Mathilde auf Ås findet ebenfalls, daß er ein prächtiger Bursche ist, soweit sie das beurteilen kann – ja, doch, einen kennt Mathilde. Sie lädt zu einem großen Familienessen am Ostermontag ein, und wie sie da in der Tür steht und bei dem schönen Frühlingswetter die Gäste empfängt, ist sie auf eine hektische Art höflicher, als sie jemals irgendwer erlebt hat. Als ob auch sie in der Wärme der Sonne ein wenig auftaut.

Arme Mathilde. Wie ist es dir in dem einsamen Winter ergangen? War es in diesen kalten Wintermonaten, daß du begonnen hast, das Essen für die Katzen zu kauen? Die großen buschigen Katzen, die immer geduldig neben deinen Beinen saßen und warteten, während du am Essen warst, wie gut ich mich an sie erinnere. Wieder und wieder hast du dir während der Mahlzeit einen Mundvoll halbgekauten Essens in die Hand gespuckt, dich herabgebeugt und die Katze aus der gebogenen Handfläche die breiige Masse hinunterschlingen lassen. Wir Kinder waren davon immer so fasziniert, wie von allem bei dir.

Über deinem Leben liegt ein Rätsel, Mathilde. Dunkel und maliziös gehst du durch die stillen Räume auf Ås und brütest über etwas, von dem wir anderen nichts wissen dürfen. Dienstmägde und Knechte haben sich schlafen gelegt, wer um fünf Uhr in den Kuhstall muß, geht früh zu Bett. Du hörst nichts als das schwere Ticken der Wanduhr in der Stube und das zarte Klirren der Prismen des Kronleuchters, wenn du in die gute Stube gehst.

Was machst du um diese Zeit in der guten Stube, Mathilde? Seit langem ist im Ofen kein Feuer mehr gewesen, und die Winterkälte knackt in den Wänden und der Decke und kriecht unter dein langes, selbstgenähtes Flanellnachthemd, so daß du die Arme um dich schlingst, um warm zu bleiben. Warum bleibst du immer bei der alten Anrichte stehen? Nicht das Bild deiner Eltern nimmst du auf und schaust es an. Anders Irgendeiner und Maren Pütt dürfen in Frieden stehen und ernst in den halbdunklen Raum starren.

Hast du einmal deine Mutter vermißt? Kann man überhaupt etwas vermissen, das man gar nicht kannte? Ich glaube trotzdem, daß du dich später in deinem Leben eher nach der armen Maren gesehnt hast, als damals, als du jung warst. Mütter werden mit den Jahren immer wichtiger für uns.

Aber nicht Marens ernstes Gesicht betrachtest du in der frostkalten Nacht, wenn der Vollmond über dem Hügel die schweren, alten Möbel in der Stube mit der niedrigen Decke in ein beinahe überirdisches Licht einspinnt und auf den Holzwänden die Malereien in ihren altmodischen Rahmen lebendig hervortreten läßt. Das kleine geschnitzte Pferd ist es, das du mit behutsamen Händen aufnimmst. Du streichelst es und klopfst es, wie du das sonst nur mit den Katzen tust. Weißt du, daß es mit den Jahren auf dem Rücken durch die Berührung deiner Hände einen Hauch blanker geworden ist? Vielleicht kann nur ich das sehen, weil ich es weiß.

Aber deine Träume, Mathilde, die sind von den Jahren sicher nicht abgewetzt. Du bist jetzt Mitte Vierzig, und zwanzig Jahre ist es her, seit du mit dem Schlitten oben vom Jakobshügel hinunterfuhrst, auf dem Schoß eines Schweizers mit geschickten Händen. Zwanzig Jahre sind eine lange Zeit, aber ich glaube, daß du dieses Kribbeln im Bauch noch spürst, die Kraft der Arme, die er um dich gelegt hat und das Gefühl in euren Händen, so fest ineinander verflochten in seinen Fäustlingen.

Denkst du an die ekstatischen Sommernächte in der Scheune? Du preßt das harte Holzpferd gegen die Brust und versuchst, die Stimme dessen in dir wachzurufen, der es geschnitzt hat, die Schwere seines Körpers, seinen Geruch, Geschmack, seine Berührung. Aber diese Dinge lassen sich nicht wieder hervorrufen, Mathilde! Wirst du dein ganzes Leben lang brauchen, um das zu begreifen?

22

Wir leben für die Lebenden, und in diesem Winter erlebt Mathilde intensiv, wie sehr sie Ragnhild vermißt. In schlaflosen Nächten treibt sie ruhelos durchs Haus und vermißt die leise singende Stimme und die unbekümmerte kleine Gestalt mehr, als sie glaubte, daß es möglich sei. Und wie damals vor vielen Jahren, als sie das Spielhaus bauen ließ, faßt sie auch jetzt einen Entschluß, der Ragnhilds Leben fester an ihres knüpfen soll. Wer keine Zärtlichkeit zu geben hat, muß zu anderen Mitteln greifen.

An diesem schönen Frühlingstag serviert sie Hühnerfrikassee. Eines ihrer alten Hühner mußte nach langem und treuem Dienst mit dem Leben büßen und liegt nun, zerteilt und gargekocht, zusammen mit Erbsen, gelben Rüben und Porree aus Mathildes Küchengarten in einer prächtigen Suppenschüssel.

Ich werde dir diese Terrine bei Gelegenheit einmal zeigen. Ich glaube, sie ist ein altes Erbstück von Johanne Kristine, von Anders' Mutter. Sie hat ihren Platz in der guten Stube auf einer Konsole zusammen mit einer wunderhübschen Porzellanpuppe im vergilbten Seidenkleid mit Spitzensaum.

Vor Verblüffung hätte Ragnhilds Vater die alte Terrine genau da um ein Haar fallengelassen, als Mathilde in ihrer nachdrücklich-bündigen Art, mit der Kartoffelschüssel in der Hand, verkündet, daß sie daran denkt, Ragnhild den Hof zu überlassen.

Zum Glück hat seine Frau jahrelanges Training darin, Geschirr aus den Händen tolpatschiger Jungenhände zu retten. Blitzschnell greift sie ein und verhindert so, daß die Porzellanpuppe in künftigen Jahren allein auf der Konsole stehen muß, und sich statt dessen auch weiterhin den Platz mit der schönen Suppenschüssel mit dem Goldrand teilen kann.

Auch die übrigen Gäste sind auf diese Neuigkeit nicht vorbereitet. Keiner hat sich vorstellen können, Mathilde würde die Angelegenheiten des väterlichen Hofes demnächst anderen überlassen. Das hat sie nun auch nicht vor. Im Gegenteil macht sie klar, daß sie auch weiterhin die Zügel in der Hand behalten will, aber sie möchte, daß sich Ragnhild und Lars im Sommer nach der Hochzeit auf dem Hof niederlassen. Und ihr erster Sohn soll das Erbrecht für den Hof bekommen.

»Denn ich habe ja keinen, der nach mir kommt«, meint sie unwirsch, und zieht sich so rasch in Richtung Küche zurück, daß sie in der Bewegung mit der Kartoffelschüssel das Pferdchen von der Anrichte fegt. Es zerbricht nicht, aber Ragnhild kann sehen, wie Mathildes Hände zittern, als sie es aufhebt und feststellt, daß der kleine Stab herausgefallen ist. Und als die beiden Frauen auf den Knien liegen und auf den grau gestrichenen Dielen nach dem winzig kleinen Holzsplitter suchen, nicht halb so groß wie eine Gewürznelke, da fühlt Ragnhild eine warme Träne auf ihre Hand tropfen. Die ist nicht von ihr. Für einen Moment, als der Tropfen auf ihrem Handrücken glitzert, scheint die Zeit stillzustehen, dann gleitet er auf die Holzbohlen und trifft auf den mikroskopisch kleinen Stab, den keiner von ihnen beiden hatte entdecken können.

Ein großer Bauernhof mitsamt Essensglocke wartet also auf Ragnhild und Lars, als sie aus Oslo abreisen, um zu heiraten, in diesem Frühsommer Mitte der dreißiger Jahre. Er hat seinen Militärdienst beendet, und sie ist wieder auf den Beinen nach einer neuerlichen Fehlgeburt, nur vier Monate nach der ersten. Aber auch dieses Mal ist sie nicht unglücklich, daß es schiefging. Sie sind sich einig, sie und Lars, daß die Kinder noch früh genug kommen werden.

Jetzt soll auf Ås mit Verwandten und Freunden und nicht zuletzt mit den heimgekehrten lärmenden Zwillingsbrüdern eine altmodische große Hochzeit gefeiert werden. Sie haben Stoff für ein Brautkleid von unterwegs mitgebracht, und Mathilde wird es nähen.

Aber den Schleier kauft Ragnhild in Oslo. Auf ihrer Runde durch die Geschäfte hat sie Borgny bei sich, und gemeinsam wählen sie ein spinnwebzartes, mehrere Meter langes Stück Stoff aus, in den mit einem gröberen Faden ein Rosenmuster eingewebt und das an einem Perlenbogen befestigt ist, der in Ragnhilds dunkelbraunem Haar prachtvoll aussieht.

»Du bist so hübsch!« sagt Borgny ohne eine Spur von Neid.

»Kannst du nicht dabeisein?« fragt Ragnhild zum zwanzigsten Mal, denn auch Borgny hat eine von Mathilde mit zierlicher Handschrift geschriebene Einladung zur Hochzeit erhalten. Tatsächlich wird sie die kleine Karte für den Rest ihres Lebens aufheben und sie in einer alten runden Keksdose hinterlassen, zusammen mit einem Stoß Briefen von Ragnhild, einer Reihe von Glanzbildern und dem Foto eines jungen Mannes in Offiziersuniform.

Aber Borgny will nicht, kann nicht, vielleicht würde sie letztendlich diese ganze Freude und familiäre Idylle nicht ertragen. Sie lehnt sehr entschieden ab, und Ragnhild muß einsehen, daß sie nicht zu bewegen ist. Borgny begleitet Ragnhild am letzten Tag zum Bahnhof. Sie trägt die große Hutschachtel mit dem Brautschleier für sie und winkt ihr zum Abschied, wobei sie sich gegenseitig versichern, daß sie sich demnächst wieder treffen werden. Natürlich werden sie das!

Aber sie werden sich nur noch ein einziges Mal treffen. Fünfzehn Jahre werden vergehen, und ein Weltkrieg und die Geburt eines Kindes werden dazwischenliegen.

Wenn du damals mitgegangen wärest, Borgny, hätte dein Leben dann einen anderen Verlauf genommen? In jüngster Zeit habe ich mich das oft gefragt.

23

Von den nächsten Jahren weiß ich nicht so viel, abgesehen davon, daß Lars im Winter auf Walfang und Ragnhild mit Mathilde und dem Gesinde zu Hause auf Ås war. Die dunklen Winternächte waren ein einziges langes Warten, für das die kurzen, hektischen Sommernächte entschädigen mußten.

Da arbeiten sie gemeinsam auf dem Hof und haben selten genug Zeit für Freizeit und Vergnügen, aber wer drängt sich danach, wenn auf Ås das gute breite Ehebett im Schlafzimmer steht, in dem man Zuflucht suchen kann. Oder die Jakobsscheune, wenn es weiter nichts ist.

Mathilde ist aus dem Schlafzimmer wieder ausgezogen, so wie sie nach ihres Vaters Tod dort eingezogen war. Jetzt lebt sie wieder in der Kammer, in der sie vor bald fünfzig Jahren geboren worden ist. Nachts sitzt sie am Fenster, die Katze auf dem Schoß und starrt über die Jakobsau. Wenn sie so Nacht für Nacht dort sitzt, die Nase an die Scheibe gepreßt, entgeht ihren Augen, die mit der Zeit immer weitsichtiger geworden sind, nicht viel.

»Nein, hast du da noch Töne! Ja, ja sie! Ach ja, er! Na ja, die werden schon sehen!« Eifrig sammelt sie, was sie sieht und noch mehr, und am nächsten Tag trägt sie es boshaft in die Gemeinde. Wahres wie Unwahres, glauben die Leute.

Aber wenn ihre Katze mitunter mit einem mißvergnügten Miauen von ihrem Schoß springt und sich hinsetzt, um salzige Tränen aus dem langhaarigen Fell zu lecken, dann wird das keiner gewahr. Die Katzen haben noch immer ein Geheimnis für sich behalten können.

In diesen Jahren wird Mathilde irgendwie alt. Sie wird zu derjenigen, an die ich mich erinnere, schwarz gekleidet, die Haare straff zum Knoten gebunden, mit strenger Miene. Ob sie ebenso gespannt auf den Hoferben wartet wie Ragnhild, wird keiner je erfahren. Aber jedesmal, wenn es wieder schiefgegangen ist, kümmert sie sich rücksichtsvoll um Ragnhild, wäscht die selbstgestrickten Baumwollbinden und gibt ihr das eigene Taschentuch, wenn Ragnhilds nicht gewaschen ist.

Das geschieht zwar auf die gewohnte barsche Weise, aber in ihrer Bemerkung: »Jetzt mußt du dich zusammenreißen« liegt so viel anteilnehmende Fürsorge, daß Ragnhild nur noch mehr weinen muß.

Denn diese eine Sache in Ragnhilds Leben – später wird noch etwas hinzukommen – ist, was sie so grenzenlos verzweifelt sein läßt und was sie gänzlich in ihrem an sich so erdverbundenen und zuversichtlichen Wesen erschüttert. Jedes Mal, wenn wieder ein kleiner Keim des Hoffens und Erwartens aus ihr hinausgespült wird, ist ihr, als nehme er ein Zipfelchen ihrer Seele mit sich.

Zerbricht sie am Ende daran? Nicht Ragnhild. Dafür ruht sie zu sehr in sich. Und selbst wenn es mit jedem Mal ein wenig länger dauert, bis sie darüber hinweg ist, so verliert sie doch nie den Mut, daß es ihr einmal gelingen wird, ein lebendiges Kind auszutragen.

24

Er hieß mit Vornamen Hans, seinen Nachnamen habe ich vergessen, wenn ich ihn überhaupt irgendwann einmal gehört habe. Als er nach Norwegen kam, war der Krieg schon ein paar Jahre im Gange. Die Leute hatten sich langsam an Verdunklungsrollos gewöhnt und an Rationierungskarten, aber das unheilverkündende Heulen des Fliegeralarms erfüllte sie noch immer mit dem gleichen schleichenden Gefühl von Angst wie in den ersten Wochen des Krieges.

Hans war im letzten Winter an der Ostfront, wo eine russische Gewehrkugel den Weg zu seinem rechten Knie fand, es zerschmetterte und ihn dann in eine Hölle von Schmerzen schickte, wobei ihn das gleichzeitig aus einer anderen, erheblich schlimmeren befreite. Denn während seine Kriegskameraden mit dem fatalen Feldzug gegen Moskau begannen, kommt er bald zur Erholung nach Hause nach Berlin. Er wird zum Offizier befördert und mit steifem Knie, aber ansonsten gut in Form, nach Oslo geschickt, wo er im Büro sitzen und versuchen soll, dieses halsstarrige Volk, das sich einfach seiner Wehrmacht nicht beugen will, zur Räson zu bringen.

In den ersten Wochen wohnt er in dem Hotel, in dem Borgny arbeitet, und ist schon gleich am ersten Tag beim Frühstück von ihrem seidigen Haar bezaubert. Es erinnert ihn an die braungoldenen seidenen Quasten im Haus seiner Großeltern in Berlin. Er bekommt eine unbändige Lust, es anzufassen, aber natürlich tut er das nicht. Er lächelt lediglich sein freundliches Lächeln und erhält von ihr ein kurzes schüchternes zurück.

Ich weiß nicht, wie es dazu kam, daß sie miteinander verkehrten oder wie es ihnen miteinander erging. Anfangs hatten sie keine gemeinsame Sprache, aber nach und nach schnappt er einige norwegische Wörter auf, die er ihr am Frühstückstisch serviert, als Dank für den Kaffee, den sie ihm serviert. Er strengt sich so sehr an, um sich verständlich zu machen, daß sie nicht anders kann als zu lachen. Und sie entdeckt, wie gut es tut, zu lachen und wie lange es her ist, seit sie es zuletzt getan hat.

Borgny ist in diesen Jahren so einsam gewesen. Sie ist nun mal ein Mensch, dem es schwerfällt, um Freundlichkeit zu bitten, und so ist auch nur selten jemand freundlich zu ihr. Ihr Leben verläuft so einförmig, daß nicht einmal der Krieg es nennenswert aufstört. An jedem Tag kommt sie in das kleine

Hotel zur Arbeit und wäscht, serviert und räumt auf, so vergehen die Stunden, bis sie nach Hause geht, in ihr ungemütliches möbliertes Zimmer, wo das Grammophon mit der Kurbel ihre einzige Gesellschaft bildet.

Nur selten einmal hat Lea, das jüdische Mädchen, mit dem sie in der Schicht zusammenarbeitet, Zeit, um mit ihr nach Hause zu kommen und eine neugekaufte Platte anzuhören. Denn Lea hat eine so große Familie und so viele Freunde. Borgny ist für sie zu schweigsam. Aber wenn Lea nichts anderes zu tun hat, dann kommt sie hereingewirbelt in das dunkle Zimmer, oftmals mit dem kleinen Bruder Simon auf den Fersen, und stellt Borgnys zurückgezogenes Leben für eine Stunde auf den Kopf, ehe sie weiterwirbelt, den Bruder im Schlepptau.

Manchmal kommt auch ein Brief von Ragnhild, mit dem hoffnungsvollen Bescheid, etwas Kleines sei unterwegs. Aber darauf folgt regelmäßig der bedrückte Bericht, es sei auch dieses Mal schiefgegangen. Borgny bedauert Ragnhild jedesmal sehr. Sie setzt sich hin und schreibt tröstende Briefe, du wirst sehen, beim nächsten Mal, und du bist ja so jung, und bald hast du ein Dutzend voll, warte es nur ab. Aber wie die Jahre vergehen, glauben sie alle beide weniger und weniger daran.

Als der Krieg ausbricht, bekommen die Briefe aus Ås einen anderen Inhalt. Sie sind voller Sorge um Lars, der nicht vor Kriegsanfang nach Hause gekommen war und nun bestimmt in England gelandet und in alliierte Dienste eingetreten ist. Das wird eine sechs Jahre lange Unterbrechung in Ragnhilds endloser Reihe von Fehlgeburten sein.

Nein, viele Freuden, viel Wärme gibt es nicht in Borgnys Leben in diesen Jahren. Deshalb trifft sie das lächelnde Interesse des jungen Deutschen wie ein Sonnenstrahl durch eine geschlossene, graue Wolkendecke. Zögernd nimmt sie seine Einladung ins Kino an und bittet ihn hin und wieder, mit auf ihr Zimmer zu kommen, um Platten anzuhören. Aber er geht jedes Mal brav nach Hause, nachdem er eine Tasse des schrecklichen Ersatzkaffees getrunken hat. Er schließt sie ganz rasch in die Arme und läßt ihr weiches Haar durch die Finger gleiten, ehe er geht. Sie fühlt die Wärme seiner Wange noch lange, nachdem sie zu Bett gegangen ist.

Das Mißtrauen und die Abneigung der Menschen ringsum, nimmt sie sie nicht wahr? Ich glaube nicht, daß sie das will oder vermag. Sie haben sich all die Jahre nur so wenig um sie gekümmert, warum sollte das jetzt anders sein? Aber daß sich auch Lea von ihr zurückzieht, das tut weh. Die fröhliche, stets zum Lachen aufgelegte Lea, die oftmals in die Küche gewirbelt kam und mit Borgny durch die Küche tanzte, daß die Tassen klirrten und die Kaltmamsell drohte, sie beide augenblicklich hinauszuwerfen. Lea mit der großen Familie. Lea mit der übersprudelnden Lebensfreude und dem unerschütterlichen Optimismus. Lea mit dem jüdischen Namen.

Eines Tages Mitte November kommt sie weinend zur Arbeit und erzählt, der Vater und die ältesten Brüder seien festgenommen und nach Berg außerhalb von Tønsberg gebracht worden. Sie schluchzt in den mütterlichen Armen der Kaltmamsell, läßt sich aber nach und nach von den Beteuerungen trösten. Denn sie haben ja nichts Schlimmes getan, der jüngste Bruder ist gerade fünfzehn Jahre alt. Nur der kleine Simon durfte zu Hause bleiben bei der Mutter und den Schwestern. Aber sie haben doch nichts getan!

Nein, sie können es nicht glauben, Borgny nicht und nicht die Kaltmamsell, daß ihnen etwas Ernstes geschehen kann. Sie trösten Lea, so gut sie können, und schaffen es schließlich, ein tränennasses Lächeln hervorzulocken. Am Sonntag drauf gehen sie in die Kirche und schließen sich dem Gebet des Pfarrers an, der für die verfolgten Juden Norwegens bittet.

Und Borgny hält sich einige Tage von Hans fern. Das wird zu schwierig für sie, spürt sie.

Aber in diesen ungemütlichen Novembertagen helfen weder Gebete noch Glauben. An einem naßkalten Morgen wird Lea aus der Hotelküche abgeholt, wo sie gerade die Frühstückstabletts fertig macht. Der Hotelwirt, der die zwei in Zivil gekleideten Männer in der Rezeption empfängt, unternimmt nichts, um zu verhindern, was nun geschieht. Er verdient gut an den Deutschen, und jeder ist sich selbst der Nächste. Außerdem kann es ja doch wohl so übel nicht gehen, denkt er, und schickt Lea mit einem Klaps auf die Schulter hinaus in das, von dem weder er noch sie weiß, daß es die »Endlösung« sein soll.

An diesem Abend sitzt Borgny niedergeschlagen in ihrem Zimmer. Sie denkt an Lea, die inhaftiert ist, und an Hans, dem sie ein weiteres Mal abgeschlagen hat, ihn zu treffen. Sie sieht seine traurigen Augen vor sich und spürt an ihrem klopfenden Herz, daß sie so schrecklich gerne will. Aber sie kann nicht. Nach dem mit Lea ist ihr klar, daß sie nicht kann. Nicht, ehe Lea sicher wieder zu Hause ist. Denn sie würde nie Gewißheit haben, ob er nicht etwas damit zu tun hat.

Dennoch sehnt sie sich so sehr nach seinem warmen Lächeln, daß in dem Moment, als heftig an ihr Fenster geklopft wird, ihr erster Gedanke Hans! ist. Aber als sie das Fenster öffnet, sieht sie keineswegs die bekannte Gestalt. Im Schatten bei den Mülltonnen auf dem dunklen Hinterhof erkennt sie undeutlich die Gestalt eines kleinen Jungen im Hemd.

Simon! Aber Simon, was in aller Welt? Sie holt ihn in ihr Zimmer. Er weint und schlottert vor Angst und Kälte. So sehr zittert und bebt er, daß es anfangs unmöglich ist, ein verständliches Wort aus ihm herauszubekommen. Schließlich nimmt sie ihn einfach auf den Schoß. Sie wickelt ihn in die karierte Wolldecke und setzt sich in ihren einzigen Sessel. Wiegt ihn so lange, bis das Zittern etwas nachläßt. Da zieht sie ihm die feuchten Kleider aus, wäscht ihm das von Tränen verschmierte Gesicht und die mageren, schmutzigen Hände und bringt ihn zu Bett.

Er bekommt Brot mit Butter und Honig. Ragnhild hat ihr ein Paket geschickt mit Salzfleisch, Apfelgelee und einem großen Klecks Butter, das wird mehr als ein Achtel gewesen sein! Und obendrein ein Glas Honig, von Mathildes Bienen. Jetzt sieht sie, wie die Scheiben in dem ausgehungerten Jungen verschwinden. Er sitzt im Bett und hält sich den Teller unter das Kinn, um ja nicht einen Krümel zu verpassen, und als er fertig ist und sich die Finger abgeleckt hat, gibt er den Teller zurück, so sauber, wie er ihn bekommen hat. Dann trinkt er Wasser aus einer Blechkelle, die sie ihm reicht, und fängt wieder an zu weinen, hilflos schluchzend wie zuvor. Erst als sie sich ihr Nachthemd angezogen hat und zu ihm ins Bett gekrochen ist, wo sie im Stockfinstern hinter den Verdunkelungsrollos dicht zusammengerückt sind, gelingt es ihm, zu erzählen, was geschehen ist.

25

Sie kamen und haben sie aus der Schule geholt. Es waren viele Männer in Zivil und einige in Naziuniform. Es war mitten in einer Stunde, Simon hatte darum gebeten, aufs Klo gehen zu dürfen und traf im Gang auf sie. Er weiß nicht, warum er nicht angehalten wurde, aber sie gingen einfach an ihm vorbei, ohne den kleinen Jungen in dem karierten Flanellhemd, den Knickerbockern und den selbstgestrickten Strümpfen zu beachten. Vielleicht hatten sie noch nicht gemerkt, wie gleich jüdische Kinder den anderen sind.

Er spürte, was geschehen würde, und bekam solche Angst, daß er weglief und sich in einer Mülltonne versteckte. Den ganzen Tag lang hatte er dort zusammengekauert gesessen. Vor Schreck wie gelähmt, hört er, wie die Nazis auf dem Schulhof herumkommandieren und die jüdischen Kinder zusammensammeln – viele davon seine engen Kameraden – und mit ihnen abmarschieren.

Nach der Schule wurde es ganz still, aber er getraute sich dennoch nicht aus der Mülltonne heraus, denn stell dir vor, da kommen mehr von diesen gemeinen Nazis, und wohin sollte er gehen? Hier weint er wieder so heftig, daß der Rest der Geschichte im Schluchzen unterzugehen droht. Er traut sich nicht nach Hause. Wo ist Mutter, wo Lea und die anderen Schwestern? Und was haben sie mit Vater und den Brüdern gemacht?

Er weiß nicht, daß der Aufenthalt in der Mülltonne ihm zumindest die schreckliche Szene unten am Hafen erspart hat, als die kleinste Schwester, nur anderthalb Jahre alt, der Mutter von einem uniformierten Arm brutal aus den Händen gerissen wird und unter ihren Augen in der aufgebrachten Volksmenge verschwindet. Ihrer beider Phantasie reicht nicht, um sich dieses Schauspiel tiefster Demütigung vorzustellen, in Szene gesetzt durch das gefährlichste aller menschlichen Gefühle, den verdummenden, angsterfüllten Haß auf Menschen fremder Rasse.

Ach, wenn du doch da gewesen wärst, du unerschütterliche, erdverbundene Mutter Ragnhilds! Wenn du dich erregt in der wimmelnden Menschenmenge herumgedreht, je zwei im Nacken gepackt und ihre Nasen aneinander gerieben hättest, damit sie merken, daß sie zum gleichen Menschengeschlecht gehören! So wie du das vor vielen Jahren mit Ragnhilds ungestümen Brüdern getan hast. Wenn du den Uniformierten eine gründliche Standpauke gehalten, und deine Drohung, den einen zu packen und den anderen damit zu verhauen, umgesetzt hättest, so daß sie sich beschämt zurückgezogen hätten. Dann würde das Schiff, das am Kai liegt und wartet, ohne seine Last aus weinenden Alten, Frauen und Kindern, Futter für Hitlers Gaskammern, auslaufen müssen.

Aber nein, gegen die Dummheit kämpfen selbst die Götter vergebens. Und Ragnhilds Mutter hat an anderes zu denken, wie sie mit ihrem Mann zu Hause hinter dunklen Vorhängen sitzt, während mit Eisen beschlagene Absätze auf der Suche nach einem Hinweis, wo ihre zwei dummdreisten Jungen sich herumtreiben, schwer durch Kammern und Stuben trampeln. Davon, daß ihre Söhne in einigen Tagen diesen blaffenden Okkupanten einen ihrer Feinde wegschnappen werden, einen zu Tode erschrockenen, zitternden kleinen jüdischen Jungen, davon weiß sie nichts.

26

Die älteren Zwillinge verstecken sich seit Kriegsausbruch im Wald. Weder Ragnhild noch die Mutter wußten etwas von ihrem Leben in den Wäldern des Vestfold, wo sie von Hütte zu Hütte zogen und bald hier, bald dort alliierte Fallschirmsendungen entgegennahmen.

Die jüngeren Zwillingsbrüder sind nach Oslo gegangen, wo sie als eine Person auftreten und sich damit gegenseitig große Handlungsfreiheit verschaffen und außerordentlich halsbrecherische Manöver veranstalten, mit denen sie alle an der Nase herumführen, um der Okkupationsmacht Informationen entlocken zu können. Sie gleichen sich wie ein Ei dem anderen, und sie zeigen sich niemals gleichzeitig, deshalb weiß keiner, daß sie zwei sind, und zusammen mit ihrer Dummdreistigkeit und ihrem grenzenlosen jugendlichen Übermut eröffnet ihnen das ungeahnte Möglichkeiten.

Eigentlich weiß ich darüber nur wenig, denn besonders bereitwillig haben sie nie über das geredet, was sie während des Krieges getrieben haben. Aber daß sie in einer eiskalten Nacht im Dezember einen zehn Jahre alten, völlig verängstigten jüdischen Jungen über die Grenze nach Schweden und in die Freiheit gerettet haben, das weiß ich, weil Ragnhild es mir erzählt hat.

Denn Borgny wendet sich an Ragnhild. Als sie nach dieser schlaflosen Nacht aufsteht, zu Papier und Bleistift greift, den Blick immer wieder auf den schlafenden kleinen Kerl im Bett richtend, schreibt sie einen Brief, in dem sie ihre Sorge für einen kranken kleinen Vetter zum Ausdruck bringt. Er hat so einen häßlichen Husten, der Arme, und hohes Fieber, weiß Ragnhild Rat? Sollte er nicht ins Krankenhaus gebracht werden?

Ragnhild braucht nicht lange, um diesen Code zu knacken. Borgny hat früher Lea und Simon in ihren Briefen erwähnt, und einen Vetter hatte sie niemals, das weiß Ragnhild nur zu gut. Sie schaltet ihre Brüder in Oslo ein, und nach nur einer Woche, einer Woche, die der Junge mäuschenstill und angstvoll wartend zugebracht hatte, sitzen sie eines Abends zusammen, bereit, voneinander Abschied zu nehmen. Simon trägt Borgnys viel zu große, dicke Strickjacke über dem karierten Hemd, den Rest des Honigs zusammen mit dem, was Borgny an Proviant beschaffen konnte, in einem kleinen Bündel neben sich, und seine ängstlichen, dunklen Augen sind auf Borgny gerichtet. Noch einmal wird er einen festen Halt in seinem Dasein verlieren, aber er weint nicht mehr. Vielleicht hat er zu viel Angst.

Um neun Uhr werden sie kommen und ihn holen. Nach Tagen unerträglichen Wartens auf ein Lebenszeichen hatte man

Borgny diesen Bescheid an einer Straßenecke zugeflüstert. Sie wartet ungeduldig darauf, dieses hier hinter sich zu bringen, gleichzeitig spürt sie, daß sie nachts im Bett den kleinen weichen Körper vermissen wird. Ihr so nahe, so abhängig von ihr war noch niemals zuvor ein Mensch, und sie weiß nicht, ob sie es jemals wieder erleben wird.

Als sie auf der Treppe Schritte hören, schlingt sie die Arme um den Jungen, und so wird er sie sehen, als er hereingeplatzt kommt, Hans, der auf alle erdenkliche Weise versucht hat, mit ihr Kontakt aufzunehmen, auf dem Fußboden kniend, einen schmächtigen zehnjährigen Judenjungen in den Armen.

Simon begreift nichts. Er hört Borgny einen Namen flüstern und sieht den Mann in der Naziuniform, der Anblick erschreckt ihn zutiefst. Er hört den Wecker auf dem Nachttisch laut die einzelnen Sekunden ticken, hat aber keine Möglichkeit zu begreifen, was zwischen den beiden Erwachsenen vor sich geht, als der Deutsche, nachdem er, den Blick auf Borgny geheftet, eine Ewigkeit da gestanden hat, auf dem Absatz kehrt macht und die Treppe hinunter verschwindet.

Er fühlt, wie Borgnys Hände zittern, als sie ihm ein letztes Mal übers Haar streichelt, den letzten Knopf der Strickjacke zuknöpft und ihn bittet, hier zu warten, während sie selbst sich ihren Mantel nimmt und hinter dem uniformierten Mann hereilt. Fünf Minuten später wird er von einem anderen jungen Mann abgeholt, und in der gleichen Nacht wird er sicher über die Grenze nach Schweden gebracht. Er wird Borgny niemals wiedersehen.

Er wird auch die Mutter nie wiedersehen, Lea und die anderen Schwestern, die schon vor einiger Zeit über eine andere Grenze gegangen sind, als sie nackt und weinend zusammen in einer Gruppe mit fünfzig anderen Frauen und Kindern in die deutschen Gaskammern gepfercht wurden. Der Vater und die Brüder gehen einer nach dem anderen in einer Hölle zugrunde, so raffiniert und das Böse an sich darstellend, daß der Teufel selbst es nicht besser hätte einfädeln können. Es dauert einige Monate, ehe sie alle weg sind, aber davon weiß natürlich der kleine Simon nichts, noch nicht.

27

Als Borgny auf die Straße kommt, hat es zu schneien begonnen. Große friedliche Schneeflocken sinken langsam vom Himmel und verbreiten eine Stimmung von Weihnachten und Erwartung, die in größtem Kontrast zu der wahnwitzigen Situation auf Erden steht. Sie fallen, als ob der Himmel selbst sich vorgenommen habe, alle Spuren von Blut und Leiden zuzudecken. In der dünnen weißen Schneedecke kann sie den Spuren seiner Stiefel folgen, wie deutlichen Zeichen auf einem unbeschriebenen Blatt Papier.

Und sie weiß, als sie sich ihm, der hinter der Straßenecke steht und auf sie wartet, eine dünne Lage weißen Schnees auf der Uniform, nähert, daß sie jetzt eine neue Seite in ihrem Leben aufschlagen wird, eine unbeschriebene Seite, von der sie noch nicht weiß, ob sie, wenn sie fertig beschrieben sein wird, die größten Freuden oder die größte Trauer enthalten wird. Er schlingt die Arme um sie und flüstert, das bleiche Gesicht gegen das ihre gepreßt, in seiner stotternden Mischung aus Norwegisch und Deutsch, daß sie niemals, niemals über das sprechen dürfen, was heute abend geschehen ist. Erfüllt von grenzenloser Dankbarkeit, daß der Junge gerettet ist und Ragnhilds Bruder in keine deutsche Falle laufen wird, läßt sie sich umarmen und küssen und festhalten, bis sie nicht länger weiß, ob die warme Freude, die sie spürt, von der Erleichterung herrührt, daß diese nervenaufreibende Woche endlich vorüber ist, oder aus Zärtlichkeit für ihn, der mit immer heftigeren Küssen und Umarmungen sein stummes Versprechen besiegelt, sie nicht zu verraten. Vermutlich ist es beides.

Arm in Arm lassen sie sich durch die leeren Straßen treiben, in einem weißen Niemandsland, wo das dichte Schneetreiben wie eine barmherzige Wand zwischen ihnen und dem Rest der Welt steht und sie in einer glänzenden Blase von Frieden und zaghaft wachsender Verliebtheit eingeschlossen hält und beschützt. Erst nach etlichen Stunden kehren sie auf Borgnys Zimmer zurück, bürsten im Dunkeln auf der Straße vor der Haustür sich gegenseitig den Schnee ab und gehen die steile Treppe hinauf. Von Simon keine Spur mehr. Sie entkleiden sich und kriechen unter die Decke, dieselbe, unter der Borgny in den letzten Nächten voller Anspannung gelegen hat, den kleinen furchtsamen Jungen neben sich. Und davor so viele, viele Nächte allein.

Sein großer Körper, seine warme Haut, Sicherheit und Angst, Schmerz und Genuß, Trauer und Freude, alles verschmilzt in einem Chaos von Gefühlen, das sich in sie hineinsprengt und eine Verteidigung niederbricht, von der sie nichts wußte. Bedingungslos ergibt sie sich, und sie denkt in dem Augenblick, als er die Fassung verliert, daß sie dies hier nie, nie bedauern wird.

Ich weiß nicht, ob sie es an dem Tag bedauerte, als sie mit dickem Bauch zwischen harten Männerfäusten auf dem Hinterhof des Hotels steht, in dem sie arbeitet, während der Hotelbesitzer ihr prachtvolles Haar mit einer stumpfen Küchenschere abschneidet. Vermutlich war sie zu Tode erschrocken und fühlte weder Angst noch Trauer. Aber später betrauert sie Hans schmerzlich.

Sie schenkt einem kleinen Jungen das Leben, ein paar Monate, nachdem der Frieden gekommen ist, der allerdings für sie und die anderen, kahlgeschorenen »Deutschenhuren« mehr Unfrieden denn je bringt. Mit dem kleinen »Deutschenbalg« im Arm verkriecht sie sich in einer der erbärmlichsten Mietskasernen Oslos. Die Arbeit im Hotel hat sie natürlich verloren. Der Hotelbesitzer hat während des Krieges soweit gut an den Deutschen verdient, deshalb ist es wichtig zu zeigen, ihm selber und der ganzen Welt, auf welche Seite er in Wirklichkeit gehört hat.

So lebt sie also voller Scham ihr geschorenes Leben unter den verhuschten Seelen, mit Blick auf den Abort und die Mülltonnen. Sie verkauft die Dienste, die die Menschen von ihr annehmen wollen, und reicht das nicht, verkauft sie im Notfall den Körper, um ihren verschüchterten kleinen Jungen am Leben zu erhalten. Fünf Jahre vergehen, ehe sie Kontakt mit Ragnhild aufnimmt.

28

Das Tuberkulosesanatorium von Sandefjord liegt hoch oben auf dem Berg, auf einer hohen Felsenkuppe, der schlanke Giebel ist den gepflegten Villengärten unterhalb zugewandt. Grau und düster erhebt sich das Gebäude am Rande des steilen Abhanges, es wirkt, als habe es dort schon seit unvordenklichen Zeiten gestanden.

Ragnhild steigt beim Landstad-Denkmal aus, gleichzeitig mit einer gleichaltrigen Frau aus dem Nachbarort, und sie machen sich auf den Weg, der im Volksmund nur »Himmelsleiter« genannt wird, weil er so steil ist. Die Frau hat vier kleine Kinder dabei, drei Mädchen und einen kleinen Jungen, den sie auf dem Arm trägt.

Sie ist eine hübsche Frau, schmal und dunkel, Ragnhild kennt sie kaum. Sie gehört zum gleichen Missionsverein wie Ragnhilds nächste Nachbarin Gudrun, darauf weisen deutlich auch die glatt zurückgestrichenen, altmodisch frisierten Haare, die einfache Kleidung und das ungeschminkte Gesicht hin.

Die drei kleinen Mädchen tragen alle einen Rock obwohl es fast noch Winter ist. Ragnhild erinnert sich, daß auch Gudrun ihrem kleinen Mädchen Solfrid meist einen Rock anzieht. Aber Gudrun hält sich nicht so streng an die ungeschriebenen Gesetze der Alten, wie manche andere in diesem sehr pietistischen Zweig der Inneren Mission. Das hier sind richtig süße Kinder. Die Mädchen in selbstgenähten kleinen Gabardinejäckchen und karierten Wollröcken, alle drei sind sie gleich angezogen. Der Junge auf dem Arm trägt einen dunkelblauen Popelinanzug. Er schaut mit diesem verwunderten, beobachtenden Blick in die Welt hinaus, den Kinder im Alter von anderthalb Jahren oft haben. Als ob es darauf ankäme, nicht das kleinste Detail zu verpassen.

Die beiden ältesten Mädchen springen und tanzen um die Erwachsenen herum, erfüllt von dem Drang, sich zu bewegen nach der langen Busfahrt. »Wir gehn zur Oma! Wir gehn zur Oma!« singen sie im Chor. Es sind zwei lebhafte, schmale Kinder mit wachen blauen Augen. Sie drängeln, wollen gern ohne Mütze gehen, und schließlich gibt die Mutter nach. Und der Frühlingssonne gelingt es auf der steilen »Himmelsleiter« immerhin, daß sogar auch die Erwachsenen stehenbleiben und ihre Mäntel aufknöpfen.

Die Mutter zieht den beiden Mädchen die Mützen ab und steckt sie in die großen Manteltaschen. »Wir sind draußen, nur mit den Haaren!« jubeln die Kinder und machen so ein Geschrei, daß die Mutter sie energisch ermahnt, allerdings ohne nennenswerten Erfolg.

Das kleinste Mädchen ist stiller als seine Schwestern. Es hat den Daumen im Mund und hält die Mutter am Mantel fest. »Ich auch ... ich auch, Mama!« quengelt sie und zieht an der weißen Kaninchenfellmütze, ohne die Mutter loszulassen. Aber die Mütze ist unter dem Kinn mit einem schmalen weißen Band zugebunden, und das geht nicht auf. Ihre Versuche, die Bänder aufzuknüpfen, führen nur dazu, daß ein fester Knoten entsteht, und weil die Mutter nur eine Hand zur Verfügung hat, muß Ragnhild aushelfen.

Nach und nach darf sie auch die kleine runde Hand halten, und als die Kleine müde wird, läßt sie sich schüchtern und mit dem Daumen im Mund auf dem Arm tragen. Mit der Zeit taut sie auf, und auf Ragnhilds Frage, wie sie heiße, zieht sie den Daumen aus dem Mund, antwortet: »Maja« und stopft ihn blitzschnell wieder hinein. Sie hat ein rundes Gesichtchen und ein tiefes Grübchen im Kinn, Ragnhild ist von ihr bezaubert.

Die Mutter stöhnt ein bißchen über das Daumenlutschen. Beide, die Kleine und die Älteste, lutschen am Daumen. Alle Versuche, mit Senf auf den Fingern oder sie mit Handschuhen schlafen zu legen, sind fehlgeschlagen. Besonders die Älteste sollte bald damit aufhören, sie ist fünf Jahre alt.

Diese Alltagskümmernisse der Mutter und ihr liebevolles Klagen über die Kinder versetzen Ragnhild einen schmerzlichen Stich. Ist es so, wenn man Kinder hat, viele Kinder? Warum bekommen manche so viele und andere keine? Gibt es einen, der das steuert? Seit so vielen Jahren haben sie und Lars sich Kinder gewünscht, mehr als alles andere auf der Welt. Jetzt haben sie die Hoffnung aufgegeben. In den letzten Sommern ist Ragnhild nicht mehr schwanger geworden und war eigentlich auch froh darüber. Weder sie noch er können den Gedanken an noch mehr Fehlgeburten verkraften.

Sie trennt sich von der lärmenden Familie an der Kreuzung

oben auf dem Hügel. Da ist es ihr schon gelungen, gut Freund mit allen kleinen Mädchen zu sein. Ragnhild kann gut mit Kindern umgehen. Die kleine Tochter von Gudrun, Solfrid – ja, ich werde dir später viel von Solfrid erzählen! Sie könnte ungefähr so alt sein wie die älteste dieser drei hier, sie kommt tagtäglich nach Ås, um Ragnhild zuzuhören, wenn sie die unzähligen Kinderlieder singt, die sie kennt, oder eine der vielen Geschichten erzählt, die sie von Goßmutter Katrine gelernt hat, als sie klein war.

Das letzte Stück des Weges hat Ragnhild die kleine Zweijährige auf dem Arm getragen, während die großen Schwestern darum wetteiferten, wer ihre freie Hand halten darf. Sie haben in einer Tour geplappert und Ragnhild mit feierlichem Ernst anvertraut, daß sie bei Großmutter alle der Größe nach auf dem runden Hocker sitzen dürfen. Die Mutter erklärt lachend, das sei ein Stuhl ohne Rückenlehne. Im Gegensatz zu den anderen Küchenschemeln ist dieser also rund, und weil alle drei deshalb auf ihm sitzen wollen, gibt es jedesmal ein großes Theater. »Bald will er auch«, sagt sie und drückt den Jungen, den sie auf dem Arm hat, an sich. »Dann werden es also vier sein, die sich um den runden Stuhl schlagen«, lacht sie halb resigniert und streicht dem mittleren Mädchen über das Haar.

»Drückt ihr mich zum Abschied noch mal?« fragt Ragnhild. Und die Mädchen wollen sie gerne noch mal drücken. Das Kleine schlingt die Arme um ihren Hals, sie ist ganz angetan von Ragnhild und fängt an zu quengeln, als sie abgesetzt wird. Aber der kleine Junge will nicht. Er hält die Mutter mit den dicken Ärmchen fest und versteckt schüchtern sein Gesicht an ihrem Hals.

Ragnhild bleibt an der Kreuzung stehen und sieht ihnen nach, wie sie winkend in einer Straße verschwinden. Auch wenn die Mutter angestrengt und abgehetzt zu sein scheint, so kommt es Ragnhild vor, als sei sie doch wie von einem Ring aus sicherem Glück umgeben, ein ruhender Pol inmitten der lärmenden Kinderschar.

Als der weite, hellgrüne Mantelrücken um die Kurve verschwunden ist, setzt sie sich auf einen Stein am Weg und weint bitterlich.

29

So viele Tränen hat sie während all dieser Jahre um die kleinen Lebenskeime vergossen, die zu behalten ihr nicht gestattet war, daß es ihr scheint, als könne sie beinahe nicht mehr weinen. Tränen, so daß die Kopfkissenbezüge mit Mathildes schönen Häkeleinsätzen durchnäßt waren, weinen, dabei den Kopf im Kissen vergraben, weil Lars sie nicht hören sollte. Unter Mathildes behutsamen Händen hat sie getrauert und geblutet und ist nach wenigen Tagen wieder aufgestanden, zurück zum gewöhnlichen Alltag, ein jedes Mal mit ein bißchen weniger Glauben daran, daß es ihr einmal gelingen könnte, ein lebendiges Kind auszutragen.

Oft ist sie schwanger gewesen, wenn Lars auf Walfang hinausgefahren ist. Hatte seinen hoffnungsvollen Abschiedsblick im Gedächtnis, es ist ihm nie gelungen, die Hoffnung und den Traum von einem Erben vor ihr zu verbergen, so gut er es auch versuchte. Selbst würde er bestimmt genausogern ein kleines Mädchen gehabt haben, eine, mit der die kleine Solfrid spielen kann.

Aber weder Hoffen noch Träumen, weder Beten noch Beschwören haben vermocht, die kleinen Leben zu überreden, sich doch ruhig in ihr niederzulassen. Und jetzt hat sie den Glauben verloren. Sie hat sich damit ausgesöhnt, kinderlos zu sein, und die Tränen, die sie an diesem Morgen im März vergießt, gelten weniger ihrem eigenen Unglück, als vielmehr der Jugendfreundin Borgny.

So hatte sie sich das Wiedersehen mit der Freundin aus Oslo nicht vorgestellt. Seit damals, zweiundvierzig, als Borgny um Hilfe bat, um den kleinen Judenjungen Simon zu retten, haben sie fast keinen Kontakt gehabt. Ragnhild schickte während des Krieges weiterhin regelmäßig Briefe, bekam aber immer seltener Antwort, und als der Frieden kam, hörten die Lebenszeichen von Borgny ganz auf.

Ragnhild machte zwar ein paar halbherzige Versuche, die Freundin wiederzufinden, aber rasch glitt das stille Mädchen mit dem seidenglänzenden Haar in die Ecke des Herzens, wo alte Freunde oftmals landen, wenn die Verbindung abbricht, selbst wenn sie niemals so gut war.

Aber nun, nach mehr als fünf Jahren, hat Borgny Kontakt aufgenommen, und der Brief, den Ragnhild bekommt, ist kein erfreulicher. Borgny schreibt, sie habe fortgeschrittene Tuberkulose. Sie sei allzu spät behandelt worden. Beide Lungenflügel seien betroffen. Sie möchte Ragnhild gerne treffen.

Warum sie in Sandefjord gelandet ist, weiß Ragnhild nicht – und ich auch nicht. Vermutlich bat sie darum, dorthin geschickt zu werden, um näher an Ragnhilds Heimatort zu sein. Sie hat niemanden sonst, zu dem sie Kontakt aufnehmen könnte. Jetzt ist Ragnhild unterwegs, um sie zu besuchen.

Borgny liegt in einem Einzelzimmer, und es ist nicht schwer zu erkennen, warum. Ein Blick auf das weiße, spitze Gesicht zeigt ihr, daß es schlecht um Borgny bestellt ist. Mit einer Art ungläubigen Erstaunens wird Ragnhild klar, daß Borgny sterben wird, und daß aus den Plänen, die Ragnhild während der letzten Tage geschmiedet hat, nichts werden wird.

Sie wollte sie mit sich nach Hause nehmen. Sie hatte Borgny vor sich gesehen, wie sie an der sonnenbeschienenen Wand beim Windfang sitzt – die Frühjahrssonne wärmt so schön in dieser geschützten Ecke – mit der karierten Decke auf den Knien und einer Tasse mit Mathildes Johannisbeersaft in den mageren Händen, hatte gesehen, wie Borgny sich gesund und rotwangig und froh essen und trinken würde, beschützt von Ragnhilds Lachen und Mathildes kurz angebundener Fürsorge.

Mathilde war nicht sonderlich begeistert gewesen, natürlich nicht. Aber Ragnhild hatte auch nichts anderes erwartet, und daß sie mit der Ablehnung der Tante schon zurechtkommen würde, dessen ist sie sicher. Die beiden würden schon gut miteinander auskommen, in dem Maße, wie Mathilde mit irgend jemandem gut zurechtkommt. Sie sind sich auf eine Art so ähnlich, findet Ragnhild.

Beim Anblick der mageren, vom nahen Tod gezeichneten Freundin im Krankenhausbett wächst in Ragnhild eine stumme Frage. »Warum hast du nichts gesagt, Borgny? Warum hast du dich nicht früher bei mir gemeldet?« Sie ist in ihrem Alltag von so viel robustem Leben umgeben, daß sie sich nichts anderes vorstellen kann, als daß das Borgny angesteckt haben würde, wenn sie sie nur mit sich nach Ås hätte nehmen dürfen.

Jetzt sieht sie, daß Borgny nicht mehr viele Tage zu leben hat. Sie ist so weit bei Bewußtsein. »Meistens schläft sie«, flüstert die weißgekleidete Frau, die sich vom Stuhl am Bett erhoben hat, als Ragnhild das Zimmer betrat. Das Lächeln, das das blasse Gesicht aufleuchten läßt, ist nur ein Schatten des früheren Lächelns, an das sich Ragnhild so gut erinnert. Die Hand, die ihre ergreift, ist mager, der Händedruck ohne Kraft.

Aber Borgny ist froh, sie zu sehen. Ihre grauen Augen, die

jetzt ganz in die tiefen Augenhöhlen eingesunken liegen, hängen mit einem Blick voller Zuneigung, ja mit einem fast verehrungsvollen Ausdruck an der Freundin, und die mageren Finger lassen nicht einen Augenblick Ragnhilds Hand los.

Mit kurzen, keuchenden Atemzügen erzählt sie Ragnhild von Hans und von ihrem kleinen Jungen. Das Sprechen strengt sie ungeheuer an, und sie muß zwischendurch lange Pausen machen, um neue Kräfte zu sammeln. Mit flüsternder Stimme bringt sie den Wunsch hervor, die Bitte, die das Leben des kleinen »Deutschenkindes« und das so vieler anderer verändern wird.

Und Ragnhild sagt ja, denn was sonst kann sie tun? Ja, sie wird sich um den kleinen Nils-Jan kümmern – bis Borgny gesund ist, kann sie nicht lassen, hinzuzufügen, auch wenn es keine von beiden glaubt. Sie drückt die kraftlose Hand und versucht mit aller Macht, der sterbenden Freundin etwas von ihrer eigenen Lebenskraft zu schicken.

Als sie viel später ihre Hand vorsichtig aus Borgnys schlafendem Griff zieht – es erinnert sie an den eines vertrauensvollen Kindes – und sich aus dem Krankenzimmer schleicht, da geschieht das nach vielen Versicherungen, morgen wiederzukommen. Aber am nächsten Tag bekommt sie einen Anruf vom Sanatorium, daß Borgny im Laufe der Nacht verstorben sei.

30

Weil Borgny keine eigene Familie hat, fällt Ragnhild die Aufgabe zu, die Beerdigung auszurichten. Sie kauft für Borgny ein Grab auf dem Friedhof in Sandar, denn sie meint, es sei für den kleinen Jungen gut, wenn er das Grab der Mutter in der Nähe weiß.

An einem bitterkalten Vormittag im März kommt Borgny genauso still und unbemerkt unter die Erde, wie sie gelebt hat. Nur Ragnhild folgt ihr. Sie fröstelt in der naßkalten Frühlingsluft, und während der Pfarrer Erde auf den einfachen weißen Sarg wirft, geht ihr durch den Sinn, daß Menschen niemals mehr frösteln als bei einer Beerdigung.

Auch Mathilde friert, als sie unterwegs zur Bushaltestelle an der Friedhofsmauer entlanggeht. Sie hat Ragnhild in die Stadt begleitet, um Häkelgarn und ein paar andere Sachen einzukaufen, die sie benötigt. Jetzt ist sie fertig und will zusammen mit Ragnhild den Bus nach Hause nehmen.

Sie sieht Ragnhild und den Pfarrer am offenen Grab und denkt, daß sie vielleicht hätte mitgehen sollen, wegen Ragnhild. Aber warum sollte sie? Ragnhilds Freundin geht sie nichts an, sie haben sich nie getroffen. Gleichwohl hat sie oftmals vage Mitgefühl für Borgny empfunden. Denn aus dem, was Ragnhild berichtete, spürte sie, daß hier ein Mensch war, noch einsamer als sie selbst.

Und sie denkt noch einmal, daß sie hätte mitgehen sollen, während sie ihren dunklen Wintermantel enger um sich zieht, und eilig weitergeht. Mit feuchten Augen beeilt sie sich, wegzukommen, und sie weiß nicht, ob ihr die Tränen wegen Ragnhilds Trauer, die ihr Eindruck macht, kommen oder ob es nur der kalte Schnee ist, der ihre Augen zum Überlaufen bringt. Die Tränen blenden sie einen Moment, so daß sie einem großen, vierschrötigen Mann geradewegs in die Arme läuft. Auf dem glatten Bürgersteig verliert sie beinahe das Gleichgewicht, und er packt sie am Mantelärmel, damit sie nicht hinfällt.

Weil die Kirchenglocken in dem Moment ein paar dumpfe Schläge tun, streift er sich mit einer unwillkürlichen Bewegung den Hut vom Kopf, und sie sieht, daß sein Haar in diesen fünfunddreißig Jahren schütter geworden ist, aber der Schwung der Stirn ist noch derselbe.

Und sie spürt, daß ihr eigenes Herz genauso dumpf schlägt wie die Glocken der Kirche von Sandar, während sie ihm ins Gesicht starrt und merkt, daß er sie nicht wiedererkennt. Dann nickt er kurz, setzt sich den Hut auf und setzt seinen Weg fort, nachdem er gleichgültig einen Blick über die Friedhofsmauer geworfen hat.

Mathilde geht durch das Tor und setzt sich auf eine Bank, sie merkt, daß ihre Beine sie nicht länger tragen wollen. Ihr Kopf ist leer, ohne Gedanken, sie sitzt nur da und starrt in die Luft. Ein Spatz kommt angeflattert und hüpft hoffnungsvoll um ihre Stiefeletten. Er weckt in ihr die Vorstellung von Brotkrumen – sie sollte Brotkrumen haben, ohne daß der Gedanke in Worte geformt wird.

In ihr entsteht auch das Bild von Schwalben. Sie sieht Schwalben, die wie schwarze Pfeile an einem Mittsommerabend über Jakobs Wiese hin- und herschießen. Ein ums andere Mal kreuzen sich ihre Flugbahnen, ohne daß sie jemals miteinander in Berührung kommen. Sie hört das hohe Zwitschern und riecht das frischgemähte Gras.

Ach, Mathilde. Ich sehe dich an einem eiskalten Vormittag im März auf einer Friedhofsbank sitzen. Du trägst den schwarzen Mantel mit dem Nerzkragen, ein Kragen, der aus zwei vollständigen Tieren gearbeitet ist, mit Kopf und Pfoten und allem, lose um deinen Nacken gelegt. Dein stolzer Nacken, Mathilde, der sich so selten beugt, jedenfalls, wenn es jemand sehen kann. Das Tuch, das du um den Hals trägst, ist heruntergerutscht, aber du ziehst dir nicht den Kragen bis über die Ohren hoch, um dich gegen den beißend kalten Schnee zu schützen. Du hältst den Kopf vornübergeneigt, so als ob du dich der Trauer um einen lieben Verstorbenen beugtest, und dein Blick starrt geistesabwesend auf deine eigenen runden Stiefelspitzen. Ragnhild, die vorbeikommt und bei der Bank anhält, muß deinen Namen mehrere Male sagen, ehe du sie hörst.

Im Bus nach Hause sitzen Mathilde und Ragnhild Seite an Seite auf den grünen Sitzen, ohne miteinander zu sprechen, denn beide sind sie erfüllt von ihren eigenen Erlebnissen und Gedanken. Am Tag darauf reist Ragnhild nach Oslo, um den kleinen Nils-Jan abzuholen.

31

In den ersten Nächten wacht er auf und weint. Er weint still und vorsichtig, fast lautlos, aber Ragnhild, die im Zimmer nebenan liegt, die Tür angelehnt, hat alle Sinne auf das fremde Kind gerichtet und hört ihn.

Mit einer raschen Bewegung schwingt sie die Beine aus dem Bett, steckt die Füße in die karierten Pantoffeln mit dem heruntergetretenen Rand und den großen Pompons vorn, und sie fröstelt ein bißchen von der Kälte, die ihr eiskalt die Beine hochsteigt, bis die Pantoffeln warm geworden sind. Sie wikkelt sich einen alten hellbraunen Strickschal um die Schultern und schleicht sich auf Zehenspitzen hinüber zu seinem Bett. Dort setzt sie sich auf die Bettkante und streckt vorsichtig prüfend eine Hand zu dem kleinen Gesicht hin.

Er zieht sich nicht zurück, zuckt bei der Berührung nur kurz zusammen. Wie ein ängstliches kleines Reh liegt er da und drückt sich gegen die Unterlage.

»Mama«, schluchzt er, und dieses kleine Wort macht Ragnhild vollständig hilflos. Sie schiebt vorsichtig eine Hand unter die Bettdecke, um ihm tröstend über den Rücken zu streicheln – was kann sie sonst tun! – und entdeckt, daß er fast bis zum Hals hinauf naß ist. Sie war darauf vorbereitet, nach dem Bericht des Kinderheims, und sie und Mathilde haben gemeinsam ein Öltuch unter das Laken gebreitet, um seine Matratze zu schonen.

»Komm«, sagt sie und schlägt die Bettdecke zur Seite. Da steht er auf, ohne ein Wort zu sagen, und in dem kalten Mondlicht, das durchs Fenster scheint, sieht sie, wie er sich ganz still mit dem Gesicht zur Wand in eine Ecke des Zimmers stellt. Beim Anblick dieses erbarmungswürdigen Rückens erfüllt sie Wut und Scham auf all die unbedachten Erwachsenen. Und als sie sich dem Jungen mit einer etwas jähen Bewegung nähert, zuckt er zusammen, wendet sich ihr halb zu und hebt die Arme über den Kopf, wie um einen Schlag abzuwehren. Da sinkt sie auf den eiskalten Fußboden, nimmt ihn in die Arme und sagt ernst und eindringlich, mit einer Stimme, die vor Bewegung zittert: »Ich werde dich niemals schlagen, Nils-Jan. Was immer du tust, werde ich dich nie, nie schlagen!« Und dieses Versprechen wird sie halten. Er wird ihr allerdings auch keinen Grund geben, es zu brechen.

Später liegen sie zusammen unter ihrer Bettdecke in dem geräumigen Ehebett, das in den langen Wintermonaten, wenn Lars weg ist, besonders groß zu sein scheint. Nils-Jan hat einen trockenen Pyjama an. Er besitzt nur zwei, und die sind beide ziemlich verschlissen. Insgesamt hat er nur wenig und elendes Zeug, so daß Mathilde mit dem Nähen angefangen hat, um seine Garderobe zu erweitern, »schließlich soll er ja anständig aussehen«, sagt sie und tritt mürrisch auf der alten, mit Rosen bemalten Singer.

Ragnhild spürt seine Angst, weiß aber nicht, was sie tun kann, um sie zu vertreiben. Sie weiß nicht, ob es richtig ist, ihn mit zu sich ins Bett zu nehmen, es scheint, als ob ihn die Nähe mehr erschreckt als beruhigt. Aber er ist so klein und zart, und er zittert so sehr, daß sie nicht anders kann. Außerdem ist sein Bett naß und muß vollkommen neu gemacht werden.

Sie fühlt sich ganz und gar hilflos, weiß nicht, was sie zu diesem fremden Menschlein sagen soll. Rein intuitiv beginnt sie von dem einzigen zu sprechen, das ihnen gemeinsam ist, und selbst als er wieder zu weinen anfängt, spricht sie weiter über Borgny und die gemeinsame Zeit in Oslo.

Nach einer Weile merkt sie, daß er ihrer Stimme zuhört, und sie erzählt weiter die Episoden, an die sie sich erinnert, auch ein paar Gedichte, bis ihr das gleichmäßige Atmen verrät, daß er eingeschlafen ist. Da steht sie auf und wechselt sein Bettzeug, ehe sie ihn vorsichtig in sein Bett zurückträgt, denn sie will nicht, daß er auch in ihr Bett macht. Nicht in erster Linie weil ihr das etwas ausmachen würde, sondern weil sie spürt, er würde dann, wenn er in ihrem Bett liegt, noch ängstlicher sein. Außerdem will sie ihm keine Unarten angewöhnen, nur noch ein paar Wochen, dann kommt Lars nach Hause.

32

Es ist gut, daß sie diese Wochen alleine mit dem Jungen haben, ehe Lars vom Walfang zurückkehrt, das finden sie alle beide, Ragnhild wie Mathilde. Es gibt ihnen Zeit, sich kennenzulernen, nur sie drei. Ja, die kleine Solfrid kommt täglich, wie selbstverständlich, sie ist begeistert von dem neuen Spielkameraden, denn auf den Höfen in der Nähe gibt es niemanden in ihrem Alter.

Ansonsten kommen nur wenige Gäste, und zwar nicht, weil sie nicht neugierig sind, sondern weil Ragnhild darum gebeten hat, man möge ihn in der ersten Zeit in Ruhe lassen.

Sie will nicht, daß jemand neugierig auf ihr »Deutschenkind« starrt.

Nach und nach kommt er nachts von allein angetappt. Und sie achtet darauf, daß neben dem Bett ein trockener Pyjama bereitliegt, so daß sie gar nicht aufstehen muß, sondern ihm den einfach schlaftrunken überziehen kann, ohne aufzustehen. So bleibt das Bett schön warm, und sie merkt, wie er sich behaglich in ihre Wärme kuschelt, nachdem er naß und kalt in seinem Bett aufgewacht war.

Eines Nachts kommt er mit trockenem Pyjama, und da sputen sich die beiden zurück in sein Zimmer, damit er auf den Nachttopf gehen kann, den sie unter sein Bett gestellt hat, ehe er zu ihr ins Bett kriecht. Sie streichelt ihm über den Kopf und sagt, das habe er prima gemacht. Nach und nach gibt es immer öfter trockene Nächte.

»Haben sie dich im Kinderheim geschlagen?« fragt sie ihn eines Nachts vorsichtig, und er antwortet, daß es nicht alle getan hätten, nur diejenigen, die auf »Deutschenkinder« böse waren. Und die schlugen nur, wenn er ins Bett gemacht hatte. Aber morgens, wenn sie sein Bettzeug wechselten, mußte er immer in der Schäm-dich-Ecke stehen, und die anderen Jungen im Schlafsaal nannten ihn »Pipi-Jan«. Bald nannten ihn alle Kinder so. Das und »Deutschenkind«.

In diesen Nächten kann er so vertrauensvoll sein, beinahe gesprächig, aber am Tag ist er schweigsam und schüchtern. Er hält sich in Ragnhilds Nähe auf, sie ist sein einziger Rückhalt, und es sieht so aus, als habe er Angst, sie würde verschwinden. Ragnhild spürt das und ist tief gerührt, denn so sehr wurde sie noch nie gebraucht. Wann immer sie bei ihrer täglichen Arbeit Zeit hat, nimmt sie ihn auf den Schoß und singt für ihn. Dann sitzt er ein wenig angespannt auf ihren Knien, ängstlich, sie könnte finden, er sei zu schwer und würde ihn deshalb absetzen.

Auch wenn er mit Solfrid spielt, ist er still und ängstlich. Er überläßt ihr die Führung, und weit weg vom Hause wagt er sich anfangs nur selten. Wenn sie zu ungestüm und laut wird oder wenn andere Kinder dazukommen, zieht er sich beunruhigt zu Ragnhild zurück – zu Ragnhild oder Mathilde.

Anfangs hatte er ein bißchen Angst vor Mathilde, aber sie hat sich dem kleinen Jungen gegenüber sanfter gezeigt, als Ragnhild sie jemals erlebt hat. Ihre Katze hat in einem alten Pappkarton in ihrer Kammer Junge bekommen, und abends nimmt sie ihn dann und wann mit dorthin und läßt ihn mit den drei kleinen getigerten Knäueln spielen, während sie selbst im Schaukelstuhl am Fenster sitzt und häkelt.

Aber meistens sitzen sie abends in der Küche, alle drei, und dann nehmen sie die Katzenmutter und ihre Jungen mit dorthin. Nein, genausooft sind sie übrigens zu viert, weil Solfrid gerne dableibt, bis sie nach Hause geschickt wird, weil es Zeit wird, schlafen zu gehen, nach einer Scheibe Brot mit Honig als Abendessen, zusammen mit Nils-Jan.

Dann sitzen sie an dem großen Küchentisch, Ragnhild hat den Korb mit den Sachen zum Stopfen oder ihr Strickzeug zur Hand, während Mathilde an der Nähmaschine sitzt. Sie ändert abgelegte Hemden und Hosen von Lars, dreht und wendet die Kleidungsstücke, die sie auf dem karierten Wachstuch ausgelegt hat, findet die am wenigsten zerschlissenen Stücke und skizziert kleine Bubensachen. Sie benutzt kein Schnittmuster, sondern schneidet und näht beinahe ein wenig auf gut Glück nach den Maßen, die sie von Nils-Jan genommen hat. Er steht bei diesen Gelegenheiten ganz ruhig zwischen ihren Knien, während sie ihn vorsichtig, aber bestimmt dreht. Ihr Mund ist fest zusammengekniffen, weil er nämlich voller Stecknadeln steckt, mit denen sie sorgfältig die kleinen Stoffteile zusammensteckt, die sie ihm anhält.

Er ist unglaublich geduldig und sehr tapfer beim Stillstehen.

Es scheint, als würde er es mögen, auf diese etwas sachliche Art behandelt zu werden. Mathilde umarmt ihn niemals, nimmt ihn auch nicht auf den Schoß, aber es kann vorkommen, daß sie ihm rasch übers Haar oder über den Rücken streichelt, wenn sie ihn losschickt zu Solfrid oder zu den Katzenkindern, nachdem sie mit dem Abmessen fertig ist.

Eines Abends, nachdem Solfrid nach Hause gegangen ist, sind die jungen Katzen ganz besonders ausgelassen und verspielt. Sie sind vier, fünf Wochen alt, im niedlichsten Alter. Nils-Jan hat eine Zwirnrolle bekommen, durch die Mathilde einen Rest Garn gezogen hat, als Spielzeug für die Katzen. Jetzt läßt er sich von den putzigen Bocksprüngen der Kätzchen mitreißen und bricht plötzlich in ein fröhliches und herzliches Lachen aus.

Das ist das erste Mal, daß die beiden Frauen ihn richtig ordentlich lachen hören. Mathilde hebt ihren Kopf von der Arbeit und schaut über den Brillenrand erst zu dem Jungen hin, dann zu Ragnhild. Und dann lächelt sie – ein strahlend schönes Lächeln. Ein Lächeln, das ihr strenges Gesicht aufhellt und es ganz anders aussehen läßt, jung und weich. Da denkt Ragnhild: »Ach, Mathilde, liebe Mathilde, wie hübsch mußt du einmal gewesen sein.«

33

Lars ist so besonnen, so groß und umsichtig und besonnen. Und dann ist er auch so ungekünstelt, sagen die Leute. Es gibt keinen, der ihn mit Titel oder Nachnamen anspricht, wie sie es bei den Schützen in den anderen Gemeinden tun. Keiner sagt »Walharpunier Lars«, sie sagen einfach Lars, Lars Ås oder Lars auf Ås.

»Ja, der Lars Ås, der ist immer noch ungekünstelt und sympathisch!« sagen die Leute, wenn er mit der Bless oder dem Braunen auf dem Weg zum Laden mit seinem kleinen Jungen auf den Knien vorbeifährt. Er zählt zu den geschicktesten Harpunieren meilenweit, aber im Sommer ist er einfach der Bauer Lars Ås. Der in einen Großbauernhof eingeheiratet und gerade einen kleinen fünfjährigen Pflegesohn zu sich genommen hat.

Er ist knapp einen Monat dagewesen, ehe Lars nach Hause kam. Er ist schon ein bißchen unbekümmerter und froher geworden, und die blassen Wangen haben einen Hauch von Farbe. Zusammen mit Solfrid wagt er sich unten auf die Straße, und die summende Erwartung all der wartenden Walfängerkinder hat ihn angesteckt.

Alle warten auf ihren Vater. Die, deren Vater zu Hause ist, warten auf einen großen Bruder oder einen Onkel. Solfrids Vater ist in dieser Saison nicht draußen gewesen, deshalb wartet sie auf Lars.

»Das solltest du auch tun, denn er ist ja eigentlich wie dein Vater, in gewisser Weise«, sagt sie, praktisch wie sie ist, zu Nils-Jan. Und Nils-Jan wartet. Er, der niemals einen Vater hatte, auf den er warten konnte, fängt an, der Begegnung mit Lars mit unendlicher Vorfreude entgegenzusehen.

Daß Ragnhild sich so freut, trägt dazu bei, die Spannung zu erhöhen. Jeden Abend hebt sie ihn hoch, damit er von dem Kalender an der Küchenwand den Tag, der vergangen ist, abreißen kann, und dann zählen sie gemeinsam, wie viele Tage es noch sind.

Mathilde hat bei Kaufmann Berg Stoff gekauft. Den Mund voller Stecknadeln nimmt sie Maß und heftet und näht, denn zum 17. Mai* soll der Junge einen funkelnagelneuen Feiertagsstaat haben, von Kopf bis Fuß neu eingekleidet soll er sein, wenn er Lars begrüßen wird. Sogar einen Haarschnitt und eine kleine Schirmmütze bekommt sie hin, geschickt wie sie ist.

Am letzten Abend putzen sie ihn heraus, weißes Hemd, anthrazitfarbene Hose mit ordentlicher Bügelfalte und dunkelblaue zweireihige Joppe mit glänzenden Knöpfen. Er hat neue Schuhe mit Gummisohlen bekommen und neue weiße Socken. Sogar die Unterwäsche ist neu, und Ragnhild hat ihm in der Stadt einen Schlips gekauft. Weinrot mit kleinen weißen Punkten, er hat ein Gummiband, mit dem er unter dem Hemdkragen mit einem kleinen Haken um den Hals befestigt wird.

Feierlich und andächtig steht er mitten in der Küche auf dem Fußboden, während die beiden Frauen um ihn herumgehen und die neuen Sachen zurechtzupfen. Ragnhild bindet ihm den Schlips um den Hals und hält ihn bewundernd ein Stück weit von sich ab, ehe sie ihn auf den Schoß zieht und heftig drückt. Mathilde streichelt ihm übers Haar, bevor sie ihm die Schirmmütze aufsetzt. »Schmuck siehst du aus, mein Junge.« Und das ist viel für sie.

Er steht auf dem Fußboden in der Küche und spürt, daß er genau hier und genau jetzt in der Mitte der Welt ist, in der Mitte von allem, alles andere ist »rundherum« oder »früher«. Sogar die Mutter, die während dieser Wochen in seiner Erinnerung und in seinen Träumen so blaß und traurig gegenwärtig war, wird »früher«. Sie gleitet in die Schatten, und was sie zurückläßt, sind unbestimmte Erinnerungen, aber weder Sehnsucht noch Traurigkeit. Er spürt, daß er zum ersten Mal einfach froh ist, nichts als froh.

* Im Jahre 1814 beschloß am 17. Mai eine gewählte Versammlung in Eidsvoll eine liberale Reichsverfassung für Norwegen. Dieser Tag wird bis heute als Feiertag begangen.

Aber in der Nacht macht er wieder ins Bett, und das hat er seit einiger Zeit nicht mehr getan. Er ist verzweifelt und schämt sich sehr, und weinend bittet er Ragnhild inständig, Lars nichts davon zu sagen.

34

Auf der Anlegebrücke, auf der die Menschen festlich gestimmt und erwartungsvoll dicht an dicht stehen, klammert er sich an Ragnhilds Hand, und als Lars in der Menge endlich auftaucht, ist Nils-Jan so scheu und verschüchtert, daß er sich gerade nur getraut, ihm die Hand zu geben und einen Diener zu machen. Aber auf dem Weg nach Hause in der Taxe und bei Tisch in der guten Stube starrt er den großen Mann, der »eigentlich dein Vater ist, in gewisser Weise« so hingerissen und voller Zuneigung an, daß Lars sich beinahe beklommen fühlt.

In den ersten Wochen folgt er Lars wie ein treuer kleiner Hund. Solfrid gerät ganz ins Hintertreffen. Sie hat schon immer viel Zeit auf Ås zugebracht, aber seitdem Nils-Jan dort wohnt, kommt sie tagtäglich. Sie ist nur noch zu den Mahlzeiten zu Hause, ja, oftmals ißt sie zu Mittag und zu Abend auf Ås, nachdem sie wie eine kleine Maus die paar hundert Meter nach Hause gerannt ist, um Bescheid zu sagen.

Auch sie findet es toll mit Lars, so daß sie ihm gerne mit Nils-Jan zusammen hinterhertrottet. Und Lars ist geduldig mit den Kindern und findig, wenn sie ihn bei der Arbeit begleiten. Wenn er etwas zu tun hat, wo er Armfreiheit braucht, gibt er ihnen kleine Aufgaben, um sie aus dem Weg zu halten, und er läßt sie nebeneinander auf dem Holz sitzen, während er selbst das Pferd am Zügel führt.

Ab und zu dürfen sie auf dem Pferderücken reiten. Solfrid

jauchzt vor Freude, wenn sie auf ihren Platz gehoben wird, sie hält sich am Kummet fest, während Nils-Jan hinter ihr sitzt und sich ängstlich an sie klammert. Am liebsten ist es ihm, wenn Lars mit stützendem Griff um sein eines Bein neben ihm geht.

Nils-Jan hat vor Pferden Angst und vor Kühen, sie sind ihm zu groß. Nils-Jan bewundert Solfrid, wenn sie unter dem Pferdebauch hindurchkriecht oder dem Pferd das weiche Maul klopft und es eine rohe Kartoffel von der flachen Hand fressen läßt. Er traut sich nicht, wie sie im Kuhstall durch den Futtergang zu gehen, wo die Kühe in ihren Verschlägen stehen, die Köpfe einander zugewandt, und ihr gutmütig mit dem Kopf an die Beine stupsen oder aus dem Armvoll Heu zupfen, das sie ihnen austeilt.

Er hat auch Angst vor dem Schwein und traut sich nur, ihm den Rücken zu kraulen, wenn er außerhalb des Kobens steht, darauf klettern, wie Solfrid, das macht er nie. Auch nicht auf den Verschlag für die Kälber, sogar wenn sie ganz neugeboren und unglaublich süß sind mit ihren traurigen Tieraugen und den nassen suchenden Mäulern. Es dauert lange, ehe sie ihn überreden kann, ihnen eine Hand ins Maul zu stecken und dieses merkwürdige Gefühl zu spüren, wenn sie saugen.

Aber nachdem Lars nach Hause gekommen ist, wird er auch mit den Tieren unbekümmerter. Er ist überall dabei und macht Lars alles nach. Morgens ist er beim ersten Hahnenschrei hoch, zieht sich selbst an und ist als erster unten im Kuhstall, vor Ragnhild und Lars.

Nachmittags geht er gemeinsam mit Lars in Gummistiefeln mit langen Schritten, um die Kühe zu holen, die draußen auf der Weide sind, vorläufig nur tagsüber. Er hält die große Hand von Lars und klopft mit seinem Stöckchen eifrig auf die mageren Kuhschinken, richtig männlich, so lange die Kühe ihm die Rückseite zuwenden.

Es macht außerdem Spaß, die Eier im Hühnerhaus einzusammeln oder für Mathilde die Zentrifuge zu drehen, die ihn immer so sehr lobt, wie geschickt er darin sei, genau richtig zu kurbeln, »damit es schöne Sahne gibt«. – Mathilde, die selten bis niemals jemanden lobt! Aber am besten ist es mit Lars zusammen. So gut, daß Ragnhild und Mathilde beinahe eifersüchtig werden.

Gleichzeitig ist es so bewegend zu erleben, wie Nils-Jan an Lars einen Narren gefressen hat, daß es alle im Dorf zutiefst rührt. Die Leute gönnen Lars und Ragnhild dieses Kind, sie wissen, wie inbrünstig die beiden sich eigene Kinder gewünscht und wie lange sie auf einen Hoferben gewartet haben.

35

Nils-Jan pflückt so gerne Blumen. Vom ersten gelben Huflattich, der zerzaust im zeitigen Frühjahr an einem matschigen Wegrand auftaucht, bis zu den letzten unansehnlichen und unerschütterlichen Blüten von Kamille und Rainfarn, die sich unter der herbstlichen Kälte ducken, pflückt er Blumen, die er in farbenfrohen Sträußen anordnet und an die erwachsenen Frauen ringsum verschenkt.

Ragnhild und Gudrun, Milda und Harriet schlagen jedesmal, wenn er schüchtern mit einem Strauß weißer Margeriten, blauer Glockenblumen und gelber Butterblumen zu ihnen kommt, froh und überrascht die Hände zusammen.

»Nein, hast du so was schon gesehen! Ich kann es gar nicht glauben! Soll *ich* diese schönen Blumen bekommen? Das ist aber lieb!« sagen sie und staunen gleichermaßen über seine tadellos zusammengestellten Sträuße wie über Solfrids eher zufällig zusammengeraffte. Sie setzen die Blumen ins Wasser und stecken den frohen Schenkern ein Malzbonbon oder einen Keks zu, was jedenfalls für Solfrid sehr motivierend ist.

Aber am allerliebsten pflückt Nils-Jan Blumen für Mathilde, denn wenn sie auch weder die Hände über dem Kopf zusammenschlägt noch sich aus Dankbarkeit gar nicht fassen kann, spürt er, daß sie es ist, die seine Sträuße am meisten schätzt.

Er weiß nicht, daß Mathilde nach und nach anfangen wird, von einem jeden Strauß, den er ihr schenkt, je eine Blüte unter ihrer schweren alten Truhe zu pressen und sie anschließend mit kleinen Klebestreifen auf hellbraunes Butterbrotpapier befestigt, das sie zuvor in gleichmäßige, entsprechend große Rechtecke zugeschnitten hat.

Und er weiß nicht, daß der Stoß mit diesen zierlichen Blütenbögen, auf die sie mit ihrer altmodischen, schnörkeligen Handschrift »Von Nils-Jan« sowie Datum und Jahreszahl vermerkt und die sie in Leinen eingeschlagen in die große Truhe gepackt hat, daß dieser Stoß viele Jahre später von den beiden Frauen gefunden wird, die er am liebsten hat und in ihnen unendliches Mitleid mit der Dritten wecken wird.

Sogar ein einzelnes zartes, rosarotes Blütenblatt von einer Pfingstrose hat Mathilde gepreßt und archiviert. Sie hat es zu einem anderen gelegt, das viel älter sein muß. Als ich die beiden sah, entsann ich mich der Episode mit Harriets Pfingstrosen.

Im ganzen Ort gibt es keine Dahlien, die üppiger wären und farbenfroher leuchteten als Mathildes. Das gleiche gilt für ihre Akelei, für die Herbstastern und die Ringelblumen, gar nicht zu reden vom Phlox und den Gladiolen. Ja, an sich gilt das für die meisten Gartenblumen, denn sie hat unglaubliches Geschick mit ihnen. Aber mit den Pfingstrosen auf Lund kann sie nicht konkurrieren.

Wenn Harriets Pfingstrosen erblühen, sind sie ein herrlicher Anblick, oftmals trägt jede Pflanze mehr als fünfzig Blüten. Jede Blüte ist so groß wie der Kopf eines Neugeborenen und besteht aus vielen Schichten seidenweicher Blütenblätter in kräftigem Rosa, überzogen von einem hauchfeinen Netz dunklerer Adern.

Nils-Jan ist bald sechs Jahre alt, dies ist sein erster Besuch auf Lund, und niemals hat er etwas so überirdisch Schönes gesehen wie diese Blüten. Sie sind so wunderbar, daß er sie nicht zu berühren wagt, wie übergroß die Lust auch ist, die Hand auszustrecken und einen der schweren, üppigen Blütenköpfe anzufassen, so wie Solfrid das tut.

Als Harriet für jeden von ihnen beiden zwei Blüten abschneidet, die sie mit nach Hause nehmen können, ist er dermaßen von Dankbarkeit erfüllt, daß er nicht sprechen und danke sagen kann, sondern nur einen tiefen Diener macht. Aber Solfrid bedankt sich laut für alle beide und umarmt rasch noch Peder, der vor der Hauswand in der Sonne sitzt, ehe sie und Nils-Jan Hand in Hand durch die Pappelallee rennen. Auf halbem Wege hält sie an und gibt ihm ihre zwei Pfingstrosen. Sie weiß nicht ganz, warum, aber das mag an seinem feierlichen, beinahe verzückten Gesichtsausdruck liegen, der sie das tun läßt. Er sagt noch immer nichts, geht nur weiter, die Hände voller herrlicher, schwach duftender Blüten.

Er will sie Mathilde schenken. Das ist plötzlich vollkommen sonnenklar, daß Mathilde diese phantastischen Blüten bekommen soll, nicht Ragnhild. Er fühlt eine warme, erwartungsvolle Freude beim Gedanken an Mathilde, wenn sie die Blüten sehen wird. Sie macht niemals viel Aufhebens um die Blumen, mit denen er ankommt, aber ihre Hände ordnen sie so schön. Er schaut Mathilde gerne zu, wenn sie Blumen anordnet.

Unterwegs treffen sie Hallvard und Anne-Grete, die wollen, daß sie zusammen Bing-bang-Blechdose spielen. Nein, er muß nicht mit den Pfingstrosen zuerst nach Hause gehen, die können sie so lange an den Wegrand pflanzen, entscheiden die zwei und wühlen eine Art Beet auf mit einem Stock, zwicken die Blütenstengel ab, ganz oben beim Kopf und stecken die Blüten in die Erde. Wenn sie zurückkommen, werden es viel mehr geworden sein, versichern sie, weil das mit Blumen so ist.

Aber Nils-Jan spürt, das ist ganz falsch. Beim Anblick der amputierten Blütenköpfe beginnen seine Mundwinkel zu zittern, und die Augen füllen sich mit Tränen.

»Sie müssen Wasser haben«, flüstert er zaghaft. Er hat nicht gewagt, gegen die Operation zu protestieren, ehe es zu spät war. Er wohnt erst seit ein paar Monaten auf Ås und ist im Umgang mit anderen Kindern immer noch sehr ängstlich und scheu.

»Sieh mal«, sagt Anne-Grete und zeigt auf den Himmel, wo ein klitzekleiner weißer Wattebausch friedlich in der Bläue schwebt.

»Schau, da ist eine Wolke, bestimmt gibt es bald Regen«, sagt sie sorglos, ohne den Umfang der Katastrophe zu ahnen, die sie angerichtet hat.

»Komm schon, Nils-Jan«, rufen alle drei und rennen los, um Bing-bang-Blechdose zu spielen. Und Solfrid dreht sich um und wiederholt: »Komm schon, Nils-Jan«, ehe sie hinter den anderen den Hang hinunter verschwindet.

Nils-Jan hebt langsam die Pfingstrosen auf und geht weinend mit ihnen nach Hause. Mathilde fährt hoch, als er laut schluchzend in die Küche tritt. Sie ist allein, Lars und Ragnhild sind im Kuhstall. Sie macht nicht einmal eine Bemerkung wie, er »soll sich nicht anstellen«, was sie durchaus getan haben könnte. Sie streicht ihm nur rasch übers Haar und holt eine große Schüssel hervor, die sie mit Wasser füllt. Die trägt sie in ihre Kammer, denn ohne daß er das sagen muß, hat sie gespürt, diese Blumen sind für sie, nur für sie. – Aber warum zittern deine Hände so, Mathilde? Das Wasser in der Schüssel schwappt ja über! Was hat es mit diesen duftenden Blütenköpfen auf sich, die dich so aus der Fassung bringen, daß du nicht schaffst, zu dem Jungen, der sie dir gebracht hat, ein Wort zu sagen?

Sie setzt die schwere Steingutschüssel vorsichtig auf der Truhe ab, es ist etwas schwierig, weil sie auf dem gebogenen Deckel nicht sicher steht, aber sie legt auf jeder Seite ein Paar zusammengerollte Strümpfe drunter. Und gemeinsam lassen sie vorsichtig die vier Blütenköpfe hineingleiten. Die schwimmen auf der Wasserfläche, und die Blütenblätter spiegeln sich gegen den dunklen Grund der Schüssel.

36

Ich muß dir jetzt von Solfrid erzählen, von Solfrid, die für dich so viel bedeuten wird. Wenn ich den Namen nenne, verbindest du nichts mit ihm. Du siehst mich nur an mit Augen, so groß und glänzend, daß ich mich in ihnen spiegeln kann. Ich sehe mein eigenes trauriges Gesicht in deinen schwarzen Pupillen, aber der Ausdruck in ihnen offenbart nicht, was du von mir hältst. Nicht einmal das rasche Lächeln, das mitunter über dein Gesicht huscht, sagt etwas über deine Meinung von mir. Du siehst das, was ich sehe – das Gesicht einer jungen Frau, so traurig, so schrecklich traurig. Die sorglose kleine Solfrid wirst du niemals kennenlernen.

Solfrid kam an einem Frühlingstag Mitte der vierziger Jahre auf die Welt, und sie war bei ihrer Ankunft ein heftig ersehntes Kind. Nicht nur weil ihre Mutter, Gudrun, sie in dem dicken Bauch drei Wochen länger als berechnet herumgeschleppt hatte, sondern auch, weil ihr Mann, Herman, fünfzehn Jahre lang darauf gewartet hatte, daß dieses Ereignis eintreffen möge. Besonders er hat gewartet, denn er ist unsagbar kinderlieb. Vielleicht, weil er selbst so viele Kinder in sich trägt, er ist so voller Leben und Einfälle, daß er dringend jemanden zum Herumalbern braucht. Und Gudrun ist ganz gewiß nicht besonders albern.

Schwermütig ist Gudrun, schwermütig und tief religiös. Ja, über lange Zeitabschnitte kann sie durchaus fröhlich sein, selbstverständlich. Sie schafft es, sich um ihre Hühner und Puten zu kümmern und für die fünf, sechs Gänse und Ganter, die sie auf ihrem kleinen Hof haben, zu sorgen. Währenddessen singt sie ihre trostreichen Kirchenlieder und blickt mit unerschütterlichem Glauben auf zum blauen Himmel.

Aber dann wieder ist es so, als ob Unser Herrgott selbst sanft und unerbittlich einen Nagel nach dem anderen aus dem Gebäude zieht, das sie zu Seiner Ehre errichtet hat, und es stürzt ein, und sie hat keine Macht, es zu verhindern. Der Himmel stürzt über ihrem Kopf ein, und voller Zweifel und Selbstvorwürfe gleitet sie in eine tiefe Schwermut, die sie ins Bett verbannt, und ihr Mann irrt ziellos und rastlos wie ein herrenloser Hund um das Bett herum.

Er versorgt das Vieh, so gut er kann, aber beim Kochen stellt er sich nicht besonders praktisch an, in der Küche geht es meist ziemlich chaotisch zu. Hätte ihm nicht die nächste Nachbarin Ragnhild mit Rat und Tat zur Seite gestanden, es ist schwer zu sagen, wie sie diese immer wiederkehrenden, schwierigen Zeiten überstanden hätten.

Aber die Liebe hält. Tatsächlich kann sie ziemlich unverwüstlich sein und sich zeitweise von wenig ernähren, wenn nur das Fundament solide genug ist. Daß sie die kleine Solfrid bekommen haben, bewirkt, daß Gudruns Depressionen seltener werden und weniger lange dauern, als ob das kleine Kind einen stabilen Keil in das zuzeiten so wackelige Gebäude eingeschlagen habe, der es daran hindert, gänzlich zusammenzufallen. ›Der Herr ist auferstanden‹ singt sie jetzt häufiger als ›Der Nagel zu einem Kreuz auf Erden‹.

Herman sieht, wie das kleine Mädchen seine Frau froher macht und wärmer und ihr mehr Zutrauen zum Leben schenkt, und wenn möglich, liebt er sie alle beide dafür noch mehr. Abends, wenn sie schlafen soll, spielt er für Solfrid Mundharmonika, nachdem sie mit der Mutter ihr Abendgebet gesprochen und ein Lied gesungen hat.

Zwischen den munteren Melodien auf der Mundharmonika des Vaters und den ernsten Kirchenliedern der Mutter wächst Solfrid zu einem unbekümmerten und glücklichen Kind heran, so wie Kinder es sein können, wenn sie so reich mit Liebe beschenkt werden.

Ihre intensiven Gefühle füreinander zeigen die Eltern nur selten offen, aber ab und zu kann Solfrid rasche kleine Zärtlichkeiten zwischen ihnen bemerken – eine kurze Umarmung oder einfach einen Blick. Oder die Hand des Vaters, wie sie über den Rücken der Mutter streicht, während sie am Herd oder beim Abwasch steht.

»Na du!« sagt die Mutter dann, und hat etwas Unerklärliches, Zärtliches in der Stimme, etwas Rätselhaftes, das Sol nie zuvor gehört hat und das ihr unversehens berichtet, daß die Eltern eine Welt miteinander teilen, zu der sie niemals Zugang haben wird. Aber eifersüchtig wird sie nicht. Es ist, als ob sie intuitiv spürte, daß genau diese Vertraulichkeit das Fundament ihres eigenen sicheren und geborgenen Daseins bildet. Ohne diese Gewißheit wären die regelmäßig wiederkehrenden Depressionen der Mutter unmöglich zu verkraften. Nie hat sie einen Ehekrach der Eltern erlebt. Es kommt vor, daß sie sich streiten oder »ein bißchen aneinandergeraten«, wie Mutter sagt, aber wirklich zerstritten sind sie nie. Eine heftige Diskussion endet leicht damit, daß der Vater versöhnlich einlenkt: »Ist gut, Mutter.« Und dann mit der Hand ein rascher Dank über ihren Rücken.

Andere Formen von Zärtlichkeit hat Solfrid so gut wie nie zwischen ihnen beobachtet. Als ob sie schüchtern etwas verstecken, das zu kostbar ist, um es vorzuzeigen, sogar vor ihr. Außerdem haben sie nur wenig Zeit, um aneinander zu denken.

Im Alltag gibt es anderes, das ihre Aufmerksamkeit und Fürsorge verlangt. Hühner und Kühe, Puten und Gänse fordern ihren Teil, und im Sommer müssen das Erdbeerfeld und der Gemüsegarten beackert werden. Auch wenn ihr Hof nur klein ist und sie weder Kühe noch Schweine halten, gibt es immer etwas zu tun.

Der Vater versuchte es die eine oder andere Saison mit dem Walfang, hatte aber solche Sehnsucht nach Hause, daß er es aufgeben mußte. Er arbeitete in der Mannschaftsmesse und hatte mit dem Fang selbst nichts zu tun, aber allein der Gedanke, daß diese großen Tiere ihr Leben lassen müssen, ging ihm so nahe, daß er beinahe ebenso traurig und niedergeschlagen wurde, wie es seine Frau zeitweise werden konnte. Und die Sehnsucht nach ihr und der kleinen Tochter ist nicht zu ertragen. Wenn er weg ist, ist Gudrun außerdem mit der Zeit dermaßen deprimiert, daß sie nur unter großen Schwierigkeiten die kleine Sol zu versorgen und die Arbeit auf dem Hof zu bewältigen vermag. Ragnhild und Mathilde müssen ihr helfen.

Es nützt nichts, daß da gutes Geld zu verdienen ist. Die Eltern werden sich einig, daß sie lieber von der Hand in den

Mund leben wollen, als ein halbes Jahr voneinander getrennt zu sein.

Nachdem er einige Winter lang stempeln gegangen ist, sucht er sich Arbeit in der Gemeinde beim Straßenbau. Zusammen mit dem, was er für das Holzfällen für Lars bekommt, reichen die Einnahmen zum Überleben. Zusätzlich fährt er die Zeitungen aus, die mit dem Sechsuhrbus aus der Stadt kommen. Anfangs radelt er, aber später bekommt er ein Moped, eine glänzende blaue Zündapp.

Solfrid erinnert sich an pechschwarze Wintermorgen und die murmelnden Stimmen aus der Küche. Der Duft von Kaffee – er bekommt rasch ein paar Scheiben Brot mit Fleischwurst, ehe er los muß. Und dann das Rascheln des Zeitungspapiers. Mutter ist es, die den Vater umsichtig in alte Zeitungen unter seiner Oberbekleidung einpackt, während sie besorgt auf das Thermometer vor dem Küchenfenster schielt.

»Fünfundzwanzig Grad minus! Dann sind es in Holmane mindestens dreißig, dort zieht es so beißend vom Fluß!« klagt sie, während sie alle Ritzen zustopft, bis der Mann am Schluß steif und breitbeinig wie ein Teddybär in der Küche steht, von Kopf bis Fuß eingepackt in Zeitungen, Kleidung und Fürsorglichkeit. Ganz zum Schluß muß er sich die sonderbare Plastiktüte überstülpen, die das Gesicht gegen den eiskalten Wind schützen soll. So wankt er mit der blauen Zeitungstasche hinaus zum Moped.

Mehr als dreißig Kilometer wird er fahren, auf vereisten Winterstraßen, mit Zeitungen für ein paar hundert Abonnenten. Den kleinen Extraverdienst können sie gut gebrauchen. Zusammen mit dem, was sie für das Stricken der Jacken in Heimarbeit bekommt und ihre Einnahmen durch Geflügel und Erdbeeren, schaffen sie es, das Haus abzubezahlen und sogar etwas zur Seite zu legen. Denn Sol soll eine Ausbildung bekommen, das hat Mutter entschieden.

37

Es ist etwas Wunderbares und Rätselhaftes, einem neugeborenen Kind in die Augen zu schauen und zu wissen, daß es keine Gedanken hegt, jedenfalls keine Gedanken, die es in Wörter oder Bilder formen könnte, denn es hat ja noch keine Wörter oder Bilder, um sie ihnen weiterzugeben. Dennoch schaut ein solches kleines Kind mit großen Augen gleichsam altklug verwundert in die Welt, als ob es die Antwort auf das größte Geheimnis des Lebens ahnte.

Dieser verwunderte und gleichzeitig nach innen gewandte Blick läßt einen nachdenken, ob dort hinter der kleinen, gewölbten Stirn eine Welt zu finden sei, größer als wir es erfassen können. Es ist, als ob sich das Kind bemühte, eine Wahrheit zu ergründen, und als ob es wüßte, sie wird verlorengehen, wenn ihm erst Wörter und Bilder zur Verfügung stehen werden.

Wir alle haben einen ersten Augenblick, ein erstes Erlebnis, das wir erinnern und das wir später in Wörter fassen können. Beginnen wir da, allen Ernstes, Menschen zu sein?

Für Solfrid ist dieser Augenblick mit einem Frühlingstag Ende der vierziger Jahre verknüpft. Sie ist drei Jahre alt. Sie trägt einen verblaßten lachsroten Popelineanzug und spielt mit Eimer und Schippe in der Sandkiste hinter dem Hühnerstall. Jetzt erhebt sie sich, wirft die Schaufel fort und rennt zum Haus, wo die Küchentür offensteht, vielleicht zum ersten Mal in diesem Jahr.

Noch weiß sie nichts von ihrem Leben. Kann sie aufgehalten werden? Kann sie überhaupt in dem vorbewußten, verwunderten Universum des Kindes gehalten werden? Nein. Sie legt die Hände auf die Treppe, beugt sich vor, und dieses Erleben schlägt sich in ihr nieder.

Und das erinnert sie seither: Die Holzbohlen der Treppe,

die warm sind vom Sonnenschein, als sie die Hand darauf legt. Die Hühner, die im Hühnerstall gackern. Die Mutter, die in der Küche leise vor sich hin summt. Sie klingt gleichzeitig weit entfernt und nah und vertraut. Und eine Stimmung von Frieden und unbekümmerter Kindheit, aber gleichzeitig eine sonderbare, leise Wehmut, als ob sie wüßte, das nun etwas unwiderruflich vorbei ist.

Ein feierliches Gefühl wie an einem Festtag läßt sie seither glauben, daß es ein Sonntag gewesen sein muß, obwohl es wahrscheinlich nicht so war, weil sie deutlich zu wissen meint, daß der Vater bei der Arbeit war. Es dauert nur einen Augenblick und ist vermutlich das erste Mal, daß sie sich an eine Stimmung erinnert.

Der Rest der Erinnerung ist Handlung. Sie beugt sich über die Treppenstufe, spürt deren Kante an ihrem runden Bauch und ruft: »Mutter, ich muß mal!« Und die Mutter ist augenblicklich in der Türöffnung zu sehen, warm und fröhlich, das schwarze Haar hat sie schon damals zu einem Knoten im Nacken zusammengefaßt. Sol wird sie nie mit einer anderen Frisur sehen als dieser, abgesehen von den Nächten, wo das lange Haar wie ein Vogelflügel über Solfrids Wange streift, wenn sich die Mutter im Halbdunkel über ihr Bett beugt, um die bösen Träume zu verscheuchen.

»Oh!« ruft die Mutter voller Anteilnahme in der Stimme über diese wichtige Angelegenheit, »du bist ja doch meine Große!«

Und Solfrid dreht sich um und rennt vorneweg über die Holzplanken, die der Vater auf dem matschigen Weg zum Klo ausgelegt hat, während die Mutter hinterherläuft. Halb über das Kind gebeugt, klatscht sie im Takt in die Hände und singt »Beeil dich, beeil dich, beeil dich!«.

Vermutlich handelt es sich um eine Zeremonie, die sie schon viele Male vorher durchgespielt haben. Oder vielleicht ist es das erste Mal, daß sie draußen auf dem Klo sitzt und nicht auf dem Töpfchen. – Das ist ein wichtiger Schritt im Leben eines Menschen.

Sie erinnert sich, daß die Mutter neben ihr sitzt und sie gut festhält, damit sie nicht in das große Loch fällt – sie haben in dem winzigen Klo kein Loch für Kinder, nur ein großes. Sie erinnert sich, wie sie dasteht und die Mutter ihr mit einem Stück Zeitungspapier, das sie vorher lange in den Händen geknüllt hat, damit es weich ist, den Po trocknet, und daß die Mutter sie auf dem Arm zur Küchentreppe zurückträgt, während sie lauthals die geglückte Expedition lobt.

Nachdem die Mutter ihr einen Keks gegeben hat – weil das so gut geklappt hat –, geht Solfrid zurück zum Sandkasten. Sie setzt sich neben den grünen Blecheimer, der halb voll Sand ist, und beißt klitzekleine Stückchen von dem mürben, goldbraunen Keks ab, während sie mit der freien Hand die blaue Schaufel packt und in den Sand steckt. Und hier endet ihre erste Erinnerung.

38

Nach einem langen Tag, an dem sie mit Nils-Jan gespielt hat, geht Solfrid über die Jakobsau nach Hause. Es ist zeitig im Frühjahr, das ungepflügte Land ist noch von einer dünnen Lage Schnee bedeckt, verharschter Schnee, der trocken unter den Stiefeln knirscht und an ein Pferd, das Heu kaut, erinnert. Die Häuser liegen in das sonderbare Licht der Dämmerung gehüllt, das Tag und Nacht voneinander trennt und das im Winter so ganz besonders schön ist, weil es in sich sowohl die Erinnerung an die Spiele des Tages birgt wie die Erwartung eines langen Abends zu Hause.

Solfrid spürt, daß sie dieses schwache Licht, die Häuser und alles um sich herum sehr gern hat. Sie spürt, wie die Müdigkeit als angenehme Schwere in die Beine kriecht, sieht das Küchenfenster von Zuhause wie einen vertrauten Stern funkeln und *weiß*, daß es heute Abend Kakao geben wird. Und plötzlich sagt sie in den halbdunklen Abend hinein: »*Heute* kommt nie wieder.« Es kommt ihr erst wie eine spaßige Selbstverständlichkeit in den Sinn, als etwas, das sie ja immer gewußt hat. Da wird es ihr plötzlich unbegreiflich und wächst zur Beunruhigung an. Von allem, was nach *jetzt* kommt, wissen wir nichts.

Vielleicht ist die Mutter tot. Vielleicht sinkt sie in diesem Augenblick über dem Küchentisch zusammen, während der Kakao auf dem Herd zischend überkocht. Oder der Vater, vielleicht ist er vom Holzfällen nicht nach Hause gekommen, sondern liegt zwischen den Fichten, die Schneide der Axt tief im Bein.

Lieber Gott! Sie spürt, wie die Angst vom Körper Besitz ergreift und rennt so, daß der knirschende Ton des harschigen Schnees zu einem anhaltenden lauten Scharren wird, bis sie an den Straßengraben kommt und auf die Straße springt. Die ist bis auf eine dünne Frosthaut über dem rotbraunen Sand frei.

Hinter sich hört sie, daß ein Pferd durch die Kurve trabt, und plötzlich *weiß* sie, daß sie unbedingt zu Hause in dem kleinen Dreieck zwischen Kellereingang und der Haustür ankommen muß, ehe das Pferd an der Gartenpforte ist. Sie weiß nicht warum, hat nur eine schwache Ahnung, daß alles davon abhängt, ob sie es schafft. Wenn es ihr gelingt, ist Mutter nicht tot. Wenn es ihr gelingt, sitzt der Vater auf dem Sofa und liest die Zeitung, wie immer um diese Zeit.

Und sie rennt wie ein Reh, das vor Schrecken wie von Sinnen ist, der Laut der näherkommenden Pferdehufe hämmert ihr in den Ohren. Sie kommt zur Pforte, reißt sie auf und stürmt den Gartenweg hinauf und über den Hofplatz, während sich der Ton ihrer Füße mit dem Hämmern der Pferdehufe und dem wilden Rhythmus des Herzens zu einem einzigen Brausen in ihren Ohren mischen. Sie umrundet die Hausecke, saust an der Küchentür vorbei und wirft sich in das Dreieck hinter dem Kellereingang, während das Pferd draußen auf der Straße vorübertrabt. Und sie sinkt erschöpft zusammen und weiß, sie hat es geschafft.

Aber inmitten dieses sinnlosen Spurts steht da wie ein anderer Teil von ihr etwas und betrachtet das Ganze von außen mit fragendem Blick und einem lächelnden »Warum?«, auf das sie keine Antwort weiß. Sie zieht die Fäustlinge aus, streicht sich das schweißnasse Haar aus der Stirn und geht hinein.

Auf dem Flur begegnet sie dem Vater. Er schaut sie mit einem Ausdruck neugieriger Erwartung an, so, wie sie ihn am liebsten hat, weil er dann wie ein kleiner Junge aussieht.

»Hast du das Fohlen gesehen, Sol?«

»Das Fohlen?«

»Ja, das kleine Fohlen, das mit seiner Mutter eben auf der Straße vorbeilief. Hast du es nicht gesehen?«

Er hebt sie hoch und trägt sie mit ihren matschigen Winterstiefeln zum Wohnzimmerfenster, wo sie gerade rechtzeitig kommen, um einen letzten Blick auf ein kleines Fohlen zu erhaschen, das mit einem erwachsenen Pferd und einem Wagen über den Hügel verschwindet.

Sol wird von etwas gepackt, das zwischen Lachen und Weinen liegt. Wenn sie am Straßenrand angehalten hätte, statt loszurennen, würde das Fohlen direkt an ihr vorübergetänzelt sein. Vielleicht wäre es einen Augenblick stehengeblieben und hätte sein weiches Maul in ihre Hand gestreckt: Hast du etwas für mich? Eine Kartoffel? Oder einen Apfel? Die glänzenden Augen sekundenlang fragend in ihre gesenkt, ehe das Wiehern der Mutter es zur Besinnung kommen, vielleicht den Kopf heben ließe und ein bißchen hilflos zurückzuwiehern, ehe es sich mit einem Satz herumwerfen und hinter ihr herlaufen würde.

Stell dir vor, sie wäre nicht gerannt. Stell dir vor... aber dann... Sie kann den Gedankenreihen nicht länger folgen. Sie legt dem Vater einfach die Arme um den Hals, als er sie zurück zum Flur trägt. Er schaut sie ein wenig verwundert an, als er ihr aus den matschigen Stiefeln hilft.

»Mußt nicht böse sein, Sol«, sagt er und fährt fort, während er ihr geheimnisvoll zublinzelt: »Mutter kocht zum Abendessen Kakao!«

Solfrid hängt ihre Jacke an den Garderobenhaken und läuft in die Küche, wo die Mutter steht und Milch in den Kakao rührt. Der Teller und ihre Kindertasse stehen schon an ihrem Platz am Tisch. Sie erklärt laut, daß sie drei Scheiben Brot haben will – und jede Menge Kakao! Die Mutter dreht sich um und lächelt.

39

Wer nach Rønnigen will, dorthin, wo Ragnhild aufgewachsen ist, muß bei der Milchrampe von Harriet Lund rechts abbiegen, dann hinunter bis zur Weggabelung der Straße folgen, durch die Kurve, an der das rote Häuschen von Lisabeth liegt, über die Brücke unten in der Niederung und über Bjørnebærbakken, den Hügel, wo die Jugendlichen im Winter Schlitten fahren oder im Sommer Bing-bang-Blechbüchse spielen.

Nein, natürlich nicht auf der Straße, sondern in dem kleinen Gehölz. Im Sommer liegt dort im Straßengraben stets ein Jungenfahrrad oder mehrere, oben bei dem Brombeerdickicht, das dem Hügel seinen Namen gab.

Und derjenige, der anhält, hört nur das sachte Brausen des Flusses und das Lied der Singdrossel, die gleich dort drüben in der Birke ihr Nest hat. Man kann sich fragen, was sie dort treiben, die Jungen, bis man eine Jungen- oder Mädchenstimme rufen hört: Bing-bang Solfrid! Bing-bang Hallvard! Oder du hörst das Tappen eiliger Kinderfüße, einen Knall und einen scheppernden Laut, wenn die alte, verbeulte Fischklopsbüchse von einem Jungenschuh getroffen wurde, und in einem Bogen über Haselgebüsch und Erlengestrüpp angeflogen kommt. Und triumphierendes Geheul, weil die Kinderschar, wenn alles gefunden ist, auseinanderstiebt, um sich aufs neue zu verstecken. Und dann kommt ein resignierter und atemloser kleiner Junge angekrochen, um die Büchse zu holen, die vielleicht direkt vor deinen Füßen gelandet ist, ohne sich auch nur darum zu kümmern, daß da einer steht, zufälliger Zuschauer eines Spiels, das sicher so alt ist wie die Kindheit selbst – jedenfalls so alt wie Fischklopsbüchsen.

Aber abends geht es dort um anderes. Gehört man zu den eher Neugierigen oder ist man ein Jugendlicher mit regen Pubertätsträumen und liegt da ein schwarzes Herrenfahrrad am Straßenrand, dann ist es an der Zeit, sich anzuschleichen.

Auf lautlosen Gummisohlen kommen sie näher, ruhig zwei oder drei Jungens, Zehn- bis Zwölfjährige, und suchen eines der bekannten Verstecke auf, von wo aus sie die volle Übersicht auf die kleine Hügelspitze haben, wo sonst die Blechbüchse zu stehen pflegt, günstig für einen Tritt. Sie liegen mucksmäuschenstill und starren auf das Paar, das eng zusammengerückt im romantischen Mondschein sitzt. Wenn man Glück hat, das Mädchen willig und der Mond voll genug ist, sieht man nicht nur Küsse und Streicheln und Umarmungen, sondern vielleicht sogar ein bißchen vorsichtiges Fummeln an ein, zwei Blusenknöpfen.

Dann heißt es, das Kichern unter Kontrolle zu halten, damit man nicht auf frischer Tat ertappt wird von dem romantischen früheren Spielkamerad, der aus unzähligen Kindersommern die Verstecke genausogut kennt wie man selbst. Ja, der sogar selbst auch im Gebüsch gelegen und vor nur wenigen Sommern mit Stielaugen Liebespaare beobachtet hat. Jetzt ist er älter und erfahrener und schickt lästige Kinder unsanft und kopfüber den gleichen Weg durch Wacholder und Haselgebüsch, den er selbst früher nehmen mußte, in einer nun vergessenen Vergangenheit.

Und die Jungen stieben lachend auseinander, randvoll mit den sensationellen Neuigkeiten, die sie einem ausgewählten Kreis am Tag drauf in einer Ecke des Schulhofes präsentieren: »Wißt ihr, wen wir gestern gesehen haben? Hans und Inger! Er griff ihr an die Brust! Und sie haben sich geküßt!«

Aber ein kleiner Achjähriger, der versehentlich zurückgeblieben ist und sich auf der Suche nach einem verlorengegangenen Schlagball in diesen geheimnisvollen Kreis verirrt hat, bleibt nachdenklich am Rand des Kreises stehen, den Ball in Händen. An die Brust? Wofür soll das gut sein? wundert er sich und läßt den Blick gedankenverloren über die Hügel hinter Jakobshaugen gleiten, ohne die geringste Ahnung, was ihn in kommenden Sommern erwartet – schöne Kinderzeit!

Aber wir wollten ja nach Rønnigen. Wir sollten uns nicht verplaudern, denn ich habe dir so schrecklich viel zu erzählen. Du siehst mich an mit Augen, die so ganz und gar unergründlich sind, tiefblau und blank, und die mir den Eindruck geben, daß keiner so gut zuhört wie du.

Ab und an lächelst du etwas schräg über meine Geschichten, aber ich bin mir nicht sicher, ob du auf das hörst, was ich sage, oder ob du einfach nur gerne meiner Stimme lauschst. Manchmal gähnst du tief und schläfst ein, während ich mitten in einem Satz bin, aber ich sehe dir das gerne nach, ich weiß ja, wie müde du bist.

Dennoch höre ich nicht auf, zu dir zu sprechen, wie ich es nun schon seit einigen Wochen tue. Du spürst, daß mir das Reden guttut, fast als ob es den Verlust ein wenig lindert, in dem Maße, wie ein solcher Verlust sich lindern läßt.

Jetzt gleitet der Mond leise über den Hügel hinter Jakobs Scheune. Er ist nur ein Schatten seiner selbst, jetzt wo die Nächte so hell sind. Und auf den Wiesen liegt der Nebel wie ein schimmernder Brautschleier und erinnert mich daran, daß ich um diese Zeit Braut sein sollte. Es fühlt sich an, als wäre das in einem anderen Leben gewesen.

Noch schläfst du gern viele Stunden lang, aber ich höre nicht auf, zu dir zu sprechen. Ich werde dir von allen Kindern auf Rønnigen erzählen, wo Inger zu den ältesten und Hallvard und Annegret zu den jüngsten zählen. Nach und nach werden sie dir alle vertraut sein, auch wenn es so viele sind, daß du sie dann und wann nicht auseinanderhalten können wirst. Wir hatten am meisten mit Hallvard und Anne-Grete zu tun, denn wir waren gleichaltrig.

Jemand hat gesagt, daß Menschen sogar hören können, wenn sie bewußtlos sind. Wenn du so tief schläfst wie jetzt, bist du so vollständig entspannt, daß du aussiehst, als wärst du bewußtlos. Ich muß dich dann manchmal aufnehmen, um mich dessen zu versichern, daß du nur schläfst, daß du nicht die Absicht hast, unmerklich aus meinem Leben zu gleiten, dorthin zurück, woher du gekommen bist. Oh, sei so gut, versprich mir, daß du mich nicht verläßt! Ich könnte das nicht ertragen.

40

Rønnigen ist ein hübscher kleiner Hof, der ganz für sich an einem Bergabhang liegt, seine Fenster sind der Nachmittagssonne zugewandt. Er ist umgeben von einem Apfelgarten, dessen Bäume so reich an Äpfeln sind, daß sie sich biegen und sogar Mathildes übertreffen. Im Frühling schneien weiße Blütenblätter still und sacht und legen sich wie ein duftender Teppich auf die wie gerupft aussehenden Grasbüschel und die alten knorrigen Wurzeln. Den Sommer hindurch wachsen Hunderte kleiner grüner Äpfel heran, werden größer und größer, über den Köpfen der lärmenden Kinderschar, die wie Eichhörnchen zwischen den Stämmen hin- und herflitzen. Jedesmal, wenn eines der Kinder aus Versehen und in raschem Tempo gegen einen der niedrigen Äste stößt, nicht um die jungen Äpfelchen zu schütteln, sondern um einen wütenden großen Bruder abzuschütteln, klammern sich die grünen Früchte standhaft am Ast fest und denken, wenn ich das überlebe, überlebe ich auch die Herbststürme.

Aber das tun sie doch nicht, denn vorher sind sie abgepflückt worden und liegen ordentlich auf Regalen in einem Apfelkeller, in dem so viele vor ihnen gelegen haben und noch so viele folgen werden, daß der Raum und der Rest des Kellers, ja der Rest des Hauses und die Menschen obendrein immer den säuerlichen Duft nach Äpfeln um sich haben.

Der folgt den rotwangigen Kindern bis in die Schule, vielleicht weil stets drei, vier Äpfel gemeinsam mit dem Schönschreibheft und der Fibel im Ranzen liegen. Wenn der Lehrer Aufsätze durchsieht, braucht er nicht nach dem Namen auf dem Heft zu schauen, der schwache Duft nach Äpfeln, der aufsteigt, sagt ihm, dies ist das Heft eines der Rønnigen-Kinder. Und der Gedanke an die herrlichen, saftigen Äpfel, die er all die Jahre hindurch bekommen hat, versetzt ihn in gute

Laune, und ehe er sich's versieht, wird die Note ein bißchen besser. Aber sehr gut werden die Noten nie, denn besonders tüchtig in der Schule sind sie nicht, diese kerngesunden Kinder. Und wild sind sie, daß es eine Art hat, so daß die Note im Betragen mehr als den Duft nach Äpfeln bedarf, um gerettet zu werden.

An ihnen ist nichts Böses, sie sind nur so unbändig lebenslustig und tatendurstig. Und dann sind es ja so viele. Es ist unglaublich, denken die Leute, die, selten genug, über den Hof gehen, es ist unglaublich, daß das kleine Haus für so viele Platz hat.

Es ist insgesamt kein großer Hof. Ein Schwein haben sie, das wühlt in einem eingezäunten Rechteck gleich neben dem Hofplatz. Das wendet Grasbüschel und altes Laub um und um, schubbert sich an den grauen Holzplanken, so daß der Zaun wackelt, und grunzt vergnügt und unwissend über sein zukünftiges Schicksal.

Wenn Milda, die Bauersfrau, stehen bleibt und den Rücken der Sau mit seinen steifen Borsten krault, während sie freundlich zum Rüssel hin spricht, ist der Gedanke an Eisbein und Rippchen beiden gleichermaßen fern, das kann ich dir versichern. Nichtsdestotrotz landet das Schwein, noch ehe der erste Winterschnee fällt, im Brühkessel, jedes Jahr.

Nein, ein großer Hof ist es nicht, aber er ist schön und gepflegt. Der frisch gestrichene, niedrige Stall hat Platz für drei bis vier Kühe, ein paar Fähen und ein kleines Bullenkalb mit weißer Stirn. Die Kinder nennen es »Hyppetek«, und von dem Augenblick, wo es zum ersten Mal seine wackeligen Beine auf den Boden des Stalls stellt und sie mit großen ernsten Augen anschaut, lieben sie es von Herzen.

Den ganzen Sommer über wird es im Apfelgarten das Gras abweiden, angebunden an einen Pflock, der immer wieder versetzt wird. Aber so bald es groß genug ist, wird es zum

Schlachter geschickt, um Geld für die Abzahlung der Hypothek hereinzubringen. Deshalb hat es seinen Namen bekommen, und deshalb ist es gewissermaßen wertvoller als die anderen Tiere. Und selbstverständlich werden die Kinder jammern, wenn das Unvermeidliche ansteht, aber noch ist es lange hin, und im nächsten Sommer weidet ein neues »Hyppetek« unter den Apfelbäumen.

Ja, bis zum Herbst ist es noch lange hin, denn jetzt steht die Sonne hoch am hellblauen Sommerhimmel, die Hühner glukken friedlich hinter dem Drahtgeflecht, und »Hyppetek« liegt wiederkäuend im Schatten unter einem der vielen Apfelbäume, ohne daran zu denken, wie es auf Soll und Haben einwirkt.

Der kleine, fahle Norweger nickt sich seinen Weg den Hügel hinauf, einen leeren Heuwagen im Schlepptau, und biegt auf den Hofplatz ein. Der Mann im blaukarierten Hemd und mit einem Taschentuch, das vier Knoten an den Ecken hat, auf dem Kopf als Schutz gegen die Sonne, sagt: »Brrr«, springt unmittelbar vom Wagen und schnappt sich den dreijährigen Jungen, der vor ihm gestanden hat, und läuft zu der weiß gestrichenen Tür am Ende des Stalls, mit dem Jungen unterm Arm. Zum Mittag hat es Salzfleisch und Erbsen gegeben und jetzt haben die beiden es eilig.

Bald sitzen, die Hosen auf den Knien, der Bauer auf dem großen Sitz und der Kleine auf dem kleinen Loch für die Kinder daneben. Der Vater vertieft sich in eine alte Zeitung, während der Junge herumhantiert, sich fertigmacht und den Po in die Luft streckt, um mit einem Stück Zeitungspapier abgewischt zu werden. Die Hosen werden ihm hochgezogen, und er wird hinausgelassen, dabei ermahnt, nicht wegzulaufen.

Das tut er auch nicht, er klettert nur auf den großen Stein, der so bequem da steht, und hakt die Tür zu. Dann geht er und spielt mit Stöckchen und Steinen auf dem Hof. Der Vater beginnt, geschickt zu locken und zu verhandeln, aber der Kleine hat kein Verständnis für das Prekäre der Situation. Unermüdlich spielt er immer weiter.

»Sei brav und laß mich raus«, bittet der Vater flehentlich, »du weißt doch, daß ich nach Ås muß, um Draht zu holen.« Keine Reaktion.

»Wenn du ein lieber Junge bist und den Haken aufmachst, dann darfst du mit mir nach Ås fahren.«

»Du tommst nie nach Ås«, antwortet der Junge mit Grabesstimme und ahnt nicht, daß er genau diesen Satz noch etliche Male hören wird. Und später dafür erheblich mehr Heiterkeit ernten wird als hier und jetzt.

Denn plötzlich ist Vaters Geduld am Ende, und er legt los und poltert und tobt. Er rüttelt an der Tür und tritt dagegen, während er von Dresche kriegen und anderen Strafen schreit, das Dümmste, was er tun kann. Denn der Junge fängt an zu schreien und rennt davon, als wäre ihm der väterliche Zorn auf den Fersen und nicht mit dem Haken an der Tür gut eingeschlossen. Er taumelt direkt Solfrid in die Arme, die gerade auf den Hof einbiegt, hält aber nicht einen Augenblick inne, sondern rennt voller Angst hinunter zu den Feldern, wobei er laut nach der Mutter heult.

Ein Huhn oder zwei gackern verängstigt über diese Unterbrechung der nachmittäglichen Stille, aber sie kommen schnell zur Ruhe, sie sind an mehr Aufstand gewöhnt. Ansonsten ist der Hof so still, wie Sol ihn nie erlebt hat.

Aber das dauert nur einen Augenblick, denn dann beginnt es irgendwo unten am Stall zu poltern und zu brüllen. Es hämmert und schreit und poltert, daß sie sich furchtbar erschreckt und dem Jungen hinterherrennt. Denn das muß mindestens »Rottenikken«, der Waldmensch, sein. Vielleicht ist er gekommen und hat sie alle erschlagen, Milda und Sverre und alle

Kinder, alle bis auf den kleinen Leif-Erik, den sie jetzt eingeholt hat, an die Hand nimmt und mit ihm weiterhastet. Nein, so schlimm ist es doch nicht, dort unten auf dem Feld steht Milda und wickelt Draht um die Pflöcke für das Heu, die in einer langen, schnurgeraden Reihe eingeschlagen stehen. Die beiden größten Jungen tragen gemeinsam die Drahtrolle und schimpfen auf die Kleineren, denn die haben angefangen, zwischen den Pflöcken Fangen zu spielen.

Milda wird natürlich nicht recht klug aus Solfrids atemloser Erzählung, und der Kleine ist einfach verängstigt, steht da mit großen Augen und kann gar nichts sagen. Aber weil Mann und Pferd fehlen, schürzt sie den Rock und eilt mit den längsten Beinen vorneweg zum Hof.

Dort findet sie das Pferd friedlich grasend und den Mann grimmig hinter Schloß und Riegel auf dem Plumpsklo. Beide lachen sie lange und herzlich, ehe sie den Fahlen wieder zum Feld hinuntertrotten lassen. Heiter machen sie die Heugestelle fertig, laden die ganze Kinderschar, inklusive Solfrid, auf den Heuwagen und ziehen nach Ås, um mehr Draht zu holen.

41

Mathilde und Nils-Jan kommen aus dem Hühnerstall, als der Wagen mit Milda und Sverre und allen Kindern auf den Hofweg einbiegt. Nils-Jan durfte die Eier aus den Nestern sammeln und sie vorsichtig in den Korb legen, den Mathilde am Arm trägt. Allmählich hat er sich mit Mathildes Hennen angefreundet, und jetzt getraut er sich auch, vorsichtig eine Hand unter ein Huhn auf dem Nest zu stecken und das warme, gerade gelegte Ei, auf dem es liegt, herauszunehmen.

Aber vor dem Hahn hat er Angst. Der kann nämlich ziemlich unfreundlich werden, und er scheut sich nicht, nach einem nackten kleinen Bubenbein zu picken, wenn ihm danach ist. Während sie im Hühnerstall sind und Eier einsammeln, hat Mathilde ihn jetzt ausgeschlossen. Er spaziert draußen auf dem Hühnerhof herum und kräht, gekränkt über die Verbannung.

Nils-Jan nimmt geschickt die Eier auf und legt sie vorsichtig zu den anderen in den Korb, so daß keines zerbricht. Er hat auch gelernt, Mathilde beim Reinigen der Eier zu helfen. Dann sitzen sie zusammen am Küchentisch und wischen jedes Ei mit einem feuchten Tuch ab, bevor sie es in die rechteckigen Eierkartons sortieren. Mathilde verkauft den Leuten im Ort Eier, das Eiergeld versteckt sie in einem Kästchen im Eckschrank in ihrer Kammer. Manchmal ist es praktisch, ein bißchen Geld extra zu haben.

Die beiden reden nicht so viel, wenn sie zusammen sind. Mathilde ist wortkarg wie üblich, aber wenn der kleine Junge in ihrer Nähe ist, strahlt sie eine Wärme aus wie sonst nie. Er merkt das intuitiv und spürt, daß auch er gern mit ihr zusammen ist. Ihre schweigsame, etwas mürrische Art gibt ihm ebensoviel Geborgenheit, und er fühlt sich ebenso wohlgelitten wie bei allen Zärtlichkeiten Ragnhilds.

Aber an diesem Tag ist Mathilde heiterer und lebhafter, als Nils-Jan sie jemals erlebt hat. Mit geheimnisvoller Miene hat sie ihn mit sich in den Wagenschuppen gezogen – vor Erwartung hat sie hektische rote Flecken auf den Wangen. Da ist etwas, das sie ihm unbedingt zeigen möchte.

Lange hat sie eines ihrer Hühner vermißt und argwöhnte, es könnte sich irgendwo versteckt haben und brüten. Nils-Jan und sie haben überall gesucht, ohne das Versteck zu finden, aber an diesem Vormittag hat sie einen Verdacht, wo es sein könnte. Die Geheimniskrämerei macht Nils-Jan fast bange.

Er hält Mathildes Hand ganz fest, als sie ihn mit sich zieht in das Halbdunkel des Wagenschuppens.

Diese warme und zutrauliche kleine Bubenhand! Freude durchströmt Mathilde, eine sonderbare und schmerzliche Freude, die zwischen Lachen und Weinen angesiedelt ist. Sie steht in dem dunklen Raum, wo verschiedene Fuhrwerke, zum Teil richtig alte, langsam hervortreten, nachdem sich das Auge an die Dunkelheit gewöhnt hat. Und plötzlich wird sie von einer ungestümen Angst überwältigt, die ihr Herzklopfen verursacht, Angst, dieses Kind zu verlieren, das in wenigen Monaten ihr Leben so verändert und ihm einen Sinn gegeben hat, von dem sie glaubte, er würde ihr nie zuteil.

Sie spürt ihren eigenen ängstlichen Puls in der Hand klopfen, an die sich die kleine Bubenfaust klammert, und es fehlt nicht viel, und sie fällt auf die Knie und schlingt die Arme um ihn. – Mathilde, die niemals ein Kind angefaßt hat!

Der Junge steht auch ganz still und lauscht angestrengt in den Raum hinein. Und dann hören sie alle beide das leise, besondere Glucken, das Hühner nur von sich geben, wenn sie Küken haben. Sie finden das Nest auf dem Sitz der alten Kalesche. Dort liegt die Henne mit acht hellgelben Federbällchen, die Nils-Jan und Mathilde später auf den Hof tragen. Sie werden zusammen mit der gluckenden Mutter in einen kleinen Käfig aus Drahtgeflecht gesetzt, der wie ein Zelt geformt ist.

Nils-Jan freut sich dermaßen über die kleinen Küken, daß Mathilde nun ganz und gar schmilzt und sich von seiner Freude mit einer Begeisterung mitreißen läßt, die ihr überhaupt nicht ähnlich ist. Für eine Weile verliert sie die reservierte Haltung und zeigt dem Jungen eine Wärme, von der niemand etwas ahnte, vielleicht nicht einmal sie selbst.

Ja, das ist so auffällig, daß Milda stutzt, als sie Mathilde und Nils-Jan aus dem Hühnerstall kommen und Hand in

Hand in kleinen Schritten über den Hof laufen sieht, Mathilde mit dem Eierkorb am Arm. Sie beugen sich über die Henne und die Küken, als das Pferd auf den Hofplatz einbiegt.

Die Kinderschar springt vom Heuwagen und rennt zu den beiden am Drahtkäfig, eifrig und neugierig wie neugeborene Kälber.

Da sieht Milda, wie Mathilde den Jungen mit einer beschützenden Geste an sich zieht. Und er, der diese lärmenden Kinder noch nicht alle richtig kennt und deshalb ein bißchen ängstlich ist, schlingt die Arme um ihr Bein und verbirgt sein Gesicht in ihrer karierten Schürze.

In dieser Bewegung ist etwas so Selbstverständliches, daß es auf Milda tiefen Eindruck macht. Sie denkt, sie hätte wohl nie geglaubt, Mathilde könne ihr einmal wie eine Henne vorkommen, die ein Küken unter ihrem Flügel beschützt. Und sie schaut auf ihre eigenen unbändigen Küken und spürt plötzlich eine überwältigende Dankbarkeit, Mutter zu sein.

42

An Sverres Heuwagen ist eigentlich nichts Besonderes, abgesehen davon, daß er verhältnismäßig neu ist und deshalb statt der altmodischen Karrenräder mit den hölzernen Speichen Gummiräder hat. Vorn die Räder sind klein, die hinteren etwas größer, und an den Seiten hat der Wagen hohe Gitterstäbe, die man Leitern nennt. Die Giebel vorn und hinten sind sechseckig wie alte Fenster und ungefähr gleich hoch, und an dem hinteren ist die lange Stange mit einem Strick befestigt, der durch eine Art Öse gezogen wird, eine an jedem seitlichen Pfosten. Die lange Stange ist aus Holz und wird benutzt, um die Heufuhre mit einem besonderen Kniff zu befestigen. Sie ist älter, als jemand erinnert, und von vielen Händen glattpoliert.

Natürlich hat Sverre nicht gezählt, wie oft er die Stange angehoben hat, als sie hinter dem Wagen hing, während das Heu aufgeladen wurde, wie oft er sie zu dem Kind hinaufgereicht hat, das zuoberst auf dem duftenden Heu thront und das sie entgegengenommen und mit dem Ende des Stricks im Ring vorne befestigt hat. Ebenfalls hat er nicht gezählt, wie oft er die Arme hochgestreckt hat, um ein Kind aufzufangen, das sich von der Heufuhre hinabgleiten ließ, ja, wenn man es genau betrachtet, kennt er zuzeiten nicht einmal die Zahl seiner Kinder.

Denn immerzu kommen auf Rønnigen neue Kinder an, und alle sind sie rotwangig, und alle haben die gleichen strahlenden Augen, haben Mutters Grübchen am Kinn und Vaters braunes lockiges Haar. Wer von ihnen sich die Gitterstäbe des Heuwagens – der war in einer schönen graublauen Farbe ganz frisch gestrichen – vorgenommen und mit einem Eimer Weiß dazu beigetragen hat, daß der Wagen anders aussieht als alle übrigen im Ort, über all das hat er einfach keinen Überblick. Und wer von ihnen den kleinen Splint aus dem Bolzen entfernt hat, der den eigentlichen Wagen mit den Vorderrädern und Deichseln befestigt, darüber macht er sich genau jetzt keine Gedanken, denn noch hat er nicht entdeckt, daß der nicht an Ort und Stelle sitzt.

Die Kinderschar, die da angefahren kommt, weiß das auch nicht, denn der Schuldige ist nicht unter ihnen. Er ist gerade dabei, den Splint – er ist so groß wie Sverres kleiner Finger und hat einen kleinen Ring am Ende – in die harte Erde hinter dem Stall zu hämmern. Wäre jemand gekommen und hätte ihn gefragt, warum, würde er vermutlich gefunden haben, dies sei die dümmste Frage von der Welt, hätte aber gleichzeitig nicht die leiseste Idee für eine Anwort parat.

Sverre ahnt also von diesen Dingen nichts, denn die Schwerkraft macht den Splint überflüssig, als er ganz vorn im Wagen steht und die Zügel des Pferdes hält. Die lange Stange hat er wieder an der Auffahrt zur Scheune abgelegt, was er bitter bereuen wird, denn später am Tag wird das gleiche Kind mit einer Axt ein paarmal so kräftig darauf hauen, daß sie nie wieder wurde, was sie gewesen war.

Nein, Sverre hat andere Dinge im Kopf, als er das Pferd vom Hof lenkt, denn da ist wieder eine Verkaufsattacke im Anzug, und deshalb treibt ihn die Ruhelosigkeit am hellichten Vormittag auf die Straße, zu einer Zeit, wo er mit dem Winterweizen voll beschäftigt sein sollte oder mit den Dachziegeln des Scheunendachs.

Milda hat es schon lange gemerkt, denn sie kennt die Anzeichen. Vom Küchenfenster aus seufzt sie entmutigt hinter ihrem Mann her und knetet ein paar Tränen in den Brotteig auf dem Tisch und schickt ein stilles Gebet hoch zum Herrgott und hofft das Beste. Denn noch kann es vorübergehen.

Vielleicht haben die Kinder auch etwas gemerkt. Vielleicht ist es der Versuch, den Vater aufzuhalten, als sie angerannt kommen »Vater, Vater, wir wollen mit!« und sich auf den Wagen werfen, alle auf einmal. Sie krallen sich fest und klettern alle übereinander – mit dem Resultat, daß der Wagen kippt und der Vater ein paar Meter hoch in die Luft fliegt. Beim Anblick des Vaters weit über ihren Köpfen bekommen sie einen solchen Schrecken, daß sie loslassen und alle auf einmal vom Heuwagen springen, und dadurch landet Sverre ziemlich jäh und unsanft, besonders weil das Pferd mit den Vorderrädern unverdrossen weitergezottelt ist. Der Rücken ist so in Mitleidenschaft gezogen, daß Milda ihren Mann nur mit Mühe und Not auf das Sofa im Wohnzimmer bekommt, wo er drei Wochen auf einem Katzenfell liegt, das sie ihm vorsichtig unter das Kreuzbein schiebt. Und Milda gibt sich Mühe und versucht, seine Gemütsverfassung, die so auf Abwege geraten ist, abwechselnd durch warme Milch mit Honig und Kamillentee – und dann und wann mit einem Schluck Johannisbeerwein zu beruhigen. Sie plagt und müht sich für zwei, während sie mit der einen Hand den Kloeimer ausleert, hält sie mit der anderen die Kinder vom Vater fern.

Und abends faltet sie die Hände und dankt Gott, weil es so aussieht, als ob die Verkaufsattacke für dieses Mal vorüberzugehen scheint. Mehr als einmal aber schläft sie mitten im Dankgebet ein.

Den Splint vom Heuwagen finden sie erst einige Wochen später wieder, als eines der Kinder, tatsächlich das gleiche, das ihn früher in die Erde hämmerte, das aber selbstverständlich längst vergessen hat, über ihn stolpert und sich die Mittelzehe des linken Fußes bricht. So erhält auch er für einige Wochen einen beschränkten Aktionsradius. »Nichts ist so schlimm, als daß es nicht für etwas gut ist«, lautet Mildas Motto.

43

Sverre ist so nett, seufzen die Leute im Ort und blicken ihm ein wenig resigniert hinterher, wenn er während einer seiner Verkaufsattacken von Hof zu Hof fährt. Und er *ist* nett. Er ist sowohl nett, als auch geschickt, als auch arbeitsam, der Mann auf Rønnigen. Er ist der Bruder von Gudrun, der Mutter Solfrids, und verheiratet mit Milda, der ältesten Schwester von Ragnhild, die den elterlichen Hof übernommen hat.

Die Geschwister Ragnhilds sind in alle Winde verstreut. Die Mädchen sind in anderen Ortschaften verheiratet, und die Zwillingsbrüder sind in die Welt hinausgefahren und haben sich an fernen Orten niedergelassen mit Namen wie Brooklyn oder Seattle, wo sie Handel oder Handwerk betreiben und regelmäßig Botschaften nach Hause schicken, von Straßenkreuzern und Big Business.

Sverres Gemütsverfassung ist so unbeständig. Nein, nicht unbeständig, denn im großen und ganzen ist er stetig und freundlich, aber gelegentlich gibt es Phasen, da gehen Laune und Unternehmungslust mit ihm durch. Man sollte ihn und Gudrun, seine Schwester, zusammen in einen Sack stecken und ordentlich durchschütteln und das, was dabei herauskommt, auf alle beide gleichmäßig verteilen, scherzen die Leute, und da ist was dran. Denn während Sverre wie aufgezogen umhersaust und unerhört munter und voller Ideen und Grillen ist, die seiner Umgebung das Leben schwermachen können, zieht sich Gudrun die Decke über den Kopf, randvoll mit Selbstvorwürfen und Vorstellungen von der eigenen Unzulänglichkeit.

Seite an Seite mühen sich Milda und Sverre mit Kindern und Vieh ab, so wie es auch alle anderen im Ort tun, aber Sverre geht im Winter nicht mit zum Walfang, über das eine Mal, wo er es versuchte, wird nie gesprochen. Nein, er hält sich zu Hause auf und ist fleißig bei allem, was er tut, aber eben höchst umtriebig, wenn er eine seiner Attacken bekommt.

Dann wird er von einer so unbegreiflichen Unternehmungslust gepackt. Der Alltag auf dem Hof ist in diesen Phasen für ihn viel zu eng und still. Dann ist er überzeugt, er sollte Hausierer sein, um von Tür zu Tür zu ziehen und zu verkaufen, egal was, ob Tiere oder Haushaltswaren.

Für Milda und die Kinder hätte es böse ausgehen können, aber zum Glück sitzen auf den Höfen ringsum Alte, die schon einige seiner Verkaufsattacken mitgemacht haben und die gerne einen Hinweis haben wollen, wenn sich eine neue ankündigt. Sie haben Witz und Verstand genug, um den Mann zu bremsen, wenn er mit irgendwelchen Sachen vor der Tür steht, mit Mildas Geschirr oder dem kostbaren Spielzeug der Kinder, um sie dem erstbesten, dem er begegnet, für einen Spottpreis zu verkaufen.

So kommt er zum Beispiel eines schönen Tages Ende März über die Straße geschritten, unter dem Arm den prachtvollen, schwarzen Hahn. Fast schlüpft er über den Hofplatz auf Lund vorbei, ehe ihn Harriet erwischt. Beide, er und der Hahn, sind in Hochform, er, weil er vollkommen überzeugt ist, daß er in der Welt genau hierfür auserkoren ist; der Hahn, weil es sein erster Ausflug unter freiem Himmel um diese Zeit ist und vielleicht, weil er die Hennen von Lund von früheren Besuchen her kennt.

Und es geht, wie es schon bei früheren Gelegenheiten gegangen ist. Harriet wundert sich, daß er diesen wunderbaren Hahn loswerden will, und nach angemessenem Feilschen wechselt der Hahn den Besitzer, mit gegenseitigen Versprechungen über Fristen und Abbezahlen.

Sie trinken mit Peder Kaffee, er sitzt in seinem Stuhl und schaukelt. Peder ist jetzt im großen und ganzen gesehen sich hin- und herwiegender guter Wille. Etwas anderes ist er nicht mehr gewesen, seit er vor einigen Jahren mit dem Krankentransport vom Fanggebiet zurückgebracht worden ist. Am meisten vergnügt ist jedoch der Hahn, weil er im Hühnerstall auf Lund landet, wo er unter gutwilligen Hühnern gackerndes Durcheinander weckt, und im Laufe von ein paar Stunden den heimischen Hahn zu einem bemitleidenswerten, neurotischen Federball reduziert.

Zu Hause weinen die Kleinsten über den Verlust des Hahns und über ihren Vater, der nicht wiederzuerkennen ist. Milda und die Ältesten trocknen die Tränen und tun ihr Bestes, um sich selbst und die anderen zu überzeugen, daß alle beide, Vater und Hahn, wohlbehalten wieder auftauchen werden.

Hin und wieder gleitet Sverre dann aber doch durch die Maschen des Netzwerks, und wenn er außerhalb dieser Fürsorge landet, dann geht es schief. Den schönen goldenen Ring mit der Perle, den sie von Großmutter Katrine geerbt hat, sieht Milda nie mehr wieder.

44

Klein Solfrid hat immer geglaubt, daß Hühner an Sonntagen anders gackern als unter der Woche. Besonders an Sonntagen, an denen die Sonne scheint, behauptet sie steif und fest und kümmert sich nicht darum, daß die anderen Kinder sie foppen.

»Puh, Sonntagsgackern, du spinnst ja! Gibt es bei euch vielleicht auch ein Weihnachtsgackern?«

»Es stimmt aber, sie gackern sonntags anders. Hör doch mal!«

Und die Hühner auf Rønnigen gackern an diesem frühen Sonntagmorgen wahrhaftig ausgesprochen vergnügt. Das mag daran liegen, daß sie einen funkelnagelneuen Hühnerstall bekommen haben. Oder gackern sie so vergnügt, weil ihr Hahn von einem seiner zahlreichen Ausflüge nach Lund zurückgekehrt ist? Glänzend schwarz, mit rotem Kamm stolziert er auf dem sonntäglich stillen Hofplatz umher und ist mehr denn je Hahn im Korb. Der Hahn auf Rønnigen ist vermutlich der einzige, der von Sverres Verkaufsattacken begeistert ist.

Die weißen Hühner trippeln friedlich um den Hahn herum und haben so viele freundliche Laute in der Kehle wie nur Hühner sie haben können. Ob das nun ein sonntägliches oder ein alltägliches Gackern ist, darüber denkt keiner nach.

Auch nicht Sol, denn sie ist ganz und gar mit anderem beschäftigt. Der Boden über dem Waschhaus, der früher als Hühnerstall diente, soll zum Schlafzimmer für die ältesten Mädchen umgebaut werden. Der Hühnermist ist hinausgeschaufelt worden, und jetzt sollen Wände, Fußboden und Decke eine neue Holzverkleidung erhalten. Die Bretter liegen als duftender Stapel auf dem Hofplatz und warten auf Hammer und Nägel.

Heute aber nicht. Sonntag ist Ruhetag, auf Rønnigen wie auf den meisten anderen Höfen des Ortes. Nur die Viehställe und anderes Notwendige wird erledigt. Sonntag, das sind Gottesdienste im Radio und Fleischklöße mit grünen Erbsen und Zwetschenpudding zu Mittag. Sonntag ist ein langer und wunderbarer Mittagsschlaf – hinter verschlossener Tür – für die Erwachsenen, und wenn sie endlich soweit sind, wieder zum Leben zu erwachen, Sirupkuchen mit Banane zum Kaffee für eine ungeduldige Kinderschar, wo die Ältesten sich mit harter Hand der Erziehung der Kleineren angenommen haben.

Sonntag. Die leuchtenden, sonnigen Sonntage meiner Kindheit, mit dem trägen Gesumm der Fliegen, dem gutmütigen Grunzen der Schweine und dem feiertäglich klingenden, friedlichen Glucken der Hühner, was ist aus ihnen geworden? Werde ich diese sonnenglänzenden, sorglosen Sonntage jemals wieder erleben? Und du, wirst du viele von ihnen erleben?

Zum Frühstück gibt es auf Rønnigen Ei mit Anschovis, zwar nicht an jedem Sonntag, aber heute ist so einer. Die Kinder haben den Inhalt der kleinen Anschovisbüchse brüderlich genau untereinander aufgeteilt, einen für jeden und für Vater zwei. Die Kleinsten haben das Ritual mit den leeren Eierschalen, die umgekehrt in den Eierbechern stecken, vollbracht. Und die Ältesten haben sich gutwillig foppen lassen.

Jetzt sind die Kinder aus dem Waschhaus geschickt worden, wo, wie den ganzen Sommer hindurch üblich, gekocht wird und wo alle Mahlzeiten eingenommen werden. Einige von ihnen lärmen über den Köpfen von Milda und Sverre oben auf dem leeren Speicher, Nils-Jan und Solfrid sind auch dabei, sie kamen durch die taunassen Wiesen gerannt, um »Mildakuchen« mit Zucker drauf zu bekommen.

Milda und Sverre lassen die Kinder gewähren, denn diese friedliche Zeit am Sonntagmorgen nach dem Frühstück, zu dem das bessere Geschirr gehört und die bestickte Tischdecke, die über Eck auf dem karierten Wachstuch liegt, ist ihnen ausgesprochen wichtig. Und so viel kann da oben doch wohl nicht passieren?

Und ob. Nicht einmal Milda und Sverre haben wirklich einen Überblick über die Tatkraft und den Erfindungsreichtum dieser Kinder, besonders Hallvards. Milda war wie immer zu dem alten Herd, der mit Holz befeuert wird, gegangen, um den Kaffeekessel zu holen. Sie hat ihrem Mann einen Schluck eingeschenkt, der hat ihr für einen kurzen Moment den Arm um die Taille gelegt, ihr mit der groben, abgearbeiteten Hand über den beleibten, geblümten Sonntagskleid-Rücken gestreichelt und geflüstert: »Uns geht es doch gut Milda, nicht wahr?« Das ist vermutlich ihre Art eines raffinierten Vorspiels, denn die nächste Mittagsruhe ist kurz genug, und man weiß nie, wann ein heftig weinendes Kind an die Tür kommt.

Und Milda, die so ein einzigartiges Vermögen hat, die Verkaufsattacken ihres Mannes zu verdrängen, sobald sie vorüber sind, streicht ihm über die schütteren Haarsträhnen, die sich noch an seinen Schädel klammern und antwortet mit zufriedenem Seufzen: »Ach ja, Sverre, uns geht es gut. Die Kinder sind gesund ...«

Und ob die Kinder gesund sind! Die haben sich den Weidenkorb hervorgeholt, mit dem der Hühnermist hinausbefördert worden ist und haben eine begeisterte Solfrid und einen eher ängstlichen und vorsichtig protestierenden Nils-Jan hineingesetzt. Einer der hellen Köpfe in der Kinderschar – bestimmt Kåre, denn der hat immer so kreative Lösungen für alles Praktische – hat einen Flaschenzug zurechtgebastelt und den größten Teil des gestrigen Tages damit zugebracht, alten Hühnermist aus dem Fenster zu hieven, hinunter zu einem Bruder, der mit der Schubkarre wartete und die Ladung zu dem Misthaufen hinter der Scheune brachte.

Jetzt gehen Sol und Nils-Jan den gleichen Weg. Nein, nicht zum Misthaufen, die Tour soll unten auf dem Hof enden, aber der alte Holzkorb, in den zu diesem Zweck ein Sack gelegt worden ist, wird wieder hochgezogen. Genügend motivierte Kleine warten unruhig, daß sie an der Reihe sind:

»Danach komm' ich, Hallvard!«

»Nein ich, ich bin zuerst dran!«

»Drängle nicht, Blödmann!«

»Ich drängle doch gar nicht, dumme Kuh!«

Es wird ordentlich geschubst und geschimpft, ehe sich die Schlange hinter dem tatkräftigen Spielleiter geordnet hat. Er ist den ganzen Tag gestern dem großen Bruder neugierig zur Hand gegangen, hat Hühnermist geschaufelt und auf den Weg gebracht, und nun juckt es ihn in den Fingern, mit Flaschenzug und Seil zu hantieren. Jetzt bietet sich eine Gelegenheit.

Mit Hühnermist umzugehen, ist eine Sache, mit zwei erschrockenen Kindern eine ganz andere. Hallvard bekommt das bald zu spüren. Der Korb setzt sich heftig in Bewegung, während die zwei, die darin sitzen, seinen Aktionsradius nicht unbedingt verringern, indem sie sich hysterisch aneinanderklammern.

Und in demselben Augenblick, in dem Milda, nachdem sie den Kaffeekessel wieder auf den Ofen gesetzt hat, das sonntäglich gestimmte Hinterteil auf den blau gestrichenen Hocker plaziert, und mit zufriedenem Seufzen nach der mit Rosen bemalten Kaffeetasse greift, saust der Korb durchs Küchenfenster, so daß Glasscherben, Hühnermist und Holzsplitter vom Fensterrahmen wie eine Wolke über Butterteller und Zuckerdose stieben.

Vier entgeisterte Gesichter, mit kugelrunden Augen und offenen Mündern, unisono ein Schrei in vier verschiedenen Tonhöhen, und dann saust der Korb weiter, glücklicherweise gebremst durch die Stippvisite im feiertäglichen Frieden der Küche und durch ihn, der verzweifelt am Haltegriff oben auf dem Speicher festhält.

Die Fahrt endet wie geplant unter dem Fenster auf dem Hof, wo die überraschende Ankunft in der Hühnerschar allgemeine Bestürzung weckt und vermutlich den Hahn wünschen läßt, er wäre auf Lund, wo unter den großen Ahornbäumen auf dem Hofplatz friedlichere Zustände herrschen.

45

Mathildes Schürzen haben große Taschen. Besonders ihre hübsche kleingeblümte Sonntags- und Ausgehschürze, die sie angezogen hat, als sie an dem schönen Sonntagnachmittag von zu Hause wegging, um die Verwandten auf Rørnigen zu besuchen. Auf dem Hof auf Lund bleibt sie kurz stehen und wechselt ein paar Worte mit Harriet, die mit Peder im Schatten unter den Ahornbäumen sitzt und das schöne Wetter genießt. Und Peder wiegt sich hin und her und lächelt und sabbert und ist die Gutmütigkeit in Person, so wie immer. Groß und breit sitzt er auf der weißen Holzbank, stößt seine unverständlichen Laute aus und lächelt einfältig.

Nils-Jan und Solfrid begleiten Mathilde. Beiden ist ein bißchen feierlich zumute, denn sie gehen auf Besuch nach Rønnigen, das ist schöner, als nur zum Spielen hinüberzulaufen.

Solfrid muß auf Peders Schoß und ihn ganz schnell kurz drücken, aber Nils-Jan, der sich immer noch nicht so ganz an den großen Mann mit dem Verstand eines Zweijährigen gewöhnt hat, klammert sich schüchtern an Mathildes Schürzenzipfel. Auch Mathilde ist richtig guter Dinge, und nicht ein böses Wort kommt über ihre Lippen. Sie lobt Harriets Kletterrosen in den höchsten Tönen, und wie sie da in der Sonne steht mit ihrer schweren Haarflechte um den Kopf und dem kleinen Jungen an der Seite, sieht sie richtig schön aus.

Nils-Jan hält sich am Schürzenzipfel fest, bis sie vom Hof sind. Dann läßt er los und rennt zusammen mit Solfrid vorneweg. Sie pflücken am Straßenrand Feldblumen und binden daraus hübsche kleine Sträuße, die Tante Milda bekommen soll.

In Rønnigen kommen aus allen Winkeln die Kinder, das tun sie immer, wenn Fremde auf den Hofplatz einbiegen. Sie scharen sich respektvoll neugierig um Mathilde, denn die aufrechte Gestalt im schwarzen Kleid lädt nicht zum Drängeln oder Unfugtreiben ein. Alle kennen aber ihre Schürzentaschen und wissen, daß sie jahrein, jahraus sowohl Kampferdrops als auch Malzbonbons enthalten. Und wenn mit den Walfängervorräten von Lars noch nicht Schluß ist, tauchen aus den geräumigen Taschen auch bunte Fruchtbonbons und flache, ovale Kaugummi in grünem Papier auf. Sie werden gerecht unter die Kinder verteilt, aber ohne Kopftätscheln oder andere Umschweife. Die Großen erhalten die Aufgabe, für diejenigen, die fehlen, Süßigkeiten aufzubewahren. Und dann schüttelt Mathilde die ganze Schar ab und geht hinein, um mit Milda und Sverre Kaffee zu trinken.

Die Kinder lutschen Drops und kauen Kaugummi und

halten Ruhe, aber es dauert nicht lange, dann hat einer von ihnen mit dem Kaugummiklumpen einer der Schwestern gründlich die Haare verklebt. Dann ist es ja praktisch, einen tatkräftigen Bruder zu haben, der eine Schere besorgt und den kleinen Mädchenkopf von dem zähen Kaugummi mitsamt dem Großteil der Haare befreit.

46

»Geh heim, Olefejus!«

Die Aufforderung kommt mit scheinbar erwachsener Autorität von einem zehn- bis zwölfjährigen Mädchen und ist nicht auf den Hund gemünzt, der an seiner Laufleine über den Hof hin- und herrennt und bellt, sondern auf den betrübten kleinen Zwei- bis Dreijährigen, der unschlüssig mit dem Daumen im Mund auf dem Grashang gleich unterhalb der Häuser steht.

Eine Schar Kinder mit Badesachen unter dem Arm sind unterwegs zum Fluß am Ende des Grundstücks. Das Heu ist zum Trocknen aufgehängt in langen duftenden Reihen, durch die man den Fluß sieht, wie er im Sonnenschein glitzert, dort, wo er sich weiter unten in einer trägen Schleife durch die Landschaft windet. Dorthin sind die Jungen unterwegs.

Zwischen den fünf, sechs hellbraunen Lockenköpfen hüpft und tanzt auch ein kleines Mädchen mit lebhaften blauen Augen und braunen Zöpfen mit roten Schleifen, während sich ein schmächtiger, beinahe weißhaariger kleiner Junge mit merkwürdig geschwungener Stirn vorsichtig am Rande der lärmenden Schar bewegt.

Es ist Nils-Jans erster Sommer im Ort, und er hält sich von der ausgelassenen Schar, die gleichermaßen großzügig Liebkosungen wie Ohrfeigen verteilt, immer noch ein wenig ängstlich fern.

Genauso großzügig sind sie mit Spitznamen. Besonders die kleineren Geschwister müssen sich mit etlichen abfinden, und der Allerkleinste, der auf Leif-Erik getauft worden ist, hört zur Zeit unter anderem auf den Namen Olefejus. Er hört auch auf den Namen Hickser, den die vierjährige Anne-Grete ihm verpaßt hat, nicht als zusätzlichen Spitznamen, sondern weil sie noch nicht so gut sprechen kann.

Der Alltagsname ist Olefejus – er wird ihm tatsächlich sein Leben lang anhängen – und Inger schleudert ihn schroff in Richtung des unschlüssigen kleinen Wesens. Sie hat mit der Herde, auf die sie aufpassen muß, genug zu tun, und Milda hat gesagt, daß der Kleinste zu Hause auf dem Hof in der Wanne planschen kann.

»Geh heim, Olefejus!«

Der Kleine senkt den hellbraunen Lockenkopf. Die Mundwinkel links und rechts vom Daumen gehen nach unten, und der Windelpopo in hellblauer Baumwolle hängt besonders tief, als er sich kleinlaut zu den Häusern aufmacht. So bemitleidenswert sieht er aus, daß die kleine Anne-Grete, die ihre Zeit als Kleinstes vielleicht noch in frischer Erinnerung hat, den Anblick nicht aushält und mit einschmeichelnder Stimme eine Gegenmeldung losschickt:

»Ach, komm her, Hickser, ich passe auf dich auf!«

Freudestrahlend dreht sich der Junge um und läuft wieder in die andere Richtung, aber er hat noch nicht viele Schritte gemacht, da wird er von einer schimpfenden großen Schwester wieder zurückgescheucht.

»Komm nur, Hickser!«

»Nein, geh heim, Olefejus!«

Natürlich gewinnt die Stärkere. Sie hat die Autorität einer großen Schwester und außerdem einen gefährlich fest zupackenden Griff, der die kleine Schwester kopfüber in die Stoppeln versetzt und augenblicklich mit den Gegenbefehlen Schluß macht.

Olefejus trippelt enttäuscht nach Hause, und Anne-Grete muß getröstet werden, die Tränen getrocknet.

»Aber was ist denn, du Dummerchen. Nun wein doch nicht mehr, Bub!«

Und so darf Bub – das ist ja auch ein lustiger Spitzname für ein Mädchen –, Bub darf die große Schwester an die Hand nehmen und mit ihr dann um die Wette zum Fluß laufen.

»Wer ist erster!?«

Die Kinderschar rennt los wie ein Rudel eifriger Jagdhunde. Wer als erster beim ersten Loch an den Heustangen ankommt, hat im Prinzip gewonnen. Von ganz oben her ist es strengstens verboten, weiter als bis hier zu rennen, so daß der Wettlauf schon beim ersten Hindernis entschieden ist.

Außerdem gewinnt immer der größte Junge. Macht das was? Die Badekuhle wartet! Das Flußwasser über der Sandbank ist eiskalt. Genau hier macht der Fluß eine großzügige Kurve, so daß dies die größte Badestelle im Ort ist. Von nah und fern kommen den ganzen Sommer hindurch die Kinder zum Schwimmen her.

Hier machen Solfrid und Nils-Jan ihre ersten zaghaften Schwimmversuche, Ingers Hand fest unterm Kinn und den verblaßten, roten Schwimmgürtel um den Bauch. Der besteht aus fünf dicken gepolsterten Luftkissen und breiten weißen Bindebändern, die im Nacken und auf dem Rücken zugebunden werden. So alt ist er und oft gebraucht – und vollgesogen mit Wasser –, daß Solfrid eines Tages, als der Schwimmgürtel ins Wasser fällt und sinkt, entdeckt, daß sie schon lange im Tiefen schwimmen kann.

Einige Sommer lang planschen sie in einem riesengroßen schwarzen Traktorreifen herum, den Lars ihnen geschenkt hat. Sie sitzen einander gegenüber, immer hat sie die Beine über seine geschlungen, ganz auf dem Rand des Rings. Mit den Hinterteilen halbwegs im Wasser, lassen sie sich langsam herumtreiben und erforschen das Halbdunkel unter den Erlen am Flußufer.

Und viele Jahre später baden sie in einer Mittsommernacht heimlich und nackt im Fluß und entdecken, daß die enge Kinderfreundschaft noch andere Freuden zu bieten hat. Davon will ich dir jetzt aber noch nichts erzählen.

47

Er sieht nicht groß und prunkvoll aus, der Bauernhof von Ås, sondern eher mächtig und wohlhabend, wie er so gediegen und ruhig dort auf dem Hügelkamm liegt, nach dem er seinen Namen erhalten hat, und blickt mit freundlich glänzenden Fensterscheiben über den Ort. Ja, die Scheune ist wahrhaft groß genug, auch wenn sie kleiner ist als die neue auf Li, die frisch gestrichen weithin sichtbar im Ort aufragt. Auch die Scheune von Ås hat im übrigen in diesem Jahr einen neuen Anstrich bekommen, und der scheint mit all den weißen Fensterrahmen so schön in der Sonne. Die alten buckligen Scheiben der kleinen Fenster des Stalls schimmern, und die Auffahrt zur Scheune erstreckt ihr schnurgerades, schräg ansteigendes Profil vom Hof zum enormen, doppelten Scheunentor.

Ja, das Scheunentor von Ås ist großzügig, gewohnt, große, duftende Fuhren Heus aufzunehmen, die immer neue Generationen von zuverlässigen dunkelbraunen oder schwarzen Pferden aus dem Gudbrandsdal jeden Sommer über die Auffahrt in die halbdunkle Scheune einfahren.

Erst hat das Pferd auf dem Hof angehalten, um ein oder zwei von der Sonne verbrannte Kinder loszuwerden, die in dem weichen Heu so wunderbar nach Hause gewiegt worden sind und die jetzt von starken Männerarmen heruntergehoben werden müssen, ehe das Pferd sich richtig ins Geschirr legt, mit kräftigen Schritten Tempo gewinnt und beinahe die steile Auffahrt hinauftrabt.

Da haben die Kinder schon unter der Scheunenauffahrt mit zusammengekniffenen Augen und gekrümmtem Körper erwartungsvoll schaudernd ihren Platz eingenommen. Getrampel über die gediegenen Holzplanken – dann rennen sie los, um beim Heuabladen dabeizusein.

Heute aber nicht, denn noch wogt das Gras grün und fruchtbar auf den Wiesen ringsum. Die Pferde – auf Ås sind es seit Menschengedenken zwei gewesen – weiden friedlich Seite an Seite, ohne einen Gedanken an anderen Verdruß als die brummenden Pferdefliegen, wegen derer sie dann und wann in wieherndem Galopp über die Weide jagen. Oder sind diese plötzlichen Sprünge nur ein Ausdruck ihrer Lebensfreude? Reine Freude darüber, daß die schwere Frühjahrsbestellung für dieses Jahr vorüber und es bis zur Heuernte noch lange hin ist?

Oder wer weiß, ob sie nicht die Ohren lauschend vorgestellt haben, als Ragnhild und Lars auf ihren Spaziergängen, während sie angehalten und die beiden getätschelt haben, über prustenden, weichen Pferdemäulern ihre Zukunftsträume und die Anschaffung eines nagelneuen grauen Ferguson diskutiert haben. Es gibt vieles, das ein Arbeitspferd in gute Laune versetzen oder wie ein junges Pferd mit den Hinterbeinen ausschlagen lassen kann. Das müssen nicht unbedingt die Pferdefliegen sein.

Um den Traktor dreht es sich auch jetzt, wo sich Verwandte und Freunde um die lange, schön gedeckte Tafel versammelt haben, um Lars' vierzigsten Geburtstag zu feiern. In der niedrigen, etwas länglichen guten Stube ist der prächtige alte Eßtisch, der für fünfzehn Personen reichlich Platz bietet, mit kreideweißem, gestärktem Tischtuch gedeckt.

Hier steht schönes altes Porzellan für zwölf und die zwei Kinderteller mit den Kaninchen für Solfrid und Nils-Jan – die haben sie von Mathilde zu Weihnachten bekommen. Sie selbst sitzt an dem einen Ende der Tafel mit dem Küchenteller und dem Alltagsbesteck, wie es sich für die Gastgeberin ziemt, wenn es am Service fehlt. Die ehrwürdige alte Suppenterrine ist von der Konsole genommen worden und bis zum Goldrand mit Frikassee von einigen ihrer sagenumwobenen Hühner gefüllt.

Ragnhild hat ein paar Tränen vergossen, wie immer, wenn eines oder mehrere von Mathildes Hühnern die Altersgrenze überschritten haben und ihr Leben gerupft, die zusammengebundenen Beine in die Luft gestreckt, in Mathildes Kochtöpfen beenden. Mathilde versorgt so sorgsam wie kaum jemand ihre Hühner, solange diese die Umsicht damit quittieren, daß sie jeden Tag ein Ei legen. Sowie sie jedoch die ersten Zeichen von Altersschwäche an ihnen bemerkt, hackt sie ihnen gnadenlos den Kopf ab, schließlich hat sie hoffnungsvolle neue, die den Platz übernehmen können. Über Ragnhilds Tränen schnaubt sie und findet, das sei Gefühlsduselei.

»Du darfst nicht so empfindlich sein!« sagt sie und legt den Hühnerkopf auf dem Hackklotz zurecht. Sie bereitet ihre Hühner einfach, aber schmackhaft zu, mit gelben Rüben, Porree und Sellerie, und als Dank für lange und treue Dienste gibt sie ihnen einen ordentlichen Schuß Sahne in die Soße.

Als die Herrlichkeiten verspeist sind – zum Nachtisch gab es selbstgemachten Karamelpudding – werden die Kinder hinausgeschickt in die Sonne, und das Thema Traktor kommt auf den Tisch. Jetzt ist es also entschieden. Der erste des Ortes ist gekauft und bezahlt, von Lars' Heuer als Harpunier, und er wird als Überraschung zu Nils-Jans achtem Geburtstag kommen.

Durch das geöffnete Fenster des Wohnzimmers klingt Sols helles Lachen, getragen von einer Brise, die die Spitzengardinen bewegt und leise über die hellroten Blüten der Topfpflanze streicht.

Sol und Nils-Jan halten sich weit hinten im Garten auf, bei der großen Eiche, die dort seit mindestens hundert Jahren steht, und an der seit Mathildes Kindheit eine Schaukel hängt. Jetzt schaukeln sie, das heißt, sie schaukelt, und er stößt sie an. Jedesmal, wenn er ihr einen Stoß in den Rücken gibt und die Schaukel in immer höherem Bogen fliegen läßt, will sie sich ausschütten vor Lachen. Mehr, Nils-Jan, mehr, mehr! Das kleingeblümte Sommerkleid steht wie ein Schirm um ihren Leib, und die Zöpfe mit den weißen Schleifen liegen wie waagrechte Schnüre hinter ihr, bis sie auf den Rücken schlagen, wenn die Schaukel auf der anderen Seite dem Höhepunkt naht und zurückgleitet. Die kleinen Beine in weißen Söckchen und schwarzen Riemchenschuhen beugen und strecken sich, um mitzuhelfen, Schwung zu bekommen.

Diese Kleine wird vielleicht keine blendende Schönheit sein, wenn sie herangewachsen ist, weil ihr Gesicht zu rund und die Nase nicht schön geformt ist. Wenn sie aber diese blitzenden Augen behält und ihr helles Lachen, wird sie auf ihre Weise dennoch schön sein.

Der Junge, der ihr Schwung gibt, ist nicht sehr groß, er ist schmal und zart und hat nichts von der zuversichtlichen, robusten Lebensfreude des Mädchens. In diesen wenigen Jahren hat er sich erholt. Das Leben mit Erwachsenen, die ihm nahestehen, mit genug Essen und Milch und nicht zuletzt mit den lebhaften Spielkameraden, hat ihm gutgetan. Er wirkt ruhiger und fröhlicher als damals, als er kam, auch wenn er in Gesellschaft immer noch wortkarg ist. Zusammen mit Sol kann er jedoch richtig gesprächig werden, selbst wenn sie in der Regel diejenige ist, die das Reden übernimmt.

Auch jetzt plappert sie drauflos, drängelt, weil es höher hinaufgehen soll, und erzählt ihm, was sie dort oben aus der Luft sehen kann. Die Jakobsau mit der windschiefen Scheune am Ende und den Hügel mit all den anderen dahinter, sie tauchen auf und verschwinden wieder über dem Dach des Spielhauses im Takt mit den rhythmischen Bewegungen der Schaukel. Das gleiche gilt für die Pferde und Kühe und die glitzernde Badestelle ganz links im Blickfeld. Die Strahlen der Nachmittagssonne treffen das Dach der neuen Scheune auf Li und blenden Sol genau in dem Augenblick, als sich die Schaukel dem äußersten Ende ihres Bogens nähert und eine kleine Sekunde anhält, ehe sie zu den wartenden Händen des Jungen zurückgleitet.

»Lauf unter mir durch, Nils-Jan!«

Das gehört zu ihren vielen Spielen. Sie schaukelt, und er nimmt Anlauf und rennt darunter hindurch. Sie bekommt ein ganz schwindeliges Gefühl im Bauch, wenn sie hoch oben auf der Schaukel zwischen ihren Beinen hinunterschaut und den hellen Haarschopf unter sich sieht, hinuntersaust zu ihm, so nahe, daß ihre Schuhspitzen beinahe seinen schmalen Rücken streifen.

Er liebt dieses Spiel ebenfalls. Der spannende Moment, wenn er den Abstand berechnet, Anlauf nimmt und losrennt, während die Schaukel wieder auf dem Weg nach unten ist. Er wartet so lange, bis er sie beinahe an den Kopf bekommt, schlüpft aber doch rasch unter ihr durch, ihr mit Schrecken gemischtes Lachen gellt ihm in den Ohren.

Und dann zurück. Er wartet, bis auch sie wieder auf dem Rückweg ist, läuft mit ausgestreckten Armen johlend hinter ihr her, duckt sich und schlüpft unter ihren Beinen hindurch, während die Schaukel wendet.

Das Spiel wiederholen sie unendliche Male. Aber plötzlich ist er nicht mehr zu sehen, als sie zwischen ihren Beinen hinunterschaut. Ist er gestolpert oder hat er die Bewegung falsch berechnet? Sie kann ihn gar nicht sehen, hört nur den Schlag, als die Ecke des Brettes, auf dem sie sitzt, ihn an der Stirn trifft, genau über der Augenbraue.

Er schreit nicht. Sie ist es, die schreit. Außerstande, die Schaukel anzuhalten, pendelt sie über der leblosen Gestalt auf der Erde vor und zurück. Voller Angst starrt sie in das bleiche Gesicht, das Blut rinnt über seine Stirn in das weißblonde Haar. Sie klammert sich an die Kette der Schaukel und schreit – nach Mutter, nach Vater, nach Ragnhild und Mathilde.

Drinnen ist das Gespräch über den grauen Massey Ferguson so lebhaft und laut, daß niemand sie hört. Nur Mathilde, die in die Küche gegangen war, um nach dem Kaffee zu sehen, hört etwas und kommt mit ihrem ungeduldigen: »Aber wo seid ihr denn, Kinder?« angerannt.

Sie erblickt das laut schreiende kleine Mädchen, das nicht einmal begriffen hat, daß es die Beine in die Luft haben muß, sondern immer wieder beim Vor- und Zurückschwingen hilflos den kleinen Körper unter sich streift, während die Bewegung immer geringer wird.

Mathilde hält die Schaukel an, schickt das Mädchen zu den anderen Erwachsenen hinauf, setzt sich auf den Boden und nimmt mit heftig klopfendem Herzen den bewußtlosen kleinen Jungen auf den Schoß.

Zeit ist etwas Sonderbares. Beinahe vierzig Jahre ist es her, seit sie zuletzt einen Menschen im Arm hielt. Beinahe vierzig Jahre, und das waren nur wenige kurze Wochen, einen Frühling und einen Sommer lang, so voller Gefühl und Leben, daß in allen diesen Jahren kein Tag vergangen ist, an dem sie nicht daran gedacht hat. Heimliche, bittere Tränen hat sie geweint und sich nach dem Gefühl gesehnt, seine Arme zu spüren, die Schwere seines Kopfs in ihrem Schoß, die Wärme seiner nackten Haut an ihrer. Und nach dieser zarten Berührung, wenn ihr Zeigefinger über seine langen, gebogenen Wimpern glitt.

Nur ein einziges Mal hat sie dieses Gesicht, das so unauslöschlich auf ihrer Netzhaut sitzt, daß sie es sich jederzeit vergegenwärtigen kann, wiedergesehen. Nicht die vom Alter gezeichneten Züge, die sie bei der Kirche von Sandar vor wenigen Jahren blitzschnell wiedererkannte, aber das schöne Gesicht des jungen Mannes aus jenem Sommer, eine Ewigkeit ist das her, das kann sie sehen.

Nein, Mathilde, das stimmt nicht! Du kannst seine Gesichtszüge nicht länger sehen, denn wir können das Bild eines Gesichtes nicht festhalten, wieviel es uns auch bedeutet haben mag. Es löst sich vor unserem inneren Auge langsam auf, so wie die Blütenblätter von Harriets Pfingstrose, die du einmal gepreßt und aufgeklebt hast. Nur in deinen Träumen kannst du seine Züge deutlich sehen.

Jetzt starrt sie hinunter auf ein anderes Gesicht, um so vieles jünger, aber dem, das sie in ihren Träumen heraufbeschwört, so ähnlich, die zart gewölbte, glatte Stirn und die kleinen Locken am Haaransatz mit dem merkwürdigen Schwung, die dichten Wimpern. Sie vergißt das Blut, das aus dem üblen Schnitt über der Augenbraue rinnt und spürt wieder den Duft des Heus in Jakobs Scheune, als sie sich vorbeugt und den Zeigefinger über seine Wimpern gleiten läßt. Währenddessen tropfen ihre Tränen auf das Gesicht des Kindes, und sie flüstert einen Namen, den kein Mensch sie seit siebenunddreißig Jahren hat aussprechen hören. Harald, sagt sie, Harald.

Und wie damals, vor so langer Zeit, schlägt nun der Junge in ihrem Schoß die Augen auf und begegnet ihrem Blick mit jenem verwirrten Ausdruck, den Menschen nur zeigen, wenn sie aus der Bewußtlosigkeit oder aus dem Schlaf erwachen. Er spürt die Tränen auf Hals und Wangen und hört den Namen, den sie wie in Trance wiederholt, aber er, als der einzige, der jemals einen solchen Anfall von Schwäche bei ihr erleben wird, er ist noch so durcheinander, daß er weder die Tränen noch den Namen erfaßt.

Und dann ist der Augenblick vorüber, die Zeit beginnt wieder zu ticken. Ragnhild kommt angerannt, wirft sich auf die Knie und reißt den Jungen an sich mit dem sonnenklaren Recht einer Mutter, das sie sich nach und nach erarbeitet hat. Sie tupft sein Blut mit dem Taschentuch auf, das ihr Lars gereicht hat, hält ihn dicht an sich gepreßt und wiegt ihn tröstend, als er in Tränen ausbricht.

Auf Mathildes Tränen achtet keiner. Sie trocknen langsam auf ihren Wangen, wie sie so dasitzt, die leeren Hände geöffnet auf dem Schoß und mit einer Frage im Herzen, die sie nie zu stellen wagt und auf die sie deshalb auch nie eine Antwort erhält.

Warum hast du nur nie gefragt, Mathilde! Denn das hast du doch wohl nicht getan?

48

Solfrid und Nils-Jan sitzen auf einer kleinen Felsenkuppe auf einer Lichtung, die ringsum von dichtem Fichtenwald umgeben ist. Über die Felsen wachsen graue Flechten, Moos und Tüpfelfarn, ganz oben schaut der nackte Fels heraus, der dort eine kleine Schale bildet, in die sie Haselnüsse gelegt haben. Beide knacken sie mit einem Stein Nüsse, er mit genauen, angemessen festen Schlägen gegen eine Nuß, die er sich ordentlich zurechtgelegt hat, so daß der Kern meistens heil bleibt, wenn die Schale geknackt ist. Ihr fehlen nicht nur seine Geschicklichkeit, sondern auch seine Geduld, und sie haut aufs Geratewohl drauflos, so daß der Nußkern zerquetscht oder die ganze Nuß in hohem Bogen unten in dem Heidelbeergebüsch verschwindet. Dann lacht sie laut auf und kriecht von der Felsenkuppe hinunter, um zwischen den Büschen nach der Nuß zu suchen. Zwischendrin kaut sie geknackte Nußkerne und spuckt die Schale aus.

Er knackt die Nüsse besonnen und zielgerichtet und sammelt die heilen Kerne in zwei gleich hohen Häufchen, dabei ist er noch nachdenklicher als sonst. Gelegentlich hebt er den Blick von seiner Arbeit und läßt ihn über die Baumwipfel ringsum schweifen.

»Das ist unser Wald«, sagt er plötzlich, »dies alles hier ist unser Wald.«

Nils-Jan ist in diesem Frühjahr adoptiert worden. An einem frühen Sonntagmorgen, als Sol und die Eltern am Frühstückstisch saßen, kam er herein, nachdem er wie üblich an die Tür geklopft hatte, aber eifriger und rotwangiger, als ihn jemals einer gesehen hatte, und verkündete, daß er jetzt Hoferbe geworden sei. »Und du kannst gern meine Frau werden«, sagte er ernst zu Solfrid.

Solfrids Vater mußte über diese Worte schmunzeln. Später machten sie über den Kaffeetassen die Runde durchs Dorf, so wie das mit treuherzigen Aussprüchen von Kindern öfter geht. Solfrid fand gar nichts dabei, denn sie hatte nie an etwas anderes gedacht, als daß sie beide immer zusammenhalten würden, und ob sie nun auf Ås oder hier zu Hause wohnten, spielte eigentlich keine Rolle.

»Kann ich gerne«, antwortete sie damals bei seinem allerersten Heiratsantrag und war mehr damit beschäftigt, ob sich der Vater auch an diesem Sonntag von der leeren Eierschale würde foppen lassen, die sie verkehrt herum in einen Eierbecher gesetzt und vor ihn hingestellt hatte.

»Na, so etwas, bekomme ich noch ein Ei?« Ja, er war genauso überrascht und gespannt wie an jedem Sonntagmorgen bei diesem immergleichen Ritual, das alle Eltern von Kindern, die Eier essen, kennen.

»Nein, stell dir vor, ich bekomme zwei Eier, das ist aber nett.«

Aber die Mutter, die schon lange von den Adoptionsplänen wußte, strich Nils-Jan übers Haar und sagte in ihrer ruhigen Art: »Du bist Hoferbe geworden? Das ist aber fein, Nils-Jan Ås.«

Nun sitzt er da und schaut auf alles was ihm gehört, ihm und Mutter und Vater, und spürt voller Freude diese Geborgenheit, in der warmen Herbstsonne auf einem kahlen Felsrücken zu sitzen, wo ringsum alles ihm gehört, und seine eigenen Haselnüsse zu knacken. Vielleicht wagt er deshalb, weil er sich so geborgen fühlt, an seine Mutter zu denken, an seine richtige Mutter. Als er aber anfängt, von ihr zu sprechen, begreift Solfrid zunächst nicht, wen er meint, denn er sagt schon seit einigen Jahren zu Ragnhild und Lars Mutter und Vater.

Während des ersten Jahres sagte er Ragnhild und Lars, niemals Mutter und Vater. Sie hatten es auch nicht anders erwartet. Er war fast sechs Jahre alt, als er kam, und er hatte eine andere Mutter, auch wenn er nie von ihr sprach. Er redete anfangs insgesamt wenig. Bewegte sich tagsüber scheu und vorsichtig zwischen den Erwachsenen, näßte jede Nacht ein und zeigte durch allerlei Gesten und Reaktionen, daß das Leben ziemlich rauh mit ihm umgesprungen war.

Er war freundlich, höflich und zurückhaltend, nahm dankbar die Zärtlichkeiten an, die ihm zuteil wurden, und begann nach und nach, zögernd, die eine oder andere ängstlich zu erwidern. Bis er begriff, daß er hier sein sollte, vergingen aber mehrere Monate. Die Mutter würde nie wiederkommen und ihn in die dunkle Wohnung auf dem Hinterhof zurückholen, wie sie es versprochen hatte, als sie ihn im Kinderheim abgegeben hatte, um in das Sanatorium zu fahren, wo sie ihren üblen Husten loswerden wollte.

Sie ist tot, erzählten ihm die Erwachsenen im Heim eines Tages mit ernsten, traurigen Gesichtern. Sie könnte ihn nun nie holen kommen, aber sie hatte dafür gesorgt, daß er, wenn sie sterben würde, zu freundlichen Menschen auf einen Hof auf dem Lande kommen würde. Er hatte keine Vorstellung, was das bedeuten könnte, denn er hatte nie etwas anderes gesehen, als die Straßen und hohen Häuser von Oslo. Er würde nicht im Kinderheim aufwachsen müssen, darüber war er froh, denn er bekam Schläge, wenn er ins Bett gemacht hatte, und die großen Jungen traten nach ihm und nannten ihn »Deutschenkind«, genau wie die Jungen daheim auf dem Hinterhof. Ja, auch die Mädchen, aber die ziepten ihn meistens an den Haaren.

Hier gab es niemanden, der zu ihm »Deutschenkind« sagte, vielleicht wußten sie nicht, daß er eins war. Wenn er sowenig wie möglich redete, würden sie es vielleicht nicht herausfinden. Er hatte nie begriffen, was das Wort »Deutschenkind« bedeutete, nur daß es mit dem Krieg zu tun hatte, und daß es aus irgendeinem Grund allen anderen Menschen folgerichtig das Recht gab, ihn und die Mutter mit absolut grenzenloser Verachtung zu behandeln.

Anfangs vermißte er die Mutter jeden Tag, auch wenn es im Heim noch schlimmer gewesen war. Aber da hatte er sich damit trösten können, daß sie kommen und ihn holen würde.

Nachdem er nach Ås gekommen war, wurde ihm klar, daß sie das nicht tun würde, daß es stimmte, was sie im Kinderheim erzählt hatten, daß sie nämlich für immer fort war.

Wie die Wochen vergingen, schob er die Erinnerung an die Mutter mehr und mehr in den Hintergrund und schloß sich den Erwachsenen näher an, die ihn umgaben. Am Ende war das Bild der gebeugten, hustenden Gestalt, die so hilflos versucht hatte, ihn vor der böswilligen Verachtung ihrer Umgebung zu schützen, nur noch ein blasser Schatten.

Davor standen Ragnhild, klein, stämmig, fest verwurzelt, und Lars, groß und besonnen. Ja, sogar Mathilde hatte rasch eine liebevolle Zuneigung zu dem kleinen, verschreckten Jungen gefaßt. Sie zeigte das niemals so wie Ragnhild mit Zärtlichkeiten, aber ihr Blick konnte manchmal mit einem beinahe neugierigen Ausdruck der dunklen Augen auf dem kleinen Gesicht ruhen, so als ob sie hinter etwas hersann, von dem sie selbst nicht so genau wußte, was es war.

Hin und wieder passierte es, daß er ihren Blick auf sich spürte und sein Spiel unterbrach, beinahe verlegen durch ihr Starren. Dann strich sie ihm liebevoll über die geschwungene Stirn, murmelnd, er sei ein lieber Junge, um sich wieder ihren eigenen Angelegenheiten zuzuwenden. Und er lernte schnell, daß diese raschen, beinahe scheuen Berührungen genausoviel Liebe in sich bargen, wie Ragnhilds Umarmungen und Küsse.

Im Laufe von Sommer und Herbst vergaß er fast, daß er einmal in einer anderen Realität zu Hause gewesen war. Als aber Lars im November zum Walfang abreiste, fing er zu Ragnhilds und Mathildes großer Verzweiflung wieder mit dem Bettnässen an. Sie konnten ihm versichern, soviel sie wollten, daß Lars im Frühling wieder zurückkommen würde, er konnte noch so viele Zeichnungen von Kühen und Pferden anfertigen, meistens Pferden, auf die er pflichtschuldig »für Lars« schrieb und die in Ragnhilds Brief gesteckt wurden, um mit der Post der Reederei nach Süd Georgia zu gehen, nichts half. Es half nicht einmal, daß Solfrids Vater in dieser Saison auch mit auf Walfang gefahren war und daß sie ihm ihr unerschütterliches Vertrauen zu vermitteln suchte, daß der Vater im Frühling wiederkommen würde, so wie das die Walfänger schon immer getan haben. Nils-Jan war überzeugt, daß Lars aus seinem Leben verschwunden war, so wie sein eigener Vater, ehe Nils-Jan geboren wurde, und wie die Mutter vor wenigen Monaten.

Als er deshalb mit den Sonntagskleidern, die ihm Mathilde genäht hatte, inmitten der Menschenmenge am Kai stand, war er nicht wie alle übrigen außer Rand und Band vor Freude und Erwartung. Aber Solfrid, die mit ihren weißen Kniestrümpfen, dem roten Jäckchen, dem kleingeblümten Röckchen und dem roten Hut neben ihm stand, die war es. Voller Eifer hüpfte sie auf und ab, winkte und schrie zu den Männern hinüber, die über der Reling des großen Schiffs hingen und schubsten und schoben, um als erste auf die Gangway und zu den Wartenden zu kommen. Als sie den Vater erblickte, schrie sie aus voller Kehle:

»Vater, Vater, siehst du mich!«

Und als da Nils-Jan die kraftvolle Gestalt von Lars gleich bei der Gangway ins Auge fiel, wurde er von Solfrids Eifer mitgerissen, und er schrie, daß es all den Lärm übertönte, zu Lars hinauf: »Vater, Vater, siehst du mich?«

Ein einziges Mal ist Lars, der besonnene Lars, einer der ersten, die sich ihren Weg an Land bahnen. Und seither sagt Nils-Jan nur Mutter und Vater zu den Pflegeeltern.

Als deshalb Nils-Jan plötzlich ins Blaue des Septembertages hinein sagte: »Sie war fast immer krank, meine Mutter«, glaubt Solfrid, er meine Ragnhild. Sie bleibt auf halbem Wege stehen, denn sie war noch einmal unten in dem Heidelbeergebüsch, um eine ihrer springlebendigen Nüsse wiederzufinden, starrt ihn mit großen Augen an und fragt:

»Ragnhild?«

Denn selbst zu der Zeit, als Solfrid noch ganz klein war und Ragnhild manchmal einige Tage im Bett bleiben mußte und sie das Mitgefühl ihrer Mutter und aller erwachsenen Frauen hatte – Nein, nun ist es schon wieder schiefgegangen! – so ist dies nichts, woran Solfrid sich erinnert, und es gibt keinen, den sie weniger mit Krankheit in Verbindung bringen würde als Ragnhild.

»Nein, ich denke an meine richtige Mutter.«

Er klopft und klopft auf eine Nuß, die schon geknackt vor ihm auf dem warmen Fels liegt.

»Außerdem war sie immer so traurig.« Damit bricht er plötzlich in Tränen aus. Lange, atemlose Schluchzer, ganz schnell ist er unten vom Felsen, liegt er in den niedergetretenen Heidelbeerpflanzen, wo Sol lachend herumgetrampelt war, um ihre weggesprungenen Haselnüsse zu suchen, auf dem Bauch.

Solfrid ist ganz außer sich, weil sie ihn in all der Zeit, wo sie sich nun kennen – gab es tatsächlich eine Zeit, wo das anders war? –, in all der Zeit hat sie ihn nie auf diese Weise weinen sehen. Sie wirft sich in die Heidelbeerpflanzen neben ihn, nein mehr oder weniger auf ihn, schlingt weinend die dünnen Arme einer Achtjährigen um ihn und wiegt ihn, so, wie sie viele Jahre später ebenso traurig sein neugeborenes kleines Kind wiegen wird. Wie Frauen jeder Größe, jeden Alters und jeder Farbe durch alle Zeiten hindurch kleine Männer und große Jungen gewiegt und getröstet haben.

»Hör doch auf zu weinen, Nils-Jan«, heult sie, »mein lieber, lieber Nils-Jan, sei so gut und weine nicht!«

Aber er hört nicht auf. Der Wald steht still und lauscht verwundert zwei kleinen Menschenkindern, die aus einer

Verzweiflung heraus, deren Umfang sie nicht erfassen können, weinen, er mit dem Gesicht auf den geballten Fäusten auf der Erde, sie mit ihrem streifigen kleinen Gesicht auf seinem Rücken, wo ein Strom von Tränen und Rotz sich als wachsender Fleck auf der hellbraunen Windjacke ausbreitet.

Da hebt sie den Kopf: »Schau, Nils-Jan, ich habe ein Herz auf deinem Rücken gemacht!«

Sie wischt sich mit ihrem Jackenärmel die Nase ab, zieht Nils-Jan hoch, so daß er sitzt, und bringt es fertig, daß er die Jacke auszieht, damit er sehen kann, sie hat wirklich einen herzförmigen dunklen Flecken aus Rotz und Tränen auf seinem Rücken gemacht. Und da müssen sie beide ein bißchen lächeln, zwischen den langen Schluchzern von Kindern, die eine Weile geweint haben.

Sie setzen sich, seine Jacke über den Knien, mit dem Rücken an den Fels, und während das Herz langsam trocknet und verschwindet, erzählt er ihr von seiner Mutter.

Er erzählt alles, woran er sich erinnern kann, alles, wovon er nicht ahnte, daß er es erinnerte. Und während er redet, tritt ihr bleicher Schatten aus den Tiefen der Erinnerung hervor und wird zu einem klaren Bild von seiner freundlichen, zuverlässigen, traurigen, einsamen, tröstenden, kranken, hustenden, kämpfenden Mutter.

Er erzählt so lange und so lebendig, daß ihr Bild auch klar vor Solfrid tritt. Und sie ist von grenzenlosem Mitgefühl erfüllt, so groß, daß sie nicht weiß, wie sie damit fertig werden soll. Sie kann nur seine Hand drücken und wieder und wieder sagen:

»Du hast ja mich, Nils-Jan. Du hast ja mich und Ragnhild und Lars und Mathilde und Mutter und Vater und ...«

Und plötzlich sehnt sie sich voller Angst nach all den Sicherheit gebenden Erwachsenen. Sie zieht ihn hoch und ruft, daß sie nach Hause will, daß sie sich beeilen müssen, nach

Hause zu kommen. Während sie dort saßen und redeten, ist es kühl geworden, und über die Baumwipfel hat sich das Abenddunkel gesenkt und läßt die schweren Fichten bläulich erscheinen, die erste Andeutung dafür, daß der Herbst naht.

Einen Moment lang stehen sie und schauen sich um, verwirrt, so, als ob sie gerade eben aus einer anderen Dimension gefallen wären, in eine Landschaft hinein, die fremd und drohend um sie steht. Mit einem Mal rennen sie wie auf Kommando drauflos wie erschrockene Rehe, rennen weg, von seiner Jacke und vom Felsen mit den Haselnüssen. Ohne einen Gedanken stürzen sie davon, wollen nur heim, heim! Sie rennen, bis sie vollkommen entkräftet stehenbleiben, aber da sind sie längst weit weg von den bekannten Pfaden.

Dann gehen sie nur noch aufs Geratewohl. Das Dunkel wird dichter, die Sterne am Himmel über ihnen treten deutlicher hervor. Ein Uhu schreit zwischen den Bäumen. Manchmal stolpern sie über Baumwurzeln oder Steine, aber sie haben zu viel Angst, als daß sie über Schürfwunden oder Schrammen weinen würden. Beide haben sie den Begriff für Zeit verloren.

Sie denkt jetzt an »Rottenikken«, den vogelfreien Waldmenschen und Dieb, der viele Jahre lang durch die Wälder gestreift ist, auf der Flucht vor der Polizei und vor Recht und Gesetz. Wie schon oft und wie es durch Solfrids gesamte Kindheit hindurch geistern wird, geht wieder einmal das Gerücht, er sei aus dem Gefängnis entkommen und treibe sich wieder hier in den Wäldern von Vestfold herum.

Ja, Sverre von Rønnigen soll ihm sogar auf einer seiner Verkaufstouren begegnet sein und ihm, zu Mathildes Verzweiflung, ihren besten Milcheimer für fünfundachtzig Öre verkauft haben. Sol und Nils-Jan haben gestern am Abendbrottisch die Geschichte gehört, und auch wenn Ragnhild und Mathilde nicht den Eindruck machten, sie so ganz zu glauben, ist das doch kein Trost für Kinder, die sich verirrt haben.

»Nimm mich an die Hand«, schnieft sie.

Und er nimmt ihre Hand, hat aber kein Wort des Trostes, denn ihm schwirrt der Gedanke durch den Kopf, daß jetzt, wo sie schon so lange weg sind, Ragnhild und Lars den Hof wohl verkauft haben. Den Hof, von dem sie und Mathilde bestimmt hatten, daß er ihn übernehmen soll, wenn er groß ist. Oder vielleicht haben sie ja einen neuen kleinen Hoferben bekommen.

Auf dem Ohr ist Sol taub. Sie hat keine Erfahrung mit Erwachsenen, die für immer verschwinden, und kann sich so etwas auch nicht als Möglichkeit vorstellen. Sie ist mehr wegen der getigerten junge Katze bekümmert, die sie gerade in Ås geschenkt bekommen hat, stell dir vor, wenn die jetzt schon groß ist! Und die frischgeschlüpften Küken, die wachsen doch so schnell!

Bald überschattet die Angst vor dem Rottenikken alle anderen Kümmernisse. Er hat einen Mann mit dem Messer getötet und eine Dame entführt, die lange im Wald bleiben mußte!

Sie stacheln sich gegenseitig an, bis sie schier besinnungslos sind vor Angst. Und als aus der Dunkelheit nur wenige Meter vor ihnen wie aus der Erde geschossen eine Gestalt auftaucht, meinen sie einen Augenblick lang, das Herz bliebe ihnen vor Entsetzen stehen. Erst als sie das geblümte Kopftuch erkennen und damit wissen, wer es ist, stürzen sie alle beide auf Evine zu und klammern sich laut schluchzend an ihre Beine.

Und die stille und menschenscheue Evine, die seit bald einem Menschenalter durch die Wälder streift, sie nimmt wortlos jeden an eine Hand und bringt sie durch die mittlerweile pechschwarze Dunkelheit nach Hause.

49

Evine begleitet Nils-Jan und Solfrid von nun an mit vorsichtigem und schüchternem Interesse durch die Jahre ihrer Kindheit und Jugend. Umherstreifend wie stets, betrachtet sie die beiden spielenden Kinder von ihrem Platz am Rande der Gesellschaft aus wie ein alter Hund, der den Kopf auf die Pfoten gelegt hat und zwei tolpatschige, spielende Welpen beobachtet.

Wenn sie einander am Jakobshügel begegnen oder auf der Heide, lehrt sie die beiden die Namen von Pflanzen und Blumen, und sie lehrt sie Buchfink und Rotkehlchen am Gesang zu erkennen. Es gibt wohl kein Gras, und sei es noch so unbedeutend, von dem sie nicht den Namen wüßte, nicht einen Vogel, den sie nicht nach seinem Gesang bestimmen könnte. Und in einer dunkelblauen Frühlingsnacht, als sich die beiden Halbwüchsigen unerlaubterweise davongeschlichen haben, nimmt sie sie mit zum Unterholz am Fluß, wo sie den Gesang der Nachtigall erleben.

Sie sieht die beiden heranwachsen, sieht ihre Entwicklung von Kindern zu Jugendlichen, und wie ihr Verhältnis zueinander seinen Charakter verändert. Und mit der Intuition von Menschen, die allein und am Rande leben und die viel Zeit haben, über andere nachzudenken, entdeckt sie, noch vor den beiden selbst, was die Jahre noch für sie bereithalten.

Sie haben nie geglaubt, daß es auf diese Weise geschehen würde. Nein, sie haben wohl insgesamt überhaupt nicht viel darüber nachgedacht, aber wenn, dann hätten sie nicht geglaubt, daß es so passieren würde. Nach und nach würde es sich verändern, aber nicht wie ein Blitz aus heiterem Himmel.

Später stellen sie fest, daß es wohl auch nicht so war, aber in dem entscheidenden Augenblick fühlte es sich so an. Eines Tages sehen sie sich an, wie sie es zuvor tausend Mal getan haben, und merken plötzlich, etwas ist ganz anders als zuvor.

Eigentlich waren sie immer zwei. Wie Bruder und Schwester – sie haben ja beide keine Geschwister – haben sie die Kindheit hindurch zusammengeklebt, gemeinsam mit einem anderen Geschwisterpaar, Hallvard und Anne-Grete von Rønnigen, wie ein vierblättriges Kleeblatt. Zwar haben sie sich auch gezankt und gerauft, aber meist waren sie im nächsten Moment wieder versöhnt. Gewöhnlich waren sie nur Sol und Nils-Jan. Fast jedes Wochenende haben sie gemeinsam übernachtet, meistens auf Ås, denn Sols Mutter war oft so niedergedrückt, und all der Kinderkram wurde ihr zuviel. Und wenn es ihr gutging, nahm sie gern an den Treffen der Mission teil und war froh, wenn Ragnhild auf die Kinder aufpaßte.

Nachdem sie in die Schule gekommen waren, durften sie unter der Woche nicht gemeinsam übernachten, denn sie schwatzten und kicherten dann die halbe Nacht, so daß der Schlaf zu kurz kam. In den kühlen Nächten des Frühsommers sprangen sie einfach lautlos aus dem jeweiligen Schlafzimmerfenster und verbrachten einige fröstelig-kalte Stunden in der Baumhütte, die sie sich hinter Jakobs Scheune in einer Fichte gebaut hatten. Saßen dicht zusammen, um die Wärme zu bewahren, und jagten sich mit Spukgeschichten gegenseitig solche Angst ein, daß sie am Ende mit schreckgeweiteten Augen Hand in Hand über den eiskalten nächtlichen Tau unter einem zauberhaften und unheimlichen Vollmond flüchteten.

Nach solchen gruseligen Nächten mußte Sol Nils-Jan nach Ås begleiten, denn er fürchtete sich mehr als sie. Und nie kam es ihm in den Sinn, daß er ihr gegenüber eine Ehre zu verteidigen habe, so wie den Freunden gegenüber. Sie ist ein Jahr jünger, aber durch die gesamte Kindheit hindurch ist sie größer als er, größer und viel unbeschwerter.

Dann wächst er ihr plötzlich über den Kopf, und zwar im Laufe eines Winters. Als Lars im Frühling vom Walfang zurückkehrt, sieht er, daß aus den Kindern, die er im Herbst verließ, Jugendliche geworden sind.

An ihrem Verhältnis zueinander verändert das nichts. Noch immer hängen sie zusammen wie die Kletten, auch wenn sich die Spiele geändert haben. Jetzt sind sie mit den anderen Jugendlichen unterwegs, spielen Platten auf Nils-Jans Transistor mit Plattenspieler, der tragbar ist und mit Batterien betrieben wird, und für die Freunde eine so große Attraktion darstellt, daß sich an Sommerabenden eine ansehnliche Gruppe bei der Milchrampe von Harriet Lund versammelt.

Denn wie schon seit Generationen ist dies der Ort, wo sie sich versammeln. Auch wenn die auf Ås schöner und neuer ist, kommen die Jugendlichen aus der ganzen Gemeinde, ja selbst aus dem Nachbarort. Sie liegt einfach so günstig an der Weggabelung, zwar mitten im Ort, dennoch mit reichlich Abstand zum nächsten Haus und nach Lund zu durch die lange, prachtvolle Pappelallee geschützt.

Die Erwachsenen schmunzeln wissend, wenn sie vorbeikommen und sich an ihre eigene Jugend an der Milchrampe von Harriet Lund erinnern.

Sol und Nils-Jan kommen immer gemeinsam dorthin, in der Regel so sehr in ein vertrauliches Gespräch vertieft, daß es der Clique, die sich schon unter den Pappeln versammelt hat, nicht einfällt, sie aufzuziehen. Nicht miteinander. Ansonsten gibt es genug aufzuziehen.

»Bist du hinter Martin her, Sol? Glaubst du, wir hätten nicht gesehen, wie du dagesessen und ihn stundenlang angehimmelt hast? Da! Er kriegt total rote Ohren! Und Sol wird auch rot! Martin und Solfrid! Martin und Solfrid!«

Sol geht natürlich auf den Schuldigen los, so wie man es von ihr erwartet. Sie ist ein hübsches Mädchen und früh entwickelt, und sich mit ihr anzulegen ist ein Abenteuer für diese Jungen mit ihren Pubertätsträumen. Außerdem ist sie so wendig, daß man richtig nahe an sie rankommen muß, um die Oberhand zu gewinnen. Sie entschlüpft eifrigen Jungenarmen sehr geschickt, gleichzeitig geht sie aber einer richtigen Balgerei auch nicht aus dem Weg. Deshalb ist sie mächtig beliebt.

Nils-Jan und Solfrid sind nichts weiter als gute Freunde. Zusammen mit anderen ist er eher still und hält sich am liebsten aus allem heraus, dennoch ist er beliebt. Vielleicht wird er weniger aufgezogen als die anderen, denn er ist schwer zu fassen, verbal wie körperlich. Solfrid zieht ihn hin und wieder mit der einen oder anderen Freundin auf, von der sie weiß, daß sie ein bißchen für ihn schwärmt, aber das tut sie eigentlich nur, wenn sie unter sich sind.

Gerade ist Nils-Jan nach seiner ersten Walfang-Saison wieder daheim. Am liebsten wäre er schon in dem Jahr gefahren, als er mit der Schule fertig war, so wie einige der Klassenkameraden, aber die Eltern haben sich gesträubt und ihn überredet, noch ein Jahr die weiterführende Schule zu besuchen. Danach hat er Ragnhild ein paar Winter lang mit dem Hof geholfen, denn sie fanden, er sei noch zu jung, um hinauszuziehen, selbst wenn der Vater und »das halbe Dorf« mit auf dem gleichen Schiff fuhren.

Der Walfang hatte in den letzten Jahren mächtig Aufschwung genommen, so daß beinahe jeder Mann des Orts auf See war. Seit den Jahren vor dem Krieg waren nicht so viele Walfänger zu erwarten gewesen, und ihr Heimkommen ist mehr denn je eine feierliche Angelegenheit, wie Nationalfeiertag und Weihnachten auf einmal.

Im Frühjahr hatten die Hausfrauen fast überall einige hektische Wochen lang mit Seifenschaum und Bohnerwachs, Silberputzmittel und Salmiak das Haus auf den Kopf gestellt. Auf Ås hatte sich Ragnhilds frohes Summen beim Lüften und Bettenausklopfen mit den ersten Liedern der Stare gemischt. Die sind vielleicht in der Nähe gewesen, um sich für ihren Nestbau Daunen aus den schweren alten Betten zu sichern!

Während der letzten Tage vor der Ankunft sind die Frauen von Hof zu Hof gegangen, um sich beim Legen der Dauerwelle zu helfen und die letzten Neuigkeiten auszutauschen, die sie über »Radio Tjøme« erfahren haben. Mit frischgeschnittenen Haaren und sauber geschrubbt, haben die Kinder schulfrei bekommen, um einen Vater abzuholen, der sich für sie im Laufe der langen Wintermonate zu einer Mischung aus König und Weihnachtsmann verwandelt hat.

Solfrid ist in diesem Winter in der Stadt auf die Realschule gegangen. Als sie am Anleger auf die Walfänger wartet, hat sie mit dem leichten Flattern im Magen, das sich beim Anblick von Nils-Jans aufgeschossener ungelenker Gestalt einstellte, nichts anderes als reine Wiedersehensfreude verbunden. Sie denkt auch nicht darüber nach, warum sie sich nicht um den Hals fallen, wie sie es vor einem Jahr getan hätten, sondern sich nur kurz, fast schüchtern in den Arm nehmen.

Etwas hat sich zwischen ihnen verändert. Über ihren Treffen an den Frühsommerabenden liegt eine andere Stimmung als früher, aber beide schieben sie die Gedanken und Gefühle beiseite. Die sind zu groß, und damit umzugehen ist zu schwierig. Irgendwie ist es auch so feierlich. Daß dies hier nichts mit den Kinderschwärmereien zu tun hat, die sie erlebt haben, spüren sie beide, ohne sich dessen ganz bewußt zu sein.

An einem Abend im Juni stehen sie nebeneinander am Rand der Tanzfläche und hören dem Dorforchester zu, das zum Tanz aufspielt. Sie haben sich zusammen mit Hallvard und Anne-

Grete von deren großem Bruder Kåre, der sich einen Opel Rekord gekauft hat, in den Nachbarort mitnehmen lassen.

Nils-Jan dreht sich zu Sol um, aber die Frage: »Wollen wir tanzen?« bleibt ihm im Hals stecken, und er schafft gerade noch, wortlos die Arme nach ihr auszustrecken. Sie schaut ihm in die Augen und merkt, wie die Tanzfläche unter ihren Füßen schwankt und ihr Körper mit einem Schwindel und einem Sog auf seine Nähe reagiert, die ihr völlig neu sind. Gleichzeitig ist es ein schönes und vertrautes Gefühl, wie etwas, auf das sie lange gewartet hat.

Zurückschauend erinnern die beiden von diesem Abend nur sich. Sie tanzen zusammen, wie sie es seit den ersten unsicheren Walzerschritten, die ihnen Ragnhild zu Hause in der Küche beigebracht hat, unzählige Male getan haben. Jetzt tanzen sie eng zusammen zu ›It's now or never‹ und ›I can't help falling in love with you‹, von einem enthusiastischen Orchester mit einem besonderen Dreh gespielt. Sie hat ihre Stirn an seinen Hals gelegt. Sie spüren nichts als diese zitternde Spannung, die sich zwischen ihnen aufgebaut hat.

Als sie seine Reaktion an ihrem Bauch spürt, kommen ihr beinahe die Tränen, und das Wissen darum, daß er es nicht vor ihr verbergen kann, läßt ihn so komisch verwirrt und schuldbewußt aussehen, daß sie sich hochreckt und ihn schnell auf den Mund küßt, mitten auf der Tanzfläche. Das ist ihr allererster Kuß.

Später gehen sie hinaus und suchen sich einen Platz, wo sie sich ungestörter küssen können, erst vorsichtig und prüfend, nach und nach hektischer, während ihre Hände so verzweifelt am Körper des anderen suchen, als ob es das Leben gelte, und um jedes kleinste Detail kennenzulernen.

Als sein Mund den Weg unter ihren Pulli findet, spürt sie, wie ihre Brustwarzen in stürmischer Erwartung aufknospen, und als sie ein bißchen unsicher anfängt, das zu erforschen, was sich ihr da so neu und unbekannt entgegenreckt, kommt er hilflos zwischen ihren Händen. Sie ist von einer so grenzenlosen Zärtlichkeit erfüllt, daß sie nicht weiß, wie sie sich fassen kann.

Auf dem Weg, nach Hause, auf dem Rücksitz in Kåres Auto, halten sie sich nicht einmal an den Händen. Dieses Neue ist etwas, das sie nicht mit anderen teilen können, nicht einmal mit Hallvard und Anne-Grete. Die Berührung auf dem engen Rücksitz, wo er den Arm wie zufällig über die Sitzlehne legt und sie ihren Kopf ebenso zufällig an seinen Oberarm lehnt, versetzt sie in einen Zustand ungeduldiger Erregtheit, so daß sie ziemlich unsinniges Zeug auf die Bemerkungen der Geschwister darüber, wer wieder voll war und wer wohl mit wem zusammen ist, von sich geben.

An der heimatlichen Wegbiegung steigen sie aus, und wie im Traum irren sie durch die Sommernacht, engumschlungen und beinahe wortlos – es gibt keine Worte, und es bedarf keiner Worte. Schließlich landen sie an der Badestelle am Fluß, nach dem sie sich unerlaubterweise durch das meterhohe, taunasse Gras von Sverres Wiese vorgearbeitet haben. Dort finden sie zum allerersten Mal zueinander. Eine milde Sommerbrise streicht über ihre erhitzten Körper und kühlt sie ab. Danach baden sie nackt in dem eiskalten Wasser des Flusses und sehen die Sonne über den Hügeln aufgehen, ehe sie nach Hause gehen zu einem ganz und gar neuen Alltag.

50

Anfangs soll keiner von ihrem Geheimnis wissen. Jedenfalls glauben sie, daß es ein Geheimnis ist, denn sie ahnen nicht, daß die Verliebtheit ihre Augen leuchten läßt, daß ein Schimmer über ihrer Haut liegt und sie sich auf eine Weise bewegen, die allen und jedem zeigt, daß da etwas ist.

Solfrids Vater beobachtet seine Tochter, die leise vor sich hin singend ihre Arbeit zu Hause verrichtet. Sie hatte immer ihre Aufgaben im Haushalt und auf dem Hof. Eine Zeitlang erledigte sie die eher unwillig und schludrig, wollte lieber zu den Freunden. Jetzt ist sie umgänglich und willig, hat aber etwas Fernes, Entrücktes an sich, das ihn traurig stimmt.

Während ihrer Kindheit haben sich die beiden sehr nahe gestanden, ja auch noch in Solfrids ersten Jahren als Jugendliche, denn Solfrid fiel es immer leichter, mit ihm zu reden als mit der strengeren Mutter. Und da die Mutter in all den Jahren wenig Energie hatte, war es meist der Vater, der sich um Solfrid kümmerte.

Jetzt wächst ihm die Tochter aus den Händen, beinahe über Nacht. Sie ist ebenso liebevoll, ja vielleicht sogar liebevoller als früher. Manchmal fällt sie ihm einfach um den Hals und reibt ihre Wange an seinem Stoppelbart, gibt ihm alle möglichen Spitznamen, wie immer. Es kommt ihm aber so vor, als ob sie nicht ganz bei der Sache ist, als ob ihre Gedanken woanders weilen. Die Zärtlichkeiten haben etwas Abwesendes, so daß er sich ein bißchen wie ein trauriger alter Hund fühlt, den man am Türpfosten vergessen hat. Ein Teil von ihm möchte den Kopf in den Nacken legen und traurig den Mond anheulen, ein anderer hingegen sich aufrichten und sie gegen das Neue und Fremde verteidigen – sie ist doch noch ein Kind!

Trotz dieser etwas merkwürdigen Gefühle nimmt er lächelnd Anteil an dem, was mit der Tochter geschieht, was sie so schön erblühen läßt und aller Welt zeigt, daß er, Herman, eine erwachsene und hübsche Tochter hat. Und daß er schnell merkt, wohin ihre Gedanken wandern, hilft ihm. Er hat Nils-Jan immer gern gehabt.

Die Mutter reagiert wie auf das meiste hier auf dieser Welt mit Ängsten. Sie hat nie mit Solfrid darüber geredet, wie es ist, eine erwachsene Frau zu werden. Gab ihr nur an dem Tag, an dem es soweit war, was sie brauchte, und ließ gleichzeitig eine düstere Bemerkung darüber fallen, daß sie nun erwachsen sei und gut auf ihren Körper aufpassen müsse.

Solfrid weiß aber schon gut Bescheid, als die Menstruation einsetzt. Inger auf Rønnigen und andere ältere Freundinnen haben dafür gesorgt, daß sie gut vorbereitet ist. Dieses Wissen wird wohl öfter von den älteren auf die jüngeren Mädchen vererbt als von Müttern auf ihre Töchter.

Jetzt schaut die Mutter voller Sorge auf die Tochter, ohne jedoch mehr als vorsichtig sagen zu können: »Du paßt doch gut auf, Sol?« Nachts faltet sie hinter dem Rücken des schlafenden Mannes ihre Hände und murmelt ein Gebet in den halbdunklen Raum, während sie auf das vertraute Klicken des Haustürschlosses wartet, das ihr anzeigen soll, wann die Tochter heimkommt. Da ist es oftmals schon heller Morgen.

Die Eltern machen beim Frühstückstisch den Versuch, Sol zu ermahnen, aber da sie beide so scheu sind, kommen nur vage Sprüche wie »selbst auf sich aufpassen« heraus. Und Solfrid nimmt die wohlgemeinten Ratschläge mit dem Gefühl, unendlich viel älter und gescheiter zu sein, lächelnd entgegen.

Leichtfüßig läuft sie jeden Abend über die Au zu Jakobs Scheune. Verliebt und wie benommen vor Glück fällt sie in seine Arme, er wartet schon, und sie genießen jede Sekunde, ohne einen einzigen Gedanken daran, daß etwas passieren könnte. Und was, wenn? »Dann müssen wir heiraten!« sagt sie sorglos und zieht ihn mit sich den Hügel hinter der Scheune hinauf, um das Grundstück zu vermessen, das sie von ihrem Paten, dem alten Jakob, zur Taufe geschenkt bekommen hat.

Und Nils-Jan, mit seiner von Natur aus wesentlich stärker

ausgeprägten Anlage zur Besorgnis, läßt sich mitreißen und schreitet das Grundstück mit langen Schritten ab. Mit großen und eifrigen Armbewegungen baut er das Traumhaus vor ihren Augen auf. Er wirft mit dem Walfängerjargon um sich und läßt sich eher widerwillig zu dem Versprechen überreden, nur noch die eine oder andere Saison mitzufahren. Denn einen Walfängerehemann will Solfrid nicht haben!

Oh, sie erleben wunderbare Nächte. Alles scheint gut und richtig zu sein. Sie sind beieinander, ineinander zu Hause und haben keinen anderen Gedanken oder Wunsch, als ganz nahe beieinander zu sein für den Rest ihres Lebens.

Frühmorgens schlendern sie engumschlungen über die taunasse Wiese nach Hause. Allmählich bemühen sie sich auch nicht mehr, die Verliebtheit zu verbergen. Sie spüren, daß die Leute ringsum meinen, sie seien noch zu jung für ein so festes Verhältnis, aber darauf blicken sie mit fast schon herablassender Nachsicht. Außerdem sind sie sich selbst so sicher, daß dieses hier ein Leben lang halten wird, da können die Leute denken, was sie wollen.

Und Mathilde sitzt in ihrer Kammer, mit brennenden Augen sieht sie die beiden jungen Menschen über die Au nach Hause gehen. Niemand wird je erfahren, was sie davon hält, nicht einmal die Katzen, denn sie murmelt nicht wie sonst. Sitzt nur still in ihrem Schaukelstuhl hinter der Begonie auf der Fensterbank und schaut, während sie die Katze auf ihrem Schoß streichelt.

Eines Nachts gleitet sie ohne Laut auf den Fußboden, so daß die Katze verwirrt an ihrem leblosen Gesicht schnuppert und dann gekränkt aufs Bett springt, wo sie sich zusammenrollt und schläft. Als Ragnhild sie am nächsten Morgen findet, ist Mathilde bei Bewußtsein, aber die eine Seite ist gelähmt, und sie kann nicht sprechen. Mathilde bleibt im Bett, und Solfrid kommt ins Haus, um bei ihrer Pflege zu helfen.

51

Die Tür zu Mathildes Zimmer ist eine von den altmodischen, mit zwei großen quadratischen Kassetten, und sie hat keine gewöhnliche Türklinke wie die anderen Türen im Haus, sondern einen schmiedeeisernen Knauf.

Die großen, derben Türangeln sind immer gut geschmiert, damit sich die Tür auch spät nachts lautlos öffnen läßt. Wozu eigentlich? Es gibt keinen nächtlichen Besucher der Kammer – gab es niemals –, und Mathilde hat ihre nächtlichen Wanderungen längst aufgegeben.

Im Winkel an der Wand steht ihr Bett, so wie es all die Jahre gestanden hat, um einen dunklen Fleck auf den Dielen zu verstecken. Es ist immer schön gemacht, das selbstgewebte, blau-weiß-gestreifte Laken ist glattgestrichen und die Bettdecke mit dem Häkeleinsatz ordentlich darübergebreitet. Sowohl auf den Bezug des Kopfkissens als auch auf der Bettdecke sind die Buchstaben L und Å für Larsen Ås zierlich ineinander verschlungen, in Plattstich direkt unter dem schönen Häkeleinsatz aufgestickt. Das gehörte zu den wenigen handfesten Dingen, die Maren Pütt von dem knappen Jahr, das sie als Hausfrau hier auf Ås gelebt hat, hinterließ, neunzehn Jahre alt, mit der zappelnden Mathilde in ihrem Bauch. Laken und Bettbezug und einen dunklen Flecken auf den Dielenbrettern, und natürlich Mathilde. Die hübsche kleine Maren, an die sich wahrscheinlich niemand mehr erinnert.

Die Kammer ist nicht groß, und im Winter ist sie eiskalt, denn im Gegensatz zu den übrigen Räumen des Hauses hat sie nur Holzwände, ohne Isolierung oder Holzverkleidung innen. Kein Wunder, daß Mathilde immer gern eine oder mehrere Katzen im Bett hatte. Eine träge, ausgewachsene Katze am Fußende verbreitet eine angenehme Wärme, wenn die Winterkälte in Wänden und Fußbodendielen knackt.

Am Fußende des Bettes steht Mathildes prachtvolle Truhe, die sie von der Großmutter Johanne Kristine geerbt hat, einer strengen und zugeknöpften Gestalt, an die sich Mathilde nur vage erinnert. Sie starb am Schlaganfall, als ihre Enkeltochter klein war. Kein Verlust im übrigen, denn genau wie ihr Sohn Anders verschenkte sie ebensowenig Liebe wie irdische Güter. Früher redeten die Leute darüber, wie geizig Kristine Ås gewesen war. Seither sind viele, viele Jahre vergangen. Die alte trockene Kristine ist jetzt weg, und sie konnte nichts mitnehmen, auch sie nicht. Ihre alte Suppenterrine mit dem Goldrand steht auf der Konsole und wird in regelmäßigen Abständen heruntergeholt und mit duftendem Hühnerfrikassee gefüllt, erheblich großzügiger allerdings als zu ihrer Zeit.

Die Truhe hat ein schmiedeeisernes Schlüsselloch, nur wo hast du den Schlüssel versteckt, Mathilde? Hast du etwas in deiner Truhe, das niemand sehen darf? Im Schubladeneinsatz auf der rechten Seite liegt ein altes Papier, aber es wird sich dabei doch wohl kaum um ein kompromittierendes Schriftstück handeln? Wie ein Liebesbrief sieht es jedenfalls nicht aus.

Das alte Bild, das zusammen mit dem vergilbten Dokument in all diesen Jahren dort gelegen hat, ist tatsächlich weg, Mathilde. Was hast du mit dem, was du so gut versteckt hast, getan? Das, was kein lebendes Wesen je sehen durfte? Hast du es in deine Nachttischschublade gelegt, jetzt wo du so krank bist, daß du das Bett hüten mußt? Hast du dich wegen der alten Photographie mühsam aus dem Bett erhoben, an dem Abend, als du bäuchlings auf dem Fußboden lagst, wo Ragnhild dich fand, als sie vor dem Schlafengehen nach dir sehen kam? War es das Bild, das du an deiner Brust verstecktest, unter dem hellroten Flanellnachthemd?

Ach Mathilde, dein Leben lang hast du um einen getrauert, den du nicht bekamst, und jetzt zerrinnt dir dein Leben zwischen den Händen, während du sein Bild krampfhaft festhältst und in die Ferne, in eine andere Wirklichkeit starrst. Seinen Namen, den du so oft geflüstert hast, brauchst du nicht mehr zu nennen.

Nur Solfrid hört dich, wie du seinen Namen noch einmal halblaut murmelst, die junge, sorglose Solfrid, die Nils-Jans Kind unter dem Herzen trägt, und eine grenzenlose Trauer vor sich hat. Sie erhebt sich, legt ihre Hardangerstickerei beiseite und löst deine Finger von der Photographie, auf die sie bloß einen halb neugierigen, halb abwesenden Blick wirft, ehe sie das Photo in die Kommodenschublade legt.

Sie starrt dich verwundert an – dies ist ihre allererste Begegnung mit dem Tod – sagt deinen Namen und streicht dir vorsichtig prüfend über das Gesicht, ehe sie läuft, um Ragnhild zu holen.

Ja, Mathilde, nun kannst du ruhig werden. Wir glauben, daß du Frieden finden wirst.

52

Mathildes Tod kam ungelegen, wie der Tod meistens ungelegen kommt. Es war mitten in der Kartoffelernte, und unten auf dem Acker westlich der Häuser mischten sich die munteren Rufe und das freundschaftliche Necken der Jugend mit dem klingenden Geräusch, wenn die Kartoffeln im Eimer landeten. Hin und wieder durchschnitt eine helle Mädchenstimme lachend die klare Herbstluft, wenn nach einem gut gezielten Wurf eine Kartoffel den Hosenboden traf.

»Mensch, laß das, Olefejus! Bist du nicht ganz dicht?«

Nur äußerst selten ging die gekränkte Partei zu Handgreiflichkeiten über, denn die Zeit war knapp genug, um auf dem zugeteilten Stück Land alle Kartoffeln zu ernten, ehe der Kartoffelroder unbarmherzig eine neue Reihe umpflügte. Mußte er für einen Nachzügler anhalten und warten, dann war das die größte Schmach.

Glücklicherweise benutzte Lars Pferde, so war der Roder weniger schnell, und die Kartoffeln sprangen nicht so weit weg. Es war daher leichter, alles gründlich abzuernten, und wer mit seinen Händen flink genug war, dem blieb sogar Zeit, sich für einen klitzekleinen Moment auf den Eimer zu setzen, ehe es mit immer heftiger schmerzendem Rücken weiterging.

Es nützte wenig, sich über Rückenschmerzen zu beklagen, denn die Erwachsenen hatten ihre Stücke Land strategisch zwischen die jungen Leute plaziert, um die Truppe in Zucht zu halten.

»Ha, Rückenschmerzen? Du hast doch noch gar keinen Rücken, über den du klagen könntest!«

Nein, da war es mit den Älteren schlimmer, die in der kurzen Pause stöhnend neben ihrem Eimer zusammensanken, und die gern einen von den Kleinen und Leichtfüßigen in der Reihe neben sich hatten, der die verirrten Kartoffeln auflas. Das kräftige Hinterteil in die Luft gestreckt, einen Ellbogen auf dem Knie als Stütze für den zänkischen Rücken, sammelten sie mit einer Hand und kamen natürlich im Verhältnis zu den schnellsten der jungen Leute nicht hinterher.

Diese Jugendlichen hatten Kartoffeln geerntet, seit sie laufen konnten, und machten in allen Kartoffelferien und auf allen Höfen mit. Die besonders flinken Kartoffelernter waren begehrt, sie wurden von einem zum nächsten Jahr gern wieder angestellt, solange sie im richtigen Alter waren. Eine Woche schulfrei, eine Arbeitszeit, die vor Sonnenaufgang begann und nach Sonnenuntergang endete, für den Lohn konnte sich ein Zwölf-, Dreizehnjähriger nicht nur ein Fahrrad, sondern auch eine Uhr verdienen, jedenfalls wenn er das Geld vom

Rübenverziehen im Frühjahr dazulegte. Eine Krone per Reihe bedeutete klingende Münze, auch wenn die Reihen auf Ås enorm lang waren. Wenn man Glück hatte, so war das meiste Unkraut Gänsefuß, nicht widerspenstige Quecken.

Wie erledigt man doch sein konnte, ob vom Jäten oder vom Kartoffelausmachen! Und wie man sich nach dem Ton der Essensglocke sehnte, wenn die Sonne am Himmel so weit gestiegen war, daß man meinte, nun müßte es Mittag sein. Hatte man Glück, bekam man zwischendurch eine extra Verschnaufpause, weil mit dem Kartoffelroder etwas nicht in Ordnung war, aber in der Regel dauerte das nicht lange. Das Pferd hatte kaum Zeit, ein- oder zweimal die Stellung zu wechseln, wobei es wiehernd den braunen Kopf schüttelte, daß die Ponyfransen und die Mähne flogen, da hatte Lars den Fehler schon behoben. Meistens hatten sich Erde oder Kartoffelkraut festgesetzt, oder eine Begegnung mit einem harten Stein hatte die Mechanik aus dem Gleichgewicht gebracht. In jedem Fall war es schnell wieder in Ordnung.

Zu schnell, fanden jedenfalls die jungen Leute, die auf den Eimern saßen und sich gegenseitig aufzogen. Ja, ganz heimlich seufzten sie wohl ein bißchen, auch die Erwachsenen, wenn Lars, die beiden Zügel in einer Hand, den Handgriff des Kartoffelausroders fest packte und mit der Zunge schnalzte, so daß das Pferd sich in Bewegung setzte. Und Bless legte sich ins Zeug und ließ die Kartoffeln besonders weit fliegen, gleichsam als Dank für die kleine Ruhepause.

Solfrid hilft in diesem Jahr nicht bei der Kartoffelernte, das erste Mal, soweit sie sich erinnert. Sie macht Mathilde fertig und merkt, daß sie eigentlich gern mit krankenMenschen arbeitet. Und irgendwie leise verwundert entdeckt sie, daß der Tod sie nicht erschreckt, auch wenn er sie tief beeindruckt. Denn er kommt so still und unmerklich. Eben noch liegt Mathilde dort in einem unruhigen Halbschlaf und im nächsten

Moment ist sie für immer fort. Eine unendliche Ruhe legt sich über ihr altes Gesicht, alle Spuren von Gefühl sind aus den Gesichtszügen verschwunden. Sie geben auch keinen Hinweis auf eine andere Wirklichkeit, weder im Guten noch im Bösen. Nichts steht mehr in ihnen zu lesen, keine Trauer, keine Freude, keine Bitterkeit, nur eine endlose, unfaßbare Ruhe, die Sol tief beeindruckt.

Sie hilft Ragnhild, die Tote zurechtzumachen, sie flechten ihr die Haare, die noch immer dicht und lang sind, in zwei ordentliche Zöpfe, und waschen sie von Kopf bis Fuß. Dann begleiten die nächsten Familienangehörigen sie zur Kapelle, und der Tag der Beisetzung wird auf den Montag nach den Kartoffelferien festgesetzt. Die ganze Gemeinde ist bei der Beerdigung dabei. In der Woche drauf reisen Lars und Nils-Jan zum Walfang.

53

Solfrid findet es in diesem Herbst so schwer, Nils-Jan ziehen zu lassen. Mathildes Tod hat sie vielleicht doch tiefer aufgewühlt, als ihr klar ist. Es ist ein so merkwürdiges Gefühl, daß ein Mensch, der immer dagewesen ist, plötzlich einfach weg sein soll.

Nun ist von Mathilde nur ein Grab auf dem stillen Friedhof geblieben, auf dessen schwarzem Erdhügel die verwelkenden Kränze noch nicht weggeräumt sind. Sol und Nils-Jan gehen an seinem letzten Tag daheim dorthin und stellen einen Blumenstrauß aus Rainfarn und Kamille in einem Glas Wasser ans Grab. Das sind die einzigen Blumen, die sie so spät im Jahr noch finden konnten.

»Fahr nicht!« sagt Solfrid und fängt plötzlich an zu weinen, etwas, das sie nur selten tut. Eigentlich ist er der empfindsamere von beiden, aber heute lächelt er nachsichtig und findet, sie sei töricht.

»Ich komme doch wieder!« lacht er und hebt sie hoch und preßt dabei sein Gesicht in ihr Haar. Er redet vom Haus und den Zukunftsplänen und bringt sie ein wenig zum Lachen.

»Ich bin zur Zeit so durcheinander«, schluchzt sie. »Ich weiß nicht, was mit mir ist, ich bin nicht mehr ich selbst.«

»Wag es nur, eine andere zu sein!« ruft er und hat diesen verschmitzten, spottlustigen Ausdruck in den Augen, den sie so gern an ihm mag. »Ein Winter geht so schnell vorbei«, fügt er tröstend hinzu.

Sie stehen einen Augenblick eng beieinander an Mathildes Grab, und wieder einmal sagt der eine, was alle beide denken. Dieses Mal ist es Nils-Jan. Er fährt sich rasch mit der Hand über die Augen und sagt, den Blick fest auf die verwelkten Blumenkränze gerichtet:

»Ich habe Mathilde sicher viel lieber gehabt, als ich selber wußte.«

Dann gehen sie Hand in Hand durch den frühen Herbstabend nach Hause.

54

Jetzt wohne ich in Mathildes Kammer. Oder *wir*, sollte ich wohl lieber sagen, denn du liegst hier neben mir und schläfst, und ich habe mich noch nicht daran gewöhnt, dich als ein eigenständiges Wesen zu betrachten, von meinem eigenen Körper getrennt. Du bist mir zu nahe, zu winzigklein und beklagenswert abhängig von mir, als daß du eine eigene Person sein könntest. Wenn jemand anders dich hochnimmt, jedenfalls wenn du hungrig bist, suchst du blind mit Mund und Nase an ihnen, als ob du versuchtest zu riechen und zu schmecken, wo du hingehörst. Dauert es eine Weile, bis ich dich bekomme, entwickelst du ganz schnell eine wild gestikulierende Wut, die sich auch nicht von liebevollen Zärtlichkeiten besänftigen läßt. Du ruderst mit den Armen und schreist, als wärest du der schlimmsten Folter ausgesetzt, aber in dem Moment, wo du den Geruch meiner vor Milch fast berstenden Brüste wahrnimmst, fällst du in einen tranceähnlichen Zustand. Dein kleiner Mund sucht verzweifelt, bis er die große, dunkelbraune Brustwarze zu fassen bekommt. Und dann vergessen wir beide die Welt. Wir kümmern uns nicht um deine Großeltern, die dastehen und uns zuschauen, als ob ein kleines Kind, das trinkt, ein vollkommen neues und unbekanntes Phänomen sei, ein neu entdecktes Wunder.

Mein Vater ist total närrisch nach dir. Er würde dich stundenlang tragen, wenn ich es ihm erlaubte. Mit Kindern hat er eine glückliche Hand. Er nimmt deinen zarten Körper so vorsichtig in seine großen Hände. Wenn ich das sehe, denke ich, daß ein kleines Kind in groben Männerhänden der schönste Anblick auf der Welt ist, und dann weine ich, weil ich an die Hände deines Vaters denken muß, den du niemals kennenlernen wirst. Das macht meinen Vater so hilflos, ich sehe es in seinem Gesicht. Mein lieber Vater hat noch nie gut mit meinen Tränen umgehen können.

Ich weine aber schon weniger als früher. In den letzten Wochen habe ich mich hin und wieder fast freuen können. Und heute morgen wurde ich zum ersten Mal in all den Monaten ohne dieses entsetzliche Gefühl der erlebten Katastrophe wach. Es ließ mich lange abends verzweifelt gegen den Schlaf ankämpfen, weil es so grausam ist, am Morgen damit wieder aufzuwachen. Mutter sagt, ich muß essen und schlafen, sonst bleibt die Milch weg.

Wenn du mich nachts weckst und nach Milch verlangst, ist es irgendwie anders. Da gibt es nur uns zwei, und du bist mehr denn je ein Teil von mir. Ich kann den Rest der Welt ausschließen und schaffe es, uns in ein Netz von Gedankenleere einzuspinnen, in dem nur du und ich existieren. Du bist ein Teil von mir, daneben wirst du gleichzeitig ein eigener neuer kleiner Mensch. Tagsüber sind so viele andere um uns – zum Glück.

Ragnhild kommt an jedem Morgen mit Kaffee zu mir. Sie versucht, mich zu verwöhnen, oder vielleicht versucht sie, ihre eigene Trauer zu unterdrücken, indem sie mich in ihre Obhut nimmt. Meistens habe ich dann schon mehrere Stunden wachgelegen. Ich habe sie und Lars in den Kuhstall gehen gehört, habe gehört, wie Lars mit den Milchkannen klappert, wenn er sie auf den kleinen Milchwagen stellt und sie den Weg hinunter zur Milchrampe fährt.

Alle die vertrauten Geräusche zu hören ist gut und schlecht zugleich. Zuweilen kann ich mir beinahe einbilden, wieder ein Kind zu sein, und daß die kleinen Atemzüge neben mir nicht von dir, sondern von deinem Vater kommen. Wir haben so oft zusammen übernachtet, als wir Kinder waren. Manchmal fühle ich mich, als hätte ich zugleich meinen einzigen Bruder verloren und meinen Liebsten. Ich habe meinen Liebsten verloren! Wird dieser Satz irgendwann einmal nicht mehr so unendlich weh tun?

Wenn Ragnhild mit dem Frühstückstablett hereinkommt, stellt sie es immer auf dem alten Waschtisch ab, der als Nachttisch benutzt wird, und dann steht sie lange über den Korb gebeugt, in dem du schläfst, während ich versuche, so zu klingen, als sei ich gerade aufgewacht, um ihr eine Freude zu machen. Dann zieht sie sich den blau gestrichenen Stuhl ans Bett und schenkt uns Kaffee ein. Und dann sprechen wir von Nils-Jan.

Ich weiß nicht, ob ich es ohne diese halbe Stunde morgens mit Ragnhild geschafft hätte zu überleben. Wir reden und lachen und weinen. Wir erinnern uns an all die Sachen, die er und ich als Kinder getan haben, und wir sprechen über all seine Pläne und Träume. Und von seiner frühesten Vergangenheit, über die wir alle so wenig wissen.

Es ist merkwürdig, wie sogar die tiefste Trauer ein wenig gelindert werden kann, wenn sie mit anderen geteilt wird.

55

Gestern kam Evine mit Grütze hierher. Nein, natürlich nicht wirklich mit Grütze wie in alten Zeiten, wenn jemand ein Kind bekommen hatte, aber eben mit einem Geschenk. Sie brachte einen niedlichen kleinen Wollpullover, dazu Hosen, Socken, Fäustlinge und Mützchen, alles aus Garn, das sie selber mit Pflanzenfarben gefärbt hatte. Erst wollte sie nicht hereinkommen, stand nur in der Türöffnung, so wie sie es zu tun pflegt, wenn sie sich, selten genug, einmal zeigt. Als Ragnhild sie schließlich lange genug genötigt und ihr versichert hatte, daß nur sie und ich zu Hause seien, kam sie schließlich herein und setzte sich auf die äußerste Stuhlkante.

Ich glaube, es gibt auf der Welt keinen zweiten Menschen, so scheu und vorsichtig wie Evine. Solange ich lebe, und natürlich viel, viel länger, ist sie durch die Wälder und die Heide gestreift, ohne mit einer lebenden Seele zu reden. Ja, hin und wieder sprach sie vorsichtig ein bißchen mit mir und deinem Vater, aber meistens biegt sie vom Weg ab, wenn ihr jemand begegnet, und wartet, bis er vorbei ist. Mutter sagt, so sei sie schon immer gewesen.

Wie sie sich freute, als ich sie fragte, ob sie dich halten

möchte! Ihr Gesicht leuchtete richtig auf, so daß ich sehen konnte, was der alte Jakob immer gesagt hatte – Evine sei in ihrer Jugend so hübsch gewesen. Sie hielt dich ganz vorsichtig auf dem Schoß und wiegte dich sanft hin und her. Und du, der du gerade etwas zu essen bekommen hattest und satt und vergnügt warst, lagst einfach da und starrtest ihr ins Gesicht und bewegtest dabei deine winzigen Fingerchen, wie du das immer tust. Und stell dir vor, dann hast du gelächelt!

Seit Tagen schon versuchten Ragnhild und ich alles mögliche, um dich zum Lächeln zu bringen. Du hast uns die witzigsten Grimassen beschert, aber wie wir uns auch bemühten, ein richtiges Lächeln hast du uns nicht geschenkt. Nicht einmal meinem Vater, der bei dir so hoch im Kurs steht, ist es gelungen, dir ein Lächeln zu entlocken.

Evine also sollte dein erstes Lächeln bekommen. Ja, sie hat es durchaus verdient. Wir beide, dein Vater und ich, glaubten lange, daß sie uns einmal das Leben gerettet hat. Und vielleicht ist das auch so. Das war damals, als wir uns im Wald verliefen, in dem Herbst, als wir acht und neun Jahre alt waren, das allererste Mal, daß ich ihn von seiner Mutter reden hörte.

Gestern fragte ich Evine, während sie dich auf dem Schoß hielt und ich neben ihrem Stuhl kniete und dich meinen Zeigefinger greifen ließ (wie fest du zufassen kannst!), ich fragte sie, ob sie sich an unsere Tour nach Hause im Mondschein in jenem Herbst erinnerte. Sie nickte und flüsterte mit gesenktem Kopf, ja, sie erinnere sich.

Manchmal ist es unmöglich zu hören, was sie sagt, so schüchtern ist sie. Sie hatte sich mit weißer Bluse und Faltenrock schön gemacht, so daß ich glaube, sie hatte gehofft, hereingebeten zu werden, selbst wenn Ragnhild und ich beinahe Gewalt anwenden mußten, um sie ins Haus zu bekommen.

Sie war schon neugierig, dich zu sehen. Seitdem wir uns verlaufen hatten, war sie uns beiden, deinem Vater und mir, sehr zugetan. Oft, wenn wir hinter Jakobs Scheune spielten, konnten wir sehen, wie sie halb hinter einem Fichtenstamm versteckt stand und uns zuschaute.

Und natürlich waren wir neugierig auf sie. Mitunter folgten wir ihr mit Abstand, um zu sehen, womit sie beschäftigt war. Meistens pflückte sie Blumen oder Beeren. Als wir anfingen mit ihr zu reden, fiel mir auf, wieviel sie über Blumen wußte. Und sie wußte auch, wozu man sie verwenden konnte, welche medizinische Pflanzen waren und welche geeignet für die Pflanzenfärbung.

Während des Krieges hat Evine für den ganzen Ort Wollgarn gefärbt. Sie hielt auf ihrem kleinen Hof auf der Heide Schafe und spann und färbte Garn, das sie verkaufte oder gegen Essen eintauschte. Sie pflückte auch Pilze, die Mathilde im Ort weiterverkaufte.

Bis nach dem Krieg hat niemand gewußt, daß Evine die Nachrichten für die ältesten Zwillingsbrüder von Ragnhild, die sich im Wald versteckt hielten, überbrachte. Mathilde hatte in dem großen ausgestopften Hund, der immer in der Kammer auf dem Sekretär stand, ein Radio versteckt. Der Hund steht noch da, aber das Radio ist natürlich weg. Nach Ende des Krieges wurde es herausgenommen.

Mathilde und Evine leisteten zusammen gefährliche Untergrundarbeit. Nicht einmal Ragnhild hatte davon gewußt. Mathilde wollte nicht, daß Ragnhild, wenn es auffliegen würde, dadurch in eine schwierige Situation geriete. So war es wohl während des Krieges: je weniger etwas wußten, um so besser.

Es war ja schon übel genug, als die Deutschen den Radiosender der Brüder in der alten Räuberhöhle oben auf Børjærås entdeckten. Wenn du größer geworden bist, nehme ich dich mit zur Höhle. Dort ist es ganz interessant, dein Vater und ich sind oft oben gewesen. Und dann werde ich dir die alte Geschichte von der Räuberbande erzählen, aber nur, wenn du versprichst, dich nachts nicht dadurch zu ängstigen, so wie er, der Ärmste. Du wirst auch von dem Sender zu hören bekommen, der beinahe einige der jungen Männer des Ortes den Deutschen in die Hände schickte. Das wäre auch schiefgelaufen, wenn nicht Mathilde davon Wind bekommen hätte, daß etwas im Schwange war, und Evine mit einer Warnung hingeschickt hätte.

Mathilde und Evine waren es auch, die gemeinsam den Wunsch der Zwillinge erfüllten, ihre Mutter zu sehen, ehe sie sich nach Schweden absetzten. Ragnhild erzählte mir diese Geschichte gestern abend, als wir mit Evine Kaffee tranken.

Diese ewig keifende Mutter mit ihren andauernden Drohungen, den einen zu packen und den anderen damit zu verhauen – die wilden Zwillinge wollten ihr Leben aufs Spiel setzen, um sie noch einmal zu sehen. Wirst du deine Mutter einmal so liebhaben, mein kleiner Jakob?

56

Winter 1943. Die beiden stehen dort oben auf dem dunklen Gang zum Boden, zwei sich unheimlich ähnlich sehende junge Männer. Sie haben das gleiche braune, gewellte Haar, etwas heller und lockiger als Ragnhilds, die gleichen schmalen, ein wenig schiefen Schultern, und genau den gleichen angespannt lauernden Ausdruck in den graublauen Augen, als sie sich vorbeugen und vorsichtig auf den Flur hinunterblicken.

Sie können ein bißchen von der Haustür sehen und ein kleines Stück des Fußbodens unter der Deckenlampe, ohne von unten gesehen zu werden. Mathilde hat das selbst ausprobiert, ehe sie die beiden kurz und bündig nach oben scheuchte. So ist das mit Mathilde, wenn sie gerührt ist, wird sie noch barscher als sonst, und heute ist sie besonders schlimm.

»Das macht doch wirklich keinen Sinn! Sich und andere auf diese Weise in Lebensgefahr zu bringen.« Sie murmelt und faucht vor sich hin, aber niemand anders als sie hat die ganze Nacht wachgelegen, um dieses Treffen zwischen Mutter und Söhnen zustande zu bringen. Sie hat Ragnhild weggeschickt, um die Mutter zu holen, und hat eines ihrer kostbaren Eier für Waffeln spendiert, mitten in der Woche!

Als sie mit roten Wangen aus der Novemberdunkelheit hereinkommen und im Gang stehenbleiben, läßt sich Mathilde unter dem sparsamen Lampenlicht so viel Zeit, daß Ragnhild ganz ärgerlich wird. Wird sie die Leute nicht hineinbitten? Aus der Küche duftet es nach Waffeln, aber Mathilde steht da und redet über dies und das, zeigt den neuen Mantel, den sie für Ragnhild aus einer »Wolldecke« genäht hat – es sieht ihr gar nicht ähnlich, so anzugeben und sich in dem kalten Flur so unendlich viel Zeit zu lassen, weit mehr als üblich!

Sie haben die Gelegenheit, einen ausführlichen Blick auf ihre Mutter zu werfen, die zwei, die dort oben ganz still stehen, und von den unterdrückten Tränen einen immer größer werdenden Kloß im Hals haben. Wie alt sie geworden ist, in diesen wenigen Monaten! Ihre freundliche, liebe, schimpfende Mutter. Sie wünschten, sie käme die Treppe zu ihnen heraufgerauscht, würde sie beide im Nacken packen und ihre Nasen aneinander reiben, so wie früher, als sie klein waren, und sie anschreien, jetzt könnten sie merken, daß sie aus einer Familie kämen!

Sie jedoch gleitet ahnungslos aus ihrem Blickfeld, in die Küche zu Kaffee- und Waffelduft, etwas überrascht darüber, wie spendabel Mathilde auf einmal ist, aber eigentlich mehr mit dem eigenen Kummer über die weit verstreute Kinderschar beschäftigt. Und nicht ehe der Krieg aus ist, wird sie erfahren, wie nahe sie den beiden Söhnen war, die, während sie andächtig eine dünne Schicht von Mathildes duftendem goldenen Honig auf ein Waffelherz schmierte, still die Treppe hinunterschleichen und sich auf den kalten Weg nach Schweden machen.

57

Es ist Nacht geworden, meiner kleiner Jakob. Schon vor langem hat sich Evine auf leisen Sohlen aufgemacht, und jetzt streift sie vielleicht auf der Heide hinter dem Jakobshügel umher, so wie sie das zu tun pflegt. Erst durfte sie noch sehen, wo du nachts untergebracht bist, und durfte dich halten, bis du dein Bäuerchen machtest, und dann bist du auf ihrem Arm eingeschlafen. Es sieht so aus, als hättest du das Lächeln, das du gerade gelernt hast, mit in den Schlaf genommen, denn noch liegt eine Ahnung davon über deinen winzigen Gesichtszügen. Dein Lächeln, das dein Vater niemals sehen wird. Jetzt weine ich wieder.

Stundenlang kann ich nachts so dasitzen und über die Jakobsau starren, während die Tränen auf mein Flanellnachthemd tropfen. Das Nachthemd, das wieder hier im Schrank lag, wie bei Mathilde. Sie nähte sie immer selbst, und zwar aus hellrotem Baumwollflanell, den sie beim Kaufmann Berg kaufte. Bestimmt waren sie die Jahre hindurch gleich, bis zum Boden und langärmelig mit einem schmalen weißen Spitzenbesatz als Schmuck am Halsausschnitt.

Ich habe eine Erinnerung, daß ich mitten in der Nacht aufwache und Mathilde im Nachthemd sehe, den prachtvollen Zopf aufgelöst über eine Schulter hängend, beugt sie sich über das Bett, in dem ich zusammen mit deinem Vater schlafe. Ihre Hand berührt meine Wange, dann streift sie über Nils-Jans Stirn, der an meiner Seite fest schläft. Und an ihre Stimme, flüsternd und so anders als sonst, als ob ihr die Dunkelheit der Nacht eine träumerische, warme Vertraulichkeit verleihen würde: »Schlaf, mein Kleines, ich will euch nur zudecken, es ist nachts so kalt und ungemütlich.« Am Morgen dann glaubte ich sicher, ich hätte das geträumt, denn warum sollte Mathilde in der Nacht herumgeistern.

Es ist so unglaublich, wenn ich mir vorstelle, daß sie hier gesessen hat, so wie jetzt ich, und ebenso traurig hinaus in die dunkle Nacht gestarrt hat. Ja, denn ich glaube, Mathilde hat Zeit ihres Lebens um die Jugendliebe getrauert, von der wir nichts wußten, jedenfalls nicht wir Jungen. Vielleicht hat sie um ihn genauso heftig getrauert, wie ich um Nils-Jan. Er war für sie ebenso weit fort wie dein Vater für mich, auch wenn er nicht gestorben ist. Und ebenso sicher ist, daß meiner Trauer der ganze Ort mit Anteilnahme folgt, während Mathildes Trauer vermutlich für die Leute immer etwas Absurdes hatte. So gnadenlos sind wir Menschen, so wenig begreifen wir.

Wir haben nicht viel an Mathilde gedacht, Nils-Jan und ich, wenn wir im letzten Sommer eng umschlungen über die taunasse Au gingen, auch wenn wir hin und wieder überlegten, ob sie uns wohl von ihrem Kammerfenster aus sehen könnte. In unserem letzten Sommer, da waren die Nächte so hell und so warm, und bestimmt ist die Wiese nie schöner gewesen. In den letzten Jahren nach dem Tod des alten Jakob konnte sie in Ruhe stehen und in der ganzen Vielfalt der Blumen erblühen. Klee nickt mit dicken rosa Köpfchen, dicht an dicht mit weißem Leimkraut, gelben Butterblumen, Margeriten, Lichtnelken und, später im Sommer, einer Unmenge blauer Glockenblumen. Und die Gräser! Diese samtweichen, roten Gräser, ich kann sie jederzeit an meinen Beinen spüren. Und zwischen all dem ein hellblauer Schimmer von den kleinen Vergißmeinnichtblüten.

In diesem Jahr kann ich mich nicht über Jakobsau freuen, aber im letzten und im vorletzten, da waren die Wiese und der Sommer, unser Dorf und die ganze Welt schöner denn je. Beinahe jede Nacht trafen wir uns in der Scheune, und wir, die wir uns fast wie Bruder und Schwester unser Leben lang kannten, wir waren plötzlich füreinander vollkommen neu. Wir mußten uns ganz neu kennenlernen. Alles, was wir voneinander wußen, schien nicht mehr zu gelten. Er war nicht der kleine Junge, der Spielkamerad, mein Nils-Jan, wie ich ihn immer gekannt hatte; oder doch: das war er auch, aber er war noch viel mehr.

Wir öffneten Türen, von denen wir beide nur geahnt hatten, daß es sie gab, und gingen zusammen, Schritt für Schritt, in eine Landschaft, von der wir uns so sicher waren, daß sie für den Rest des Lebens Bestand haben würde. Ach Nils-Jan, lieber, lieber Nils-Jan, wie konntest du mich alleine lassen!

Ab und zu spüre ich die Einsamkeit als so riesig und die Leere, die er hinterlassen hat, als so unendlich, daß der Gedanke, weiterleben zu müssen, ein ganzes langes Leben, unerträglich wird. In solchen Phasen schimpft Mutter sanft, aber bestimmt mit mir, denn in diesen entsetzlichen Monaten ist es merkwürdigerweise sie, die ihre Seelenruhe bewahrt hat.

Von dem Tag im Winter an, als die Botschaft von seinem Tod kam und Ragnhilds und meine Welt in Stücke riß, hat Mutter wie ein Fels dagestanden und in das Gefühlschaos, das uns lähmte, Ruhe, Geborgenheit und Alltäglichkeit gebracht. Jeden Tag hat sie uns ein kleines Stück mehr übergeben und gesagt: Schau hier, halt dich daran fest. Melk diese Kuh. Iß dein Essen, Ragnhild. Hier bringe ich Kaffee und Waffeln.

Meine Mutter, von der ich mein Leben lang glaubte, sie eigne sich für wenig mehr als Tränen und Gram. Jetzt hält sie ihre Tränen zurück und trocknet unsere mit liebevoller Hand.

Vater ist kaum eine Hilfe gewesen, der Ärmste. Er taugt so wenig zum Trauern. Seinem Mundharmonikaspiel zuzuhören hat aber gutgetan – die Melodien waren wehmütiger denn je.

Heute nacht haben wir Vollmond, und es ist sternenklar. Sonderbar, hier in Mathildes Nachthemd zu sitzen und zu Jakobs Scheune hinüberzuschauen, wie sie es so viele Nächte lang getan haben wird. Viel öfter, als wir wußten.

Hin und wieder, wenn Nils-Jan und ich über die Au nach Hause gingen, konnten wir sehen, wie sich die Gardine in ihrer Kammer bewegte, und dann vollführte Nils-Jan übermütige Sprünge, um sie zu foppen, während ich versuchte, ihn zurückzuhalten. Er konnte sich mächtig über Mathilde ärgern, über ihre »spitze Nase«, so nannte er das. Ich weiß aber, daß er sie sehr gern hatte. Und sie, die Ärmste, muß ihn schrecklich geliebt haben.

So vieles zeigt sich jetzt, wo ich Bescheid weiß, auf andere Weise. Mathilde konnte uns im Spiel unterbrechen, Nils-Jans Gesicht mit der einen Hand von unten packen und zu sich drehen und ihn so lange und nachdenklich anstarren, daß er ganz verlegen wurde und versuchte, sein Gesicht wieder wegzudrehen. Dann ließ sie ihn los und strich ihm rasch über die Stirn, ehe sie mich in die Wange kniff oder an den Zöpfen zog und sich wieder ihren Angelegenheiten zuwandte.

Jetzt, im nachhinein, habe ich begiffen, daß es damals anfing, an Lars' vierzigstem Geburtstag, als Nils-Jan von der

Schaukel getroffen wurde. Er behielt davon eine Narbe über dem Auge. Eine kleine Vertiefung, über die ich tausendmal mit dem Finger gestrichen haben mag und die ich noch in den Fingerspitzen fühlen kann.

58

Heute bist du zum ersten Mal draußen in der Sonne gewesen. Ich hatte mich darauf gefreut, dich mit hinausnehmen zu können, aber Ragnhild und Mutter waren dagegen, ich solle noch warten. In den letzten Tagen war die Luft kühl gewesen, obwohl wir schon weit im Juni sind.

Heute morgen kam Inger mit ihren zwei kleinen Mädchen zu Besuch, und sie fand, es sei an der Zeit, daß du hinauskommst in die Sonne. Inger ist halt Inger. Sie schimpfte ordentlich, weil ich dir so viel angezogen habe. Wahrscheinlich bin ich viel zu ängstlich mit dir, Klein Jakob. Weder Ragnhild noch ich sind mit kleinen Kindern vertraut, Mutter auch nicht, sie hatte ja nur mich.

Inger ist in Rønnigen mit allen ihren kleinen Geschwistern aufgewachsen und hat jetzt selbst zwei Kinder. Sie hielt uns auf ihre direkte Art eine gründliche Standpauke. Wir machten es uns am Tisch gemütlich mit Kaffee und Saft für ihre Mädchen – am Tisch unter dem prachtvollen, alten Flieder, den es schon gab, ehe Mathilde geboren wurde. Er steht zur Zeit in voller Blüte, und in diesem Jahr ist er schöner, als ich ihn je gesehen habe.

Nils-Jan und ich spielten oft Fangen rund um den Flieder, wir rannten immer rundherum, so nahe an den untersten, schweren Blütendolden, daß sie uns um die Wangen schlugen und uns mit ihrem schweren süßlichen Duft nach Frühsommer betäubten. Anschließend saßen wir erschöpft nebeneinander an dem großen steinernen Tisch und tranken Mathildes herrlichen Apfelsaft. Die Tischplatte ist ein alter Mühlstein, und im Sommer pflanzte Mathilde immer Stiefmütterchen in die kleine Aushöhlung in der Mitte. In diesem Jahr hat daran noch keiner gedacht, aber es ist ja noch nicht zu spät.

Jetzt sprangen die beiden kleinen Mädchen unter den Blütendolden im Kreis, und jedesmal, wenn eine von beiden eine so rasche Kehrtwendung machte, daß die andere ihr geradewegs in die Arme lief und sie beide taumelten und ins Gras fielen, quietschten sie vor Vergnügen. Es ist wunderbar zu erleben, wie Kinder immer wieder zu den gleichen Spielen finden, die wir selbst einst spielten. Und wunderbar, sich vorzustellen, daß du es sein wirst, der in ein paar Jahren hier auf dem Hof herumspringen wird.

Ingers Töchter sind sehr süß, aber unglaublich lebhaft. Ich überlege, ob du auch so wirst. Ich selbst bin als Kind ziemlich wild gewesen, dein Vater war allerdings zurückhaltend und vor Fremden unheimlich schüchtern.

Nils-Jan hatte vor vielem Angst, er war von Natur aus vorsichtig und ruhig. Und vielleicht hing das auch mit den Erlebnissen in seiner frühen Kindheit zusammen. Er benimmt sich so wohlerzogen, sagte meine Mutter immer. Sie mochte Nils-Jan so gern, weil er so höflich und freundlich war. Und er hatte so eine besondere Art mit Kindern. Ingers Älteste war schwer begeistert von ihm. Ich überlege, ob sie sich wohl an ihn erinnern wird, wenn sie groß ist.

Der Wettlauf um den Flieder endete natürlich mit Tränen, weil die kleine Dreijährige von ihrer großen Schwester ein bißchen zu unsanft umgeworfen worden war. Als Inger sie auf den Arm nahm und auf die Schürfwunde pustete, schien es mir kaum möglich, ein so großes Mädchen zu tragen. Im Verhältnis zu dir sind sie die reinsten Riesen.

Ich habe dich draußen frisch gewickelt. Inger sagte, ich könnte das ruhig draußen tun, Gnade ihr, wenn du krank wirst! Du lagst da und strampeltest begeistert mit deinen nackten molligen Beinchen und deine klitzekleine Herrlichkeit stand geradewegs in die Luft. Die älteste Tochter schaute sich das fasziniert an und sagte: »Aber der hat ja einen *Schwanz*!«

Es war wunderbar, wieder von Herzen zu lachen. Das Angenehme mit Inger ist, daß sie so geradeheraus ist. Und im Gegensatz zu vielen anderen hat sie keine Angst, über Nils-Jan zu sprechen. Sie erinnerte mich an so viele Geschichten, die ich längst vergessen hatte. Inger ist immer eine Ewigkeit älter gewesen als ich, aber Nils-Jan und ich spielten oft mit ihren kleineren Geschwistern, am meisten mit Hallvard und Anne-Grete. Die Rønnigen-Kinder und ich sind ja verwandt, von Mutters Seite her. Nils-Jan betrachtete sich auch als verwandt, weil Milda und Ragnhild Schwestern sind.

Nachdem ich dich bekommen hatte, kam es mir so vor, als sei ich beinahe gleich alt mit Inger, das hat wohl mit der Mutterrolle zu tun. Denk nur, ich bin Mutter! Mein liebes kleines Baby, denk nur, daß ich deine Mutter bin! Ach Nils-Jan, lieber Nils-Jan, ich bin dir so dankbar, daß du mir Klein Jakob geschenkt hast.

59

Gestern war Tante Milda hier mit der schönen weichen hellblauen Babydecke, auf der du gerade splitternackt liegst und munter strampelst. Sie hat sie selbst gehäkelt in einem hübschen Muster, und eigentlich hatte ich mir überlegt, daß wir sie nur für gut haben sollten, aber du bist jetzt frisch gebadet, und ich fand, du solltest einmal spüren können, wie herrlich weich sie ist. Ich habe dir eine Windel untergelegt, vorsichtshalber, aber – dir gelingt es, daneben zu machen, und genau auf die neue Decke, du kleiner Racker! Es ist völlig unmöglich, den kleinen Strahl, den du geradewegs in die Luft schickst, zu berechnen. Und der Ausdruck in deinem Gesichtchen ist haargenau so, wie ich es von deinem Vater erinnere, wenn er zusammen mit Hallvard auf der Scheunenbrücke stand und sie um die Wette pinkelten. Anne-Grete und ich, die in die Hocke gehen mußten, hatten in dem Wettstreit keine Chance. Na, wie es spritzt, wenn meine Tränen deinen nackten Bauch treffen, mein Lieber. Werde ich niemals aufhören, jedesmal zu heulen, wenn ich an deinen Vater denke?

Gestern war Hallvard hier mit Milda, und es ist ihm wirklich hoch anzurechnen, ich glaube beinahe, er hat geweint von dem Moment an, wo er kam, bis er ging. Er und Nils-Jan teilten sich eine Kajüte, sowohl in der letzten wie auch in dieser Saison. Und Hallvard sollte für Nils-Jan Trauzeuge sein jetzt im Sommer. Sie sagen, er habe es so schwer genommen, daß er es in diesen Wochen, seit er nach Hause gekommen ist, nicht geschafft hat, mich zu sehen. Hallvard, mein – unser – bester Freund seit der Kinderzeit, Hallvard, der Rabauke, voller verrückter Streiche.

Viele hier im Ort haben die Hände gerungen und überlegt, was aus dem wilden, ungebärdigen Kind werden solle. Dabei ist er immer außerordentlich empfindsam gewesen, und gestern saß er also hier und weinte und schaffte es kaum, dich anzusehen. Der arme, große nette Hallvard, es war gut, einmal selbst die Tröstende zu sein.

Tante Milda kam aus dem Staunen überhaupt nicht heraus deinetwegen, obwohl sie doch selbst so viele Kinder hat. Neun waren es auf Rønnigen, Hallvard ist Nummer sieben und war wohl der ungebärdigste, aber lebhaft waren sie alle, daran erinnere ich mich.

Alle Kinder halfen eifrig mit und wurden schon von klein auf zur Arbeit angehalten. Sowohl Nils-Jan als auch ich entkamen wohl leichter. Wir waren vermutlich eher ein bißchen verwöhnt. Dann liefen wir hinüber nach Rønnigen und halfen dort bei der Arbeit auf dem Hof mit – oder gingen unserer Wege.

Ich erinnere mich, wie Tante Milda und die großen Mädchen an naßkalten Frühlingstagen mit rotgefrorenen, klammen Fingern über einem Berg Wäsche standen, die sie im Waschkessel gekocht hatten und dann im eiskalten Wasser am Flußufer spülten. Wie die kleine Karin jammerte, wenn die stechenden Frostschmerzen in den Fingerspitzen zu heftig wurden. Hin und wieder ließen ihre steifgefrorenen Finger einen Kopfkissenbezug oder ein kariertes Hemd los, das dann mit der Strömung wegsegelte und für uns Kleinen zu einer großen und spannenden Herausforderung wurde, weil wir mit langen Stecken am Flußufer versuchten, das Teil, ehe es versank, wieder aufzugabeln. Mildas erregte Stimme mischte sich mit dem wütenden Geschrei der Kinder, wenn dann einen von uns die eiskalte, nasse Hand von einem der größeren Mädchen im Nacken packte.

Wenn wir auf den Hof kamen, rannte häufig eines der größeren Mädchen auf uns zu, das uns in die Nase kniff oder in die Wange biß und uns so fest drückte, daß uns fast die Luft wegblieb. Sie waren mit ihren Liebkosungen so freigiebig und so unsanft, daß Nils-Jan anfangs, wenn er dazukam, erschrak.

Wenn dann Tante Milda rotwangig in der Tür des Waschhauses erschien, bekamen wir frisch gebackenes, duftendes Brot, das sie in dem großen Backofen gebacken hatte. Die Tante backt noch immer auf die alte Weise Brot, wenn auch inzwischen weniger als damals, da die Kinder alle aus dem Haus sind.

Ich werde dich an Backtagen nach Rønnigen mitnehmen, damit du den frischgebackenen Milda-Kuchen mit Zucker probieren kannst. Und sicher darfst du, genau wie ich früher, dir dein eigenes kleines Rosinenbrötchen backen, ein klitzekleines Brötchen, das du ganz allein geformt hast. Seinen Weg auf dem Backbrett, auf dem es zusammen mit den großen runden Kuchen sitzt, hinein in den Backofen wirst du mit wachsamen Augen verfolgen.

Wenn Mathilde zu Hause Brot backte, scheuchte sie uns immer weg. Milda hingegen hat immer Kinder um die Beine, egal, was sie tut – eigene und fremde.

Der kleine, verschreckte Nils-Jan durfte dicht bei ihr auf der Holzbank sitzen und ihre freigebige Mütterlichkeit einatmen, heimlich einen Zipfel ihrer geblümten Schürze in der Hand, während wir anderen uns auf den breiten rohen Holzplanken tummelten.

Nils-Jan fürchtete sich so, besonders in der ersten Zeit. Und er hatte Milda sehr gern. Gestern erzählte sie mir, daß er an seinem letzten Abend zu ihr ging und sich von ihr verabschiedete. Das wußte nicht einmal ich. Er war so ein lieber Junge, sagt Milda.

Ach, die langen sonnenglänzenden Kindertage in Rønnigen, die werden niemals wiederkommen, Klein Jakob. Ich kann dir nur wünschen, daß du genauso viele solcher Tage erleben wirst wie ich. Die Trauer um deinen Vater wirst du nie erleben, zum Glück. Daran zu denken ist beinahe tröstlich.

60

Nachdem ich dich bekommen habe, habe ich angefangen, an Nils-Jans richtige Mutter zu denken, an deine Großmutter. Ich hätte sie so gern gekannt. Wenn ich bedenke, daß sie das gleiche Verhältnis zu ihm hatte wie ich zu dir, ich glaube, dann kann man einer Schwiegermutter alles verzeihen. Sie hat ihn gewickelt und gefüttert, hat seine Tränen getrocknet, sich über das erste Lächeln gefreut, ist all das für ihn gewesen, was ich für dich bin.

Und dann wußte sie monatelang, daß sie vor ihm sterben würde, weggehen müßte von ihm, der niemanden hatte. Unmöglich, sich das vorzustellen – aber wenn sie nicht tot wäre, wäre Nils-Jan nicht hierhergekommen und du wärest nie entstanden.

In allem steckt ein Sinn, würde Mutter jetzt sagen, aber ich kann schwerlich einen höheren Sinn darin erkennen, wenn die Mutter eines fünfjährigen Jungen stirbt. Oder wenn ein junger Mann, der nicht einmal zwanzig ist, vor seinem ungeborenen Kind stirbt, fortgerissen wird von allen, die er gern hat. Ich sehe keinen Sinn im Tod, höchstens vielleicht, wenn er wie zu Mathilde zu jemandem kommt, der alt und verbittert ist.

Mathilde wurde so viel netter, als sie krank war. Lag so geduldig in ihrer Kammer, die linke Seite gelähmt und fast unfähig zu sprechen. Oft lag eine ihrer Katzen auf der Bettdecke. Mathildes rechte Hand tastete dann hilflos suchend umher, bis sie in dem langhaarigen Fell zur Ruhe kam.

Woran dachtest du, Mathilde, wenn deine runzlige Hand mit den braunen Leberflecken auf der dünnen, fast durchscheinenden Haut immer wieder den Kopf einer schnurrenden Katze streichelte? In der Regel lag da die alte graubraune Hauskatze, die älter war als Nils-Jan und ich. Zwanzig Jahre wurde sie, glaubt Ragnhild, und hatte eine Unmenge von Nachkommen.

Als sie starb, nur wenige Wochen nach Mathilde, bekam sie ihr eigenes Grab unter dem Fliederbusch im Garten. Sonst landen die Katzen des Hofs, die eines natürlichen Todes sterben und nicht vom Fuchs geholt werden, meistens einfach auf dem Misthaufen.

Es kommt mir vor, als sei es ein anderes Leben gewesen, als ich hier in dem Schaukelstuhl saß und Mathilde gepflegt habe. Gegen Ende mußte immerzu jemand bei ihr sein, und meistens war ich es, die hier saß, denn Ragnhild war mit der Ausrüstung von Lars und Nils-Jan für die Saison beschäftigt.

Und bei der Arbeit auf dem Hof mit dem Getreide und dem Gemüse, das geerntet werden mußte, wurde jede freie Hand gebraucht. Hin und wieder fragte ich mich, ob sie der Lärm draußen störte, die Geräusche des Traktors oder des Mähdreschers, das Klappern der Milchkannen, gar nicht zu reden von dem Treiben, das mit den Kartoffelerntehelfern hier herrschte. Es schien aber nicht so. Alle Geräusche des Hofs waren ihr ja so vertraut. Eher wurde sie in der Stille gegen Abend unruhiger.

Dann begannen ihre Hände manchmal die rastlose Wanderung über die Bettdecke. Mathilde benutzte in all den Jahren eine altmodische grobe, blau-weiß gestreifte Bettdecke mit dem Überschlaglaken. Ja, das waren die Bezüge unserer Kindheit hier auf Ås.

Jetzt liegen sie und die dazugehörigen Kopfkissenbezüge in der großen Holztruhe von Mathildes Großmutter, der Mutter von Anders Irgendeiner. Groß und schwarz steht sie am Fußende des Bettes; auf dem gebogenen Deckel in kunstvoll geschmiedeten Schnörkeln die Jahreszahl 1864 über den Buchstaben J. K. A., was Johanne Kristine Andersdatter heißt. Mathilde erzählte uns das, als dein Vater und ich klein waren und nebeneinander auf der Truhe saßen – einen von Mathildes säuerlichen Drops im Mund – und darauf warteten, daß der Kuckuck rufen würde.

Nils-Jan war immer so fasziniert von der Kuckucksuhr. Mathilde kaufte sie kurze Zeit, nachdem Nils-Jan hergekommen war, und sie hängt noch immer da, aber ich habe sie angehalten, weil ich Angst habe, ihr energisches »Kuckuck« könnte dich wecken. Wenn du größer bist, werde ich sie wieder anstoßen, und dann werden wir uns über den kleinen Kuckuck freuen, so wie er es tat.

Weißt du, wenn wir am Jakobshügel spielten und die Essensglocke schlug, warf Nils-Jan alles, was er in Händen hielt, weg und rannte wie der Wind über die Au, um den Kuckuck zu hören. Natürlich folgte ich ihm auf den Fersen, und natürlich schafften wir es immer rechtzeitig bis in Mathildes Zimmer, ehe der Kuckuck hervorlugte und seine elf Rufe losließ. Ja, wir schafften es sogar, rechtzeitig auf unseren Platz auf der Truhe zu kommen und von Mathilde die tägliche Ration an Drops aus der blumigen Dose im Eckschrank an der Wand zu bekommen, ehe er loslegte.

Und ehe er anfing, konnte Mathilde noch alle ihre barschen Ermahnungen loswerden, »sitzt ordentlich!« und »baumelt nicht mit den Beinen gegen die Truhe« und so fort, wie sie das immer tat. Oder doch nicht? War sie unter Umständen weniger streng, als ich sie in Erinnerung habe? Ich sehe heute so vieles anders als damals, als ich ein Kind war.

Nicht einmal, als wir die Uhr konnten, überlegten wir, wieso die Kuckucksuhr immerzu fünf Minuten nachging. Bei Mathilde, die es mit dem Stellen der Uhren stets so genau nahm! Und nie wunderten wir uns, daß sie in der Kammer war, wenn wir kamen, denn sie war doch eigentlich inmitten der Vorbereitungen zum Mittagessen und hatte soeben den Leuten vom Hof zum Essen geläutet. Als wir atemlos über die Wiese rannten, daß die Gräser um unsere nackten Beine schlugen, hatten wir ihre lange magere Gestalt beim Vorratshaus stehen und rhythmisch nicken sehen, als sie an dem Tauende der Essensglocke zog. Ich glaube, Ragnhild dachte auch nicht darüber nach. So sollte es eben sein, Mathilde kam energischen Schrittes und mit uns im Schlepptau aus der Kammer, während sich die anderen zu Tisch setzten, nachdem sie sich in der weißen Emailleschüssel mit dem roten Rand in der Ecke bei der Holzkiste die Hände gewaschen hatten.

Das ist die gleiche Schüssel, in der ich dich heute bade, Klein Jakob, aber bald muß ich eine größere finden, denn du wächst schnell aus dem kleinen Handwaschbecken heraus.

Wenn ich zurückdenke, scheint es mir, als hätten unsere Besuche bei Mathilde in ihrer Kammer durch meine Kindheit hindurch täglich stattgefunden, aber tatsächlich war das nur eine kurze Zeitspanne. Allmählich verlor der Kuckuck gewiß seinen Zauber, und die Male, die wir deshalb in Mathildes Kammer zogen, wurden seltener, als wir heranwuchsen. Da saß sie dann wieder allein mit ihren Katzen und den Rufen des Kuckucks im Ohr.

Wie einsam die Abende und Nächte hier gewesen sein mögen! Ich habe ja trotz allem dich. Mutter hatte mich und Ragnhild immerhin Nils-Jan, seit er sechs war. Die arme Mathilde hatte wohl niemanden, den sie richtig liebhatte. Jedenfalls glaubte ich das immer, bis sie gestorben war.

Ach Mathilde, ich bin so froh, daß du Nils-Jans Tod nicht erleben mußtest, aber ich wünschte, du hättest Klein Jakob kennengelernt. Du könntest mit deinem schwarzen Rock und mit dem grauen Strickschal über den Schultern in deinem Schaukelstuhl am Fenster sitzen, mit meinem und Nils-Jans Sohn auf dem Schoß, und vor dich hinschimpfen, wie du das stets getan hast: »Mußt nicht so doll schreien! Garstiger Bub, sei schön brav!«

Nun bin ich es, mein Kleiner, die hier mit dir sitzt und die gleichen Worte sagt, wenn du vor Wut schreist, weil du etwas zu essen haben willst oder trockene Windeln brauchst. Naß bis an die Ohren bist du und hast dich aus deinem Wickeltuch ganz und gar freigestrampelt. Wickeltücher benutzt man heute so gut wie nicht mehr. Inger jedenfalls lachte herzlich, als sie es sah, aber als ich mit dir schwanger war, fehlte es uns an Initiative, Babysachen anzuschaffen. Wir dachten an anderes. Deshalb hast du so wenige Strampelhosen, so daß ich zwischendurch das alte Wickeltuch benutzen mußte, das Mutter für mich hatte. Mitterweile ist Inger mit einer ganzen Tüte voll winziger Hosen und Jacken und anderen Babysachen hier gewesen, die ich voller Freude benutze. Stell dir vor, ich kann mich wirklich wieder über etwas freuen!

Als ich hier einzog, habe ich Mathildes Bettdecke gegen meine eigene ausgetauscht. Die ist weich, und ich kann dich gut darauf zurechtmachen; nicht so wie ihre schwere, alte Bettdecke mit dem steifen, selbstgewebten Bezug. Nils-Jan und ich fanden es unangenehm, die altmodische Decke anzufassen, das gibt so einen Schauder, so ein trockenes Gefühl an den Handflächen. Wenn wir zusammen übernachteten, stritten wir uns immer darum, wer auf der Seite liegen durfte, wo keine Öffnung im Bettbezug war, denn etwas von dem groben selbstgewebten Bezug schaute immer durch die Öffnung.

Wir nannten ihn »Bürste« und hatten beide gleichviel Angst, daß das Zeug an unsere nackten Beine kommen könnte. Ich glaube wohl, daß ich die Kämpfe wegen der »Bürste« gewonnen habe, so wie die meisten unserer kleinen Streitereien. Nils-Jan war so lieb ... Mein Lieber, wirst du tatsächlich niemals deinen Vater sehen? Ich kann es noch immer nicht fassen.

61

Als sie krank war, versuchten wir, die schwere Decke gegen eine neue und leichtere auszuwechseln, aber das wollte Mathilde auf keinen Fall. Mit ihrer gesunden Hand hielt sie die Decke fest und nuschelte Dinge, die niemand von uns verstand – das war so seit ihrem ersten Schlaganfall. Oft wurde sie ziemlich aufbrausend, wenn es uns nicht gelang, herauszufinden, was sie meinte. Nach dem zweiten Schlaganfall weinte sie die meiste Zeit.

So lag sie hier, damals, und sah noch gereizter aus als früher mit ihrem schiefen Mund. Durch die Tränen, die ihr aus den Augenwinkeln sickerten, wirkte sie so hilflos. Hin und wieder versuchte sie, mir etwas zu sagen, gab es aber mit einer resignierten oder verdrossenen Geste auf, wenn ich sie nicht verstand.

Jeden Morgen wuschen und frisierten Ragnhild und ich sie und zogen sie an. Im Laufe des Tages wendeten wir sie von einer Seite zur anderen, sie sollte sich doch nicht wundliegen. Sie drehte sich jedesmal sofort zurück, ihr Starrsinn war der alte geblieben. Am Ende legte ich ihr den alten gelb-roten Schwimmreifen aus meiner Kinderzeit unter, den ich in einen Kopfkissenbezug gesteckt hatte. Das schwächte den Druck etwas ab. Mutter sagte, das macht man so im Altenheim, wo sie ein bißchen gearbeitet hatte, als sie jung war.

Ich saß mit meiner Hardangerstickerei in ihrem Schaukelstuhl, während ich all die wohlbekannten Geräusche hörte und das Haus plante, das Nils-Jan und ich im nächsten Sommer bauen würden. Bis zum Herbst sollte es fertig sein, mein lieber kleiner Jakob. Dort hätten wir gewohnt, du und ich und dein Vater, in einem eigenen Haus auf einem Grundstück, das ich vom alten Jakob als kleines Mädchen geschenkt bekommen hatte.

Damals wußte ich nicht, daß du schon auf deinem Platz warst in meinem Bauch, denn Mathilde gab mir so viel zu denken, und ich bemerkte gar nicht, daß ich über die Zeit war. Merkwürdig, sich vorzustellen, daß du schon da warst, ein winziges Leben, das noch nicht einmal begonnen hatte, mir dieses schreckliche morgendliche Erbrechen zu bescheren, unter dem ich in den ersten Monaten der Schwangerschaft so sehr litt.

Du kleiner Schuft hast mir ganz schön zugesetzt – aber es war die Beschwerden wert.

Ich wäre so unendlich glücklich gewesen, wenn alles so gekommen wäre, wie ich es mir vorstellte, als ich auf Mathilde aufpaßte und träumte. Nein, ich träumte nicht. Ich war sicher, daß mein Leben so verlaufen würde, mit Trauung im Juni und einem neuen Haus, noch ehe der Winter kommen würde. Und mit Nils-Jan, der zum ersten Mal seit mehreren Jahren nicht beim Walfang, sondern zu Hause sein würde. Er sollte bis zum Herbst auf die Landwirtschaftsschule gehen. Wie konnte mir das Leben so etwas antun! Wie konnte es *ihm* so etwas antun? Manchmal weiß ich nicht, was schwerer zu ertragen ist: ihn verloren zu haben oder die Trauer darüber, daß er nichts mehr erleben wird. Ich erinnere mich an seine übermütige Bewegung, als wir im letzten Sommer über die Au nach Hause gingen, während Mathilde noch auf ihrem Platz hier im Schaukelstuhl saß. Jedenfalls glaubten wir sie säße hier. Wir sahen, wie die Gardine sich bewegte, und dachten uns unseren Teil, als wir Hand in Hand durch das taunasse Gras liefen. Dein Vater griff mich um die Taille und schwenkte mich in einem wilden Tanz herum, bis wir alle beide in das duftende, nächtlich feuchte Gras fielen.

Zu meinem: »Hör auf, Nils-Jan! Mathilde kann uns sehen!« lachte er nur – nicht boshaft, denn er hatte sie wirklich gern, nein, sein Lachen war neckend und unbekümmert.

»Laß sie's doch sehen. Mathilde war ja nie jung und verliebt!«

Und dann lachten wir beide über die absurde Vorstellung von einer jungen und verliebten Mathilde. Wir wußten ja nichts von ihrer Jugend, das wenige, was uns zu Ohren gekommen war, nahmen wir nicht ernst. Es war irgendwie undenkbar, daß Mathilde das gleiche erlebt haben sollte wie wir.

Wir lachten beim Gedanken daran, wie sie mit zusammengekniffenen Augen hinter der Gardine in ihrer Kammer stand, an ihren straffen Haarknoten, der vor Entrüstung beben konnte, wenn sie von anderen Jugendlichen berichtete. Nils-Jan ahmte ihre barsche Stimme nach, wenn sie das sonntägliche Frühstücksei köpfte – exakt vierundeinehalbe Minute gekocht, da war sie sehr genau – und eine harsche Bemerkung über diesen oder jene fallenließ, den sie am Abend zuvor über die Au hatte rennen sehen. Er schürzte die Lippen wie sie und sah so verschmitzt maliziös aus, daß ich laut auflachte.

»Du siehst ihr ähnlich, Nils-Jan, du ähnelst Mathilde! Du wirst mal genauso zimperlich und mürrisch wie sie, wenn du alt bist!«

Da lachte er gutmütig und antwortete: »Jaja, irgend jemandem muß ich ja ähneln. Mathilde ist vielleicht nicht das schlechteste.« Bei wenigen Gelegenheiten konnte ich anhand solcher Bemerkungen in seiner Stimme Bitterkeit ahnen. Dachte er an seinen Vater? Oder vermißte er manchmal seine Mutter? Ich fragte nie. Dachte wohl auch nicht daran, daß er nicht auf Ås geboren war. Noch ehe ich fünf Jahre alt wurde, war er ein Teil meines Lebens geworden, und er würde es für immer sein.

Das glaubten wir beide, als wir auf dem Rücken lagen und zu den Sternen schauten, die an dem immer heller werdenden Sommerhimmel verblaßten. Oft lagen wir da, bis es fünf Uhr geworden war und Nils-Jan direkt in den Viehstall mußte. Ob Ragnhild und Lars etwas von uns mitbekommen haben – gesagt haben sie es nie.

Und Mathilde klatschte nie über uns. Aus dem einen oder anderen Grund waren wir beide uns da ganz sicher.

62

Du kleiner Strolch hast uns die ganze Nacht hindurch wach gehalten. Das ganze Haus war bis früh auf den Beinen, und das allein deinetwegen. Nein, mein armer kleiner Liebling, deine Mutter ist ja selbst schuld. Ich war dumm und habe mich vergessen, und dein kleiner Bauch hat dafür büßen müssen.

Gestern sind wir beide, du und ich, fast den ganzen Tag draußen in der Sonne gewesen. Es ist richtig Sommer, mit Feld- und Wiesenblumen im Überfluß, es fehlen nur noch die blauen Glockenblumen. Auch die kommen bald, und dann ist im Grunde der schönste Teil des Sommers für dieses Mal schon wieder vorüber.

Auf Mathildes Erdbeerbeet, unten an dem sonnigen Hang beim Spielhaus, waren die ersten Erdbeeren reif. Wie unermüdlich sich Mathilde um ihr Erdbeerbeet kümmerte! Wie sie diese wenigen Quadratmeter jätete und wässerte und pflegte, so wie sie es mit allen Blumen und Beerensträuchern tat. Mathildes Blumenbeete waren sprichwörtlich, und von ihren schwarzen und roten Johannis- und Stachelbeeren hatte sie in all den Jahren so reichlich, daß sie sie im ganzen Ort verteilte.

Ich fürchte, daß in diesem Frühjahr und Sommer sowohl der Garten als auch die Beerensträucher vernachlässigt worden sind, und die Erdbeerpflanzen mußten zwischen Quecken und Gänsefuß zurechtkommen, so gut sie konnten. Sie haben überall Stecklinge gebildet und sind insgesamt ziemlich dürftig, aber tragen tun sie schon, wenn auch wohl weniger als im letzten Jahr.

Während du im Schatten im Wagen lagst, den du von Ingers Mädchen geerbt hast, und mit deinen nackten Beinchen unter dem Insektennetz strampeltest, habe ich versucht, ein bißchen zu jäten. Im übrigen schläfst du zur Zeit meistens, du bist so ein lieber kleiner Junge, den man nur liebevoll versorgen muß, dann trinkt er und schläft und ist vollkommen zufrieden.

Heute nacht also hast du Ärger gemacht, weil deine Mutter so dumm gewesen ist und zu viele Erdbeeren in sich hineingestopft hat, während sie jätete. Mutter hatte mich gewarnt, daß ich, solange ich stille, vorsichtig sein solle mit Erdbeeren und Kohl und ähnlichen Dingen, aber ich habe überhaupt nicht mehr daran gedacht. Die Sonne wärmte mir so schön den Rücken, und ich genoß das Gefühl, wieder Erde zwischen den Fingern zu spüren.

Ich glaube, ich werde mich mehr an der täglichen Arbeit auf dem Hof beteiligen. Etwas zu tun zu haben hilft mir, merke ich. Die Heuernte ist demnächst in vollem Gang, und da wird zweifellos jede Hand gebraucht. Du kannst ja in deinem Wagen im Schatten liegen und schlafen, während ich beim Heuen helfe. Mir ist das Heuen die liebste von allen Arbeiten. Es gibt nichts Schöneres als den Duft von frischgemähtem Gras.

Als Nils-Jan und ich klein waren, war es unsere Aufgabe, für die Schnitter die Getränke zu holen. Das war, ehe wir groß genug waren, um die Heufuder festzutrampeln. Selbst wenn wir hier auf Ås schon früh einen Traktor bekamen, wurde der größte Teil der Heuernte mit Pferd und Wagen eingebracht. Einige der Wiesen sind so steil, daß Lars fand, die Arbeit sei mit Traktor und Mähmaschine zu mühselig.

In der Regel durfte eines der großen Kinder von Rønnigen das Heu festtrampeln. Egal wieviel dein Vater und ich quengelten, Lars wollte uns nicht oben auf den Heuwagen lassen. Er hatte Angst, daß wir uns nicht gut genug vor den Heugabeln, die zum Beladen benutzt wurden, vorsehen könnten. Oh, wie wir Kåre oder Inger oder Kjell-Arne beneideten, wenn sie geschäftig im Heuwagen herumsprangen und trampelten und die großen duftenden Heufuder zurechtlegten, die eines nach dem anderen von den Heugabeln der Erwachsenen zu ihnen hochschwebten. Schon so groß und so geschickt! Und wie ungeduldig wir waren, endlich groß zu werden. Ich fürchte, in den Jahren, als wir groß genug waren, da sind wir nicht mehr so eifrig gewesen!

Damals konnten wir uns gar nichts Tolleres vorstellen. Wir quengelten und waren im Weg und wurden ausgeschimpft, aber wir durften jedesmal das letzte halbe Fuder, das am Ende übrigblieb und nicht weiter als bis zum oberen Rand der Gitterstäbe reichte, festtrampeln.

Und hin und wieder durften wir auf dem Heimweg oben auf dem Heu sitzen, nicht zu oft, weil die Arbeit für die Pferde, auch ohne noch Kinder mitzuschleppen, wahrhaftig anstrengend genug war. Manchmal durften wir doch oben auf dem duftenden Heu liegen und uns an der Stange festhalten. Ich frage mich, ob du, mein Kleiner, das erleben wirst, oder ob die Mähmaschine die Arbeit ganz übernommen haben wird, bis du groß bist.

Auf dem Hof mußten wir Mathilde zum Brunnen ganz unten im Garten folgen. Mit gebührendem Abstand sahen wir zu, wie sie den schweren Brunnendeckel mit den quietschenden Scharnieren anhob und den Fünflitereimer mit dem Johannisbeersaft hochzog. Der hing zum Abkühlen unten in dem kalten, dunklen Brunnen mit dem pyramidenfömigen Brunnenhaus darüber, zusammen mit einem oder mehreren Milcheimern, denn das war noch, ehe der Kühlschrank in unserer Küche Einzug hielt. Wie immer schimpfte Mathilde vor sich hin: »Kinder, seid vorsichtig mit dem gefährlichen Brunnen!« Als ob wir das nicht selber wüßten!

Dann trugen wir den Safteimer zwischen uns zur Scheunenauffahrt und wurden auf den leeren Heuwagen gehoben, wenn er aus der Scheune heruntergefahren kam. Wir saßen ganz hinten im Wagen mit dem Eimer zwischen uns und lehnten unsere von der Sonne gewärmten Beine gegen das eiskalte, nasse Metall und bekamen von dem Kälteschock einen Schluckauf. Den ganzen Sommer lag über der Bräune unserer Haut ein weißer Schleier, und wir amüsierten uns damit, unsere Finger naßzumachen und Buchstaben darauf zu malen, er bei mir und ich bei ihm.

Wie oft habe ich wohl seine Finger auf meiner Haut gespürt und auf wie viele verschiedene Arten? Wie tief kann man um einen anderen Menschen trauern? Was würde ich nicht dafür geben, nur noch ein einziges Mal dieses Lustgefühl zu spüren, wenn meine Haut unter seinen geschickten Fingern eine Gänsehaut bekommt.

Ein Spiel haben wir, als wir klein waren, besonders geliebt. Wir spielten auf dem Rücken des anderen Frühjahrsbestellung. Pflügen, eggen und einsäen und plattwalzen, rauf und runter auf dem Rücken, erst er auf meinem und dann ich auf seinem. Oder, als wir größer waren und Schreiben gelernt hatten, malten wir Buchstaben und mußten dann die Botschaft erraten. Ich kann noch heute das Gefühl seiner Handfläche spüren, wenn er das Geschriebene wieder »auswischte«, um es noch einmal zu schreiben.

Wir amüsierten uns mit diesem Spiel in unserer letzten Nacht in Jakobs Scheune im vorigen Herbst, aber da endete das Spiel ja auf eine ganz andere Weise als in unserer Kindheit. Ich denke gerne, daß wir dich, Klein Jakob vielleicht in dieser unserer allerletzten Nacht zeugten, obwohl ich weiß, daß es wahrscheinlich früher war. Als ob du sein letztes Geschenk an mich seist.

Du schläfst jetzt genauso unschuldig in meinen Armen, wie er in jener Nacht. Heute sind wir alle nach der Versorgung des Viehs wieder ins Bett gegangen, etwas, das wir nicht oft tun, nicht einmal sonntags. Diese Nacht ist für uns alle drei aufreibend gewesen, nicht deinetwegen, auch wenn dein heftiges Schreien der Auslöser war.

Stundenlang hast du gebrüllt und geschrien, zuerst hier in der Kammer, wo ich verzweifelt versuchte, dich zu beruhigen, und dann draußen in der Küche. Natürlich waren sowohl Ragnhild wie Lars auf den Beinen. Wir kochten Kaffee und spazierten abwechselnd mit dir auf und ab.

Ich glaube, es war, weil du so gequält gewirkt hast – daß eine gewöhnliche Kolik eine solche verzweifelte Reaktion hervorrufen kann! Das und die Hilflosigkeit, die wir alle spürten, weil es uns nicht gelang, dich zu trösten, trugen wohl dazu bei, daß Lars zusammenbrach. Dieser riesengroße, unerschütterliche Mann lag plötzlich über dem Küchentisch und weinte so heftig, daß der Tisch bebte.

Und da spürten Ragnhild und ich, daß es für Lars vielleicht am allerschlimmsten ist, auch wenn er es am wenigsten gezeigt hat. Oder vielleicht gerade deshalb. Wir haben doch gejammert und geweint und geredet. Tage- und nächtelang geredet und geredet, während Lars wie ein stummer Schatten umherging, mit Augen wie schwarze Brunnen von eingesperrter Verzweiflung, das sehe ich jetzt im nachhinein.

Er hat so wenig gesagt, als er mit seinem einzigen Sohn im Sarg im Winter nach Hause kam, so wenig von dem berichtet, was eigentlich geschehen war. Was geschehen war, wußten wir ja, aber wie er es empfand, davon hatten wir keine Ahnung. Vermutlich hatten wir mit unserer eigenen Trauer genug zu tun, Ragnild und ich.

Lars war es, der in diesen zwei schrecklichen Tagen an Nils-Jans Bett gesessen hat, nachdem sein Blinddarm geplatzt war. Was ihm fehlte, wußte ja keiner, nur daß es ernst war und schmerzhaft, das begriffen alle, die ihn sahen. Der Arzt getraute sich nicht zu operieren, und das Schiff wurde nach Kapstadt beordert, aber dein Vater starb, noch ehe sie an Land gehen konnten.

Ach du dummer, tapferer Nils-Jan, warum hast du nichts von deinen Leibschmerzen gesagt! Warum bist du bleich und still umhergeschlichen, ohne Lars etwas zu sagen! Weil ihr nach dem schlechten Saisonstart endlich Wale gesichtet hattet?

Lars wird niemals eine Antwort bekommen auf die Fragen, die er in der Nacht über dem Küchentisch unter Schluchzen hervorstieß, die Arme hilflos über dem Kopf. Keiner von uns wird die Antworten je bekommen. Und wahrscheinlich wird Lars niemals mehr aufhören, sich Vorwürfe zu machen, weil er nichts gemerkt und unternommen hat.

Wie konnte uns so etwas geschehen? Manchmal beneide ich Menschen, denen es geht wie meiner Mutter. Sie sehen einen Sinn selbst in den bedeutungslosesten Sachen. In allem, was geschieht, sehen sie einen höheren Sinn, eine Vorsehung, und es scheint ihnen Trost zu geben. Wir anderen müssen zusehen, wie wir zurechtkommen.

Es ist jetzt so dunkel um mich, mein Jakob. Ich liege mit dir im Arm in Mathildes Bett und weiß nicht, wie ich es schaffen soll, das alles zu ertragen. Gibt es keinen Ausweg? Mir ist, als wäre ich in einen pechschwarzen Raum eingeschlossen, aber wenn du die Augen aufschlägst und mich anlächelst, wie du es gerade tust, dringt der allererste, klitzekleine Streifen von Morgenlicht in mein Dunkel ein.

63

Was auch in meinem Leben noch geschehen mag – nein, ich glaube im übrigen eigentlich nicht, daß noch viel geschehen kann. Hätte ich nicht dich, würde ich unter Umständen so denken, wie Mathilde es vielleicht tat, daß nämlich der Rest nur noch Zeit ist – Zeit, Träume und Bitterkeit.

Was auch geschehen mag, immer wird mir dieses Jahr als das sonderbarste meines Lebens vorkommen – und das traurigste, vermute ich, wie sollte ich sonst leben.

Wir beide sitzen an der sonnenbeschienenen Wand von Jakobs Scheune. Am Vormittag war es grau und regnerisch, aber in diesem Moment bricht die Sonne durch die graue Wolkendecke, so daß die kleinen Regentropfen überall glitzern. Du hast gerade etwas zu essen bekommen, und jetzt sollst du in der wunderbaren Tragetasche, die Inger mir geliehen hat, schlafen. Ich habe dich darin über die Wiese getragen.

Von den nassen Gräsern ist mein Rock am Saum tropfnaß, aber die Luft hat so etwas Wunderbares, frisch Gewaschenes und die Wiese sieht so schön aus, daß man weinen könnte. Gelbe Butterblumen nicken Seite an Seite mit Margeriten und roten Lichtnelken, über ihnen schweben die Blüten des Wiesenkerbels wie hauchdünne Wolken.

In den schweren Köpfchen des Klees hängen die Hummeln, und bestimmt wird ihnen von all dem Nektar ganz schwindlig. Jedenfalls wirken sie, als irrten sie ziemlich planlos umher. Eine von ihnen ist gerade hier gewesen und hat ein bißchen an dir und mir geschnuppert, als ob wir etwas wären, woran man sich berauschen könnte.

Die Katzenpfötchen blühen in diesem Jahr besonders schön, ich kann mich nicht erinnern, sie je so gesehen zu haben. Ihre runden rosa Blüten sind wie kleine Polster und so groß wie deine Zehen und ebenso weich und schön anzufühlen. Sie wachsen dort drüben auf dem kahlen Felsrücken, wo der Heckenrosenstrauch steht. Er blüht jetzt. Ich werde mir einige der zarten hellrosa Blüten pflücken, auch wenn die Blütenblätter beinahe sofort abfallen.

Sicher war der frühe Sommer schön, aber ich muß gestehen, daß ich davon nur wenig mitbekommen habe. Das Frühjahr erinnere ich nur vage als kalt, naß und unendlich traurig. Ich war mit dir im siebten Monat, als dein Vater starb, und von den letzten Wochen der Schwangerschaft erinnere ich mich nur an Tränen, Tränen und nochmals Tränen.

Die Schneeschmelze setzte mit Regen ein, und draußen in der Natur strömte das Wasser hinab, während drinnen meine und Ragnhilds Tränen ebenso unablässig herabströmten. Lars kam mit dem Sarg nach Hause – man hatte ihn mit dem Flugzeug von Kapstadt heimgeschickt – und als sie ankamen, begannen Ragnhild und Mutter alles für das Begräbnis zu richten. Ich habe mich um gar nichts gekümmert.

Ab und zu ging ich spazieren, nicht weil ich wollte, sondern weil Mutter mich zwang, aufzustehen. Da suchte ich alle unsere Plätze auf. Meine Erinnerungen an Nils-Jan liegen in allem, in kleinen Büschen und Steinen, in Bächen und Bäumen und Felskuppen. Meine gesamte Kindheit ist so fest mit ihm verknüpft, und nun ist er fort. Meine schöne, sorglose Kindheit nahm er mit sich, als er starb. Liebster, wie konntest du das tun!

Das allerschlimmste an der Trauer ist wohl das Wissen darum, daß man wohl nie, nie wieder richtig froh sein kann. Die reine, klare Lebensfreude, die mich einfach erfüllte, ohne daß ich weiter darüber nachdachte, weißt du, mein kleiner Jakob, die werde ich niemals wieder spüren.

Ich werde ein ganzes langes Leben leben, ohne jemals wieder echte, ungetrübte Freude zu empfinden. Denn so ist es ja wohl? Sogar die Freude über dich wird immer einen wehmütig-traurigen Schatten haben. Du schaust, und du schaust mich an. Kannst du dich an deiner sonderbaren, traurigen Mutter nicht sattsehen?

Harriet sagte gestern etwas zu mir, aber ich glaube ihr nicht. Sie sagte: »Du wirst wieder fröhlich sein, Solfrid, in einigen Monaten oder Jahren. Zuerst nur ein klein wenig, fast schuldbewußt, als ob du dich schuldig fühltest, weil du lebst und er tot ist. Oder als ob es schlecht von dir sei, die tiefe Trauer zu beenden.« Sie sagte, das erste Jahr sei das Schlimmste, weil alles das erste Mal sei: das erste Weihnachtsfest und der erste Geburtstag. Die erste Rückkehr aus der Walfangsaison, ohne auf jemanden zu warten. Beim nächsten Mal tut es ein bißchen weniger weh, sagte sie, und Harriet hat sich nun wirklich Gedanken um die Trauer gemacht.

Lange schon wollte ich dir die Geschichte von Harriet Lund erzählen, aber ich habe es bislang nicht getan, weil sie so traurig ist. Sie hat noch mehr Trauriges erlebt als ich, und dennoch sah sie so jung und fröhlich aus, als sie gestern zu Besuch bei uns in unserer Kammer war. – Hast du gehört, jetzt habe ich *unsere* Kammer gesagt und nicht Mathildes!

Du betrachtest mein Gesicht so eingehend, als ob du auch nicht das kleinste Detail verpassen wolltest, und du lauschst auf meine Stimme, als ob du jedes Wort verstündest, das ich sage. Dabei ist das Lächeln, das manchmal rasch über dein Gesicht huscht, so fehl am Platze, daß du mich nicht an der Nase herumführen kannst.

Deine Augen sind von tiefem Dunkelblau, sie glänzen unglaublich. Noch haben ihnen weder Freude oder Trauer Ausdruck verliehen. Wenn du mir etwas schickst, das einem Lächeln ähnelt, ist das oft nur, weil du ein diffuses Behagen verspürst, das ist mir schon klar, aber trotzdem wirkt es ab und zu so, als lächeltest du zu meinen Geschichten. Doch wenn du weinst, kann dich nur meine Brust beruhigen.

Für mich ist es unfaßbar, daß alle meine Geschichten, die frohen und die traurigen, diese ganze Welt, einmal in deinem winzigen Köpfchen Platz haben sollen! Das so unendlich weich auf meiner Handfläche ruht, wenn ich jetzt vornübergebeugt auf Jakobs alter wackliger Holzbank sitze, die Arme ruhen auf den Schenkeln, und ich wiege dich, wie mein Vater es mit mir machte, als ich klein war. Er hielt mich so, bis ich groß war, und ich kann mich noch heute an das Gefühl erinnern, wie mein Hinterkopf in der runden Schale ruhte, die seine Hände formten, und ich kann mich an Wörter und Melodien seiner unzähligen Lieder erinnern, viele davon selbstgedichtet und natürlich über mich. Über ihn und mich. Ich habe auch schon angefangen, dich auf die gleiche Weise zu wiegen, und es scheint, als magst du das.

Jetzt siehst du aus, als würdest du jeden Moment einschlafen. Wenn du müde wirst, fangen deine Augen an, über Kreuz zu blicken, aber Mutter sagt, daß du nicht schielen wirst. Du würdest ein prächtiger Bursche werden, sagt Mutter. Jetzt kannst du schlafen, währenddessen erzähle ich dir die traurige Geschichte von Harriet Lund.

64

In dem Jahr, als ich geboren wurde, brachte man Peder Lund bewußtlos von den Walfanggründen nach Hause. Er war von einer der Stahltrossen am Kopf getroffen worden. Alle glaubten, er würde sterben, aber nachdem er beinahe zwei Monate im Krankenhaus im Koma gelegen hatte, wachte er wieder auf. Da hatte er nicht mehr Verstand als seine zweijährige Tochter. Harriet nahm ihn mit nach Hause, und in all diesen Jahren ist er ihr wie ein großer Teddybär gefolgt. Wenn man ihn anspricht oder streichelt, lächelt er blöde und wiegt sich heftig hin und her, aber es kommen nur unverständliche Laute, und wenn er nicht bekommt, was er will, kann er sehr schwierig werden.

Ich habe ihn ja vorher nicht gekannt, aber die Erwachsenen sagen, daß Peder ein gutaussehender Mann war. Er saß in der Gemeindevertretung und war aktiv und in vielerlei Hinsicht geschickt: »Sollte mich nicht wundern, wenn Peder Gemeindevorsteher geworden wäre«, sagt Vater. Daß er ein stattlicher Mann war, kann man noch heute sehen.

Peder arbeitete mit Trabrennpferden und wollte nur die eine oder andere Saison beim Walfang mitmachen, um Geld für einen Zuchthengst anzusparen, aber mitten in der vierten Saison kam er mit dem Krankentransport heim, und seither war er das, was er heute ist: ein lallendes, sabberndes, hilfloses, riesengroßes Kind, mit dem Harriet alle Hände voll zu tun hat.

Ihre kleine Tochter Åshild war ein niedliches Kind mit blonden Locken und braunen Augen. Ich kann mich an sie erinnern, sie ertrank im Fluß, als sie sechs Jahre alt war.

Man sagt, damals hätte Harriet beinahe den Verstand verloren. Vater war es, der Åshild fand, er hatte mitgeholfen, den Fluß abzusuchen. Das Unglück passierte im Frühjahr, ehe die Walfänger nach Hause gekommen waren, und deshalb gab es im Ort nur wenige Männer. Aber die, die da waren, suchten gemeinsam mit den Frauen, als Åshild verschwunden war, und als sie den kleinen Roller am Flußufer fanden, war sofort klar, was passiert war.

Der Fluß war von der Schneeschmelze geschwollen, aber Åshilds kleiner Körper hatte sich an den niedrigen Zweigen einer Schwarzerle verfangen, sonst wäre sie vermutlich bis nach Gogsjø hinausgetrieben und vielleicht erst viele Wochen später gefunden worden.

Vater hat so gut wie nie über das Geschehene gesprochen, aber das Erlebnis hatte ihn so tief beeindruckt, daß er nachher nie mehr im Fluß gebadet hat, auch nicht in der Kjønna. Er, der stets so lebenslustig und fröhlich war, wurde stiller, und er weigerte sich mitzugehen, wenn die Leute aus dem Ort zum Johannivergnügen nach Kjønna zogen. Er schob vor, er müsse zu Hause bleiben bei Mutter, und ließ mich mit Ragnhild und Lars hingehen. Nils-Jan und ich rannten so ausgelassen ... nein, jetzt will ich nicht an Nils-Jan denken!

Mir scheint, man könnte daran zerbrechen, wenn man sich diese grenzenlose Verzweiflung Harriets vorstellt, als Vater mit ihrer toten kleinen Tochter auf seinen Armen kam. Ragnhild sagt, Harriet habe so geschrien, daß sie, Ragnhild, noch Jahre später nachts mit Harriets Schrei im Ohr hochschreckte. Und bestimmt ist sie nicht die einzige, der es so ging.

All die Trauer, der Harriet keinen Ausdruck verleihen konnte, als sie ihren Mann verlor – denn sie hat ihn ja verloren und bekam ein lallendes Kind dafür –, all diese Trauer erreichte ihren Höhepunkt, als sie ihr einziges Kind verlor.

Auch wenn du schläfst, mein kleiner Jakob, muß ich dich jetzt hochnehmen, denn den Gedanken, ich könnte dich auch verlieren, kann ich nicht aushalten. Ich halte dich so fest, wie es irgend geht und schluchze in deinen warmen, weichen und nach Milch duftenden Nacken:

»Lieber Gott, lieber Gott im Himmel, du mußt *mich* vor Jakob sterben lassen. Eine Trauer wie die von Harriet könnte ich nicht ertragen.«

Als Harriet gestern hier war, schien sie fröhlich zu sein. Um meinetwillen war sie traurig, natürlich, und wie alle anderen aus dem Ort trauert sie um Nils-Jan, aber die Freude, die aus ihren Augen strahlte, konnte sie nicht verbergen. Freude und Verliebtheit.

Denn sie hatte Lyder bei sich, wie sie ihn nennt, und seine beiden Töchter. Für mich wird er wohl nie Lyder sein, denn ich habe mir angewöhnt, an ihn als Lehrer Halvorsen zu denken, oder einfach nur als Lehrer.

Ich hatte die Schule schon abgeschlossen, als er vor einigen Jahren in den Ort kam, zur gleichen Zeit, als im Nachbarort die neue Nervenklinik eröffnet wurde. Sie war der Grund, warum er sich hierher versetzen ließ. Er kam von einer kleinen Insel der Lofoten, deren Namen ich vergessen habe.

Die Zwillinge sind sechs oder sieben Jahre alt, und man mag kaum glauben, daß sie Geschwister sind, so wenig ähneln sie sich. Bei ihrer Geburt ging etwas schief, und seine Frau glitt in eine Art Koma, aus dem sie nie wieder richtig erwachte. Sie erwachte schon, nur so ähnlich wie Peder, und sie war wohl noch hilfloser als er.

Eigentlich sollte sie wohl nicht in einer Nervenklinik, sondern in einem Pflegeheim untergebracht sein, aber Halvorsen wollte gerne, daß sie in diese neue Einrichtung kommt. Ich glaube, er hatte die wenn auch winzige Hoffnung, daß ihnen ein Wunder widerfahren könnte. Es heißt, die Klinik hier sei die neueste und modernste des Landes für Nervenkrankheiten. Ich hatte mir vorgenommen, dort zu arbeiten, aber dann hast du dich angemeldet und den Plänen ein Ende gemacht.

Du bist ein bißchen unruhig geworden, sicher sollte ich dich jetzt wieder in die Tragetasche legen und nicht länger auf dem Arm halten. Mein lieber kleiner Jakob, wann werde ich von dieser ängstlichen Unruhe loskommen, auch dich noch zu verlieren?

Halvorsens Frau war nur ein Jahr lang in der Nervenklinik, dann starb sie an einer Lungenentzündung. Da hatte sich Harriet Lund endlich überreden lassen, Peder probeweise dort unterzubringen, zuerst nur zur Entlastung an den Wochenenden. Als sehr bald jedoch deutlich wurde, daß er sich dort genauso wohl fühlte wie zu Hause, zog er ganz dorthin. Nun sitzt er dort unten im Tagesraum und wiegt sich hin und her. Zwar freut er sich, wenn Harriet kommt, aber sie ist sich nicht immer sicher, ob er sie erkennt, denn inzwischen trottet er ebenso gerne hinter den Schwestern her wie hinter ihr.

Und dann, im letzten Frühjahr, wurde es für die Außenstehenden deutlich, daß sich da etwas angebahnt hatte zwischen Lyder Halvorsen und Harriet. Wenn man auf der Straße vorbeiging, konnte man sehen, wie die beiden auf der Bank zwischen den prächtigen Pfingstrosen saßen und Kaffee tranken, während die Zwillinge im Garten spielten. An den Abenden begleitete Harriet sie zu ihrer Wohnung, und nach und nach bemühten sich die beiden auch nicht mehr, so zu tun, als ob Harriet zu einer anständigen Zeit nach Hause ginge. Jetzt ist er mit den Töchtern auf Lund eingezogen. Anfangs gab es schon einen gewissen Aufstand deshalb, aber wirklich darüber entrüstet ist eigentlich nur Mutter. Mutter und vielleicht die Schulverwaltung.

Mutter ist schon sonderbar. Ich glaube zwar, daß sie es Harriet gönnt. Nur scheint sie irgendwie finden zu müssen, es sei Sünde, wenn die beiden unverheiratet zusammenleben. Harriet hat sich aber nicht scheiden lassen wollen, bestimmt denkt sie, daß sie in gewisser Weise Peder damit im Stich ließe. Vielleicht kann sie das nach und nach anders sehen. Vielleicht muß sie sogar, wegen des Lehrers. Die Schulverwaltung sieht so etwas sicher nicht so gern.

Ich glaube, Mutter hofft, daß sie heiraten, denn wenn sie auch sagt, nach Gottes Wort sei es verkehrt, sich nach einer Scheidung wieder zu verheiraten, so sei es noch schlimmer, »in Sünde zu leben«.

Meine sonderbare, dumme Mutter! Manches Mal verstellt dir deine Bibeltreue den Blick für die Realitäten, scheint mir, aber ich sage das nicht. Schon lange habe ich aufgehört, solche Sachen mit dir zu diskutieren. Außerdem weiß ich aus Erfahrung, daß du dich mit einer Situation anfreunden kannst, wenn du nur genug Zeit bekommst. Und eines: Du hast Harriet gegenüber nie auch nur ein Wort verloren. – Die Schulverwaltung im übrigen auch nicht, bisher.

Daß Harriet und Halvorsen einander guttun, ist unschwer zu sehen. Und die Mädchen, die beinahe zu unbändig waren, sind ruhiger geworden und haben sich Harriet auf rührende Weise angeschlossen. Sie hängen ihr an den Rockschößen und haben sogar angefangen, Mutter zu ihr zu sagen, das hörte ich gestern. Und auch ihre Kleidung ist jetzt, seit Harriet das Zepter übernommen hat, so ordentlich. Das gilt im übrigen auch für den Lehrer, und er sieht aus, als gefiele ihm das sehr.

Ach ja, es ist schön, sie so froh zu sehen, sie, die so tapfer und stark jahrelang einen Kummer getragen hat, der kaum vorstellbar ist. Vielleicht kann sie noch ein Kind bekommen, ich glaube nicht, daß sie schon zu alt dafür wäre. Einen Spielkameraden für dich, mein Kleiner, sollen wir Harriet und uns den wünschen?

65

Ich sitze auf Jakobs alter Holzbank, auf der er so oft gesessen hat. Sie besteht nur aus einer Bohle mit vier ziemlich provisorischen Beinen, und Wind und Wetter haben sie nicht geschont. Der alte Jakob saß hier oft mit seiner Pfeife, wenn Nils-Jan und ich über die Au gelaufen kamen. Jakob war schon weit über neunzig, als er starb, in dem Sommer, in dem ich zehn Jahre alt wurde. Jeden Tag, wenn das Wetter es einigermaßen zuließ, machte er seinen morgendlichen Spaziergang über die Felder zur Scheune und saß dann eine Stunde oder zwei mit seiner Stummelpfeife an der Sonnenwand. Mit uns Kindern war er immer ganz geduldig, hörte uns zu und erzählte uns Geschichten von früher. Im Frühling schnitzte er uns Weidenflöten, niemand schnitzte sie so, daß sie solch wunderbare Töne gaben, wie Jakob. Er lehrte uns auch die Kunst, mit leichtem Schlag des Messergriffs an einer bestimmten Stelle der Weidenrinde diese zu lösen, zwischendurch nahm er sie in den Mund und feuchtete sie mit Spucke an. Mir gelang das nie, aber dein Vater hatte es bald raus.

Stell dir vor, wenn er dich in einigen Jahren mit hinunter zum Bach nehmen würde und geeignete Rindenstücke für Weidenflöten für dich gefunden hätte. Nein, ich darf nicht so denken. Ich darf nicht länger immerzu an all das denken, was er nicht erleben wird, all das, was wir nicht zusammen erleben werden.

Das Leben muß weitergehen, mein Mädchen, sagt Mutter. Sie hat angefangen, ein bißchen mit mir zu schimpfen, wenn ich zu mutlos bin, und das tut mir gut. Sonderbar zu erleben, wie Mutter inmitten all dieser Merkwürdigkeiten jetzt diejenige ist, die stark ist, sie, die immer so abhängig war von Vater und mir.

Im Herbst, als ihr klar wurde, daß ich ein Kind bekommen würde, da legte sie sich eine Zeitlang ins Bett, das hat sie nicht mehr getan, seit ich ein kleines Mädchen war. Sie fand es so beschämend, daß ich gezwungen sein würde, zu heiraten. Ja, auch ich war nicht besonders froh, als ich merkte, daß du im Anmarsch warst, auch ich nicht, mein Jakob, das muß ich zugeben. Ich sollte doch eine Junibraut sein mit weißem Kleid und Schleier, mit kirchlicher Trauung und großem Fest auf Ås mit hundert Gästen. Bei uns zu Hause hätten wir nicht einmal für ein Drittel Platz, so daß Ragnhild fest entschlossen war, das Hochzeitsfest auszurichten, so wie Mathilde bei ihr.

Sonderbar, wenn ich bedenke, daß du unehelich geboren bist, genau wie dein Vater – und wie deine Großmutter. Aber deinen väterlichen Hof wirst du erben. Das wurde entschieden, ehe du geboren wurdest, ja ehe wir erfuhren, wie groß dein Anrecht darauf ist.

Erst nach Weihnachten fingen Ragnhild und ich an, Mathildes Sachen durchzusehen. Ich hatte versprochen, ihr dabei zu helfen. Durch Mutters Depression und meine eigene Morgenübelkeit war die Zeit so schnell vergangen, daß die Weihnachtsvorbereitungen anstanden, ehe wir hatten anfangen können. Nach den ersten drei Monaten gab sich die Übelkeit – mir scheint im nachhinein, als hätte ich mich Tag und Nacht erbrochen. Mutter kam allmählich auch wieder auf die Beine, und sie begann tatsächlich, Babysachen für ihr ungewolltes Enkelkind zu stricken, wenn auch am Anfang etwas mürrisch. Jetzt ist sie genauso verrückt nach dir wie wir anderen. Mutter ist nicht verkehrt, weißt du, wenn man ihr nur Zeit läßt, eine Situation zu akzeptieren. In diesem Frühjahr hätte ich um alles in der Welt nicht ohne sie sein mögen.

Wir fingen also erst nach Weihnachten an, Mathildes Sachen durchzusehen. Ihre Kammer war den ganzen Herbst hindurch abgeschlossen gewesen und so kalt, daß Ragnhild und ich alles zusammensammelten und nach und nach in die Küche trugen. Im Ofen bullerte es so gemütlich, und Ragnhild hatte wie üblich Kaffee gekocht.

Eine merkwürdige Sache, hinter einem Menschen, der gestorben ist, aufzuräumen. Du glaubst, du hättest den Menschen ein Leben lang gekannt, und dann entdeckst du, daß er eigentlich vollkommen fremd ist, jedenfalls ein Leben mit Sorgen und Nöten und Freuden gelebt hat, von dem du keine Ahnung hattest.

Mathilde hat immer zu meinem Leben gehört und ich dachte, ich würde sie in- und auswendig kennen. Ihre schroffe

Art gehörte ebenso zu ihr, wie zu Ragnhild ihr Summen und Singen und das Ruhige und Besonnene zu Lars. Ich bin niemals auf den Gedanken gekommen, daß es dafür einen Grund geben könnte. Und es hat uns nie etwas ausgemacht, daß sie hin und wieder kurzangebunden oder verärgert war, denn sie war doch immer so gut zu uns.

Ragnhild war es, die die Fotografie fand, die Mathilde in der Hand hielt, als sie starb. Die ich so gedankenlos in die Nachttischschublade gesteckt und der ich seither keinen Gedanken mehr gewidmet hatte. Wenn ich damals richtig draufgeschaut hätte, wäre vieles anders gewesen, aber ich habe es nicht getan. Dachte vielleicht, es wäre Konrad oder Kristoffer, einer ihrer Vettern. Wahrscheinlicher ist, daß ich überhaupt nicht gedacht habe. Ich sah doch, daß Mathilde tot war, und so steckte ich das Bild einfach in die Schublade und vergaß es.

Ragnhild bekam einen so komischen, verwunderten Gesichtsausdruck, als sie es aus der Schublade nahm, die sie mitten auf den Küchentisch gestellt hatte, daß ich die Kaffeetasse, die ich gerade zum Mund führte, absetzte und Ragnhild anschaute. Sie sagte kein Wort, reichte mir nur die alte bräunliche Fotografie.

Dein Vater hatte sich im letzten Frühjahr, als er vom Walfang nach Hause kam, einen Bart stehen lassen. Ja, dort unten hatte er den Bart wachsen lassen, wie es die meisten zu tun pflegen, aber auf dem Weg nach Norden rasieren sie sich dann. Er hatte nach der letzten Saison einen Bart behalten, einen steifen rötlichen kleinen Bart, von dem ich nicht besonders begeistert war – er stach und kitzelte so, wenn er mich küßte.

Aber er kleidete ihn, der kleine Bart! Er sah so gut aus, dein großer schöner Vater mit dem schmalen Mund, der geraden Nase und dem witzigen Schwung der Stirn am Haaransatz. Und die Augen, die funkelnden, graugrünen Augen, die im

Verhältnis zu seiner Haarfarbe und Haut so dunkel wirkten, weil sie um die Iris einen schwarzen Rand hatten. Ich fand, daß sie dadurch besonders ausdrucksvoll waren. Und dann hatte er lange dichte und dunkle Wimpern und gerade, fein gezeichnete Augenbrauen.

Er war ein schöner Mann, mein Liebster. Als Ragnhild mir das Bild aus Mathildes Nachttischschublade reichte und ich es richtig betrachtete, da war mir, als sähe ich Nils-Jan ins Gesicht.

66

Nachdem ich herausgefunden hatte, wie alles zusammenhing, habe ich darüber nachgedacht, wie es für Mathilde gewesen sein muß. Die Monate in Oslo, die Einsamkeit, die Entbehrung, die Bitterkeit über das Verlassenwerden – und dann noch ein Kind austragen, von dem sie weder etwas wissen wollte noch durfte – das muß entsetzlich gewesen sein.

Ich werde niemals den Augenblick vergessen, als du mir in die Arme gelegt worden bist, nur einige Minuten alt. Du warst ein so herziges, hilfloses Etwas mit deinem runzligen, roten Gesichtchen, daß mir schien, ich müßte schier überlaufen von einer Zärtlichkeit, von der ich vorher nicht geahnt hatte, daß man sie empfinden kann. Ich mußte da an Mathilde denken, die niemals ihr neugeborenes Kind halten durfte, ja ich weiß nicht einmal, ob sie sich das gewünscht hat.

Sie haben ihr ein Handtuch über das Gesicht gelegt. Der schwache Duft des reinen weißen Leinens schließt sie in eine eigene Welt ein und ist gleichzeitig das Signal dafür, daß bald alles vorüber ist. Sie nähert sich dem Ende der Monate in Scham, Angst und bitterer Einsamkeit. Es wird eine Erleichterung sein, diesen unbequemen Beweis von Liebe und Verrat loszuwerden, der einen immer größeren Platz in ihrem Bauch und immer mehr Aufmerksamkeit forderte. Dennoch klammert sie sich an die Schmerzen, wenn sie wie ein glühender Blitz durch ihr Rückgrat fahren, so allumfassend, so unendlich schwer, daß es nur darum geht, von Sekunde zu Sekunde zu überleben. Sie klammert sich an sie, denn in den kurzen Unterbrechungen zwischen den Wehen spürt sie die kommende Leere, und ahnt, daß die noch schlimmer sein wird.

Sie beschweren sich, sie solle pressen, und sie braucht alle Sinne, all ihren Haß und ihre Bitterkeit, um dieses unerwünschte Leben aus sich herauszupressen. Nur in den kurzen, fast dösigen Pausen, wenn die Schmerzen nachlassen und sie verschwitzt und erschöpft in die Kissen sinkt, tritt vor ihren geschlossenen Augen immer deutlicher ein Bild hervor.

Sie sieht sich selbst in diesem »Heim für ledige Mütter«, wo sie den Winter zugebracht hat, im Stuhl am Fenster sitzen, eine Hand ruht oben auf ihrem Bauch, und alle Sinne sind nach innen gewandt, auf das Kind gerichtet, das unter der strammen Haut strampelt.

Bist du das, mein Kleines? Ist das ein kleiner Fuß, den ich mit den Fingern spüre? Oder deine Hand mit geballter Faust, wie ein erster Händedruck zwischen Mutter und Kind? Liegst du mit dem Kopf ganz oben unter meinen Rippen, oder hast du dich schon gedreht, um die Trennung von mir vorzubereiten? Von mir, die deine Mutter ist und nichts von dir wissen will. Wirst du mir einmal vergeben können?

In den letzten Wochen ist der Schmerz über den Verrat, die Bitterkeit über das Kind und die Angst vor der bevorstehenden Entbindung immer öfter einer widerstrebenden Erwartung gewichen. Erst nur als kurze Augenblicke, aber jetzt, ganz am Schluß, als permanenter Zustand neugierigen Wunderns und einem Gefühl von Zusammengehörigkeit mit diesem Wesen, das so heftig tritt, daß der nächtliche Schlaf gestört wird. Was willst du von mir, Kleines? Versuchst du ein Band zwischen uns zu schaffen, das nicht wie die Nabelschnur durchgeschnitten werden kann, sowie du draußen bist aus meinem Körper? Aber ich will dich ja nicht haben! Kann dich nicht haben. Schon der Gedanke ist sinnlos.

Und jedesmal gewinnt die Bitterkeit und das Gefühl der Scham und Erniedrigung – du mußt bedenken, das war 1916! Der Gedanke an das Gerede der Leute im Ort, die Sensation, das schadenfrohe Tuscheln der Freundinnen – über die tastend vorsichtigen Träume vom Kind gewinnt das alles die Oberhand. Im Dunkel der Nacht, wenn sie und es eine halb schlummernde, schläfrige Einheit bilden, die das alles beiseite schiebt, sieht sie plötzlich die zornigen Blicke ihres Vaters. Und seine gnadenlose Stimme treibt sie aus dem Bett, rastlos geht sie auf und ab, die Hände über den gewölbten Bauch gelegt, als ob sie das Kind hinauszwingen will, hier und jetzt. Ich will dieses Kind nicht! Ich kann dieses Kind nicht haben!

Sie haben ihr ein Handtuch übers Gesicht gelegt. Beim Laut des zarten kleinen Schreis schiebt sie dann doch das Handtuch zur Seite und sieht einen Augenblick lang die neugeborene Tochter, als sie der Helferin der Hebamme in die Hände gelegt wird. Das geschieht routiniert, vielleicht etwas jäh, worauf das Kind in einer reflexhaften Bewegung hilflos mit den Armen rudert, wie es alle normalen, neugeborenen Kinder machen würden, wenn sie fühlen, die Unterlage ist nicht sicher.

Diese Bewegung, diese verzweifelte »laßt mich nicht fallen, bitte verliert mich nicht«-Bewegung wird Mathilde durch

Tage und Nächte begleiten, ein ganzes langes Leben lang, bis in den Tod. Diese Bewegung und die heimlichen bitteren Tränen.

67

Es gibt nicht mehr so viel zu erzählen, mein Jakob. Als Ragnhild und ich erst einmal den unglaublichen Zusammenhang begriffen hatten, war es nicht mehr schwer, ihn bekräftigt zu bekommen. Die Heilsarmee half dabei, sie sind in diesen Dingen routiniert und wissen, wie man vorgehen muß. Die Papiere in Mathildes Truhenfach machten es noch leichter. Sie bewiesen, daß sie am 27. April von einem gesunden Mädchen entbunden worden war, dem gleichen Tag, an dem Borgny geboren wurde, und daß sie das Kind nicht behalten wollte.

Wie konnte sie es fertigbringen, es wegzugeben? Du bist jetzt wieder wach geworden, das war nur ein kurzes Nickerchen, aber nun ist es wohl soweit, daß du tagsüber immer öfter wach bist. Ich sitze hier mit dir auf dem Schoß und schaue dich an, wie du in den Himmel blickst, und begreife ein wenig, wie schwer es für Mathilde gewesen sein muß. Ich habe dich erst seit wenigen Wochen, aber ich kann mir mein Leben ohne dich nicht mehr vorstellen.

Ich konnte mir ein Leben ohne deinen Vater ja auch nicht vorstellen, als ich im Winter in Mathildes Kammer wohnte. Ich bin dort hingezogen, um Ragnhild Gesellschaft zu leisten und um ihr auf dem Hof zu helfen. Für einen allein ist das mit all den Tieren auf Ås zuviel. Und Mutter hat ja Vater zu Hause, er ist nicht mehr draußen gewesen, seit ich ein kleines Mädchen war.

An den Winterabenden saßen Ragnhild und ich zusammen und redeten und redeten, wie phantastisch es sein würde, Nils-Jan zu berichten, wer er ist. Daß wir das nicht schreiben wollten, darüber waren wir uns vom ersten Moment an einig. So etwas kann man nicht in einem Brief schreiben. Und wir freuten uns unbändig auf sein Gesicht, wenn wir es erzählen würden.

Wir weinten um Mathilde, seine Großmutter, die nie erfuhr, daß sie es war. Sie muß doch gesehen haben, wie er nach und nach immer mehr seinem Großvater glich! Es ist unfaßbar, daß sie nichts unternahm, um etwas herauszufinden, aber sie hat wohl geglaubt, es könne nicht sein. Und wir weinten um Borgny, die nie ihre Mutter getroffen hat.

Wir lachten beim Gedanken an Nils-Jan und Lars und bei dem Gedanken an dich, Mathildes Urenkelkind, das unter meinem blaugepunkteten Umstandskleid immer größer wurde. Wir lachten und machten Pläne und dachten nicht, daß etwas passieren könnte. Durch dunkle Winterwochen hindurch schufen wir uns eine eigene sichere und vertraute Welt, in der behaglichen Küche auf Ås, wo der Ofen bullerte und die Uhr tickte, während der Wind ums Haus pfiff. Eine Welt, eingesponnen in frohe Zukunftspläne und unbekümmerte Erwartung, mit der Trauer um Mathilde als dem wehmütigen, dunkleren Hintergrund für all unsere hellen Träume. Als der Wagen des Pfarrers an einem eiskalten Vormittag im März auf den Hof einbog, kamen wir nicht auf den Gedanken, er könne in offizieller Mission unterwegs sein.

Der Rest ist nur Zeit, mein kleiner Jakob. Mein Leben ist ein Meer endloser Zeit, von der ich nicht weiß, was ich damit beginnen soll. Der Gedanke, daß ich ohne Nils-Jan leben soll, bis ich alt bin, übersteigt meine Vorstellungskraft. Ich bin erst achtzehn Jahre alt, und mein Leben scheint schon vorbei zu sein. Ist es das?

Du liegst da und schaust in den Himmel. Deine Augen werden mit jedem Tag denen deines Vater ähnlicher. Sie spiegeln den Himmel mit seinen grauen, ziehenden Wolken, ja, und die Schwalben, die dort oben hin- und herschießen, spiegeln sich in ihnen. Sie fliegen heute höher, mein kleiner Jakob. Du wirst sehen, das Wetter wird wieder besser.

Windgesang

I

Jakob, das bin ich. Ich bin aus einer großen Dunkelheit hierhergekommen, groß und unfaßbar, aber nicht erschreckend wie die Dunkelheit hier. Wenn ich nachts aufwache und die Dunkelheit umschließt dicht das Bett, schreie ich. Dann kommt Mutter mit ihren warmen Händen, die mich aufnehmen, und ihrer sanften Stimme, die sagt: »Hast du schlecht geträumt, mein kleiner Jakob?«

»Ich habe von einem gefährlichen Troll geträumt«, sage ich dann, aber ich weiß nicht, was ein Troll ist, nur daß er groß ist und gefährlich wie die Dunkelheit. Dann darf ich in Mutters Bett liegen, in ihren Armen, und ich fühle, daß sie die Wärme ist und der Geruch und die Geräusche in der großen Dunkelheit, aus der ich komme. Und die Dunkelheit hier hört auf, gefährlich zu sein, sie ist gütig und freundlich und voller bekannter Geräusche.

Jakob, das bin ich. Mein Vater ist ein Ton im Wind, aber niemand außer mir weiß das. Des Nachts ist er der Wind, der wehmütig um die Hausecke heult, ein langgezogener, flötender Ton, der mich schön traurig macht. »Komm, kleiner Jakob«, flötet er, »uns beiden gehört die Dunkelheit, dir und mir.«

2

Schön weiß gestrichen, mit strahlend roten Wirtschaftsgebäuden, liegen die kleinen und etwas größeren Höfe friedlich über die hügelige Landschaft vor der Moräne verstreut, deren Rücken sich in nordsüdlicher Richtung durch das gesamte Vestfold erstreckt. Sie sehen aus, als wollten sie hier für immer liegenbleiben, gleichgültig, welche Wendung die Welt nehmen wird. Im Sommer nisten schwatzhafte Elstern und heisere Krähen etagenweise auf den Ahornbäumen des Hofplatzes, gut verborgen im dichten, grünen Laub, mit dem ein munterer kleiner Sommerwind spielt. Im Herbst frischt der gleiche Wind kräftig auf – hier ist der Junge, denke ich – und klammert sich an Laub und Astwerk, daß die runden Nester der Elstern und die schwankenden der Krähen herunterzufallen drohen, zum großen Schrecken ihrer Bewohner.

Die armen Vögel frösteln sich unbehaust durch den Winter. Unschlüssig flattern sie umher, und sie überleben mit viel Gekrächze dank der geringen Wärme des Schornsteins auf dem Haupthaus und des einen oder anderen Kanten Brotes, den man ihnen wohlwollend durch ein mit Eisblumen verziertes Küchenfenster hinaus ins blaue Winterlicht schleudert.

Doch kaum läßt das erste Anzeichen von Tauwetter die gewaltigen Eiszapfen unter der Dachrinne ans Weinen denken, da sind die Elstern da, im Schnabel die ersten Zweige des Ahorns. Und lange bevor die Kinder des Hofes, die unter den Bäumen auf dem Hofplatz toben, angefangen haben, sich die Frucht des Ahorns quer auf die Nase zu kleben – nachdem sie zuerst mit den Daumen die klebrige Kapsel geteilt und die kleine flache Frucht mittendrin herausgepflückt haben – sind sowohl Krähen als auch Elstern bereits dabei, die kommenden Generationen aufzuziehen. Schwatz schwatz. Krah krah.

Wenn sich nur die Katze zurückhält, dann kann es im dichten Laub richtig friedlich zugehen.

Und die ganze Zeit liegt der Hof da und betrachtet die Welt durch blanke Fenster. Sommer und Winter gleiten über das Dach, einer nach dem anderen. Und niemand sieht den roten Ziegeln an, daß sie eine große Trauer verbergen.

Es gibt zwei gleiche Höfe in der Gemeinde rund um Jakobs Scheune. – Na klar, es gibt noch weitere, selbstverständlich, aber diese zwei gehören zu den größten, so groß wie der Kummer, den sie verwahren. Jeder auf seinem Hügel, liegen sie einander genau gegenüber, der sich windende Fluß wie ein glänzender Trauerflor zwischen ihnen. ›Hier verläuft die Grenze für *meine* Trauer. Du hast schon genug an *deiner.*‹ Aber an müßigen Frühlings- oder Herbstnachmittagen kommt es vor, daß die niedrige Sonne ein glänzendes Fenster auf der einen Seite streift und ein Blinken wie einen freundlichen Gedanken hinüberschickt. ›Ich bin ganz in deiner Nähe, wenn du etwas brauchst.‹ Wie um daran zu erinnern, daß trotz allem, niemand ganz allein ist.

Die Pappelallee hinauf nach Lund kam vor vielen Jahren die Nachricht von Peder und seinem Unfall beim Walfang. Von der Trosse, die mitten entzweiriß und den großen und stattlichen Mann von Harriet Lund so traf, daß er seither wie ein lallendes Kleinkind an ihrem Schürzenzipfel hing. Nicht lange danach trug Solfrids Vater Harriets einzige Tochter auf seinen Armen. Sie war während der Schneeschmelze im Hochwasser führenden Fluß ertrunken.

Doch die Ahornbäume auf Lund rauschen immer gleich freundlich. Krähen und Elstern harren unverdrossen zwischen den wie Händen gelappten Blättern aus. Und auf der Bank unter den Bäumen sitzt nicht länger Peder mit seinem verwirrten Lächeln. Oder besser: er sitzt dort noch, aber nur an den Wochenenden, wenn Harriet ihn in ihrem weinroten Auto aus dem Heim für geistig Behinderte holt. Dann sitzt er auf der Bank und wiegt sich hin und her, während die beiden Zwillingstöchter von Lehrer Halvorsen in Harriets abgelegten Kleidern und hochhackigen Schuhen feine Dame spielen. Sie decken den Gartentisch für eine Kaffeegesellschaft und teilen sich den gutwilligen Peder als Ehemann.

»Jetzt tun wir so, als gehst du zur Arbeit, Peder«, damit geleiten sie Peder zum Gartenstuhl unter dem Apfelbaum. »Und jetzt kommst du wieder nach Hause.« Peder wiegt sich. Wird lächelnd vom Stuhl zur Bank geführt und wiegt sich.

Aber ein bißchen zanken sich die Mädchen darum, wer Mutter für die kleine Halbschwester Elisabeth sein darf, die im Schatten eines Ahorns in ihrer Wiege liegt und schläft. Und drinnen, hinter dem offenen Küchenfenster greift Lyder Halvorsen kräftig und frisch verheiratet nach Harriets rundem Hinterteil, als sie am Herd steht und die Soße vom Kalbsbraten anrührt: »Stell dir vor, wir könnten ...«

Aber er wird schroff zurückgewiesen: »Bist du verrückt! Wenn die Mädchen dich sehen! Geh raus und hol deine Tochter, sie braucht neue Windeln, ehe wir essen.«

Und der Lehrer geht glücklich nach draußen, denn er und seine beiden Töchter sind unglaublich begeistert von der neuen Frau und Mutter. Und von der neuen Elisabeth, die sie bekommen haben, statt der Frau, die dort im Heim vor einigen Jahren starb.

»Mama, Mama«, jubeln Lyders Mädchen, denn eine andere Mutter haben sie niemals erlebt. Ihre eigene verschwand von dieser Welt, als sie auf die Welt kamen. Einige Jahre lang lebte sie noch, aber ihre einst so lebendigen, graugrünen Augen – wie sie eines der Mädchen erbte – waren ganz nach oben verdreht, nach innen, in die eingesunkenen Augenhöhlen. So, als ob sie in ihrem gelähmten Gehirn verzweifelt nach ihren Gedanken suchte.

Wenn ein seltenes Mal eine Ahnung von Leben wie ein wiedergefundenes Lächeln über ihr Gesicht glitt, nachdem

Lyder mit Engelsgeduld die immer stärker deformierten Finger streichelte, weckte das nur eine beinahe böse Hoffnung. Eine Hoffnung – ebenso schön, so zart und unbeständig wie die Seifenblasen, die seine Kinder bliesen – seine fröhliche, lebenslustige Frau könnte eines Tages ihre Gedanken wiederfinden. Geblieben ist von ihr nur das Grab auf dem Friedhof in der Reihe hinter Mathilde und Nils-Jan.

Auf Ås rauscht der Wind nicht in gelapptem Ahornlaub, aber er schnappt gern bei der kräftigen Esche hinter der Scheune zu oder treibt sein Spiel ein wenig mit der zarten jungen Birke an der Ecke zum Geräteschuppen. Sie ist viel jünger als die Ahornbäume auf Lund, aber die prächtige Eiche ganz unten im Garten, an der Anders Irgendeiner schon vor der Jahrhundertwende für seine Tochter Mathilde die Schaukel aufhängte, die ist viel älter, natürlich. Und die Trauer hier, die ist genau wie die Bäume sowohl älter als auch jünger als die auf Lund.

Als Mathilde mit fünfundzwanzig von ihrem Vater gezwungen wurde, ihre kleine Tochter wegzugeben, das Kind, von dem niemand im Dorf etwas wußte, nicht einmal sein Vater, der Schweizer, der längst abgehauen war, da hatten nicht zum ersten Mal Trauer und Reue auf dem Hof Einzug gehalten. Sie hatten bereits fünfundzwanzig Jahre zuvor unter dem roten Ziegeldach Platz genommen, als Mathildes Geburt ihre Mutter, der kleinen, zarten Maren Pütt, das Leben gekostet hatte. Aber selbst wenn die Trauer von Anders Irgendeiner über den Verlust seiner jungen Frau, die er nur ein Jahr lang hatte lieben dürfen, groß war und bitter, so war Mathildes Trauer vielleicht doch größer und bitterer.

Die meiste Zeit ihres Lebens, fast fünfzig Jahre lang, trauerte Mathilde um ihre Jugendliebe, den Mann, der sie verlassen hatte, und um das Kind, das sie weggeben mußte. Fünfzehn Jahre davon hatte sie den Sohn ihrer Tochter bei sich, ohne es zu ahnen. Oder ahnte sie es doch? Wie hätte sie wohl darauf kommen sollen, daß Nils-Jan, der kleine deutsche Junge, den Ragnhild – die Großnichte, der sie den Hof vererbt hatte – adoptierte, daß dieser Junge etwas mit ihrer Tochter zu tun haben könnte? *So* klein ist die Welt doch nur in Büchern.

Jetzt liegen sie Seite an Seite zwischen anderen Gräbern auf dem Friedhof, die beiden, die nie erfuhren, daß sie Großmutter und Enkel waren, Mathilde und Nils-Jan. Knapp zwanzig Jahre alt ist er geworden, ehe er unterwegs auf Walfang bei Süd-Georgia nach einem Blinddarmdurchbruch starb. Solfrid pflegt die Gräber und pflanzt auf beide Fuchsien und blaue Lobelien. Und Klein-Jakob, ihr Sohn, der geboren wurde, nur ein paar Monate, nachdem sein Vater gestorben war, jauchzt vor Freude, wenn sich die blanken Tropfen aus der Gießkanne über die nickenden Köpfe der Blumen auf den Gräbern von Vater und Urgroßmutter ergießen.

Und die Trauer? Ja, die gibt es noch immer hinter den glänzenden Fensterscheiben auf Ås, auch wenn das Leben nach Nils-Jans Tod langsam wieder Fuß faßt.

3

Jakob, das bin ich. Mein Vater ist ein Ton im Wind, und der Ton lebt in einer Flasche, die ich auf dem Heuboden in einem Stapel von Pfählen für die Gestelle zum Trocknen des Heus versteckt habe.

Die Flasche ist groß und aus grünem Glas, ich bekam sie, als sie mir einmal von erwachsenen Händen von hoch oben heruntergereicht wurde. »Jetzt mußt du ganz vorsichtig gehen«, sagten die Hände. »Geh vorsichtig, damit du nicht fällst, mein Kleiner.«

Aber ich rannte durch die Wiese, auf der Großvater Lars

noch nicht mit der Mähmaschine gewesen war, und die Halme schlugen gegen meinen nackten Bauch, während ich rannte, den Flaschenhals nach oben gereckt in den Himmel, der ohne Wolken war, nur hoch und blau und mit Schwalben wie schwarze Pfeile weit oben.

Und der Ton im Wind kam von nirgendwo und schlüpfte in den Flaschenhals und wurde zu dem sonderbaren Gefühl von Weinen im Hals und von Tränen in den Augen, die mein Vater sind, und was die Erwachsenen Trauer nennen.

Jakob, das bin ich. Einmal saß ich mit einer Flasche zwischen den Händen in einer Wiese mit hohem Gras und weinte. Ich sollte nach Hause und Wasser holen für die Mäher, und die Aufgabe war groß und wichtig, aber trotzdem vergaß ich sie. Ich weinte, weil der Ton, der mein Vater ist, wegblieb, als ich stehenblieb, und weil ich da noch nicht entdeckt hatte, daß er wiederkommen würde, wenn ich aufstand und loslief, den Flaschenhals nach oben zum Himmel gerichtet. Ich drehte und wendete die Flasche, um den traurigen Ton zu fassen zu bekommen, aber heraus kam nichts als ein blanker Tropfen, naß und kalt wie Tränen. Der Tropfen rann mein Bein hinunter und hinterließ einen nassen Streifen auf der Haut.

Danach rannte ich wieder, und der Wind lockte meinen Vater in die Flasche und trocknete die Tränen auf meinem Gesicht. Vor und zurück rannte ich durch das hohe Gras und hielt dabei die Flasche in den Himmel. Ich lauschte auf den kleinen Ton, der einsam war und schön und schrecklich, schrecklich traurig, viel trauriger als Weinen.

Da kam Mutter, nahm mir die Flasche weg und sagte: »Das ist gefährlich, Klein-Jakob. Sie kann zerbrechen, und du kannst dich schneiden.«

Und wieder mußte ich weinen. Aber da durfte ich auf Erics Schultern sitzen, der früher einmal hier war, der aber jetzt nicht mehr hier ist. Er ist weg, wie mein Vater, aber nicht tot. Er ist weg, wie Hans weg ist, wenn er zur See fährt, aber Hans kommt zurück und ist der Vater von Sofie und Laila. Eric ist der Vater von niemandem, und Eric kommt nicht zurück, nur vielleicht, sagt Mutter. Weg ist ein schwieriges Wort, aber tot ist noch weiter weg sein.

Mein Vater ist ein kleiner weißhaariger Junge in einem grünen Album. Hin und wieder kommt er heraus und spielt mit mir, und dann ist er mein Junge. Er ist nett und ärgert mich nie.

»Er ähnelt dir, Klein-Jakob«, sagt Großmutter.

»Das sind die Augen«, sagt Mutter und weint.

Wenn eine von Mutters Tränen eine Weile auf meiner Haut gelegen hat, wird sie kalt wie der Tropfen aus der Flasche, und dann trockne ich ihn mit der Hand ab. Tränen sind Wasser mit Salz drin.

Mein Vater ist ein Ton im Wind. Er ist das Weinen in Mutters Stimme und in der von Großmutter, aber in Großvaters Stimme ist er nichts, nur weit weg. Eric war Lachen in Mutters Augen, als Sommer war und ich mit der Flasche, in der mein Vater war, durch die Wiese lief. Er war Lachen, das mich im Bauch kitzelte, als er mich auf die Schultern hochhob und mit mir nach Hause tanzte, über die Heuhaufen. Er war Lachen auf Mutters Lippen, als sie die Flasche an den Mund hob und meinen Vater wieder hervorflötete.

Jakob, das bin ich. Ich wache auf in einem Bett und weiß, wo mein Vater ist. Er ist in der Flasche, die ich auf dem Heuboden versteckt habe. Er ist im Wind, der über das Scheunendach flötet, am Ende der Leiter, die Olefejus aufgestellt hat. Und jetzt will ich hinaus und meinen Vater finden.

4

Er eroberte sie keineswegs im Sturm. Eher im Gegenteil, denn etliche Wochen sollten vergehen, ehe sie begriff, daß die Rastlosigkeit, die sie jedesmal in seiner Nähe erfaßte, etwas mit Verliebtsein zu tun hatte. Eigentlich mochte sie ihn nicht, fand seine übermütige Art angeberisch und »typisch amerikanisch«. Er war anders, als sie ihn von früher, als Kind, in Erinnerung hatte.

Und dann war da noch, daß er so gut aussah, so eine etwas glatte Filmschönheit – glatt und smart, dachte sie, wenn sie insgeheim seine ebenmäßigen Gesichtszüge betrachtete, das braune Haar mit den genau richtigen Locken, die weißen, regelmäßigen Zähne und die funkelnden Augen. Er hatte dieses unbeschwerte Selbstbewußtsein, das Menschen manchmal zu eigen ist, die wissen, daß ihr Körper schön ist, daß die Kleidung, was auch immer sie überziehen, sitzen wird, als wäre sie für sie angefertigt. Egal was er trug, und wenn es die Hosen für den Kuhstall waren, die er von Lars geliehen hatte, die Sachen paßten ihm, als wären es immer seine gewesen, und er trug sie mit einer solchen Lässigkeit, daß Solfrid jedesmal, wenn sie ihn sah, ganz kribbelig wurde.

Sie hatte Nils-Jans dünne und aufgeschossene Gestalt vor Augen, und sie konstatierte mit einer kleinen verblüfften Zärtlichkeit, daß sein Körper ganz einfach nicht so perfekt gewesen war wie Erics. Und sie erinnerte sich an den Sommer vor zwölf Jahren, als Eric zum letzten Mal zu Besuch in Norwegen gewesen war.

Damals hatten er und Nils-Jan um fast alles konkurriert, so wie Jungen in dem Alter das oft tun. Und auch wenn Eric zwei Jahre jünger und fast einen Kopf kürzer war als der Freund, war in der Regel er es, der gewann. Er war unglaublich geschmeidig, er hatte eine Kontrolle über seinen Körper wie ein Tänzer. Nils-Jan war lang und schlaksig, wie Mathilde zu sagen pflegte. Sie haute ihm oft zwischen die Schulterblätter, auf ihre brüske Art, aber gar nicht mal lieblos, und bat ihn, sich »aufzurichten zu voller Größe«. Und sein Gang war schwerfällig.

Eric hatte noch die gleiche leichte, tänzerische Art, sich zu bewegen wie als Kind, aber ansonsten, findet Solfrid, hat er sich sehr verändert. Ihr war damals überhaupt nicht aufgefallen, daß er besonders gut aussah, obwohl sie sich an eine Bemerkung ihrer Mutter erinnern kann, der kleine Amerikaner sei so ein hübscher Junge. »Ja, aus dem wird ein prächtiger Bursche«, hatte der Vater geantwortet. Sol war zu der Zeit jedoch gar nicht an prächtigen Burschen interessiert. Wenn sie nun von Eric so begeistert war, dann nicht, weil er gut aussah, sondern eher, weil er neu und anders war.

Sie hatte sich mit Nils-Jan in dem Sommer, als Eric zu Besuch da war, mehr gezankt als vorher oder nachher. Sie stritten um die geringsten Kleinigkeiten, sie, die so selten uneins waren. Oft endete das damit, daß sie mit Eric weglief, während Nils-Jan geknickt nach Hause ging.

»Jetzt ist er beleidigt«, sagte Sol dann, während sie und Eric über die Jakobsau rannten und sich in die Heuhaufen warfen, die dort aufgeschichtet waren. Und insgeheim verzog sie den Mund und äffte Mathilde nach, die ihnen vom Hof hinterherrief: »Rennt nicht die Heuhaufen um, Kinder!«

Eric war einfach nur freundlich und stritt mit keinem. Dennoch bekam er immer alles, was er wollte.

Dieses Mal war er genauso freundlich und lächelnd, genauso höflich und hilfsbereit wie damals. »Ein Gentleman«, sagte ihr Vater. »Der Traum einer Schwiegermutter«, lächelte Ragnhild. Sie fanden sicher beide, daß diese Unterbrechung der alltäglichen Routine, die Erics und nicht zuletzt Grannys Besuch mit sich brachte, allen gut tat.

Im Sommer, drei Jahre nachdem Nils-Jan gestorben war,

kam Granny in einem Meer von Koffern und überschäumender Begeisterung aus Amerika angerauscht. Mit ihrer lauten, amerikanischen Jovialität stellte sie für die Leute auf Ås und sonstwo im Ort für einige Sommermonate die Welt ein bißchen auf den Kopf.

»Das ist Spitze«, rief Granny begeistert, aber mit einer solchen Überzeugung, daß alle glaubten, sie redete von etwas Großartigerem als von einem herumstolzierenden Hahn.

»Spitze!« rief sie begeistert aus, egal, ob es darum ging, neue Kartoffeln für das Mittagessen auszugraben oder einen Strauß Sommerastern und Ringelblumen zu pflücken, um sie im Waschhaus, wo sie und der Enkel Eric untergebracht waren, auf den Tisch zu stellen. Sie war so außerordentlich beglückt davon, »daheim« zu sein, wie sie es ausdrückte, daß der ganze Ort von ihrer Begeisterung angesteckt wurde.

So richtig zu Hause war sie dabei eigentlich nicht, denn sie hatte nie auf Ås gelebt. Ihre Eltern waren von einem Kleinbauernhof weiter oben in der Gemeinde ausgewandert, als sie noch ein kleines Mädchen war, und Granny war in Seattle aufgewachsen. Dort servierte sie eines Sonntagnachmittags Kaffee in der Norwegischen Seemannsmission, stolperte über die allzu langen Beine eines Matrosen und fiel vornüber, einem anderen auf den Schoß, der an einem Tisch für sich allein saß und schüchtern seinen Hut in Händen drehte. Er half dem jungen Mädchen auf, trocknete mit einem nicht ganz sauberen, hellblauen Herrentaschentuch den Kaffee von seinem Hemd und ihrer Schürze, und Granny zufolge musterte er fast im selben Moment ab, hielt um ihre Hand an und schenkte ihr vierzig glückliche Jahre und drei Kinder. Ob sie ihm auch auf sein Werben hin geantwortet hat ›Das ist Spitze!‹, weiß niemand, aber so ganz unwahrscheinlich ist es nicht.

Im übrigen ging das alles auf Englisch vor sich, denn zu der Zeit hatte Granny – das heißt Hilda, so ist sie getauft – ihre Muttersprache fast ganz vergessen. Die Ehe mit einem Norweger frischte beides wieder auf – die Sprachkenntnisse und das Interesse für ihr Land, aber bis in die Feinheiten ist sie nie gedrungen.

Hilda und ihr Mann waren gerade vor Kriegsbeginn zu Besuch bei den Verwandten in Norwegen. Sie hatten die jüngste ihrer Töchter mit, die achtzehn Jahre alte Mary-Ann, die von dem Land so begeistert war und nicht zuletzt von Ragnhilds Zwillingsbrüdern, daß sie bettelte, in Norwegen bleiben zu dürfen, wenn die Eltern nach den Ferien nach Hause reisten. Sie sollte ein Jahr hier leben, bei Grannys alter Tante wohnen, ihr im Haushalt helfen und Haushaltsführung lernen, außerdem ein ordentliches Norwegisch. Aber der Krieg verhinderte ihre Rückreise in die USA.

Mary-Ann blieb also sechs Jahre in Norwegen, und im Laufe dieser Zeit lernte sie nicht nur ordentlich Norwegisch, sondern fand auch heraus, welcher von Ragnhilds unverheirateten Brüdern ihr am besten gefiel. Die Wahl fiel auf Henrik, der ihr nach Kriegsende nach Seattle folgte, wo er seinen Namen in Henry umänderte und mit dem Import norwegischer Daunenbetten begann. Bald folgten die anderen Brüder nach, vermutlich wegen des florierenden Unternehmens, nicht aus Sehnsucht nach Mary-Ann, denn sie heirateten allesamt dort drüben.

Henry und Mary-Ann kamen zu Besuch, als Solfrid neun Jahre alt wurde. Sie hatten ihre beiden Kinder mitgebracht, Catherine und Eric, die zehn und acht Jahre alt waren. Und Granny war damals auch mit dabei, und erklärte allen, es sei »Spitze, daheim zu sein«.

Granny, die sich den Achtzig nähert, ist noch immer eine imposante Erscheinung. Sie ist klein, aber sie bewegt sich auf den gleichen mörderisch hohen Absätzen wie vor zwölf Jahren. Ein Wunder, daß ihr diese Schuhe nach ihrer begeisterten Exkursion über den Hof keinen Oberschenkelhalsbruch beschert haben.

»Niedliches Pferd!« sagt sie mit völlig falscher Betonung und läßt nicht unkommentiert, daß der alte Braune sie vom letzten Mal wiedererkennt, als er ihr auf der Suche nach einem Stück Kartoffel prustend das Maul in die Handfläche stupst.

Solfrid findet, daß Granny genauso aussieht wie damals, nur der Farbton ihres Haarknotens ist vielleicht etwas kräftiger blau. Dieser Knoten ist noch ebenso verschlungen und mit der gleichen unfaßbaren Menge an Haarnadeln kunstvoll aufgesteckt und mit dem gleichen hauchfeinen Haarnetz umfaßt, wie Solfrid es vom Missionstreffen auf Rønningen erinnert.

5

Die prächtige alte Petroleumlampe über dem Tisch in der guten Stube auf Rønningen ist ein Erbstück vom alten Karl Pütt, Mildas Urgroßvater. Milda hat sie all die Jahre hindurch wie ein Adler bewacht und sie sowohl vor den Balgereien der Kinder gerettet als auch vor den immer wiederkehrenden Verkaufsattacken ihres Ehemannes Sverre. Das eine Mal, als er versuchte, sie von dem soliden Haken am Deckenbalken abzuhängen, geriet Milda so fürchterlich aus der Fassung – dabei ist sie sonst selbst während der manischen Perioden ihres Mannes so geduldig – daß er, völlig verblüfft, nachgab und statt dessen beschloß, den Hofhahn zu verkaufen. Dagegen hatten weder Milda noch der Hahn etwas, denn der Hahn kam auf diesen Verkaufsfahrten selten weiter als bis nach Lund, wo er sich unter Harriets Hühnern ausgesprochen wohlfühlte. Und wenn Harriet, nachdem sich Sverres heftigster Verkaufswunsch gelegt hatte, mit dem Hahn unter dem Arm auf den Hof spaziert kam, um die Absprache wieder rückgängig zu machen, war das für Milda ein willkommener Anlaß, über einer Tasse Kaffee ein bißchen zu klatschen. Hauptsache, Sverre ließ die alte Petroleumlampe in Ruhe.

Ja, selbst die wildesten der Kinder hatten Respekt vor dem Erbstück und achteten darauf, niedrig genug zu zielen, wenn sie mit dem Sofakissen aus scharlachroter Seide nach einem streitsüchtigen großen Bruder warfen.

Normalerweise stand ein alter, schwerer Tisch unter der Petroleumlampe, denn sie hängt so niedrig, daß nur der jüngste Teil der Geschwisterschar hätte vermeiden können, sich den Kopf zu stoßen, hinge sie frei im Raum. Aber an diesem Abend, als Milda und Sverre sich hatten überreden lassen, das Missionstreffen bei sich abzuhalten, war der Tisch hinausgetragen worden, um für alle Menschen Platz zu schaffen.

An den Wänden entlang waren Stühle aufgestellt, einige von ihnen hatte Sverre mit seinem Heuwagen von Lund geholt. Es waren Harriets gute Eßzimmerstühle mit den hohen Rückenlehnen und dem moosgrünen Bezug. Ansonsten gab es Stühle aller Art, aus Kammern und Küche, vom Boden und aus dem Waschhaus zusammengesucht.

Die meisten waren schon von Leuten aus dem Dorf in ihren Sonntagssachen besetzt. Viele Menschen hatten sich eingefunden, denn der Missionar, der von seiner Arbeit auf einer Missionsstation in Kamerun erzählen sollte, stammte ursprünglich aus dem Nachbarort, und das hatte etliche von dort angezogen. Lehrer Eide, der das Treffen leiten sollte, hatte gerade das Lied zur Eröffnung aufgeschlagen – ›Lobet den Herren‹, in der revidierten Fassung – als Granny mit Solfrid und Nils-Jan im Schlepptau hereingefegt kam.

Granny war schon immer lebhaft an Kindern interessiert gewesen. Damals wie heute zog sie die Kinder wie ein Magnet an, denn sie war so lustig und nett und so anders als die meisten anderen Erwachsenen. In den ersten Wochen des Besuchs der amerikanischen Gäste auf Ås, im Sommer vor zwölf Jahren, hatte es zum Hof hin beinahe täglich Völkerwanderungen gegeben. Natürlich waren die zwei neuen, fremden Kinder, die sich nur gerade eben auf Norwegisch verständlich machen konnten, interessant, vor allem aber mußte die sagenumwobene Granny näher in Augenschein genommen werden.

Die meisten der Kinder waren natürlich schlau genug, einen Grund zu erfinden. Ein Strauß Wiesenblumen war zum Beispiel ein ausgezeichneter Vorwand, damit hatten sie gute Erfahrungen bei der Heimkehr der Walfänger zeitiger im Jahr gemacht. Jetzt konnte ein rasch gesammelter Strauß Buschwindröschen, ja sogar Löwenzahn, wenn es pressierte, und ein schüchtern vor sich hin gemurmeltes »Willkommen daheim« einem ein »Wrigley's« und saure Drops aus der blauen ovalen Dose im Eckschrank verschaffen. Ja, manchmal ergab es sich sogar, daß man einen Blick auf die phantastische Walfängerpuppe werfen konnte.

In jenem Sommer wie auch heute noch quollen alle Straßenränder von Blumen über, und in der Küche auf Ås standen etliche Wochen lang viele kleine Sträuße mit Glockenblumen, Margeriten und gelben Butterblumen, die von knicksenden und kichernden Mädchen abgegeben wurden, die eigentlich schon zu groß waren, um mit Nils-Jan und Solfrid zu spielen, aber doch klein genug, um neugierig auf die amerikanischen Gäste zu sein, zuallererst natürlich auf Granny.

Nur eine von den Kleinsten, eine Fünfjährige, die so lange gequengelt hatte, bis die Großen sie mitgenommen hatten, war ehrlich genug, um, kaum hatte sie die Türschwelle überschritten, laut mitzuteilen, daß sie gekommen waren, »um Gränni anzugucken!«

Und offenbar war Granny so begeistert, daß die Kleine eine ganze Dose amerikanischer Drops bekam, zum Teilen.

Am Tag des Missionstreffens war sie spät losgekommen, weil die Sau auf Ås sich den Nachmittag ausgesucht hatte, um mit vierzehn Ferkeln niederzukommen, und Granny – für den Anlaß in Ragnhilds Stallsachen gekleidet – schaffte es nicht, sich loszureißen, ehe auch noch das vierzehnte Ferkel heil draußen war.

Aber auf das Missionstreffen wollte sie schließlich auch nicht verzichten. Sie zog sich eilig um, warf eines der unzähligen schicken kleinen Kostüme über, die sie dabeihatte, nahm das Kopftuch von ihrem tadellosen Haarknoten und eilte mit Sol und Nils-Jan zum Treffen. Die steinige Straße schaffte sie auf ihren himmelhohen Absätzen mit einem Tempo und einer Sicherheit, die jeden, der sie sah, verblüffen mußte.

Jetzt segelte sie, das personifizierte Wohlwollen, im selben Moment in die Stube, als Lehrer Eide sich eben den Hals freigeräuspert hatte, um die Nummer des Eröffnungschorals bekanntzugeben. Stille hatte sich in der Versammlung ausgebreitet und hielt auch dann noch an, als Granny begann, sich jedem einzelnen der Anwesenden mit Handschlag und vollem Namen und einem »sehr erfreut« vorzustellen.

Solche Höflichkeitsfloskeln hatten die moosgrünen Stühle von Lund noch nie erlebt, und die Bauern staunten Bauklötze über so viel Benehmen. Aber sie trugen es mit Fassung, erhoben sich einer nach dem anderen und drückten Grannys Hand, während sie verlegen ihren Namen murmelten. Genauso taten es die Frauen.

Denjenigen unter den Anwesenden, die Granny schon kannte, gab sie einen kräftigen Klaps auf den Arm oder, wenn sie hinaufreichte, auf die Schulter, und versicherte sie laut ihrer Freude über das Wiedersehen.

»Ich komme so spät, weil die Sau werfen sollte«, verkündete sie Harriet Lund, ehe sie die Begrüßungsrunde fortsetzte. Der letzte, dem die Ehre widerfuhr, war Lehrer Eide, der den Daumen als Lesezeichen ins Gesangbuch steckte, ehe er Grannys Hand entgegenkommend mit seiner freien drückte.

»Schön, Sie wiederzusehen!«

»Danke, gleichfalls.«

»Ich komme so spät, weil die Sau ...«

Ja, das hatte er gehört. Ob sie sich vielleicht einen Platz suchen wolle.

Und da geschah es: um sich neben Harriet dort bei der Orgel zu setzen, kürzte Granny quer durch das Zimmer ab. Und mit ihren hochhackigen Schuhen war sie akkurat so lang, daß der Haarknoten den verschnörkelten Haken ganz unten an der Petroleumlampe streifte.

Milda, unterwegs mit einem großen Glasteller voll belegter Brote, warf einen Blick durch die Tür in die Stube und erschrak so sehr über den Anblick von Granny unter der schwingenden Lampe, daß sie vor lauter Bestürzung den Teller, den sie in Händen hielt, sinken ließ und alle Schnittchen auf den Boden zu rutschen drohten.

Für eine Sekunde sah es so aus, als würde beides schiefgehen. Solfrid, die von ihrem Platz unter der tickenden Uhr aus alles überschaute, riß die Augen auf und konnte sich nicht entscheiden, welche Katastrophe die schlimmere sein würde. Die Brote auf Mildas Teller waren mit Ei und Anschovis belegt, und etwas Leckereres gab es nicht.

Seit sie nämlich einmal bei einem ähnlichen Treffen verkündet hatte, sie wolle keine »Würmer« auf Brot essen, sich dann aber doch überreden ließ, liebte Sol Mildas selbstgebackenes Brot mit guter Butter und Eiern und Anschovis über alles. Und ehrlich gesagt war Solfrid auch eher aus dem Grund mitgekommen, weil es ein »Treffen mit Essen« war, als aus Sorge um die Heiden in Kamerun.

Das alles ging ihr im Bruchteil einer Sekunde durch den Kopf, während die Brote ins Rutschen gerieten und die gute alte Petroleumlampe gefährlich schwankte. Doch während Milda geistesgegenwärtig die Brote aus der Schieflage rettete, packte Lehrer Eide Granny energisch um die Taille, den Daumen noch immer bei ›Lobet den Herren‹ in der Revidierten, hielt sowohl sie wie die Petroleumlampe in ihrer schwingenden Bewegung fest und brachte beide im Zentrum zur

Ruhe. Dann fingerte er verlegen an Grannys Haarknoten, um ihn aus dem Haken der Lampe zu befreien. Der Griff um das Gesangbuch machte die Sache nicht leichter, aber es beiseite zu legen, darauf kam er wohl nicht.

Für einige Sekunden herrschte ratlose Stille, bis der Kleinste der Kinderschar auf Rønningen mit seinem lauten »Guck mal da, die Gränni, wie sie am Haken hängt!« ein verhaltenes Kichern im Raum auslöste.

Granny selbst nahm das Ganze mit ihrer üblichen Gelassenheit zur Kenntnis. Als Lehrer Eide sie endlich vom Haken gelöst hatte, drehte sie sich zu ihm um, der Knoten war nun doch in Auflösung begriffen: »Tausend Dank, das war ja Spitze!« zwitscherte sie und schlug ihm mit einem Klaps so euphorisch das Gesangbuch aus der Hand, daß es in hohem Bogen durch die Stube flog und vor den Füßen des alten Jakob landete, aufgeschlagen bei ›Ein feste Burg ist unser Gott‹ – und so begann man die Versammlung eben mit diesem Choral.

6

Auch in diesem Sommer führt der Besuch aus Amerika zu verstärktem Treiben auf dem Hof von Ås, und dieses Mal geht das auf Erics Konto. Wie Granny erobert nun er den ganzen Ort im Sturm, ohne daß ihm das zu Kopf zu steigen scheint. Die Mädchen sind hin und weg von ihm und frischen eifrig ihre alte Bekanntschaft mit Solfrid wieder auf. Seit sie ein Kind bekommen hat, war der Kontakt zu den Freundinnen etwas eingeschlafen.

Jetzt staunt sie ein wenig über all die Mädchen, die ständig vorbeikommen, um guten Tag zu sagen. Die meisten sind einige Jahre jünger als sie und scharwenzeln langbeinig umher mit Röcken, die weit überm Knie enden. Ja, die mutigsten stolzieren in Kleidern umher, die sind so kurz, daß sie aussehen wie kleine Seidenblusen, und sie bedecken gerade eben die hübschen kleinen Hintern. Selbst die Rundlicheren unter den jungen Frauen tragen Miniröcke, alles andere wäre ja hoffnungslos altmodisch. Und sie flirten hemmungslos mit Eric. Sol ist etwas irritiert, was sie für dummes Zeug reden und wie sie sich anstellen und darum betteln, eine Runde mit auf dem Motorrad sitzen zu dürfen, das er sich von Olefejus leihen konnte. Sie albern mit Klein-Jakob herum, tätscheln und kitzeln und küssen und drücken ihn, so daß er völlig aufgedreht ist und nicht zur Ruhe kommt, als es Zeit wird zum Schlafengehen. Doch da ist Solfrid streng und bringt den zeternden kleinen Kerl ins Bett.

Sie hört die munteren, jungen Stimmen unten aus dem Garten, während sie ihren Sohn in den Schlaf singt, ungeduldiger als gewöhnlich. Als er gerade dabei ist einzuschlafen, startet Eric unten auf dem Hof das Motorrad, und das Kind ist gleich wieder hellwach. Es will wieder raus und Motorrad fahren. Sol geht zum Fenster und klopft wütend an die Scheibe. Sie droht Eric und dem jungen Mädchen, das gerade ein schönes langes Bein über den Sattel schwingt und den kleinen Hintern im knappen Minirock eng hinter Eric auf den Rücksitz sinken läßt, mit der Faust. Es tut ihm ordentlich leid, das kann sie an dem reumütigen Blick erkennen, den er ihr zuwirft. Das geschieht ihm ganz recht.

Nachdem der Kleine endlich eingeschlafen ist, geht Solfrid in ihr Zimmer und holt das schönste Sommerkleid hervor, das sie besitzt, ein rot-weiß gepunktetes Kleid mit breitem Gürtel und gerüschtem Rock, das eben übers Knie reicht. Vor Mathildes großem Spiegel hält sie es sich an und bricht urplötzlich in Tränen aus.

»Ich sehe ja aus wie eine alte Frau!« schluchzt sie. »Soll ich wirklich alt werden, ohne jung gewesen zu sein?«

Nachdem Nils-Jan gestorben war, hatte Solfrid ganz den Kontakt zu den Leuten ihres Alters verloren. Sie hat in Mathildes Kammer auf Ås ein zurückgezogenes Leben geführt, mit ihrem kleinen Sohn als Schutz gegen die schlimmste Trauer und gegen die Welt außerhalb ihrer vier Wände. Die wenigen, zu denen sie Kontakt hatte, waren fast alle erwachsene Frauen gewesen, Mitglieder von Ragnhilds Nähclub oder vom Missionsverein ihrer Mutter, auf deren Treffen sie oft beim Servieren geholfen hat. Ja, und natürlich Inger.

Im Winter, ehe sie neunzehn geworden war, war sie mit einem Schlag von einem unbekümmerten jungen Mädchen zur trauernden Witwe und frischgebackenen Mutter geworden. Das hatte ihr einen Ernst und eine Reife gegeben, die schlecht zum jugendlichen Leichtsinn passen.

Inzwischen vermißt sie die Gleichaltrigen auch gar nicht mehr. Ohne einen Gedanken daran zu verschwenden, hat sie ihre Jugend weit hinter sich gelassen. Wenn ihr hin und wieder der Gedanke kommt, wie sich das Leben wohl in Zukunft für sie gestalten wird, schiebt sie ihn einfach beiseite und konzentriert sich ganz auf ihr Kind. Sie will nicht über diese vier Wände hinausdenken.

Nachts liegt sie mit dem kleinen Jakob im Arm und stellt sich vor, wie ihr Zimmer als kleinste Einheit in einen größeren Zusammenhang eingebettet ist. Außerhalb des Zimmers gibt es den Hof mit Ragnhild und Lars, außerhalb des Hofs gibt es das Dorf mit ihrer Mutter und dem Vater und allen anderen. Außerhalb dessen liegt eine Welt, an die sie nicht denken will, die auf sie nur einschüchternd wirkt. Sie, die früher so selbstbewußt und robust war, ist jetzt ängstlich und unsicher.

Ab und zu zieht sie die Gardinen auf und bleibt liegen und sieht zum dunklen Sternenhimmel auf. Der nimmt sich hier anders aus als von ihrem Zimmer zu Hause bei ihren Eltern. Und doch ist sie nur wenige hundert Meter weiter gezogen. Nie wäre sie auf den Gedanken gekommen, daß sie einmal unter diesem Stück Himmel liegen würde, auf das sie schaut. Und nie hatte sie geglaubt, daß sie sich jemals so einsam fühlen würde beim Anblick der Sternbilder. Wie ein Kind im finsteren Wald, in der Welt verirrt, denkt sie, und spürt dabei eine Angst, die sie hilflos macht.

Jakob gegenüber ist sie so überbehütend, daß sie ihn kaum auch nur für einen Moment aus den Augen läßt. Sowohl ihrer Mutter als auch Ragnhild ist das schon aufgefallen, aber sie finden es schwierig einzugreifen, sie spüren, wie verletzlich Solfrid ist. Nur Inger sagt ihr hin und wieder die Meinung.

Inger ist sechs Jahre älter als Solfrid, und auch wenn sie manchmal miteinander gespielt haben, als sie Kinder waren, gab es eine Zeit, da war Inger eine Ewigkeit älter. Sie könnte genausogut einer anderen Generation angehört haben. Denn als sie mit Hans verliebt am Hang des Bjørnebærbakken saß, spielten Anne-Grete und Solfrid mit Puppen in dem Spielhaus auf Ås, das Mathilde unter der alten Eiche ganz hinten im Garten bauen ließ. Als die beiden zu Teenagern wurden, war Inger schon verheiratet und bekam Kinder.

Sol kann sich noch gut an die Hochzeit erinnern. Sie und Anne-Grete, Ingers kleine Schwester und Solfrids beste Freundin, hatten am Vormittag an den Straßenrändern ganz viele Wiesenblumen gepflückt, zusammen mit Karin, einer anderen Schwester aus der großen Kinderschar von Tante Milda und Onkel Sverre auf Rønningen. Sie hatten den Blumen die Köpfchen abgeknipst und sie von der Empore auf das Brautpaar rieseln lassen, als es nach der Trauung den Mittelgang in der Kirche hinunterschritt, und auf die Hochzeitsgäste, die nach und nach unter ihnen durchkamen. Mathilde, die offenbar nicht gesehen hatte, was da vor sich ging, bekam gleich eine ganze Handvoll in ihre Hutkrempe, sah wütend nach oben zu den beiden Sünderinnen auf der Empore und drohte ihnen mit ihrer soliden schwarzen Handtasche, ehe sie aufrecht weiterschritt. Anschließend wies sie die Mädchen ordentlich zurecht, weil sie so viele schöne Blumen zerstört hätten. Alle anderen aber fanden diesen Blumenregen richtig schön. Sie waren halt entschieden romantischer als Mathilde, hatte Solfrid damals gedacht.

Hans und Inger haben sich nur wenige Minuten zu Fuß von Ås am Hang des Bjørnebærbakken ein Haus gebaut. Nachdem mit dem Walfang Schluß gewesen war, hat Hans zur Handelsschiffahrt gewechselt. Er hat eine Ausbildung zum Maschinisten absolviert, arbeitet jetzt als Chef und verdient gut, ist aber große Teile des Jahres unterwegs. Im Gegenzug ist er »mächtig daheim«, wenn er zu Hause ist, wie Inger es ausdrückt. Er ist groß und gibt viel an und hat eine Spur zu viel für die geistigen Getränke übrig, aber er ist lieb zu den Kindern, und Klein-Jakob vergöttert ihn. Mit Hans, das ist nicht schlimm, hat Solfrid früher gedacht.

Aber in den letzten Jahren, als sie und Inger sich als erwachsene Frauen sehr viel näher gekommen waren, hat Solfrid mitbekommen, daß der Umgang mit Hans nicht immer leicht ist. Und so ist oft er es, dessen Kopf auf den Block gelegt wird, wenn Sol und Inger ihre täglichen Treffen am Vormittag bei Harriet Lund haben, Gespräche unter Frauen, wie Lyder Halvorsen das in seinem klingenden Nordnorwegisch gutmütig nennt.

Lyder ist stolz, eine »Frauenrechtlerin« zur Frau zu haben, und findet es gut, wenn sie ihre modernen Ansichten nur zu gern mit den beiden jüngeren Frauen teilt. Die wiederum saugen sie ihrerseits begierig auf, denn die Ideen, daß Väter an der Kindererziehung und Hausarbeit ihren Anteil haben sollen, sind neu und reizvoll. Ja, Lyder ist der einzige Mann, den sie kennen, der phantastisch kocht. Seine Fischsuppe ist so himmlisch, daß sie sprichwörtlich ist im ganzen Ort. Er selbst ist allerdings unzufrieden mit den Zutaten hier im Süden. Für das Fischauto, das einmal wöchentlich kommt, hat er nur Verachtung übrig. Und auch das große Fischereiunternehmen in der Stadt bekommt kaum ein besseres Zeugnis, wenn er sich eigens dorthin aufmacht, um ordentlichen »Kochfisch« zu besorgen.

Doch Inger und Solfrid nehmen erfreut die dampfenden Teller mit der Suppe entgegen, die Lyder am Abend vorher mit viel Sachverstand gekocht hat, von Harriet aufgewärmt und in ihren großen dunkelbraunen Suppentellern serviert, zusammen mit frisch gebackenen Brötchen. Während sie die heiße Suppe schlürfen, sezieren sie all die untauglichen Männer im allgemeinen und den armen Hans im besonderen. Und auch wenn Solfrid manchmal denkt, daß sie in ihrem Urteil vielleicht zu streng sind, insbesondere wenn sie an ihren eigenen, recht hilflosen Vater denkt, hat sie großes Verständnis für Ingers Probleme.

7

Solfrid verspürt plötzlich ein starkes Bedürfnis, mit Inger zu reden. Sie liegt quer über ihrem Bett in der Kammer und hört, wie Eric das Motorrad unten auf dem Weg zum Hof startet, nachdem er es den Hügel hinunterrollen ließ, um Klein-Jakob nicht wieder zu wecken. Am Lärm der Schutzbleche und Fahrradketten erkennt sie, daß die ganze Schar der Freundinnen hinter Eric herfährt. Solfrid haben sie längst wieder vergessen.

»Die sollen sich was schämen, diese Flittchen!« Sie muß lächeln, als sie merkt, daß genau das Mathildes Worte gewesen wären, wenn sie noch lebte. Und dann muß sie wieder weinen: »Ich *will* nicht wie Mathilde werden! Ich *will* nicht mein ganzes Leben hier in der Kammer verbringen!«

Sie steht auf und geht hinüber zu dem alten Waschtisch

in der Ecke, gießt kaltes Wasser aus dem Krug in die weiße, von vielen feinen Rissen durchzogene Schüssel und spült sich das Gesicht mehrere Male ab. Dann kämmt sie ihre kurzen Haare, schnappt sich die Strickjacke und nimmt das gepunktete Kleid über den Arm, um hinaus in die Küche zu gehen. Sie will hinüber zu Inger und sie bitten, ihr beim Ändern des Kleides zu helfen.

Granny und Ragnhild sitzen am Küchentisch und wischen Eier mit einem feuchten Lappen ab, ehe sie sie in die Eierkartons setzen. Solfrid hat keine Ahnung, wie oft sie als kleines Mädchen in diese Küche gekommen ist und Mathilde und Nils-Jan genauso vorfand, am Tisch sitzend, schwatzend und vorsichtig ein Ei in den Händen haltend. Das gehörte zu Nils-Jans Aufgaben als kleiner Junge, die Eier abwischen.

Ragnhild will gern nach dem Jungen sehen, aber sollte Solfrid nicht lieber die Windjacke nehmen, wenn sie Motorrad fährt? Eric hatte offenbar zu ihnen gesagt, daß er sie abholt, wenn er »mit den Mädchen fertig« ist. Sie und Granny lächeln ein bißchen über seinen Ausdruck, und Sol spürt, daß auch sie sich über die eifrigen jungen Damen amüsieren. Solfrid selbst ist einfach nur grenzenlos irritiert, über sich und über ihn, der glaubt, er müsse nur mit dem Finger schnipsen, und schon käme sie angerannt, um aufzusitzen. Gockel!

»Ich gehe zu Inger rüber«, sagt sie, kürzer angebunden als sie wollte, und dann geht sie schnell durch den Garten, springt hinten beim Spielhaus über den Zaun und schneidet den Weg ab, direkt über die Jakobsau. Sie will es vermeiden, Eric zufällig mit einem hysterisch kreischenden Mädchen auf dem Rücksitz auf der Dorfstraße zu begegnen.

Das Haus von Hans und Inger ist wunderbar an einem sonnigen Platz mitten am Hang gelegen, mit Aussicht über die Ländereien von Lund und den Fluß dort unten. Ja, sogar die Dächer der Gebäude von Rønningen, Ingers Zuhause, kann man erkennen, wenn die Bäume nicht belaubt sind. Das Haus ist modern und leicht zu pflegen, alles liegt auf einer Ebene, und die gesamte Südwand entlang zieht sich eine große Terrasse. Milda kann sich vor Bewunderung gar nicht fassen, wie leicht und wunderbar die Tochter es getroffen hat, mit Parkettfußboden in dem großen hellen Wohnzimmer und einem gefliesten Bad und separater Toilette.

Inger ist natürlich stolz auf ihr Haus. Sie gibt sich alle Mühe, es innen und außen sauber und ordentlich zu halten. Als Solfrid auftaucht, liegt sie auf den Knien in einem Blumenbeet und jätet Unkraut, während die beiden kleinen Mädchen in ihren geblümten Nachthemden aus den Fenstern hängen. Sie dürfen auf die Terrasse hinunterkommen und Solfrid begrüßen, ehe sie ins Bett müssen. Die beiden Mädchen sind erstaunlich verschieden, sowohl äußerlich als auch in ihrer Wesensart, und sie sind auch nicht gerade besonders gute Freundinnen. Die Ältere ist eine dunkelhaarige kleine Schönheit, schlagfertig, gescheit und gut im Herumkommandieren ihrer sanfteren kleinen Schwester. Die wiederum bricht schnell in Tränen aus, und Solfrid findet sie manchmal schon etwas überempfindlich. Aber heute abend vertragen sie sich gut und sind begeistert, als die Mutter ihnen erlaubt, im großen Doppelbett zu schlafen – vorausgesetzt, sie sind friedlich.

Inger und Solfrid bleiben auf der Terrasse sitzen und sehen der Sonne zu, die gerade hinter den blauen Hügeln im Westen untergeht. Langsam und glutrot senkt sie sich am hellen Himmel und zeichnet lange Schatten über die Ländereien von Lund unterhalb des Hauses. Ein leichter Dunstschleier legt sich über die Hügelkette.

»Hast du so etwas Schönes schon mal gesehen?« Solfrid lehnt sich zurück und nimmt den Anblick mit ihrem ganzen Wesen auf.

»Ich bin wieder schwanger.« Inger platzt damit in einem

Ton heraus, der in unglücklichem Gegensatz zu der wunderbaren Umgebung steht, und der Solfrid spüren läßt, jetzt ist sie diejenige, die trösten muß, und nicht umgekehrt. Die beiden haben in den letzten Jahren häufig sehr offen miteinander geredet, und Solfrid hat aus allem herausgehört, daß das Leben mit Hans nicht so einfach ist, wie Inger anderen gegenüber glauben machen will. Aber sie beklagt sich nicht oft, und schon gar nicht fängt sie an zu weinen, so wie jetzt. Sie knüllt das nasse Taschentuch zwischen den Fingern zu einem festen Ball zusammen, während ihre Tränen laufen.

»Ich weiß überhaupt nicht, wie das gehen soll. Er trinkt immer mehr, wenn er zu Hause ist!«

Solfrid rückt ihren Stuhl hinüber und legt den Arm um ihre Freundin. Und dann bekommt sie die ganze Geschichte: wie Hans gebechert hat von dem Moment an, als er ankam, bis vor einer Woche, als er wieder abfuhr, und wie abstoßend und unangenehm er wird, und wieviel Geld er für Gottweißwas verschwendet, und wie die Kinder immer ängstlicher werden und sich noch mehr zanken, wenn der Vater zu Hause ist.

»Und jetzt bekomme ich noch eins«, schluchzt sie und bläst einen Trompetenstoß in ihr durchweichtes Taschentuch. Dann reißt sie sich auf ihre typische Art zusammen. Das geht doch nicht, so dazusitzen und zu flennen und zu lamentieren! Sie schneuzt sich ein letztes Mal die Nase, die von der unsanften Behandlung ziemlich rot und geschwollen ist, und steht abrupt auf, schüttelt Solfrids Arm ab und verschwindet in der Küche.

»Jetzt haben wir uns was verdient!« verkündet sie und öffnet eine Flasche Pilsner mit einem Schwung, daß der Kronkorken weit hinaus auf die Veranda fliegt.

»Ich habe es geschafft, zwei vor Hans zu verstecken«, sagt sie erklärend, als Sol sie fragend ansieht. Inger gehört nicht zu denen, die jederzeit Bier im Schrank haben.

»Kommt Zeit, kommt Rat«, ergänzt sie, lehnt sich auf ihrem Stuhl zurück und ist wieder ganz die gute alte Inger. Unmoralisch prosten sie sich mit dem schäumenden Bier zu und fangen bald nach dem ersten Glas an zu kichern. Nach und nach legt Sol los von der Invasion all der Mädchen auf Ås in den letzten Wochen. Sie empfindet eine boshafte Schadenfreude, die eine oder andere von den alten Freundinnen bloßzustellen, und ihr ist selbst klar, daß sie bei ihren Beschreibungen etwas zu dick aufträgt.

»Kann es sein, daß du dich ein bißchen in Eric verliebt hast?« zieht Inger sie gutmütig auf, aber da setzt Solfrid ihr Glas so fest auf dem Tisch ab, daß das Bier überschwappt. Sie verkündet mit Nachdruck, daß sie das ganz sicher nicht getan hat! Und dann ist sie es, die eine Runde weint. Darüber, wie hoffnungslos altmodisch sie sich fühlt, verglichen mit den schicken Mädchen, über die sie eben noch so verächtlich geredet hat.

Aber genau da weiß Inger Rat. Bei Problemen, die eine praktische Lösung verlangen, ist sie klasse. Sie zieht ihre funkelnagelneue Nähmaschine, die mit allen möglichen Raffinessen ausgestattet ist, hervor und legt los mit Sols gepunktetem Kleid. Ruckzuck hat sie den gerüschten Rock abgetrennt und ihn quer über den Eßtisch gelegt, nachdem sie den gewebten Tischläufer und die Zinnvase weggeräumt hat – ein Hochzeitsgeschenk von Harriet Lund –, und verwandelt den braven Rüschenrock in einen Rock, der so klein ist, daß Mathilde, die an Ingers Nähkünsten nicht unbeteiligt ist, sich im Grabe umgedreht hätte, hätte sie gesehen, wozu sie jetzt benutzt werden. Die Ärmel trennt Inger ab und faßt die Armausschnitte mit Schrägband ein, das sie aus den Resten schneidet.

»Du kannst ja zaubern!« Solfrid ist beeindruckt, als sie nach einer guten Stunde das Kleid vor dem Spiegel auf dem Flur anprobiert. Aber Inger ist noch nicht zufrieden. Mit Stecknadeln steckt sie die Abnäher ab und markiert einen tiefen Ausschnitt.

»Wo du so einen schönen Hals hast«, sagt sie und schneidet resolut den Kragen ab. Nach einer weiteren Runde unter der Nähmaschine sitzt das Kleid um Sols schlanke Figur wie angegossen. Sie muß auf einen Küchenstuhl steigen und darf sich gutgelaunt vor dem Spiegel drehen und wenden, um Beine und Po aus allen Richtungen zu betrachten. Sie sieht wirklich gar nicht so schlecht aus! Und das, obwohl sie ein Kind bekommen hat.

Sie feiern mit dem letzten Pils, und Solfrid, die das Kleid anbehalten hat, muß immer wieder zum Spiegel und den schicken Schnitt bewundern. Ihre Wangen sind gerötet, und sie kann selbst erkennen, daß sie schon lange nicht mehr so hübsch ausgesehen hat. Nicht seit Nils-Jan ..., denkt sie plötzlich traurig, schiebt den Gedanken aber trotzig beiseite, denn gerade eben ist es so schön, einfach jung und froh und hübsch zu sein.

8

Die Stimmung und der leichte Bierrausch begleiten sie auf dem Heimweg. Über den Wald und die Wiesen hat sich ein mittelblaues Sommernachtsdunkel gelegt, und die Sterne sind gerade so am hellen Himmel sichtbar. Eine bleiche, hauchdünne Mondsichel berührt fast die Baumwipfel über Jakobshaugen, bereit, graziös wie ein Ballettänzer darüber zu schweben.

Solfrid zieht ihre Schuhe aus und watet barfuß durch die Jakobswiese. Die taunassen Halme schlagen kühl gegen ihre Beine, aber das Kleid ist so kurz, daß der Saum nicht naß wird. Seit sie sich erinnern kann, spürt sie zum ersten Mal, wie sie ihren Körper ganz ausfüllt, wie angenehm es in ihm ist.

Als sie die Beine über den Zaun unten im Garten schwingt,

erhebt sich Eric von der Veranda des Spielhauses. Es ist klar, daß er hier gesessen und auf sie gewartet hat, und leicht irritiert muß sie sich eingestehen, daß ihr das schmeichelt. Es fehlt ihm nun wirklich nicht an weiblicher Aufmerksamkeit. Der Blick, den er ihr zuwirft, läßt sie am kurzen Kleidersaum zupfen. Gleichzeitig klopft ihr das Herz so heftig, daß es sich anfühlt, als ob es die strammsitzenden Abnäher sprengen wollte, mit denen Inger das Kleid verschönert hat.

Er sieht sie mit diesem Ausdruck an, der manchen Männern eigen ist, so, als ob sie die wichtigste Frau auf der Welt sei, ein Blick, gleichzeitig warm und voll neugierigen Interesses. Sie weiß, daß das unmöglich ihr allein gelten kann, aber es fühlt sich so schön an, daß sie es nicht über sich bringt, darüber wegzugehen. Solfrid merkt, wie ihr der Gedanke durch den Kopf schießt: Dieser Mann ist ein Schürzenjäger, aber das ist mir im Moment so furchtbar egal.

Sie setzen sich auf die winzige Bank der Spielhausveranda und blicken über die Au, über der der Nebel wie ein spinnwebzarter Tüllschleier schwebt. Solfrid genießt in vollen Zügen das Spiel, das jetzt folgt, kleine flirtende Komplimente, versuchsweises Handauflegen und tastende Zärtlichkeiten, bis Eric schließlich aufsteht, sie von der Bank hochzieht und in seine Arme schließt. Mit ihrem ganzen Sein saugt sie die Nähe seines Körpers auf, die Wärme der Haut, die Haare im Nacken unter ihren Fingern, die Lippen, die über ihr Gesicht wandern, bis sie den Mund gefunden haben.

Ein Teil von ihr steht gleichsam daneben und betrachtet alles von außen, doch ihr Körper antwortet auf seine Zärtlichkeiten mit einem Hunger, der erschreckend ungestüm ist, so daß sie sich plötzlich aus seinen Armen windet und davonrennt.

Anschließend liegt sie schlaflos unter der Bettdecke, die Arme um sich geschlungen und ruft sich die Episode ins Gedächtnis zurück. Sie spürt das rein physische Verlangen nach

Berührungen, das auch der Kontakt mit ihrem Kind nicht stillen kann. Es ist, als sei sie nach dem Schlaf einer langen Nacht erwacht, und jetzt schreit ihr Körper nach Nahrung. Gleichzeitig fühlt sie sich traurig, wie ein Verräter. Aber sie spürt auch eine zitternde, rastlose Erwartung des morgigen Tags. Sie sieht Erics Ausdruck vor sich, als er sie losließ, und hofft, er möge nicht finden, sie habe sich kindisch oder vielleicht ein wenig theatralisch aufgeführt.

Aber am Tag darauf benimmt er sich genauso unbeschwert wie sonst. Sie helfen bei der Heuernte, beim Nachrechen auf den Ländereien Richtung Rønningen, und Eric geht mit Rechen und Heugabel um, als hätte er nie etwas anderes getan, obwohl er mitten in einer amerikanischen Großstadt aufgewachsen ist. Hin und wieder spürt Solfrid seinen Blick auf sich, und wenn sich ihre Augen treffen, schaut er sie für einen kurzen Moment ernst und fragend an, ehe er rasch lächelt und auf das hinunterblickt, womit er gerade beschäftigt ist.

Nach dem Mittag rollt er Klein-Jakob mit dem Motorrad auf dem Hofplatz herum. Der Junge kann nie genug davon bekommen, vorn zwischen Erics Armen auf dem Benzintank zu sitzen, während der das schwere Motorrad mit verblüffender Leichtigkeit über den Hof schiebt. Danach bekommt Jakob ein Stück von einem Lappen, und dann putzen sie die Maschine, bis sie in der Sonne glänzt. Solfrid sitzt auf der Treppe und sieht ihnen zu.

Es verwundert sie, daß es ihr nichts mehr ausmacht, einen anderen mit Nils-Jans Motorrad hantieren zu sehen. Denn dieses Motorrad gehörte für einige Sommer Nils-Jan. Er hatte es Hans abgekauft, als er achtzehn wurde, und in seinem letzten Herbst an Olefejus weiterverkauft. Solfrid hat unzählige Male hinten auf dem schwarzen Kunstledersitz gesessen, die Arme um den Leib ihres Freundes geschlungen. Hat ungeduldig herumgestanden, wenn Nils-Jan damit hantierte und es putzte, wie Eric es jetzt tut, mit dem eifrigen kleinen Jungen zwischen seinen Füßen. Solfrid hatte die Verwirrung, die sie Eric gegenüber empfand, der Tatsache zugeschrieben, daß er Nils-Jans Motorrad benutzt, um mit verliebten jungen Mädchen auf dem Rücksitz herumzufahren. Jetzt muß sie ein wenig verblüfft erkennen, daß sie schlicht und einfach eifersüchtig war.

Gleichzeitig erfüllt sie der Anblick des großen und des kleinen Jungen, die so eifrig mit dem glänzenden schwarzen Spielzeug beschäftigt sind, mit unendlicher Trauer über all das, was der Vater des Kindes nie erleben wird. Nicht diese große, kaum auszuhaltende Trauer der ersten Zeit überfällt sie, sondern eine tiefe Traurigkeit.

Als ob Eric ihre Stimmung spüren würde, legt er den Putzlappen beiseite, kommt herüber und setzt sich neben sie auf die steinerne Treppe. Er sieht sie mit dem gleichen ernsten, etwas fragenden Blick an, wie schon den ganzen Vormittag. Darin liegt eine solche Wärme, daß ihr die Tränen in die Augen steigen und sie ihr Gesicht in den Haaren ihres Sohnes versteckt, der Eric hinterhergelaufen und auf ihren Schoß geklettert war. Er will »mehr Motorrad fahren«, und Eric hebt ihn von Solfrids Schoß und trägt ihn lachend zu der Maschine. Doch ehe er geht, streicht er mit der Hand rasch über Solfrids Haar. In der Geste liegt etwas so Erwachsenes und Weises, daß sie überlegt, ob er vielleicht doch reifer und reflektierter ist, als er gelegentlich vermittelt.

9

Beim Kaffee fragt Eric Solfrid, ob sie mit in die Stadt kommen und ›Reifeprüfung‹ ansehen will. Sie sitzen im Garten an dem großen steinernen Tisch, der einmal ein alter Mühlstein war, und trinken Kaffee. In diesem Sommer hat Sol in die Vertiefung in der Mitte Stiefmütterchen gepflanzt, so wie Mathilde das früher immer getan hat. Die hübschen kleinen Blüten bilden ein üppiges Kissen aus Gelb und Violett. Solfrid hat viel von Mathildes Gartenarbeit übernommen. Sie arbeitet gern mit Blumen und setzt ihren ganzen Ehrgeiz darein, daß der Garten ebenso gepflegt und schön ist wie zu Mathildes Zeiten.

Sie trägt auch die Verantwortung für den Nachmittagskaffee. Zum Leben auf Ås gehört eine bestimmte Routine, die selten durchbrochen wird und an der Sol ihren Anteil hat. Dazu gehört, daß Ragnhild und Lars, und jetzt auch Granny, sich nach dem Mittagessen hinlegen, selten länger als etwa eine halbe Stunde. Dann stehen sie zum Geräusch der Kaffeemühle in der Küche auf. Solfrid muß noch immer die Kaffeebohnen in der alten weißen Porzellanmühle mahlen, die an der Wand neben dem Küchenschrank befestigt ist, so wie Mathilde das immer tat. Alle finden, der Kaffee schmecke frisch gemahlen am besten, und dann gibt das auch so einen besonders guten Kaffeeduft im Haus. Nur »Klärhaut« – getrocknete Haut von der Schwimmblase der Fische –, wie Mathilde sie immer in einer kleinen Dose auf einem der Regale in der Speisekammer bereitliegen hatte und oben in den Kaffeekessel warf, um den Kaffee zu klären, die benutzt Solfrid nicht mehr. Das wäre dann doch zu altmodisch.

Solfrid backt gern, und an diesem Nachmittag wartet sie mit einem hellbraunen trockenen Teegebäck auf und mit knusprigen gerollten Waffeln. Sie hat in der großen alten Keksdose auf dem obersten Regal in der Speisekammer immer einen Vorrat. Klein-Jakob hatte früh gelernt, was die Dosen beinhalteten und wo sie sich befanden, so daß er die rührendsten Versuche unternahm, um an den kleinen Holzknauf zu gelangen, der die Tür zur Speisekammer verschlossen hält, lange bevor er gehen konnte. »Keks«, sagte er und schaute einschmeichelnd über die Schulter denjenigen an, der sich in der Küche aufhielt. Bei allen außer Solfrid zeigte dieser Trick meist eine positive Wirkung, besonders bei Lars.

Jetzt sitzt der Junge beim Großvater auf dem Schoß und reißt seinen Mund mit den kleinen weißen Milchzähnen weit auf, während seine Augen gespannt der großen Hand mit dem Stück Waffel folgen, das kunstvolle Bögen durch die Luft beschreibt, ehe das Stückchen nach einem Sturzflug im Mund des Jungen landet.

»Drrn, drrn, hier kommt der Flieger, drrn, drrn.«

Das Manöver endet jedes Mal in einem durchdringenden Quieken, das die Mutter halbherzig und meist vergeblich zu dämpfen sucht. Es fällt ihr schwer, erzieherisch einzugreifen, wo sie doch sieht, wie der Enkel die Eisschicht um den Großvater zum Schmelzen bringt.

Denn so kam ihr Lars im letzten Jahr vor – als sei der ganze Mann von einer dünnen Schicht glasklaren Eises umhüllt. Nicht einmal Ragnhild war es gelungen, dieses Eis zu durchdringen. Ihr Kummer darüber ging an Ragnhild nicht spurlos vorüber. Sie, die stets ausgeglichene Ragnhild, wurde zusehends unwirscher und hilfloser. Es war tatsächlich nur dem Jungen hin und wieder gelungen, einen Weg durch das Eis um Lars zu sprengen, vielleicht weil Jakob noch gar nichts von Lars' Kummer ahnte.

Aber jetzt sieht es Gott sei Dank so aus, als gehe es Lars langsam besser. Nach dem Krankenhausaufenthalt im Frühling hat er langsam angefangen, sein altes, besonnenes Selbst zurückzugewinnen. Doch noch immer ist sein warmes Lächeln so selten, daß Ragnhild und Solfrid es auffangen und einander vorhalten, wie man es mit dem ersten Huflattich im Frühling tut, wenn der endlich gekommen ist. Aber der vor sich hin plappernde kleine Jakob empfängt das Lächeln ahnungslos und bekommt so das meiste ab.

Jetzt schickt Lars dem Jungen ein solches Lächeln und setzt ihn auf die Erde, weil der Kleine selbst Flieger sein will. Er läuft mit weit ausgestreckten Armen herum und brummt so, daß Erics Einladung beinahe in dem Geräusch untergeht.

Solfrid zögert mit der Antwort. Sie entzieht sich und schenkt Kaffee nach, während sie spürt, wie eine prickelnde Lust in ihr aufsteigt, ja zu sagen. Aber ehe sie dazu kommt, stolpert Jakob unterwegs zu Lars' Schoß, der ein weiteres Stück Waffel bereithält. Der Junge soll es sich mit dem Mund aus seiner Hand schnappen, ehe er brummend eine neue Runde über den Rasen dreht, bis er plötzlich hinfällt und mit dem Kopf gegen die Kante des steinernen Tischs schlägt.

Der Aufruhr ist groß: Das Kind wandert von Schoß zu Schoß, Tränen müssen getrocknet werden, und jeder muß ordentlich auf die kleine Schramme pusten.

»Nein, aber auch, unser armer kleiner Bub, oh je, was für ein Unglück!«

Nachdem er auf Großvaters Schoß mit neuen Kuchenstückchen wieder aufgeheitert worden ist, wird die Kaffeetafel aufgehoben, alle müssen wieder an die Arbeit. Und Eric wiederholt seine Frage nicht.

Sol ist schon fast überrascht, wie enttäuscht sie ist, weil er einfach vom Tisch aufsteht und mit Lars zusammen weggeht. Sie machen sich fertig, um eines der Scheunenfenster zu reparieren, und Eric bietet an, den obersten Teil der Wand gleich zu streichen. Lars ist in so großer Höhe nicht wohl, aber Eric bewegt sich die lange Leiter hinauf mit einer Anmut, die Solfrid an eine Katze erinnert.

Sie deckt den Kaffeetisch ab und trägt die Sachen hinein, den quengelnden Jakob zwischen den Füßen. Die Stirn tut ihm weh, und außerdem ist er schwer gekränkt, weil er bei Solfrid bleiben muß, statt mit Großvater und Eric zusammen sein zu dürfen.

»Ach Jakob, hör doch auf zu quengeln!« fährt sie ihn an und hat sofort ein schlechtes Gewissen, weil sie ihre Enttäuschung an dem Jungen ausläßt. Der bekommt auf diese Weise natürlich keine bessere Laune, und er ist so weinerlich und nörgelig, daß Granny, die Solfrid beim Abwasch hilft, am

Ende anbietet, mit ihm zur »Spielstube« zu gehen, um Solfrid zu entlasten. Hand in Hand bummeln die beiden zwischen den Apfelbäumen davon, während Sol weiter mit Tassen und Tellern klappert.

Beim Abendessen ist Eric genausogut gelaunt und zu Scherzen aufgelegt wie immer, aber den Ausflug in die Stadt erwähnt er mit keinem Wort. Nach der Mahlzeit verschwindet er im Waschhaus. Solfrid bringt Klein-Jakob zu Bett, antwortet aber auf die tausend Fragen des Kindes so zerstreut, daß der Junge sie hin und wieder verwundert anschaut. Während sie ihm etwas vorsingt, horcht sie intensiv nach dem Motorengeräusch des Motorrads, aber es ist nichts zu hören außer den Schwalben, die über die Jakobsau schießen, und den leisen Stimmen von Ragnhild und Granny.

Als Jakob eingeschlafen ist, wägt Solfrid einen Moment lang ab, ob sie sich umziehen und die neueste Hose und einen schöneren Pulli anziehen soll, aber sie entscheidet sich, das sein zu lassen. Sie geht hinaus und setzt sich zu Granny und Ragnhild. Kurz darauf kommt Eric über den Hof geschlendert. Er trägt ein weißes T-Shirt und enge Bluejeans, und seine Lederjacke hängt über der Schulter, den Zeigefinger hat er durch den Aufhänger gesteckt.

»Sollen wir los?« fragt er mit einer so lächelnden Selbstverständlichkeit, daß sie heilfroh ist, sich nicht umgezogen zu haben. Sie spürt eine wilde kleine Freude, daß sie ihn warten läßt, während sie sich fertigmacht, aber gleichzeitig hat sie Herzklopfen und freut sich unbändig, daß er sie mitnehmen will.

Während sie durch die sommerliche Landschaft fahren, wächst in ihr die Lust, ihre Arme um ihn zu schlingen und die Wange gegen den schwarzen Rücken der Jacke zu lehnen, aber das tut sie erst auf dem Heimweg. Im Kino sitzen sie ordentlich nebeneinander im Dunkel, und nicht ehe der Film beinahe um ist, nimmt er ihre Hand, die die ganze Zeit neben seiner auf der Armlehne gelegen hat. Er läßt seinen Daumen vorsichtig über den Rücken ihres Daumens auf und ab gleiten, die ganze Zeit die Augen fest auf die Leinwand gerichtet. Sie erkennt im Dunkel sein regelmäßiges Profil und bekommt das Ende des Films nur teilweise mit. All ihre Aufmerksamkeit ist auf seine vorsichtige, anscheinend gedankenverlorene Berührung gerichtet. Ihre Augen füllen sich mit Tränen, aber da der Film ein romantisches Ende hat, fällt es gar nicht weiter auf.

Als sie sich erheben und ins Licht blinzeln, wird sein Griff kurz zu einem festen, freundlichen Druck, dann läßt er ihre Hand los. Ihr gelingt es nicht zu entscheiden, ob sie erleichtert ist oder betrübt. Am Ausgang treffen sie ein paar der Mädchen von zu Hause, die auch im Kino gewesen waren.

Die Mädchen sind genau so überdreht, wie sie es erwartet hat. Nachdem sie einige begeisterte Worte mit ihr über den Film gewechselt haben, wenden sie alle Aufmerksamkeit Eric zu. Er ist gutgelaunt und lächelt – flirtet, denkt sie, während ihr der Mut ein bißchen sinkt, aber nach einer Weile legt er seinen Arm leicht um ihre Schultern, schüttelt die Mädchenschar ab und führt sie quer über die Straße.

»Komm, wir gehen ins Restaurant«, schlägt er vor und winkt den etwas verdutzten Mädchen zu. Dann hält er Solfrid höflich die Tür auf zu einem der besseren Restaurants der Stadt. Und wieder spürt sie diese Mischung aus Irritation und Bewunderung für seine selbstverständliche Gelassenheit. Und eine triumphierende Schadenfreude den Freundinnen gegenüber.

»Bist du verrückt! Hier kommen wir doch nicht rein«, sagt sie bestürzt, nachdem sie sich umgeschaut und das Lokal als viel zu fein identifiziert hat. Und das tun sie auch nicht, obwohl der Oberkellner an der Tür kurz davor ist, sich von Erics charmantem norwegisch-amerikanischem Akzent und seiner echten Verblüffung über den Krawattenzwang überreden zu lassen. Lächelnd begleitet er sie zur Tür und bittet sie, an einem anderen Abend in angemessener Garderobe wiederzukommen.

»Das werden wir«, erklärt Eric und bestellt prompt für den nächsten Samstag einen Tisch für zwei, ohne das vorher mit Sol abzusprechen.

»Und wenn ich nicht will?« fragt sie fast trotzig, als sie wieder auf der Straße stehen.

»Dann muß ich wohl absagen«, antwortet er und sieht sie ernst an. Die Offenheit seines Blickes entwaffnet sie, und sie kommt sich ein bißchen töricht vor. Aber er macht keine Miene hineinzugehen und die Bestellung zu ändern, zieht sie nur mit sich zum Kiosk an der Ecke. Dort essen sie ein Hot dog, dann fahren sie nach Hause.

10

Durch Erics selbstverständliche Art fühlt Solfrid sich einerseits vollständig willenlos, während sich gleichzeitig ein Teil von ihr protestierend dagegen auflehnt. Mit einer gewissen Verblüffung wird ihr klar, daß in der Beziehung zu Nils-Jan im großen und ganzen wohl sie die Dominierende gewesen war. Eric gegenüber fühlt sie sich oftmals unterlegen, er weiß einfach wahnsinnig viel. Daß er zu Hause an der Universität von Seattle Geschichte studiert, ist für Solfrid schon imponierend genug. Abgesehen von Frikken Wang, dem Sohn des Arztes, der etliche Jahre älter ist, kennt Sol niemanden, der an einer Universität studiert hat. Die meisten Jungen ihres Alters sind entweder zur See gefahren oder haben für ein Jahr noch die weiterführende Schule besucht oder sind in die Berufsschule gegangen und Handwerker geworden, wenn es nicht einen Hof gab, den sie übernahmen. Die Mädchen haben in der Regel die Handelsschule oder einen Sekretärinnenkurs besucht oder einen Job im Heim für geistig Behinderte oder im Altersheim angenommen. Manche haben früh geheiratet und sind weggezogen.

Mit Eric weitet sich der Ort gleichsam und wird größer. Eric ist lebhaft interessiert an Dingen, über die Solfrid noch nie nachgedacht hat. Wenn er von militärischer Eskalation durch den Vietnamkrieg spricht, was ihn beunruhigt, weil er möglicherweise einberufen wird, dann ist es, als spräche er vom Leben auf einem anderen Stern. Er spricht über die Ermordung Kennedys und die Ereignisse in der Schweinebucht – als er selbst im Konfirmandenalter war – so, als ob er schon damals ein erfahrener Politiker gewesen wäre. Seine Theorien zur Großmachtpolitik und zur atomaren Aufrüstung sind gründlich durchdacht, und immerzu will er wissen, was sie von einer Rebellion gegen die Diktatoren in afrikanischen Staaten hält, deren Namen sie noch nie gehört hat.

Hin und wieder greift er in seiner selbstsicheren Art zu Beweisführungen, denen sie intuitiv nicht zu folgen vermag, aber um nicht ihre grenzenlose Unwissenheit zu enthüllen, wagt sie nicht zu protestieren. Sie hat in den Zeitungen nie etwas anderes als Lokales gelesen, aber jetzt fängt sie an, mit völlig neuem Interesse die Auslandsseiten in ›Nationen‹, der überregionalen Zeitung, zu lesen. Und sie ist stolz wie ein Kind, als es ihr erstmals gelingt, in seine lange Folge vager Betrachtungen ein vernünftiges Argument einzuwerfen. Doch oft ist sie mit ihm auch einer Meinung, wenn es zum Beispiel ganz allgemein um die Ungerechtigkeiten in der Welt geht, auch wenn die Lösungen, die er anbietet, ihrem eher praktischen, erdverbundenen Sinn manchmal oberflächlich vorkommen.

Es ist wunderbar, all diese Seiten an Eric kennenzulernen. Er, der sich für gewöhnlich so umgänglich und heiter darstellt, kann sich verblüffend heftig empören, wenn sie über die großen Probleme der Welt reden. Und er zeigt eine Einsicht und ein Verständnis für die Menschen ihrer Umgebung, die sie gleichermaßen rühren wie verwundern. Nur über sich selbst spricht er wenig. Hin und wieder kommt ihr die Idee, daß sein großes, freigebiges Herz glatt ist wie ein Stück Seife, das sie in Händen zu halten versucht.

Aber sie soll ja auch nicht an ihm festhalten! Das wissen sie alle beide. Sie machen an den Sommerabenden lange Spaziergänge und unterhalten sich, nachdem sie das Motorrad auf einem kleinen Seitenweg abgestellt haben. Und sie wissen, daß das, was sie jetzt erleben, nur für diesen Sommer sein wird. Auch wenn sie sich nicht berühren, ist die physische Spannung wie eine fast bis zum Anschlag gespannte Saite zwischen ihnen präsent. Denn nach dem Kinoabend nähern sie sich nur selten physisch, abgesehen vom Besuch des Restaurants am folgenden Samstag, als sie ein bißchen tanzten und entdeckten, daß sie das eigentlich nicht hinbekommen, vielleicht weil Solfrid nicht willens ist, sich führen zu lassen. Dennoch ist die Spannung zwischen ihnen beiden so intensiv, daß Sol hin und wieder das Gefühl hat zu zerreißen, wenn sich diese Spannung nicht bald löst. Als es endlich passiert, eines Abends, sie sind in die Scheune gegangen, um nach den jungen Kätzchen zu sehen, nachdem die anderen sich schlafengelegt haben, da ist es, als hätte sich eine Lawine gelöst, und sie und er gehen mit einer Heftigkeit aufeinander los, die etwas Gieriges hat. Aber mitten in der Hitze des Gefechts hat Eric die Geistesgegenwart, an Verhütung zu denken. Solfrid dagegen denkt und wünscht sich nichts anderes, als daß sich die Lawine endlich lösen möge.

Solfrid kommt dieser Sommer, drei Jahre nach Nils-Jans Tod, vor, als wachte sie nach einer langen Reise auf einem fremden Bahnhof auf. Die Landschaft ist neu, aber dennoch nicht ganz so verschieden von der, die sie verlassen hat. Man spürt, daß man selbst inmitten der fremden Landschaft die gleichen physischen Funktionen hat wie zu Hause, Hunger und Durst sind gleich. Man ißt, man schläft und erwacht, dennoch ist alles neu und anders. Man genießt die neue und spannende Landschaft in vollen Zügen, in der sicheren Gewißheit, daß man, wenn man will, zurückkehren kann zu dem, was man kennt und liebt.

Solfrid fehlt diese Gewißheit. Für sie ist der Weg zurück abgesperrt durch einen Grabstein auf dem Friedhof, östlich der kleinen weißen Kirche. Mit einer großen Trauer zu leben, ist, als habe man einen tiefen Riß in der Seele. Eine Wunde, die im Heilungsprozeß verschiedene Phasen durchläuft, die langsam zusammenwächst und allmählich zu einem wunden Punkt wird, zu einer Narbe, die nur weh tut, wenn man sie berührt. Ganz verschwinden wird sie nie.

Wie in einen Kokon hatte sie sich in Mathildes Kammer eingesponnen und ihre traurige Zärtlichkeit über ihren kleinen Jungen ausgegossen, ohne den Gedanken daran, das Leben könne noch anderes für sie bereithalten. Ihr Leben hatte stillgestanden, als der Geliebte starb – wie das seine. Wie die Raupe eines Schmetterlings hatte sie sich verkrochen, das Kind dicht an der Brust, den Witwenschleier wie eine Verpuppung um sie beide gesponnen. Das hatte sie dem geschuldet, der davongegangen war.

Aber jetzt, in diesen wenigen hektischen Sommerwochen spürt sie, daß sie den Aufenthalt unterwegs auf einem fremden Bahnhof in vollen Zügen genießt. Sie nimmt alle Geräusche und Gerüche mit vibrierenden Sinnen in sich auf. Es ist, als ob ein Zipfel des dünnen, schwarzen Trauerschleiers, der so lange über ihrem Dasein gelegen hat, von der sanften Sommerbrise aufgehoben und von Erics Atem weggeblasen wurde, wenn der warm ihr Gesicht streift. Der zarte, schimmernde Trauerkokon bekommt Risse, und der Schmetterling streckt seine Flügel der Sonne entgegen.

Im Laufe dieser Wochen wird sie im Verhältnis zu Eric

ihrer selbst wieder sicherer. Sie wagt es immer häufiger, seinen Ausführungen zu widersprechen und zu ihren zu stehen, auch wenn er ihre fehlenden Kenntnisse aufdeckt.

»Aber so kann es nicht sein, das ist doch nicht richtig!« behauptet sie oft mit einer Intuition, über die er fast schon ein wenig nachsichtig lächelt. Oder sie wird von seiner Empörung über politische Ungerechtigkeiten angesteckt und wühlt in seinen Kenntnissen nach weiteren Argumenten, wie ein eifriger Hund nach einem vergrabenen Knochen wühlt. Sie entdeckt, daß sie vielleicht öfter einer Meinung sind, als sie zunächst dachte, fühlt aber dennoch intensiv den Drang, ihre eigene Sichtweise zu kennzeichnen, am liebsten seiner entgegengesetzt. Das soll ihr eigener Knochen sein.

Wenn Jakob eingeschlafen ist, gehen sie in der hügeligen Gegend spazieren. Sie reden und reden, sie streiten sich, und sie diskutieren an späten, blauen Sommerabenden, oft bis weit in den hellen Morgen. Zwischendurch fallen sie sich um den Hals und lassen zwischen Büschen und Heide in taunassen Sommernächten die Natur ihren Lauf nehmen.

An seinem letzten Abend weint sie wie ein Kind. Und die Frage, die die ganze Zeit dort lag, zu der sie sich nicht einmal zu verhalten wagten, die aber gestellt werden muß, wird gestellt. Die Antwort, die beide kennen, aber die gegeben werden muß, wird gegeben.

Kann sie nicht mitkommen? – Nein, das kann sie nicht!

Sie halten einander die ganze Nacht, wie zwei Liebende auf einem einsamen Bahnhof, in unruhigem, ungeduldigem Erwarten, der Schaffner möge endlich pfeifen und der schmerzliche Abschied überstanden sein. Am nächsten Tag reist er ab, zusammen mit Granny. Er gibt das Versprechen, an das keiner glaubt, das aber beide brauchen, er werde im nächsten Sommer wiederkommen.

Die nächsten Wochen sind trist, aber arbeitsreich, denn es ist viel zu tun, ehe die Ernte beginnen kann. Die Scheune muß fertig gestrichen werden, aber das übernimmt glücklicherweise Olefejus, Ingers jüngster Bruder. Er steht oben auf der Leiter und ist unbeschwert pfeifend das Opfer für Jakobs Bewunderung, der einen Narren an ihm gefressen hat. Wie ein mit dem Schwanz wedelnder Hund bewegt sich der Junge aufgeregt um die Leiter, aber er respektiert zuverlässig das strenge Verbot, sich auch nur der untersten Sprosse zu nähern. Im übrigen hat er in diesen Wochen viel mit seinem Phantasiekameraden zu tun. Der war eine Weile weg gewesen, tauchte aber wieder auf, als Granny und Eric abfuhren und das Leben auf dem Hof wieder stiller wurde.

Solfrid spürt, daß dieses Sommerabenteuer mit Eric ihr unendlich gutgetan hat. Sie hat etwas von ihrer alten ruhigen Selbstsicherheit zurückgewonnen, dazu aber auch viele neue Erkenntnisse. Das Dorf hat sich geöffnet und ist größer und weiter geworden. Sie hat nun eine Ahnung von der Welt außerhalb, an der teilzuhaben sie immer mehr interessiert ist. Hätte ich kein Kind, denkt sie ab und zu, und duckt beinahe buchstäblich den Nacken unter dem Schuldgefühl, das sie im selben Moment überfällt. Sie drückt den kleinen Jakob so fest, daß das Kind ungeduldig zu heulen anfängt und sich aus ihren Armen windet, um sein Spiel weiterzuverfolgen.

Mit zunehmender, ungeduldiger Unruhe merkt Sol, daß sie etwas *will*. Das eine oder andere. Etwas, das nur ihr gehört, nein, sie findet nicht die richtigen Worte dafür, aber sie spürt, es könnte etwas mit Ausbildung und Arbeit zu tun haben. Sich und den Jungen versorgen zu können und gleichzeitig etwas Nützliches tun. Im Winter besuchte sie Lars mehrere Male im Krankenhaus, und die Begegnung mit dem Krankenhaus löste in ihr eine fast ehrfürchtige Bewunderung für die blau-weißen Uniformen der Krankenschwestern aus. Schließlich reift in ihr der Plan, eine Ausbildung zur Krankenpflegerin zu absolvieren. Die organisatorischen Details sind rasch geklärt: Ragnhild und Solfrids Mutter werden sich gern um Jakob kümmern. Solfrid muß zuerst zur Frauenfachschule gehen und danach drei Jahre auf die Krankenpflegeschule in der Stadt, wenn sie angenommen wird. Eine lange Zeit, um den Jungen anderen zu überlassen, selbst wenn sie zu Hause wohnen wird und nicht im Internat, wie die meisten anderen.

Aber die beiden Großmütter sind voll guten Willens, ja dermaßen eifrig bei der Aussicht, daß Solfrid ein schlechtes Gewissen bekommt, wenn sie sich vorstellt, wieviel Angst die beiden gehabt haben müssen, sie könnte Jakob nach Amerika mitnehmen.

II

Jakob, das bin ich. Ich kann in meinem Bett ganz allein wach werden, ohne zu weinen, wenn ich nichts Böses geträumt habe. Und ich schaffe es, aus dem Bett zu klettern, ohne hinzufallen und mir weh zu tun, auch wenn das Bett hohe Kanten hat. Beim ersten Mal, als ich das getan habe, bin ich in die Küche gegangen, den Stimmen der Erwachsenen nach, und habe gesagt:

»Ich muß mal!«

Sie saßen am Küchentisch, Großmutter und Großvater und Mutter, und alle schlugen sie die Hände zusammen, wie die Erwachsenen das oft tun, und sagten:

»Nein aber auch, wie groß du bist, Klein-Jakob!« wie sie das oft sagen.

Mutter hob mich auf einen Hocker, so daß ich in einen Ausguß machen konnte, der einen blauen Ring ringsum hat, und ließ mich dann Wasser nachpumpen. Wir mußten alle beide die Hände um den lackierten Pumpenschaft halten, denn es ist schwer, schnell vor- und zurückzupumpen, bis das Wasser nach einem saugenden Glucksen in der Pumpe heraussprudelt. Aus dem glänzenden Kran über dem Waschbecken kommt das Wasser herausgeschossen, wenn ich aufdrehe. Aber den Kran ganz oben an dem Warmwasserboiler darf ich nie anfassen. Dann kann ich mich verbrennen, sagt Mutter.

Als das Wasser mein Pipi weggespült hatte, mußten alle drei mit in mein Zimmer gehen und sehen, ob ich wirklich allein aus dem Bett komme, dem blauen Bett, in dem Mutter schlief, als sie ein kleines Mädchen war, und der Junge aus dem Album hier wohnte. Kurz danach habe ich aufgehört, nachts mit Windeln zu schlafen, und dann wurde ich drei und einhalb. Das ist größer als drei.

Jakob, das bin ich. Ich wache in Großvaters Bett auf, und ich erinnere mich, daß ich mit Großvater Mittagsschlaf gehalten habe, denn wir sind gestern lange aufgeblieben, und Sofie und Laila waren hier und haben mich geärgert. Großvater liegt neben mir und schnarcht mit offenem Mund. Das ist furchtbar laut, aber sonst ist es ganz still im Haus. Ich stehe auf, ohne Großvater zu wecken und ohne Mutter zu rufen, denn jetzt bin ich drei und einhalb und kann allein in den Ausguß pullern. Ich gehe barfuß in die Küche hinaus, ich klettere auf den grünen Schemel und pullere in den Ausguß. Aber ich kann noch nicht Wasser pumpen, denn die Pumpe geht viel zu schwer für einen, der drei und einhalb ist. Da kommt nur ein merkwürdiger, flötender Ton, der mich an meinen Vater erinnert, ihn, der ein Ton in der Flasche ist, die ich auf dem Heuboden in einem Stapel von Pfählen für die Trockengestelle des Heus versteckt habe.

Innen in meinem Kopf habe ich viele Gedanken, die ich nicht in Wörter formen kann. Aber ich lerne jeden Tag neue Wörter, und ich lerne auch viele andere Sachen. Ich kann mir die neuen Gummistiefel, die auf dem Flur stehen, ganz allein anziehen, weil man da nur die Beine oben reinstecken muß. Wir haben die Stiefel beim Kaufmann Berg gekauft, und

Mutter hat gesagt, daß die zum Reinwachsen sind. Manchmal sagen die Erwachsenen:

»Ziegenfüße, Klein-Jakob«, wenn sie meine Stiefel sehen, und manchmal sagen sie: »Das war richtig«, ohne daß ich verstehe, was sie meinen, aber ich tue trotzdem, was sie sagen.

Aber jetzt ziehe ich einfach die Stiefel an, ohne an richtig oder falsch zu denken, denn im Flur ist niemand sonst, und ich habe es eilig hinauszukommen. Ich will raus und meinen Vater finden. Ich laufe quer über den Hof, nur in der Unterhose und dem gestreiften Unterhemd, in dem ich Mittagsschlaf gehalten habe. An den Füßen habe ich die neuen Stiefel, die entweder richtig oder falsch sind.

Ich weiß, daß die Stiefel blau sind, denn ich habe viele Farben gelernt. Der Himmel ist auch blau, an dem sind keine Wolken und kein Regenbogen, aber er ist hoch und hell und hat nur einen weißen Streifen, der heißt »Flieger«, das weiß ich. Der brummt und ist weit weg, aber nicht so weit weg wie Gott. Gott ist hinter dem Himmel, zusammen mit den Engeln, die haben Flügel und Palmenzweige.

Großmutter hat mir von Gott und den Engeln erzählt. Großmutter Gudrun weiß alles von Gott, viel mehr als Mutter und Großmutter Ragnhild und sogar als Großvater Lars. Wenn ich frage, ob mein Vater im Himmel bei Gott ist, antwortet Großmutter ja, aber ich kann sehen, daß sie nicht sicher ist, denn sie hat so traurige Augen. Bei Gott sind alle froh. Ich will, daß mein Vater bei Gott ist, und er soll froh sein.

Ich brauche mich nicht so doll zu bücken, wenn ich hineinkrieche, um die Flasche hervorzuholen, in der der traurige Ton wohnt, der mein Vater ist. Denn selbst wenn ich schon groß bin, bin ich kleiner als die Großen. Die Flasche ist glatt und kalt, aber wenn ich den Mund gegen den Flaschenhals halte, ist mein Vater nicht da. Er ist im Wind, der über das

Scheunendach flötet, am Ende der Leiter, auf der Olefejus immer steht, wenn er die Scheunenwand streicht.

Wenn ich die Finger rund um den schmalen Flaschenhals lege, kann ich die Flasche alleine mit einer Hand halten. Das ist gut, denn ich brauche die andere Hand, um mich an der Leiter festzuhalten.

12

Das Leben wird nie mehr, wie es war, wenn jemand gestorben ist, aber allmählich findet es – muß es finden – eine neue Form, mit der die, die zurückgeblieben sind, leben. Für die Menschen aus Nils-Jans Umgebung ist es ein großer Trost, daß sein kleiner Sohn auf dem Hof aufwächst. Denn Solfrid ist mit dem kleinen Jakob in Mathildes Kammer wohnen geblieben. Und sie wird dort wohnen bleiben, wie es aussieht.

Solfrid gefällt es in der Kammer, und sie hat auch gar nicht den Wunsch umzuziehen. Nachdem das Kind mehr Platz brauchte, hat ihr Ragnhild das Zimmer nebenan, das Nils-Jans Kinderzimmer gewesen war, auch zur Verfügung gestellt. Solfrid findet es richtig und gut, daß der kleine Junge, der seinen Vater nie gekannt hat, in dessen Kinderzimmer aufwachsen soll. Viele von Nils-Jans Spielsachen gibt es da noch, man hatte sie zur Zierde auf den Wandregalen stehengelassen. Die Spielsachen, die auf dem Boden verstaut worden waren, werden nach und nach wieder heruntergeholt.

Das ist ein wunderbarer alter Dachboden. Einige Wochen, nachdem Eric und Granny abgereist sind, macht Solfrid einen Ausflug dorthin. Sie schleicht sich vorsichtig die steile, graugestrichene Holztreppe im Flur hinauf, während Jakob mit Lars Mittagsschlaf hält. Ragnhild hat einen Spaziergang zu Solfrids Eltern gemacht, um sie zum Sonntagnachmittagskaffee einzuladen. Solfrid hat gerade ein Blech duftender Schnecken aus dem Ofen geholt. Hefegebäck gelingt ihr immer besonders gut, und sie freut sich schon auf das überschwengliche Lob des Vaters. Er ißt furchtbar gern Kuchen, aber Gudrun hat selten Energie oder Lust zum Backen.

Gewöhnlich schläft Jakob in dem kleinen, blau gestrichenen Kinderbett, in dem Solfrid als Kind selbst geschlafen hat. Das wurde bei ihren Eltern vom Boden geholt, als der Junge zu groß war, um noch in Mathildes großem Wäschekorb zu liegen. Gudrun, ihre Mutter, mußte den Korb damals in Ordnung bringen, denn weder Solfrid noch Ragnhild hatten für irgend etwas Energie nach Nils-Jans Tod. Aber Gudrun hat den großen Flechtkorb mit einem Spitzenumhang verschönert und aus geblümtem Baumwollstoff Bettbezug und Kopfkissenhülle genäht.

Gudrun war es auch, die Solfrids altes Kinderbett gründlich mit Seifenlauge abgewaschen hatte. Und der Vater, Herman, sah es sorgfältig mit dem Hammer nach, um sicher zu sein, daß da kein loser Nagel heraussstand, an dem sich der Junge verletzten könnte. Er hatte es neu gestrichen, ohne den Glanzbildengel zu zerstören, der ans Kopfende geklebt war, denn er wußte doch, wie gern Solfrid das große, schöne Gesicht des Engels mit den gelben Locken und den hellblauen Flügeln immer hatte.

Mit Hermans Feinmotorik ist es nicht zum besten bestellt, deshalb hatte Gudrun mit einem Pinsel, den sie in Sols altem Farbkasten fand, bis an den Engel herangemalt. Den Rest des Bettes hatte Herman mittelblau gestrichen, der ursprünglichen Farbe so ähnlich wie möglich.

In den ersten Monaten stand das Kinderbett neben Solfrids eigenem in der Kammer. Sie selbst liegt noch immer in Mathildes altem krummem Bett, hat aber die Matratze ausgetauscht, von der sie Rückenschmerzen bekam. Irgendwann hat sie das Kinderbett in Nils-Jans Kinderzimmer hinübergestellt, wegen des Platzes und weil sie fand, es sei an der Zeit, den Jungen daran zu gewöhnen, in einem eigenen Zimmer zu schlafen.

Lars holte das Bett mit dem Pferd und dem alten Heuwagen. Er benutzt ab und zu zum Spaß Pferd und Wagen, und dem Braunen tut es gut, sich ein bißchen zu bewegen, der wird sonst nur noch selten geholt. Er fuhr gleich eine Runde über die Dorfstraße, denn die kurze Tour hinunter zu Solfrids Elternhaus lohnt nicht das Anschirren. Viele solcher Ausflüge hat Lars durch die Jahre hindurch unternommen. Als Nils-Jan klein war, stand er oft zwischen den Knien des Vaters und erzählte von allem, was solche kleinen Jungen beschäftigt. Oder er und Solfrid saßen hinten im Wagen und führten vertrauliche Gespräche, bei denen Lars manchmal schmunzeln mußte. Als die Kinder groß wurden, fuhr er oft allein los.

Im letzten Jahr hat er mehr denn je solche einsamen Touren unternommen. Jakob quengelte oft, weil er mitwollte, aber so gern Lars den Jungen hat, auf diese Ausflüge hat er ihn nicht ein einziges Mal mitgenommen.

13

Merkwürdig, daß man am hellen Nachmittag den Mond am Himmel sehen kann. Der Gedanke geht Lars durch den Kopf, als er, die Ellbogen auf die Knie gestützt, vorn im Heuwagen auf der umgedrehten Kartoffelkiste sitzt, aus der er seitlich das Rahmenwerk herausgenommen hat. Die Zügel hängen lose zwischen seinen Fingern, und der Braune trottet, wohin er will. Der weiß ebensogut wie der Mann dort hinten, daß diese Fahrt zu denen gehört, die kein Ziel haben.

Rund und bleichgelb hängt der Mond hoch oben über dem Hügelkamm, wie ein kühl abschätzendes Auge. Ah ja, Lars, du kriechst noch da unten herum, du kleines Staubkorn, du.

Ah, ja. Lars schüttelt sich ein bißchen. Nimmt die Zügel in eine Hand und fährt sich mit der anderen übers Gesicht. Ah, ja. Ja, ja, so ist das. Der Braune zottelt dahin, wie er will, und biegt aus alter Gewohnheit an der Weggabelung rechts ab. Ihm gefallen diese einsamen Touren auch.

Ja, ja. Der Lars. Sitzt mit den Ellbogen auf den Knien und betrachtet seine Hände. Dreht und wendet sie, als ob sie fremd wären und er sie zum ersten Mal sähe. Es sind große, breite Hände mit kräftigen Adern auf dem Handrücken und harten Schwielen auf der Handfläche, besonders zwischen Mittel- und Ringfinger. Arbeitshände. Ja, ja. Einmal werden Haut und Muskelgewebe schwinden und die Knochen innen freilegen. Einige Jahre in der Erde, dann sind auch die weg.

Solche Gedanken sind es, die ihn in diesem Winter gequält haben, wenn er vornübergeneigt dasaß und auf das breite Hinterteil des Pferdes starrte oder den Blick über die Ländereien längs des Weges in die Ferne schweifen ließ. Viele Jahre haben diese Gedanken ihn in Ruhe gelassen, lange hat er sich nicht mehr damit geplagt, nicht mehr seit dem Ende des Krieges. Und nicht einmal damals war er so bekümmert wie heute.

Er kann, er darf nicht an den Krieg denken! Seit vielen Jahren hat er es nicht zugelassen, an den Krieg zu denken. Er *darf* einfach nicht an den Krieg denken! An diese fünf Jahre in England. An den Treuebruch und die Schuld und den Betrug! There'll be bluebirds over ... Ein lebenslanger, endloser Verrat. Betrug. Schuld. Sünde und Scham.

Wenn Ragnhild in der Küche mit Klein-Jakob auf dem Schoß auf der Bank sitzt und das alte Kinderlied singt:

»Flog ein kleiner blauer Vogel durchs Fenster
durchs Fenster, durchs Fenster,
flog ein kleiner blauer Vogel durchs Fenster
an einem Tag im Mai.

Nahm ein Goldklümpchen, tschilp tschilp skare,
nahm ein Goldklümpchen, an einem Tag im Mai«,

dann scheint es Lars, daß der Blick, den sie ihm über den Kopf des Jungen zuschickt, unendlich vorwurfsvoll ist. Und der Junge liebt genau dieses Lied, das ihm die Großmutter immer und immer wieder vorsingen muß. Nur der Großvater will nie ›blauer Vogel‹ für Jakob singen.

Der Sünde Sold ist der Tod, steht es nicht so in der Bibel? Früher, als sie jung waren, konnte Ragnhild hin und wieder mit ihm über den Tod sprechen. – Ob er an ein Leben danach glaubte? An einen Himmel oder eine Hölle? Nein, darüber hatte er sich früher nie Gedanken gemacht.

»Wir werden wohl zu Blumen oder vielleicht zu Bäumen. Du wirst bestimmt eine schöne Pflanze, das glaube ich!«

Er pflegte sich aus solchen nächtlichen Gesprächen herauszuwinden, ehe sie eine allzu ernste Wendung nahmen. Verscheuchte sie mit einem Witz und griff nach ihrem Körper, als ob der Liebesakt ein Beweis dafür war, daß es den Tod nicht gab.

Das Leben reichte ihm aus, damals – vor dem Krieg. Ja, eigentlich auch danach, denn er war schnell dabei mit dem Vergessen. Füllte die Tage mit Arbeit aus, vom frühen Morgen bis zum späten Abend, hier zu Hause und draußen beim Walfang. Hatte er zwischen den Ernten eine freie Stunde, dann las er ein bißchen in ›Das Beste‹, dem ›Magazin für alle‹ oder einer anderen Zeitschrift. Draußen beim Walfang pflegte er sich die magere Freizeit, die er hatte, damit zu vertreiben, daß er Serviettenhalter oder Serviettenringe aus Walbein schnitzte. Jetzt hat er ganz die Lust verloren, etwas zu lesen oder mit den Händen zu tun. Immerzu sitzt er da und starrt auf seine leeren Hände, so wie jetzt.

In diesem letzten Jahr ist ihm das Leben so ganz unfaßbar geworden. Es ist, als ob er die ganze Zeit einer Wahrheit nachjagt, die zu fassen ihm der Mut fehlt. Wie in einem Traum, den er einmal hatte: Er folgte einem Tier, das er nur für kurze Momente sah, in einen Wald mit hohen geraden Kiefernstämmen hinein. Das Licht wurde durch die hohen schwankenden Baumkronen gebrochen und bildete merkwürdige, flackernde Muster. Das Tier, von dem er erst glaubte, es sei ein Fuchs, war die ganze Zeit vor ihm zwischen den Stämmen, und im Wechsel von Licht und Schatten veränderte es ständig sein Aussehen. Bald war es der Fuchs mit buschiger Rute und weißer Spitze und mit spitzen Ohren, bald war es ein langbeiniges Rehkitz oder ein Hase mit kräftigen Hinterläufen, die Ohren flach angelegt. Es gelang ihm, das Tier auf einen schmalen Bergabsatz zu treiben, und er sah, daß es ein Mittelding der drei war, ein neues und unbekanntes Tier, über das er mehr herausfinden mußte. Aber als er sich ihm näherte, drehte es sich um und bleckte die Zähne.

Er kann sich noch an die Enttäuschung beim Aufwachen erinnern, daran, wie er durch die Schichten des Schlafes langsam nach oben trieb, das Bild des sensationellen Tieres deutlich auf der Netzhaut. Jedes Detail stand ihm klar und bereit zum Aufzeichnen vor Augen, begann sich aber aufzulösen und wurde bedeutungslos, war ohne Sinn, nichtssagend in dem Augenblick, als er erwachte.

Und er erinnert sich an andere Träume: In einem sitzt er fest in einem Pferch, der aus dicken Knüppeln gebildet wird, die in waagerechten Lagen übereinander gestapelt sind. Es gibt mehrere Lagen von Knüppeln nebeneinander, aber die liegen nicht parallel, sondern in unterschiedlicher Höhe, so daß er immerzu an neue Knüppel stößt, wenn er eine Lage überwunden hat. Er steht ganz unten am Erdboden, der grau ist von weichem Morast – er darf keinesfalls hineinfallen! –, und er krabbelt und kriecht und schlängelt sich durch die Lagen der Knüppel hindurch, während der Angstschweiß feuchtkalt über seinen Körper strömt. Auf der entgegengesetzten Seite des rechteckigen Pferchs sitzen Ragnhild und Gudrun, Solfrids Mutter, hoch oben auf den obersten Knüppeln. Gudrun hält ein Buch in der Hand, er kann nicht sehen, welches, und Ragnhild strickt an einem Schal, der bald bis in den Schlamm hinabreicht. Sie unterhalten sich munter, während sie die Augen die ganze Zeit fest auf ihn gerichtet haben, der sich dort unten abmüht. Sie betrachten ihn mit einer Art gespannter Erwartung, und er bekommt den Eindruck, daß sie darüber reden, ob er es wohl schaffen wird, durch den Pferch zu kommen, ohne daß es sie jedoch nennenswert zu bekümmern scheint. Aber er weiß, daß er durch muß, denn da ist etwas drinnen, ein Tier, das er bergen muß, ein Tier, das in dem grauen Morast festhängt. Er hebt den Blick hilfesuchend zu Ragnhild, und sie lächelt und winkt ihm mit der einen Stricknadel zu, ehe sie das Strickzeug umdreht und auf der neuen Nadel weiterstrickt.

Oder ihm träumt, er säße auf einer Eisscholle, die ständig in kleinere auseinanderbricht, ohne aber so klein zu werden, daß er untergehen würde. Auf einer anderen Eisscholle steht ein schwarz-weiß geschecktes Kalb, das er zu retten versuchen soll. Es steht auf zitternden, dünnen Beinen und sieht ihm mit traurigen Augen nach, als es vorbeitreibt, ohne daß es ihm gelingt, den Strick, den es um den Hals hat, zu fassen zu bekommen. Es ist so nahe, daß er die winzigkleinen Tropfen von Feuchtigkeit auf den gebogenen Haaren um die Augen erkennen kann, und er kann sehen, wie die kurzen schwarzen Haare des Fells auf dem Nasenrücken zum Maul hin in einem drolligen Wirbel wachsen. Und er kann das rauhe Ende des Stricks spüren, so nahe streicht es an seinen Fingerspitzen vorbei, als er vorbeigleitet, während das Kalb sanft den Kopf dreht und ihm mit seinem Blick folgt. Die großen, blanken, dunkelbraunen Augen sind vollkommen ausdruckslos. Keine Trauer ist darin zu sehen, keine Angst und kein Vorwurf, aber auch keine Hoffnung. Es steht unbeweglich auf seiner kleinen

Eisscholle, den Kopf ihm zugewandt, und treibt unerbittlich immer weiter hinaus auf das dunkle, kalte und unendlich einsame Meer. Die Verzweiflung und die Ohnmacht, die er spürt, sind so überwältigend, daß er mit heftig klopfendem Herzen und dem Weinen als einem qualvollen Druck am Gaumen erwacht. Diesen Traum hatte er im letzten Jahr oft.

Dann pflegt er aufzustehen und barfuß in die Küche zu wandern. Mit Kaffee und Zigaretten am Küchentisch zu sitzen und zu spüren, wie die Kälte langsam und lähmend vom Fußboden die Beine hinaufkriecht. Die Gefühllosigkeit im Rücken spüren und das Rückgrat hinauf und denken Kommt sie nur hoch genug, dann sterbe ich. Und er hat mit so etwas wie Erleichterung an diese Möglichkeit gedacht, denn so kalt, wie ihm in diesen Nächten ist, so kalt kann es einem gar nicht sein. Das ist eine Kälte, gegen die kann man sich unmöglich kleiden. Und Lars macht auch gar nicht erst den Versuch. Ragnhild hat ihm Pantoffeln und Schlafrock zu Weihnachten geschenkt, aber nur selten denkt er daran, sie anzuziehen.

Kälte, denkt er lahm, Kälte an sich ist nichts. Kälte ist nur die Abwesenheit von Wärme. Dunkelheit ist die Abwesenheit von Licht. Tod ist die Abwesenheit von Leben. Ist es das, was den Gedanken an den Tod so beängstigend macht? Diese absolute Abwesenheit von allem, was uns vertraut ist, von Wärme, Licht, Leben? Die totale Einsamkeit.

Zwei Tage und Nächte hat er dagesessen, mit dem Leben des Sohnes zwischen den Händen, während das Walfangschiff auf Kapstadt zubrauste, und gesehen, wie das Leben davonglitt, wie Wasser, das man mit den Händen festzuhalten versucht. Unerbittlich. Buchstäblich unerbittlich, denn er fühlte niemals, daß er eine Antwort bekam auf seine verzweifelten Gebete, die er durch zusammengebissene Zähne hinausschickte – an Gott, an Jesus, an die Jungfrau Maria und an alle Engel des Himmels – keine Antwort. Alles, was er fühlte, war eine große, große Einsamkeit.

Wenn Lars im Wagen hinter dem Braunen sitzt, spürt er dieselbe kalte Einsamkeit, die ihn in den Nächten quält. Es ist, als habe er angefangen, auch am hellichten Tag böse Träume zu träumen. Er sieht die Schneeruten, die den Wegrand markieren, in gleichmäßigen Abständen vorübergleiten, wie Sekunden in einer Ewigkeit, und er verspürt keinerlei Verlangen, umzukehren und wieder nach Hause zu fahren. Kein Gedanke, wieder nach Hause in die Wärme der Küche zu kommen, weg von der Kälte, die sich wie eine gefühllose Schicht über seine Haut legt, unter Hemd und Jacke schiebt.

Aber den Braunen zieht es nach Hause zum warmen Stall. Er geht seinen üblichen Bogen beim Laden und trottet heimwärts, ohne um Erlaubnis zu fragen. Zu Hause steht Klein-Jakob mitten in der Küche mit dem Daumen im Mund und ist gekränkt, weil er auf den Ausflug nicht mitdurfte. Lars hebt den Jungen hoch und spürt, wie der kleine Körper ihn durch das Hemd wärmt, so als wenn die Wärme eines Fingers die Eisblumen an einem zugefrorenen Fenster zum Schmelzen bringt.

14

Aber an diesem Herbsttag hält Lars Mittagsschlaf, obwohl er in der vergangenen Nacht richtig gut geschlafen hat. Er klagt, die Tabletten, die er gegen die Depression bekommen hat, machten ihn müde. Solfrid kann sein Schnarchen als ein fernes Geräusch durch mehrere Wände hören. Und sie sieht Jakobs zufriedenes kleines Gesicht vor sich, wie er sich in Großvaters Arme geschmiegt hat, genüßlich wie ein Kätzchen, er kann kaum nahe genug rücken. Das Bild tut Solfrid weh, und sie schiebt es energisch weg.

Oh, er ist so etwas Besonderes, ihr kleiner Junge! Hin und

wieder kann er so traurig sein, daß es sie schon fast irritiert. Und manchmal ist er so nachdenklich, daß es ihr beinahe Sorgen bereitet. Daß ein so winziges Menschlein dermaßen grübelt! Aber Jakob ist auch ein unglaublich zärtliches Kind. Der Großvater ist in seinem Leben der große Held, neben Olefejus, Ingers Bruder, und diesem »mein Junge«, von dem niemand außer Jakob selbst weiß, wer das ist.

Die steile Treppe endet auf dem Flur des Dachbodens mit einer niedrigen, etwas schiefen, alten Tür zum eigentlichen Bodenraum. Das ist ein großer Raum, ganz hell, weil jetzt die niedrige Nachmittagssonne gerade durch das kleine halbrunde Fenster an der Stirnwand scheint. Ganz oben unter dem Giebel hängt ein verlassenes Wespennest, und auf dem schmalen Fensterbrett liegen zwei der früheren Bewohner und strecken die Beine in die Luft.

Mathildes schwarze Kleider hängen auf Kleiderbügeln, die über dünne Holzlatten gehakt sind. Die Latten sind über zwei der Querbalken gelegt, ganz dort in dem Winkel, den sie zum Dach bilden. Mehr Kleidung – weggeräumte Sommersachen und altes abgelegtes Zeug – hängt über anderen Holzlatten, die zwischen den Balken eingelegt sind. Unter Mathildes Kleidern findet sich auch ihr alter schwarzer Wintermantel, an den sich Solfrid so gut erinnert. Er ist in eine dünne Plastikfolie eingepackt, zusammen mit dem Nerzkragen, den Mathilde »für gut« benutzte.

Als Nils-Jan klein war, hatte er immer große Angst vor dem Nerz. Er konnte einfach nicht glauben, daß der nicht lebte. Und mit dem spitzen Maul und den glänzenden schwarzen Augen sieht er ja auch ganz lebendig aus. Die Ohren liegen flach angepreßt, und das ganze Tier hat einen zusammengeklemmten, langgestreckten Zuschnitt, als ob es durch die große Plättrolle geschickt werden sollte, die draußen auf dem Gang steht.

Plötzlich sieht sie Nils-Jan wieder vor sich. Das mag in

seinem ersten Winter auf Ås gewesen sein. Sie sieht die dünne kleine Gestalt unten durch die Räume rennen, sie selbst ihm auf den Fersen, mit dem Nerz wedelnd, den sie vom Mantel auf dem Flur abgenommen hatte. Spürte sie damals, daß er wirklich Angst hatte? Sie erinnert sich an ihr eigenes Gefühl des Triumphs, die Mutigere und Stärkere zu sein. Und die Scham, anschließend, als Mathilde, den schluchzenden Jungen auf dem Schoß, sie sich vornahm und tüchtig ausschimpfte. Sie nahm kein Blatt vor den Mund, die Mathilde.

Der Nerzkragen läßt Solfrid aber auch noch an eine andere Episode denken. Das muß ein paar Jahre später gewesen sein, vielleicht in dem Winter, als sie in die erste und zweite Klasse gingen. Sie waren auf Rønningen zur Geburtstagsfeier gewesen und gingen durch das Winterdunkel nach Hause, ein Stück weit begleitet von vier der Kinder von dort. Alle waren sie pappsatt von Kuchen und roter Brause, aufgedreht nach den lärmigen Spielen und ziemlich furchtsam und ängstlich vor der Dunkelheit nach den haarsträubenden Spukgeschichten von Inger und Kåre.

15

Die älteren Kinder auf Rønningen machten sich einen Spaß daraus, die kleineren mit Geschichten von blutrünstigen Werwölfen und Vampiren, von Scheintoten und anderen erbaulichen Figuren zu erschrecken, Geschichten, mit denen sie allen den Nachtschlaf raubten. An diesem Abend war die ganze Geburtstagsgesellschaft, das heißt die fünf, sechs jüngsten der Rønningenkinder plus Sol und Nils-Jan auf der alten Chaiselongue in dem Zimmer neben der Küche zusammengekrochen, hatten das Licht gelöscht und die Tür zugemacht.

Auf Rønningen gab es so viele Kinder, daß Milda aufgegeben hatte, die Geburtstage mit eingeladenen Freunden und Freundinnen zu feiern. Das gab es nur noch, wenn sie zehn wurden. An den anderen Geburtstagen durften sie jeweils einen Gast von außen einladen, und da sie selbst so viele waren, waren die Feiern dennoch ziemlich groß. Dieses Mal waren es Hallvard und Anne-Grete, die ihren Geburtstag feierten. Sie waren mit genau einem Jahr Abstand geboren, und da jeder von ihnen einen Gast einladen durfte, waren sowohl Solfrid als auch Nils-Jan eingeladen.

Die beiden kamen um fünf Uhr festlich gekleidet, jeder mit einem blauen Fünfkronenschein im Umschlag, den sie auf dem Flur mit höflichem Diener und Knicks überreichten.

»Gratuliere zum Geburtstag.«

»Danke schön.«

Zu Hause hatte die Mutter Solfrids Haare teilweise geflochten, und auf dem Kopf mit einer großen weißen Schleife hochgebunden. Das übrige Haar lag über dem Matrosenkragen auf dem dunkelblauen Weihnachtskleid. Diese Frisur rief von Seiten des weiblichen Teils der Geschwisterschar große Begeisterung hervor, die Sol sichtlich genoß, und Inger richtete mit ihren geschickten Fingern die Schleife, die unter der dunkelroten Mütze ziemlich plattgedrückt worden war.

Solfrid ihrerseits bewunderte gehörig Anne-Gretes neue schwarze Lackschuhe mit der Rosette vorn: »Ui, sind das schöne Schuhe! Hast du die zum Geburtstag bekommen?«

Ja, das hatte Anne-Grete, denn ihre alten guten Schuhe, vererbt von mindestens drei älteren Schwestern, sind während des Weihnachtsfests der Sonntagsschule verschwunden. Zu Mildas Verzweiflung waren und blieben sie verschwunden, und da sich in der langen Reihe von guten Schuhen in dem Schrank unter der Treppe kein einziges freies Paar in der richtigen Größe fand, bekam Anne-Grete eben neue Schuhe zum Geburtstag.

Diese schwarzen Lackschuhe waren unter dem Weihnachtsstern in Kaufmann Bergs Schaufenster ausgestellt gewesen, und sowohl Solfrid als auch Anne-Grete hatten zu der Schar der kleinen Mädchen gehört, die bei Schneewetter draußen davorgestanden hatten und die schöne Rosette bewunderten. Aber da sie, als Weihnachten gekommen war, nicht von ihrem Platz oben auf der großen Sardellenbüchse verschwanden, die fester Bestandteil von Kaufmann Bergs Weihnachtsdekoration war, hatte keine von ihnen besondere Hoffnung, die glückliche Besitzerin zu werden. Nun war Anne-Grete selig, und man gönnte es ihr. Schließlich bekam sie als eine der jüngsten in der Geschwisterschar nicht oft etwas Neues.

Jetzt waren also die Höflichkeitsfloskeln ausgetauscht, die Brause und die selbstgebackenen Kuchen verzehrt, und die Gesellschaft hatte auf der dunkelbraunen Chaiselongue nebeneinander Platz genommen, die Ältesten mit dem Arm um die Kleineren, die ständig auf der Hut und kurz davor waren, von dem glatten Sofabezug aus Rindsleder zu rutschen.

Im flackernden Schein einer einsamen Stearinkerze auf dem Tisch gaben die ältesten der anwesenden Kinder die schauderhafte Geschichte des Grafen Dracula zum Besten. Inger, die damals um die Zwölf gewesen sein mag, war eine wahre Meisterin, die unangenehmsten Phantasiefiguren heraufzubeschwören, und Kåre, der beinahe elf war, entfaltete überzeugend sein Schauspielertalent. Makabre Rollen waren seine Spezialität, und er konnte ein Lachen anstimmen, so eiskalt, daß es einem durch Mark und Bein ging, auch bei Milda, die in der Küche Tassen und Gläser abwusch und mit einem Ohr der Kinderschar nebenan zuhörte.

Die beiden größten Mädchen, die als Geburtstagsgäste zu alt waren und statt dessen beim Abwasch helfen mußten, hatten ebenfalls neugierig ein Ohr auf das gerichtet, was dort hinter der geschlossenen Tür vor sich ging. Sie hatten seinerzeit sowohl das Manuskript als auch die Regie an die

Ausführenden des Abends überliefert und waren streng genommen zu erwachsen, um sich mit so etwas noch länger abzugeben. Trotzdem legten sie auf eine gemeinsame Eingebung hin die Küchenhandtücher beiseite und ließen Abwasch Abwasch sein.

Ruckzuck hatten sie sich mit Eckzähnen aus Streichhölzern und flatternden Gewändern ausstaffiert, und in dem Augenblick, als Kåre Graf Dracula im flackernden Lichtschein der Kerze langsam und unheildrohend aus seinem Grab aufsteigen ließ, stürzten die zwei mit schaurig dröhnendem Gelächter hinein zu der schreckensstarren Gesellschaft.

Der Spukabend fand ein jähes Ende, erinnert sich Sol. Die kleinsten Kinder fingen furchtbar an zu weinen und mußten von den Großen getröstet und geküßt und gedrückt werden. Milda beruhigte die Gemüter mit einer Extrarunde roter Brause und erließ ein Verbot weiterer Spukgeschichten. Den restlichen Abend wurden friedlichere Sachen gespielt, wie »Der Plumpsack geht um«, »Die Reise nach Jerusalem« und »In meinen Koffer packe ich …«. Aber nicht einmal Inger und Kåre trauten sich mehr allein über den Hof zum Plumpsklo am Stall.

Sol und Nils-Jan mußten ein Stück auf dem Heimweg begleitet werden, als die Feier um war. Nach dem etwas aufreibenden Abend war unter den jüngeren Kindern keines, das Lust hatte, die warme Stube zu verlassen. Aber freiwillig wollten auch die Größeren nicht, und schließlich rafften sie sich alle auf und machten sich auf den Weg.

Das erste Stück des Wegs ging es durch dichten Wald, in dem die dick mit Schnee bedeckten Tannen hinter den Schneewällen links und rechts am Wegesrand wie schwarze, gebückte Trollweiber im kalten Mondlicht standen. Hin und wieder rutschte der Schnee von einem Ast, der nun, von der Schneelast befreit, mit einer stummen, wiegenden Bewegung hochschnellte. Es war, als würde eines der Trollweiber einen zottigen Arm nach den vorbeigehenden Kindern ausstrecken. Die Kinder rückten im Dunkel noch enger zusammen und stolperten vorwärts wie ein kleines erschrockenes Tier mit sechs wachsamen Augenpaaren.

Als sie das Wäldchen wohlbehalten hinter sich gelassen hatten, wurden sie mutiger. Der Mondschein, der drinnen im Wald jedem Schatten ein verzaubertes Leben verliehen hatte, besaß hier draußen kaum noch Macht. Ringsumher lag friedlich die schneeweiße Erde, und der Mann im Mond sah beinahe freundlich aus, wie er da am sternenübersäten Himmel hing und sein ewiges, schiefes Lächeln auf die Erde hinabschickte. Das erschrockene Tier löste sich allmählich auf, und die Kinder fingen an, sich gegenseitig kopfüber in die Schneewehen am Wegrand zu befördern. Die Angst vor Graf Dracula wich nun anderen Gefahren, viel realeren, und man war vollauf beschäftigt, sich vor den Schneebällen zu ducken, die einem um die Ohren flogen.

Später wußte keiner, wer zuerst das kleine schwarze Tier entdeckte, das ihnen plötzlich zwischen den Beinen herumsprang. Aber die Wirkung auf die Kinderschar hätte nicht furchtbarer sein können, wenn der Graf selbst sich auf dem Dorfweg materialisiert hätte, mit seinen spitzen Zähnen und allem, bereit, beim ersten besten Kind zuzuschnappen. Mit einem entsetzlichen Geheul stoben sie in alle Richtungen, das jüngste hing dem ältesten an den Fersen, völlig durcheinander vor Schreck. Und die ganze Zeit tanzte das schwarze, rattenähnliche Wesen einen Wahnsinnstanz zwischen ihren Füßen.

Es herrschte eine totale Verwirrung, die Kinder rannten heulend auf dem schneebedeckten Weg vor und zurück, manche von ihnen mit kleinen verängstigten Abstechern in den hohen Schnee. Dort mühten sie sich einen Moment hilflos durch die Schneemassen, bis sie sich wieder der kreischenden Schar anschlossen.

Der kleine, schwarz-braungefleckte Beagle von Lund befand sich glücklich auf dem Heimweg, nachdem er im Dorf auf Freiersfüßen unterwegs gewesen war. Man hatte ihn damals nicht auf frischer Tat ertappt, und es sollten noch einige Monate vergehen, ehe sich die Resultate seines offensiven Charmes in Form von krummbeinigen Hundekindern aller Art zu zeigen begannen. An dem Tag, als auch die scharf abgerichtete Schäferhündin auf Li krummbeinige Welpen warf, nahmen die Freierstouren ein jähes Ende, aber da bis dahin keiner der Hundebesitzer im Ort begonnen hatte, den kurzbeinigen Charmeur zu verjagen, gelang es ihm immerzu, all seine Manneskraft zur Entfaltung zu bringen. Und er ging dabei mit einem Mut und einer Ausdauer vor, als ahnte er, daß die Zeit, in der er sich an der Laufleine unter den Ahornbäumen auf Lund bewegte, nicht mehr fern war.

Aber noch lief »Schmock« frei herum, und jetzt kam er – zutiefst befriedigt – im Mondschein angelaufen, nachdem er der gutwilligen Spitzdame des Kaufmanns Berg seinen Besuch abgestattet hatte. Die Folgen dieses tête-à-tête zeigten sich später in sieben verdächtig kurzbeinigen Spitzwelpen, die zur Jagd total unbrauchbar waren.

Der Anblick der tobenden Kinderschar weiter vorn auf dem Weg machte den werdenden Vater so vergnügt, daß er sich mitten auf den Weg setzte, den Kopf nach Beagle-Art in den Nacken legte und die Versammlung mit seinem langgezogensten Geheul begrüßte.

»Oou-oou-oou-oo!« heulte er glücklich und wartete auf die übliche stürmische Begeisterung, die diese Äußerung bei allen Kindern des Dorfs auszulösen pflegte. »Oou-oou-oou!«

Heute abend jedoch schlug er mit seinem Geheul wie aus einem Horrorfilm die Kinder in die Flucht. Einen kleinen Augenblick standen sie da wie festgefroren, doch dann nahmen sie Reißaus, den gleichen Weg zurück, den sie gekommen waren. Die Ältesten zogen die laut schreienden Kleinen mit sich.

Durch das Gehölz, wo die Trollweiber an die Kinder, die außen liefen, von beiden Seiten Klapse und Kopfnüsse verteilten, daß der Schnee stob. Aber wer schert sich um solche Bagatellen, wenn ihm Vampirfledermäuse und Werwölfe auf den Fersen sind!

Schreiend stürmten sie über den Hofplatz auf Rønningen, durch die Tür des Windfangs und hinein in die warme, sichere Küche. Die Kleinste hielt nicht an, ehe sie nicht sicher in den Armen der verblüfften Milda lag, aber der älteste der Jungen warf sich heroisch von innen gegen die Küchentür und stemmte die Schulter unter die Messingklinke, bereit, das Zuhause mit seinem Leben zu verteidigen.

Alle gackerten sie wie erschreckte Hühner auf einmal los, so daß kein Ton zu verstehen war, aber Milda und Sverre, die sich nach dem turbulenten Abend einen wohlverdienten Schluck Kaffee gegönnt hatten, mußten den Eindruck bekommen, als lauerten draußen auf dem Hofplatz die entsetzlichsten Gefahren. Sie warfen einen Blick durchs Küchenfenster, ohne daß sie beim Anblick von Harriet Lunds Beagle sonderlich schlauer gewesen wären. Der lag mitten auf dem Hof im Mondschein und nagte vergnügt an irgend etwas, das unmöglich zu erkennen war. Ab und zu hob er erwartungsvoll den Blick zum Fenster, in der Hoffnung, hereingebeten zu werden.

Dann fiel bei ihnen der Groschen – und der Werwolf konnte als ungefährlich identifiziert werden. Die Gefahr war vorbei. Schlimmer war es mit der Vampirfledermaus, dem verhexten Graf Dracula, der ja auf dem dunklen Weg unverkennbar mitten unter ihnen herumgeflattert war und der ihnen auf den Fersen nach Hause gefolgt war, das konnten die Größten mit dem Kreuz um ihren Hals bezeugen. Die Kleinsten hatten sich nicht einmal die Zeit genommen, über die Schulter zu schauen, so vollauf beschäftigt waren sie gewesen, sich ins Haus zu retten.

Es half nicht viel, als Sverre ihnen versicherte, daß alle Fledermäuse des Orts – es gab nicht so viele – wahrscheinlich in tiefem Winterschlaf in Jakobs Scheune kopfüber unter dem Dachfirst hingen und nicht im entferntesten daran dachten, sich auf die winterlichen Wege hinaus zu begeben, um anständigen Leuten Blut auszusaugen. Die Kleinen beteuerten aber schluchzend, eine Fledermaus gesehen zu haben, eine echte Vampirfledermaus mit gefährlich spitzen Zähnen und leuchtend roten Augen!

Glücklicherweise war die Fledermaus der Kinderschar nicht ins Haus gefolgt, ebenso wie einer von Sols nagelneuen und viel zu großen Winterstiefeln, wie sich zeigte. Sie war inmitten der Kinderschar hereingesprungen, mit nur einem Stiefel. Aus dem anderen war sie gerade noch rechtzeitig gesprungen, als der Vampir nach ihrer Ferse schnappte.

Der Hergang ließ sich nach und nach rekonstruieren, und der Sünder, der Ursprung des Entsetzens, mußte zerknirscht in der Küche Rede und Antwort stehen. Er gehörte zu denen, die nicht an der Geburtstagsfeier teilgenommen hatten, sondern im Jungenzimmer unter dem Dach auf dem Bauch gelegen und die Nase in ein Abenteuerbuch gesteckt hatte. Aber alle in dieser Familie waren mit großen Ohren ausgestattet, und der Junge hatte natürlich viel von dem mitbekommen, was sich dort unten abspielte. Und dann war die Versuchung, ihnen einen bösen Streich zu spielen, zu groß geworden.

Milda hatte einen Nerzkragen, genauer sie hatte einen gehabt, exakt das Gegenstück zu Mathildes, aber ihrer war inzwischen einigermaßen ruiniert, weil eines der Kinder ihn mit einer Schere bearbeitet hatte. Dieses Kind hatte die Mutter über etliche Jahre hin mit seiner Vorliebe für Scheren zur Verzweiflung gebracht. Er, es war Hallvard, einer der kleinsten, schnitt der Reihe nach die Fransen von Mildas besten Teppichen ab, die Aufhänger der meisten ihrer Handtücher, die Troddeln von so gut wie allen Strickmützen des Hauses und die meisten Haare vom Kopf von Anne-Grete, der noch kleineren Schwester. Und eben auch den Schwanz des feinen Nerzkragens. Jetzt hatte das Kind allmählich immerhin Verstand genug, die größten Katastrophen auszulassen, aber der Nerzkragen, eines der letzten Opfer seiner Schneidemanie, lag weiterhin auf der Hutablage im Flur und wartete darauf, daß Milda Zeit haben würde, ihn wieder an seinen Platz zu nähen.

Milda weinte jedesmal ein bißchen über die Zerstörungen. Ja, merkwürdigerweise vergoß sie die meisten Tränen über den kurzgeschorenen Mädchenkopf, obwohl sich das Unglück mit der Zeit von selbst wieder richtete. Aber sie versöhnte sich schnell mit dem Zustand der Sachen, besserte die Schäden aus, so gut es ging, und suchte immer wieder neue Verstecke für die Schere.

Der Nerzschwanz hatte so lange auf der Hutablage gelegen, daß die meisten ihn vergessen hatten. Aber Kjell-Arne, der Missetäter, hatte ihn hervorgeholt und mit einem Bindfaden an Solfrids Stiefel befestigt. Und das war es, was Schmock begeistert zu erwischen versucht hatte und was er jetzt draußen auf dem Hof malträtierte. Nur Mildas entschlossenes Eingreifen verhinderte, daß der Schwanz endgültig ruiniert wurde. Sie hatte Augen wie ein Adler und außerdem genug Phantasie, um sich vorzustellen, was ihre Kinder alles anstellen konnten. Sie erkannte augenblicklich zwischen Schmocks Zähnen die kostbare Mantelzier, der sie in den letzten Jahren nicht einen Gedanken gewidmet hatte, wieder, raste auf den Hof und schnappte sie dem Hund weg. Der starrte sie verblüfft an, legte den Kopf zurück und quittierte den Übergriff mit seinem vorwurfsvollsten »Ooouoo!«, ehe er schwanzwedelnd hinter ihr in die Küche trottete.

Als nun endlich alles aufgeklärt war, schickte Milda den Bösewicht – ihren langen und schlaksigen Sohn im Konfirmandenalter – mit einem ernsten Wörtchen und ohne Abendessen ins Bett. Die Kinder überließ sie Sverre und den ältesten Mädchen, nahm Mantel und Hut, schlang sich einen Schal um die Ohren und brachte Solfrid und Nils-Jan in der mondhellen Nacht nach Hause. Schmock trottete schwanzwedelnd hinterher.

16

Solfrid hat die Plastikhülle um Mathildes Wintermantel geöffnet und spielt gedankenverloren mit der Schnauze und den Pfoten des Nerzkragens. Soll sie Ragnhild fragen, ob sie den für Klein-Jakob bekommen kann? Er ist schon immer ganz wild auf Haare gewesen. In den ersten Monaten hat er seiner Mutter fast die Haare vom Kopf gedreht, und Solfrid spürt noch die Empfindsamkeit ihrer Kopfhaut wie ein leichtes Frösteln, wenn sie nur daran denkt. Sie ist ziemlich empfindlich, und ab und zu rutschte ihr ein so lautes Autsch! heraus, daß der Junge aufschreckte, wenn er an ihrer Brust lag und die prallen Fingerchen in ihr Haar verwickelt hatte, so fest, daß es ihr kaum gelang, sie loszubekommen.

Während ihrer gesamten Kindheit und Jugend hatte sie langes Haar, ihre Mutter wollte das so. Gudrun fand immer, das Haar sei der Schmuck einer Frau, und da lange Haare und Pferdeschwanz modern waren, sah Sol keinen Grund, sich zu widersetzen. Und Nils-Jan mochte ihre Haare so gern, er drohte damit, sich seine Haare ganz kurz scheren zu lassen, wenn sie ihre abschneiden würde.

Aber nach den ersten Trauermonaten, in denen es für Solfrid nichts gab außer Jakob in seinem Kinderbett und seine fest in ihr Haar gekrallten kleinen Händchen, ging sie schließlich zu Inger. Die sprach zwar zunächst sehr eindringlich über das Verwöhnen von Kindern, ging dann aber eifrig mit ihrer besten Schneiderschere ans Werk und schnitt Solfrids Haar gerade ab, ein paar Zentimeter unterhalb der Ohren. Inzwischen hat sich Solfrid sogar zu richtig kurzen Haaren überreden lassen, und Inger hat ihr eine schicke und moderne Frisur à la Audrey Hepburn verpaßt.

Auch wenn der Unterschied enorm ist, so ist Sol doch mächtig zufrieden mit dem neuen Haarschnitt. Ihr Haar, das in dicken Büscheln ausfiel, als sie mit dem Jungen schwanger war und gleichzeitig um Nils-Jan trauerte, ist sowohl dicker als auch glänzender, seit es abgeschnitten worden ist. Die Locken der Kindheit sind auch wiedergekommen, und so fällt das Haar jetzt schön um ihr Gesicht. Ja, sie ist zufrieden mit der neuen Frisur.

»Ich sehe aus wie ein ganz anderes Mädchen«, denkt sie oft, wenn sie prüfend ihr Gesicht in dem alten Spiegel mit dem braunen Rahmen aus Birkenholz betrachtet, der über dem Waschtisch in Mathildes Kammer hängt. Und es versetzt ihr einen Stich, ja, fast macht es ihr angst, und sie denkt: ›Dabei bin ich doch kein anderes Mädchen!‹

Die Haarbüschel, die Inger damals abgeschnitten hat, legte sie zwischen hellblaue Schrägstreifen unter die Nähmaschine und verwandelte sie zu einem kuscheligen Etwas, das Klein-Jakob allmählich begann, »kleine Haare« zu nennen und von dem er so abhängig wurde wie von seinem linken Daumen.

Nach drei Jahren treuer Gefolgschaft sind nun die »kleinen Haare« ziemlich schütter geworden, und jetzt denkt Sol, als sie da auf dem Dachboden steht und über Mathildes Nerzkragen streicht, daß der vielleicht beim Übergang nützlich sein könnte. Das Kind muß doch eines Tages aufhören, ein Haarbüschel unter der Nase hin und her zu ziehen, um einzuschlafen.

Es ist im übrigen auch ein schöner Mantel. Solfrid probiert ihn an, nachdem sie den Nerz, der mit Haken an drei Stellen befestigt ist, abgenommen hat. Der Mantel ist zweireihig geknöpft und leicht ausgestellt, und da Mathilde verhältnismäßig groß war, reicht er Sol bis über die Wade. Er hat einen so altmodischen Schnitt, den sie schick findet, ganz anders als die langweiligen Frauenmäntel, wie sie Ragnhild und die Mutter tragen. Ja, sie will Ragnhild fragen, ob sie sich Mathildes gutes Stück leihen kann.

Sie hängt den Mantel auf einen der freien Kleiderhaken, einen Nagel, der durch das Loch einer Garnrolle in einen Balken geschlagen worden war. Es gibt jede Menge Haken aus alten Garnrollen. Auf den meisten hängen alte Sachen, eine ausgeblichene und verschlissene Nietenhose, ein blaukariertes Arbeitshemd oder eine gemusterte Strickjacke, die an den Ellbogen gestopft ist. Viele der Sachen erkennt Solfrid aus ihrer Kindheit wieder. Beim Anblick von Mathildes Ausgehschürze hat sie den Geschmack von Malzbonbons und Kampferdrops im Mund. Bei dem schwarzen Hut mit der Feder an der Seite muß sie an Ausflügen in die Stadt und an Begräbnisse denken.

Und plötzlich merkt Solfrid, daß sie Mathilde vermißt – sie richtig vermißt. Das schlechte Gewissen meldet sich mit einem kleinen Stich, als ihr klar wird, wie wenig sie eigentlich um diese barsche Frau getrauert hat, die ein so selbstverständlicher Teil ihrer Kindheit und frühen Jugend gewesen war, und die ihr viel näher stand als ihre eigenen Großmütter.

Ehe sie starb, lag Mathilde fest im Bett in ihrer Kammer, die linke Seite nach zwei Gehirnblutungen komplett gelähmt. Nach dem letzten Schlaganfall lag sie meist und döste, während Solfrid bei ihr am Bett saß und nähte oder strickte. Sie weinte viel und murmelte zwischendurch unverständliche Worte. Oft, wenn Ragnhild und Solfrid nicht begriffen, was sie wünschte, konnte ihr Kauderwelsch einen ziemlich bösen Tonfall annehmen.

Nur einmal, ganz kurz bevor Mathilde starb, bekam Sol mit, daß sie einen Namen murmelte. Harald. Mathildes Jugendschwarm. Nils-Jans Großvater. Klein-Jakobs Urgroßvater. Möchte wissen, ob er noch lebt, denkt Solfrid jetzt. Aber damals schenkte sie weder dem Namen noch der Fotografie, die Mathilde, als sie starb, in Händen hielt, Beachtung. Das änderte sich erst, als Ragnhild die verblüffende Ähnlichkeit mit Nils-Jan auffiel, und sie die Geburtsurkunde fanden, die bewies, daß Mathilde, fünfundzwanzigjährig, ein kleines Mädchen geboren und an ein Kinderheim in Oslo abgegeben hatte. Da begriffen sie den Zusammenhang.

Oder nein, am Anfang hielten sie es eher für einen Scherz, daß ein Zusammenhang zwischen Borgny und Mathilde bestehen sollte. Lars und Nils-Jan waren in jenem Winter auf Walfang. Solfrid war mit Jakob schwanger und wohnte auf Ås, um Ragnhild Gesellschaft zu leisten und Pläne für Hochzeit und Hausbau zu schmieden. Die zwei benutzten die Winterabende, um Mathildes Sachen durchzusehen, und amüsierten sich beinahe ein bißchen bei der Vorstellung, daß Borgny, mit der Ragnhild als Neunzehnjährige in Oslo zusammen gearbeitet hatte, Mathildes Tochter sein sollte.

»So was passiert höchstens in Büchern, und auch da eher selten«, lächelte Ragnhild viele Male. Aber die Jahreszahl stimmte. Und das Kinderheim, in dem Borgny aufwuchs, hatte denselben Namen.

»Und wenn ich mich dort jemandem anschloß, mußte das ja jemand sein, der mich an Mathilde erinnerte«, sagte Ragnhild. »Wäre der Gedanke, daß Mathilde ein Kind geboren haben sollte, nicht so komplett unvorstellbar gewesen, dann hätte ich das schon lange erraten müssen, denn sie und Borgny waren sich so schrecklich ähnlich, in jeder Hinsicht, äußerlich und in ihrer Art.«

»Das muß Vorsehung gewesen sein«, seufzte Gudrun, Solfrids Mutter, den Blick fromm zum Himmel gerichtet. Und dieses eine Mal neigten sowohl Solfrid als auch Ragnhild dazu, ihr recht zu geben, und der Rest des Dorfs mit ihnen.

Aber als Nils-Jan einige Monate später im Sarg nach Hause

gebracht wurde, fiel es allen schwer, darin Vorsehung zu erkennen, sogar Gudrun. Und mitten in der Trauer um Nils-Jan wurde es ihnen fast eine Freude, daß zumindest Mathilde um ihren Enkel nicht zu trauern brauchte.

Der Hut liegt auf einem Regal zusammen mit Mathildes geräumiger, schwarzer Handtasche mit Schnappverschluß und soliden Griffen. Neben ihr steht eine verbeulte alte Keksdose, die Solfrid bekannt vorkommt. Ein bißchen neugierig nimmt sie sie vom Bord und bläst den gröbsten Staub weg. Doch, sie hat sie früher schon gesehen. Ragnhild hatte sie vom Boden geholt und Solfrid den Inhalt vor bald vier Jahren gezeigt, gleich nachdem Mathilde gestorben war. In der verbeulten alten Keksdose mit dem Hahn auf dem Deckel liegen die wenigen Dinge, die Borgny, Nils-Jans richtige Mutter, hinterließ.

Solfrid sitzt auf dem Fußboden und öffnet die Dose. Eigentlich gehört es sich ja vielleicht nicht, herzukommen und in Ragnhilds Sachen zu schnüffeln, denkt sie. Aber das sind Sachen, die der Großmutter ihres Sohnes gehört haben, also mag sie wohl ein Recht dazu haben, sie sich näher anzuschauen. Als die Dose zuletzt hervorgeholt worden war, hatte sie sich nicht so genau mit dem Inhalt beschäftigt, da gab es so viel anderes zu bedenken.

Nils-Jan bekam, soweit Solfrid weiß, nie die Hinterlassenschaft seiner Mutter zu sehen. Ragnhild hatte sich überlegt, sie ihm zu zeigen, wenn er groß genug war, aber dann paßte es irgendwie nie, und er selbst zeigte auch überhaupt kein Interesse daran. Er sprach nicht gern über seine früheste Kindheit, ehe er als Fünfjähriger nach Ås gekommen war, und erinnerte sich wohl mit der Zeit auch nicht mehr an allzu viel.

Es ist eigenartig, wenn man bedenkt, daß diese Dose, die sie zwischen den Händen hält, alles beinhaltet, was von einem Menschenleben geblieben ist, findet Solfrid. Eine rechteckige Kuchendose von der Größe einer Hutschachtel, halbvoll mit Erinnerungen, deren Bedeutung niemand anders als die Tote kennt. Hier liegt eine kleine Sammlung von Glanzbildern zusammen mit zwei runden Steinen und einer grünen Glasscherbe, die ein Flaschenboden gewesen sein könnte. Ihre Kanten sind abgeschliffen, sie mag draußen gelegen haben, ziemlich lange, vielleicht im Sand, bevor sie von einem kleinen Mädchen Mitte der zwanziger Jahre gefunden wurde. Ob sie an jenem Tag wohl froh oder traurig war? fragt sich Sol.

Sie weiß, daß Borgny in einem Osloer Kinderheim aufgewachsen war. Hat sie die runde Glasscherbe bei einem der seltenen Ausflüge zu einem der Badestrände gefunden? Hielt sie sie für einen Augenblick vor die Sonne, um den Lichtreflex in dem dunkelgrünen Glas zu sehen, ehe sie sie zu den runden Steinen in die Tasche ihres einfachen Baumwollkleides mit dem Matrosenkragen und dem über den gekräuselten Rock herabhängenden Leibchen gleiten ließ? Hatte sie Freundinnen, mit denen sie solche Schätze teilte oder war sie ein einsames Kind?

Vielleicht stand sie für einen Augenblick am Strand, der Wind spielte im Haar, dem prächtigen Haar, das wie Seide glänzte. Vielleicht war eine der Tanten im Kinderheim so nett gewesen und hatte eine Schleife hineingebunden, weil Sonntag war. Ließ die Sonnenflecken vom Glas über den warmen weißen Sand tanzen, lauschte auf das Schlagen der Wellen und das Schreien der Möwen, atmete den Duft von Meer und Tang tief ein und war ganz, ganz glücklich, so wie Kinder es an schönen Sommersonntagen sein können. Das mag ein Grund gewesen sein, warum sie diese Glasscherbe ihr Leben lang aufbewahrt hatte, die meisten unserer Kinderschätze gehen doch im Laufe der Zeit verloren.

Solfrid fängt mit dem Flaschenboden den Streifen Sonne vom Fenster her ein und spielt einen Moment lang damit. Merkwürdig, sich vorzustellen, daß ein Kind, das sie nie gekannt hatte, aber das die Mutter ihres geliebten Freundes war und die Großmutter ihres kleinen Sohnes, der unten im Bett des Großvaters schläft, einmal die Sonnenflecken auf die gleiche Weise hat tanzen sehen wie jetzt sie. Vielleicht sorgte sie sich genauso wenig um die Zukunft wie jetzt Jakob, und wie Solfrid es tat, bis zu Nils-Jans Tod. Jetzt geht sie fast immer mit der Angst umher, Jakob könnte etwas geschehen. Ihre ganze Kindheit hindurch wunderte sie sich von fern über die Sorgen der Mutter, was ihr alles passieren könnte, denn mit dem unbeirrbaren und unerschütterlichen Glauben, den sie mit ihrem Vater teilte, wußte sie, daß *ihr* nichts Böses geschehen konnte. Sogar als Nils-Jan im letzten Herbst auf Walfang reiste und sie schwanger war, ohne es zu wissen, überdies außer sich, weil er noch einen ganzen langen Winter weg sein würde, war sie sich ganz tief innen sicher, daß ihr kein Unglück geschehen könne. Jetzt weiß sie, daß es eben doch geschehen kann, und diese Erfahrung hat etwas mit dem Fundament ihres Daseins angestellt.

Plötzlich hat Solfrid ein klares Bild vom alten Jakob vor ihrem inneren Auge. Er saß einmal auf der Bank an der Scheunenwand und ließ die Sonnenreflexe von der Taschenuhr, die er aus der Tasche der dicken schwarzen Weste gefischt hatte, über die grauen Planken tanzen. Sol und Nils-Jan müssen noch ganz klein gewesen sein, denn es dauerte lange, ehe sie begriffen, daß der runde, tanzende Lichtfleck, den sie so eifrig mit ihren Händen zu fangen versuchten, etwas mit der glänzenden silbernen Uhr und Jakobs glucksendem Gelächter zu tun hatte. Ist das Leben unberechenbar? Ist das Glück unmöglich zu fangen, festzuhalten, so wie der tanzende Sonnenfleck? Oder sitzt da einer – wie der alte Jakob – und gluckst nachsichtig über unsere linkischen Versuche? Mit einem kleinen Seufzer legt Solfrid die Glasscherbe in die Dose zurück und wendet sich wieder dem Inhalt zu.

Unter einem Bündel alter Briefe, von denen sie weiß, daß

Ragnhild sie an Borgny geschrieben hat, liegt ein Umschlag mit Mathildes zierlicher schräger Schrift. Das ist eine Einladung zu Ragnhilds Hochzeit.

Lars' und Ragnhilds Hochzeit wurde auf Ås gefeiert, und Mathilde hatte es anscheinend übernommen, Einladungen zu schreiben. Und so hat sie also den Namen ihrer eigenen Tochter geschrieben, ohne es je zu erfahren. Borgny hat den Umschlag geöffnet, vielleicht bewundernd die verschnörkelte Handschrift angeschaut und an etwas gedacht, das ihr Ragnhild von Tante Mathilde erzählt hatte. Hat sie die kleine weiße Karte mit den beiden ineinander verflochtenen, goldenen Eheringen oben links in der Ecke aufbewahrt, weil sie schön war oder weil sie die einzige Einladung zu einer Hochzeit war, die sie je erhielt?

Stell dir vor, daß ein Mensch den Namen eines Kindes, das er sein Leben lang vermißt haben mag, mit der gleichgültigen Müdigkeit im Handgelenk schreiben kann, die sich einstellt, wenn man zwanzig, vielleicht dreißig gleiche Karten geschrieben hat. Borgny Hansen, eine Adresse in Oslo, ein Kreuz auf einer Namensliste, den Umschlag anlecken und zum nächsten übergehen, zerstreut und gleichgültig, die Gedanken halbwegs bei all dem anderen, das für eine große Hochzeit vorbereitet und bedacht werden muß.

Nachts in ihrer Kammer, wenn der Hof zur Ruhe gekommen war und der feine Nebel wie ein Schleier über der Jakobsau lag, träumte Mathilde vielleicht, daß sie die Hochzeit für ihre eigene Tochter ausrichtet. Wie verbittert sie gewesen sein muß, wie zornig auf ihren Vater, der ihr nicht erlaubt hatte, ihr Kind zu behalten!

Dachte Borgny in Bitterkeit an ihre Mutter? In der Dose, die Solfrid in Händen hält, liegt nichts, das etwas darüber sagen würde, was Borgny gedacht oder gefühlt hat, nur kleine Gegenstände, von denen man vermuten muß, daß Borgny mit ihnen Gedanken und Gefühle verbunden hat. Eine Serviette aus einem Restaurant, ein Kinobillett, ein Fahrschein für die Holmenkollbahn. Stammte der von einer Tour mit Ragnhild und Lars?

Es gibt ein einziges Bild von Nils-Jans Mutter. Ragnhild hat es zusammen mit anderen Bildern von der Zeit in Oslo mit Hilfe von kleinen Fotoecken in ihr Album geklebt. Es ist irgendwo in Marka aufgenommen und zeigt Ragnhild und Borgny, an einen Birkenstamm gelehnt, in beinahe gleichen selbstgenähten Kostümen. Die schmalen Röcke reichen ihnen bis zur Mitte der Wade und die Jacken haben Revers und einen Gürtel in der Taille. Beide tragen sie solide Wanderschuhe und eine einem Alpenhut ähnelnde Kappe, Ragnhilds mit einem schmalen dunklen Pelzbesatz. Sie lächeln blinzelnd in die Kamera. Das Bild ist überbelichtet, so daß ihre Züge schwer zu erkennen sind, aber Borgny, die mehr als einen Kopf größer ist als die Freundin, wirkt linkisch und schüchtern, während Ragnhild den Fotografen freimütig anlächelt. Freimütig und verliebt, Lars hat das Bild aufgenommen. Unter die Fotografie hat sie mit ihrer charakteristischen, nicht besonders schönen Handschrift geschrieben: Ich und Borgny in Nordmarka. April '36.

Vielleicht hat Ragnhild Mathilde das Bild gezeigt, ehe sie es ins Album eingeklebt hat. Und vielleicht hat Mathilde es zwischen Daumen und Zeigefinger gehalten, auf Armeslänge weg von sich, denn sie wurde zunehmend weitsichtiger, den Kopf leicht zurückgeneigt, und hat die beiden Mädchen betrachtet, während sie dies und das zu den Schnitten der Kostüme zu bemerken hatte. Sie war eine sehr geschickte Schneiderin. Und dann hat sie das Bild gleichgültig wieder beiseite gelegt, ohne zu ahnen, daß sie gerade eben das Bild ihrer Tochter in der Hand hielt. Vielleicht ist sie zu ihren Hühnern hinausgegangen, ohne dem schüchternen jungen Mädchen auf der Fotografie, Ragnhilds Osloer Freundin, noch einen Gedanken zu schenken. Kann einem das Leben tatsächlich solche Streiche spielen? Kann der Tanz der Sonnenflecken so zufällig sein, so unberechenbar?

In der Keksdose liegt auch eine Fotografie, aber nicht von Borgny. Sie zeigt einen jungen Mann in deutscher Uniform und ist in eine steife, doppelt geknickte Hülle aus Pappe eingelegt, dünnes Seidenpapier schützt das eigentliche Bild. Ein Porträt, nicht größer als sieben mal zehn Zentimeter. Hans, Borgnys deutscher Freund. Nils-Jans Vater und Klein-Jakobs Großvater. In dem ernsten, gutaussehenden Gesicht kann Solfrid Züge ihres Sohnes wiederfinden.

Sie weiß nichts von Hans. Das einzige, was Ragnhild damals, direkt vor Borgnys Tod, in der Tuberkuloseklinik in Sandefjord von ihr erfuhr, war, daß Hans aus Berlin stammte und daß er ganz plötzlich und unerwartet vor Weihnachten 1944 nach Deutschland zurückbeordert worden war. Borgny hörte sicher nie mehr von ihm. Ob er sich darüber im klaren war, daß er Vater werden würde, weiß auch niemand.

Vielleicht lebt irgendwo auf der Welt ein Mann, der der Vater ihres Freundes war, ohne auch nur zu ahnen, daß es Nils-Jan gab. Auch ihm bleibt damit eine große Trauer erspart, denkt Solfrid bitter. Aber er wird auch nie seinen kleinen Enkelsohn erleben. Er hat das gleiche eckige Kinn, sie betrachtet den Mann auf dem Bild, und ihr scheint, als könne sie noch weitere Ähnlichkeiten entdecken, aber wohl nur, weil sie darum weiß. Jakobs rundes Gesichtchen kann man schwer mit dem dieses jungen Mannes vergleichen. Und dennoch zeigen dessen Züge etwas Verletzliches, das sie an Jakob erinnert, wenn er unglücklich ist. Sein Gesicht nimmt manchmal einen so nachdenklichen und traurigen Ausdruck an, besonders wenn er merkt, daß seine Mutter Kummer hat.

Ich wünschte, ich könnte ihn aufsuchen! denkt sie impulsiv. Ihn aufsuchen und ihm von Nils-Jan erzählen. Und dann könnte er sein Enkelkind sehen. Sie hat den Gedanken bisher nie als eine reale Möglichkeit erwogen. Hat nie in Erwägung gezogen, überhaupt irgendwo hinzureisen, jedenfalls nicht über die Grenzen des Landes hinaus. Sie hat sich hier immer so verwurzelt gefühlt, war so mit der Familie und dem Ort verbunden, so sicher, daß sie hier für immer leben würde. Wenn andere Mädchen davon fabulierten, wegzufahren und etwas zu *werden*, am liebsten etwas Großes und Wichtiges wie Filmstar oder Stewardeß, beteiligte sie sich gern an den Phantasien, aber in ihrem Innern wußte sie, daß sie hier bleiben wollte. Sie und Nils-Jan. Sie würden sich ihr Haus am Jakobshaugen bauen und dort wohnen, bis sie einst den Hof von Ragnhild und Lars übernehmen würden. Dann würden sie tauschen, und das Haus am Hügel würde das Altenteilhaus werden.

Es wäre alles so einfach gewesen. So schlicht und einfach. Ihr war es gelungen, den tanzenden Sonnenflecken zu fangen, und sie hatte sich kein anderes Leben gewünscht als genau dieses, aus tiefstem Herzen. Auf dem Hof und im Garten arbeiten, Kinder aufziehen – sie und Nils-Jan hatten sich mindestens vier gewünscht. Als Einzelkinder hatten sie beide Geschwister vermißt, auch wenn sie füreinander beinahe wie Bruder und Schwester gewesen waren. Vielleicht würden sie irgendwann ein Auto bekommen – einen Volkswagen – und mit dem Zelt durch Norwegen ziehen oder nach Schweden fahren. Die Küste von Bohuslän soll so schön sein, hatten sie gehört.

Auch wenn Nils-Jan mehrere Saisons am Walfang auf der anderen Seite des Erdballs teilgenommen hatte, war er von der großen Welt wenig berührt. Er konnte wohl von Dingen erzählen, die er in Hafenstädten wie Kapstadt, Montevideo oder Curaçao erlebt hatte, aber meist war er, wie Lars, mit dem Hof und dem Land beschäftigt, wenn er im Sommer zu Hause war. Sie redeten mehr über Frühaussaat und Hafer, über Kohlrüben und Kunstdünger als über das, was sie in fernen Breitengraden erlebt hatten. Und in diesem letzten Sommer war Nils-Jan so beschäftigt gewesen mit dem Haus, das sie im Jahr darauf bauen wollten, daß er von fast nichts sonst sprach.

Jetzt sind mehr als dreieinhalb Jahre vergangen, seit er starb, und noch immer kann Solfrid es phasenweise nicht begreifen, daß er wirklich weg ist. Und jetzt habe ich noch einen zum Vermissen, denkt sie mit einer plötzlichen Bitterkeit, die so stark ist, daß sie sie förmlich auf der Zunge schmeckt.

Solfrid schlingt die Hände um die Knie und bleibt sitzen, das Bild von Nils-Jans deutschem Vater dreht sie geistesabwesend zwischen den Fingern. Draußen auf der Straße hört sie das bekannte Geräusch von Olefejus' Motorrad. Sicher ist er unterwegs zu seiner Freundin in der Stadt. Das Geräusch entfernt sich mehr und mehr, es ergreift Sols Gedanken und trägt sie mit sich – weit hinaus in die Welt.

17

Jakob, das bin ich. Ich kann so hoch oben auf einer Leiter stehen, daß ich den obersten Teil vom Dach auf Lund sehe, hinter den großen Ahornbäumen, die früher Nasen hatten, aber jetzt nicht mehr. Ich kann die Straße sehen, auf der Olefejus mit dem Motorrad vorbeifährt, und ich versuche zu rufen: »Hallo, Olefejus«, aber Olefejus hört mich nicht. Und dann erinnere ich mich daran, daß Olefejus mich immer mit seinem Malerpinsel wegscheucht, wenn er ganz oben auf der Leiter steht, und da rufe ich nicht mehr. Jetzt bin ich bald genauso hoch oben wie er sonst immer.

Olefejus will mich nicht vor sich auf dem Motorrad sitzen lassen, aber Eric, der früher hier war, der aber jetzt nicht mehr hier ist, bei ihm durfte ich. Aber nur auf dem Hofweg.

Und einmal fuhr Eric Mutter und mich bis ganz nach Lund, weil Mutter Harriet besuchen wollte.

Mein Vater ist ein Ton im Wind, ein tiefer und singender Ton, kein großes und gewaltiges Brausen wie der Wind, als ich bei Eric auf dem Motorrad saß und Mutter ihre Arme um Eric und mich geschlungen hatte.

Da war der Ton weg, und der Wind lockte bei Mutter und mir Tränen hervor, aber nicht bei Eric, der nach Rønningen weiterfuhr, um Olefejus das Motorrad zu bringen.

Und Mutter weinte an Harriets Küchentisch und sagte: »Das ist unmöglich!« Aber ich bekomme Angst, wenn etwas unmöglich ist, ich will nicht, daß etwas unmöglich ist. Und da durfte ich bei Elin und Anita sein, die sind Zwillinge, obwohl sie sich nicht ähnlich sind, sagen die Großen. Ich durfte mit Elin und Anita in die Scheune gehen und die Kätzchen ansehen, die sich im Heu versteckten, und das sind auch Zwillinge, obwohl sie sich nicht ähnlich sind, sondern eins ist schwarz mit weißen Flecken und eins ist fast ganz grau. Und die Mama ist auch ganz grau. Die schmiegen sich an unsere Beine und schnurren, so wie Mohrchen.

Ich will nicht, daß Mutter an Harriets Küchentisch weint, ich will nicht, daß etwas unmöglich ist. Ich will nicht, daß mein Vater der große und traurige Ton im Wind über dem Scheunendach ist. Ich will, daß der Wind in der Flasche ist, die ich allein mit einer Hand halte, denn ich muß mich mit der anderen an der Leiter festhalten. Und ich will, daß Mutter den Mund an den Flaschenhals legen und lachen soll, wenn sie meinen Vater aus der Flasche hervorlockt, wie sie es im Sommer gemacht hat, als Eric hier war.

Jakob, das bin ich. Ich bin drei und ein halbes Jahr. Ich will da rauf und meinen Vater wiederfinden.

18

Am Tag, ehe Eric und Granny nach Amerika zurückfahren sollten, fuhr Eric nach Rønningen, um das Motorrad wieder bei Olefejus abzuliefern. Er ließ Solfrid und den Jungen auf dem Hof von Lund absteigen, denn Solfrid hatte gemerkt, daß sie mit jemandem reden mußte, und Inger war mit den Kindern zu Besuch bei den Eltern von Hans, das wußte sie.

Jakob war vollkommen begeistert, daß er so lange auf dem Motorrad sitzen durfte, aber als die Mutter ihn hinunterhob, liefen die Tränen über sein kleines Gesicht, und von dem Wind und dem intensiven Erlebnis schnappte er regelrecht nach Luft.

Harriet ist mehr als zwanzig Jahre älter als Solfrid. Sie hat Sol heranwachsen sehen und hatte wohl nie daran gedacht, daß aus ihnen beiden einmal enge Freundinnen werden würden. Aber sie sind es geworden, in diesen letzten Jahren. Wenn man kleine Kinder hat, schafft das Alter der Kinder das Gefühl von Gemeinsamkeit und Gleichheit, nicht das der Erwachsenen.

Und Harriet also ist frischgebackene Mutter, fünfundvierzig Jahre alt. Wer hätte das gedacht! strahlt Harriet – strahlen Lyder Halvorsen und seine Zwillinge und der ganze Ort, denn wenn jemand ganze Hände voll von Glück verdient, dann ist es Harriet. Denn Trauer hatte sie weiß Gott schon genug erfahren.

Inger und Solfrid hatten in den letzten Jahren so manches Frauengespräch an Harriets Küchentisch. Zuerst, als Harriets Bauch mit der Erwartung der beiden werdenden Halbschwestern um die Wette wuchs, und später, als sich der Kaffeeduft mit dem eigentümlich säuerlichen und warmen Dunst von Milch und Babywindeln mischte, die einem, kaum hat man die Nase durch die Flurtür gesteckt, berichten, daß hier im Haus ein Säugling ist.

Während der Lehrer und seine Töchter im weißgestrichenen Schulhaus jeweils auf ihrer Seite des Pultes ihrer Beschäftigung nachgingen, saßen die drei Mütter, ein Auge bei dem jeweiligen Kind, und tauschten an Harriets Küchentisch über dem bestickten Tischtuch Erfahrungen und Ansichten aus. Harriet hat sich ihr Leben lang mit der Rolle der Frauen, insbesondere der Bauersfrauen, auseinandergesetzt. Sie war langjährige Vorsitzende im Verband der Bäuerinnen und hat auch sonst gern ihre Finger dazwischen, wo etwas los ist. Sie ist sogar viele Jahre lang Sekretärin des norwegischen Bauernverbandes gewesen, denn sie ist wortgewandt, mündlich wie schriftlich.

Aber an diesem Vormittag, als Solfrid Hals über Kopf ihre ganze Verzweiflung hervorschluchzte, fehlten ihr, Harriet, die Worte. Sie scheuchte ihre Mädchen, die noch Sommerferien hatten, mit Jakob hinaus in den Stall. Der stand da mit zitternder Unterlippe wie gelähmt zwischen den Knien seiner Mutter, die großen Augen auf ihr Gesicht gerichtet und war nur schwer von ihr wegzulocken. Aber Elin und Anita hatten schon immer gut mit kleinen Kindern umgehen können und bekamen ihn, widerstrebend zwar, dazu, mit ihnen in die Scheune zu kommen, um die neugeborenen Kätzchen anzuschauen.

Und Lyder, der ebenfalls seine Schulferien genoß, mußte nirgendwohin gescheucht werden, er schlüpfte ganz von selbst durch die Tür, denn das hier war für sein freundliches und sanftes Gemüt entschieden zu schwierig. Er zog sich mit Hamsuns ›Pan‹ zurück und gab sich dessen Stimmung hin, die ihn fast zu Tränen rührte. Das hier mußte seine Frau regeln.

Aber was hätte Harriet regeln können? Diesen Konflikt zu lösen war unmöglich, das war ihnen beiden klar. Denn Eric konnte nicht sein Studium und das Leben in den USA aufgeben – dieser Gedanke ist ihm wohl nicht einmal gekommen, und Solfrid kann sich ebensowenig vorstellen fortzugehen.

»Und selbst, wenn ich es könnte, ich habe doch Jakob«, weint sie in Lyder Halvorsens großes blaues Taschentuch.

Und sie und Eric haben nicht einmal darüber gesprochen, es mit keinem Wort erwähnt, oder jedenfalls höchstens in einer scherzhaften Bemerkung. Sie haben nur atemlos glücklich von einem Tag zum anderen gelebt, bis zu dem Tag, an dem er das Motorrad zurückgeben sollte. Nicht einmal Grannys ziemlich planloses Packen der zahllosen Koffer – sie hatte das Packen für sich und den Enkel übernommen –, nicht einmal beim Anblick des wachsenden Stapels fertig gepackter Koffer im Flur des Waschhauses hatte Sol sich eingestanden, wie traurig sie eigentlich war.

»Es hilft, eine Entscheidung zu treffen.« Harriet hörte an jenem Tag selbst, wie wenig tröstlich ihre Worte waren. Und Sol scheinen sie noch heute, als das Geräusch von Olefejus' Motorrad dort draußen sie an die sommerlichen Touren mit Eric denken läßt, kein Trost zu sein. Als ob sie hätte entscheiden können, als ob sie eine Wahl gehabt hätte. Alles ergab sich doch von selbst! Sie *konnte* doch gar nicht ...

Solfrid sieht plötzlich Lars' versteinertes Gesicht vor sich, in der schlimmsten Phase im Winter. Es war vermutlich erst zu dem Zeitpunkt, ab dem er sich nicht länger um Jakob kümmerte, daß Ragnhild und sie sich wirklich Sorgen machten. Solfrid erinnert sich an das verwirrte kleine Gesicht ihres Sohnes, und schon allein der Gedanke schmerzt sie.

Später gelingt es ihr nicht mehr, sich die Kette der Gedanken in Erinnerung zu rufen. Oder war das keine bestimmte Assoziationskette, eher vielleicht Intuition, oder war es nur Zufall, daß ihr Blick genau an dem länglichen Kasten dort in der einen Ecke des Bodenraums hängenbleibt? Sie weiß, daß ihre Augen ihn schon vorher gestreift haben, und daß sein Anblick eine ferne Erinnerung in ihr auslöste. Vor langer Zeit hat sie einmal über den offenen Kasten gebeugt dagestanden, gemeinsam mit Lars und Nils-Jan. Aber das Bild drang nicht in ihr Bewußtsein, und ihr Blick wanderte weiter zu anderen Gegenständen auf dem Boden. Dem Nerzkragen auf Mathildes Mantel. Der Keksdose mit Borgnys Sachen.

Jetzt setzt sie, einer plötzlichen Eingebung folgend, die Keksdose auf dem Fußboden ab, erhebt sich und geht hinüber zu dem Kasten in der Ecke. Sie erinnert sich plötzlich vollkommen klar an das letzte Mal, als sie ihn sah. Das muß mehr als zehn Jahre her sein.

Als Solfrid um die elf Jahre alt war, geschah in dem Ort, aus dem Lars stammt, ein tragisches Unglück. Zwei Brüder – sie waren ungefähr in ihrem Alter und bestimmt mit Lars weit entfernt verwandt – hatten das Gewehr des Vaters genommen, und der eine Junge erschoß den anderen. Das Unglück bewegte jeden im Dorf tief, aber Lars war vielleicht besonders erschrocken, weil er die Familie, die von dem Unglück betroffen war, kannte.

Er hatte sich entschieden, Solfrid und Nils-Jan mit auf den Boden zu nehmen und ihnen sein eigenes Gewehr zu zeigen, das sicher verwahrt in dem braunen Kasten lag. Sie mußten auf Treu und Ehre versprechen, daß sie augenblicklich Kontakt zu einem Erwachsenen aufnehmen würden, wenn sie bei irgendeiner Gelegenheit ein solches Gewehr in der Hand eines Kindes oder eines Jugendlichen sehen würden.

Solfrid erinnert sich noch immer an das gruselige Gefühl zwischen Furcht und Ehrfurcht, das sie und ihren Spielkameraden erfüllte, als sie Seite an Seite dort standen und Lars den Kasten aufschloß. Wo er den Schlüssel zu dem soliden Hängeschloß aufbewahrte, erfuhren sie nie. Als sie sich jetzt dem länglichen Kasten nähert, spürt sie wieder den gleichen Schauder, der einem Gänsehaut macht. Schon von weitem kann sie sehen, daß der Schlüssel steckt und das Schloß offen ist. Das Schloß ist an dem Krampen aufgehakt, es klafft, und

Solfrid spürt, ehe sie noch den Deckel geöffnet hat, daß das Gewehr nicht an seinem Platz liegt.

Beim Anblick des länglichen Gewehrabdrucks auf dem militärgrünen Stoff tauchen in ihrem Kopf im selben Moment zwei Gedanken auf: Der erste ist die verwirrende Botschaft von Lars, als er im Winter nach dem Zusammenbruch aus dem Wald kam. Er redete unzusammenhängend, redete davon, zu wollen, aber nicht zu wagen, davon, feige zu sein und erbärmlich und daß sie zusehen müßten, ihn loszuwerden. Und er redete von Evine. Weder Solfrid noch Ragnhild hatten begriffen, warum er Evine mit seinen Selbstvorwürfen in Zusammenhang brachte, aber er hielt standhaft, fast aggressiv daran fest, Evine wüßte Bescheid. Evine wüßte, was für ein Mensch er sei.

Aber Evine zeigte sich nur ein einziges Mal auf Ås, nicht lange, nachdem Lars eingeliefert worden war. Und Evine gehörte nicht zu denen, die sich ausfragen ließen. Merkwürdigerweise hatte sie sich nach Lars erkundigt, sie hatte auf Ragnhilds neugierige Fragen nur wunderlich und schüchtern gelächelt, wie es ihre Art war. Sie hatte sich vorsichtig und flüsternd wie stets für den Pudding bedankt, den Ragnhild ihr anbot.

Aber als sie ging, hatte sie Solfrid zu sich in den Flur hinausgewunken. Dort hatte sie eine zerbrechlich zarte, an einen Vogel erinnernde Hand auf Sols Arm gelegt. Das war das einzige Mal, daß Evine die Initiative ergriff, sie zu berühren – ja vermutlich, um überhaupt einen Menschen zu berühren. Sol fällt ein, daß sie das dachte, als sie den leichten, aber merkwürdig bestimmten Druck Evines durch die Strickjacke spürte. Und ihre hellen Altefrauenaugen sahen für einen Moment direkt in Solfrids Augen.

»'s ist nicht mehr gefährlich. Der Nöck hat's geholt.«

19

Jakob, das bin ich. Die Erwachsenen sagen, daß mein Vater tot ist, und wenn sie das sagen, dann weinen sie, wenn sie Mutter oder Großmutter Ragnhild sind. Wenn sie Großvater oder Großmutter Gudrun sind, räuspern sie sich nur.

Manchmal nimmt mich Mutter auf den Schoß und zeigt mir die Bilder in dem grünen Album, das im Wohnzimmer im Sekretär liegt. Auf der Anrichte steht eine Fotografie von Maren Pütt und Anders Irgendeiner. Sie sind tot, aber um sie muß man nicht weinen. Sie waren Mathildes Vater und Mutter. Sie ist auch tot, aber um sie muß man auch nicht weinen. Mutter weint oft, wenn sie mir im Album den Jungen zeigt, der mein Vater ist und Nils-Jan heißt, und er ist tot, aber sie weint nicht, wenn sie mir Mathilde zeigt oder Maren und Anders oder Urgroßmutter, obwohl die auch tot sind. Wenn ich auf die Bilder zeige und sage, wie sie heißen, lacht sie und sagt, ich sei lieb. Aber wenn ich auf den Jungen zeige, der mein Vater ist, weint sie.

Urgroßvater ist nicht tot, nur sehr, sehr alt. Er sitzt auf einem Stuhl im Altersheim und wartet darauf, daß Mutter und ich ihn besuchen kommen. Er weint nicht, wenn ich sage, daß Urgroßmutter tot ist. Er lächelt nur mit vielen Falten und ohne Zähne. Urgroßvaters Zähne liegen in einem Glas auf dem Tisch, weil sie scheuern, sagt Urgroßvater. Als es Winter war, kamen Urgroßvaters Zähne und scheuerten an der Wand hinter meinem Bett. »Nein, das war eine Maus«, sagt Mutter und lacht mich aus. Wenn die Erwachsenen lachen, werde ich traurig und weine, und dann lachen sie nicht mehr.

Mohrchen fing die Maus, die an der Wand scheuerte und nicht Urgroßvaters Zähne war, und legte sie auf die Treppe vor der Küche. Da sagte Großvater, Mohrchen wäre lieb. Die Großen sind nie lieb, nur die Kleinen und die Katzen auch.

Die Großen weinen nie, nur wenn jemand tot ist. Aber nicht, wenn die, die sterben, schon alt waren. Ich will nicht alt werden und Zähne haben, die an der Wand scheuern, und eigentlich Mäuse sind. Und ich will nicht tot sein, sondern ich will groß werden wie Olefejus und Motorrad fahren und ganz oben auf der Leiter stehen und die Scheunenwand streichen.

Vielleicht hat Urgroßvater die Urgroßmutter nicht so gut gekannt, weil Mutter sagt, daß man um die weint, die man am besten gekannt hat. Mutter kannte den Jungen im Album am besten, aber jetzt kenne ich ihn besser. Er ist herausgekommen und ist fast immer mit mir zusammen.

Wenn ich meinem Jungen die grüne Flasche mit dem Ton zeige, der mein Vater ist, die ich im Stapel auf dem Heuboden versteckt habe, wird er ärgerlich und sagt: »Ich bin dein Vater!«

»Nein«, sage ich und verstecke die Flasche wieder, »du bist mein Junge. Komm, mein Junge, wir rennen um die Wette!«

Früher war mein Junge nicht hier, aber jetzt ist er fast immer hier. Er ist größer als ich und kann radfahren, aber er ist kleiner als Olefejus und kann nicht Motorrad fahren. Wenn ich mit dem Dreirad fahre, das ich von Großmutter Gudrun und Großvater Herman bekommen habe, sitzt mein Junge hinten auf dem roten Gepäckträger, und wenn wir zu Mittag essen, sitzt mein Junge neben mir am Tisch. Ich will, daß mein Junge einen eigenen Teller bekommt, aber dann sagt Mutter: »Hör auf mit dem Unfug, Jakob.«

Wenn ich weine, bekommt mein Junge einen eigenen Teller. Und wenn ich immer noch weine, bekommt mein Junge Essen auf seinen Teller.

Auf beiden Tellern ist ein Bild von dem Kaninchen Pelle. Meiner ist Mutters gewesen, und der ist weniger abgenutzt als der von meinem Jungen. Das ist, weil Mutter hier nicht gewohnt hat, sondern zu Hause bei Großmutter Gudrun und Großvater Herman, deshalb hat sie nicht so oft von ihrem Teller gegessen. Sie hat mit meinem Vater gespielt, der Nils-Jan hieß und nicht tot war, als er ein kleiner Junge war wie ich. Er konnte Fahrrad fahren, genau wie mein Junge. Ihm gehörte der abgenutzte Teller.

Mein Junge ißt sein Essen nicht auf, deshalb setzt Ragnhild es unten beim Ofen hin, für die Katzen. Ich will auch nicht aufessen, weil ich nicht will, daß mein Kaninchen abgenutzt wird und fast weg ist.

Weg sein ist tot sein, aber nicht immer. Mutter ist manchmal weg, aber sie kommt immer wieder, und wenn ich weine, ist Großmutter Ragnhild da. Großvater Lars ist manchmal weg, obwohl er das nicht ist. Er sitzt mit den Händen im Schoß nur auf der Bank und antwortet nicht, wenn ich mit ihm spreche. Wenn ich bei dem Ausflug mit dem Braunen nicht mitfahren darf, schreie ich wie verrückt, und Mutter packt mich so fest am Arm, daß ich noch mehr schreie. Dann geht sie mit mir zur Speisekammer, und ich darf einen Keks haben. Aber das war früher. Jetzt ist Großvater fast nie mehr weg.

Großvater geht über den Hof auf dem Weg zum Stall, aber er sieht mich nicht, obwohl ich nicht weg bin, aber so hoch oben auf der Leiter stehe. Ich winke nicht, weil ich weiß, daß ich nicht auf die Leiter klettern darf. Aber das ist, wenn Olefejus ganz oben steht und streicht. »Dann streiche ich dich rot an«, sagt Olefejus und droht mit dem Pinsel. Aber jetzt ist Olefejus mit seinem Motorrad unten auf der Straße vorbeigefahren und wird nicht streichen, weil Sonntag ist. Am Sonntag streichen ist böse, sagt Großmutter Gudrun.

Über dem Scheunendach flötet mein Vater, der der Ton im Wind ist. Er ist groß und traurig und will in die Flasche hinein, die ich im Arm halte, damit er klein werden kann. Mein Junge darf nicht auf die Leiter klettern.

»Nein, mein Junge! Du kannst runterfallen und dir wehtun«, sage ich.

Jakob, das bin ich. Ich bin drei und einhalb. Ich kann auf eine Leiter klettern und mich nur mit einer Hand festhalten.

20

Auf dem Weg über den Hof hinunter zum Kuhstall hält Lars inne, hebt die Arme und streckt sich genüßlich nach dem Mittagsschlaf. Er bleibt einen Augenblick mit den Armen über dem Kopf stehen, mit einem Mal verblüfft darüber, wie lange es her ist, seit er so eine Bewegung mit dem Körper gemacht hat. Der war im letzten Jahr so merkwürdig gefühllos und abwesend, daß er ganz vergessen hat, wie gut es sich anfühlt, wenn man sich reckt bis die Gelenke knacken. Nun spürt er die Muskeln in Armen und Beinen; Bauch und Rücken straffen sich angenehm, verkrampfen sich nicht vor Angst. Das Herz schlägt rhythmisch und ruhig, soweit er das Klopfen hinter dem Brustbein spüren kann, wie eine unerschütterliche und zuverlässige Großvateruhr.

Er atmet tief ein und wendet das Gesicht mit geschlossenen Augen für einen Moment der Wärme der Sonne zu, ehe er den Blick über die Umgebung schweifen läßt. Als ob einer den Staub von einer trüben Glasscheibe gewischt hat. Alles wirkt wie frisch gestrichen, mit kräftigen, glänzenden Farben. Das Korn goldgelb, der Himmel tiefblau, das Gras um die Füße dunkelgrün. Sogar die Stallstiefel, die auf der untersten Stufe der steinernen Treppe gestanden haben und in die er Hunderte von Malen die Füße gesteckt hat, sogar diese braunen Stiefel mit den Spuren von Kuhmist an der Sohle sind auf eine neue und glänzendere Weise braun. Das karierte Hemd, das auf dem Nagel im Gang gehangen und das er über das Unterhemd gezogen hat – das Stallhemd, das nach dem Gebrauch über viele Jahre verblichen und verschlissen ist – er kann plötzlich spüren, wie angenehm weich es sich am Körper anfühlt. Er ist wieder da! Er lebt!

Für einen kurzen Moment empfindet er eine ganz intensive Zufriedenheit, einfach nur auf dem Hof zu stehen und am Leben zu sein. Er hat sich so lange wie eingefroren gefühlt, gefühllos und eiskalt, wenn er nicht von Herzklopfen und Angst gejagt wurde. Nach dem Krankenhausaufenthalt im Frühjahr ist es ihm jetzt, als würde die Macht der Sonne immer stärker. Die Angst ist beinahe weg und die Lust zu arbeiten kehrt langsam zurück. Oh, wenn das nur wahr wäre! Wenn er nur verhindern könnte, einen solchen Winter noch einmal zu erleben!

Auf dem Weg zur Stalltür vor dem Ende der Scheune hebt er wieder den einen Arm, diesmal um Ragnhild und Solfrids Eltern zuzuwinken, die auf dem Pfad zwischen den Häusern gehen. Ragnhild war losgegangen und hatte sie zum Nachmittagskaffee abgeholt. Sie hebt den Arm und winkt zurück. Er sieht die Freude in der kleinen Bewegung, in ihrer ganzen Gestalt, als sie sich jetzt umdreht und etwas zu den beiden anderen sagt, ehe er im Kuhstall verschwindet, um nach einer Kuh zu sehen, die kalben soll. Es ist, als ob sie den gleichen Wunsch zu ihm hinaufschickt: Wenn wir nur verhindern könnten, so einen Winter noch einmal zu erleben!

21

In den schwarzen Winternächten hat Lars am Küchentisch gesessen, die aufgeschlagene Bibel vor sich auf dem karierten Wachstuch. Er blättert das dünne Papier vorsichtig mit dem Zeigefinger um, den er vorher an der Zungenspitze angefeuchtet hat. Die weißen, fast durchsichtigen Blätter zittern leicht in dem Luftzug seines Atems, ehe sie sich auf der vorigen Seite zurechtlegen, so wie die weißen Schneeflocken im Dunkel draußen vor dem Küchenfenster. Aber die sind nichts als weiß. In großen, weißen Flocken sinkt der Schnee unablässig zum Hügel, der schon einen halben Meter hoch mit unschuldig-weißem Schnee bedeckt ist. Dort war kein Schriftzeichen zu sehen.

Man könnte meinen, der alte Hof habe sich entschlossen, des Nachts Gesellschaft haben zu wollen. Früher war es Mathilde, die in ihrem knöchellangen, hellroten Flanellnachthemd lautlos durch die Zimmer schlich. Oder versteckt hinter der Gardine in ihrer Kammer saß und verstohlen über die Jakobsau blickte, ohne daß je irgend jemand erfuhr, woran sie dabei dachte.

Jetzt war Lars es, der vorsichtig über die knarrenden alten Fußbodendielen tappte. Solfrid hörte ihn oft in den kalten Winternächten, wenn sie auf war, um nachzusehen, ob sich Klein-Jakob freigestrampelt hatte. Oder war es vielleicht umgekehrt? Sie erwachte von Lars und stand auf, um nach ihrem Kind zu sehen, wo sie nun schon wach war.

Lars ist groß und schwer, so daß die breiten Dielenbretter unter seinen nackten Füßen knarzen. Aber sowohl das Haus als auch die Menschen gewöhnen sich allmählich an seine Geräusche, wie sie sich an Mathildes gewöhnt hatten. Lars streift nicht durch die Zimmer, wie sie es tat, und das kleine Holzpferd auf der Anrichte im Wohnzimmer, das Mathilde einst von ihrer Jugendliebe geschenkt bekam, hat vor Lars' großen Händen Ruhe.

Nein, er schlurft nur so leise er kann hinaus in die Küche und wärmt am Herd den Kaffeekessel. Sie haben den alten Herd genau deshalb behalten – es ist so angenehm, eine der Platten die ganze Nacht warm halten zu können, und im Winter wird die Küche nie ganz kalt.

Er sitzt im gestreiften Flanellpyjama am Küchentisch. Die breiten Schultern vornübergeneigt, dreht er sich mechanisch eine Zigarette. Hebt die Selbstgedrehte an den Mund, läßt die Zunge ein paarmal am hauchdünnen Papier längs gleiten und atmet mit einem Seufzer tief aus, ehe er den ersten Lungenzug nimmt, nachdem er die Enden der Zigarette abgekniffen hat. Sie hängt im Mundwinkel von seinen Lippen, während er die Tabakkrümel in die gelbe Packung zurückschiebt, aufs neue inhaliert und den Zigarettenrauch mit einem leisen »Ja, ja« ausatmet. Resigniert, innerlich erfroren. Wie ein Schiff, das im Treibeis gefangen ist, so hat er sich in diesen schlaflosen Nächten gefühlt. Als ob er langsam und unerbittlich in eine Landschaft einfriert, in die weder Sonne noch Wärme eindringen.

Wenn Lars den Blick von den dichtbedruckten Bibelseiten hebt und den unablässig sinkenden, großen Schneeflocken, die er im Lichtkreis der Außenbeleuchtung an der Treppe vorm Windfang sehen kann, mit den Augen folgt, beginnt das Haus, die Küche mit ihm und der Bibel, dem Tabak und der Kaffeetasse sich in rasendem Tempo aufwärts und hinaus in den Himmelsraum zu bewegen. Er kann sich erinnern, wie er als Kind zu Hause auf der Treppe stand und das gleiche unternahm: phantastische Reisen in den Raum. Die ganze Welt verschwand, und es gab nur ihn dort auf der Treppe, den Geschmack von nassen Wollfäustlingen im Mund, das Jucken der stramm sitzenden Strickmütze auf der Stirn, unterwegs nach oben, immer höher in einem unendlichen, schwindelerregenden Sog. – Wohin soll ich? Was ist der Sinn? Ist dort oben etwas, jemand?

Nein, sicher hat er damals so nicht gedacht. Damals stand er nur da und freute sich über das schwebende Gefühl des Körpers, während er sich darauf konzentrierte, die rieselnden Schneeflocken zu sehen, ohne sie anzuschauen, gleichsam vorbeizusehen und hinaus ins Nichts, um zu schweben. Und dann die jähe Landung, wenn er den Blick nach unten wandte und der Schnee es war, der sich auf ihn zu bewegte, nicht umgekehrt.

Aber in diesen Winternächten reist er, eine Hand weilt auf dem aufgeschlagenen Buch vor sich auf dem Küchentisch, hinaus in die ewigen Fragen, die wir Menschen uns zu allen Zeiten gestellt haben: Was ist dort draußen? Gibt es einen Gott? Gibt es ein ewiges Leben für mich? Wenn er den Lichtkreis mit den sinkenden Schneeflocken mit dem Blick verläßt und ihn den Buchstaben der Bibel zuwendet, ist der Fall so jäh, daß er ihn wie eine geballte Faust im Zwerchfell trifft. Er spürt die Angst wie eine überwältigende Übelkeit und muß mehrere Minuten lang dasitzen und kämpfen, um die Atmung unter Kontrolle zu bringen, die ein Tempo vorlegt, daß er außer Atem ist wie nach einem Marathonlauf.

Auch sein Herz hämmert in einem wahnwitzigen Rhythmus drauflos und treibt ihm den Angstschweiß auf die Stirn. Er beugt sich über den Tisch und stöhnt, wie einer der Zöllner in der Bibel: »Herr, sei mir armem Sünder gnädig! Gott, laß mich nicht sterben! Lieber, guter Gott! Laß mich nicht sterben!«

Im vorletzten Sommer begann es mit dem Herzen, dessen rhythmischem Uhrwerk er nie in seinem Leben einen Gedanken geschenkt hatte. Immer schön im Takt hatte es das Blut durch seinen Körper gepumpt, mehr als fünfzig Jahre lang. Wie oft hatte sich dieser Muskel zusammengezogen, sich wieder geweitet und die Herzklappen geöffnet, so daß das Blut hineinströmen und die Herzkammern füllen konnte, ehe sich der Muskel wieder zusammenzog und die lebenswichtige Flüssigkeit in die Adern preßte? Wie oft in fünfundfünfzig Jahren? Sechzig-siebzig-achtzig Mal in der Minute, wie oft ist das? Er macht keinen Versuch, das auszurechnen. Schon bei dem Gedanken an die Zahl wird ihm schwindlig, er war im Rechnen nie besonders gut.

Nie hat er daran gedacht, daß das Herz eines Tages einfach zu schlagen aufhören würde, anhalten wie eine Uhr, die man vergessen hat, aufzuziehen. Und eher das Gegenteil geschieht. An einem Spätsommertag, als er eben dabei war, Steckrüben zu ernten, genau in dem Moment, als er sich zur schwarzen Erde bückte und die Hand nach einer der großen, gelb- und graulilafarbenen Rüben ausstreckte, da galoppierte sein Herz in so halsbrecherischem Tempo drauflos, daß er stehenblieb und verwundert einen Moment in seinen Körper hineinhorchte – was geschieht da mit mir? –, bis er, überwältigt von einer plötzlichen Todesangst, losmußte, um die Stirn an den Hals des Braunen zu legen. Die Faust in die Mähne des Pferdes gekrampft, lehnte er sich gegen das große Tier und spürte verwundert, wie die Herzschläge seinen ganzen Körper gewaltig erzittern ließen. Er konnte die Schläge durch die blaue Arbeitsjacke sehen, und sie wie ein tickendes Geräusch im Hals hören, jedes Mal, wenn er nach Luft rang. – Sterbe ich jetzt, lieber Gott im Himmel, sterbe ich jetzt?

Und der Braune drehte den Kopf, wandte verwundert lauschend die Ohren seinem Bauern zu und zupfte ihn prüfend mit weichen Lippen am Ärmel: Wie benimmst du dich denn?

Das Herz, der wilde Rhythmus, der Puls, der gegen die Fingerspitzen zitterte, wenn er sich an den Hals griff. Es dauerte nur einen kurzen Moment, höchstens ein paar Minuten, dann schlug der Takt um. Ein paarmal klopfte es ungleichmäßig in der Brust, ehe das Herz wieder in den gleichmäßigen, unmerklichen Rhythmus verfiel, über den er nie nachgedacht hatte.

Er ging weg und setzte sich auf den Haufen Steckrüben, denen er bereits mit der breiten Schneide der großen Sichel die Blätter abgehackt hatte. Dort blieb er mit den Händen auf den Knien sitzen und lauschte dem Herzrhythmus, während er gleichzeitig seine Umgebung in sich aufnahm. Die feuchte, schwarze Erde, aus der er die Steckrüben geholt hatte. Die großen, fast blaugrünen, kohlähnlichen Blätter der Pflanzen, die noch nicht geerntet waren, Reihe für Reihe, und so fort. Die Hügelkette hinter dem Jakobshügel, auch sie mit einem bläulichen Ton vor dem hellen Herbsthimmel, einer hinter dem anderen, kilometerweit ins Landesinnere. Die graue, baufällige Jakobsscheune, so vollkommen erschöpft unter dem Ziegeldach, daß es aussah, als ob sie jeden Moment in die Knie sinken würde. Und das Dach, das im niedrigen Licht der nachmittäglichen Sonne so lebendig rot leuchtete.

Oben auf der Höhe ragte sein Hof auf, von dem niedrigen, weißen Hauptgebäude die breite und von der roten Scheune die schmale Seite, dennoch wuchtig. Die müßte gestrichen werden, denkt er gleichgültig. Dreißig Jahre hat er hier gewohnt, ausgenommen die fünf Jahre in England während des Krieges, die er aus dem Gedächtnis getilgt hat. Soll er vielleicht jetzt dafür bestraft werden?

Dreißig Sommer oder jedenfalls fünfundzwanzig Ernten und nach dem Ende des Walfangs auch viele Winter. Soll das jetzt zu Ende sein, wo er noch immer im besten Alter ist, und wo vieles noch nicht getan ist? Soll der kleine Jakob nicht nur ohne Vater, sondern auch ohne Großvater aufwachsen? Und was soll aus Ragnhild werden?

Allmählich erlangte er wieder die Kontrolle über den Atem. Die Kraft in den Beinen kehrte zurück, die waren während des Anfalls so merkwürdig schwer. Er erhob sich und faßte den Braunen für einen Moment um den Kopf, ehe er nach den Zügeln griff. Es wurde Zeit für den Kaffee, das konnte er an der Sonne sehen. Er schwang sich auf den Wagen, etwas vorsichtiger als sonst, und ließ das Pferd nach Hause trotten. Er schaffte es nicht, irgend jemandem von dem Anfall zu erzählen, nicht einmal Ragnhild. Nein, vielleicht am wenigsten Ragnhild.

22

In den nächsten Tagen ging sein Puls wieder so regelmäßig, wie er das immer getan hatte. Jetzt, wo Lars für diesen unmerklichen Rhythmus hellhörig geworden war, erinnert er ihn an die Stromstöße, die vom Aggregat an der Scheunenwand durch die elektrischen Zäune geschickt werden. Immer öfter ertappt er sich dabei, daß er unter der tickernden Box stehenbleibt, wenn er am Nachmittag unterwegs ist hinaus zu den Kühen oder wenn er sie auf die Weide entlassen hat, früh am Morgen, wenn noch der Morgennebel wie ein zarter Schleier über der Jakobsau liegt. Minutenlang kann er stehenbleiben und auf das gleichmäßige Ticken des Stroms hören, wenn der hinaus in den Stahldraht pulsiert, der an den Zaunpfählen mit kleinen weißen Porzellanspulen befestigt ist. Er kann sehen, wie die Stromstöße den gespannten Draht vibrieren lassen, auf die gleiche Weise, wie die Schläge des Herzens gegen seine Fingerkuppen vibrieren, wenn er die gegen den Hals preßt oder auf die Innenseite der Handgelenke.

Lars kann sich gut daran erinnern, wie ihn sein älterer Bruder als Kind einmal zum Narren gehalten hat, indem er ihn den stromführenden Zaun auf dem elterlichen Hof anfassen ließ. Er erinnert sich an das merkwürdige, nicht eigentlich schlimme, sondern vor allem überraschende Rucken im Arm. Und er erinnert sich daran, daß er aus irgendeinem Grund einfach nicht losließ, sondern dastand und den Zaun festhielt, durch den Stoß auf Stoß ging, wie Knoten an einem Draht, den man durch die Finger zieht, bis ihn der Bruder wegriß. Seither hat er Respekt vor diesen Zäunen und achtet darauf, dem rhythmisch vibrierenden Stahldraht fernzubleiben.

Ab und zu spürt er, wie das Herz einen Schlag überspringt, als ob es in seinem eigenen Rhythmus stolpert und ihm einen kleinen Angststoß versetzt, ehe es weitermacht.

Aber die tickende Strombox an der Wand stolpert nie. Und Lars denkt, wie gebrechlich und verletzlich ein menschlicher Körper doch ist. Diese Ansammlung von Adern und Gewebe, so perfekt zusammengesetzt zu einer lebenden Einheit, gegen die Umwelt nur durch eine dünne Schicht Haut geschützt, und von diesem einen Aggregat angetrieben, dem Herzen, das jederzeit aufhören kann zu schlagen. Es gibt keinen Hilfsmotor, der zwischengeschaltet werden kann, keinerlei Reserveaggregat.

Lars hat sich nie besonders mit den physischen Aspekten des Menschen befaßt. Sein Körper hat immer zuverlässig und präzise wie ein Uhrwerk funktioniert und ihm deshalb nie Anlaß zur Sorge gegeben. Viele Jahre hindurch ist er jeden Morgen um halb sechs aufgewacht und hat die ersten fünf bis zehn Minuten des Tages draußen am nördlichen Ende der Scheune auf dem Klo verbracht. Im Winter hat er sich gewöhnlich ein Stück Zeitung unter den Po gelegt, um nicht am Sitz festzufrieren. Im Sommer hat er durch die Ritzen in den Holzwänden gesehen, wie die Sonne über der Au immer höher stieg, wo der Morgentau auf den Spinnweben in den niedrigen Strahlen wie Rosetten glitzert. Ohne Wenn und Aber hat sein Körper wieder von sich gegeben, was er ihm am Tag zuvor zugeführt hatte. Dabei studierte Lars alte Zeitungen und dachte über die vielerlei Pflichten des vor ihm liegenden Tages nach.

So ist es gewesen, solange er sich erinnern kann, bis zu jenem ersten Anfall, den er im Herbst unten auf dem Steckrübenfeld hatte. Seitdem sein Herz zum ersten Mal gestümpert hat, und sich bei Lars das Gefühl einschlich, er müsse fortan mit einem manchmal stotternden Vergaser leben. Das sind keine großen Unregelmäßigkeiten, nur hin und wieder eine kleine Pause im Rhythmus, gerade genug, um ihn daran zu erinnern, wie abhängig er von seinem inneren Uhrwerk ist.

Nach einer Woche hatte er sich fast daran gewöhnt. Aber

eines Nachts wachte er mit dem Empfinden auf, sein Herz wäre dabei, sich aus dem Körper hinauszuklopfen. Er lag im Dunkel neben der schlafenden Ragnhild und spürte das Blut in den Ohren rauschen. Wenn er die Fingerspitzen an den Hals legte, bebten die Pulsadern in einem dermaßen heftigen Rhythmus gegen die Haut, daß er ihn unmöglich zählen konnte. Wie beim letzten Mal wurde er auch diesesmal von schrecklicher Todesangst übermannt. – Lieber Gott, sterbe ich jetzt? Der kalte Schweiß brach ihm am ganzen Körper aus, und der Hals schnürte sich zusammen, als ob jemand eine Schlinge anzöge. Lieber Gott, laß mich nicht sterben!

Mit einer Hand tastete er halbherzig nach Ragnhild, zog aber den Arm wieder zurück, denn er merkte, daß er dies hier nicht mir ihr teilen konnte, nicht einmal mit ihr. Deshalb blieb er statt dessen liegen und versuchte, Kontrolle über seine Atemzüge zu gewinnen, indem er ihrem regelmäßigen Atem folgte. Er bewegte sich vorsichtig, um sie nicht zu wecken, während er gleichzeitig tief im Innern wünschte, sie möge die Augen aufschlagen, den Arm, der oben auf der Decke ruhte, nach ihm ausstrecken und mit wachsamer Stimme in den dunklen Raum hinein sagen: »Aber was hast du, Lars, fühlst du dich nicht gut?«

Doch sie wachte nicht auf. Nicht einmal, als er gegen die Kommode stieß, weil er einen Schritt zur Seite machen mußte, um das Gleichgewicht wiederzugewinnen, denn es wurde ihm schwarz vor Augen, als er vom Bett aufstand. Sie dreht sich nur um und murmelt schlaftrunken, ehe sie anfängt, eine Melodie zu summen. Ragnhild hat schon immer im Schlaf gesungen. Als er die Tür öffnet und das Licht der Flurlampe für einen Moment ihr Gesicht trifft, kann er sehen, daß sie lächelt. »Bleib nicht zu lange, Nils-Jan«, sagt sie.

23

Den Herbst hindurch kehrte dieses Herzrasen immer wieder, oft mehrfach in der Woche. Es dauerte jedesmal ein paar Minuten, und die Todesangst, die gleichzeitig damit auftrat, gab sich nach und nach. Lars lernte, seine Atmung zu beherrschen, und er konnte hin und wieder den Herzrhythmus dazu bekommen, in normalen Takt zu verfallen, indem er sich nach hinten lehnte oder am besten, indem er sich hinlegte – wenn er an Orten war, wo ihn keiner sehen konnte – und bis tief in die Lungen einatmete, den Atem etwas anhielt und dann vorsichtig ausatmete.

Bei der Erleichterung, die er verspürt, wenn der Herzrhythmus wieder umschlägt, denkt er an einen Seiltänzer und wie der sich auf eine winzige Plattform rettet, nachdem er auf einem straff gespannten Seil über einen tiefen Abgrund balanciert ist. Er verspürt intensiv den Drang, sich an etwas oder bei jemandem anzuklammern, was oder wer auch immer, und gleichzeitig spürt er das zufriedene Gefühl, die Situation zu meistern, die Kontrolle zu haben. Die Male, wenn die Atemmanöver nichts nutzen und das Herz weiterhin wie eine aufgeschreckte Herde in seiner Brust hämmert, ist das Empfinden von Angst und Niederlage fast nicht auszuhalten.

Diese Anfälle dauerten in der Regel nur ein paar Sekunden, ein paar Minuten höchstens. Es ist, als hätte ein kleiner schadenfroher Teufel hinter seinem Brustbein Platz genommen, ein kleiner zusammengekrümmter Satan, der ab und zu eine Klaue nach seinem Lebensnerv ausstreckt, ihn anzieht und losläßt, wie man an einer Gitarrensaite zupft: »Da kannst du's sehen! So jämmerlich ist die Saite, die dich mit dem Leben verbindet. Und was kommt dann ...?«

Lars hatte weder für den Himmel noch für die Hölle besonderes Interesse. Getauft und konfirmiert wurde er in der weißen Steinkirche weiter nördlich im Land, aber seine Eltern sind nie besonders eifrige Kirchgänger gewesen. Seine stärkste Erinnerung an Kirchenbesuche ist ein Gefühl von schläfriger Feierlichkeit, wenn er eingeklemmt zwischen den Eltern auf einer der graugestrichenen Kirchenbänke saß und die monotone Stimme des Pfarrers das Weihnachtsevangelium verlesen hörte, während die schweren Atemzüge des Vaters und sein ständig tiefer sinkender Kopf anzeigten, daß er reichlich den Schnäpsen zugesprochen hatte zu dem Imbiß – zerbröckeltes Fladenbrot mit fetter Brühe – den die Mutter den Gästen serviert hatte, die früher am Tag vorbeigekommen waren, um frohe Weihnachten zu wünschen.

Um die Ewigkeit hat Lars sich nie Gedanken gemacht. Im Gegenteil fand er den Gedanken von der ewigen Seligkeit als eine Art Belohnung für gutes Betragen auf Erden ziemlich empörend. Als ob es nicht schon genug wäre, ein ehrenhafter Mensch zu sein. Er und Ragnhild hatten über die Jahre hin über vieles geredet, aber nie oder selten über den Tod. Nicht einmal, als ihr Sohn gestorben war. Sie haben nur von Nils-Jan gesprochen. Das heißt, Ragnhild redete. Er schwieg meist.

Denn es war nach Nils-Jans Tod, daß diese neuen Gedanken begannen, sich bei ihm einzuschleichen. »Wie ein Dieb in der Nacht«, las er in Mathildes Bibel, die er in späten Nachtstunden auf dem Küchentisch aufschlug. »Er wird kommen wie ein Dieb in der Nacht.« – »Gnade dem, der sich nicht wachgehalten hat, wenn der Meister heimkommt.« Er liest die beunruhigenden Worte, dreht und wendet die dünnen, fast durchsichtigen Blätter auf der Suche nach Trost, aber er findet nichts, das ihm das Gefühl vermittelt, die Wahrheit gefunden zu haben. Aus den Seiten der Bibel steigt keine Erlösung zu ihm auf, nur eine unendliche Schwermut.

In dem Sommer, als sie sich verlobten, waren Ragnhild und Lars mit dem Zug ins Vestland gefahren und hatten eine Drei-Tage-Tour ins Gebirge unternommen. Lars konnte sich später kaum daran erinnern, wie sie gingen, ob die Sonne schien oder ob es regnete, ob sie in Gebirgshütten oder im Zelt übernachteten, ob die Wege steil und anstrengend waren oder ob sie über große Hochebenen gingen. Er erinnert sich einzig und allein an das Pferd.

Sie stolperten beinahe über das Pferd, als sie über eine kleine Kuppe mit Zwergbirken, Krähenbeeren und hellgrünen Flechten kletterten. Ragnhild war erschöpft, das weiß er noch. Sie beklagte sich im Scherz ein bißchen darüber, wie ungerecht es wäre, daß sie mit ihren kurzen Beinen vermutlich die doppelte Strecke gehen mußte – wo er doch doppelt so groß und stark war! Er hatte sie an der Hand gefaßt und sie halbwegs die kleine Steigung hinaufgezogen, wobei er ihr für den Gipfel Kaffee und Butterbrote versprach.

»Und mehr als das!« lachte er frischverliebt, als sie ganz oben standen. Er nahm sie in die Arme und hob sie hoch, während er gleichzeitig prüfend die Umgebung musterte.

Sie sahen es gleichzeitig. Es lag, genauer es stand direkt unter der Kuppe, auf der sie waren, wenige Meter entfernt im Moor versunken. Torf und Morast reichten ihm schon bis unter den Bauch, und beim Anblick der beiden Menschen – Lars hatte Ragnhild so schnell abgesetzt, daß sie fast hinfiel – fing das Pferd so verzweifelt hilflos an nach Halt zu suchen, daß es sich im Nu noch verhängnisvoll tiefer eingegraben hatte.

Lars war außer sich zur nächsten Gebirgshütte gerannt, und Ragnhild konnte nicht aufhören zu weinen, in den langen Stunden, in denen sie am Rand des Moores saß und dem erschöpften Tier beruhigend zuredete. Nachdem Lars dem Wirt eine genaue Lagebeschreibung gegeben und das Versprechen bekommen hatte, daß Hilfe aus dem Dorf kommen würde, kehrte er zurück, und da saß Ragnhild noch immer zusammengekauert ein paar Meter von dem Pferd entfernt und redete und summte beruhigend, während ihr die Tränen über das Gesicht liefen. Sie wagte nicht, sich zu bewegen, denn auf jede ihrer kleinsten Bewegungen reagierte das Pferd mit einem verzweifelten Rucken des Kopfes und der Vorderbeine. Und jedes Mal versank es tiefer im schwarzen Moor. In Todesangst verdrehte es die Augen, und anfangs hatte es noch heiser gewiehert, aber inzwischen japste es nur noch mühsam nach Luft. Es starrte Ragnhild und Lars an, als sei es ihm absolut unmöglich zu begreifen, warum die beiden am Rand des Moores saßen, die Arme umeinander geschlungen, und keinen Versuch unternahmen, ihm zu helfen.

Ab und zu kroch Lars vorsichtig auf allen Vieren auf den Gipfel der kleinen Bergkuppe, um nach der Hilfsmannschaft Ausschau zu halten. Dann robbte er sich vorsichtig zurück, schüttelte zu Ragnhilds fragendem Blick wortlos den Kopf und setzte sich hin wie zuvor, seinen Blick in den des Pferdes versenkt. Die blauschwarzen, weit aufgerissenen Augen, die Ohren fragend nach vorn gerichtet – wollen die mich wirklich sterben lassen? –, das lähmende Gefühl, nichts tun zu können, das war nicht zu ertragen. Es wirkte beinahe wie eine Erleichterung, als der Pferdekopf sich nach vorn neigte und die Augen sich über dem anklagenden Blick schlossen. Als der Besitzer des Pferdes als erster der Rettungsmannschaft über der Kuppe auftauchte, ging durch den Körper des Pferdes ein Ruck. Der Kopf, das einzige, was über der schwarzen Moorerde noch zu sehen gewesen war, rutschte abrupt zur Seite.

24

Man kann in einen Morast von schweren Gedanken geraten, wie ein unvernünftiges Tier stehenbleiben und nach Halt suchen, ohne mehr zu erreichen als sich tiefer und tiefer einzugraben. Mit niemandem lassen sich Schwermut und Angst teilen, dort steht eine Eiswand, kalt und klar wie eine Glasscheibe, und man ist ausgeschlossen. Hinter der Scheibe streckt jemand eine Hand aus, man sieht Lippen, die sich bewegen und Worte formen, die aber nicht hindurchdringen, einen nicht erreichen. Sie treffen auf die kalte Scheibe und setzen sich als Eisblumen auf dem Glas ab.

Lars ist in diesem Winter mit Holzeinschlag beschäftigt. Irgendwie kommt er morgens auf die Beine, führt er die täglichen Arbeiten aus wie immer. Nur daß alles langsamer geht. Es ist, als hätte sein Körper das Tempo aller Funktionen gedrosselt. Er schläft weniger, ißt weniger, und er muß unendlich lange auf dem kalten Plumpsklo sitzen. Er bleibt in der eiskalten Winterwitterung mitunter so lange sitzen, daß sich Ragnhild verzweifelt in den Nebengebäuden zu schaffen macht, um nachzusehen, wo er bleibt.

Wie ein Dieb in der Nacht schleicht sie sich in den Wagenschuppen und legt ein Auge an das Astloch, das sie ganz heimlich benutzte, als sie klein war, um Mathilde nachzuspionieren, die mit geschürzten Röcken dasaß und geistesabwesend an einem Splitter der groben Planken der Holzwand zupfte oder sich die Nägel mit einer Haarnadel säuberte, die sie aus dem stramm geflochtenen Zopf gezogen hatte.

Jetzt legt Ragnhild vorsichtig einen Moment lang ein Auge an dieses Astloch. Mechanisch registriert sie, daß sie heute ein bißchen in die Knie gehen muß, wo sie sich als Kind auf die Zehenspitzen recken mußte. Aber ihre Aufmerksamkeit ist auf die Gestalt gerichtet, die gebeugt dort sitzt, die Unterarme auf die nackten, weißen Schenkel gestützt. Im Schein der Glühbirne, die an der dünnen Holzwand zwischen Klo und Wagenschuppen befestigt ist, wo ein Rechteck aus dem Holz gesägt wurde, damit eine einzige Birne beide Räume erhellt, sieht sie, daß er zwischen den gespreizten, nackten Knien unablässig seine Hände hin und her dreht und wendet: »Ja, ja.«

Jedenfalls lebt er. Sie zieht sich eilig zurück, um Kaffee aufzusetzen, und gibt sich selbst das Versprechen, daß im Sommer Bad und Toilette im Haus eingebaut werden. Es ist eine Schande, daß sie das nicht schon lange getan haben, aber wenn es um die Modernisierung des Hofes geht, ist Lars merkwürdig altmodisch. Am liebsten will er alles beim Alten belassen. Und solange Mathilde lebte, wurde ohnehin nicht über Veränderungen im Haus geredet.

»Aber jetzt wird es Veränderungen geben!« murmelt Ragnhild energisch mit klappernden Zähnen und stößt bei ihrem raschen Rückzug an Mathildes alten blauen Schlitten. Eine der eisenbeschlagenen Kufen trifft sie mit solcher Wucht am Schienbein, daß sie die Zähne zusammenbeißen muß, damit ihr Aufstöhnen nicht hinausdringt, wobei sie sich mit einer Reflexbewegung vor dem wackelnden Stapel von Kartoffeleimern stützt, die umgedreht auf dem Schlitten stehen.

Halb über den Eimern auf dem Schlitten liegend, schießt ihr, quer durch das atemberaubend schmerzende Schienbein, ein Bild von Nils-Jan und Solfrid kristallklar durch den Kopf, wie die beiden auf Mathildes altem Schlitten die vereiste Scheunenauffahrt hinunterfuhren.

Das rotwangige Gesicht des Jungen unter der blau-weißen Zipfelmütze, die sie ihm gestrickt hatte. Seine eifrige, jubilierende Stimme: »Mutter, schau nur! Schau her zu uns!« Sie selbst auf der Küchentreppe, halb drinnen auf dem Flur, die Hand auf der kalten Türklinke und den Kopf ein bißchen ungeduldig zu den Kindern umgedreht. »Ja, ich sehe euch!« Mathilde mit dem Eierkorb unterwegs über den Hof. Ein Durcheinander von schwarzem Rock, grauen Strickstrümpfen, Kindern und zerbrochenen Eiern. Und Mathildes wütendes Gezeter: »Paßt doch auf, Kinder! Seid ihr verrückt geworden?«

Die Erinnerung, der Schmerz im Bein, die komische Situation, die Angst, ihr Mann auf der anderen Seite der Holzwand könnte durch das Astloch blinzeln, all das zusammen wird nach einem Augenblick, wo sie zwischen Lachen und Weinen schwankt, von der Besorgnis beiseite geschoben.

Was geschieht da mit ihrem Mann? Diesem Menschen, von dem sie meinte, ihn so gut wie sich selbst zu kennen? Wie ein vollkommen Fremder geht er umher und erinnert sie am ehesten an die kleine Figur zum Aufziehen, die Jakob von Ingers Töchtern Sofie und Laila zum Geburtstag geschenkt bekommen hat. Am Anfang springt das Pferd mit dem Reiter munter drauflos, aber nach ein paar Runden bewegt es kaum noch die Füße, und Jakob kommt angelaufen, damit sie den Schlüssel, der auf einer Seite steckt, umdreht. So einen Schlüssel hätte sie in diesem Winter gern für Lars.

Manchmal wird sie auch ungeheuer wütend auf ihn. Wie ein grauer Schatten geht er umher und schließt sich in seine Schwermut ein. Er ist nicht zu fassen, wie ein Nebelfetzen, man kommt nicht an ihn heran. Aber sie muß es immer wieder versuchen. Wie eine widerspenstige Glucke pickt und hackt sie an seine Scheibe aus Eis. Versucht, sich bis in seine Seele hineinzupicken, die irgendwo dort drinnen, hinter diesem unbegreiflichen Grau, eingefroren liegen muß. Sie hackt und pickt mit Kleinigkeiten, mit Alltagskram – was ihnen mit der Zeit allen beiden auf die Nerven geht. Dann weint sie. Auch Tränen, bei denen er immer schwach wurde, auch die prallen jetzt an ihm ab, wie Wasser am Gefieder einer Gans, wie Tropfen an einer Scheibe.

»Ja, ja«, sagt er und atmet seufzend aus, »ja, ja.« Dann legt er dem Braunen das Geschirr an und spannt ihn vor den zweigeteilten Holzschlitten. Den Hinterschlitten hat er an dem vorderen, dem sogenannten Vorschlitten mit Gurten und Stangen befestigt. Er hat ihn durch die zwei Haken vorn am Schlitten eingefädelt und dann festgezurrt. Er legt sich den Sack mit dem Heu für das Pferd unter dem Hosenboden zurecht, als er sich auf den Schlitten setzt.

Oft begleitet sie ihn bis auf die Treppe hinaus. Hört ihr eigenes Gezeter, ist aber nicht imstande aufzuhören. Sieht sie die Andeutung einer Irritation über sein verschlossenes Gesicht huschen, entzündet das in ihr eine schon beinahe boshafte Hoffnung: Sollte es ihr endlich gelungen sein, ein Loch in diesen Eiswall von Mann zu picken? Sie bohrt und stochert, aber er zuckt nur mit den Schultern und weicht ihrem Blick aus.

An einem Morgen jedoch weicht er ihr nicht aus. Als er nach den Zügeln greift, nachdem er den Heusack, auf dem er sitzt, vorsichtig zurechtgerückt hat, hebt er die Augen, und für einen kurzen Moment treffen sich ihre Blicke.

Dieser Blick trifft sie wie ein Schlag ins Zwerchfell, obwohl sie nicht einmal einen Hauch von Vorwurf darin sieht. Auch keine Wut, keine Trauer oder Zärtlichkeit. Nur eine große, nackte Leere, der sie ganz hilflos gegenübersteht.

»Ja, ja, Ragnhild«, sagt er und sieht sie lange an. In seinen Händen, in der Art, wie er die Zügel strafft, liegt eine ganz merkwürdige Entschlossenheit. Der Braune hebt den Kopf und sie fahren zum Wald. »Ja, ja.«

Ragnhild bleibt ratlos auf der Treppe zurück.

25

Ragnhild ist im Laufe dieses Winters so winzig klein für ihn geworden. So winzig klein und so weit weg. Hin und wieder träumt er von ihr, nicht nur nachts, sondern auch in diesem besonderen, halbwachen Zustand, in dem er sich jetzt tagsüber befindet. Er sieht sie auf einem Fels stehen, nein, auf einer Art Felsvorsprung, weit, weit entfernt – sie ist winzig, winzig klein, und sie redet und redet, mit einer Stimme, als spiele jemand eine Schallplatte in zu hoher Geschwindigkeit ab. Wörter, die er nicht zu erfassen imstande ist, strömen unablässig wie kleine schwarze Vögel aus ihrem Mund.

In einem der Träume steht sie am äußersten Rand des Bergabsatzes und fuchtelt mit den Armen, um die Vögel wieder einzufangen. Sie ergreift einige, die sie, wie sie sind, in den Mund stopft und ganz schluckt, aber die meisten fliegen schreiend um ihren Kopf. Sie trägt ein geblümtes Kopftuch über dem Haar, ein Kopftuch, das er sie schon Jahre nicht mehr hat tragen sehen, und von dem er nie gedacht hätte, daß er sich einmal daran erinnern würde. Im Traum kann er Details des Musters erkennen, wenn sie das Kopftuch abnimmt und über dem Kopf schwenkt – tut sie das, um die Vögel loszuwerden, oder ist das ein Signal für ihn? Denn er ist dort, unerwartet, eine unförmige und unbewegliche Masse, die er nicht sehen kann, in der er aber angsterfüllt drinsteckt. Er ist gelähmt, in Unbeweglichkeit gefangen, und als sie einen Schritt nach vorn tut und fällt, vergeht eine lange, erschreckende Ewigkeit, ehe er seine Hand sieht, riesengroß, die in einer halbherzigen Bewegung vorschießt und sie auffängt, gerade ehe sie am Boden zerschellt wäre.

Er kann sehen, wie sie verstört auf seiner Handfläche hockt. Sie sieht aus wie ein kleines Kind, als sie da sitzt und sich mit ihren Händen abstützt, die ausgestreckten Beine gespreizt. Die Vögel über ihrem Kopf sind verschwunden. Klar und scharf sieht er seine Finger, die schwarzen Trauerränder unter den Nägeln, die sich langsam, unerbittlich über ihr zusammenkrümmen.

Aus diesem Traum erwachte er, das Herz ein zu Tode erschrockener, flatternder Vogel hinter dem Brustbein. Er war im Nu am ganzen Körper naß geschwitzt und taumelte hoch, ohne zu registrieren, ob Ragnhild schlief oder an seiner Seite wach lag. Schwindelig und verwirrt taumelte er hinaus in die Küche, wo er sich der Länge nach auf den gestreiften Flickenteppich auf den Rücken legte und einen verzweifelten Versuch unternahm, die Atemzüge unter Kontrolle zu bekommen, damit das Herz wieder normal im Rhythmus schlägt.

Oh, diese Träume und diese entsetzliche Angst! Und dieses galoppierende Herz! So kann man nicht leben – nicht leben. Lars wiederholt den Satz, als er an diesem blauenden Wintermorgen auf dem Holzschlitten sitzt. Er spürt bei diesen Worten eine solche Ruhe, eine Ruhe, die er nicht gekannt hat.

Zum ersten Mal seit vielen Monaten sieht er die Welt mit einer Klarheit, wie er sie sonst nur in seinen Träumen erlebt. Er sieht, wie das Dorf in dem blauen Zwielicht hervortritt, und unter der schwarzen Fellmütze mit den Ohrenklappen spürt er die vier, fünf Grad Frost angenehm auf der Haut prickeln. Seine Hände fühlen sich warm an in den Fäustlingen, die ihm Ragnhild gestrickt hat; fast schwitzen sie. Er zieht einen Handschuh aus und streicht sich mit der Hand übers Kinn, das zum ersten Mal seit Tagen glattrasiert ist. »Ja, ja.«

Das Pferd kennt den Weg und trottet selbständig dahin. Es folgt der Dorfstraße ein kleines Stück, ehe es in den engen Pfad zum gefällten Holz einbiegt. Sie fahren an ein paar Mädchen vorüber, die unterwegs sind zur Schule – sie müssen die erste Stunde frei gehabt haben oder sie sind unerlaubterweise spät dran. Das sind Mädchen von der weiterführenden Schule, die, als sie an Lars vorbeikommen, mit blaugefrorenen Knien unter den kurzen Mänteln noch eine Andeutung von Knicks machen, schon zu groß, um noch richtig zu knicksen, aber noch nicht groß genug, um nur zu nicken.

Lars sitzt mit den Händen auf den Knien auf dem Holzschlitten und nimmt die Umgebung mit einer geradezu überwältigenden Klarheit wahr. Zur gleichen Zeit ist ihm, als wäre alles ein Traum. Die tief verschneiten Tannen, die ihm, wenn er vergißt, sich unter den niedrigen Zweigen zu bücken, einen Hauch von Schnee über Kopf und Schultern rieseln lassen.

Die Fährten von Hasen, Fuchs und Rehen neben dem ausgefahrenen Weg. Die Stille, die nur unterbrochen wird von dem einen oder anderen Vogel – ist das nun eine Blaumeise oder eine Kohlmeise? – und von den Geräuschen der Kufen und dem Schnauben des Pferdes. Er erlebt das alles kalt und klar, fühlt sich aber gleichzeitig wieder so sonderbar außenstehend. Sitzt vornübergebeugt auf dem Heusack, träumend und wach, hier und weit weg, und registriert erst nach einer geraumen Weile, daß der Braune stehengeblieben ist und sich mit anklagendem Blick zu ihm umgedreht hat. Er sitzt an dieser Steigung doch nie auf dem Bock? Mit einem Seufzer erhebt er sich vom Schlitten. Aber er preßt die Hand für einen Moment auf den Strohsack, auf dem er sitzt. Durch das Heu kann er die harten Umrisse des Gewehrkolbens spüren.

26

Evines kleiner Hof liegt weit innen im Vorgebirge, gar nicht so weit entfernt von der Lichtung, auf der Lars mit dem Umschichten des Holzes zu tun hat. Auf einer kleinen Bergkuppe klammern sich die niedrigen grauen Häuser unter der steilen Felswand des Børjærås' so nahe an den Hang, daß sie große Teile des Tages im Schatten liegen. Ja, im Winter können sich die niedrigen Sonnenstrahlen am hellichten Tag gerade noch über die Kante des Ås schmiegen, so daß ein einsamer Skifahrer, der darauf verfallen ist, seinen Weg über das Vorgebirge zu nehmen, für einen Moment von einem kurzen Aufleuchten einer Fensterscheibe geblendet wird. Diese Sonnenstrahlen haben keinerlei Macht, so daß das Eis im Winter die schönsten Blumen auf die Scheiben malt. Aber die sieht niemand außer Evine.

Denn das letzte kurze und steile Stück Weg kommt nie ein

Mensch herauf. Der Weg ist nicht mehr als ein unwegsamer Pfad, der sich zwischen stacheligen Wacholderbüschen und schlankgewachsenen Ebereschen mit schweren Büscheln roter Beeren windet. Nach den ersten Frostnächten kommt häufig eine Schar von Seidenschwänzen angeflogen, um in den gefrorenen Beeren zu schwelgen. Dann sitzt Evine gern auf ihrem Ruhestein und beobachtet, wie die schönen rosafarbenen Vögel sich mit runzeligen roten Beeren vollfuttern, bis sie ganz benommen hinunter in die Heide taumeln, berauscht von dem leichtgegorenen Saft.

Evine ist hier so eins mit der Natur, daß es aussieht, als hätten die Vögel und das Wild keine Angst vor ihr. Der Hase richtet sich neugierig auf und wittert mit zitterndem Maul in ihre Richtung, blinzelt einige Male mit hellwachen schwarzen Augen, ehe er ihr den Stummelschwanz zuwendet und ohne sich zu übereilen davonhoppelt. Die Rehe mit ihren Kitzen stehen wie im Sprung gefroren, den Kopf erhoben und die Ohren ständig in Bewegung, länger, als sie es bei jedem anderen, der überraschend vorbeikommt, getan hätten. Wenn Evine sich nur still genug verhält, kann es geschehen, daß alle drei sogar noch einmal den schlanken Hals senken, um weiterzuäsen, aber schon ein leise knickender Zweig unter Evines Schuhsohlen reicht aus, und sie springen elegant hinter das Haselgebüsch ein paar Meter weiter in Sicherheit. Ganz zutraulich werden sie nie, denn selbst wenn sie freundlich zu ihnen ist und ihnen in sehr strengen Wintern mit viel Schnee einen Heuballen hinlegt: Wenn die Rehe sich im Schutz der herbstlichen Dunkelheit an den Kohlköpfen oder Mohrrüben in ihrem Küchengarten vergreifen, kennt sie keine Gnade.

Evines Hof ist durchaus nicht so steinig, wie es von unten scheinen mag. Aber das weiß fast niemand oder es denkt kaum jemand darüber nach. Wer sich die Mühe machte, den unwegsamen Pfad hinaufzuklettern, würde sehen, daß der Hof auf einer kleinen Ebene liegt, die sich sanft einwärts auf die Felswand zu absenkt. Groß ist der Flecken nicht, aber Evines Küchengarten hat Platz für ein paar Beerensträucher und Obstbäume. Der Giebel des Stalls lugt, von unten gesehen, wie die Ohren einer neugierigen kleinen Katze hinter der Mutter über den Rand des Plateaus hervor. Dort beherbergt Evine vier Schafe und ebensoviele Hühner. Und natürlich den Hahn, der mit geschwollenem Kamm auf dem Hofplatz herumstolziert und seinen Harem streng beaufsichtigt.

Evines Hühner sind braun, nicht das übliche Weiß, wie sonst im Dorf. Und keiner weiß, wo sie die herbekommen hat, sie, die kaum wagt, einem Menschen in die Augen zu sehen, geschweige denn, den Mund aufzutun, wenn sie jemandem begegnet. Im übrigen wissen die wenigsten aus dem Dorf, daß sie überhaupt Hühner hat, ob sie nun braun oder weiß sind, denn niemand macht sich die Mühe, den Pfad hinaufzuklettern, um die großen, hellbraunen Eier ihrer Hühner mit dem goldgelben Dotter und dem schneeweißen Eiklar unter der kräftigen Schale zu kosten. Das würde die menschenscheue Evine auch zu Tode erschrecken. Ja, die Hühner im übrigen auch. Nur Kaufmann Berg und seine Familie, die kennen den Geschmack von Evines Eiern, denn Berg nimmt sie im Tausch gegen Zucker und Mehl, wenn Evine zum Einkaufen ins Dorf kommt, mit einer alten grauen Kiepe auf dem Rücken und in einem Milcheimer die Eier, dazwischen Lagen gewaschener Schafwolle.

Und dann gibt es noch dieses rabenschwarze Huhn, das nennt Evine »Zigeunerkönigin«, obwohl es vielleicht mehr an eine gesetzte, feine Dame erinnert, die mit sittsamen, knielangen Pluderhosen umhergeht und das kräftige Hinterteil in die Luft streckt und alles aufpickt, was an Eßbarem im halbhohen Gras ums Haus herum zu finden ist. Entdeckt es etwas Interessantes, kommen die Nebenfrauen augenblicklich angerannt, um den Fund in Augenschein zu nehmen.

»Nein, habt ihr so etwas schon mal gesehen!« Sie stecken die Köpfe zusammen, bis die ungestümste unter ihnen eine günstige Gelegenheit ausnutzt, sich des Schatzes zu bemächtigen und ihn mit Stumpf und Stiel zu verzehren. Dann wenden sie sich die Hinterteile zu und setzen jedes für sich ihr Geschäft fort.

Die drei braunen Hühner hatte Evine nach den Frauen im Dorf benannt. Das sind Harriet, Milda und Mathilde. Evines Hahn trägt den stolzen Namen Haakon der Siebte. Und er hält sich schließlich auch mit königlicher Würde, wenn er so über den Hof stolziert und sein Revier aufmerksam beobachtet. Gleitet der Schatten eines Habichts über den Platz oder sieht er im Gebüsch flüchtig Reineke Fuchs, versammelt er die Hennen rasch mit präzisen Befehlen, und wie ein verantwortungsvoller Familienvater bei einer Landpartie treibt er die erschrockene Schar ins Haus.

Dann kommen die Frauen aus allen Richtungen zeternd herbeigeeilt und schlüpfen verstört durch die offene Stalltür, während sie sich gackernd über die Unterbrechung empören. Verärgert ordnen sie die Spitzen ihrer Pluderhosen und halten schwatzend im halbdunklen Stall Familienrat ab, ehe sie sich auf ein Zeichen des Hahns hin wieder vorsichtig hinaus ins Sonnenlicht wagen, mit schwer wiedererrungener Würde.

Wenn nur drei von ihnen die Köpfe herausstrecken, dann aus dem einfachen Grund, daß das Vierte sich in dem alten Schweinetrog zur Niederkunft bereitmacht, wo vier Heubündel in Reih und Glied liegen, alle mit dem Abdruck eines Huhns. Dann hält sich der Hahn in respektvollem Abstand, gleich vor der schiefen Stalltür, wie es sich für einen werdenden Vater ziemt. Er pickt in den Körnern, die Evine ausgestreut hat, als sie am Morgen die Tür öffnete. Unterdessen hält er ein wachsames Auge auf die drei geschäftigen Damen – sie dürfen sich nicht zu weit entfernen, und wenn sie es tun, ruft er sie barsch zurück. Das andere Auge hat er aufmerksam der Schwangeren drinnen zugewandt. Wenn sie mit dem charakteristischen Gackern vom freudigen Ereignis unterrichtet, stimmt der Hahn mit ein, so energisch, daß man glauben könnte, *er* wäre in anderen Umständen gewesen. Und nach einer angemessenen Zeit kommt die stolze Mutter heraus und wird mit entsprechenden Ovationen begrüßt. Die Hühner legen eifrig, so daß Evine den ganzen Sommer über jeden Tag vier große hellbraune Eier einsammeln kann. Im Winter sind es weniger.

Evines vier Schafe sind draußen, sobald die ersten schneefreien Flecken im Frühling auftauchen, und bis es im Herbst zu schneien beginnt. Sie weiden friedlich miteinander an den abschüssigen, grasbewachsenen Hängen des Hügels oder auf den duftenden sanft geneigten Wiesen rund um den Børjærsee, der unten in der Heide, gleich unterhalb der steilen Böschung zu Evines Haus, liegt. Im Winter überleben sie von dem wenigen Essensabfall, den Evine ihnen anzubieten hat und von dem Heu, das sie in dem flachen Gelände gemäht und auf dem Rücken den steilen Pfad hinaufgetragen hat. Nachdem Schwingel- und Straußgras vor ihrer kurzschäftigen Sense gefallen sind und sich mit dem charakteristischen Geräusch in schöne gerade Reihen gelegt haben, schichtet Evine die weichen Halme in passend große Lasten. Wenn das Wetter gut ist, kann sie sich das Vergnügen gönnen, das Gras zu wenden und es auf dem Erdboden trocknen zu lassen, ehe sie es zu einem ordentlichen Armvoll zusammenrecht und ein Seil darum bindet. Vielleicht geht sie im Lauf des Sommers hundertmal mit einer duftenden Bürde auf dem Rücken den kurzen steilen Weg hinauf, vielleicht zweihundertmal oder öfter.

Im großen und ganzen wissen die Leute so gut wie nichts von Evine. Sie streift so zurückgezogen durchs Leben, daß die wenigsten ihr Aufmerksamkeit schenken. Ihre Geschichte haben die allermeisten schon vor langer Zeit vergessen.

27

Evine geht es nicht sommers wie winters gleich gut, natürlich nicht, denn da ihr Haus undicht und zugig ist, quält sich die Ärmste im Winter oft sehr. Ihr Vater, Søren Ura, der es gebaut hat, war ein ordentlicher Arbeiter, aber kein guter Handwerker. Während der Herbst- und Winterstürme zieht es durch die Fenster, daß die Gardinen über den Küchentisch flattern, wo Evine mit einem Becher Pulverkaffee oder kochend heißem Kamillentee sitzt.

Sie legt die klammen Finger um die Tasse, und wenn sie genug Wärme bekommen haben, berührt sie mit dem Zeigefinger die Eisblumen an der Scheibe und schmilzt sich ein kleines rundes Guckloch zur Welt. Wenn es viel zu kalt ist, geht sie wieder ins Bett. Liegt zusammengerollt unter den Schaffellen, die sie über die Steppdecke gebreitet hat und wartet darauf, daß die Wärme des alten Ofens die Kälte aus dem Haus verjagt. An solchen Tagen im Dämmerschlaf ist ihr Kopf voll von Stimmen und Gesichten.

Sie sieht die Elfen über die mittsommernächtlichen Wiesen tanzen und hört ihr lockendes Lachen. Die Fee rennt geschäftig zwischen den dunklen Stämmen der Tannen umher, und mit einem glühenden Auge zwinkert ihr das Gespenst, der Deildegast, vergnügt zu. Der Nöck plätschert zwischen den Wasserlilien, und der Laternenmann schwenkt seine Laterne zwischen weißen Stämmen, so daß der Lichtkegel munter in ihren Gedanken umherspringt. Sie hat keine Angst vor ihnen, es sind ihre vertrauten Freunde. Ihr ganzes Leben lang hat sie diese merkwürdigen Wesen gekannt. Sie führt leise Gespräche mit ihnen und lacht zwischendrin glucksend wie ein Kind, das gekitzelt wird. Nur vor einem Anblick hat sie Angst – vor den Händen des Vaters –, aber die kommen nicht mehr hierher.

Hin und wieder taucht die Mutter auf und bewegt sich still

im Zimmer, so wie damals, als Evine klein war. Sie sagt nichts, geht nur herum und richtet das Tischtuch, wischt ein paar Brotkrumen von Evines Frühstück in die gekrümmte Handfläche und wirft sie in die Holzkiste in der Ecke hinterm Ofen. Oder sie zupft eine schiefe Gardine zurecht. Dann verstummt Evines Lachen. Sie blickt die Mutter mit sehnsüchtigen Augen an und versucht von ihrem zusammengerollten Platz unter den Schaffellen aus, die Aufmerksamkeit der Mutter zu erregen.

Aber die Mutter beachtet sie niemals. Sie entschwindet, lautlos wie sie kam, und läßt Evine mit einer Sehnsucht zurück, die sie unter den warmen Schaffellen hervortreibt, hinein in die Kleider, die sie fröstelnd überstreift, ehe sie zur Tür eilt. Die alten angerosteten Eisenscharniere quietschen klagend, und die Katze nutzt die Gelegenheit, um zwischen ihren Beinen aus der Tür zu schlüpfen, als ahnte sie, daß Evine länger wegbleiben könnte.

Im Winter kommt sie vor Einbruch der Nacht zurück und kümmert sich rührend um ihre Schafe und Hühner in dem zugigen kleinen Stall. Aber im Sommer, wenn sich die Tiere draußen allein versorgen und unterstellen können, kann es passieren, daß sie mehrere Tage von zu Hause wegbleibt. Die Gesichte und die Sehnsucht nach der Mutter, der Mutter ihrer Kindheit, treiben Evine hinaus auf der Suche nach dem, was sie ihr Leben lang mit der Mutter und den ersten behüteten Kinderjahren verbinden wird – dem Geruch von Kühen und Milch und dem warmen Körper einer wiederkäuenden Kuh.

Die erste Aufgabe in Evines Leben war es, den Schwanz der Kuh festzuhalten, während ihre Mutter molk. Während die Mutter auf einem niedrigen, dreibeinigen Schemel saß, das weiße Kopftuch an die Seite der Kuh lehnte und an den Zitzen zog, hielt das Kind den störrischen Kuhschwanz fest, indem es die Finger in die äußerste Quaste verhakt hatte. Jedes Mal, wenn die Kuh so fest mit dem Schwanz ruckte, daß die kleinen Finger fast ihren Zugriff verloren, lachte Evine – ein helles, klingendes Lachen, und die Mutter wandte den Kopf und lächelte. Denn das war in der guten Zeit, als Evine noch lachen konnte. Und sie war auch überhaupt nicht so still, wenn sie allein war mit der Mutter. Andere Menschen sah sie nie. Der Hof gehörte auch damals nicht zu den Orten, an denen der Weg anderer Menschen vorbeiführte, und der Vater war in diesen ersten Jahren selten zu Hause.

Evine wird sich später in ihrem Leben an die ersten Jahre ihrer Kindheit nur vage erinnern. Keine bewußten Erinnerungen, eher empfindet sie ein Gefühl von Frieden, das sie mit bestimmten Tönen und Gerüchen verbindet, in erster Linie mit dem warmen Geruch nach Milch und Kühen.

Als sie erwachsen ist, hat sie keine eigenen Kühe, dazu sieht sie sich nicht imstande, so gern sie auch will. Aber um die Zeit des Melkens sucht sie gern den Kuhstall auf Ås oder auf anderen Höfen auf. Steht im Gang versteckt, ohne sich hineinzutrauen und saugt in sich die Töne auf, die mit dem Melken einhergehen. Mathildes gutmütiges Schimpfen mit einer Kuh, die ein bißchen unruhig ist. Der Ton der Milch, wenn die Strahlen rhythmisch den Eimer treffen, zuerst beinahe klingelnd gegen den Zink, dann allmählich schäumend, wenn sich der Eimer mit Milch füllt. Später wird sie Ragnhild hören, Ragnhild, die beim Melken immer singt.

Einige Jahre lang hört sie auch die Stimme des kleinen deutschen Jungen, den Ragnhild zu sich genommen hat. Dieser leise plaudernde Klang der erwachsenen Stimme, vermischt mit der vorsichtigen, hellen Kinderstimme ruft in Evine Erinnerungen an eine Kindheit hervor, an die sie sich nicht länger erinnert, die sie aber in ihren Gesichten gelegentlich wiedererleben kann. Ganz hinein in den Kuhstall wagt sie sich nur, wenn es sich gar nicht vermeiden läßt.

Oftmals irrt sie so lange blaugefroren in den Wäldern umher, bis die Arbeit im Stall abgeschlossen ist. Dann stiehlt sie sich, geschützt vom Winterdunkel in den Kuhstall hinein. Wie eine Gestalt ihrer Visionen huscht sie blitzschnell und lautlos durch die Stalltür, schlüpft in einen Viehstand und schlingt die Arme um die wiederkäuende Kuh. Sie saugt die Wärme und den Duft ein, die Nähe, spürt das lebendige glatte Fell unter ihren Fingern. Neigt den Kopf zu der weichen, losen Haut am Hals der Kuh, während die Hände sie unablässig klopfen. Und das große Tier, das Evine von unzähligen Begegnungen draußen wie drinnen kennt, dreht den Kopf und läßt ihr feuchtes Maul an Evines Arm entlangstreifen. Vielleicht fährt es mit der kräftigen Zunge über das wirre Frauenhaar, während die Augen die kleine Gestalt ohne jede Verwunderung betrachten. Aber im Nachbarverschlag legt Gullsi oder Rødlin den Kopf in den Nacken und muht ungeduldig, und drinnen in der Küche hebt der Bauer fragend den Blick von der Zeitung. »Stimmt da etwas nicht?« Aber ehe er sich von der Bank erhoben hat, um herauszufinden, was dort draußen im Kuhstall vor sich geht – fürs Kalben ist es schließlich noch zu früh –, verstummt die Unruhe. Ein leises Knacken, als der Haken der Stalltür an seinen Platz gleitet, und Evine macht sich unter den Sternen auf den Heimweg.

Im Sommer, wenn die Kühe Tag und Nacht draußen sind, verbringt Evine die Nacht oft zusammen mit der Kuhherde. Ja, Mathilde ist tatsächlich vor vielen Jahren einmal auf sie gestoßen, als sie zusammengerollt auf der Erde schlief, ihr Kopf ruhte am Hals einer Kuh. Es war ein schöner Morgen im Juli, nach einer von Mathildes vielen schlaflosen Nächten, als sie aufgestanden und extra früh losgegangen war, um die Kühe zum Melken hereinzuholen.

Der Anblick der schlafenden Gestalt im geblümten Rock, mit Gummistiefeln, grauer Strickjacke und mit dem Kopftuch, das halb abgerutscht war von dem wirren, rötlichen Haar, rührte Mathilde fast zu Tränen. Zur selben Zeit fühlte sie, daß sie unfreiwillig eines von Evines Geheimnissen enthüllt hatte, weil sie in eine Umgebung eingedrungen war, in der sie nichts zu suchen hatte. Sie entschloß sich zu einem raschen und lautlosen Rückzug durch das Gebüsch und ging in einem weiten Bogen über den Hügel, ehe sie geräuschvoll zurückkam. Da war Evine verschwunden und die Kühe dabei, sich mit dem taunassen Gras zu versorgen. Mathilde hat nie erfahren, ob Evine sie damals bemerkt hatte. Und auch dieses Geheimnis nahm sie mit ins Grab.

28

Aber jetzt ist Winter. Die Kühe stehen in ihren Verschlägen, und Evine ist unterwegs durch den Wald. Nicht, um sie im nächsten Kuhstall aufzusuchen, denn die Mutter und mit ihr die Sehnsucht nach den großen, warmen Körpern der Tiere hält sich seit längerer Zeit fern.

Evine ist unterwegs ins Dorf, um einzukaufen. Sie braucht so wenig für ihren Alltag, aber ein bißchen Kaffee und Zukker, Butter, Mehl und Salz muß sie schon haben. Das alles bekommt sie beim Kaufmann Berg, der den Landhandel an der Straßenkreuzung genauso betreibt, wie sein Schwiegervater vor ihm. In den letzten Jahren ist es allerdings schwerer für ihn geworden, denn immer mehr von den Jüngeren im Dorf haben sich ein Auto angeschafft und fahren zu dem großen Einkaufszentrum, wenn sie etwas brauchen, wo die Auswahl besser ist.

Aber die Älteren halten Berg die Treue – aus dem einen oder anderen Grund haben die Menschen den Kaufmann immer mit seinem Nachnamen angesprochen. Warum, weiß eigentlich keiner, vielleicht weil er ein Zugereister ist. Er betreibt das Geschäft jetzt schon viele Jahre, seit sein Schwiegervater starb. Und auch wenn sich das Warenangebot mit den Jahren etwas verändert hat, so ist die Atmosphäre in dem engen Laden zwischen Dauerwurst und Zucker die gleiche geblieben.

Große braune Papiertüten mit Mehl und kleinere weiße mit Zucker, Salz oder Sago, Taurollen, Sandpapier und »Tiedemanns Tabak« gehen zusammen mit Neuigkeiten und politischen Ansichten über die Theke. Ein gedankenloser Mann, der wegen Hirschhornsalz losgeschickt worden war, sitzt unter Umständen so lange auf dem Hocker vor der Theke, daß seine Frau, die mitten in der Weihnachtsbäckerei steckt, zum Telefon greifen muß, um ihren Mann vom politischen Meinungsaustausch loszureißen. Kaufmann Berg ist ein eifriger Konservativer, und von denen gibt es im Dorf nicht so viele, die meisten stehen für die Arbeiter- und Bauernpartei.

Und an der Theke des Geschäfts sind durch die Jahre hin viele Erfahrungen ausgetauscht worden, über die Bodenbeschaffenheit, das Vieh, über Kraftfutter und Wechselwirtschaft.

»Nirgends kannst du so viel über Landwirtschaft lernen, nicht mal auf der Landwirtschaftsschule!« pflegte der alte Jakob zu sagen, auf seinem angestammten Platz unter dem Reklameschild für »Tiedemanns Tabak«, wobei er die Stummelpfeife schwenkte, um seine Aussage zu unterstreichen.

So war das damals. Aber der alte Jakob lebt längst nicht mehr, aus der Bauernpartei ist die Zentrumspartei geworden, und Kaufmann Berg wird langsam alt. Wenn er großzügig »für fünfzig Öre gemischte Drops« aus der großen glänzenden Dose abwiegt, die er unter der Theke hervorgeholt hat, zittert seine Hand mit der Metallschaufel so, daß eins der rosa Bonbons neben die weiße Papiertüte fällt, die er in den kleinen Ring an der Waage eingehakt hat. Das Bonbon rollt über die Theke und direkt in die Hand – und schwupps! in den Mund – von Ingers kleinem braunäugigen Mädchen. Und die noch kleinere, blauäugige Schwester, die, wenn sie sich auf Zehenspitzen stellt, gerade eben mit dem Kinn über die Theke reicht, sieht so lange dem Bonbon hinterher, daß Kaufmann Berg sich lächelnd genötigt sieht, noch eins fallenzulassen.

Im modernsten Bekleidungsgeschäft in der Stadt steht derweil mit dem Maßband um den Hals der Sohn von Kaufmann Berg. Er bewegt sich geschäftig hin und her, mißt Taillenweite und Beinlänge, streicht abschätzend über den Stoff eines Kleides und denkt überhaupt nicht daran, nach Hause zurückzukehren, um landwirtschaftliche Erfahrungen, politische Äußerungen und lokalen Klatsch an der Kaufmannstheke seines Vaters zu parieren.

Aber noch treibt der Kaufmann Handel, und eine seiner treuesten, wenn auch nicht einträglichsten Kunden ist Evine. Sie bekommt nun schon seit vielen Jahren Rente, und Berg kümmert sich für sie darum. Das heißt, das Geld ist natürlich auf der Bank, und dort wächst der Betrag langsam aber sicher, denn Evine gehört nun wirklich nicht zu den Verschwendern. Was sie einkauft und was sie im Tausch bringt, Kaufmann Berg schreibt alles in ein Buch, und wenn er gute Laune hat – er hat oft gute Laune – aber wenn er besonders gute Laune hat, holt Berg das Buch vor mit Debet und Kredit in zierlichen Kolonnen, zeigt Evine die Zahlen und sagt geheimnisvoll: »Du bist reich wie ein Graf, Evine! Du bist eine gute Partie, das sage ich dir!«

Aber Evine kennt keine Grafen, Evine kennt nur Elfen und Gespenster. Etwas zu besitzen, bedeutet ihr nichts. Zahlenreihen sagen ihr nicht das mindeste, und sie lächelt dann nur schüchtern und reicht ihm den Zettel, auf dem steht: ein Viertel Kaffee, 100 Gramm Wurst, ein halbes Kilo »Marianne-Margarine«. Sie kauft diese Margarine wegen der schönen Zöpfe von Marianne. Als sie klein war, hat die Mutter so ihr Haar geflochten. Sie band die langen Zöpfe über jedem Ohr mit einem Band hoch, das sie wiederum aus verschieden gefärbten Wollfäden geflochten hatte.

Als Kind pflegte Evine ein paar Meter von der Mutter entfernt im Zimmer zu stehen, die verschiedenen Wollfäden fest in Händen haltend, deren Fäden in Schlaufen über die Finger der Mutter gelegt waren, zwei auf der einen Hand und drei auf der anderen. Fasziniert starrte sie auf die flinken Hände der Mutter, wenn die blitzschnell nach einem vorgegebenen Muster die Fäden von Finger zu Finger flocht, so daß am Ende ein regelmäßig geflochtenes Band entstand.

Aber das war lange vor Mariannes Zeit. Jetzt bindet Evine die langen, farbenfrohen Bänder selbst. Wie sie das gelernt hat, hat sie vergessen. Aber sie mag das Bild des kleinen Mädchens auf der Margarinepackung. Ja, hin und wieder geschieht es, daß Marianne zwischen Elfen und den anderen Wesen aus Evines Welt auftaucht. Dann tanzt sie umher im kurzen Faltenrock mit den Trägern, die sich auf der Brust kreuzen, damit sie nicht von den Schultern rutschen. Der Rock steht ab wie ein kleiner Schirm, und die Zöpfe fliegen ihr so hübsch um die Ohren, wenn sie sich dreht, und sie lächelt mit tiefen Grübchen, ehe sie verschwindet.

Manchmal, wenn Kaufmann Berg den Kaffee abgemessen und auf Stufe 3 gemahlen hat, weil er weiß, daß Evine ihn so am liebsten hat, würde er sich am liebsten nach der rechteckigen Margarinepackung in der neuen Kühltheke strecken und sagen: »Willst du nicht einmal »Per-Margarine« ausprobieren, Evine?« Dann wüßte sie aber genau, daß er das nur fragt, um sie zu foppen. Denn er rechnet fest damit, daß sie auf seine Frage nur vorsichtig den Kopf schüttelt, ehe er »Marianne« hervorholt und die Packung zusammen mit dem Kaffee in Evines abgenutztem, grauen Rucksack verstaut. Er weiß, es muß Marianne sein. Nur ahnt er nicht, warum.

29

Niemand kennt Evines Welt, genausowenig wie es jemanden gibt, der Lars' Welt kennt, und die ist in diesem Winter jedenfalls deutlich erschreckender als Evines.

Lars' Welt ist erfüllt von großer Dunkelheit. Sie ist wie die Welt vor der Erschaffung der Welt, öde und leer. »Und die Erde war öde und leer«, hat er in Mathildes Bibel gelesen. »Und Gottes Geist schwebte über den Wassern.« Aber wie er da auf dem Holzstapel sitzt, schwebt in Lars' Kopf, den er zwischen den Händen preßt, kein Gott mit seinem ›Es werde Licht‹! Es gibt kein Licht, nein, hier gibt es nur noch Dunkelheit und Angst. Gewiß preßt er zwischen seinen zusammengebissenen Zähnen ein »O Gott, o Gott!« hervor, aber das hört nur der Braune. Der dreht vielleicht verwundert den Kopf zu seinem Bauern um, aber ansonsten hat er genug damit zu tun, das Bündel Heu, das Lars mechanisch und gedankenleer aus dem Sack gezogen und ihm vorgeworfen hat, geräuschvoll zu zermalmen.

Lars sitzt auf dem Holzstoß, das Gewehr, eine Mauser, zwischen den Beinen. Der Gewehrlauf weist unter sein Kinn, sein glattrasiertes Kinn, und es ist entsichert. Aber diese entschlossene Ruhe, die ihn ein paar Tage lang begleitet hat, die ist jetzt einer unfaßbaren Angst und Verzweiflung gewichen.

Ein Teil von ihm wünscht sich, das Gewehr möge einfach losgehen, damit der Tod ihn ohne aktives Eingreifen seinerseits treffen möge. Gleichzeitig spürt er, wie die Todesangst ihm den Schweiß aus allen Poren treibt. Er ist vor Schreck ganz klamm, aber außerstande, auch nur ganz leicht den Wunsch, weiterleben zu wollen, empfinden zu können.

Der Gedanke an Ragnhild und vielleicht vor allem der an den kleinen Jakob hat in ihm den Wunsch, auf jeden Fall aber die Pflicht zu leben, aufrecht gehalten. Bis jetzt. Aber in den letzten Tagen ist ihm klargeworden, daß es den beiden ohne ihn besser gehen würde. Wenn Ragnhild mit dem Jungen auf dem Schoß sitzt und singt »Flog ein kleiner blauer Vogel durchs Fenster im Mai«, hört er die Verachtung in ihrer Stimme. Es wird für Ragnhild eine Erleichterung sein, wenn er weg ist. Und der Junge wird ihn schnell vergessen.

Denn Lars hat eingesehen, daß er kein guter Mensch ist. Vielleicht kein böser, aber auf jeden Fall ein charakterschwacher. Seit Tagen und Wochen ist ihm das nun im Kopf herumgegangen, was für ein schlechter Mensch er ist. Alle Fehler, die er gemacht hat, alles was er gesagt, getan oder gewünscht hat, alles ist schändlich und schlecht.

Oh, er hat schon gemerkt, daß sie im Dorf über ihn reden, darüber, was für ein schändlicher und schlechter Mensch er ist. Wenn Inger mit ihren kleinen Töchtern zu Besuch kommt, blickt die älteste von ihnen, Sofie, ihn mit ihren braunen Augen an, vorwurfsvoll, das sieht er wohl. Sie muß etwa so groß sein wie ... und hat die gleichen braunen Augen ...

Um die braunäugige Tochter Ingers gibt es Gerede, aber er weiß doch ... Sie ist für ihn als Mahnung gekommen. Und Harriet, die ihre kleine Tochter, die sie gerade bekommen hat, Elisabeth tauft. »Aber wir werden sie meist Lise nennen, denn Elisabeth ist ja so schwer.« Doch, Harriet weiß auch etwas von der kleinen braunäugigen Liz. Wie sie weinte, als er damals abfuhr: »Daddy! Daddy!«

Die Zeit während des Krieges, die fünf Jahre, die er aus dem Gedächtnis getilgt hat, jetzt lassen sie ihm keine Ruhe mehr. Er hätte damals mit Ragnhild darüber reden sollen, aber jetzt ist es zu spät. Jetzt ist alles zu spät. Er umfaßt den kalten Gewehrlauf mit beiden Händen, streicht prüfend über das glatte Metall, und murmelt gedankenverloren: »So ist das also? Du und ich, wir sollen unsere Kräfte messen? Ja, ja.« Er rückt das Gewehr zurecht.

30

An Evines Vater Søren erinnert sich fast niemand im Dorf, denn er verschwand nur wenige Jahre nach dem Jahrhundertwechsel. Einer, der ihn noch kannte, ist Martin Myra, Solfrids Großvater, der älteste Sohn des alten Herman Myra, der so gut Ziehharmonika spielte und nach dem Solfrids Vater getauft wurde. Martin Myra war es, der Mathilde einmal vor dem Ertrinken im Fluß gerettet hat, auch wenn Mathilde ihm diese Heldentat nie zugestehen will.

Martin ist im selben Alter wie Evine, aber beträchtlich wackeliger auf den Beinen. Die letzten Jahre hat er im Altersheim zugebracht, wo Solfrid ihn einmal in der Woche besucht, eine Aufgabe, der sie gerne nachkommt, denn sie hat ihren Großvater immer sehr gemocht, und seine Geschichten hat sie stets gern gehört.

»Evine ist wie ein Vogel auf der Erde«, sagt Martin, und was er meint, ist leicht zu verstehen, wenn man sich Evines zerbrechliche, verschreckte Gestalt vor Augen führt. Zartgliedrig, scheu und wachsam wie ein Vogel, irrt sie durch die Wälder und über die Heide, als ob sie nur halb von dieser Welt wäre. An ihren Vater mit seinen gewaltigen behaarten Fäusten erinnert sie sich nicht mehr.

Von Søren hieß es, daß er mit Stutenmilch aufgezogen worden und deshalb so unerhört stark gewesen wäre. Ob das stimmt, weiß keiner, aber dafür, daß er stark war, gibt es einen sichtbaren Beweis. Den größten Stein in der Kirchenmauer, ein gewaltiger Granitbrocken, dessen Gewicht viele mit über zweihundert Kilo veranschlagen, den hat er mit bloßen Fäusten an seinen Platz gehoben. Anschließend hat er in groben Buchstaben S.A. eingemeißelt, denn er gehörte nicht zu denen, die ihre Stärke unterschlugen.

Die Anfangsbuchstaben seines Namens waren möglicherweise das einzige, was er schreiben konnte, denn für Schulbesuch und Bücher interessierte er sich nicht. Seine Fäuste brauchte er für anderes. Es wurde irgendwann so schlimm mit ihm, daß sich am Schluß sowohl der Pfarrer als auch die Polizei ereiferten und er sich dorthin zurückziehen mußte, wo selten Leute hinkamen.

Das war, als er noch Søren Amundsen hieß, genannt Søren Streithahn. Der Name verschwand, als er sich auf dem Hof niederließ, den Evine später übernahm, zusammen mit einer Frau, so klein und zaghaft, daß das Gerücht ging, er habe sie mit Gewalt geraubt, denn daß sie freiwillig in ein solches Verhältnis eingewilligt hatte, konnte sich keiner vorstellen. Und wenn, dann hatte sie es bald bitter bereut, denn Søren war kein einfacher Ehemann.

Sie bekamen einen Sohn, einen kräftigen kleinen Jungen, der vom Abhang stürzte und starb, als er erst zwei, drei Jahre alt war. Es heißt, Søren habe bei der Gelegenheit so laut geflucht und getobt, daß man es bis ins Dorf hörte, und daß er kurz davor gewesen wäre, seine Frau hinterher zu werfen, weil sie nicht besser auf sein Kind aufgepaßt hatte. Aber im letzten Augenblick besann er sich und »bemächtigte sich ihrer« statt dessen, denn einen Sohn, der den steinigen Ort nach ihm übernehmen sollte, den wollte er haben. Statt eines Sohnes aber bekam er Evine.

Evine, kleine vogelähnliche, scheue Evine. Wie ein verschüchterter kleiner Wicht hast du dich im Dickicht und hinter Steinen versteckt und versucht, dich vor seinem gewaltigen Zorn unsichtbar zu machen. Dein Vater, mit seinen fürchterlichen Fäusten, die dir allzu früh einen Einblick in eine Welt gaben, von der du nichts hättest wissen sollen. Du hast sie zum Glück vergessen, seine behaarten Fäuste. Nur selten einmal, wenn du auf der Scheunenauffahrt sitzt, mit einem vertrauensvoll schnurrenden Kätzchen auf dem Schoß, kann es geschehen, daß sie unvorhergesehen auftauchen, lautlos und erschreckend wie der Schatten eines Hühnerhabichts.

31

In den ersten fünf, sechs Jahren ihres Lebens arbeitete Evines Vater auf Baustellen in einer entfernten Stadt. Unter den Arbeitskollegen war er unbeliebt, weil er immer seine Stärke beweisen mußte, aber er war ein tüchtiger Arbeiter, und zwar aus demselben Grund. Er trank und prügelte sich, wenn sich ein Anlaß bot, und am Ende hatte er sich so unmöglich gemacht, daß ihn kein Bauführer mehr auf seiner Baustelle haben wollte.

Das war das Ende von Evines glücklicher Kindheit. Der Vater, der bislang wie ein dunkler Schatten über sie und die Mutter hinweggeglitten war, aber mit so langen Zwischenräumen, daß es Evine zwischendurch gelang, seine Existenz zu verdrängen, der war von jetzt an ständig bedrohlich anwesend.

Die Mutter, Martina, gehörte unter Fremden nicht zu den Redseligen, aber in diesen ersten Jahren plauderte sie mit ihrem Kind mit dieser freundlich-zugewandten Stimme, die man bei allen weiblichen Wesen und ihrem Nachwuchs findet, Menschen bilden da keine Ausnahme. Sie betrauerte den Jungen, den sie verloren hatte, aber sie freute sich um so mehr über das Mädchen, das sie statt dessen bekommen hatte. An den Mann dachte sie in den Zeiten, in denen er weg war, so wenig wie möglich.

So lebten die zwei wie die Prinzessinnen im blauen Berg. Sie kämmten und spannen die Wolle, kümmerten sich um Kuh und Hühner in dem niedrigen kleinen Stall und um den Gemüsegarten unter dem Felsvorsprung. Die Kleine ahmte nach, was die Große ihr vormachte. Bis eines Tages der Riese nach Hause gerannt kam, querköpfig und übellaunig, wie Riesen sind, und sich der Großen gegenüber benahm, wie es in keinem Märchen steht, daß Riesen so etwas tun, egal wie garstig sie sind. Die Kleine beachtete er nicht, fürs erste.

Evine machte sich da so klein sie konnte. Saß mucksmäuschenstill in der Ecke hinter dem Ofen, oft mit einem Kätzchen auf dem Arm und folgte der Mutter mit ängstlichen Augen. Sie versuchte, den Vater nicht anzusehen, sterbensbang, daß er sie entdecken könnte. Wuchtig und düster saß er bei Tisch und legte los, welches Unrecht ihm hier und da geschehen war, oft vor zehn, zwanzig Jahren, während er bei dem, was seine Frau ihm vorgesetzt hatte, zulangte. Setzte den Kaffeebecher so hart auf dem Tisch ab, daß die Teller sprangen, er würde es ihnen schon zeigen! Einem Søren Amundsen tanzt man nicht auf der Nase herum, wahrhaftig nicht!

Egal, wieviel Mühe sich die Mutter gab, egal wie leise sie ging und wie wenig sie sagte, es ging regelmäßig schief. Mal war es das Fleisch, das zu stark gebraten war – oder zu wenig. Mal war es ein unglückliches Wort, natürlich auf die Goldwaage gelegt, ein Fleck auf der Tischdecke oder eine schiefe Gardine, und schon brach das Unwetter los.

Er umrundet seine Frau wie ein scharf abgerichteter Hund, mit blutunterlaufenem, geiferndem Schlund. Knurrt tief unten in der Kehle, wie unfähig sie sei, wie flachbrüstig und breithüftig und häßlich. Sieht aus wie eine Kuh, riecht wie ein Schwein, watschelt wie eine Gans, gackert wie ein Huhn, ist dumm wie eine Stute – Bilder hat er viele, wenn auch wenig originelle. Er schaukelt sich hoch, und wenn er die schwere Pranke hebt und zu knurren anfängt, kriecht die Mutter in sich zusammen, legt die Ohren an und winselt schwach, wie ein durch Bisse verletzter Hund, der sie ja ist.

Dann werden die Wörter anders, häßlicher, Evine wird sie alle lernen. Von ihrem Platz in der Ecke hinter dem Ofen, wo sie sich an die kleine Katze klammert, sieht sie das bizarre Vorspiel in Taten übergehen, die kein Mensch erleben dürfte. Mutters verstohlenem Winken, daß sie das Haus verlassen möge, wagt sie nicht nachzukommen. Es ist, als ahnte sie, daß an dem Tag, wenn sein Blick auf sie fällt, die Welt ganz und gar in Scherben gehen wird.

Evine macht sich unsichtbar. Sie hat eine Kappe wie die Elfen, von denen ihr die Mutter erzählt hat, eine Kappe, die sie überzieht. Die beschützt sie vor seinen Augen und vor seinen Fäusten. Sie wirft sie über, sobald der Vater in der Nähe ist. Bald vergißt sie die Kappe auch bei der Mutter abzuziehen. Sie flüchtet in Wald und Heide, wo sie zwischen Blumen und Tieren und zwischen freundlichen Wesen umherirrt, die nur sie sehen kann.

Das fürchterliche Gespenst Deildegast wird ihr Freund. Die Mutter hat ihr erzählt, es habe im lebendigen Leben »Deilde« – Grenzsteine zum Eigentum eines anderen Mannes – versetzt und könne nun keinen Frieden finden, sondern sei dazu verdammt, glühende Steine zu tragen. Evine glaubt, daß der Deildegast hinter ihrem Vater her ist, weil Søren die Grenzsteine zu dem Eigentum von Anders Irgendeiner versetzt hat. »Komm mit mir«, poltert das Gespenst mit riesigen, glühenden Augen und ist freundlicher, als der Vater es je war. »Komm mit uns«, säuseln die Elfen in fröhlichem Tanz über die sumpfigen Wiesen rund um den Børjærsee. »Komm mit mir«, blinkt das Laternengespenst und schwingt seine Laterne hin und her zwischen den weißen Stämmen der Bäume unten bei der Bucht. Und der Nöck steckt den Kopf aus dem See, Schilf und Seerosen in Haar und Bart und gluckert: »Ja, komm mit mir, komm einfach mit!«

Aber zu Hause werden die Augen der Mutter immer leerer, die Gestalt schrumpft zusammen und wird immer geduckter. Und eines Tages, Evine ist neun Jahre alt, und der Riese poltert auf dem Hofplatz wegen eines Rechens, der schief an die Stallwand gehängt worden war, da sagt die Mutter mit leeren Augen und einer verzagten Müdigkeit in der Stimme: »Evine hat den dahingehängt.«

Evine sitzt auf der Scheunenauffahrt, vom Vater aus riesengroßen Steinen angelegt, die er von dem Hügel hergetragen hat. In ihrem Schoß liegt ein getigertes Kätzchen, das sie mit unendlicher Geduld hat zähmen können. An jedem Tag nach der Arbeit im Kuhstall, während der Vater drinnen in der Küche frühstückte oder Abendbrot aß, hat sie auf dem Scheunenboden gehockt. Jeden Tag die Schale mit Milch ein bißchen näher geschoben. Die Katzenmutter ist ihr um die Beine gestrichen und hat ihre Jungen – es gibt zwei – mit diesem besonderen knurrenden Ton gelockt, den Evine so schön findet.

Jeden Tag waren sie ein bißchen zutraulicher. Bei der getigerten Grauen, die eine Idee größer und mutiger ist als die Schwarze, hat schließlich die Neugier gesiegt, und sie hat angefangen, mit dem Halm zu spielen, mit dem Evine winkt. Mit aufgeregt zitternden Schnurrhaaren hat sie sich Evines spielendem Zeigefinger genähert und ist erschreckt davongesaust, wenn Evine eine zu jähe Bewegung gemacht hat. Und endlich, nach geduldig zugebrachten Tagen und Wochen, hat sie das Kätzchen zum ersten Mal aufheben dürfen.

Jetzt liegt es auf dem Rücken in ihrem Schoß und hält sich mit den Vorderpfoten fest, während seine Hinterbeine wie Trommelstöcke gegen ihren nackten Unterarm treten. Sie sieht gerade noch den Schatten der gewaltigen Fäuste des Vaters, ehe er ihr ohne ein Wort das Kätzchen wegnimmt und es auf die Scheunenauffahrt schmeißt, sie mit einem langen Blick bedenkt und hineingeht.

Das Kätzchen tauchte erst einige Wochen später wieder auf. Ein verschüchtertes, abgemagertes Wesen, der halbe Kopf zerschmettert, das erschrocken um die Hausecken schlich und sich nur mit Mühe und Not von Evines Milch locken ließ. Zahm wurde es nie mehr.

Aber der Kummer über die Katze ist nicht das Schlimmste. Auch nicht die brennenden Pusteln an Armen und Beinen, nachdem sie in den Brennesseln neben der Auffahrt nach dem verletzten Kätzchen gesucht hat. Am schlimmsten ist, daß die Tarnkappe zerrissen ist. Evine ist sichtbar geworden.

32

Diese Faust wird dich ein Leben lang plagen, Evine. Blitzschnell, wie ein Falke, fährt die herab, mit schwarzen Haaren auf den Fingern – du kennst diese Faust von Tagen und Nächten in zusammengekrümmtem Schrecken. Du hast gesehen, wie sie deiner Mutter ins Haar griff und sie schüttelte, daß ihr Kopf wie bei einem geschlachteten Huhn hin- und herschlenkerte. Du hast gesehen, wie die Faust den Kopf deiner Mutter auf den Tisch knallte, daß das Blut aus der Nase spritzte.

Unterwegs über den Hof zum Kuhstall oder gebückt über die Mohrrüben im Küchengarten, kannst du sie sehen, die Faust, die du vergessen hast, die Faust, die dir deine kleine Katze aus den Händen reißt. Du hörst das jämmerliche Fiepen und den dumpfen Knall, als der winzige Kopf auf die Steine der Scheunenauffahrt trifft. Und du spürst das Brennen der Haut an deinen Beinen, nachdem du weinend durch die Brennesseln gewatet bist, auf der Suche nach dem halbtoten Tier.

Dann rennst du, wie du es dein Leben lang tust, wenn dieses Bild dir erscheint, rennst den beschwerlichen Pfad hinunter zur einzigen Stelle, die dir Frieden geben kann. Mit den Jahren, die vergehen, brauchst du länger und länger für den Weg, aber die Gesichte werden immer seltener. Und endlich stehst du nach Atem ringend zwischen den weißen Birkenstämmen am See. Der liegt herbstlich blank und still – und sein Spiegel wird nur manchmal noch von der gewaltigen behaarten Faust durchstoßen, die sich einige Meter vom Land zwischen den Blättern der Seerosen hochreckt. Du siehst den Kahn treiben, beide Ruder hängen in den Riemenauflagen, so nahe, daß du nur die Hand auszustrecken bräuchtest und ihn heranziehen könntest. Aber du stehst regungslos und nimmst den Anblick der fuchtelnden Faust wahr, die immer unbeholfener versucht, nach etwas zu greifen. Sie reckt sich aus dem schlammigen, aufgewühlten Wasser, so daß du sehen kannst, wie die drahtähnlichen Stengel sich unzählige Male um den kräftigen Unterarm geschlungen haben. Die Faust, von rötlichen, ovalen Blättern umrankt, öffnet sich mit gespreizten Fingern, ehe sie endgültig ins Wasser und aus deinem Bewußtsein gleitet. Zurück bleiben die unschuldigweißen Seerosen, die sanft auf der schattigen Wasseroberfläche schaukeln.

Ein Stück weiter weg lockt der Flatberg mit Abendsonne und hoch aufschnellenden Fischen. Dorthin gehst du oft mit der Angelrute und der Büchse für die Angelwürmer, denn bei dem jähen Übergang zwischen seichtem Wasser und steil abfallendem Grund beißen die Flußbarsche gut. Aber fängst du einen Hecht, wirfst du ihn gleich zurück, wenn du ihn nicht Mathilde schenkst oder später Ragnhild, damit sie Hechtklöße zubereiten kann. Denn Hechte, hast du immer geglaubt, fressen Menschen.

Gerüchte gingen um im Dorf, Søren habe Frau und Kind verlassen und sich mit einer Zigeunerbande zusammengetan. Ja, es dauerte nicht lange, bis dieser und jener mit jemandem geredet hatte, der glaubte, Søren auf einer Viehschau gesehen zu haben oder auf der Landstraße, unterwegs zu fremden Orten. Offenbar war er zusammen mit einem Zigeunermädchen, so jung und schlank, daß sie noch nie einen Mann gehabt haben konnte. Mit rabenschwarzem Haar und einem Messer im Gürtel – so wußten einige zu berichten – stolzierte sie dahin wie eine Königin. Doch, da hatte Søren eine passende Mitstreiterin gefunden.

Einige meinten gesehen zu haben, daß Søren hinter der Zigeunerkönigin herstreifte wie ein geifernder Hund an der Leine, während wieder andere von heftigen Wortgefechten zu berichten wußten.

Nach und nach versiegte das Gerede, und Søren war bald

vergessen, er gehört nicht zu denen, die man vermißt. Seine Frau fing an, sich ganz selten einmal im Dorf sehen zu lassen. Sie stahl sich die Straße entlang, um im Geschäft ein wenig einzukaufen, eine Kleinigkeit zum Tausch in den kleinen Sack. Durchaus bezahlte sie auch, woher auch immer sie das Geld hatte. Einige meinten, Søren hätte bei einer Wette Geld gewonnen und bei Ringkämpfen, und daß er reich gewesen sei wie ein Troll. Daß er das Geld nicht mitgenommen hatte, war ja merkwürdig, aber vielleicht hatte seine Frau etwas verstecken können.

Evine kam in die Schule, in Mathildes Klasse, obwohl sie mehrere Jahre älter war. Drei Tage in der Woche ruderte sie den kleinen Kahn quer über den Børjærsee und ging die sieben Kilometer zum Dorf. Im Winter fuhr sie mit den Skiern übers Eis. Wenn das im Frühjahr und im Herbst zu unsicher war, ging sie außenherum. Jeden Tag stand sie in der Pause an der gleichen Stelle unter der Eberesche in der Ecke des Schulhofs. Fast bewegungslos beobachtete sie das lärmende Spiel der Kinder. Rollte ein Ball auf sie zu, nahm sie ihn, wenn jemand sie darum bat, und warf ihn mit einer linkischen Bewegung und einem vorsichtigen Lächeln zur Gruppe zurück.

Die Kinder haben sie meist in Ruhe gelassen. Doch vielleicht empfand sie es schon als Qual, wenn sich einer der Mitschüler an sie wandte, um sie doch einmal zum Reden zu bewegen. Oft fragten sie sie nach ihrem Vater: »Stimmt es, daß dein Vater mit den Zigeunern abgehauen ist? Stimmt es, daß seine Freundin eine Zigeunerkönigin ist?«

Dann nickte Evine und lächelte und vielleicht konnte der, der am allernächsten stand, hören, wie sie mit gesenktem Kopf ein »Ja ...« hauchte. Und ihr Leben lang wird Evine glauben, daß es so war.

Was die Mutter glaubt, erfährt sie nie, denn untereinander erwähnen sie den Vater mit keinem Wort. Sie bestellen zusammen die Erde des kleinen Gehöfts, wo die Mutter Evine lehrt, an dem der Sonne zugewandten Hang zum See hinunter Flachs anzubauen. Sie bringt der Tochter auch bei, wie Flachs erst im Wasser rotten muß und dann gebrochen, geschwungen und gehechelt wird, um die Leinenfasern von den groben Fasern der Stengel zu trennen, so daß ein Faden gesponnen werden kann. Und sie zeigt ihr, wie man die Wolle, die sie in jedem Herbst von den Schafen scheren, kardiert, spinnt und mit Pflanzenfarben färbt.

In den ersten Jahren nach dem Weggang des Vaters glitt der Schatten des Habichts in kurzen Abständen über Evines Bewußtsein. Dann klammerte sie sich an die weißen Birkenstämme am Seeufer, die Augen voll von Gesichten, ehe sie in den Wald rannte und auf Pfaden umherirrte, die nicht einmal die Mutter kannte. Sie war dann ein paar Tage oder Wochen nicht in der Schule, tauchte aber immer wieder von allein auf. Da sie leicht lernte, hatte sie das Versäumte schnell aufgeholt, jedenfalls bei den schriftlichen Arbeiten. Wurde sie in einem Fach abgehört, erhob sie sich gehorsam von ihrem Pult hinten in der Ecke und stand still, die Augen auf den Fußboden gerichtet, ohne daß der Lehrer je imstande war, ein Wort aus ihr herauszubekommen. Schließlich gab er es auf und ließ sie in Frieden.

Sie verließ die Schule und wurde konfirmiert, zusammen mit Mathilde und ihren Klassenkameraden. Der Pfarrer, der sie abhörte, war nett und stellte nur Fragen, auf die sie mit ja oder nein antworten konnte. Dann nickte Evine errötend oder schüttelte den Kopf. Sie kniete mit den anderen Mädchen am Altar und flüsterte ihre drei Ja mit einer Stimme, die war so schwach, daß selbst der liebe Gott Probleme gehabt haben wird, sie zu hören. Der Pfarrer hörte sie jedenfalls nicht, legte aber dennoch die Hand segnend auf ihr dickes rotblondes Haar, worauf sie mit niedergeschlagenen Augen zwischen den Bankreihen hinter den anderen Konfirmanden herging.

Doch jetzt wurden die Gesichte ja seltener. Manchmal verging ein Jahr, bis Evine wieder in halsbrecherischem Tempo den steilen Pfad hinunterstürzte und die Arme um eine weißstämmige Birke schlang.

Einige Jahre lang pflegte sie ihre Mutter, die nach einem Hirnschlag bettlägerig geworden war. Und eines Morgens fand sie die Mutter tot im Bett. Da ging Evine zu Mathilde. Aus dem einen oder anderen Grund entschloß sie sich, Hilfe ausgerechnet bei der barschen Schulfreundin zu suchen. Seltsam, denn Mathilde hatte nicht das geringste unternommen, um Evine näherzukommen.

Damit begann jedenfalls eine lebenslange Freundschaft, eine Freundschaft, die erstaunlich wortlos funktionierte. Manchmal tauchte Evine wie aus dem Nichts auf, weil sie sich so leise bewegte. Und mehr als einmal jagte sie Mathilde einen Schrecken ein, wenn sie urplötzlich in dem halbdunklen Kuhstall vor ihr stand, während Mathilde sich gerade über den Mehlkasten beugte und mit einer alten Blechkelle Mehl für den Kälbertrunk schöpfte.

Doch wenn sie sah, daß es Evine war, die dort mit einem Bündel feiner rotgestreifter Flußbarsche oder einem gutgewachsenen Hecht, aufgezogen auf einen Ebereschenzweig, stand, hielt sie eine scharfe Bemerkung zurück. Manchmal zog Evine auch einen Bund gelber Wolle, gefärbt mit Rainfarn, Birkenlaub oder Hundskamille, aus ihrem abgewetzten Rucksack hervor. Oder sie brachte verstohlen einen Eierbecher voll mit braunem Harzpflaster. Sie wußte, daß Lars bei entzündeten Fingern auf die altmodische, selbstgemachte Salbe schwur. Nach der Waldarbeit hatte er öfter Splitter in den Fingern und behauptete steif und fest, Evines Harzpflaster zöge beides raus, den Splitter und die Entzündung.

»Rennœrskoe« kocht Evine nach einem uralten Rezept: Das zähflüssige Harz wird von den Fichten gesammelt, gereinigt und zusammen mit Rahm und Dachwurz, wie es eigentlich heißt, gekocht, und für die richtige Konsistenz fügt sie Schafsfett dazu. In der Küche auf Ås steht im Medizinschrank über dem Ausguß immer ein kleiner Eierbecher mit Evines Harzpflaster bereit.

Wenn Mathilde allein im Kuhstall war, kam Evine verstohlen herein und tätschelte verschämt eine der Kühe, während Mathilde ihre frisch gesiebte Milch in den kleinen Eimer füllte. Dann mußte sie mitkommen in den Windfang – bis in die Küche hinein ließ sie sich nur selten locken – und wartete dort, daß Mathilde eine Flasche selbstgemachten Apfelsaft für sie holte.

33

Der Wald ist heute ungewöhnlich schön, findet Evine. Sie schnallt die Skier ab und steckt sie in den Schnee, ehe sie den Weg einschlägt, den die Holzfuhren nehmen. Die Sonne hat mit knapper Not den Kopf über den Kamm des Hügels gestreckt und schickt lange goldene Winterstrahlen schräg durch die tiefverschneiten Tannen. Einige der besonders schlanken jungen Birken haben unter der Last des Schnees die Krone gebeugt und stehen in geschmeidigen Bögen, die Köpfe im Schnee begraben. Sie sehen aus wie Elfen beim Tanz. Evine benutzt einen Skistock, um sich auf dem ausgefahrenen Weg darauf zu stützen, und um die eine oder andere Birke von ihrer Schneelast zu befreien.

Evine stochert sich ein Stück den Pfad hinunter, aber mit einem Mal dreht sie sich um und folgt ihm in entgegengesetzter Richtung, in den Wald hinein. Ihr ist das kleine Gehölz mit jungen Birken eingefallen, die ganz oben am Rand des Holzeinschlags stehen. Denen mag es nach dem letzten Schneefall schlimm ergangen sein.

Von dort oben ist heute kein Ton zu hören, keine Axt, keine Säge, dann ist Lars wohl nicht bei der Arbeit. Oder ist das vielleicht seine Motorsäge, die immer wieder, weit entfernt, auf der anderen Seite des Hügels, die Stille unterbricht? Nein, das ist Herman, Solfrids Vater. Er fällt seit vielen Jahren Holz für Lars.

Lars hat mit dem Abfahren des Holzes weiter nördlich aufgehört, das hat Evine die wenigen Male, die sie im Winter auf diesem Weg unterwegs war, gesehen. Sie geht jetzt nicht mehr so weit, besonders um diese Jahreszeit, denn sie ist nicht mehr so gut zu Fuß wie früher.

Jetzt schnallt sie die Skier wieder unter, um den See bis hin zu Lars' Holzpfad zu überqueren. Sie sind alt und schwer, vorne mit Zuckerhut und fast ohne Biegung. Es ist ein Wunder, daß sie damit in dem tiefen und losen Schnee überhaupt vorankommt. Die Bindungen, mit denen sie sie an den Stiefeln befestigt, sind genauso alt. Das Leder der Riemen ist steif und nachgedunkelt, und die Klammern, mit denen sie sie stramm zieht, sind braun von Rost. Die Stiefel hat sie vor langer Zeit einmal von Mathilde bekommen. Sie gehörten vermutlich einem von Ragnhilds Zwillingsbrüdern, die als Erwachsene nach Amerika ausgewandert sind. Aber woher die dicke Hose aus schwarzem Wollstoff stammt, die Evine den ganzen Winter über trägt, weiß niemand. Es könnte die Sonntagshose ihres Vaters gewesen sein, eines Menschen, den Evine vergessen hat.

Evine bleibt ab und zu stehen und läßt den Blick über den Wald wandern, dessen Weiß durch das steigende Sonnenlicht immer intensiver hervortritt. Und von einem Tannenzweig über ihrem Kopf flötet eine Blaumeise eine Serie reiner Triller, ehe sie davonfliegt und beim Abheben einen leichten Schneeschauer über Evines Nacken schickt. Der Zweig schwingt für einen Augenblick nach, dann ist alles still. Es ist so still und so schön, daß auch die Stimmen in ihrem Kopf verwundert schweigen.

Evine liebt die Stille mehr als alles andere. Wenn die Stimmen in ihrem Kopf schweigen und der Wald ganz ruhig ist, so wie jetzt, spürt sie einen tiefen Frieden, wie sie ihn früher nur kannte, wenn sie in hellblauen Sommernächten schlummernd mit dem Rücken an einer wiederkäuenden Kuh kauerte, den Kopf zurückgelehnt, so daß das Ohr der Kuh sie jedesmal, wenn es sich bewegte, im Haar kitzelte.

Aber damit hat sie jetzt aufgehört, sie ist zu alt, um ganze Nächte unter freiem Himmel zuzubringen. Sie sucht auch kaum noch den Kuhstall auf. Die Erinnerung an ihre Mutter ist verblaßt, und nur noch selten bewegt sich die Mutter als Schatten durch die Küche, nicht mehr deutlich genug, um die gleiche intensive Sehnsucht in ihr zu wecken wie früher. All die Stimmen und Gesichte sind verblichen, und immer öfter erlebt sie es, daß es in ihrem Kopf ganz still ist. Evine ist alt geworden.

34

Lars sitzt so still auf dem Schlitten, daß Evine, als sie ihn unversehens entdeckt, nicht weiß, ob er tot ist. Er kümmert sich nicht um sie, bewegt sich nicht aus dieser Stellung mit dem Gewehrlauf unter dem Kinn. Seine Finger krümmen sich um den Lauf, und seine Augen starren in die Ferne, ins Nichts. Aber der Braune spürt Evines Anwesenheit. Der hebt den Kopf von dem Heubündel und wendet sich leise wiehernd zu ihr um.

Da schaut auch Lars hoch. Er starrt Evine an, aber es scheint, als ob es Minuten dauere, bis er sie wiedererkennt. Seine Augen sind lange Zeit vollständig ausdruckslos. Allmählich füllen sie sich dermaßen mit offener Verzweiflung, daß der Blick Evine daran hindert, ihrer ersten Eingebung zu folgen: sich umzudrehen und den Holzpfad hinunter zu fliehen.

Daß sie stehenbleibt, ist ein Wunder, denn durch den Anblick des Gewehrs ist sie entsetzlich erschrocken. Als sie klein war, schoß ihr Vater Krähen und andere Vögel mit einem solchen Gewehr. Er legte die Büchse an die Wange und pflückte die Vögel vom Scheunendach – direkt vor den Augen des schreckensstarren Mädchens, das diese Vögel in ihr Herz geschlossen hatte. Er versicherte sich nicht einmal, ob die abgeschossenen Federballen, die Schlag auf Schlag über die Ziegelsteine stürzten und mit weichem, dumpfem Aufprall auf den Boden fielen, wirklich tot waren, sondern überließ es der Tochter, sich um die Körper zu kümmern. Evine begrub sie dann weinend zwischen den Johannisbeerbüschen im Garten, um sie vor den Katzen zu schützen. Ihr war klar, daß der Vater, wenn er einmal eine Katze mit einer blutigen Elster im Maul sehen würde, auch die Katze erschießen würde.

Aber diesmal flüchtet Evine nicht. Irgend etwas in Lars' Blick hält sie fest. Und nachdem Lars diese seltsame alte Frau angestarrt hat, sichert er die Büchse und legt sie langsam beiseite. Er klopft mit der flachen Hand auf den Holzstoß, auf dem er sitzt, und Evine setzt sich, wie ein gehorsamer Hund, ein Stück entfernt neben ihn. Lars holt die Thermoskanne hervor und gießt Kaffee ein. Alle seine Bewegungen sind langsam und mechanisch, als ob die Impulse dafür von weither kommen. Er reicht Evine den Thermosbecher und nimmt selbst seine Küchentasse. Er richtet die Augen auf die Tasse, die er zwischen den Händen dreht und dreht, und mit merkwürdig flacher Stimme, die von weither zu kommen scheint, fängt er an zu erzählen.

35

Lars war seit einem Jahr in Liverpool, als er Maureen begegnete. In diesen Monaten hatte er sich so sehr nach Ragnhild gesehnt wie nie zuvor in seinem Leben. Das erstaunte ihn, war er es doch gewohnt, monatelang von ihr getrennt zu sein. Im Gegensatz zu vielen anderen Walfängern wurde Lars, wenn er mit der Flotte in den Fangrevieren unterwegs war, selten von Heimweh geplagt. Aber in dem Moment, wo die Schiffe wieder Kurs nach Hause nahmen, war er wie ein Zugvogel im Frühjahr. Zielstrebig, getrieben von ständiger, steigender Unruhe schlug er mit den Flügeln. Heim. Heim. Jede Rast unterwegs wurde zur Qual. Die Ungeduld ließ ihn schroff und in sich gekehrt werden, so daß die, die ihn nicht so gut kannten, verblüfft die Augenbrauen hoben. Was war mit dem besonnenen Lars los?

Heim! Zu Ragnhild und allem was ihm lieb war. Heim zum Sommer in Norwegen. Heim, um ein Kind zu zeugen. Ein Kind, das Ragnhild endlich würde behalten dürfen. Nein, damals hatten sie die Hoffnung noch nicht aufgegeben. Je näher sie Norwegen kamen, desto stärker wurde seine Rastlosigkeit: Heim! Heim! Doch jetzt hatte der Kriegsausbruch alles unterbrochen.

In den ersten Wochen glaubte er, er würde das nicht überleben. Er beobachtete die Kameraden, die sich zusammenschlossen, um beieinander Trost zu suchen. Sie saßen mit einem Glas dunklen Bier im Pub um den Tisch und redeten und redeten – vom Krieg und von denen zu Hause. Aber selbst wenn Lars mit ihnen zusammensaß, selbst wenn er das kalte Glas an den Handflächen spürte und seine eigene Stimme reden hörte, ruhig und besonnen wie stets, war es, als ob er innerlich kurz vorm Zerreißen war. Wie ein Vogel im Käfig schlug er sich die Flügel blutig, außerstande, diese übermächtige innere Unruhe zu beherrschen.

Als er mit den Fahrten im Konvoi anfing, war das fast eine Erleichterung. Die Furcht vor einer realen Gefahr war leichter zu ertragen, diese Gefahr war mit den Händen zu greifen. Ja, er fürchtete sich. Die meiste Zeit fürchtete er sich so sehr, daß er alle seine Kräfte mobilisieren mußte, um sich nicht von der Angst überwältigen zu lassen. Er wußte, daß es den anderen genauso ging. Aber diese Furcht war gegen einen äußeren Feind gerichtet. Der Körper war in allen wachen Stunden in Alarmbereitschaft. Er hatte Aufgaben auszuführen. Er hatte etwas, wogegen er die Furcht richten konnte.

Schlimmer war es an Land. Schon nach wenigen Tagen brachten ihn die Angst und die enorme Unruhe fast um den Verstand. Er war achtundzwanzig Jahre alt und kämpfte verzweifelt, um nicht in eine tiefe Depression zu versinken, ohne zu wissen, was da mit ihm geschah.

Vielleicht spürten es die Kameraden. Sie ließen jedenfalls nicht locker, ihn immer wieder zu ihren Treffen mitzunehmen, wo sie sein Bierglas füllten und ihm jovial und aufmunternd auf die Schulter klopften »Das wird schon wieder, Lars! Prost!« Doch Verzweiflung war auch in dem polternden Lachen der Männer. Ein Blick, in dem die Angst für einen kurzen Augenblick wie ein schneller Flügelschlag an der Oberfläche erschien. Oh, nein, er war nicht allein.

Im nachhinein konnte er sich nicht erinnern, ob Maureen die ganze Zeit dagewesen oder ob dies der erste Abend war. Zu irgendeinem Zeitpunkt erschien sie in seinem Gesichtsfeld, und etwas in ihrem traurigen Blick ließ ihn automatisch sein Glas heben. »Das wird schon wieder. Prost!«

Sie erinnerte ihn an Ragnhild, obwohl sie ein gutes Stück älter sein mußte. Und sie war größer, runder, und ihr Haar war anders. Aber sie erinnerte ihn an Ragnhild. Oder wünschte er sich, daß sie ihn an Ragnhild erinnerte? War das eher seine eigene Verzweiflung, die er in ihrem schweren Blick wiedererkannte?

Zuerst saßen sie am gleichen Tisch, ein Stück von den anderen Bekannten entfernt. Nach einigen Abenden merkte er, daß es gut tat, den Blick zu ihr wandern zu lassen. Daß es gut tat, das kleine Lächeln über ihr Gesicht gleiten zu sehen, wenn ihre Augen sich durch Rauchschleier und über die Musik hinweg begegneten. »There'll be bluebirds over...«

Maureens Mann war über Deutschland abgeschossen worden und seit einem halben Jahr vermißt. Er mußte unter den ersten gewesen sein, die nicht zurückkehrten. Maureens Mutter hatte sich in der ersten Zeit um Maureen und ihre beiden Töchter gekümmert, war aber jetzt wieder in ihre eigene Wohnung gezogen. An einem Abend in der Woche kam sie und befahl der Tochter Ausgang – damit sie auf andere Gedanken käme. Anfangs ging Maureen, weil es einfacher war, sich der Mutter zu fügen, als sich ihrem gutgemeinten Wohlwollen zu widersetzen, aber nach und nach fing sie an, sich auf diese Abende zu freuen, wegen Lars.

Am Anfang redeten sie. Redeten und redeten, während Vera Lynns Stimme sinnlich und melancholisch über ihren Köpfen schwebte: »There'll be bluebirds over the white cliffs of Dover...« An den ersten Abenden war meist sie es, die redete, sie erzählte von ihrem Mann und von den Kindern. Aber allmählich wurde auch Lars gesprächiger, und bald war er nicht mehr aufzuhalten. Er erzählte von Ragnhild und von zu Hause, von den Eltern und dem Bruder, vom Hof und von Mathilde. Er sprach sogar von dem Kind, das sie sich so von Herzen wünschten, aber nie bekamen. Schließlich sprachen sie beide über die Angst und die Verzweiflung, die sie fühlten.

Lars redete in seinem stotternden Seemanns-Englisch von Gefühlen, über die er nie zuvor mit jemandem gesprochen hatte. Nicht einmal mit Ragnhild, denn so wie sie hatte er nichts von ihnen gewußt. Während er redete, starrte er in das Frauengesicht auf der anderen Seite des Tischs und hatte gleichzeitig Ragnhilds Bild im Kopf. Er sah sie mit dem

Strickzeug auf dem Schoß dasitzen, ein Garnknäuel in Händen. Offenbar war eines von Mathildes Kätzchen im Strickkorb gewesen, denn das Garn war heillos durcheinander. Er sah Ragnhilds Hände, die mit unendlicher Geduld die Fäden entwirrten und wieder zu einem ordentlichen Knäuel aufwickelten.

Maureen hielt oft das Kinn auf die Hände gestützt und sah ihn direkt an. Eines Abends ergriff er ihre Hände, und zwar so unvermittelt, daß ihr Kopf nickte, als er die Hände zu sich zog und an seine Wange preßte. Gleichzeitig fuhr ihm durch den Kopf, daß es bald zwei Jahre her sein mußte, seit er einer Frau so nahe gewesen war, und daß er sich nicht daran erinnern konnte, einmal so verzweifelt nach den Händen eines anderen Menschen gegriffen zu haben.

Danach saß er oft und hielt ihre Hände in seiner. Während sie redeten, drehte er ihre Handflächen nach oben und folgte vorsichtig mit dem Zeigefinger den Linien darauf. Ihre Hände erinnerten ihn nicht an Ragnhilds, denn deren Hände waren oft rot und aufgesprungen, und wo Ragnhild von der schweren Arbeit auf dem Hof Schwielen hatte, waren Maureens weich und rosafarben. Sie hatte lange, rote Nägel, die er mit wachsendem Vergnügen ab und zu über die Wange und über seine Lippen gleiten ließ.

»Give me your tongue«, sagte sie einmal, als sie so dasaßen, und griff vorsichtig mit ihren roten Nägeln nach seiner Zungenspitze. Sie hatte ihn aufgezogen, weil er nicht den schwierigen th-Laut beherrschte, sondern ihn wie d aussprach. Jetzt streckte sie ihre eigene Zungenspitze zu den Lippen, preßte sie ein wenig gegen ihre kleinen weißen Schneidezähne und blies: »th ... th ... the ...« Gleichzeitig bohrte sie leicht mit den Nägeln von Daumen und Zeigefinger in seine Zungenspitze und zog sie vor: »Give me your tongue!«

Auf den gleichen Impuls hin lehnten sie sich beide über den Tisch und ließen Lippen und Zungenspitzen aufeinandertreffen. In der physischen Explosion, die dem Kuß folgte und woraufhin sie Hals über Kopf das Restaurant verließen, schoß es Lars nur noch durch den Kopf, daß er das schon so lange, so lange gewollt hatte.

36

Überwältigt von dieser plötzlichen Nähe eines anderen Menschen, obendrein noch eines Mannes, summen die Stimmen in Evines Kopf erschreckt durcheinander. Schwirrend mischen sie sich unter Lars' Monolog, weshalb sie von seiner Erzählung nur unzusammenhängende Brocken erfaßt. Sie preßt die Hände um den grauweißen Plastikbecher, in dem der Kaffee allmählich kalt wird, ohne daß ihr einfiele, die Tasse an den Mund zu führen. Die Stimmen, so zudringlich, fast wie früher, plappern wie erschreckte Elstern und übertönen in langen Abschnitten Lars' Stimme.

Er sitzt vornübergebeugt auf dem Holzstoß, die Ellbogen auf die Knie gestützt, den Zeigefinger der einen Hand durch den Henkel der Tasse mit dem Rosenmuster gefädelt. Mit dem anderen Zeigefinger zupft und zupft er an einem entzündeten Splitter in der Handfläche. Zwischendurch hebt er die Kaffeetasse an den Mund und nimmt einen Schluck von dem schwarzen Kaffee. Nicht ein einziges Mal schaut er Evine an. Man könnte meinen, er habe vergessen, daß sie dort sitzt, aber sie kommt nicht auf die Idee, sich davonzustehlen.

Und er hat sie nicht vergessen, denn als seine eigene Tasse leer ist, windet er den Thermosbecher vorsichtig aus ihren Händen und schüttet den Inhalt vor ihren Füßen in den Schnee, ehe er ihnen beiden aus der hellblauen Thermoskanne frischen Kaffee einschenkt. Evine starrt auf den braunen Flecken im Schnee. An seinem Rand tanzen fröhlich ihre Elfen.

»Vier Jahre«, sagt Lars schwer. »Ein vier Jahre langer Betrug, kannst du das begreifen?«

»Vier Jahre«, lachen die Elfen Evine an. »Vier Jahre. Der Mensch denkt, Gott lenkt.«

37

Vier lange Jahre hielten sie zusammen, beinahe wie Mann und Frau, in den Zeiten, wenn Lars nicht auf See war. Schließlich wurden sie einander unentbehrlich. Während sein Schiff über das endlose Meer stampfte, auf dem Weg nach oder von Amerika, hüllte ihn der Gedanke an Maureen in den langen, eiskalten Nächten, wenn Lars an Deck Hundewache hatte, wie ein warmer Mantel ein. Der Konvoi entging nicht den Torpedoangriffen, aber das Schiff, auf dem er war, bekam wie durch ein Wunder keinen Treffer ab.

Am Anfang war es der Gedanke an Ragnhild gewesen und an zu Hause, weshalb er die Zähne gegen die Kälte und den Schrecken zusammenbiß, aber nachdem die Monate und schließlich die Jahre vergingen, wurden es Maureens Gesichtszüge, an die er sich klammerte. Wie ein kleines, flackerndes Licht stand sie am Ende einer jeden gefahrvollen Reise. Nur diese eine Tour überleben. Nur sicher nach Baltimore kommen, aufladen und dann wieder nach Hause. Nach Hause zu Maureen und den Mädchen.

Im Laufe dieser Jahre schloß er sich den Mädchen so intensiv an, daß er sie beinahe als seine eigenen Kinder anzusehen begann. Wenn der Fliegeralarm in dunklen Nächten seine Träume zerfetzte, taumelte er aus dem Bett, in dem er an Maureens Seite schlief. Hellwach und dennoch verwirrt, wickelte er eine Decke um das jüngere Mädchen, das im Zimmer nebenan schlief, und rannte in den Keller hinunter, dicht gefolgt von Maureen und ihrer älteren Tochter. Oft weinten beide Mädchen aus Furcht und weil sie so jäh aus dem Schlaf gerissen worden waren. Unten im Keller drückten sie sich wie verschreckte Vögel aneinander, eines der Mädchen zwischen sich, das andere auf seinem Schoß, die Decken über sie gebreitet. Wenn Maureen dann seinem Blick begegnete, über den runden kleinen Mädchenköpfen, waren ihre Augen so voller Dankbarkeit, daß alle Gedanken an Schuld und Betrug, die er hätte haben können, vertrieben wurden.

Aber damals hatte er keine solchen Gedanken. Jedenfalls nicht in seiner späteren Erinnerung. Damals war die Welt so vollkommen aus den Fugen geraten, daß es schien, als ob das Leben dort nicht mit dem Leben vorher zusammengehörte.

Als er dann endlich heimkehrte nach Norwegen, das sich im Friedensrausch befand, mit norwegischer Flagge und hellem Birkengrün, mit Ragnhild, die als überglücklicher Angelpunkt alles herumschwenkte, da waren die Jahre in England zu einer losgerissenen Parenthese geworden. Das war ein anderes Leben, eine andere Welt, eine andere Liebe gewesen. Ja, er wußte nicht einmal, ob man es Liebe nennen konnte. Es war gewiß in erster Linie Dankbarkeit, was sie beide, Maureen und er, füreinander empfunden hatten.

In den folgenden Jahren hatte er verblüffend wenig an sie und ihre Töchter gedacht. Vielleicht vermißte er sie so sehr, daß er es nicht ertrug, an sie zu denken, vielleicht war das Gefühl von Verrat zu groß, sowohl ihnen als auch Ragnhild gegenüber. Er erinnert sich an die Zeit in England nur in gelegentlichen Bildern:

Er und Maureen an dem braunen Tisch beim Kaffee. Ihre Hände auf der karierten Tischdecke für ein Abendgebet ineinander verflochten. Die Kleinste, die braunäugige Liz, mit ihrem verschlafenen warmen Gesicht an seiner Brust, so daß er spürte, wie sein eigener ängstlicher Pulsschlag gegen ihre Wange klopfte. Fliegeralarm und eine karierte Wolldecke. Er und Maureen im warmen Sand am Strand, die Mädchen plantschend in den blauen Wellen. »There'll be bluebirds over ...« Nein, das war nicht Dover, sondern ein Ort, dessen Namen er vergessen hat, ein Badeort an der Ostküste.

In der letzten Zeit hatten sie sich oft gestritten. Der Frieden, der näherrückte, erhöhte die Spannung zwischen ihnen. Die letzten Bilder, an die er sich erinnert, überlagern sich, er kann sie kaum noch in eine Reihenfolge bringen. Maureen, die weint. Maureen, die lacht. Liz, die sich an den Hals eines mageren, blassen Mannes klammert: »Daddy! Daddy!« Kann Liz sich an ihren Vater erinnern, der wegblieb, als sie weniger als drei Jahre alt war? Kann er, Lars, Zeuge eines Wiedersehens gewesen sein? Oder kann er selbst das gewesen sein, halbgebückt, die Arme nach einer schluchzenden Siebenjährigen ausgestreckt: »Daddy! Don't go away, Daddy.« Hatte sie ihn Daddy genannt?

Er weiß nicht länger, was er erlebt hat und was geträumt. Wie Photos in einem umgekehrten Entwicklungsprozeß verschwinden die Bilder und neue kommen hinzu: Ein kleiner Junge und ein Mädchen am Kai. Sie in roter Joppe, er in blauer. Solfrid und Nils-Jan, Hand in Hand: »Vater! Vater! Siehst du mich, Vater?« Das muß viele Jahre später gewesen sein. Das muß am Anfang der fünfziger Jahre gewesen sein, eine Heimkehr von vielen nach dem Walfang. Aber an die Jahre, die dazwischen liegen, kann er sich nicht erinnern.

Doch, eine Episode ist ihm im Gedächtnis geblieben. Das muß gleich nach dem Krieg gewesen sein. Er weiß noch, daß Ragnhild und er den Zug nach Oslo nahmen. Zwei kleine Mädchen saßen im gleichen Coupé, sie müßten im gleichen Alter gewesen sein wie Maureens Töchter. Die Ältere war damit beschäftigt, alle Bahnhöfe, durch die sie kamen, aufzuschreiben. Die Kleinere lehnte sich neugierig über den Tisch, um etwas zu sehen. Sie erreichte mit den Füßen gerade noch den Boden, während sie mit den Armen auf der Tischplatte hing. Es muß im Herbst gewesen sein, denn er erinnert sich, daß sie hellbraune Strümpfe und dicke, braune Schuhe trug. Hin und wieder hob die Kleine einen Fuß und rieb sich mit dem Schuh am Bein, vielleicht kratzten die dicken Strümpfe ein bißchen. Von den Schuhen bekam sie hinten auf den Beinen ganz schmutzige Flecken.

Er erinnert sich, daß der Wunsch, sie auf den Schoß zu nehmen, so überwältigend war, daß ihm Tränen in die Augen schossen. Und Ragnhild, die seinem Blick gefolgt war, hatte nach seiner Hand gegriffen und sie liebevoll gedrückt. Sie war im Monat, nachdem er aus England gekommen war, schwanger geworden, hatte aber auch dieses Mal das Kind verloren. Jetzt waren sie unterwegs nach Oslo zu einer Untersuchung im Rikshospital.

Plötzlich schien es ihm vollkommen absurd, daß Ragnhild von allem nichts wußte. Daß sie seine Reaktion so selbstverständlich im Sinne ihres gemeinsamen Lebens interpretierte. Am Anfang hatte sie versucht, ihn über die Zeit in England auszufragen, aber sein Unwille, davon zu erzählen, war so offenkundig, daß sie rasch aufgab. Eigentlich wollte er reden, aber es war ihm ganz und gar unmöglich, Worte zu finden, um alles zu beschreiben. Erinnerungen und Gefühle gerieten ihm durcheinander, und er vermochte im nachhinein dem, was er dort erlebt hatte, keinen Ausdruck zu geben.

Diese ständige Todesangst, wenn er in schwarzen Nächten an Deck stand. Er hatte gesehen, wie das Fahrzeug vor ihnen im Konvoi von einem Torpedo mittschiffs getroffen wurde, in zwei Teile zerbrach und innerhalb von Minuten vor seinen Augen unterging, dabei Lebende wie Tote in einem gewaltigen Sog mit sich reißend. Der Einzige aus demselben Dorf wie er dort in der Ferne und Kamerad beim Walfang während vieler Jahre, war an Bord. Es hätte genausogut ihn treffen können. Sie waren dieses Mal rein zufällig jeder auf einem anderen Schiff eingesetzt worden.

Es war nicht das einzige Mal, daß er miterlebte, wie der Konvoi angegriffen wurde, und es war auch nicht der einzige Kamerad, den er verlor. Wie konnte das jemand, der es nicht erlebt hatte, verstehen? Die entsetzliche Angst vor der Katastrophe. Die enorme Erleichterung, überlebt zu haben. Das intensive Schuldgefühl denen gegenüber, die kein solches Glück gehabt hatten. Das verzweifelte Bedürfnis nach der Nähe eines Menschen.

Er *mußte* vergessen, und als er erst einmal damit begonnen hatte, verblaßten die Bilder mehr und mehr. Im Laufe der kurzen Zeit, ja schon an Bord des Schiffs unterwegs nach Hause, verschwanden die Kriegsjahre wie ein bizarres Schauspiel, an dem er nicht aktiv teilgenommen, sondern das er nur vom Rand aus betrachtet hatte. Es wurde zu einem falschen Teil in einem Puzzlespiel, das man betrachtet, das man dreht und wendet, um es einzusetzen, dann aber beiseite legt. Und diese rastlose Frustration, weil das Puzzlespiel nie fertig werden kann, die vergeht mit der Zeit. Er fuhr zur Ernte nach Hause, zog sich den blauen Overall des Bauern über, und die Kriegsgarderobe blieb einfach in einer Ecke liegen.

In der ersten Zeit träumte er viel. Er hatte schon immer lebhaft geträumt, witzige, skurrile Träume waren das. Aber in den Jahren nach dem Krieg hatten sich seine Träume verändert. Einmal stand er an Bord des leichten, schnellen Walfangschiffs, die Hand auf der Harpune und sah die Fontäne des Wals direkt in Schußweite. Er konnte sehen, wie sich die Harpune dem Ziel näherte und die Fangleine hinter sich herzog wie eine durchhängende Nabelschnur. Doch plötzlich war das Ziel nicht mehr der Blauwal, sondern ein schaukelnder, kleiner Kahn, indem eine Frau und zwei kleine Kinder saßen. Er konnte sehen, wie sie fröhlich winkten, aber es war ihm nicht möglich, ihre Gesichter zu erkennen. In dem Augenblick, als die Harpune den winzigen Kahn zerstörte, erwachte er, klatschnaß geschwitzt.

Das kleine Mädchen, das in dem engen Zugcoupé an seinen Unterarmen halb über dem Tisch hing, die kleine, unbewußte Bewegung mit dem Schuh am Bein, all das ließ plötzlich gestochen scharfe Bilder in seinem Gedächtnis wiederauferstehen. Gleichzeitig wurde er von einer klammen Todesangst überwältigt, so intensiv, daß er alle seine Kräfte brauchte, um sie zu verbergen. Es dauerte nur einen Augenblick, aber das Gefühl war so stark gewesen, daß er sich den Rest des Tages über, während er durch Oslo lief, bereits vor der Zugreise nach Hause fürchtete.

Im Warteraum des Arztes und beim Gespräch mit dem Arzt, der ihnen keinen anderen Rat geben konnte, als auf die Zeit zu bauen, spürte Lars eine rastlose Unruhe im Körper. Er beschloß, endlich mit Ragnhild zu reden, sobald sie nach Hause gekommen sein würden, ohne genau zu wissen, was er ihr sagen sollte. Doch kaum waren sie zu Hause angekommen, sank sein Mut. Er sagte es ihr nie.

Sie sind seither in Gesprächen oft zu dem Tag in Oslo zurückgekehrt, als sie, ohne es zu ahnen, sich nicht weit von dort entfernt aufhielten, wo Borgny mit dem kleinen, drei, vier Monate alten Nils-Jan gewohnt hatte. Sie haben davon gesprochen, wie sehr das Leben von Zufällen bestimmt sein kann und wie anders alles gegangen wäre, wenn es ihnen damals gelungen wäre, Borgny aufzuspüren.

Der Eigentümer des Hotels, in dem Borgny und Ragnhild in den dreißiger Jahren ein Jahr lang zusammen gearbeitet hatten, hatte erzählt, daß Borgny während des ganzen Krieges dort geblieben war, aber er wußte nicht, wo »die Deutschenhure« anschließend geblieben war. Ragnhilds Stimme war schrill geworden vor Wut und Entrüstung, als sie wieder auf der Straße standen. Deutschenhure! Borgny? Nie im Leben!

Beim Anblick der kleinen schmächtigen Gestalt, die vor Zorn bebte, dachte Lars, daß Ragnhild, trotz ihrer unverfälschten und großzügigen Persönlichkeit – oder vielleicht auch genau deshalb – wenig Verständnis für die Fehltritte anderer Menschen aufzubringen vermochte.

38

Evine hat die ganze Zeit unbeweglich neben Lars auf dem Holzstoß gesessen. Ihre Hände mit den grauen Fingerhandschuhen umklammern noch immer den Becher, in dem der Kaffee schon wieder abgekühlt ist. Unmöglich zu entscheiden, ob sie erfaßt, was Lars da erzählt. Sie wirkt weder verblüfft, noch läßt sie so etwas wie Mitgefühl erkennen. Dennoch vermittelt ihm diese unbeweglich lauschende Gestalt ein gutes Gefühl. Gleichzeitig schickt ihr Schweigen die Geschichte unberührt zurück, so daß er seine eigene Stimme beinahe wie ein Echo hört – ein Echo mit einem tiefen und merkwürdig befreiten Klang.

Als Evine ein einziges Mal vorsichtig hochschaut, trifft sie Lars' Blick so direkt und unverstellt, daß die Stimmen in ihrem Kopf verwirrt in alle Richtungen davonflüchten. Sie hinterlassen eine große und erschreckende Stille. Diese Nähe wirkt auf Evine so furchteinflößend, daß sie zum Handeln gezwungen wird. Aber weil sie durch irgend etwas in Lars' Stimme einsieht, daß sie nicht einfach aufstehen und gehen kann, packt sie ihn statt dessen mit verblüffender Bestimmtheit am Arm und bringt ihn zum Holzschlitten. Der Hinterschlitten ist noch immer am Bock angeschirrt. Sie nimmt den Braunen beim Zaumzeug und wendet Pferd und Schlitten, plaziert Lars, der außerstande ist, sich zu wehren, vorn auf dem Querlieger und reicht ihm den Sack, in den sie die Tassen und die Thermoskanne hineingestopft hat. Das Gewehr will sie behalten, aber er hat noch die Geistesgegenwart, es ihr fast gewaltsam abzunehmen. Er entfernt die Munition, dann reicht er ihr auf eine Eingebung hin beide Teile zurück. Er klemmt ihr das Gewehr beinahe unter den Arm, legt die Patronen in ihre ausgestreckte, offene Hand und sagt: »Wirf es weg, Evine! Wirf's weg!«

Evine nimmt das Gewehr an sich und läßt die großen goldglänzenden Patronen in die Tasche ihres Anoraks gleiten. Ihr Blick, gewöhnlich ausweichend und verängstigt wie der eines Wiesels, wird für einen Moment verblüffend ernst. Sie schaut Lars direkt in die Augen und sagt mit hoher, klarer Stimme: »Harzpflaster, Lars. Das zieht den Schmerz raus!« Dann wendet sie sich um und stapft den Holzpfad hinauf.

Als der Holzschlitten im Wald verschwindet, dreht Lars sich um und sieht noch einmal kurz Evines Rücken. Sie steht ganz oben, am Rand seiner Rodung. Wie kann sich ein alter Mensch so schnell bewegen? Ihre Hände in den grauen Fäustlingen halten den Lauf des Gewehrs, und sie klopft leicht gegen den weißen Stamm einer krummen, jungen Birke. Der Baum hebt dankbar die Äste und schickt eine Schneewolke über Evine, worauf ihre dunkle Gestalt im Weiß verschwindet.

Auf dem Heimweg über den Børjærsee bleibt Evine stehen. Der Sonnenuntergang färbt den Himmel hinter dem Hügel rot. Der Wald steht in atemloser Stille und wartet auf die Dunkelheit. Die Elfen schweigen, aber unter Eis und Schnee kann sie die tiefe gurgelnde Stimme des Nöck hören.

»Komm mit mir, Evine! Komm einfach mit!« gurgelt der Nöck. Mit einer unbeholfenen Bewegung hebt Evine den Arm über den Kopf und wirft das Gewehr weit hinaus auf die weiße Schneefläche. Als sie die runden, glänzenden Patronen folgen läßt, fangen sie das wenige Licht ein und glitzern einen Moment lang wie Gold.

39

Jakob, das bin ich. Ich kann bis hoch zu den Krähen auf dem Scheunendach klettern, obwohl ich mich nur mit einer Hand festhalte. Die Flasche, die ich in der anderen Hand halte, ist groß, aber wenn sie zu schwer wird, kann ich sie kurz auf einer Stufe abstellen. Wenn ich durch das grüne Glas in die Flasche schaue, ist das Haus, in dem ich wohne, weit weg.

»Ich werde die verdammten Krähen abschießen«, sagt Olefejus, denn sie krächzen ihm in die Ohren, wenn er auf der Leiter steht und streicht.

»Sag so was nicht, wenn Jakob es hört«, sagt Mutter. Mutter kann über Olefejus bestimmen. Mutter bestimmt über alles, aber ich bestimme über meinen Jungen, obwohl der groß ist. Mein Junge steht unten auf der Erde und sieht, wie geschickt ich bin und wie hoch ich klettern kann.

»Aber ich erlaube dir nicht, hier hochzukommen«, sage ich.

»Nein, gut«, sagt mein Junge.

Wenn Olefejus sagt, daß er das Gewehr, das er zu Hause bei Tante Milda und Onkel Sverre in Rønningen hat, mitbringen und schießen will, dann fürchte ich mich, ich mag nichts, was knallt.

»Olefejus macht nur Spaß«, sagt Mutter. »Olefejus darf unsere Krähen nicht schießen. Er muß seine eigenen Krähen schießen«, sagt Mutter.

»Olefejus darf euch nicht schießen«, sage ich zu den Krähen. »Weil Mutter das gesagt hat«, sage ich.

»Krah, krah«, antworten die Krähen und werfen sich mit ausgebreiteten Flügeln vom Scheunendach.

40

Solfrid hat ganz automatisch nach dem grünen Stoff in dem Kasten gefaßt, der in einer Ecke des Bodens steht, und ihn gründlich durchsucht, obwohl sie ja doch sehen kann, daß das Gewehr nicht mehr da ist. Sie denkt daran, wie zornig sie oft war, als es um Lars im Winter so schlimm stand. Aber sie ist froh, daß sie ihrem Ärger nicht allzuoft freien Lauf gelassen hat. Denn daß er derart unglücklich sein würde, das hatte sie nun wirklich nicht geahnt.

Manchmal hätte sie ihn am liebsten geschüttelt, besonders als er dann auch noch anfing, den kleinen Jakob zu vernachlässigen. Sie erinnert sich, wie der Junge eines Tages ganz traurig zu ihr kam und sagte: »Großvater ist ganz weit weg.« Als Solfrid mit ihm in die Küche ging, saß Lars auf der Bank beim Fenster und starrte auf seine Hände, ohne sie oder Jakob wahrzunehmen. Als der Junge auf seinen Schoß wollte, erhob er sich, ohne ein Wort zu sagen. Er schob den Jungen einfach beiseite und ging hinaus in den Stall. Schirrte das Pferd an und zog los zu einer seiner ewigen Rundtouren. Jakob indessen war untröstlich, weil er nicht mitdurfte.

Solfrid erinnert sich schuldbewußt, wie grenzenlos verärgert sie damals gewesen war: »Glaubst du etwa, nur dir ginge es schlecht? Glaubst du nicht, daß es für uns auch schwer gewesen ist? Nicht nur du hast Nils-Jan verloren. Denk doch mal an mich, an mich und an Ragnhild. Und an Jakob, der keinen anderen Vater hat als dich. Du bist ein Egoist!«

Manchmal hat sie sich bei Inger und bei Harriet ein bißchen beklagt, wenn sie an den Vormittagen um den Küchentisch auf Lund versammelt waren, während Jakob und die Mädchen draußen auf dem Hof im Schnee spielten, denn Harriets Küchentisch war eine Klagemauer für so viele große und kleine Frustrationen.

Insgesamt aber war es Ragnhild und ihr damals gelungen,

geduldig mit Lars zu sein. Für Ragnhild war das sicher noch schwieriger gewesen. Aber sie war gleichzeitig auch viel bekümmerter gewesen als Sol. Ängstlicher. Übertrieben ängstlich, hatte Sol gedacht, aber das war falsch gewesen.

Aber daß Evine ... Sie hätte sicher bei ihrem Versuch, Evine auszuhorchen, hartnäckiger sein sollen. Solfrid sieht die hellwachen, intensiven Augen in dem alten Gesicht vor sich: »Der Nöck hat's genommen.« Und sie sieht, wie sich der abgenutzte Rücken des Anoraks mit dem grauen Rucksack krümmt, als Evine sich vorbeugt, um die Skier anzuschnallen, ehe sie den kleinen Hang zur Jakobsau in ihrer eigenen Spur hinunterfährt.

»Jetzt erfahre ich es nie mehr«, denkt sie traurig.

41

Nachdem Mathilde vor bald vier Jahren gestorben war, übertrug Evine ihre Sympathie auf Ragnhild und Solfrid. Solfrid hatte schon seit ihrer Kindheit ein ganz besonderes Verhältnis zu der scheuen Gestalt gehabt, die immer am Rande ihres Daseins umherstreifte. Evine tauchte auf und verschwand, das war ein so selbstverständlicher Teil des Lebens, daß, als sie es nicht mehr tat, mehrere Wochen vergingen, ehe Sol etwas merkte.

In den letzten Jahren war immer mehr Zeit zwischen Evines Besuchen vergangen, bei denen sie das eine oder andere Geschenk vorbeibrachte. Bis zu diesem letzten Winter aber war sie immer wieder auf Ås aufgetaucht, mit kleinen Mitbringseln wie zu der Zeit, als Mathilde noch lebte.

Neben Ragnhild, die Mathildes Platz eingenommen hatte, gehörte Solfrid zu den ganz wenigen Menschen, mit denen Evine ein Wort wechselte, seit damals, als sie und Nils-Jan sich im Wald verlaufen hatten und Evine sie gefunden und nach Hause brachte. Von da an hatte sie eine Art Beziehung zu den beiden entwickelt, und als Nils-Jan starb, war sie sehr traurig. Bei seinem Begräbnis huschte sie als letzte in die Kirche und war schon wieder draußen, noch ehe die Gemeinde sich erhob und dem Sarg folgte, genau so, wie sie es bei Mathildes Beerdigung einige Monate zuvor getan hatte. Auf Nils-Jans Grab und auf Mathildes gleich daneben fand Sol den ganzen Sommer hindurch hübsche kleine Wiesenblumensträuße, von denen sie annahm, daß sie von Evine kamen. Das hatte sie sehr gerührt, aber sie schaffte es nie, Evine ihren Dank dafür auszusprechen, wenn sie sich begegneten.

Nach und nach war Solfrid klar geworden, daß Evine alt wurde. Nicht nur so, wie ältere Menschen den jüngeren stets erscheinen, sondern wirklich alt und gebrechlich. Sie hatte in den letzten Jahren ihren leichten, beinahe schwebenden Gang verloren, ihre Bewegungen hatten nun etwas Stockendes.

»Wie soll es mit Evine weitergehen, wenn sie nicht mehr allein zurechtkommt?« denkt Sol oft, wenn sie den gebeugten Rücken in der grauen Strickjacke hinter dem Haselnußdickicht am Bjørnebærhang verschwinden sieht. Sich Evine in einem Dreibettzimmer im Altersheim vorzustellen, war schlicht und einfach unmöglich. Dort würde sie binnen einer Woche sterben.

Es war jetzt schon eine längere Zeit vergangen, seit Evine zuletzt auf Ås erschienen war, aber Solfrid und Ragnhild waren mit Lars' Erkrankung so beschäftigt, daß es ihnen gar nicht weiter aufgefallen war.

Er hatte ihnen einen solchen Schrecken eingejagt, als er an jenem Tag im Winter aus dem Wald zurückkam, bleich und vergrämt, kaum imstande, etwas zu erklären. Wie ein kleines Kind mußte man ihm vom Schlitten helfen und ihn hineinbringen. Er antwortete nicht auf die Frage, wie es ihm ging, und alles, was aus seinem Munde kam, war die Klage, was für ein erbärmlicher Mensch er sei. Er sei ein Verräter, verloren. Am besten, er würde verschwinden. Und dann dieses kryptische »fragt Evine«. Sie wüßte, was für ein elender Mensch er sei.

Als er von Dr. Wang abgeholt und ins Krankenhaus eingeliefert wurde, nahm er unter Tränen Abschied von Solfrid und dem kleinen Jakob. Er glaubte nicht, sie noch einmal wiederzusehen. Er kam ins Krankenhaus, um zu sterben.

Ragnhild fuhr mit dem Auto hinterher und kam völlig am Boden zerstört am gleichen Abend zurück.

»Sie müssen ihn fixieren«, weinte sie am Küchentisch. »Sie haben Angst, er könnte sich etwas antun! Und sie sprechen davon, ihn mit Elektroschocks zu behandeln!«

Sie hatte über die Jahre hin so viel Schreckliches über Behandlungen mit Elektrotherapien gehört, daß Solfrid von ihren Beschreibungen tief erschüttert war.

»Ich komme morgen mit«, entschied sie. »Wir müssen mit einem Arzt darüber reden.«

Und am nächsten Tag hatten sie dazu Gelegenheit. Der Arzt berichtete ihnen, daß sich diese Form der Behandlung heutzutage sehr von früheren Therapien unterscheide. Früher rief man bei vollem Bewußtsein einen epileptischen Anfall hervor, ein schmerzhaftes Erlebnis, das überdies zu Komplikationen führen konnte, zum Beispiel zu Gliederbrüchen. Jetzt gab man dem Patienten unter Narkose ein muskellähmendes Mittel, ehe man den elektrischen Stoß initiierte, indem man je eine Elektrode an den Schläfen plazierte. Der Patient merkte von der Behandlung nichts, und sie verlief meistens erfolgreich, gerade bei dieser Art von Depressionen.

Der Arzt empfahl eine Serie von zehn Behandlungen, verteilt über fünf Wochen, vielleicht würden mehr auch gar nicht nötig sein. Die Besserung stellte sich oft bereits nach sechs, sieben Behandlungen ein. Und danach würden sie ihn medikamentös einstellen. Aber zuallererst müßten sie sein Herz untersuchen.

Ragnhild ließ sich, wenn auch etwas zögernd, überzeugen – eigentlich hatten sie auch keine Wahl. Lars war alles gleichgültig. Er war nicht einmal beim Gespräch mit dem Arzt anwesend, sondern saß auf seinem Zimmer, vollkommen außerhalb von Zeit und Raum, und zupfte immerzu an der Verletzung in seiner Handfläche. Er zeigte keine Freude, Ragnhild oder Solfrid zu sehen. Aber schon nach zwei oder drei Wochen bemerkten sie, daß er etwas unbeschwerter wirkte, wenn sie zu Besuch kamen. Und nach und nach fing er auch wieder an, sich nach Jakob zu erkundigen.

Jetzt war er wieder zu Hause, nach fünf Wochen im Krankenhaus. So ganz wiederhergestellt war er nicht, aber es sah aus, als ginge es ihm erheblich besser. Gegen sein Herzflimmern hatte er Medizin bekommen, und er nahm seine Antidepressiva, von denen er einen trockenen Mund bekam, und die ihn ein bißchen rastlos machten. Einmal in der Woche sollte er zum Gespräch mit einem Psychiater mit dem Bus in die Stadt fahren.

Solfrid und Ragnhild waren so sehr um sein Wohl und Wehe besorgt, daß es ihm fast ein bißchen zuviel wurde. Auch wenn sie sich bemühten, ganz unbeteiligt zu erscheinen, wenn sie sich geschäftig um ihn herum zu schaffen machten, konnte er ihre Fragen schon bald wie eifrige Bienen um ihre Köpfe summen sehen: Hatte er geschlafen? Hatte er Appetit? Sollte Sol vielleicht – es machte auch gar keine Umstände – Zimtschnecken backen, der kleine Jakob aß die doch so gern? War mit seinem Magen alles in Ordnung?

Und die Laune? Wie war es mit seiner Laune? Sie hielten nach einem Lächeln Ausschau wie Nomaden in der Wüste nach Wasser. Jakob war vielleicht ein bißchen zu anstrengend für ihn? Sollten sie den Jungen besser für die ersten Tage zu Inger schicken?

Aber da sagten sowohl der Großvater als auch der Junge:

Halt! Stop! Nicht einmal die beiden Töchter von Inger konnten Jakob dazu bringen, seinen Großvater loszulassen, der ja so lange weggewesen war. Und Lars hatte überhaupt keine Lust, diesen warmen Körper, der sich auf seinem Arm kuschelte wie ein anschmiegsames Kätzchen, wegzugeben.

Tatsächlich war Lars der erste, der Evine vermißte. An einem seiner ersten Tage nach seiner Rückkehr saßen sie am Frühstückstisch. Die Jakobsau lag unter einer weißen Schneedecke, und in dem Bündel mit Ähren für die Vögel vor dem Küchenfenster war zu Jakobs großer Begeisterung ein Dompfaff energisch auf der Suche nach einem vergessenen Korn. Jakob stand auf der Bank am Küchentisch, die Hände auf das Fensterbrett gestützt, während Lars, der neben ihm saß, ihn an den Trägern seines Overalls festhielt, damit er nicht fallen konnte. Es war Sonntag, und sie konnten sich Zeit lassen. Lars hob mit der freien Hand die Kaffeetasse hoch und bemerkte beiläufig, als ob es ihm gerade eingefallen wäre: »Habt ihr eigentlich in letzter Zeit mal Evine gesehen?«

Und dann fingen sie an nachzudenken. Ja, einmal war sie dagewesen, als Lars im Krankenhaus lag. Das muß gewesen sein, gleich nachdem Rødlin gekalbt hatte, denn da bekam sie Rohmilchpudding, erinnerte sich Ragnhild. Sie macht ihn noch immer, so wie früher Mathilde.

Ragnhild und Jakob liebten Rohmilchpudding mit roter Soße, und Evine hatte diesen weißen Pudding, den auch ihre Mutter immer kochte, wenn die Kuh gekalbt hatte, gern gegessen. An dem Abend hatte Ragnhild ihr eine ovale Brotform mit Pudding gefüllt und mitgegeben. Sie hatte die Form bis jetzt nicht zurückgebracht, und das sah Evine gar nicht ähnlich, da waren sie sich einig. So viel Zeit hatte nie zwischen Evines Besuchen gelegen, jedenfalls nicht, soweit Ragnhild sich erinnern konnte.

Daß sie im Geschäft gewesen sein sollte, ohne bei ihnen hereinzuschauen, sähe ihr genauso wenig ähnlich, aber sicherheitshalber riefen sie bei Kaufmann Berg an. Doch auch der hatte sie lange nicht gesehen, und er konnte sich nicht daran erinnern, wann zuletzt.

Solfrid und Ragnhild fingen nun an zu rechnen, wie alt Evine wohl sein mochte. Sie war älter als Mathilde, so daß sie bald achtzig Jahre alt sein dürfte, meinte Ragnhild. Aber dann fiel Solfrid ein, daß Evine genauso alt war wie ihr Großvater, also mußte sie deutlich über achtzig sein, konstatierte sie verwundert. Über achtzig und allein im Vorgebirge lebend! Sie entschlossen sich umgehend, sich auf die Skier zu schwingen, um nach ihr zu schauen.

42

Es war ein schöner Tag spät im Winter. Der Schnee hatte sich nach einer Periode mit stabiler Kälte gesetzt, und in der letzten Nacht hatte es geschneit, eine feine Lage leichten Pulverschnees, ideal zum Skifahren. Ragnhild und Solfrid balancierten die Skier seitwärts über den Zaun unten im Garten und glitten hintereinander den sanften Hang zur Au hinunter. Beide trugen sie dunkelblaue Keilhosen und Skianoraks. Ragnhilds Sachen waren nach all den Jahren ganz ausgeblichen, Solfrids waren neu und noch deutlich dunkler. Als sie die Au erreicht hatten, drehten sie sich halb um, hoben einen Skistock und winkten hoch zum Hof, wo Lars mit Jakob auf dem Arm stand. Der hatte gequengelt, er wolle mit, aber Lars hatte ihm eine Runde mit Pferd und Wagen als Trostpflaster versprochen. Er hatte sie geradezu weggescheucht und versichert, Jakob und er kämen schon klar. Ja, er war an diesem Vormittag tatsächlich etwas aufgelebt, und die Sorge, die er sich um Evine machte, war so echt gewesen, daß es Ragnhild ein bißchen erstaunte. Es war so lange her, seit er zuletzt Interesse an einem anderen Menschen gezeigt hatte.

Dennoch hatten sie und Solfrid durchgesetzt, daß Sols Vater Herman an der Fahrt mit dem Braunen teilnehmen sollte. Sie konnten ihn auf der Straße kommen sehen, als sie bei der Jakobs-Scheune abbogen, die den dicken weißen Schneehut tief in die Stirn gezogen hatte und derzeit niemanden zu Liebesspielen im Heu verlockte.

Sie fuhren über den Hügel hinter der Scheune, wo Solfrid so oft auf Mathildes altem Schlitten gesessen hatte, zuerst bei ihrem Vater auf dem Schoß, später zusammen mit Nils-Jan und anderen Freunden aus der Kindheit.

Sie sprachen kaum miteinander, als sie so Seite an Seite dahinglitten. Es war klar, daß ihre Gedanken um Evine kreisten, und sie waren in den letzten Jahren so viel zusammen gewesen, daß es keiner Worte mehr bedurfte.

Solfrid fühlte sich Ragnhild oftmals enger verbunden als ihrer eigenen Mutter. Sie hatte ihre Mutter sehr gern, aber Gudruns strenge Ansichten vom Leben trugen dazu bei, daß Solfrid es bei vielen Dingen schwer fand, mit ihr zu sprechen. Mit ihrem Vater ging das leichter. Aber nachdem sie selbst ein Kind bekommen hatte, fühlte sie oftmals den starken Wunsch nach Vertrautheit und Unterstützung durch einen Erwachsenen. Das konnte der Vater ihr nicht geben, wohl aber Ragnhild. Und natürlich hatte auch die Trauer um Nils-Jan Solfrid und Ragnhild eng aneinandergeschmiedet.

Ragnhild war es ohnehin eine große Freude, Solfrid im Haus zu haben, nicht nur wegen des kleinen Jakobs. Lars, mit dem sie früher all ihre Gedanken geteilt hatte, war ihr in den Jahren, nachdem sie ihren Sohn verloren hatten, mehr und mehr entglitten. Er hatte die Tür zu einem Raum zugeschlagen, von dem sie geglaubt hatte, sie könnte dort für immer ein- und ausgehen. Jetzt, im nachhinein, hatte sie angefangen sich zu fragen, ob ihre Vertrautheit vielleicht schon immer mehr von ihr ausgegangen war als von Lars. Aber Ragnhild war nie der Typ gewesen, in den Heimlichkeiten anderer zu wühlen. Selbst wenn sie dunkel ahnte, daß Lars vielleicht eine andere gehabt hatte, konfrontierte sie ihn niemals mit diesem Gedanken. Er zeigte ihr immer so offenkundig seine Liebe, daß sie diesen anderen Gedanken immer ganz, ganz rasch beiseite schob.

In diesem letzten Winter aber war sie unsicher geworden und hatte sich um Lars und um ihre Ehe gesorgt. Es hatte ihr gutgetan, mit Solfrid darüber reden zu können. Jetzt beobachteten beide zuversichtlich, wie seine Stimmung sich nach dem Krankenhausaufenthalt verbessert hatte. Sie hofften sehr, daß es so bleiben und er langsam aber sicher wieder der Alte werden möge.

Fast lautlos glitten die zwei Frauen nun in Gedanken dahin, auf dem Weg zu Evines Hof. Was, wenn sie sich irgendwo auf der Heide ein Bein gebrochen hatte und nun hilflos dalag? Oder wenn sie wie ihre Mutter einen Schlaganfall bekommen hatte und gelähmt oben in ihrem kleinen Haus lag, das sie gerade auf dem vorspringenden Absatz des Hügels auftauchen sahen?

Sie fanden Evine oben auf halbem Wege zur Scheune. Steifgefroren lag sie quer über dem Weg. Sie mußte schon vor vielen Tagen in aller Stille gestorben sein.

Was ist geschehen, Evine? War es dein Vater, der dich ein allerletztes Mal zu Tode erschreckte? Er hatte dich nun so viele Jahre in Ruhe gelassen. Doch als du dein Kätzchen, das dem aus deiner Kinderzeit so ähnlich war, halbtot und blutig auf dem Hof liegen sahst, nachdem du von einem deiner Streifzüge zurückgekommen warst, tauchte er plötzlich wieder auf: Du hast es aufgehoben, das kleine schutzlose Ding, das wohl einem Fuchs zum Opfer gefallen war, und in diesem Moment war er wieder da, dieser Mann mit seinen behaarten Fäusten.

Da läßt du die Katze los und rennst. Deine dünnen, krummen Beine kennen jeden Stein auf dem steilen Weg, jede Baumwurzel, versteckt unter dem Schnee, und du läufst in einem unglaublichen Tempo. Aber der Weg unter dem Schnee ist stellenweise glatt, deine Beine rutschen unter dir weg, und du hörst das dumpfe Geräusch, als dein mürber Schenkelhals bricht.

Die Kälte empfindest du nicht. Und Schmerzen hast du schon so oft gespürt. Es ist die behaarte Faust, die dein Vater jetzt um deinen Hüftknochen gelegt hat. Er drückt zu und zerbricht genüßlich den Knochen zwischen seinen gewaltigen Fingern. Das schwache Sausen in den Wipfeln der Kiefern weiter unten ist das Wimmern deiner geduckten, hilflosen Mutter. Aber noch ehe die Dunkelheit dich für immer mitnehmen wird, erhebt sie sich, deine Mutter, die es damals nicht schaffte, dich zu beschützen, und der zu verzeihen dir nie in den Sinn kam. Jetzt reißt sie den dunklen Schatten, der drohend über dir hängt, weg, hebt dich auf und trägt dich hinein, hinein in ihr eigenes warmes Bett. Und dort schläfst du sicher in ihren Armen.

43

Evine wurde an einem Vormittag Ende März begraben. Ihre Leiche hatte man mit Pferd und Wagen geholt. Lars und Herman hatten sich zusammen mit ein paar anderen Bauern des Ortes dieser wenig angenehmen Aufgabe angenommen. Ragnhild versuchte Lars zu überreden, das anderen zu überlassen – drei reichten schließlich vollauf –, aber Lars war erstaunlich unnachgiebig. Er machte den Braunen fertig, band den großen blauen Schlitten, den Anders Irgendeiner einmal für seine Tochter Mathilde gebaut hatte, am Holzschlitten fest und fuhr mit einem entschiedenen Kopfnicken in Ragnhilds Richtung vom Hof. Ragnhild hatte einfach Angst, dies würde ihn vollkommen zurückwerfen, er war doch gerade erst aus dem Krankenhaus gekommen!

Aber Lars spürte, daß er es tun mußte, diesen letzten Dienst war er ihr schuldig. Gemeinsam mit den anderen Männern hob er Evines kleinen, steifen, zusammengekrümmten Körper auf den Schlitten und bugsierte ihn den unwegsamen Pfad hinunter. Dies war Evines letzter Weg; sie war ihn so oft gegangen, den Kopf voller Gedanken und Gesichte, die sie nie mit einem anderen Menschen geteilt hatte.

Und mehr denn je erinnerte sie jetzt an einen Vogel. Ihre halbgeöffneten Augen starrten ins Nichts, und der schmale Alte-Frauen-Mund, beinahe lippenlos, eingesunken und erstarrt, verliehen ihr ein groteskes Aussehen – so schwieg sie nun für immer. Doch über ihrem kleinen verrunzelten Gesicht lag eine große Ruhe. Ehe sie sie mit der grünkarierten Decke, die Ragnhild ihnen mitgegeben hatte, zudeckten, starrte Lars noch einen Moment in Evines Gesicht und spürte zum ersten Mal durch und durch, was das feierliche Wort »entseelt« bedeutet. Dennoch erschreckte ihn diese Begegnung mit dem Tod nicht. Über ihrer Schlittenfahrt an dem kalten, stillen Wintertag lag etwas Feierliches und ganz und gar Friedvolles.

Für das letzte Stück hatten sie Skier benutzen müssen, und schweigend glitten sie nun über den zugefrorenen See. Den Schlitten hatten sie zwischen sich, und Lars ging voran und zog. Der See lag wie eine unberührte, glänzende weiße Fläche da, nur hier und da sah man Spuren von Wild und Vögeln. An einer Stelle weiter draußen konnte Lars einen länglichen Abdruck erkennen, als ob jemand einen größeren Ast dort hingeworfen habe. Doch sofort zwang er seinen Blick wieder in eine andere Richtung. Gut – die anderen hatten nichts gemerkt.

Auch der Wald war heute ganz still, denn Feen und Laternenmann, Elfen, Deildegast und Nöck – all die Gestalten, die

Evines Welt bevölkert hatten, waren mit ihr zusammen zur Ruhe gegangen.

Am Tag darauf schlug das Wetter um, es wurde so mild, daß es Lars und die anderen Männer vor Unbehagen schauderte. Aber da war Evines Leiche schon in professionelle Hände übergeben worden, und sie lag weiß und geschmückt im Sarg in der Kapelle.

Am Morgen des Begräbnisses regnete es in Strömen, und erst später am Vormittag kam die Sonne durch und schickte einen letzten Gruß in die Kirche. Es waren viel mehr Menschen gekommen, als Ragnhild und Sol erwartet hatten. Solfrids Eltern saßen auf der einen Seite ihrer Tochter in der ersten Reihe, auf der anderen Seite saßen Ragnhild und Lars. Es war wie bei Nils-Jans Beerdigung vor drei Jahren.

Nach dem schlichten Begräbnis hatte man die Versammlung nach Ås zum Leichenschmaus eingeladen. Die Teller mit den fertigen Broten, die Ragnhild und Sol mit Gudruns und Ingers Hilfe vorbereitet hatten, standen auf den blaugestrichenen Regalen in der Speisekammer. Von Ragnhilds Schwester Milda, der Mutter von Olefejus und Inger, hatten sie den großen Missions-Kaffeekessel ausgeliehen. Sie glaubten eigentlich nicht, daß sie ihn brauchten, aber dann war es doch gut, daß sie ihn hatten, denn es waren fast zwanzig Menschen zum Kaffee gekommen.

Das Gespräch wurde bald recht lebhaft, und es war trotz allem kein trauriges Begräbnis. Schließlich war es ein Glück, daß Evine starb, ehe sie gebrechlich und hilfsbedürftig wurde. Sie in einem Altersheim unterzubringen, wäre so undenkbar gewesen – so, als würde man eine Bachstelze in einen Käfig setzen, das war die einhellige Meinung. Sie tauschten Erinnerungen aus an das Leben dieser erstaunlichen Frau und überlegten, wer wohl ihren kleinen Hof erben würde. Vermutlich würde er an die Gemeinde fallen, denn von Erben war niemandem etwas bekannt.

44

Was mag wohl aus Evines Hof werden, fragt sich Sol, als sie geistesabwesend den länglichen Gewehrkasten schließt, zu Borgnys Sachen zurückkehrt, die sie auf dem Fußboden verteilt hat, und anfängt, sie in die kleine Keksdose zurückzulegen. Im Sommer hatte sie Eric mit hinauf genommen, um ihm die niedrigen grauen Häuser zu zeigen. Evines Tiere hatte man gleich, nachdem sie gefunden worden war, ins Dorf geholt. Die mageren Schafe hatten geschlachtet werden müssen, aber die vier Hühner waren erstaunlich gut in Form und hatten sich im Hühnerhaus von Harriet zur Ruhe gesetzt. Der Hahn war prompt im Suppentopf gelandet, denn Hähne hatte Harriet genug. Dieser hatte außerdem schon seine besten Tage hinter sich, und so ließ Harriet ihn schön lange im Topf garen. Nach und nach gab sie Pilze und Zwiebeln dazu, ein kleines Lorbeerblatt sowie Kerbel und andere duftende Kräuter. Und Lyder Halvorsen spendierte einen ordentlichen Schluck Rotwein für die Soße, so daß Evines majestätischer Hahn Haakon standesgemäß diese Welt verließ.

Solfrid läuft beim Gedanken an die Mahlzeit noch immer das Wasser im Munde zusammen, denn die gesamte Familie auf Ås war eingeladen, den Hahn zu verspeisen, an einem Sonntag in der Osterzeit. Harriet und Lyder probieren gerne interessante neue Rezepte aus, so daß die Essen auf Lund immer ein großes Erlebnis sind.

Woher Evine ihre Tiere hatte, blieb im Dorf ein ungelöstes Rätsel, denn wenn sie auch alt waren, wirkten sie keinesfalls altersschwach, und auch nach mehreren Tagen ohne Futter waren sie verhältnismäßig vital.

Im letzten Sommer waren Solfrid, Eric und Jakob einmal zu Evine gewandert. Eric hatte den kleinen Jakob das letzte Stück auf den Schultern getragen, nachdem sie das dichte Gebüsch hinter sich gelassen hatten. Erics lockiges Haar war noch feucht, nachdem er vom Flatberg aus einen Kopfsprung in den See gemacht hatte. Und Jakobs Bauch war ganz naß geworden, weil er sich gegen Erics Kopf gelehnt hatte, so daß sie seinen kleinen Pulli auf einem der Steine der Scheunenauffahrt trocknen ließen, und er mit nacktem Oberkörper auf Evines Hof herumtollte. Sie hatten ihren Proviant aufgegessen – Brot mit Wurst und Käse, der sich in der Wärme leicht bog, erinnert sich Sol. An dem kleinen dunklen Holztisch hatten sie gesessen, der unter dem knorrigen Birnbaum im Garten stand. Hatte Søren den gezimmert? Und hat Evine hier oft gesessen, während die Bienen über ihrem Kopf im Baum summten oder die rötlichen Blüten der Johannisbeersträucher gleich daneben bestäubten?

Die Johannisbeeren, die daran hingen, waren noch nicht reif, und Solfrid erinnert sich an Erics herzliches Lachen beim Anblick von Jakobs zusammengezogenem Gesicht, als er eine zwar schon etwas rote, aber noch unreife Beere probiert hatte. Er hatte den Jungen auf den Schoß genommen: »Na, das war wohl etwas sauer?« und ihm aus der Flasche, die sie mitgebracht hatten, einen Schluck süßen Saft gegeben, um seine Zunge wieder zu versöhnen. Oh, Eric konnte so gut mit dem kleinen Jakob umgehen!

Auf dem Weg zurück über die Heide hatten sie einen Habicht gesehen, vermutlich einen Hühnerhabicht, der über dem Børjærsee seine Kreise zog. Aber erst hatten sie noch einmal gebadet, und Eric war so weit rausgeschwommen zur Bucht, daß Solfrid Angst bekam, er könnte sich dort in den Blättern und Stielen der Seerosen verfangen. Sie selbst hatte sich mit dem Jungen an dem winzigen flachen Stück direkt neben dem Flatberg aufgehalten, denn abgesehen von diesen wenigen Quadratmetern mit Kiesgrund, hat der See einen ekligen morastigen Grund, in den man bis zum Knie versinkt, oder er fällt steil in die schwarze Tiefe ab ...

Als Solfrid ganz in Gedanken die Sachen von Nils-Jans

Mutter wieder eingeräumt hat, verschließt sie die Keksdose, stellt sie auf ihre angezogenen Knie, schlingt die Arme darum und legt die Wange auf den kalten bunten Hahn auf dem Metalldeckel. So bleibt sie sitzen und wiegt sich sacht vor und zurück.

Erinnerungen. Erinnerungen. Erinnerungen.

45

Jakob, das bin ich. Mein Vater ist ein Ton im Wind, aber das weiß nur ich. Wenn ich auf dem Fahrrad in meinem Sitz hinter Mutter sitze, und wir fahren zum Friedhof, um zu gießen, ist mein Vater das Lied im Rad des Fahrrads. Er ist der Ton, der in den Speichen singt, in denen ich einmal mit dem Fuß festhing. Da habe ich geweint, und der Ton blieb weg. Aber das ist lange her. Jetzt bin ich drei und einhalb und kann bei den Speichen aufpassen.

Mein Vater ist ein klitzekleiner Ton im Wind, der mit den Blumen auf dem Friedhof spielt, zwischen Mutters Händen. Mein Vater ist das sanfte Sausen in den blanken Tropfen, die aus der Tülle der Gießkanne sprühen, wenn ich beim Gießen helfe. Mein Vater ist das Lied in den Speichen, wenn wir wieder nach Hause radeln, um mit Großvater und Großmutter Abendbrot zu essen.

Jakob, das bin ich. Ich kann so hoch oben auf einer Leiter stehen, daß ich die Spitze des weißen Kirchturms sehen kann, weit, weit weg.

Wenn Mohrchen über den Hof geht, ist er ganz klein, viel kleiner als sonst, weil er so weit unten ist. Aber die Krähen sind trotzdem wütend auf Mohrchen. Sie stürzen sich vom Scheunendach, direkt über meinem Kopf, aber Mohrchen tut, als ob er sie nicht bemerkt. Er setzt sich auf den Hof, direkt neben mein Dreirad und putzt sich. Das tut er, weil er in meine Sandkiste gemacht hat, obwohl er das nicht darf.

»Pfui, Mieze!« sage ich. Aber die Mieze sieht nur zu mir hoch, dann leckt sie weiter.

»Geh und jag die Mieze, mein Junge«, sage ich.

»Geh und jag die Mieze selbst«, sagt mein Junge

»Du siehst doch, daß ich hochklettern und meinen Vater finden muß«, sage ich und presse die Finger um die grüne Flasche.

46

Lars hat noch viel an Evine gedacht, nachdem sie gestorben war. An ihre wirkliche Begegnung im Wald erinnert er sich auf die gleiche Weise, wie er sich an den anschließenden Aufenthalt im Krankenhaus erinnert, vage und wirr wie an einen Traum. Dennoch verspürt er ein Gefühl überwältigender Dankbarkeit, wenn er an sie denkt. Er achtet stets auf ihr Grab, wenn er mit Ragnhild zum Friedhof geht, um die Gräber von Nils-Jan und Mathilde zu besuchen. Die beiden haben einen Platz nebeneinander bekommen, nicht weit von der schweren schmiedeeisernen Pforte entfernt, aber Evine liegt weiter hinten in einer Ecke des Friedhofs unter einer Schatten spendenden Eberesche.

»Sie ist begraben wie sie lebte, in einer Ecke des Daseins«, sagt Ragnhild.

Es ist sonderbar, daß diese wunderliche, halbverrückte Gestalt, um die er sich früher nicht besonders viele Gedanken gemacht hatte, einen so wichtigen Platz in seinem Leben eingenommen hat. Es ist ihm, als sei sie die einzige auf der Welt gewesen, die ihn als ganze Person gekannt hat. Nicht einmal in den Gesprächen mit dem Arzt im Krankenhaus hat er es gewagt, die zwei Teile seines Lebens zusammenzusetzen.

Und jetzt ist sie tot. Er war kürzlich in der alten Geröllhalde unterhalb ihres Hofs gewesen und hat dort eine passende Steinplatte für den Grabstein entdeckt. Die ist nicht groß, aber schön, abgerundet und von einer grauen Flechte in einem Muster überzogen, das ihn an den Tanz der Elfen erinnert. Das ist ein Stein, wie er zu Evine paßt.

Auf eine merkwürdige Weise tut es gut, um Evine zu trauern. Eines Nachts, gleich nachdem sie gestorben war, träumte Lars, daß er unter dem Eis des Südlichen Eismeers verzweifelt nach einer Öffnung suchte. Das eiskalte Wasser lähmte seinen Körper, und er kratzte sich an der Unterseite des gezackten Eises die Hände blutig, die ganze Zeit auf der Jagd nach dem runden Lichtkegel, von dem er meinte, daß er von oben durch das Eis scheinen müsse. Die Lungen schmerzten heftig durch den Mangel an Luft, und die Schläge des Herzens hämmerten in seinen Ohren. Er war sicher, er würde sterben, aber genau in dem Moment, bevor er den Mund öffnete, um das Wasser und mit ihm den Tod in die Lungen zu ziehen, tauchte Evine auf. Das heißt, das war nicht Evine, sondern ein glänzender schwarzer, schmächtiger Seehund mit Evines ängstlichen Augen und ihrem scheuen Blick. Der kleine Seehund bewegte sich um ihn herum in eleganten, fast tänzerischen Bewegungen und führte ihn langsam zu der Stelle hin, der er die ganze Zeit ausgewichen war. Eine erschreckende, blauschwarze Säule stand schief in dem hellen, fast milchweißen Wasser.

Der Seehund war so nahe, daß Lars dessen behagliche Wärme auf seiner Haut spüren konnte. Da öffnete der Seehund den Mund und ließ eine große runde Blase aufsteigen. Sie platzte, dennoch konnte er die Worte in ihr hören: »Harzpflaster«, sagte der Seehund mit Evines Stimme, »Harzpflaster, das zieht den Schmerz heraus.«

Dann gab ihm der Seehund mit dem Schwanz einen Stoß

unter die Fußsohlen, so daß er nach oben durch die schwarze Säule verschwand. Als er sich umsah, saß er an der Südseite von Jakobs Scheune und sah Evine in der Ferne kurz auftauchen, bevor sie hinter dem Hügel verschwand. Und plötzlich merkte er, wie die Sonne das Eis um ihn herum zum Schmelzen brachte.

Komisch, jetzt denkt er wieder an Evine. Lars zieht die Schultern hoch, als schüttele er etwas ab. Eigentlich geht es ihm am besten, wenn er sich auf das Nächstliegende konzentriert, hat er gemerkt. Von einem Tag zum nächsten leben und nicht zu viel über all die ungelösten Rätsel grübeln – wenn ihm das nur gelänge. Als er jünger war, fiel ihm das leichter.

War es vielleicht das, was »den Zenit überschreiten« genannt wird? Wissen, jetzt geht es bergab, aufs Alter, auf den Tod zu, machte ihn das so schwermütig? Das Herz machte zwar keinen Ärger mehr, seit er seine Medikamente einnimmt, aber sein Körper hat eine ihm bisher unbekannte Schwere. Und auch wenn er besser schläft, kann es passieren, daß er nachts aufwacht und ein, zwei Stunden im Schutz von Ragnhilds regelmäßigen Atemzügen liegt und grübelt. Sie atmet so leicht, wenn sie schläft. Sie hat so einen leichten Gang, sie lebt so leicht. Sie ist so – ganz.

Kann man einen anderen Menschen eigentlich kennen? Kennt Lars Ragnhild? Ist sie tatsächlich so in sich ruhend und so unkompliziert, wie er glaubt? So harmonisch? Und wie denkt sie eigentlich über ihn? Sind sie wirklich einmal nahe Vertraute gewesen? Und werden Menschen, um in einem vorteilhafteren Licht zu erscheinen, immer die Wahrheit über sich verheimlichen oder verdrehen, unabhängig davon, wie nahe sie sich sind?

Mit solchen und ähnlichen Fragen schlägt Lars sich des Nachts herum: Gibt es einen Gott? Gibt es einen Himmel und eine Hölle, wie Solfrids Mutter ganz fest glaubt? Gibt es überhaupt ein Dasein nach diesem, oder ist da nur Finsternis?

»Ich will nicht nichts sein!« hat Jakob vor ein paar Tagen geweint. Der Junge hatte die Mutter gefragt, wo er war, als sie klein war, und sie hatte geantwortet: »Nirgends, du warst noch nichts.«

Wo sind eigentlich die beiden? Als Lars vom Mittagsschlaf aufwachte, war der Junge schon aufgestanden. Sie hatten gestern Besuch gehabt von Inger und ihren Töchtern. Es war spät geworden, und Jakob war den ganzen Vormittag müde und quengelig gewesen. Deshalb hat er auch widerstandslos mit dem Großvater Mittagsschlaf gehalten. Beim Gedanken an das Kind wird Lars unruhig. Vielleicht hätte er nicht hinausgehen sollen, ohne sich zu vergewissern, daß Jakob bei seiner Mutter ist. Aber Solfrid hatte mit einem Buch in ihrem Zimmer gesessen, als er und Jakob sich hinlegten. Sie hat ihn sicherlich gehört, als er aufwachte. Der Junge ist ja auch kein wildes Kind, er ist eher vorsichtig und ängstlich, so wie sein Vater es war. Sol dagegen war als kleines Mädchen ein ordentlicher Wildfang.

Sein kleiner Enkel ist schon jetzt ein etwas seltsamer Kauz. So nachdenklich und weit für sein Alter, manchmal. Ja, es *ist* sein Enkelkind, wenn auch nicht von seinem Fleisch und Blut. Jakob ist das erste Kind, das Lars von Geburt an begleitet hat, buchstäblich von Tag zu Tag. Nils-Jan war schon sechs Jahre alt, als er nach Ås kam, und während seiner Kindheit war Lars große Teile des Jahres auf Walfang gewesen. Aber diesen kleinen Jungen hier hat er herumgetragen und auf seinen Armen gewiegt, seit seiner Geburt, in Konkurrenz mit dem kinderlieben zweiten Großvater. Die beiden Großväter sind freundschaftliche Rivalen um die Gunst des Kindes. Aber da Lars den Vorteil hat, unter einem Dach mit ihm zu leben, hat er den Sieg davon getragen und sich die Vaterrolle erkämpft.

Lars muß lächeln, wie er da steht und der Kuh Kranslin tastend über den gespannten Bauch streicht. Doch, das sieht alles prima aus. Kranslin ist bald elf Jahre alt und hatte schon viele Kälber, sie weiß Bescheid. Er streicht der Kuh über die flache harte Wange und krault ihr lockiges Fell zwischen den großen, messingverkleideten Hörnern. Kranslin ist eine prächtige Jarlsberg-Kuh. Er wird doch noch einmal auf den Heuboden gehen und durch die Luke eine extragroße Portion Heu für sie hinunterwerfen.

Die Scheune auf Ås sieht nicht nur von außen groß aus, sie ist auch von innen riesig. Eine Last duftenden Heus nach der anderen hat Lars im Sommer eingefahren, Ragnhild, Sol und Eric haben ihm dabei tüchtig geholfen. Ja, sogar die bald achtzigjährige Granny war dabei und »schwang die Heugabel«. Sie fand auch das »Spitze!«, wie in alten Tagen beim Heuen dabeizusein. Das meiste Heu wurde draußen gewendet und mit dem Traktor hereingebracht, aber bei den steilen Wiesen hatten sie das Pferd genommen. Und ein Teil des Heus mußte wegen des unsicheren Wetters auf Gestellen trocknen.

Jetzt quillt der Heuboden über, doch die übrige Scheune ist im Hinblick auf die Ernte schon freigemacht. Der Duft von trockenem Heu mischt sich mit dem starken Geruch von Farbe, die von außen von den frischgestrichenen Brettern durch die Ritzen in der Verkleidung hereindringt. In diesen Ritzen tanzt in gelben Sonnenstreifen der Staub. Das Scheunenfenster, das Lars und Eric im Frühsommer herausgenommen haben, um es auszutauschen, ist immer noch nicht wieder an seinem Platz, und durch die Öffnung kann Lars, als er die Scheune betritt, einen Teil der Leiter sehen, die Olefejus benutzt, wenn er streicht. Im obersten Winkel des hellen, sonnendurchfluteten Rechtecks, auf der Sprosse, die gerade noch unterhalb der obersten Kante des Scheunenfensters sichtbar ist, sieht er Jakobs Stiefel.

47

Jakob, das bin ich. Mein Vater ist ein Ton im Wind, der in der Luft über dem Scheunendach singt.

»Dein Vater ist tot!« ärgern mich Sofie und Laila manchmal, obwohl sie das nicht dürfen. Wenn ich reingehen und es Mutter sagen will, schließen sie die Tür vom Waschhaus, wo wir spielen, und rufen mit dem alten Telefon, das an der Wand hängt, die Polizei an. Wenn ich weine, lachen sie und sagen, das wäre nicht echt, nur ein Spiel.

»Aber dein Vater ist in echt tot«, sagt Sofie.

»Mmm. Ganz in echt«, sagt Laila. Wenn Sofie und Laila mich ärgern, sind sie sich immer ganz einig, wie Freundinnen, aber manchmal ist Sofie keine Freundin und sagt: »Du da, du dicker Mops!« zu Laila.

»Wisch den Rotz weg, du Mops!« sagt Sofie, wenn Laila weint.

Hans, der Vater von Sofie und Laila, ist manchmal nett und wirft mich hoch in die Luft, so hoch, daß Mutter schimpft und sagt, das darf er nicht. Aber manchmal ist er schlimm und brüllt. Dann weint Sofie auch, aber wenn Laila das sieht, wird Sofie wütend und sagt: »Hau ab, du Dicke!« Dann geht Laila weg.

Mutter kann über Hans bestimmen. Sie bestimmt, daß er mich nicht hoch in die Luft werfen darf. »Er bekommt Angst, das siehst du doch!« sagt Mutter.

Wenn Inger versucht, über Hans zu bestimmen, brüllen sie alle beide. Das haben Mutter und ich einmal gehört, als wir zu ihnen unterwegs waren. Aber da sind wir schnell nach Hause zurückgegangen, und Mutter sagte, ich soll mich nicht darum kümmern.

»Inger ist nett!« sagt Mutter, aber sie sagt nicht, daß Hans nett ist. »Die Mädchen können einem leid tun«, sagt Ragnhild. Obwohl sie einen Vater haben?

Wenn ich so hoch oben stehe, kann ich die ganze Welt sehen. Aber nicht das Haus von Tante Milda und Onkel Sverre und Olefejus, weil das hinter den Bäumen ist. Ich kann die Straße sehen bis zu Harriets Haus. Auf der Straße sehe ich Inger. Sie kommt angeradelt und sieht mich, aber sie winkt nicht. Ich kann nicht winken, weil ich dann die Flasche verliere.

48

Unten auf der Straße fährt Inger mit ihrem funkelnagelneuen roten Fahrrad. Sie radelt freihändig, wie sie es schon gemacht hat, als sie ein kleines Mädchen war. Über den holprigen und kurvigen Weg nach Rønningen radelte Inger damals auf Mildas uraltem schwarzem Rad, früher oft mit einem von den kleinen Geschwistern hinten drauf, ohne den Lenker festzuhalten. Nur hin und wieder nahm sie dann eine Hand zu Hilfe, wenn das Fahrrad auszurutschen drohte, in den Straßengraben unten am Bjørnebærhügel, wo Mädesüß und Engelwurz – aus dem sich so schöne Pusterohre machen lassen – nebeneinanderstehen, die Köpfe in einer Höhe mit dem Weg. Mädesüß kann an warmen Sommertagen einen geradezu betäubenden Duft nach Vanille verströmen, und Inger erinnert sich noch genau an das Gefühl von Kindheit und Sommerferien, wenn einem der Sommerrock um die Beine flatterte, vermischt mit der etwas ängstlichen Freude, die es machte, wenn man versuchte, die leicht geneigte Kurve zu nehmen, ohne den kalten, glänzenden Lenker anzufassen.

Einmal ging es schief. Das Fahrrad scherte aus, und alle beide, sie und Anne-Grete, die sich an den wackeligen Gepäckhalter klammerte, kullerten in den feuchten Graben, daß ihnen die hellgelben Blüten des Mädesüß um die Ohren schlugen. Eine von Ingers Sandalen – hochmoderne Holzschlappen mit Fußbett und nur mit einem hellgrauen Lederriemen und Nickelschnalle, um die Zehen drunter durch zu stecken – traf die kleine Schwester am Mund und schlug ihr einen Milchzahn aus. Sicher sollte der irgendwann sowieso raus, dennoch brach Anne-Grete über dieses unerwartete Verschwinden in Tränen aus.

Inger selbst schlug mit der Nase auf den Fahrradlenker, den sie so konsequent festzuhalten vermied, trotz all der gutgemeinten Ratschläge von Harriet Lund, die den rasanten Fahrten von ihrem Hof aus oft zusah. Mildas altes, vielbenutztes Rad, das ursprünglich einmal schwarz und glänzend war, mit einem farbenfrohen Netz über dem Hinterrad, hatte über die Jahre schon einen großen Teil seiner Bestandteile verloren. Und bis es von Anne-Grete, eine der Jüngsten in der Reihe der Geschwister, benutzt werden konnte, war es immer klappriger geworden.

Harriet Lund hatte im Laufe der Jahre gelernt, mit stetig wachsender Gemütsruhe die unterschiedlichen, mangelhaften Fuhrwerke zu beobachten, die über ihren Hofplatz wirbelten, auf höchst originelle Art angetrieben. Anne-Grete und ihr Bruder Hallvard zum Beispiel, die sich das Rad teilen mußten, stellten sich jeder auf ein Pedal und hielten sich je auf einer Lenkerseite fest – das sah oft abenteuerlich genug aus ... Harriet verlor fast den Verstand vor Schreck, als das Geschwisterpaar so zum ersten Mal in wildem Tempo über ihren Hof rutschte, jeder auf seinem Pedal, wobei die kleinen Körper rhythmisch wie ein Uhrwerk auf und ab sausten. Für einen Augenblick fuhr Hallvards kleiner blauer Hosenboden in die Höhe, ehe er Anne-Gretes kariertem Wollrock und der hellroten Unterhose Platz machte. Harriet erhaschte einen Blick auf die nackte Haut des Mädchenbeins zwischen der Unterhose und den braunen, in Rippen gestrickten Strümpfen, ja sie sah sogar gerade noch den weißen Straps, der um den Knopf im Strumpf befestigt war, ehe die Geschwister in halsbrecherischem Tempo die Pappelallee hinunterfuhren, auf dem Weg zu Sol und Nils-Jan. Mit heftig klopfendem Herzen und der Telefonnummer von Dr. Wang im Kopf sah sie, wie die Kinder unten an der Weggabelung knapp an der Milchrampe entlangsausten. Irgendwann gewöhnte sie sich jedoch an den Anblick, hatte aber immer Jod und Pflaster zur Hand, für alle Fälle.

Der Sturz von Anne-Grete geschah etliche Jahre zuvor; Anne-Grete, die der Schwester über den Kopf flog, ehe sie auf dem Rücken zwischen dem Vanilleduft verströmenden Mädesüß landete, hatte damals das Radfahren noch nicht gelernt. Und Inger, die einen Purzelbaum hinterhermachte, daß der Absatz ihrer Sandale die Sechsjährige am Mund traf und der Milchzahn in hohem Bogen in das Große Nichts flog, hatte sich noch nicht überreden lassen, ihr das beizubringen. Jetzt traf Ingers Nase auf den Lenker, der natürlich längst die schützenden schwarzen Gummihandgriffe eingebüßt hatte, und die scharfe Kante spaltete einen Nasenflügel fast einen Zentimeter tief.

Sie sammelte ihre laut heulende Schwester auf, hob das Rad auf die Straße und radelte, entsetzlich blutend, geradewegs nach Hause zur Mutter, dieses Mal beide Hände fest am Lenker. Zu Hause geriet Milda beim Anblick der beiden blutigen Kinder einigermaßen aus der Fassung. Sie hatte langjährige Erfahrung im Beurteilen von Unglücksfällen mit Kindern, und so war ihr nach dem ersten Schrecken rasch klar, daß dies hier ohne medizinische Hilfe gerichtet werden konnte. Ein Arztbesuch war eine umständliche Angelegenheit, eine Fahrgelegenheit ins Zentrum mußte besorgt werden, gar nicht zu reden von der Zeit- und Geldverschwendung.

Also preßte Milda den abstehenden Nasenflügel der Tochter fest an und fixierte ihn resolut mit einem Pflaster. Später dachte sie, daß sie wohl mehr Glück als Verstand gehabt hatte, denn Ingers Nase wuchs prima zusammen und war weiterhin die schönste der Familie, wenn nicht des ganzen Dorfs.

Auch die kleine Anne-Grete war rasch getröstet und zeigte allen, die es sehen wollten, stolz ein zahnloses Lächeln. Daß der Zahn verschwunden war, auch buchstäblich, machte ihr nicht so viel aus, denn in Rønningen gab es keine Zahngeschenke vom Mausekönig, dazu war die Kinderschar einfach zu umfangreich und das Einkommen zu gering. Karin hatte es einmal versucht: Sie stellte einen Zahn in einer Kaffeetasse ohne Henkel zwischen die Fleißigen Lieschen vor das Küchenfenster, fand aber darin nur einen Hosenknopf, den eines ihrer Geschwister ihr aus Spaß hineingelegt hatte. Das verlockte nun wirklich nicht zur Wiederholung.

Inger trug von dem Sturz keinen größeren Schrecken davon, es war im übrigen ja nicht der einzige. Sie fuhr auch weiterhin freihändig.

Jetzt nähert sie sich den Dreißig, ist verheiratet und – unglücklicherweise – bald im dritten Monat schwanger mit dem dritten Kind. Dennoch kann sie der Versuchung nicht widerstehen, läßt den Lenker los und kreuzt die Arme vor der Brust. Nein, in der letzten Zeit ist sie mehr denn je so geradelt. Aber nur, wenn sie allein auf dem Fahrrad sitzt. Und heute ist sie allein, denn die Mädchen sind bei den Großeltern. Als Inger abfuhr, waren sie mit Großvater Sverre im Stall, um die neugeborenen Ferkel anzuschauen.

Hans ist mit dem Elf-Uhr-Bus in die Stadt gefahren, trotz Ingers Bitten und Protesten. Zum Glück hatte er die Autoschlüssel nicht gefunden, die sicher verwahrt unter einem der großen Blumentöpfe in Ingers Garten lagen, sonst hätte er bestimmt das Auto genommen. Er hatte einen scheußlichen Kater und wollte in der Stadt schwarzgebrannten Schnaps kaufen. Noch hat er nicht damit angefangen, selbst zu brennen, aber das würde nicht mehr lange dauern, denkt Inger bitter. Und noch hat er sie nicht geschlagen, aber auch das dauert wohl nicht mehr lange, denkt Inger noch bitterer und streicht über ihren geschwollenen Oberarm: seine Griffe werden härter, und sie hofft inständig, daß sie nicht noch mehr blaue Flecken vor ihren Mitmenschen verstecken muß.

Ach, wie sie sich auf den Tag freut, wenn er wieder abfährt! Sie macht auf dem Fahrradsitz eine so heftige Bewegung, daß die Räder Richtung Graben auszuscheren drohen. Automatisch greift sie für einen Augenblick nach dem Lenker, um das Rad auf dem Weg zu halten. Dabei wäre es doch ... was machte es schon für einen Unterschied ...?

Ach, was wird sie froh sein, wenn er fährt! Aber es dauert noch vierzehn Tage. Mit einem Schaudern, von dem sie unter der warmen Jacke Gänsehaut bekommt, erkennt sie, daß sie ihn nie zuvor dermaßen leid war. In der Regel haben sie sich in den ersten Wochen, wenn er nach einer Zeit auf See wieder zu Hause war, gefreut. Er war gutgelaunt und frisch verliebt, benahm sich ihr gegenüber wie ein Kavalier und war geduldig mit den Kindern, die dem brummenden Vater ausgelassen um die Füße wuselten, geduldig und nett. Das Verhältnis der Eheleute hatte sich im Lauf der letzten Wochen, die er zu Hause war, meist beträchtlich abgekühlt, aber die Sicherheit, daß er wieder abfahren würde, half Inger, den zunehmenden Widerwillen gegen ihren Mann zu verdrängen.

Dieses Mal ist er über vier Monate da gewesen, abgesehen von einer kurzen Tour um Johanni. Es kommt Inger so vor, als sei er, seit er die Füße an Land gesetzt hat, nahezu kontinuierlich betrunken gewesen. Nicht volltrunken, das nicht, aber betrunken genug, um ihr und den Kindern durch seine Gereiztheit das Leben schwer zu machen.

Oh! Sie kann sich an seine einschmeichelnde Stimme am Telefon erinnern, zeitig im Frühjahr. Sie müßte unbedingt die Mädchen mitbringen und ihn in Fornebu treffen! Er vermißte sie so sehr, alle seine Mädchen! Aber am meisten vermißte er ... Oh! Daß er so ordinär sein konnte, sogar am Telefon!

Er hatte in Amsterdam abgemustert und flog nach Hause, nach Fornebu. Gott sei Dank hatte sie sich entschlossen, die Mädchen zu Hause bei den Großeltern zu lassen. Denn schon als er an Bord der Maschine ging, war er alles andere als nüchtern.

Inger spürt, wie die Wut in ihr so hochkocht, daß beim Gedanken an seine schmachvolle Heimkehr das Fahrrad unter ihr schwankt. Das Flugzeug hatte Verspätung gehabt, und Inger war mit ein paar von den anderen Wartenden ins Gespräch gekommen, junge Frauen, wie sie. Die erröteten so verliebt, daß sie sich von ihrer freudigen Erwartung hatte anstecken lassen.

Oh! Wie demütigend war es dann, ihre mitleidigen Blicke zu sehen. Und wie ekelerregend er wurde, wenn er so voll war! So laut und roh –

Er hat schon immer zu viel getrunken – solange Inger ihn gekannt hat. Hans gehörte stets zu denen, die sich in dem Jugendlokal am Samstagabend bis zur Besinnungslosigkeit betranken. Dann stänkerte er und prügelte sich ein bißchen, und meist mußte er danach raus und sich übergeben, draußen in den Brennesseln hinter dem Plumpsklo. Damals scherte Inger sich aber noch nicht darum. Sie überredete ihn, zu ihren Brüdern ins Auto zu steigen, und im großen und ganzen gelang es ihr meist, ihn im Zaum zu halten. Falls sie einen Anflug von Abscheu spürte, wenn seine dicken, feuchten Lippen ihr auf dem Rücksitz von Kjell-Arnes grünem Anglia nuschelnd über den Hals fuhren und er ihr geile eklige Wörter ins Ohr prustete, dann tat sie ihr Bestes, um das zu verdrängen. Sie trinken nun mal, diese Männer, wenn sie nach einer langen Walfangsaison an Land kommen. Und eine große Lippe riskieren, das tun sie alle, das gehört sicher dazu, dachte sie damals.

Aber wenn sie heiraten würden, dann würde das ja alles anders, da war sie sich sicher. Von Kindesbeinen an hat Inger sich älteren Brüdern gegenüber behauptet, und daß sie Hans bändigen würde, bezweifelte sie nicht. Wenn sie nur erst verheiratet waren und Kinder bekamen. Jetzt sieht sie ein, daß es so nicht funktioniert hat. Und ihr wird klar, daß sie ihren Teil dazu beigetragen hat.

49

Es gibt Tage, die ein Mensch gern aus seinem Gedächtnis tilgen möchte. Manchmal ist das auch nur ein einziger Tag, den man gern auslöschen möchte, so als hätte er nie existiert. Gern würde man dann ungeschehen machen, was an diesem Tag geschah. Auch bei Inger gibt es so einen Tag. Und wenn sie sich auch noch so sehr bemüht, so zu tun, als hätte es ihn nicht gegeben, blickt ihr das Resultat jeden Tag ins Auge. Das Resultat des einzigen Tages ihres Lebens, den sie von Herzen gern ungeschehen machen würde.

Dennoch ist es mittlerweile der Tag, an den sie sich am besten erinnert, egal wie sehr sie sich bemüht, ihn zu verdrängen. Und sollte sie ihn doch nur für einen Augenblick vergessen, muß sie nur ihrer ältesten Tochter ins Gesicht sehen. Die haselnußbraunen Augen, die alle anderen als Laune der Natur ansehen – wie können so blauäugige Eltern ein so braunäugiges Kind bekommen – weckten in ihr von Anfang an eine angstvolle Unruhe. Nach und nach, als die Tochter heranwuchs, wuchs sich diese Unruhe zu einer schuldbewußten, lähmenden Gewißheit aus. Und einer schrecklichen Angst, andere, auch Hans, könnten das ebenfalls sehen.

An einem Frühlingstag vor acht Jahren war das Wetter so schön gewesen. Es war, als hätte der Frühling sich entschlossen, genau an diesem Tag zu kommen. Nach einer langen Periode mit kaltem und ungemütlichen Wetter, in der die Natur still stand und voller Erwartung auf der Stelle trat, an diesem Tag war es, als hätte ein unsichtbarer Dirigent den Taktstock erhoben und Frühling und Sommer auf einmal beginnen lassen. Eins, zwei, drei hatte sich der Buchenwald hinter Rønningen mit dieser unglaublichen, hellgrünen Farbe umgeben, wie sie nur ein Buchenwald zeitig im Frühling zeigt, ohne daran zu denken, daß es für den Nationalfeiertagsputz viel zu früh war. Zwischen den silbergrauen Stämmen glitzerte ein Teppich von Buschwindröschen wie ein Sternenhimmel, den man auf den Kopf gestellt hatte, und oben zwischen den flaumigen, zartgrünen Blättern schwirrten Buchfink und Laubsänger fröhlich umher, trillernd auf der Suche nach einem Lebensgefährten.

Inger, die am offenen Fenster saß und den letzten Knopf an dem neuen Kleid annähte, mit dem sie gerade fertig geworden war, spürte, wie ihr die Spitzengardine über den Nacken strich, als sie sich vorbeugte, um den rosa Faden abzubeißen, und sie wußte, heute *mußte* sie in die Stadt.

Sie war neunzehn Jahre alt und wartete mit ihrem ganzen Sein auf Hans. Er hatte ihr gestern abend über Tjøme Radio eine nur schlecht codierte Nachricht geschickt, eine Nachricht, über deren Bedeutung weder sie noch all die anderen Frauen, die ringsumher gespannt lauschend vor den Radioapparaten saßen, den geringsten Zweifel hegen konnten. ›Meine Güte, Hans ist hin und wieder vielleicht plump, na ja, aber er hat ja auch seine guten Seiten.‹ Inger spürte, daß sie es nicht schaffte, zu Hause zu sitzen und noch eine ganze lange Woche zu warten. Sie mußte raus und ein bißchen Bewegung bekommen.

Das neue Kleid sollte eigentlich nicht getragen werden, bevor sie Hans am nächsten Donnerstag treffen würde – aber pah! da ist ja wohl nichts dabei, dachte Inger, als sie mit nagelneuen Schuhen und hohen Absätzen über den Hof von Harriet Lund spazierte. Peder, der auf der Bank im Schatten unter der Eberesche saß – damals wohnte er noch zu Hause bei Harriet – lächelte breit, als er sie sah. Groß und aufgedunsen kam er angeschlurft und wollte sie drücken. Er sabberte und wiegte sich und strich über den glatten Stoff des Kleides. Sie mußte sich ein bißchen zurückziehen, als er den Stoff des Rocks anheben und damit über seine Bartstoppeln streichen wollte. Harriet kam heraus und bewunderte den Schnitt und die Machart, das Kleid war richtig schick, Inger konnte sehr gut nähen.

Im Bus war Jens-Julius, der Fahrer, ganz flirtende Aufmerksamkeit. Sie mußte vorn neben ihm auf dem Motorkasten sitzen und über das Motorengebrumm hinweg mit ihm herumalbern. Er lud sie ins Kino ein, wenn er mit der Sieben-Uhr-Tour fertig war, aber sie entzog sich mit einer halben Zusage. Heute wollte sie einfach die Dinge auf sich zukommen lassen. Sie war jung und unbeschwert und fröhlich, und sie konnte spüren, daß die wenigen Menschen, die in die Stadt unterwegs waren, bewundernd ihre langen Beine anschauten.

Auch die Jungen, die im »Avenue« über der Theke hingen, glotzen auf ihre Beine. Inger ist sich dessen durchaus bewußt. Die Beine und ihre Nase waren stets das Attraktivste an ihr. Die jungen Männer waren Walfänger, die am Tag zuvor mit der »Balaena« angekommen waren, und sie hatten nichts dagegen, einem langbeinigen jungen Mädchen im neuen Sommerkleid einen auszugeben. Inger trank gewöhnlich nicht, sie hatte sich nur einige wenige Male überreden lassen, an Hans' Getränk zu nippen – in der Regel Selbstgebrannter mit Rumessenz, gemischt mit Cola –, fand aber keinen Geschmack daran. Aber diese jungen Männer bestellten ihr etwas, das sie »Screwdriver« nannten. Das schmeckte eigentlich vor allem nach Orangensaft, und Inger wurde davon nach und nach richtig lustig. Bald schon hatte sie den letzten Bus nach Hause verpaßt.

Na und, dachte Inger und pfiff auf die halbherzige Absprache, mit Jens-Julius ins Kino zu gehen. Sie war irgendwie trotzig heute abend. »Man lebt nur einmal«, pflegte Hans zu sagen, wenn sie ihn bat, auf den Festen der Bauern nicht so viel zu trinken. Diese These gab ihm wohl das Recht, sich aufzuführen, wie er wollte. Na gut, aber auch sie lebte nur einmal, und heute abend wollte sie sich amüsieren. Sie war jung und ungeduldig. Sie war mit Hans zusammen, seit sie fünfzehn Jahre alt war, inzwischen wahrscheinlich vor allem aus Gewohnheit und weil es alle erwarteten. Sie hatten am Bjørnebærlia ein Grundstück gekauft, und im Sommer wollten sie dort ein Haus bauen. Aber Hans würde erst in einer Woche kommen. Und wer weiß, vielleicht flirtete er ja ein bißchen in den Hafenstädten auf dem Weg nach Norden. Sein betrunkenes Gefasel im letzten Sommer konnte durchaus als ein Hinweis darauf gedeutet werden. Und sie wollte eigentlich nichts Verrücktes tun.

Inger sagte ja danke zu einem weiteren »Screwdriver« und sah sich den Jungen etwas genauer an, der sie dazu einlud. Er sah nicht aus wie einer von denen, die gewöhnlich hier verkehren, sondern wirkte eher, als gehörte er zu den bessergestellten Leuten der Stadt. Und so war es auch, wie sich zeigte. Er war der Sohn eines Oberarztes am hiesigen Krankenhaus und studierte in Dublin Medizin. Dort teilte er eine Wohnung mit dem Sohn des Landarztes Wang, mit dem er zusammen am Nachbartisch saß. Beide waren angeheitert, weil sie am Barschrank des Oberarztes gewesen waren und sich den Cognac vorgenommen hatten. Der Oberarzt selbst war übers Wochenende auf der Hütte und hatte keine Ahnung, daß die kostbare Flüssigkeit, die ordentlich auf ihrem Platz neben der »Bristol Cream« seiner Frau stand, mit einem großen Schuß Wasser verlängert worden war. Er würde nie im Leben seinen Sohn verdächtigen, dazu hatte er ein zu großes Vertrauen in ihn.

Inger hatte Frederik, den Sohn von Doktor Wang, gekannt, seit er in Shorts und Gummistiefeln herumlief und Frikken genannt wurde. Sie hatten zusammen am Bjørnebærlia Bingbang-Blechbüchse gespielt und waren zusammen zur Schule gegangen, er zwei Klassen über ihr. Aber enge Freunde waren sie nie gewesen, und im Laufe der Zeit verloren sie sich ganz aus den Augen. Der Sohn des Arztes kam nicht zu den Festen der Bauern. Er machte Abitur und spazierte mit dem Bambusstock und der roten Mütze der Abiturienten über die Dorfstraße. Ein ziemlich affektierter Knabe, hatte Inger von Frederik gedacht.

Später, als die beiden größer wurden, waren sie immer ein bißchen rot geworden, wenn sie sich begegneten. Denn sie teilten ein ziemlich intimes Kindergeheimnis, ein »Doktorspiel«, von dem beide gern gewußt hätten, ob sich etwa der andere auch daran erinnerte.

Jetzt machte Frederik so ein Aufhebens um das Wiedersehen mit Inger, daß sie sich überreden ließ, an den Tisch der beiden umzuziehen. Der Freund stellte sich höflich vor, er hieß: »Christopher mit ph wie in Alphorn, ha, ha.« Inger lachte seinen haselnußbraunen Augen herzlich zu und nahm den Drink, den er spendierte, an. Sie konnte an dem feuchten Glanz in Frederiks Augen bemerken, daß er nichts dagegen haben würde, ihre intime Kinderbekanntschaft zu erneuern, und es bereitete ihr eine rachsüchtige Freude, ihn zugunsten seines netten, dunkeläugigen Freundes zurückzuweisen.

Die Stühle in dem Lokal, in dem sie saßen, waren mit hellgrünem Kunstleder bezogen, die Teaklämpchen hatten passende Schirme, und auf den modernen Resopaltischen lagen karierte Deckchen mit Fransen. Der Ruf des Lokals war so, daß ein Mädchen hier eigentlich nicht verkehren sollte, wenn sie nicht als »leichtlebig« abgestempelt sein wollte, das wußte

Inger. Aber an diesem Abend steckte sie so voller Trotz, daß sie sich nicht darum scherte. Die beiden Studenten prosteten Inger eifrig zu, und Christopher sah ihr tief in die Augen und sagte, sie erinnere ihn an Lovise Margrethe Doppen. Erst glaubte Inger, das wäre ein Filmstar und fühlte sich geschmeichelt. Aber nach und nach, als die beiden einen Namen nach dem anderen in die Diskussion einwarfen: »Nein, sie erinnert mehr an Edvarda!« »Wie bitte, Edvarda? Nein, dann schon eher Eva!«, wurde ihr klar, daß sie über Romanfiguren redeten, und zwar aus Büchern, die sie nicht gelesen hatte. Inger merkte, daß die beiden sich mit ihren Kenntnissen über sie lustig machten und spürte, daß sie untereinander wetteiferten, um sie zu beeindrucken. Sie erinnerten an zwei prahlende Gockel, wie sich so zurücklehnten und die Gläser zwischen den schmalen Fingern drehten.

»Am liebsten wäre ich wohl Gunvor Smikkstugun, glaube ich«, sagte Inger trocken, denn sie hatte gerade ›Drosseln in der Deckenlampe‹ von Alf Prøysen gelesen und war von dem frischen Mädchen in dem roten Kleid fasziniert. Gunvor war ein Mädchen nach Ingers Sinn.

Das brachte die zwei Kampfhähne für einen Moment zum Schweigen, und Inger fand, sie könnte die Pause gut dazu benutzen, um zur Toilette zu gehen. Aber als sie aufstand, blieb ihr Kleid an einem der Ziernägel am Rand des Kunstlederbezugs hängen, und Christopher mußte ihr helfen. Er zog sie anschließend auf seinen Schoß, und sie blieb genau so lange sitzen, daß alle beide begriffen, wer der Sieger geworden war, ehe sie lachend verschwand, um sich die Nase zu pudern.

Als sie an den Tisch zurückkam, war Frederik vollauf beschäftigt, eines der anderen Mädchen in dem halbdunklen Lokal zu umwerben. Sie standen an der Jukebox und zankten sich flirtend über die Platten, für die sie eine Münze spendieren wollten.

50

Später am Abend gingen Inger und Christopher Arm in Arm durch die Straßen, gefolgt von Frederik und Wenche, wie das ein bißchen mollige Mädchen mit den rotbraunen Dauerwellenlocken und dem roten Schmollmund hieß. Sie kamen durch stille Gegenden zu einer schönen Villa im Schweizer Stil am Rande der Stadt. Christopher schloß auf und bot ihnen Getränke aus der Mahagonibar seines Vaters an. Inger hatte eigentlich mehr als genug zu trinken gehabt, der »Kornjak« des Oberarztes lockte sie also nicht, aber sie nippte vorsichtig an der »Bristol Cream« seiner Frau. Frederik lächelte nachsichtig über den »Kornjak« und bot Wenche einen ordentlichen Schluck davon an, ehe er sich der genauen Untersuchung ihrer Blusenknöpfe hingab. Er selbst und der Gastgeber tranken Gin, denn für die Menge Wassers, die Christopher wagte, in die Flasche »Rémy-Martin« zu gießen, gab es Grenzen.

Sie spielten Platten und tanzten Wange an Wange zu schleppender Tangomusik. Inger schaute sich verstohlen um, beeindruckt von all den schicken Sachen, aber meist tanzte sie mit geschlossenen Augen, die Arme um den Hals ihres Tanzpartners geschlungen. Tief in ihrem Innern hob die Vernunft einen warnenden Zeigefinger, aber sie nahm noch einen Schluck von dem süßen braunen Sherry und achtete einfach nicht darauf. Sie hörte nur noch Christophers kosende, werbende Worte, als er sie geschickt in das Schlafzimmer seiner Eltern lancierte und sie sanft auf das große Doppelbett warf.

Dann ging alles ganz schnell: ein Küssen und Tasten und Herumfingern an Knöpfen und Reißverschlüssen und Hosengummis, alles in einem Tempo, als wäre ihnen die Moral persönlich auf den Fersen. Inger schaffte es gerade noch zu sagen, daß er in der Kurve abspringen müsse, dann merkte sie, hier war der Weg für Kurven zu kurz, er war im Ziel, ehe sie eigentlich wußte, ob sie das alles wollte. Und dann ging ihr auf, dieser höfliche Mann von Welt mit allen seinen Büchern und Auslandsstudien war nichts als ein unerfahrener kleiner Junge, der aus Dankbarkeit über seine Einführung in das große Geheimnis an ihrer Schulter Tränen vergoß.

Anschließend war er richtig süß. Er nahm sich Zeit, ihr alle die unorganisierten Kleidungsstücke in Ruhe auszuziehen und er betrachtete ihren Körper mit einer Ehrfurcht, die sie rührte. Aber auch dieses zweite Mal schaffte er es gerade noch, dann war das Ganze schon überstanden. Eigentlich war auch Inger hochbefriedigt – von dem einen Mal konnte man ja wohl kein Kind bekommen, dachte sie. Obwohl sich trotzdem eine leichte Unruhe unter den Reigen mischte, mit dem in ihrem Kopf sich alles drehte. Außerdem wurde ihr plötzlich schlecht, und er half ihr ins Bad. Dort hob er den Deckel mit dem rosa Plüschbezug – hast du so etwas schon mal gesehen! – und hielt ihr den Kopf, während sie sich in die hellgrüne Toilettenschüssel übergab.

Anschließend fühlte sie sich ein bißchen besser, und sie schliefen nebeneinander unter den leichten, weichen Daunendecken. Inger wachte mit furchtbaren Kopfschmerzen auf, und Christopher wurde mit einem Mal zum tüchtigen Arzt, der Aspirin verordnete und ein Duschbad in der schicken grünen Badewanne. Wäre ihr nicht so elend gewesen, hätte Inger die Dusche sicher sehr genossen – so müßte es sein, wenn man in einem feinen Hotel übernachtete –, aber jetzt war ihr nur schlecht, und sie wollte so schnell wie möglich nach Hause.

Er war nett und begleitete sie durch das morgendliche Vogelgezwitscher zum ersten Bus, der um viertel nach fünf vom Busbahnhof aus ging. Dieser frühe Arbeiterbus sollte die Männer im Landesinnern zur Arbeit auf der Werft in der Stadt abholen. Jens-Julius hatte heute morgen zum Glück keinen Dienst, und darüber war Inger heilfroh. Sie hatte nicht den Wunsch, jetzt Bekannten zu begegnen.

Christopher mit ph bat nicht darum, sie wiederzusehen, und auch wenn sie das nicht anders erwartet hatte, merkte sie durch ihre Übelkeit und das pochende Kopfweh hindurch, daß sie ein bißchen enttäuscht war. Aber er war rührend liebenswürdig, und als er sie zum Abschied auf die Wange küßte, schaute er sie dankbar aus seinen samtbraunen Augen an, ehe er davonschlenderte, während die Morgensonne in seinem blauschwarzen Haar spielte. Als der Bus aus der Haltebucht fuhr, drehte er sich um und winkte ihr ein letztes Mal zu.

Inger kroch auf den Sitz des Busses und lehnte Arm und Kopf gegen das kalte, glänzende Metall oben an der grünen Rücklehne. Sie steckte voller merkwürdiger Gefühle, aber vor allem hatte sie einen furchtbaren Kater. Sie schloß die Augen und dachte ähnlich wie Scarlett O'Hara in ›Vom Winde verweht‹, das sie kürzlich gelesen hatte: »Daran will ich jetzt nicht denken. Ich will morgen daran denken, dann gelingt mir das besser.« Gut, daß sie nicht ›Vom Winde verweht‹ angesprochen hatte, denn dann hätte sie sich ziemlich blamiert. Das herablassende Lachen zu hören, als sie vorsichtig fragte, welche Bücher »Raskolnikov« geschrieben habe, war schlimm genug.

Der Bus rumpelte die Kurven entlang. Es war zeitig im Frühjahr, und die Erde zeigte jetzt an einigen Stellen einen Hauch von Grün. – Winterweizen oder vielleicht Roggen, konstatierte Inger automatisch, als sie während der dreiviertel Stunde, die der Bus brauchte, zusammengerollt und halb schlafend auf ihrem Sitz gegen die Übelkeit ankämpfte. Dann hielten sie an der Milchrampe von Lund. Sie hängte ihre Tasche über die linke Schulter und begab sich auf die Dorfstraße.

Nachdem sie über den stillen Hofplatz von Lund gegangen

war – Peder schlief noch, und Harriet war sicher im Stall –, bog sie von der Straße ab und kletterte mit ihren hohen Absätzen durch das welke Laub den Bjørnebærhang hinauf. Sie überquerte das Grundstück, das ihr und Hans gehörte und mit Stöcken in jeder Ecke markiert war, und ging weiter den Blåveishang hinauf. Es lag kaum noch Schnee, nur am Waldrand gab es noch einige graue Reste. Sie schabte die oberste, schmutzige Lage ab und füllte beide Hände mit Schnee und badete ihr Gesicht in der eiskalten, körnigen Masse. Dann setzte sie sich auf einen Baumstumpf, zog den Rock bis zur Hüfte hoch und übergab sich zwischen ihre Beine auf das braune, trockene Laub.

Anschließend breitete sie Laub über die grüne Galle, die sie erbrochen hatte, und wechselte zu einem anderen Baumstumpf. Dort saß sie lange, die Hände um die hochgezogenen Knie geschlungen und den Kopf auf dem glatten Kleiderstoff ruhend, während ihr die Bilder des vergangenen Abends durch den Kopf gingen. Sie mischten sich mit Bildern von Hans, von dem Haus, das sie bauen wollten, und von ihrem Job hinter dem Tresen des Geschäftes von Kaufmann Berg, wo sie in den letzten drei Jahren Mehl und Zucker in weiße und braune Papiertüten abgewogen hatte, soviel die Kunden verlangten.

Die Bilder flossen in ihrem Kopf ineinander und wurden zu einem Traum, in dem sie über einen Tanzboden schwebte, an Reihen ledergebundener Bücher entlang, in den Armen eines Mannes, der Ähnlichkeit hatte mit Rhett Butler. Sie stolperten immerzu, denn die Musik hatte einen falschen Takt, nicht den eins-zwei-drei-Walzertakt, sondern eine merkwürdig bekannte Melodie in Stakkato, die eins-zwei-drei-vier-fünf-sechs-sie-hie-ben wiederholte, wieder und wieder. Das war Hans, der zählte, während er Tausende von winzigen grauen Stöcken einschlug, die einen Zaun um ihr Haus bilden sollten.

Sie erwachte, steifgefroren, von den Tönen einer Goldammer, die auf einem Zweig über ihrem Kopf saß. Die Tasche war von ihrer Schulter geglitten, und eine große unbeholfene Wanze saß wie paralysiert auf dem glatten weißen Plastik. Inger wischte sie weg, erhob sich und pflückte Leberblümchen, die sie zerstreut und halb automatisch zu einem Sträußchen ordnete, während sie nach Hause ging. Was die Mutter sagen würde, wenn sie um diese Tageszeit nach Hause kam, daran wagte sie nicht zu denken.

51

In den folgenden Wochen und Monaten dachte Inger wenig an Christopher mit ph wie in Alphorn. Schuldbewußt verbannte sie die Gedanken an das kleine Abenteuer aus ihrem Kopf und konzentrierte sich auf einen verliebten und fordernden Hans. In den Baumwipfeln sang der Frühling, und in Hans' altem Taunus knirschten die Sitze, wenn sie auf dem Rücksitz »die Post abgehen« ließen, während sie das Auto weit drinnen auf dem Holzweg geparkt hatten, draußen auf der Heide. Die Übung stellte eine so große physische Herausforderung dar, daß die Kurve, in der Hans abspringen sollte, immer öfter zwischen ihren verrenkten, verschlungenen Gliedmaßen verschwand. Ihm brachte das gleichzeitig einen rauschenden Höhepunkt, während Inger sich immer öfter dabei ertappte, wie in ihrem Kopf und hinter ihren zusammengekniffenen Augen eine Strophe irgendeines Schlagers herumschwirrte.

Die Worte »Got myself a cryin', talkin', sleepin', walkin' livin'doll« drehten sich, lebhaft begleitet von Hans' Stöhnen, in ihrem Kopf.

Übelkeit und Schwindel traten erst einige Wochen später auf.

Auf den halbfertigen Dachgiebel war ein Richtkranz gesetzt worden, und Hans feierte am Bjørnebærlia Richtfest. Inger saß indessen mit Milda und den Schwestern zu Hause auf Rønningen zusammen, um eine rasch vorverlegte Hochzeit zu planen.

Ins eigene Haus einzuziehen gab Inger die gleiche Zufriedenheit, wie sie sie damals spürte, wenn sie sich geradezu auf das Spielhaus unten im Garten auf Ås warf, das die kinderlose Mathilde seinerzeit bauen ließ, um Mildas Schwester Ragnhild zu sich zu locken. Nachdem sie energisch Hallvard und Anne-Grete, ihre kleinen Geschwister, vertrieben hatte, die gewöhnlich gemeinsam mit Solfrid und Nils-Jan ziemlich wild in der kleinen Puppenstube hausten, wirbelten Inger und die Schwester Karin mit Besen und Lappen und Seifenwasser durch die winzigen Räume. Sie schrubbten und wuschen, räumten auf und stellten frische Blumen hin, und die kleinen Mädchen erhielten strenge Anweisungen, wie sie Ordnung zu halten hatten. Die Jungen, die hatten sich rauszuhalten. Es dauerte selten länger als einen Tag, bis das Spielhaus wieder sein übliches Räuberhaus-Gepräge zurückgewonnen hatte, und Inger und Karin konnten aufs neue loslegen – wenn sie Lust dazu hatten.

Und dann ging Inger plötzlich mit ihrer eigenen kleinen Puppe im Bauch umher und versorgte ein eigenes Haus, mit ihren gerade mal zwanzig Jahren. Denn versorgen, das war es, was sie tat. Und sie versorgte Hans, solange er zu Hause war – er gewöhnte sich rasch daran, und als er abfuhr, sorgte sie für sich selbst und die Freundinnen, die vorbeischauten. Daß Hans abreiste, machte ihr nichts aus. Sie hatte am Haus und an den Freundinnen genug. Ja, und dann natürlich an den Eltern und den vielen Geschwistern. Jedenfalls am Anfang. Mit der Zeit kam es schon vor, daß sie ihre Arbeit hinter dem Tresen bei Kaufmann Berg vermißte, manchmal so heftig, daß sie losziehen mußte, um sich eine Wochenzeitung zu kaufen und einen Schwatz über den Tresen zu halten.

Aber im großen und ganzen hatte sie genug zu tun mit Windeln säumen und Babysachen stricken, die Mutter oder die Freundinnen oder vielleicht Harriet Lund zum Kaffeetrinken zu besuchen und Haus und Garten schön ordentlich zu halten. Und als Tochter Nummer zwei ankam, nur gut ein Jahr nach der ersten, hatte sie endgültig genug zu tun.

Mutter von kleinen Kindern zu sein, fiel Inger leicht. Sie hatte Kinder immer gern gehabt und war unter vielen Geschwistern aufgewachsen. Selbstverständlich wollte sie selbst auch viele Kinder haben. Auf jeden Fall vier, hatte sie oft gedacht. Deshalb war die große Unlust, die sie diesmal verspürte, ihr ganz fremd. Aber das hing wohl damit zusammen, daß es ihr immer schwerer fiel, Hans' Frau zu sein. Herrgott noch mal, er trank ja ununterbrochen! Dieses Mal war die Tour auf See nur kurz gewesen, und der Aufenthalt an Land länger als üblich. Hans hatte keine Beschäftigung und war ihr immer zwischen den Füßen herumgelaufen, während er sehnlich auf eine neue Heuer wartete. Er trank aus lauter Langeweile, oder um die Rastlosigkeit zu betäuben, einen über den Durst, anfangs am Abend, wenn die Kinder im Bett waren, aber nach und nach auch am Vormittag. Die letzten Wochen waren schon strapaziös genug gewesen, aber die Wochenenden waren am schlimmsten, denn da war es noch leichter, Zechkumpane zu finden.

Wie sie da mit den Armen vor der Brust gekreuzt auf dem Fahrrad fährt, fühlt Inger beim Gedanken an die polternde, aufgedunsene Gestalt ihres Ehemanns einen solch heftigen Widerwillen, daß sie spürt, wie sich die Kopfhaut zusammenzieht, und eine plötzliche Übelkeit schießt ihr sauer hoch in den Mund. Igitt!

Vermutlich wird er sturzbetrunken mit dem letzten Bus aus der Stadt zurückkommen, nuschelnd unter der Decke nach ihrem Körper greifen und über ihre Abweisung tief gekränkt sein. – Früher war sie sich nie zu fein dafür, früher, als sie noch jung und wild waren, hä hä. Weiß sie denn nicht mehr ... und dann kommen seine Geschichten, so direkt und so plump, daß noch das kleinste positive Gefühl, das sie für ihn empfunden haben mag, verschwindet. – Oh, wenn er doch nicht so dumm wäre! Wenn sie Glück hat, schläft er schnarchend ein, ehe er noch sehr weit gekommen ist mit dem rohen Gerede. Aber oft muß sie aufstehen und in die Küche gehen, um dem zu entgehen, was sie inzwischen als Übergriff empfindet und ihm schon früher nur widerwillig zugebilligt hat.

Das ist fast die einfachste Lösung, findet Inger, mit dem Kopf zur Seite gewandt daliegen und sich immer wieder irgendeine Popmelodie vorzusummen, während der Mann schwitzend und stöhnend zum Höhepunkt kommt, sich auf die andere Seite wälzt und augenblicklich in einen komaähnlichen Schlaf fällt. Inzwischen weiß sie ganz genau, wann sie ihn notfalls noch folgenlos an sich heranlassen kann – es ist lange her, seit sie sich mehr Kinder mit Hans wünschte. Aber daß sie es als eine derartige Katastrophe empfinden würde, wenn sie schwanger würde, das hätte sie nie gedacht.

Nicht vor jenem schicksalsschweren Krankenhausbesuch im Winter. Einerseits ist sie froh darüber und andererseits wünscht sie sich, sie hätte niemals angeboten, Solfrid und den kleinen Jakob ins Krankenhaus zu fahren, damals, um Lars zu besuchen. Aber sie hat es nun einmal getan.

52

In den Tagen nach dem Besuch im Krankenhaus ging Inger umher und dachte, daß es beim letzten Mal ein genau so schöner Tag im Frühling gewesen sein muß. Nur war es dieses Mal ja Winter, und Hans saß mit einem Pils am Küchentisch.

Er maulte die ganze Zeit schon: weil sie gehen würde, weil sie das Auto nehmen würde und weil er auf die Kinder aufpassen mußte. Aber Inger setzte ihren Willen durch, das heißt, sie fuhr Hans und die Mädchen zur Schwiegermutter, wo ihnen der Duft nach frisch gebackenen Pfannkuchen schon auf der Treppe entgegenschlug und sie alle drei in gute Laune versetzte. Denn was in aller Welt konnte sich mit den Pfannkuchen und der selbstgemachten Heidelbeermarmelade der Großmutter schon messen?

Als sie das Auto wendete, schaute Inger zurück, und beim Anblick ihres ziemlich dicken Mannes auf der Treppe, ein Mädchen an jeder Hand, ein blondes, ein dunkles, bekam sie ein schlechtes Gewissen – und er tat ihr leid.

»Er ist ja ein großes Kind!« dachte sie, gleichzeitig bestürzt und traurig. »Herrgott, ich lebe ja mit einem Kind zusammen!«

Aber Hans ist nett. Doch, er *ist* nett. Wenn er nicht trinkt, ist er nett und manchmal sogar richtig charmant, wie damals, als sie sich vor dreizehn Jahren begegneten – Jesses, ist das dreizehn Jahre her? Und er liebt seine Kinder.

An jenem Tag im Winter war er erst seit kurzem zu Hause, und es war noch nicht so schlimm gewesen, erinnert sich Inger. Wie sie da mit Ragnhild und Solfrid und dem kleinen Jakob zur Stadt fuhr, hatte sie sich so froh und optimistisch gefühlt wie schon lange nicht mehr. Hans hatte den Taunus aufgegeben und einen fast neuen blauen Amazon gekauft. Und Inger hatte im Sommer durchgesetzt, daß sie den Führerschein machen konnte.

»Es wird schon einen Ausweg geben. Er kann doch nicht immer so weiter trinken. Und dann ist er ja auch mal wieder auf See.« Inger hat sich nie zu lange mit Unannehmlichkeiten aufgehalten. Solfrid und Harriet waren die einzigen, mit denen sie über die Alkoholprobleme ihres Mannes redete.

Jetzt drehte es sich schließlich um Lars. Er hatte vier Schockbehandlungen bekommen, und es schien, als wäre er so langsam auf dem Weg aus der tiefsten Depression heraus. Die Medizin, die er bekam, tat wohl das ihre dazu. Vor ein paar Tagen hatte er darum gebeten, den kleinen Jakob zu sehen, und jetzt sollten sie sich auf dem Korridor treffen.

Das Wiedersehen zwischen Großvater und Enkel zu beobachten, war ganz besonders rührend. Jakob war von der Fahrt ziemlich aufgedreht und wollte am liebsten auf dem langen Flur hin- und herrasen, an dessen einem Ende die Besucherecke lag, eine Sitzgruppe mit schmutziggelben Kunstlederbezügen. Aber als Lars hinter Ragnhild aus der Tür trat, wurde Jakob plötzlich ganz andächtig und wollte nur noch auf Großvaters Schoß sitzen. Lars hatte für ihn in der Krankenhauswerkstatt einen kleinen Holzzug gebastelt, und Jakob saß still auf dem Schoß und ließ den Zug fast während des gesamten Besuchs auf seinem Jackenärmel auf und ab fahren.

Merkwürdigerweise erkannte Inger den großen Mann im weißen Kittel auf die lange Entfernung wieder, noch ehe sie sein Gesicht von Nahem sah. Nicht weil sie an ihn gedacht oder weil sie erwartet hatte, ihn zu sehen, wobei das ja gar nicht so abwegig gewesen wäre. Würde er irgendwo auftauchen, müßte das ja am ehesten im Krankenhaus sein, denn er hatte selbstverständlich längst sein Studium abgeschlossen. Aber wenn sie in den letzten Jahren an Christopher gedacht hatte, dann beinahe wie an einen gesichtslosen Fehltritt. Tatsächlich konnte sie sich an seine Züge nicht klar erinnern und mußte blitzschnell im Tagebuch des Gedächtnisses zurückblättern, ehe das Bild an seinen Platz fiel und ein Hauch von Rot Hals und Wangen überzog.

Er aber brauchte offenbar nicht zu blättern, bemerkte sie mit Erstaunen, als er sich der kleinen Gruppe um den Tisch am Fenster näherte. Es sah so aus, als wollte er an ihnen vorbeigehen, er hatte schon den Schlüssel zur Tür der Station in der Hand, überlegte es sich aber kurzentschlossen anders –

bei ihrem Anblick? Jedenfalls kam er heran und wechselte ein paar Worte mit Lars und Ragnhild, während sein Blick, neugierig und vielleicht eine Idee scheu, Inger streifte.

»Er erinnert sich an mich«, dachte Inger, beinahe ein wenig verwundert, und dann: »Vielleicht vergißt man die Erste nicht so leicht.« Wieder spürte sie die Röte warm auf Hals und Gesicht.

Anfangs machte er keine Anstalten zu zeigen, daß sie sich schon begegnet waren, er sprach nur ein bißchen über Lars' Zustand, ehe er sich zu Jakob beugte und ihn halb scherzhaft mit Handschlag begrüßte. Aber dann richtete er plötzlich seinen Samtblick auf Inger und fragte lächelnd, ob sie ihn nicht wiedererkennen würde. Das wirkte so offen und so direkt, daß ihr blitzschnell durch den Kopf schoß – o Gott, jetzt platzt er mit der ganzen Geschichte heraus! Und bei dem Gedanken lächelte sie wie ein schüchterner Teenager. – Ja, doch, sie erkannte ihn. Sie kam so weit zu sich, daß sie den anderen erklären konnte, er sei ein Studienkollege von Frikken Wang gewesen, dem Sohn ihres Arztes, und damit hatten die anderen etwas, worüber sie reden konnten, bis sie sich etwas gefaßt hatte.

Ja, so viel mehr war dann nicht gewesen. Er hatte sie alle so herzlich angelächelt, ehe er sich umdrehte und in der Abteilung verschwand. Und er hatte – wiederum an alle gerichtet – gesagt, wenn etwas wäre, sollten sie einfach anrufen. Und dann war ihm sein Schlüsselbund runtergefallen, als er die Tür aufschließen wollte. Sein Haar schimmerte blauschwarz, als er sich bückte, um ihn aufzuheben.

Du liebe Güte, da konnte man doch wohl seinen Seelenfrieden verlieren! Seither hat Inger jeden Tag an ihn denken müssen. Und sie waren ja damals nicht einmal verliebt gewesen, es war eine zufällige Begegnung an einem Abend im Frühling vor acht Jahren. Sie mußte ja verrückt sein, auf einmal herumzulaufen und an ihn zu denken, wo sie das früher doch auch nicht getan hatte. Aber, Gerechter! Daß sie diese braunen Augen vergessen konnte! Nein! Natürlich hat sie diese Augen nicht vergessen! Auch wenn sie es sich noch so sehr gewünscht hat, sie zu vergessen.

Inger seufzt und hebt für einen Moment den Blick vom Weg, ohne nach dem Lenker zu greifen. Sie kann noch immer meisterhaft die Balance halten auf dem Rad, so wie sie mit geradem Rücken und überkreuzten Armen auf dem Fahrradsattel sitzt. Aber das, was sie sieht, als sie einen raschen Blick nach Ås hinauf wirft, wohin sie unterwegs ist, um mit Sol zu plaudern, bringt sie vollkommen aus der Fassung und läßt das Rad mächtig ins Schwanken geraten, bis sie automatisch nach den grauen Griffen am Lenker packt. Mit einem erschrockenen Ausdruck in den weit aufgerissenen Augen, die ganz auf die kleine Gestalt dort am höchsten Punkt der Leiter gerichtet sind, fliegt sie kopfüber über den Lenker und in den Graben.

53

Jakob, das bin ich. Wenn ich mich am Abend ins Bett lege, bin ich Mutters müder kleiner Jakob, für den sie Lieder singt. Oder sie erzählt von damals, als sie klein war, zusammen mit meinem Vater.

»Wo war ich da?« frage ich, »Wo war ich, als du klein warst und mein Vater, der Junge im Album, hier war und in meinem Zimmer wohnte?«

»Du warst nirgendwo«, sagt Mutter und streichelt mir übers Haar. Da weine ich, denn ich will nicht nirgendwo sein. Es ist gemein, nirgends und nichts zu sein.

»Du warst in einem Traum von mir«, sagt Mutter da. »Du warst in einem Traum, von dem ich noch nicht einmal

wußte, daß ich ihn träumte. Der war so schön und so spannend, daß ich mir nicht vorstellen konnte, daß er wahr werden würde.«

»Aber warum weinst du denn, wenn es so ein schöner Traum war?«

»Ich weine wegen deines Vaters, weil er ihn nicht erleben konnte. Denn er hat den gleichen Traum geträumt.«

»Ohne davon zu wissen?«

»Ja, ohne davon zu wissen. Schlaf jetzt, mein Kind.«

Wenn ich schlafe, träume ich von meinem Vater, der der Junge im Album ist. Wir laufen zusammen über die Jakobswiese, und die weichen roten Halme kitzeln uns am Bauch und schlagen uns um die Ohren, wenn wir uns hineinstürzen und die Arme um den Leib des anderen geschlungen haben, denn wir spielen, wir würden uns prügeln. Wir rollen über die Wiese und sehen jedesmal für einen kurzen Augenblick den blauen Himmel über uns, wenn wir mit dem Rücken auf der Erde liegen, und wir lachen und lachen und lachen.

Aber dann ist er nicht mehr mein Junge. Meine Hände sind ganz leer, und da kommt ein großer schwarzer Mistkäfer angekrochen. Der sieht mich mit seinen scheußlichen Augen an, und ich bekomme solche Angst, daß ich schreie und aufwache. Ich schreie, bis Mutter angelaufen kommt und mich auf den Schoß nimmt und fragt, was ich geträumt habe.

»Ich habe von einem schwarzen, gefährlichen Mistkäfer geträumt, der mich holen will.«

»Aber Käfer sind nicht gefährlich, mein kleiner Jakob«, sagt Mutter, »Mistkäfer sind nett, die graben in der Erde und sind nützlich und stechen nicht wie Wespen, Bienen oder Hummeln.«

»Ja, aber der war gefährlich«, weine ich. Denn das war ein großer und gefährlicher Mistkäfer, nicht so einer wie der, den

wir im Blumenbeet gesehen haben, zwischen den Stiefmütterchen, und den Mutter über ihre Hand krabbeln ließ.

Da darf ich für den Rest der Nacht mit in Mutters Bett. Ich liege in ihrer Armbeuge und höre, daß sie schläft und daß ihr Atem einen merkwürdig hohen flötenden Ton bildet. Dann ist mein Vater da, er, der der Ton im Wind ist und von dem nur ich weiß. Er kommt von nirgendwo und bläst den wehmütigen Ton in mein Ohr, bis ich einschlafe.

54

Im Alltag gelingt es ihr nur manchmal, sein Gesicht für Momente aufblitzen zu sehen. Sein Gesicht, im Halbdunkel des Stalls, wenn sie sich über den Mehlkasten beugt, um mit der verbeulten alten Blechkelle Mehl für den Kälbertrunk zu schöpfen. Manchmal aber sieht sie auch seine ganze Gestalt auf dem Weg über den Hof hinunter zum Stall. Die Bilder können so echt sein, daß Solfrid von einem Schreck durchzuckt wird, doch gleichzeitig sind sie vage und unmöglich zu fassen wie die Nebelschleier über der Jakobsau an einem Hochsommerabend.

In ihren Träumen aber ist er nahe und real. Er steht neben ihrem Bett, mit dem etwas ernsten Ausdruck, den er oft hatte, und betrachtet sie lange, ohne etwas zu sagen. Dann, als er die Hand ausstreckt, um ihre Wange zu berühren, gleitet das bekannte, rasche Lächeln über sein Gesicht. Gleichzeitig, wenn sie die Augen fest auf sein Gesicht richtet, kann sie seine Hand sehen, die näher kommt. Seine Finger mit den Nägeln, die von der Arbeit mit der Erde schwarze Ränder haben. Sie denkt, er müßte sich die Nägel saubermachen, und sieht eine von Mathildes Haarnadeln vor sich, die er dafür zu benutzen pflegte. Manchmal hat er ihr eine aus ihrem Haarknoten gezupft, während sie über irgendeine Tätigkeit gebeugt in der Küche stand. Dann schimpfte Mathilde und griff sich mit einer jungmädchenhaften, beinahe verliebten Bewegung ans Haar, oder sie wedelte mit dem Abwaschlappen hinter ihm her und sagte, er solle sich benehmen, der garstige Junge.

Immer wieder träumt Solfrid von Nils-Jan, doch in dem Augenblick, wo seine Hand ihre Wange berühren soll, wacht sie auf und weint. Nie, nicht ein einziges Mal nach seinem Tod, hat sie geträumt, daß Nils-Jan sie berührt oder etwas sagt.

Aber dieser Traum jetzt ist anders. Sie liegt nicht in ihrem Bett in ihrem Zimmer, sondern im duftenden, frisch gemähten Heu in Jakobs Scheune. Ein Sonnenstrahl scheint schräg durch ein Astloch in einer Bohle rechts über ihrem Kopf. Sie kann klar den Staub erkennen, der in dem Sonnenstrahl tanzt, und sie hört den Laut des trockenen Heus, als er sich neben sie legt.

»Hallo, Sol«, sagt er so dicht an ihrem Ohr, daß sie die Wärme und Feuchtigkeit seines Atems am Hals spürt. Sie erkennt dieses Gefühl wieder, das ihr manchmal Gänsehaut verursachte, wenn er sie von hinten umarmte und ihr vorsichtig in den Nacken pustete.

»Hallo, Sol.« Und sie denkt: »Das ist ein Traum.«

Aber das ist kein Traum, denn als sie ihr Gesicht langsam zu ihm umdreht, ist er da, und er hebt den Arm und streicht ihr das Haar aus der Stirn.

Und dann sind sie zusammen, herrlich und wunderbar, wie so viele Male zuvor. Sie spürt die jubelnde Freude, ihm gut zu tun, die beinahe mütterliche Zärtlichkeit, die sie danach für ihn empfindet, während er schwer über ihr liegt und sie mit der Hand seinen Rücken streichelt. Mit ihren Fingern fühlt sie das Muttermal gleich unter seinem linken Schulterblatt. Sie streicht mit dem Zeigefinger über die kleine Erhöhung in der Haut, und etwas in ihr wacht angsterfüllt auf und weiß, daß sie sich nicht mehr an das Muttermal erinnert hatte. Plötzlich liegt er ihr so erdrückend auf dem Brustkorb, daß ihr das Atmen schwer wird. Sie legt ihre Handflächen gegen seine Schultern und schiebt ihn vorsichtig, aber bestimmt von sich, und als sie den Blick hebt, schaut sie in ein Gesicht, das sie nicht kennt.

Ein Schock durchzuckt sie, daß sie davon erwacht, und sie schiebt, halb in Panik, das Schwere, Schwarze, das ihr über Schultern und Rücken liegt und ihr so das Gefühl gibt, ersticken zu müssen, beiseite. Auf dem Fußboden der Bodenkammer sitzend, ist sie eingenickt, die Arme fest um Borgnys Keksdose geschlungen. Mathildes schwarzer Wintermantel, der vorher lose an einem der Garnspulen-Kleiderhaken über ihrem Kopf hing, war vom Haken gerutscht und auf sie gefallen. Die glänzenden Augen des Nerzes starren sie an, und es dauert einen Moment, bis Solfrid weiß, wo sie ist.

Solfrid stellt die Keksdose zur Seite und legt sich auf den Fußboden. Den Mantel knüllt sie in ihren Armen zusammen, legt die Wange gegen den weichen Pelz des Nerzkragens und bricht in Tränen aus, während sie, die Knie fest an die Brust gezogen, vor- und zurückschaukelt. »Werde ich dieses Dunkel über meinem Leben denn nie, nie, nie mehr los?«

Und urplötzlich verspürt sie eine glühende Wut! Auf Nils-Jan und auf Eric, auf das Leben, auf das Schicksal und auf Gott, der ihr all dieses Entsetzliche angetan hat. Weinend zischt sie durch ihre zusammengebissenen Zähne: »Wie konntest du so von mir gehen, Nils-Jan! Und wieso muß gerade ich so was erleben! Und Gott, du, der du so gut sein sollst, mußt du das genau mir geschehen lassen? Bin ich denn besonders schlimm gewesen? Habe ich eine solche Strafe verdient?«

Zum ersten Mal in diesen drei Jahren spürt sie, daß aus

der Trauer um Nils-Jan nun eine reine, ausgewachsene Wut geworden ist, nicht einmal mehr mit Traurigkeit vermischt, nur bittere, haßerfüllte Wut. Flüsternd schleudert sie Anklagen hinaus und Flüche, die schrecklichsten Schimpfworte, die ihr einfallen, gegen alle und jeden gerichtet, aber am heftigsten gegen Nils-Jan und den Herrgott. Und gegen Eric.

Das tut gut, und trotzdem fühlt sie sich hilflos, alles auf einmal. Gut, weil die Wut an sich wie eine Befreiung wirkt. Ja, es befreit, so viel Galle und Eiter aus sich herauszudrücken, so viele verbotene Worte zu benutzen, die sie sonst nie verwendet. Hilflos, weil es niemanden gibt, gegen den sich ihre Wut richten oder den sie physisch angreifen kann. Am Ende muß Mathildes Wintermantel dafür herhalten. Sol packt den Mantel, und mit einer heftigen Bewegung reißt sie die morsche Naht auf, bis hoch zur Mitte des Rückens.

55

Kurz darauf muß sie über ihren gewaltigen Wutausbruch schon wieder lachen. Und dann wieder weinen. Und erst da fällt ihr auf, daß Eric in diesem Traum ja gar nicht vorkam. Denn es war nicht sein Gesicht, das sie gesehen hat, es war überhaupt kein bestimmtes Gesicht.

Im Laufe dieser wenigen verliebten Sommerwochen mit Eric schien es Solfrid, als habe sie sich etwas von der Jugend und Lebensfreude zurückerobert, die sie mit Nils-Jans Tod verloren hatte. Der warme Wind, der ihr um die Ohren rauschte, wenn sie, die Arme um Erics Körper geschlungen, sich den Bewegungen des Motorrads in den Kurven anpaßte, wehte gleichsam neues und frisches Leben in ihr Dasein. Sie sei gut auf dem Rücksitz, lobte Eric sie, denn sie lehne sich in den Kurven nicht in die falsche Richtung wie die anderen Mädchen. Und nach und nach empfand sie es immer weniger als Verrat, wenn sie mit ihm die gleichen Dinge tat wie in früheren Sommern mit Nils-Jan, zu den gleichen Badestellen fuhr, auf den gleichen Wegen durch den Wald streifte.

Denn es war alles so anders. Mit Nils-Jan hatte sie nie über Politik oder Probleme in der Welt geredet. Nils-Jan interessierte sich eher für die Landwirtschaft, das Dorf und alles, womit er aufgewachsen war, während Erics Interesse der weiten, pulsierenden Welt galt, aus der er kam. Und Solfrid ließ sich von Erics Empörung über all die Ungerechtigkeiten dort draußen anstecken. Er sprach über Rassenunruhen, während sie kaum je einen Schwarzen gesehen hatte. Sie hatte während ihrer gesamten Kindheit die Walfänger ziemlich abfällig über die Schwarzen in den Hafenstädten reden hören, wie faul und unzuverlässig sie seien, und mußte jetzt recht beschämt einsehen, daß sie vieles einfach so akzeptiert hatte, ohne weiter darüber nachzudenken. In ihrer Kindheit waren Schwarze für sie gleichbedeutend mit Heiden. Meist stellte sie sie sich so vor wie die gerade glücklich Bekehrten, in abgelegten norwegischen Baumwollkleidern, die bei einem Treffen der Missionsgesellschaft mit strahlendweißen Zähnen von einem Bildband lächelten.

Solfrid vermißt Eric mehr als erwartet. Die Arme um Mathildes Wintermantel geschlungen, bleibt sie sitzen, während die Erlebnisse des Sommers als innere Bilder immer weiter an ihr vorüberziehen: Sie und Eric auf dem Motorrad. Der Wind im Gesicht und die Tränen, die er in die Augen trieb. Die Wärme seines Rückens durch die dünnen Sommersachen. Der sehnige Körper, der gleichzeitig so zart war. Tempo. Bewegung.

Sie fuhren zu Orten, an denen sie früher nie gewesen war. Einmal waren sie in Oslo, im Theater. Solfrid war nie zuvor im Theater gewesen, aber Eric bewegte sich auch dort wie ein Fisch im Wasser. Sie trug das gepunktete Kleid, das Inger geändert hatte, und zog lange Hosen unter den Rock, als es auf dem Heimweg frisch wurde, und eine Strickjacke von Lars unter den Skianorak, den sie über dem Kleid trug. Aber im Theater hatte sie nur die dünne weiße Strickjacke mit. Eric hatte ihr in der Pause ein Glas Wermut gekauft. Ihre Zunge erinnert sich noch an den leichten, prickelnden Geschmack des eiskalten Getränks.

Und sie hatte Eric auf einen bekannten Politiker hingewiesen, der ihr aus Zeitungen und vom Fernsehen bekannt war. Er stand weniger als drei Meter von ihr entfernt und redete mit jemandem, während er den Arm leicht um die Schulter einer Dame gelegt hatte, die anscheinend seine Frau war. Und sie war sich ziemlich sicher, daß die Frau, der Eric so höflich die Tür aufhielt, als sie hinausgingen, eine Fernsehschauspielerin war.

Es ist unglaublich, wieviel man in ein paar kurzen Sommerwochen erreicht, wie gut man jemanden kennenlernen kann. Wenn man verliebt ist, richtet man die gesamte Aufmerksamkeit so intensiv auf den einen Menschen, und man ist so neugierig auf ihn, daß Tage und Wochen wie Monate und Jahre wirken können.

Als er abfuhr ... Sie hatte nicht geglaubt, daß sie ihn so heftig vermissen würde. Aber als er fuhr, war sie schrecklich unglücklich. Dennoch hatte sie es nicht geschafft, sich einzugestehen, wie endgültig der Abschied war. – Ja, denn dieser Abschied ist endgültig! Es mag daran liegen, daß es unmöglich ist, sich etwas anderes vorzustellen. Oder ist es das nicht ...? Nein! Sie kann nicht daran denken, will nicht daran denken! Es ist unmöglich. Mit dem kleinen Jakob ist es unmöglich. Und es ist ebenso unmöglich, sich Eric, den rastlosen, weltgewandten Eric hier in Norwegen auf dem flachen Lande für länger als einige kurze Sommermonate vorzustellen.

Er hat ihr geschrieben und sie angerufen. Ja, in der letzten Woche hat er angerufen – aus Amerika! Ob sie nicht herüberkommen könne, nur für ein paar Wochen, nur für einen Urlaub? Sie könnte den Jungen doch mitbringen? Als ob so eine Weltreise, noch dazu mit einem kleinen Kind, etwas Alltägliches wäre. Und woher sollte sie das Geld dafür bekommen?

Aber könnte sie nicht ein bißchen jobben und Geld sparen, und dann zu Weihnachten kommen, oder auf jeden Fall zum Sommer? Durch das Herzklopfen, das ihr seine Stimme verursachte, spürte Sol die vage Irritation über seine unbekümmerten Lösungen. So einfach funktioniert das Leben aber nun mal nicht! Er würde das schon noch einsehen. Er sollte sie in Ruhe lassen und ihr eine Chance geben zu vergessen.

Gleichzeitig spürt sie eine warme Freude, daß dieser Sommerflirt offenkundig für ihn ernster geworden war, als er gedacht hatte. Und sie ist sehr bitter, daß sie – ausgerechnet sie – gezwungen ist, jemanden zu verlieren, ein weiteres Mal.

Aber stell dir vor, wenn es nicht so unmöglich wäre! Ab und zu ist es verlockend, Erics unerschütterlichen Glauben zu teilen, daß es selbst für die hoffnungslosesten Situationen eine einfache Lösung gibt. Man muß ja nur ...

Ach, aber das ist es ja gerade, wovon sie so hingerissen ist. Dieser jungenhafte Optimismus in Verbindung mit ernsthaftem Engagement und einer glühenden Empörung gegenüber allem, das er als ungerecht ansieht. Alles ist möglich. Wenn man nur stark genug *will*, ist alles möglich.

Er berichtete am Telefon, daß er an einer Demonstration gegen den Vietnam-Krieg teilgenommen hat, einen Krieg, an den sie keinen Gedanken verschwendet hätte, auf jeden Fall nicht sehr viele, wenn nicht um seinetwillen. Jetzt ist sie beinahe ebenso glühend mit dem Konflikt in jenem fernen Teil der Welt beschäftigt wie er. Sie liest die Zeitungen mit neuen Augen und stellt Fragen, wo sie früher die vorgesetzten Wahrheiten einfach schluckte.

Sie kann sie beide vor sich sehen, manchmal, er und sie auf

einer Straße in einer fernen Stadt, von der sie nur Bilder gesehen hat, mit Jakob im Sportwagen oder oben auf Erics Schultern. Junge, interessante, unbekannte Menschen, die an einem Umzug teilnehmen und lachen. Sie hat das gepunktete Kleid an und fühlt sich wie berauscht inmitten all der anderen. Sie spürt Erics Arm, der lässig um ihre Schultern liegt, fühlt, wie der leichte, unbeschwerte Rhythmus seines Körpers sich durch den Arm und in ihre Wirbelsäule fortpflanzt. Sie geht so leichtfüßig, der Asphalt bewegt sich unter ihr. Sie sind unterwegs nach …

Aber sie weiß nicht, wohin. Sie ahnt nicht, wohin, und sie weiß, daß sie nicht den Mut hat, es herauszufinden. Außerdem gibt es Jakob. Sie könnte den Jungen nie von seinen Großeltern trennen, besonders nicht von Lars. Oder umgekehrt. Sie könnte den Jungen nicht ohne all diejenigen aufwachsen lassen, mit denen er so eng verbunden ist.

Aber Kinder stellen sich so schnell um, sie vergessen so leicht. Jetzt ist sie wieder dabei. Im großen und ganzen gelingt es ihr, den Gedanken an die unlösbare Situation wegzuschieben. Aber in den letzten Tagen, seit sie Erics Stimme am Telefon gehört hat, hat sie sich rast- und ruheloser gefühlt als seit langem. Er war so weit weg, daß sie manchmal gleichzeitig redeten, weil es so lange dauerte, bis die Stimme über den Atlantik gekommen war. – »Er sollte mich in Frieden lassen!« denkt sie. Aber sie ist sich schmerzhaft bewußt, daß sie das eigentlich auch nicht will.

Solfrid dreht sich auf den Rücken um, die Arme noch immer um Mathildes zusammengedrückten Wintermantel geschlungen. Durch das halbrunde Fenster fallen die warmen Sonnenstrahlen auf sie, und wenn sie die Augen schließt und das Gesicht dem Licht zuwendet, spürt sie die angenehme Wärme auf der Haut. Sie will einen Moment so liegen, ehe sie nach unten geht und den Kaffee aufsetzt. Lars schnarcht nicht mehr, registriert sie, also ist er wohl wach. Und Jakob hat auch lange genug geschlafen. Heute abend wird er kaum ins Bett zu bekommen sein.

Sie muß sich zusammennehmen. Muß Erinnerungen und Gedanken wegschieben und sich auf den heutigen Tag konzentrieren. Oder auf morgen. Oder auf die nächste Woche, den nächsten Monat. In vierzehn Tagen fängt sie an der Frauenfachschule an. Und danach wird es vielleicht die Krankenpflegeschule, wenn sie Glück hat und angenommen wird. Ihre Eltern haben ihr einen Vorschuß aufs Erbe versprochen, damit sie sich einen alten Volkswagen kaufen kann. Und Lars und ihr Vater haben gesagt, daß sie ihr zum Geburtstag den Führerschein spendieren wollen.

Solfrid streckt sich, biegt den Nacken nach hinten und wirft einen Blick durch die staubige, gebogene Fensterscheibe. Sie sieht die Krone der großen Esche hinter der Scheune. Sie sieht, wie die Zweige sich bewegen und denkt, daß offenbar ein bißchen Wind aufgekommen ist. Es ist an sich so ein stiller und schöner Tag gewesen. Sie sollten draußen im Garten unter dem Flieder Kaffee trinken. Sie will schnell hinuntergehen und den Steintisch decken. Der Blick wandert zufällig weiter. Es tut gut, einfach so dazuliegen und nicht zu denken. Nur ein wenig schuldbewußte Zufriedenheit spüren nach diesem heftigen Gefühlsausbruch. Sie wird wohl nie mehr so starke Worte benutzen können, ohne anschließend ein schlechtes Gewissen zu haben.

Auf dem Scheunendach sitzen zwei Krähen. Das sind wohl Mutter und Kind, denn die Krähenkinder haben noch nicht aufgehört, die Eltern um Futter anzubetteln, obwohl sie längst so groß sind, daß es unmöglich ist zu unterscheiden, wer von beiden die erwachsene Krähe ist. Gegen die Scheune gelehnt steht die Leiter, die Olefejus benutzt, wenn er streicht. Und ganz oben auf der Leiter sieht Solfrid ihren kleinen Sohn, mit einer Flasche in der Hand. Sein helles Haar glänzt im Sonnenschein wie Silber.

56

Später hat jeder seine Version, erinnert jeder sich etwas anders an das, was geschah. Wer von ihnen zuerst den Jungen dort oben auf der Leiter sah, wo sie selbst – und andere – sich befanden, und was sie unternahmen. »Du standest noch ...«, »Nein, nein, das habe ich nicht getan, ich habe ...«, »Und ich kam ...«, »Und wir ...«

Sie werden tagelang, wochenlang darüber reden, miteinander und mit anderen Leuten im Dorf. Aber was sie eigentlich fühlten und dachten, werden sie wohl nie wirklich vermitteln können.

Der Schreck. Die Wut. Die lähmende Panik. Die Angst, einen so entsetzlichen Kummer zu erleben – noch einmal. Das läßt sich nicht vermitteln.

Inger erhebt sich mühsam vom Rand des Straßengrabens. Sie hat den Lenker in den Bauch bekommen. Den leicht dumpfen Schmerz im Unterleib bemerkt sie nicht. Sie setzt sich nur automatisch aufs Fahrrad, mit zitternden Händen den Lenker fest gepackt. Schwankt den Weg hinauf, die Augen auf die kleine Gestalt hoch oben gerichtet.

Sie denkt nicht, jedenfalls denkt sie nichts, was sie sich später ins Bewußtsein zurückrufen könnte. Aber durch den Kopf fährt ihr das Bild ihrer beiden Mädchen, so verschieden in allem, daß wenige sie überhaupt einer Familie zuordnen würden.

Wie lange soll es ihr gelingen, sich selbst zu betrügen? Und Hans? Er, der so stolz mit seiner ältesten Tochter angibt. Davon redet, wie gescheit sie sei, wie hübsch und wie aufgeweckt. – Und so früh dran mit allem! Die andere, die Kleine, die ihm wie aus dem Gesicht geschnitten ist, in jeder Hinsicht, um sie kümmert er sich weniger. Obwohl, ungerecht ist er selten. Er ist schnell dabei, Sonne und Wind zwischen ihnen beiden gleichmäßig zu verteilen, das tut er. Und die kleine, schlagfertige Sofie, die schon jetzt die Mutter mit ihren dunkelbraunen Augen anschauen kann, daß Inger sich fühlt, als würde der Küchenfußboden unter ihr wanken. Wie lange soll Sofie betrogen werden? Wie lange *kann – sollte – muß* Sofie betrogen werden? Müssen manche Lügen lebenslang gelten?

Vielleicht kam Inger auch ein Bild von dem neuen Kind in den Sinn, dem Kind, das sie sich nicht wünscht. Das sie noch stärker an ihren Ehemann binden wird, den sie, wie ihr klar wird, verachtet, und an ein Leben, von dem sie sich in zunehmendem Maß wegwünscht. Aber später hat sie daran keine Erinnerung.

»Herrgott! Ich habe wohl gar nichts gedacht, ich war ja nur erschrocken«, sagt Inger, wenn jemand sie fragt.

»Ich mußte an Olefejus denken«, sagt Herman, Solfrids Vater, »er war es ja, der die Leiter vergessen hat. Ansonsten habe ich an meine Sol gedacht, weißt du.«

Er hat die Trauer seiner Tochter so intensiv miterlebt. Gesehen, wie es sie vor Trauer um ihren Liebsten fast zerriß, vor seinen Augen, ohne daß er etwas anderes tun konnte, als ihr hilflos übers Haar zu streichen und zu murmeln, »meine Sola. Meine arme Sola«. Daß Nils-Jan bei ihm und Gudrun von Kindesbeinen an aus- und eingegangen und für sie bald wie ein Sohn gewesen war, machte es selbstverständlich nur noch schlimmer. Doch seine Trauer um den jungen Mann war nicht so groß wie der Schmerz, hilflos die Trauer seiner Tochter erleben zu müssen.

Er ist ein so intuitiver Mensch. Er liebt sie alle beide, Frau und Tochter, mit einer instinktiven Liebe, die in einem starken Verlangen zu beschützen ihren Ausdruck findet. Für seine Mitmenschen bleibt dieser Beschützerinstinkt oft unbemerkt, denn er äußert sich meist etwas unbeholfen. In all den Jahren ist er zu den Zeiten, wenn die Depressionen Gudrun tränenerstickt unter die Bettdecke trieben, vollkommen abhängig gewesen von den Frauen ringsum. Denn in allem, was mit Haus und Heim zu tun hat, ist er gänzlich hilflos.

Dennoch war er es, der Sol durch ihre gesamte Kindheit hindurch einen soliden und erdverbundenen, unerschütterlichen Glauben ans Dasein vermittelt hat, eine Geborgenheit und Sicherheit, daß ihr nichts Böses geschehen könne, solange ihr Vater da sei. Und dann hat es sie trotzdem getroffen.

Es war ihm unmöglich. Unmöglich, sich dazu zu verhalten, unmöglich, darüber zu reden. Er konnte ihr nur immer wieder übers Haar streichen und ihr bei seinen verzweifelten Versuchen, sie zum Lächeln zu bringen, traurig-heiter zublinzeln. Wehmütige Lieder auf seiner Mundharmonika spielen und darauf warten, daß die Welt einst wieder besser zu verstehen sein würde.

Herman liebt auch sein kleines Enkelkind, das dort auf der obersten Stufe der Leiter an der Scheune steht und schwankt. Aber er denkt nicht an den Jungen. Er denkt an Sol.

Ragnhild erinnert sich später, daß sie mit einer geradezu lähmenden Wut reagierte. Sie hat so viele Kinder verloren. Sieben Fehlgeburten hatte sie, die beiden ersten schon, ehe Lars und sie verheiratet waren. Die beiden letzten Male hatte sie sogar schon Leben gespürt.

»Man trauert nicht um ein Kind, das man nicht an der Brust gehabt hat«, pflegten die Alten im Dorf zu sagen. Was wußten sie schon davon! Noch immer kann Ragnhild abends, wenn sie sich hingelegt hat, darüber fabulieren, wie es wäre, ein Kind zu bekommen. Ein kleines, lebendiges Kind auszutragen, zu gebären und zu stillen. Solfrid und den kleinen Jakob hier im Haus zu haben, hat diesen Traum und den Wunsch danach eher noch verstärkt. Jetzt hat sie angefangen, monatliche Blutungen zu überspringen. Sie ist über fünfzig Jahre alt, und kann noch immer nicht von der heimlichen Erwartung lassen. – Stell dir vor ... Es sind früher schon Wunder geschehen ... Und die Ärzte wissen heute so viel mehr. Wenn sie nur schwanger werden könnte, noch ein Mal, ehe es unwiderruflich zu spät ist. Das sind Gedanken, die sie mit niemandem teilt, nicht einmal mit Lars. Nein, letztendlich am allerwenigsten mit Lars. Hin und wieder spürt sie bei diesen Gedanken eine überwältigende Einsamkeit.

In all den Jahren hat sie miterlebt, wie ihre Schwester Milda ein Kind nach dem anderen ausgetragen hat, neun waren es schließlich, gesunde und wohlgestaltete, lebhafte Kinder. Der jüngste von ihnen, Olefejus, er hat die Leiter an die Scheune gestellt. Und Ragnhild verspürt urplötzlich einen solchen Zorn auf die Schwester, die rundliche, gutherzige Milda, und gegen die ganze Kinderschar in Rønningen – sie sind alle miteinander erwachsen –, daß Ragnhild, als Inger bei ihr ankommt, das Fahrrad wegwirft und sie impulsiv in den Arm nimmt, sie mit Augen anschaut, die schwarz sind vor Haß. Aber Inger bemerkt das nicht. Sie ist zu sehr von dem Kind auf der Leiter beansprucht. Und später hat Ragnhild es vergessen.

Solfrids Mutter Gudrun, Jakobs Großmutter, sieht den Jungen dort oben auf der Leiter wackeln, und sie weiß selbst nicht, daß in dem Augenblick, wenn er fällt – *wenn* er fällt – sich ihr Ausdruck, ihre Haltung von unentschlossener, ängstlicher Unsicherheit zu entschlossener Ruhe verwandeln wird. Wie damals, als Nils-Jan vor über drei Jahren starb. Wie stets bei den wenigen Gelegenheiten, wenn das Leben von ihr Entschlußkraft fordert. Sie, die sich fortwährend deprimiert die Decke über den Kopf zieht, wird sie dann zur Seite schlagen, die Füße auf die Erde stellen und sich tatkräftig der Wirklichkeit stellen.

Den größten Teil ihres Lebens hat sie damit zugebracht, den lieben Herrgott inständig zu bitten, all die entsetzlichen Katastrophen abzuwenden, von denen sie jederzeit erwartete, daß sie ihre Nächsten treffen würden. Sie hat gehört, wie die Kreissäge heulte, als Herman in dem niedrigen grauen Gebäude Bohlen schnitt. Vor Angst schweißgebadet, hat sie sich die Decke über die Ohren gezogen und monoton zu den zusammengepreßten, gefalteten Händen hin gemurmelt: »Lieber Gott! Laß die Säge nicht ... Laß ihn sich nicht die Hand ... den Arm ... das Bein ...«, während die schrecklichsten Bilder von Verstümmelung und Blut, Tod und Begräbnis hinter ihren fest zusammengekniffenen Augen vorbeizogen. »Lieber Gott! Laß nicht ... Mach nicht ... Lieber, guter Gott, straf mich nicht!«

An dem Tag, als ihr Mann nach Hause gewankt kam, nicht von einem heulenden, lebensgefährlichen Sägeblatt malträtiert, sondern von einem Hieb mit der Axt, so tief, daß sie durch das dunkle, halbwegs geronnene Blut bis auf den nackten, grauweißen Schenkelknochen sehen konnte, auf abgerissenes Muskelgewebe und die große klopfende bläuliche Pulsader – die er um Haaresbreite verfehlt hat –, empfing sie ihn mit einer Ruhe, die alle verblüffte. Sie verband und pflegte sein Bein und dankte freudig dem lieben Gott, daß es nicht schlimmer ausgegangen war.

Als Herman und sie vor vielen Jahren mit der Aufzucht von Küken begonnen hatten, verbrachte sie Tage und Nächte unter der Decke, und stellte sich vor, was alles schiefgehen und den finanziellen Ruin verursachen könnte. Aber als der Blitz in einen Transformator einschlug und der ganze Ort ohne Strom war, stand sie auf, jagte Mann und Tochter aus den Federn und ließ sie all die frisch geschlüpften Küken aus dem Wärmeofen in die warme Küche holen, wo sie die ganze Nacht damit zubrachte, die verschreckten kleinen Küken ununterbrochen in Bewegung zu halten, um zu verhindern, daß sie sich in einer Ecke zusammendrängten und erstickten.

»Wenn ihr Glaube habt wie ein Senfkorn.« Ihr Leben lang hat sie die sanfte Stimme ihres Vaters, des Predigers, im Ohr und ständig seine Hand über ihrem Haar gespürt: »Wenn ihr Glaube habt wie ein Senfkorn.« Schwächer war er in den Phasen, wenn die schwarze Depression ihren Alltag lähmte. Aber das soll Kräfte stärken, um den Glauben weiterzutragen, so felsenfest wie der, den sie aus dem Elternhaus mitbrachte. Und der Glaube an Tod und Verderben hat immer mehr Platz bekommen als der Glaube an Seligkeit und Frieden.

Wie ein vom Wind gepeitschter Strohhalm hat sie flach auf der Erde gelegen, handlungsunfähig. »Wenn ihr Glaube habt wie ein Senfkorn. Lieber Gott, straf mich nicht!«

Aber die wenigen Male, als ein Sturm wirklich ihr Leben heimsuchte, erhob sie sich trotzig und wandte das Gesicht entschlossen dem Wind zu.

Lars hat so lange nach einem Sinn gesucht. Nach einem Glauben. In langen schlaflosen Nächten hat er wie der Jakob der Bibel gegen etwas Namenloses gekämpft – Freund oder Feind, er weiß es nicht. Er hat vergeblich auf einen Morgen gewartet, einen Lichtstreifen, auf das Erlebnis von Einsicht, auf das, was Solfrids Mutter »Erkenntnis der Wahrheit« nennt. Heimlich, beinahe beschämt, hat er in Mathildes alter Bibel gelesen, allein in der Küche, während der Wintersturm um die Hausecken pfiff. Er hat von Esther gelesen, die die Juden vor König Ahasvers Zorn verbarg, nicht, indem sie um Schonung und Frieden bat, sondern indem sie Vergeltung und Rache forderte. Er hat von den endlosen Heimsuchungen Hiobs gelesen und von Jakobs Ringen mit Gott. »Ich lasse dich nicht, du segnest mich denn!«

Manchmal hat er eine Art Erlösung aufblitzen sehen und beinahe sicher gespürt, daß es mehr gibt als nur das Leben hier. Und daß es eine andere Macht gibt, die lenkt. Aber nur für kurze Momente. Wie ein Ertrinkender unter einer Eisdecke hat er hilflos und verzweifelt nach der Öffnung im Eis gesucht.

Jetzt sprengt er die Eisfläche in einer einzigen Sekunde und sieht mit glasklarer Einsicht die Wahrheit: Gott wird nichts unternehmen, um das Kind zu retten. Kein Engel wird herniedersinken, um den Fall des Jungen zu stoppen. Mit einer Kraft, die gewaltig ist wie ein Blitzschlag, erhebt sich in Lars diese Gewißheit. Sie steigt aus einer Tiefe auf, von der er nichts wußte, und sie sammelt sich in konzentrierter Bewegung. Er hebt das eine Bein über den Fensterrahmen und zieht sich halbwegs aus dem Scheunenfenster. Dabei spürt er einen glühenden Schmerz in den Hoden, der sich in dem Augenblick, als sein ganzes Gewicht auf der scharfen Kante der Planke ruht, wie ein weißglühender Blitz durch seine Wirbelsäule fortpflanzt. Um das Gleichgewicht zu halten, spannt er die Beinmuskeln an, und ein Arm schießt nach vorn und greift nach dem Jungen.

Jakob, das bin ich. Wenn ich die Flasche, die ich in einer Hand halte, vorstrecke, hoch zur Sonne, kann ich einen kleinen hellen Lichtfleck in der Flasche sehen. Der sieht aus wie die Flamme einer Kerze. Olefejus traut sich, seine Finger rasch durch eine Kerzenflamme zu ziehen, aber Sofie und Laila trauen sich das nicht. Laila traut sich sowieso fast nichts. Wenn ich groß bin, werde ich genauso mutig wie Olefejus und stecke einen Finger in die Flamme. Aber jetzt kann ich mich verbrennen, sagt Mutter.

Mein Vater, der der Ton im Wind ist, flötet kräftig und brausend über dem Scheunendach. Er will in die Flasche hinein und der kleine, traurige Laut werden, den ich kenne. Das Lachen in Mutters Stimme im Sommer, als ich auf Erics Schultern saß und wir über die Jakobswiese tanzten, während Mutter neben uns ging und meinen Vater hervorflötete. Und Eric beugte sich vor und küßte Mutter auf den Mund und kippte mich in ihre Arme. Und Mutter wirbelte mich im Kreis herum, bis uns schwindlig wurde und wir alle drei übereinander auf die Wiese purzelten.

Ich will, daß mein Vater der kleine traurige Ton im Wind sein soll. Nicht der große, der mir um die Ohren rauschte, als ich auf dem Motorrad saß, und Mutter an Harriets Küchentisch weinte und sagte, alles wäre unmöglich.

Ich bin es, der ganz oben auf einer Leiter steht und Jakob ist. Ich recke die grüne Flasche mit dem kleinen Sonnenflecken darin hoch zum Wind, der über das Scheunendach braust. Und dann ist mein Vater da. Er flötet einen langen und unendlich traurigen Ton, und ich recke die Flasche noch höher hinauf, um meinen Vater festzuhalten.

Da gleitet mir die Flasche aus der Hand. Ich kann den Knall hören, als sie an den Ziegelsteinen zerbricht, die in Reihen unter der Leiter aufgestapelt stehen. Und da merke ich, wie mich jemand am Bein packt. Ich sehe, daß die Welt plötzlich auf dem Kopf steht, und ich spüre, wie ich einen Stiefel verliere.

An dieses entsetzliche Gefühl von Untergang, von Todesangst und Panik, das einschlägt und jeden noch so kleinen Teil ihres Körpers ausfüllt in dem Moment, als sie durch das Bodenfenster schaut und in das Gesicht ihres Jungen, daran wird Solfrid sich glücklicherweise nie erinnern, wird es sich auf jeden Fall nicht klar zurückrufen können. Wie er dort auf der Leiter steht, einige Meter höher als sie, ist er so weit weg und dennoch so nahe, und sie meint den eifrig gespannten Ausdruck in dem kleinen Gesicht zu erkennen. Als er den Arm mit der grünen Flasche über den Kopf hebt, schießt sie hoch und rennt.

Auf der Bodentreppe rutscht sie auf dem glatten, gestrichenen Holz einer der obersten Stufen aus und saust auf dem Rücken den ganzen Weg bis zum Fuß der Treppe hinunter, ein Fall, an den sie für den Rest ihres Lebens immer durch einen schmerzenden Rücken erinnert werden wird. Aber sie bemerkt nicht den Schmerz im Rücken, wirft sich nur voran, durch die offene Flurtür ins Freie, hinaus auf den Hofplatz.

Der ganze Hof ist von einem scharfen blendenden Sonnenlicht erfüllt und von einer merkwürdig friedvollen Stille. Der Wind, den sie vor kurzem sah, wie er in den Blättern der Esche rauschte, muß sich für einen Moment gelegt haben. Die Krähen sitzen noch immer Seite an Seite auf dem Scheunendach, aber sie geben keinen Laut von sich. Sonst krächzen sie markerschütternd, daß Olefejus oft gedroht hat, er würde sein Gewehr mit nach Ås bringen und sie abschießen.

Solfrid kann ihre Eltern unten auf dem Weg sehen. Sie stehen dicht beieinander, halb einander zugewandt, mit unbewegten, weißen Gesichtern. Sie kann sehen, daß sie sich an beiden Händen gefaßt haben, als ob sie ein Kinderspiel beginnen wollten. Neben ihnen steht Inger und hält Ragnhild im Arm. Alle vier starren sie unablässig nach oben zur Scheunenwand, die für Sol verborgen ist. Aus ihrem Winkel sieht sie nur den unteren Teil der Leiter, darunter die in Reihen gestapelten Ziegel. Olefejus soll vom Stalldach ein paar Ziegel austauschen, wenn er mit dem Streichen fertig ist. Sie sieht die Scherben der zerbrochenen Flasche, einige auf den roten Ziegelreihen, einige im Gras ringsum, und ihr fährt durch den Kopf, daß der Junge dort nicht barfuß gehen darf. Sonst hat sie keinen Gedanken im Kopf, nur eine entsetzliche Furcht – sie hat noch niemals solche Angst gehabt. Lieber Gott! Lieber, lieber Gott! Barmherziger, gnädiger Gott, himmlischer Vater!

Als Lars in der offenen Scheunentür zu sehen ist, geht ihr ein Bild durch den Kopf, und an das wird sie sich später erinnern.

Über der Anrichte in der Stube ihrer Großeltern hing während Sols Kindheit ein großes Bild in einem breiten, verschnörkelten Goldrahmen. Dem Rahmen fehlte ein Stück in der Ecke unten rechts, und Onkel Sverre hatte ihr erzählt, daß er einmal ein blaubemaltes hölzernes Spielauto nach seiner Schwester, Solfrids Mutter, geworfen hatte. Sie hatte ihn aufgezogen, weil er stotterte. Das Auto hatte den Bilderrahmen getroffen und ein Stück abgeschlagen, so groß wie Großvaters Daumennagel. Und Onkel Sverre wurde losgeschickt und mußte im Gebüsch hinterm Haus einen Birkenzweig als Rute holen, denn wer seine Kinder liebt, der züchtigt sie frühzeitig.

Für Solfrid war es ganz und gar unvorstellbar gewesen, daß ihre sanftmütige und fromme Mutter einmal ein kleines Mädchen gewesen sein soll, das jemanden aufzog. Und es war ebenso unmöglich gewesen, sich den Großvater vorzustellen, den sie als einen netten Mann kennt, mit dem gleichen leicht melancholischen Gesichtsausdruck wie ihre Mutter, sich ihn also mit einer Birkenrute in der Hand vorzustellen, und wie er den Arm zum Schlag auf Onkel Sverres nackten Kinderpopo hebt. Sich vorzustellen, daß der Onkel Spielzeugautos warf, war nicht so schwer.

Das Bild über der Anrichte, die aus dunklem, fast schwarzem Holz war und Platz bot für Großmutters feine Schalen und Schüsseln und Glasteller, zeigte den ›Guten Hirten‹. Es zeigte Christus, auf einem Stein sitzend, mit einem Lamm auf dem Schoß, vor ihm eine Schafherde. Das heißt, das Lamm trug er gleichsam unter den einen Arm geklemmt, während die andere Hand auf dem Kopf eines großen Schafs ruhte, von dem Solfrid immer gedacht hatte, es müßte die Mutter des Lamms sein.

Es muß die Art sein, wie Lars ihren Sohn auf den Armen trägt, weshalb Sol das Bild einfällt. Sie sieht es für eine Sekunde ebenso deutlich, wie sie Lars sieht, der die Scheunenauffahrt mit dem Jungen herunterkommt. Sie erinnert sich an den rosa, zart bewölkten Himmel im Hintergrund, die nackten Zweige des Busches in der linken Ecke neben der Figur in dem roten und blauen Gewand und an den Ausdruck auf den Gesichtern des Mannes und der zwei Tiere. Sie hat das Bild immer gern gehabt, es lag etwas Geborgenes, Friedvolles darin.

Jetzt sieht sie Lars im verblichenen roten Baumwollhemd, den Arbeitshosen und den braunen Stallstiefeln mit ihrem kleinen Sohn die Scheunenauffahrt hinunterkommen. Als sie aus dem Schatten der Scheune treten, treffen sie die Sonnenstrahlen und lassen die blonden Locken des Kindes und Lars' grauschwarzen Haarkranz aufleuchten. Etwas in der Art, wie er geht, wie er das Kind hält, läßt Solfrid stehenbleiben. Oder liegt es vielleicht daran, daß ihre Beine sie nicht richtig tragen wollen? Der Anblick des lebenden Kindes in den Armen des Großvaters löst eine solche Erleichterung aus, daß ihre Beine die Kontrolle verlieren, sie stolpert über ein Grasbüschel und fällt der Länge nach zwischen Wegerich und Klee auf den Hof.

Und Lars geht direkt an ihr vorbei. Er starrt nach unten in das Gesicht des Jungen, der liegt ganz still, mit dem Daumen im Mund, und sieht den Großvater ein bißchen verwundert an. Sol schaut auf seinen einen nackten Fuß – er schlenkert damit wie als Baby, wenn er an ihrer Brust lag. Der andere Fuß hängt einfach herunter. Und als die beiden an Solfrid vorbeigehen, fällt der Stiefel auf die Erde. Den anderen Stiefel wird er verloren haben, als Lars ihn durch das Scheunenfenster zog. Das haben die beiden noch gar nicht gemerkt.

Solfrid kommt wieder auf die Beine und hebt den Stiefel auf, etwas mühsam, denn jetzt merkt sie auch ihren Fall von der Bodentreppe im Rücken. Sie folgt Lars, der den Weg hinuntergeht, auf Ragnhild zu, die sich aus Ingers Umarmung losgerissen hat und schnell auf sie zurennt. In dem Moment, als Lars den Jungen in Ragnhilds ausgestreckte Arme legt, ist Solfrid bei ihnen angekommen.

Elfenecho

I

Nebeneinander gehen sie über die Heide, wo sie die rötlichen Grashalme bei jedem Schritt mit ihren büscheligen Köpfen an den nackten Beinen kitzeln. Aber den schmalen und gewundenen Pfad müssen sie hintereinander hochsteigen, die Mutter geht voran. Der Junge betrachtet ihren runden Po unter den engen hellgrünen Shorts. Auf dem einen Schenkel hat sie drei Mückenstiche, die in einem Dreieck dicht beieinander sitzen. Ohne anzuhalten oder langsamer zu gehen, kratzt sie sich hin und wieder.

Der Weg führt zwischen breitblättrigen Haselbüschen, schmalen Salweiden und graustämmigen Espen steil und beschwerlich bergan. Zwischendurch schicken mächtige Kiefern ihre knotigen Wurzeln wie Stolperfallen aus, so daß die Mutter sich ein wenig zu dem Jungen umdreht, dabei eine Hand beschützend nach hinten hält und ein »Paß auf!« murmelt. Irgendwann muß sie darüber lächeln: Er ist doch keine fünf mehr!

Er überlegt, wie oft er diesen Pfad wohl gegangen ist. Fünfzig-, sechzig-, hundert-, zweihundertmal? Es ist unmöglich zu schätzen. Solange er denken kann, war der Weg ein Teil seiner Sommer. Beim Wiedererkennen all der kleinen

Dinge, an die er sich von früheren Touren den steilen Hügel hinauf erinnern kann, verspürt er eine intensive Freude. Bei den verdrehten Kiefernwurzeln, die halb von Kiefernnadeln und weichem Moos bedeckt sind, kommt es ihm vor, als könne er sich an jede einzelne erinnern. Indem er ohne zu stolpern an der einen vorbeigeht, weiß er schon genau, wann die nächste kommen wird und wie sie aussieht. Er kennt ihren Verlauf ganz genau, erinnert sich an die eine, die sich aufteilt und wo in der Kluft dazwischen besonders viele V-förmige hellbraune Kiefernnadeln liegen. Oder an die einfachen geraden oder auch krummen Wurzeläste. Manch einer sieht aus wie ein unterirdischer Arm. Als wenn dort unten einer träge einen Arm nach oben über den Hügel reckte, bereit, um Jakobs nackten Fuß in der Sandale zu packen.

Beim Gedanken daran spürt der Junge den altbekannten Schauder. Er erkennt die Ameisenhaufen wieder, die sich am Fuß der rotstämmigen Kiefern erheben. Sind sie größer geworden, fragt er sich. Sind sie in all den Jahren, in denen er hier gegangen ist, gewachsen? Und wenn es so ist, warum hat er das nicht bemerkt? Weil er auch größer geworden ist?

Sind er und die Ameisenhaufen, der Wald mit allen Bäumen, der wuchtige Berg über ihnen, sind sie alle gleichzeitig gewachsen, so daß ihr Verhältnis zueinander gleich geblieben ist? Berge wachsen nicht, das weiß er doch. Aber wenn sie es täten? Wenn er eines Morgens aufwachte und alles, absolut alles wäre doppelt so groß wie am Tag zuvor, würde er es dann bemerken?

Er will die Mutter fragen, wenn sie angekommen sind. Wenn sie unter dem Birnbaum an dem dunklen Holztisch sitzen, dem, der aus einem einzigen in der Mitte geteilten

Stamm gemacht ist, und kaltes Wasser trinken, das die Mutter von der Quelle unter dem überhängenden Felsen geholt hat, dann will er fragen. Danach und nach tausend anderen Sachen, über die er sonst nicht so genau nachdenkt, die aber auf einmal wichtig werden.

Das hat mit der Zeit und mit der Stille hier zu tun. Mit der Ruhe, die die Mutter hier oben ausstrahlt, sowie sie angekommen sind. Sie hatte in der letzten Zeit so einen angespannten Zug im Gesicht. Er will, daß der verschwindet. Wenn sie in dem alten Korbstuhl sitzt, den ihr Vater vor vielen Jahren hier hochgetragen hat – vor so vielen Jahren, daß sich der Junge nicht daran erinnert, er weiß es nur. Wenn sie den derben braunen Kaffeebecher zwischen den Händen hält und ihn über die dunkle Tischfläche hin ansieht, dann wird Ruhe über ihr Gesicht kommen, und sie wird für alle Fragen Zeit haben. Er weiß, daß sie die eine Hand von der Tasse nehmen, ihm auf den Kopf legen und mit dem Daumen über seine Stirn fahren wird. Diese Liebkosung gehört zu seinem Leben, er kann sich kein Leben vorstellen, ohne daß die Mutter eine Hand ausstreckt und mit dem Daumen über den kräftigen Schwung in seiner Stirn streicht, dort, wo das Haar in einem fächerförmigen Wirbel von seiner Stirn hochsteht. Er weiß, daß die Hand über das Ohr und seine Wange gleiten und sich für einen Moment um seinen Nacken legen wird, ehe sie sie zurückzieht. Und dann, nachdem sie tief Luft geholt hat, wird sie sagen:

»Uns beiden geht es gut hier draußen, mein kleiner Jakob, was?«

Und in ihrer ruhigen, zufriedenen Stimme wird nicht einmal ein Unterton angespannter Unruhe mitschwingen, nur ein Echo alter, ausgeweinter Trauer.

Nur hier draußen nennt sie ihn noch Klein-Jakob. Den

Kosenamen hat sie sich schon vor längerer Zeit abgewöhnt, ohne daß einer von ihnen beiden sich an das Wann und Warum erinnert. Vielleicht haben Sofie und Laila ihn aufgezogen. Sofie, die ihn mit ihren wachsamen braunen Raubkatzenaugen ansah und hänselte: »Klein-Jakob, das Mamakind, macht noch in die Hose!«, wobei die mollige kleine Laila sie natürlich wie ein Echo nachäffte. Aber schon lange ziehen Sofie und Laila ihn nicht mehr auf. Sie sind jetzt große Mädchen, die so etwas nicht tun.

Vielleicht hatte er seine Mutter auch selbst darum gebeten, ihn nicht mehr so zu nennen?

Vielleicht wurde er einfach nur zu groß dafür. Aber hier draußen ist er für sie Klein-Jakob. Das ist wie ein Umhang, den er wie ein kleiner Ritter um die Schultern legt.

»Klein-Jakob, Mamas kleiner Ritter«, pflegt sie hier draußen zu ihm zu sagen. Und hin und wieder – aber wirklich nur hin und wieder –, wenn sie zu Hause abends bei ihm auf der Bettkante sitzt. Auch dort darf sie das.

Sie hat dann immer so ein liebevolles Lachen in ihrer Stimme, ein Lachen, das wie goldene Sonnenflecken auf ihren Stimmbändern liegt und der Stimme diesen warmen, spielerischen Klang verleiht, den er so gern hat. Aber manchmal liegt ein winzig kleiner, fast unmerklicher Seufzer am Schluß des Lachens und ein bißchen Traurigkeit in dem Daumen, mit dem sie über den Schwung an seinem Haaransatz streichelt. Ein Seufzer, der dann wie ein blitzschnelles Echo zwischen ihnen hin und her saust, in einem einzigen wachsamen Augenblick: »Bin ich dir zuviel?«

Aber diesen Gedanken verfolgen sie niemals.

2

Die zwei niedrigen grauen Häuser, zu denen sie unterwegs sind, liegen am Hügel, nahe am Rand des Abhangs. Sie wirken, als ob sie sich an den Untergrund klammerten, aus Angst, den steilen Hügel hinunterzufallen. Gleichzeitig schauen die beiden Dachfirste wie zwei neugierige kleine Katzen über den Rand; das hat etwas Einladendes: Wer raschelt dort unten durchs Unterholz? Ist jemand unterwegs hier herauf zu uns? Tatsächlich, da kommt jemand! Wie gut wird es tun, Fenster und Türen zu öffnen, die toten Fliegen und die alten Spinnweben auszufegen, Bewegung in die dünnen Gardinen zu bekommen, die Betten und staubigen Flickenteppiche auszuklopfen. Und Feuer im Ofen anzuzünden! Prasselndes, brausendes Feuer in dem alten gußeisernen Herd in der Küche.

Und der Stall: Daß es dort noch immer nach Schafsmist und Hühnerdung riecht, so viele Jahre, nachdem Evine gestorben ist und ihre Tiere hinunter ins Tal geholt oder geschlachtet worden sind! Soll im Stall nicht aufgeräumt werden, im alten zurückgelassenen Heu, unter verrosteten Blechdosen voller Nägel und unter dunkelbraunen leeren Flaschen, an deren schmalem Hals weiße Porzellanverschlüsse an einem Stück Stahl hängen? Und dann das winzige Plumpsklo, unter dessen schrägem Dach ein Erwachsener kaum aufrecht stehen kann. Aber warum sollte er das wohl auch, auf einem Plumpsklo? Würde es nicht glückselig mit den verrosteten Scharnieren quietschen, wenn endlich mal wieder jemand käme, um in träger Nachdenklichkeit etwas fallen zu lassen?

Aber ja! Alles hier freut sich auf Besuch, das kann man spüren. Auf die Stimmen und das Lachen, auf den Duft von Kaffee und die faulen Stunden am Morgen. Und auf die langen vertraulichen Abende, wenn der Mond gelb und freundlich über dem schwarzen vorragenden Felsen hängt und ihnen zuhört.

»Das Echo, Mama, vergiß nicht das Echo!« Sie ist an diesem Tag merkwürdig zerstreut. Und er ist ja eigentlich auch zu groß dafür. Aber das vertieft und vergrößert die Freude nur noch. Das ist, als schleckte man noch den allerletzten Rest von einem Eis. Unendlich viele hat er vorher schon gegessen, aber er weiß nicht, ob er noch einmal eines bekommt, deshalb muß er den süßen Geschmack so lange wie möglich genießen.

Ja, selbstverständlich. Das Echo. Das in lautlosem Schlummer unter der Bergwand weit drinnen in der schmalen Felsenkluft liegt. Und das sie mit trichterförmig um den Mund gelegten Händen hervorrufen können, wenn sie auf der grasbewachsenen Fläche stehen, die sie den »Echoplatz« nennen, und den Kopf in den Nacken legen. Der Weg dorthin ist schwierig und nicht ungefährlich, aber solange der Junge sich erinnern kann, sind sie trotzdem mindestens einmal in jedem Sommer dagewesen.

Es gibt auch kleinere Echos. Elfenechos pflegte Evine sie zu nennen. Sie liegen hinter Steinen und Gestrüpp versteckt und antworten willig und lustig auf das geringste Rufen:

»Jaa-koob-ob-ob.«

»Sol-frid-id-id.«

Für die kleinen Echos muß er nur den hohen Felsen hinterm Haus umrunden und ein Stück weit ins Tal hineingehen, schon sind sie da. Aber sie sind klein. Das richtige, das große Echo wohnt weiter hinten im Tal. Es ist das gewaltige, dröhnende Echo, das seinen ganzen Namen wiedergibt und ihn von allen Seiten zurückwirft wie einen kleinen bunten Ball:

»Jakob-akob-akob-ob-ob-ob.«

Als ob unter jedem der gewaltigen Felsbrocken kleine Unterirdische versteckt säßen, verspielte kleine Wesen, die seinen Namen unendlich lange zwischen sich hin und her werfen würden. Und wenn sie verstummen, dann nur, damit sie mit einem neuen Ruf hervorgelockt werden:

»Heiho-eiho-eiho-ho-ho, Jakob-akob-akob!«

Er ist nie allein dort gewesen. Die Mutter hat Angst vor den steilen Wegstücken – wenn man die Wildfährte, der sie längs dem Bergrücken folgen, durch einen Gürtel mit dichtem Tannenwald und dann den Hang hinauf, überhaupt einen Weg nennen kann. In das Tal hinein, das wie ein Kessel geformt ist, und in das vor grauer Vorzeit Riesensteine vom Berg hinuntergerollt sind. Felsen, so unfaßbar groß, man kann sich unmöglich vorstellen, daß sie einmal in Bewegung waren. Dennoch wirkt die Art, wie sie herumliegen, als ob sie im Sprung aufgehalten und eigentlich noch unterwegs wären, als ob sie dalägen und warteten. Er fürchtet sich vor ihnen und ist gleichzeitig fasziniert von der zeitlosen Ruhe, die sie ausstrahlen. Die Welt dort drinnen in der Schlucht ist so klein, nach allen Richtungen begrenzt, entweder von den schroffen Felswänden oder von dichtem rauschenden Tannenwald. So klein und gleichzeitig so unendlich groß und still. Und drinnen, tief drinnen liegt das Echo und wartet.

3

Wie eine freundliche Hand schiebt sich langsam die Dämmerung heran, von oberhalb des überhängenden Felsens herab und von unten von der Heide herauf, dort wo die glänzende Fläche des Børjærsees wie ein geheimnisvolles schwarzes Auge liegt, jetzt wo die Sonne hinter dem Berg verschwunden ist und das Glitzern des Sees mit sich genommen hat – fort zu anderen Wasserspiegeln irgendwo auf der Welt. Dorthin, wo andere Jungen, so wie er, stehen und auf die glitzernde Wasserfläche schauen. Vielleicht werfen sie einen Schwimmer aus, einen hellbraunen Korken, der mit einer Schnur um den Leib verspielt auf den winzigen Wellenkämmen wippt. Und vielleicht starren andere Jungenaugen ebenso eifrig auf das sich windende Gewicht, das nahe unter der Münze hängt, die als Senkblei benutzt wird. Ein Junge, der in zitternder Erwartung abwechselnd auf die Flußbarsche starrt, die vor der steilen Felswand hin und her schwimmen, vorbei an dem lockenden Köder, und auf den Korken, der immer wieder in das Wasser eintaucht. Diese unerträgliche Spannung: warte, warte, noch nicht, noch taucht er nicht genug ein, der Korken muß ganz weg sein, warte ein wenig, und noch ein bißchen, und noch, nicht jetzt, aber jetzt!

Das Gewicht, das zappelnde Gewicht an der Schnur, der Widerstand, der nachgibt, wenn der Fisch aus dem Wasser kommt, so daß die Schnur mit dem Korken, der glänzenden Münze und dem kostbaren Fang dem Jungen über den Kopf schnellen und er beinahe hintenüberfällt. Fischer und Fang landen auf dem kahlen Felsen am Wasser. Und dann auf allen vieren nach der zappelnden Beute greifen, nach dem schönen rotgestreiften Fisch mit den spitzen Flossen, die ein wenig piksen, wenn er sie endlich zu fassen bekommt.

Und schließlich, außer sich vor Freude, ein Schrei, der die Stille über der Wasserfläche zerreißt und die grazilen, friedlich summenden Insekten in alle Richtungen scheucht: »Schau dir den an, Mutter! Das ist vielleicht ein großer!«

Aber anschließend mit den Fingern in den Ohren zusammengekrümmt auf dem harten Stein liegen, um nicht das eklige Knacken zu hören, wenn die Mutter den Fisch zwischen die Hände nimmt, den einen Daumen in den Spalt zwischen den Kiemen legt und den Fischkopf nach hinten drückt, daß der Nacken bricht. Daliegen, die Stirn auf den sonnenwarmen Felsen gepreßt, aber den Blick nicht gänzlich abgewandt. Die Daumen tief in den Ohren, zwischen gespreizten Fingern hindurchsehen, etwas erblicken, das man nicht erträgt, das man aber gleichzeitig unbedingt sehen will. Und der zittrige Übergang zwischen zappelndem Leben zu schlaffem, unbeweglichem Tod in den Händen der Mutter. Und ihre Stimme, ein Hauch von Ungeduld – ist sie dieses Mal besonders ungeduldig? – fast ärgerlich: »Aber Jakob, hör auf! Du kannst nicht angeln, wenn du nicht lernst, den Fisch zu töten. Schau zu, so mußt du es machen. Der spürt nichts, es ist im Nu passiert.«

Und das, was nicht gesagt wird: Du bist jetzt groß, Jakob. Für so dummes Zeug bist du viel zu groß! Oder ist sie wegen etwas anderem ungehalten? Aber jedenfalls weint er nicht mehr.

Gibt es andere Jungen, andernorts, die Fische töten, ohne daß es ihnen das geringste ausmacht? Würden die Jungen in seiner Klasse es tun oder die Mädchen? Sofie und Laila töten ihre Fische nicht, obwohl sie älter sind als er. Na ja, aber das sind Mädchen. Ist er dann etwa wie ein Mädchen?

Oder bloß kindisch? Zwischen Jungen und Mädchen gibt es keinen Unterschied, sagt die Mutter. Warum ist sie dann so gereizt, wenn er weint?

Sol und Jakob haben alles getan, was sie am ersten Tag der langen Ferienwochen auf Ura immer zu tun pflegen.

Von den Betten in dem kleinen Alkoven haben sie die Kopfkissen und Bettdecken auf den Hof hinausgetragen, um sie über Küchenstühlen auszulüften, ehe Solfrid die Betten mit frischer Wäsche bezieht. Sie haben alles an seinen Platz geräumt, die Lebensmittel und die Kleider, alles was sie brauchen, um hier einige Wochen zu leben. Am Vortag hatten die beiden Großelternpaare des Jungen die Sachen heraufgebracht. Ja, der Junge ist mit dabeigewesen. Seit Solfrid dieses Anwesen übernahm und sich entschied, es im Sommer zu nutzen, hat sich über die Jahre hin eine Tradition entwickelt, daß Ragnhild und Lars gemeinsam mit Solfrids Eltern Herman und Gudrun einmal im Jahr einen Ausflug hierher machten, um den Proviant zu bringen. Jakob war natürlich immer dabei, Solfrid nicht; sie hatte meist noch Dienst im Krankenhaus. Inzwischen war daraus ein richtiges Ritual geworden: diese Expedition, bei der beide Großmütter mit großer Sorgfalt planen, was im wilden Wald bei einem vierzehntägigen, vielleicht dreiwöchigen Aufenthalt in einem zugigen kleinen Haus mit Holzfeuerung und Petroleumlampen benötigt wird. Was sie nicht immer alles zusammenpacken! Der Proviant wird in enormen Bündeln auf Lars' Traktor geladen und später dort, wo der Holzweg endet, auf die Ehemänner verteilt. Die schleppen unter gutgelaunten Protesten die Lasten über die offene Heide und den steilen Pfad hinauf bis Ura. In den ersten Jahren sprang ihnen Jakob aufgeregt und voller Freude zwischen den Beinen herum, aber später hat auch er einen Rucksack und weitere Bündel zu tragen bekommen. Jedes Jahr schafft er ein bißchen mehr.

Jakob und Großvater Herman verstecken stets ein paar Überraschungen im Haus, als Begrüßungsgeschenk. Diesmal ist es eine Tafel Schokolade und eine Tüte mit Karamelbonbons, die seine Tochter schon immer gern aß. Mit den Verstecken hatte er nicht immer eine glückliche Hand bewiesen. Vor einigen Jahren wachte Solfrid eines Morgens mit einer zähen braunen Schmiere in den Haaren auf, weil der Vater ihr Schokolade aufs Kopfkissen gelegt hatte. Den nächsten Vormittag verbrachte sie mit dem Kopf in Evines alter Waschschüssel ...

Inzwischen verzichtet der Vater auf die Überraschung in den Betten. Aber auch seine anderen Verstecke sind oft so sinnig, daß sich manchmal im Winter noch die Mäuse an den Leckereien freuen. In diesem Winter ist die Mäuseplage offenbar nicht so schlimm gewesen. Das Bettzeug haben sie in Ruhe gelassen, es duftet jetzt frisch bezogen und wartet darauf, daß der Junge ins Bett geht ...

Solfrid und Jakob sind wieder allein. Inzwischen ist alles im Haus erledigt, so daß sie fürs Abendessen Flußbarsche angeln gehen können. Vier schöne kleine Fische fangen sie, zwei für jeden, da sind sie sich einig. Auch Jakob angelt und bekommt den größten. Der brutzelt so schön in der Bratpfanne, wo er zusammen mit den anderen liegt, die die Mutter vorbereitet hat.

Beim Angeln hockt er neben ihr am Ufer, während sie den Fisch putzt. Wenn der Fisch erst tot ist, macht es ihm merkwürdigerweise nichts aus, zuzusehen, wie die Mutter ihn auf beiden Seiten der Rückenflosse aufschneidet, auf beiden Seiten mit den Daumen die Haut löst und Eingeweide und Kopf herauszieht. Das, was sie zurück ins Wasser wirft, sieht dann aus wie ein ganzer Fisch. In den Händen hält sie schließlich ein delikates kleines weißes Stück, in Form eines Halbmondes, fertig zum Braten. Wenn die Rückengräte entfernt ist, nachdem der Fisch auf beiden Seiten gebraten ist, können sie jeder die zwei knusprigen Filets auf ihre Brote legen. Es gibt nichts Besseres, da sind sie sich ganz einig.

Nach dem Abendessen wird allabendlich die Süßigkeit gesucht. Aus Erfahrung weiß Solfrid, daß er sie gern mindestens eine halbe Stunde lang herumjagt, bis er ihr einen Hinweis gibt. Diese dreißig Minuten läßt sie ihm großzügig. Heute abend ist es ein Schokoladeriegel, der zu seinen Favoriten gehört. Am Anfang erinnert er sich noch an alle Verstecke, die er und der Großvater für Solfrids Überraschungen ausgesucht haben, und er weiß auch meistens noch, welche Süßigkeit sich wo befindet. Am Ende ihres Aufenthaltes kann es ihm passieren, daß er etwas durcheinanderbringt. Dann staunt er selbst über eine Tüte Karamelbonbons, während er einen Schokoriegel erwartet hatte.

Den von heute teilt Solfrid mit dem Messer, ehe sie ihn genußvoll auf der Zunge schmelzen lassen – Solfrid zusammen mit kleinen Schlucken heißen Kaffees.

Die Dunkelheit kriecht immer näher, aber hier auf Ura hat Jakob keine Angst davor, jedenfalls nicht, wenn er zusammen mit der Mutter auf dem Hof sitzt. Er denkt sich die Dunkelheit wie freundliche Hände, die sich langsam wölben und die Welt in friedvoller Stille umschließen. Als ob sich zwei Riesenhände rund um den Erdball legten, so wie er selber die Hände um eine Motte legen kann, die sich zum Licht in der Küche verirrt hat, um sie vorsichtig hinauszutragen.

Aber nein, das kann so ja nicht stimmen, denn an manchen Orten auf der Welt ist es ja jetzt hell! Er muß die Mutter danach fragen – und nach vielen anderen Sachen. Zwischen ihnen beiden gibt es hier draußen an diesen milden dunkelblauen Sommerabenden so eine vertrauensvolle Geborgenheit. Er darf lange aufbleiben, fast so lange wie ein Erwachsener. Sie sind sich ganz nahe. Er ist ruhig und geborgen, und es gibt nichts, an das er nicht gern denkt. Deshalb kommen seine Tränen für beide gleichermaßen überraschend.

4

Sie kommt herein, um sich bei ihm auf die Bettkante zu setzen und gute Nacht zu sagen. Das schmale Bett ist immer seins gewesen, weil es ein bißchen kürzer ist als Solfrids an der gegenüberliegenden Wand. Sie legt ihre Hand auf seine kurzgeschnittenen Haare, wie sie das immer tut, und streicht sanft mit dem Daumen über seine Stirn. Ihr Gesicht nähert sich dem des Kindes, Solfrid will Wange an Wange liegen. Doch plötzlich hält sie inne. Hat sie seine Tränen gesehen, ehe sie kommen? Legt sie deshalb beide Hände um seinen Kopf, um eine Lawine aufzuhalten?

Doch die läßt sich nicht mehr aufhalten. Nicht von der heftigen Umarmung, die allmählich immer nasser von den Tränen wird, weil sie nun beide so weinen. Nicht von Solfrids flehentlichen Liebkosungen und Fragen:

»Aber Jakob, mein lieber kleiner Jakob, was hast du? Was ist so schlimm?«

Er kann es nicht sagen. Nur schluchzen kann er. Eine Tränenflut verhindert, daß er es ausspricht. Die Verzweiflung in Solfrids Stimme wächst mit Jakobs Tränen.

»Erzähl es mir, Jakob! Erzähl mir, was so schlimm ist!«

»Nein! Nein!«

»Weil es so schlimm ist?«

»Ja!«

Es durchzuckt sie eiskalt. In den letzten Wochen wurde mehrmals ein fremdes Auto im Dorf beobachtet. Es hat seine Fahrt verlangsamt und ist offenbar einigen Kindern auf dem Weg zur Schule nachgefahren. O Gott! Nicht ihr Kind! Nicht Jakob. Man hört so viel.

»Du *mußt* es mir erzählen, Jakob!« Ihre Stimme klingt streng besorgt, doch gleichzeitig fleht sie ihn an, ihr zu vertrauen:

»Du kannst mir *alles* erzählen, das weißt du doch, *absolut alles*, nicht wahr!«

Aber er weint nur immer heftiger, schüttelt den Kopf und kann es nicht sagen. Will es nicht sagen. Warum will er es nicht sagen? Er hat Angst, sie könnte böse werden.

»Aber ich werde nicht böse, mein Jakob! Ich verspreche, nicht böse zu werden, großes Ehrenwort! Erzähl es mir, bitte. Du merkst, es wird viel leichter für dich, wenn du mir davon erzählst. War jemand böse zu dir?«

Nein, er war es, der unartig war. Endlich stößt er schluchzend die Geschichte hervor, aber das dauert so lange, daß sie mittlerweile schon die schlimmsten Untaten vor Augen hat.

Er hat einen Stein nach einem Pferd geworfen. Verglichen mit dem, was sie bereits befürchtet hat, ist sein Vergehen lächerlich, aber die Verzweiflung des Jungen ist so echt und tief, daß sie erst auf dem Hof erleichtert auflachen kann. Lautlos kann hier das Gelächter über den Hofplatz und hinunter in das Wäldchen rollen, das so nächtlich still und ruhig direkt unter dem vorragenden Felsen liegt, nur die Kronen der Bäume bewegen sich leise.

Ihr Sohn hat einen Stein nach einem Pferd geworfen! Unter die Erleichterung, die sie drinnen auf der Bettkante verspürte, mischt sich zunächst grenzenloser Unmut. Warum in aller Welt muß er aus einer solchen Bagatelle eine so große Sache machen? Sie muß sich gerade jetzt ja selbst mit so vielem herumschlagen. Dennoch spürt sie, daß sie ihn ernst nehmen muß, daß er über seine Missetat tief und wahrhaftig unglücklich ist. Dann besprechen sie alles. Sie sieht das friedlich grasende Pferd vor sich, es ist eines der glänzenden lebhaften Trabpferde von Li. Kann sich leicht vorstellen, wie es den Kopf wirft, als der Stein die Flanke trifft und wie es wiehert und davongaloppiert, daß die Erde unter den Füßen des erschrockenen Jungen bebt.

Und wie leicht gehen ihr diese erwachsenen und schrecklich vernünftigen Worte über die Lippen, die Worte von den kleinen, unbeabsichtigten Taten, die große, ungeahnte Konsequenzen nach sich ziehen können. Sie hätte gern gewußt, ob er etwas davon begreift, sie kann es ja selbst kaum. Und sie müßte das doch wohl! Klein kann man ihre Schuld wohl kaum nennen, und wer mag beurteilen, ob ihr Tun alles in allem so unbeabsichtigt gewesen ist?

Sie spürt, wie sich der Charakter ihres Lachens verändert. Hohn mischt sich ein, ein spottender Unterton, der sich gegen sie selbst richtet. Etwas verblüfft denkt sie, daß sie ganz gewiß noch nie zuvor ein solches Gefühl von Verachtung sich selbst gegenüber verspürt hat.

Durch die Bäume geht ein Rauschen, als ob Elvines Elfen

ihr Lachen durch die schwankenden Baumkronen wie ein schwaches Atmen zurückschicken. Aber ihre Tränen, was machen sie damit?

5

Der Junge ist beim ersten Donnerschlag wach. Nein, der erste kann es nicht gewesen sein, denn er weiß, daß er das Gewitter schon lange gehört hat. Es hat ihn unerbittlich nach oben gezogen, durch viele Schichten von Schlaf und Traum, während er sich standhaft dagegen sträubte: Nein! Ich will nicht! Will es nicht hören! Will mich nicht so fürchten!

Er hat Angst vor Gewittern. Mutter hat Angst vor Gewittern. Großvater Herman hat Angst vor Gewittern. Gibt es jemanden, der keine Angst vor Gewittern hat? Doch, Großvater Lars fürchtet sich bestimmt nicht so, aber Großmutter Ragnhild. Nein, ich habe keine Angst, aber ich mag sie auch nicht, sagt sie immer. Aber sie hat nie erlebt, daß der Blitz eingeschlagen hat, so wie Mutter und Großvater Herman.

Das war, als Mutter klein war. Nicht sehr klein, aber ungefähr so alt wie er jetzt ist. Sie und ihr Vater waren bei der Tante des Großvaters im Nachbarort zu Besuch, als dort der Blitz in die große Eiche auf dem Hof einschlug und sie spaltete. Mutter hat ihm einmal die Reste des großen Stumpfes gezeigt, das einzige, was von einem vielhundert Jahre alten Baum übrig ist. Und sie hat ihm erzählt, wie sie alle zusammen in der Stube standen, nur wenige Meter entfernt und zusahen, wie die gigantische Eiche von der Krone bis zum Fuß mit einem Reißen barst, ehe sie in Flammen aufging. Die Flammen schlugen höher als der First der Scheune. Seither fürchteten sich sowohl die Mutter wie Großvater Herman vor Gewittern.

An all das denkt er, während er durch die Schichten von Schlaf nach oben schwebt, unruhig, als wäre er allein in einem kleinen Boot auf dem Meer. Er sträubt sich dagegen, aber plötzlich ist er da, der erste laute Donnerschlag, der ihn gnadenlos aus dem schaukelnden Boot wirft, auf den steinigen dunklen Strand.

Er öffnet die Augen und schaut genau in Mutters große, erschrockene Augen an der anderen Wand. Sie macht mit der Decke eine kleine Bewegung, und er springt mit einem Satz zu ihr hin, beinahe ohne daß seine Füße den Flickenteppich auf dem Fußboden zwischen den beiden Betten berühren. Er dreht sich ganz schnell um und drückt sich mit dem Rücken an ihren Bauch, ganz ganz dicht, dann bleiben sie so liegen wie immer, sie nennt das »Teelöffel im Kästchen«, nur viel dichter.

Jedesmal, wenn ein Blitz durch den halbdunklen Raum zuckt, starren sie beide aus dem kleinen Fenster hoch oben über seinem Bett, wo sie für einen winzigen Moment ein Stück vom Dach des Nebengebäudes sehen können, die Krone des Birnbaums und die Kontur des Hügels dahinter, genauso hell und klar wie am Tag. Er spürt, wie sie die Sekunden zählt: Einundzwanzig, zweiundzwanzig, dreiundzwanzig, vier . . ., und dann ducken sie sich bei dem ohrenbetäubenden Knall und ziehen die Decke über den Kopf.

Er preßt sich wie ein kleines erschrockenes Tier dicht an sie, als ob er nicht nahe genug kommen könnte.

»Ich hab' so Angst!« wispert er. Und sie versucht ihm kleine, ruhige Wörter ins Ohr zu flüstern, sagt, daß es nicht gefährlich ist, daß der Blitz nur ganz selten einschlägt, und hier unter dem hohen Hügel liegen sie ja ganz geborgen, denn der Blitz sucht sich immer den kürzesten Weg zur Erde. Aber an der Stimme hört er, daß auch sie Angst hat. Und wenn sie ihren Körper an seinen preßt, weiß er nicht, ob das gedacht ist, um ihn zu beschützen oder um Trost zu finden.

Und da ist es mit einem Mal so, als ob er wachsen würde. Es kommt ihm plötzlich vor, als sei er viel größer geworden, vielleicht fast erwachsen. Es kommt ihm vor, als müsse er auf sie aufpassen, wenn sie sich so fürchtet, die Arme. Und er dreht sich zu ihr um, schlingt ihr die Arme um den Hals und streichelt ihr übers Haar, als ob sie ein kleines Kind wäre.

»Es ist bald vorbei, ganz bestimmt«, sagt er tröstend.

Und plötzlich ist es wirklich vorbei. Mit einem fernen Grummeln zieht sich das Unwetter zurück, als ob ein ungezogenes Kind sich ausgetobt hat und sich nun schmollend in einen Winkel zurückzieht – und für den nächsten Wutausbruch auflädt.

Erst jetzt kommt der Regen. Nicht ruhig und sanft rieselnd, wie Sommerregen sein kann. Nein, da platschen große, schwere Tropfen, die erst an das kleine Schlafzimmerfenster klatschen und dann zu einem kräftigen Trommelwirbel gegen die Ziegel loslegen.

Solfrid springt mit einem Satz aus dem Bett und zieht den Sohn mit sich auf den Hof. Unterwegs winden sie sich aus Schlafanzug und Nachhemd, die sie einfach auf den Küchenfußboden fallen lassen, um dann splitternackt in den strömenden Regen hinauszurennen. Das ist, als wenn man unter einer riesengroßen lauwarmen Dusche herumläuft. Der Regen trommelt und rauscht, strömt und prasselt. Solfrid kann sich nicht erinnern, schon einmal einen ähnlichen

Regenguß erlebt zu haben. Mit geschlossenen Augen und das Gesicht nach oben gewandt, steht sie für einen Augenblick ganz still und genießt das warme Naß. Aber rasch zieht Jakob sie in einen ausgelassenen Tanz. Er hüpft und springt um die Mutter herum. Er lacht und johlt, der ganze Junge ist eine einzige ansteckende ekstatische Freude. Ein bißchen widerwillig läßt sich Solfrid in diesen Reigen mitziehen. Einen Moment hält sie inne, als ob sie den Körper zusammensammelte und Anlauf nähme für einen Schrei, der sie alle beide erschreckt. Dann faßt sie Jakob an beiden Händen und tanzt singend mit ihm durch das hohe Gras des Gartens.

6

Am Morgen darauf liegen auf allen Halmen die Tropfen wie ein glitzernder Schleier. Solfrid steht schon gegen sechs Uhr auf und setzt sich in den Korbstuhl, den ihr Vater für sie hier hochgetragen hat. Sie hat gegen Morgen noch ein bißchen geschlafen, wachte aber von Rückenschmerzen auf. Sie quälen sie ständig, seit sie vor etlichen Jahren zu Hause auf Ås die Treppe vom Dachboden heruntergefallen war.

Zu Hause auf Ås – das zu denken ist so selbstverständlich geworden. Sie ist dort seit ihrer Kindheit aus- und eingegangen, und hat in den letzten zehn Jahren dort gewohnt. Erst in Mathildes Kammer, in die sie nach deren Tod einzog. Die alte mürrische Mathilde war ein Geschwisterkind von Ragnhilds Mutter, ihr gehörte der Hof ursprünglich. In ihrer Kammer durchlebte Solfrid die Trauer um Nils-Jan, ihren Spielkameraden und Jugendfreund, der auch der Adoptivsohn von Ragnhild und Lars war, und Mathildes Enkel. Und dort wurde ihr Sohn geboren, einige Monate nachdem Nils-Jan beim Walfang starb.

Der Junge wurde natürlich im Krankenhaus geboren, auf der Station, auf der sie jetzt als Hebamme arbeitet. Und sie und Jakob wohnen nicht mehr nur in der Kammer. Die eine Hälfte des Hauses ist jetzt ihre eigene Wohnung. Der große alte Dachboden wurde zum Schlafzimmer umgebaut. Ragnhild und Lars haben ihre Wohnung im nördlichen Teil, sie und Jakob im südlichen. Bad und Toilette in der Mitte des Hauses teilen sie sich.

Das klappt sehr gut, hat es jedenfalls bis jetzt. Die Großeltern kümmerten sich um Jakob, während Solfrid eine Ausbildung machte. Während der drei Jahre auf der Schwesternschule in der Stadt pendelte sie in ihrem klapprigen Volkswagen hin und her. Nach einem Jahr auf der Frauenstation machte sie in Oslo die Ausbildung zur Hebamme. Ein ganzes Jahr lang war sie nur am Wochenende zu Hause, ohne daß ihr das sonderlich gefiel. Sie vermißte ihren Sohn und war dennoch froh, als sie auf der Station einen Job bekam. Aber bei einer vollen Stelle beansprucht die Arbeit auch jetzt viel von ihrer Zeit. Viel zuviel, denkt sie oft, auch wenn sie sich dort wohl fühlt.

Vielleicht ist Ragnhild ebenso sehr Mutter für Jakob wie ich, der Gedanke geht ihr manchmal durch den Kopf, und sie ist ein bißchen gekränkt. Aber Ragnhild hatte ja keine eigenen Kinder gehabt, abgesehen von Nils-Jan, der mit sechs Jahren nach Ås kam und mit knapp zwanzig starb. Sie sollte wohl Lars und Ragnhild die Freude gönnen, ihrem Sohn Vater und Mutter zu sein. Trotzdem ist sie hin und wieder eifersüchtig, wenn sie sieht, wieviel Zeit die zwei zusammen mit dem Jungen verbringen. Eifersüchtig und manchmal auch schuldbewußt. Denn im letzten halben Jahr hatte sie noch weniger Zeit für Jakob ...

Deshalb ist es besonders gut, daß sie diesen Ort hat, der nur ihr gehört. Sol läßt den Blick über den Hof schweifen. Am Rande des kleinen Stücks Wiese, das Lars zwischen den beiden niedrigen Häusern für sie gemäht hat, glitzern naß vom Tau die hellroten Gräser. Unter dem Birnbaum steht der mittlerweile ziemlich nachgedunkelte Holztisch, an dem sie und Jakob am Abend zuvor saßen. Evines Stachelbeerbüsche hängen voller Beeren, die noch hart und unreif sind. Bei den schwarzen und roten Johannisbeeren ist es das gleiche. Solfrid hat keinen Versuch unternommen, den Gemüsegarten in Ordnung zu halten, dafür ist sie zu selten hier. Und die Erdbeerbeete sind vollständig von Unkraut überwuchert. Aber auch wenn die Pflanzen alt sind, findet Jakob zwischen Quecken und weißem Gänsefuß immer noch eine kleine Schale voll mit kleinen und etwas verkrüppelten, aber enorm süßen Erdbeeren.

Im Garten stehen auch ein paar knorrige alte Apfelbäume und ein Pflaumenbaum mit großen gelben Eierpflaumen, aber die Bäume tragen nicht mehr so viel. Sie müssen mächtig alt sein; vielleicht hat Søren sie gepflanzt, Evines böser Vater mit den schrecklichen Fäusten, oder ihre sanftmütige Mutter, Martina?

Daß sie, Solfrid, diesen Ort einmal übernehmen würde! Seit einigen Jahren gehört er ihr auch auf dem Papier. Lars hat ihn ihr überschreiben lassen, mit der Klausel, daß Ura weiter auf Jakob übergehen muß. Den Wald und das bißchen, was an Äckern dazukam, hat er zu seinem eigenen großen Besitz geschlagen, der ringsum an Evines angrenzt.

Es wäre Solfrid nie in den Sinn gekommen, daß sie sich auf Evines einsam gelegenem und baufälligem Hof so wohl fühlen könnte. Aber als Lars den Besitz nach Evines Tod vom Staat kaufte, fing Sol an, mit Jakob kleine Ausflüge nach Ura zu unternehmen. Mit der Zeit wurde die Stille hier oben für sie ganz und gar unentbehrlich. Nach den anstrengenden Diensten im Krankenhaus war es ein gutes und friedliches Gefühl, hier herumzupusseln, ohne jemanden außer dem Sohn in der Nähe zu haben. Es war auch ein gutes Gefühl, ihn hin und wieder ganz für sich allein zu haben, denn die beiden Großelternpaare belegten ihn und seine Aufmerksamkeit sehr mit Beschlag. Vielleicht spürten Lars und Ragnhild, daß sie das Bedürfnis nach etwas hatte, das ganz ihr eigenes war. Und die Häuser standen ja leer.

In vieler Hinsicht scheint es gut und richtig zu sein, daß Solfrid Evines Zuhause übernahm, denn außer zu Ragnhild – und Mathilde, als sie noch lebte – hatte diese sonderliche, menschenscheue Frau zu niemandem Kontakt.

Solfrid erinnert sich noch an den gespenstischen Heimweg mit Evine, damals, als sie und Nils-Jan sich im Wald unter dem Børjæråsen verlaufen hatten. Halb besinnungslos vor Angst waren sie direkt in Evines Arme getaumelt, die sie rechts und links an die Hand nahm und den langen Weg nach Hause durch den Wald geleitete. Es war schon Herbst, und so war es ziemlich dunkel gewesen, ehe sie zum Dorf kamen. Sol kann sich an die trockene und merkwürdig glatte Haut von Evines Hand erinnern, an ihren vorsichtigen, aber doch sicheren Griff. Und sie erinnert sich an die fast magische Stimmung und an Nils-Jans unterdrücktes Schluchzen auf der anderen Seite von Evine, als sich ein Uhu direkt über ihren Köpfen niederließ. Evine hatte den ganzen Weg über zu ihnen geredet, in kurzen, beruhigenden Worten. Da. Ein Uhu. Ist nicht gefährlich. Gleich zu Hause.

Und sie hatte ihnen die ganze Zeit Namen von Bäumen

und Pflanzen erklärt, die sie gerade noch so im Dunkeln erkennen konnten. Das hatte Solfrids Neugier geweckt, und sie hatte seither ihre gesamte Kindheit und Jugendzeit hindurch Evine immer wieder aufgesucht, um mehr Namen von Blumen zu lernen. Aber zwischendurch hatte Evine leise gemurmelt, lange unverständliche Sätze, als ob sie zu jemandem sprach, den die Kinder nicht sehen konnten. Das hatte die unheimliche nächtliche Stimmung verstärkt, aber den Weg nach Hause auch wahnsinnig spannend gemacht.

Später gelang es Solfrid bei verschiedenen Anlässen, Brocken von Evines verzauberter und rätselhafter Welt aufzuschnappen. In Märchenform gekleidet wurden alle die wundersamen Wesen ein Teil ihrer und Jakobs Welt hier oben: Elfen, der Nöck und das schreckliche Gespenst, der Deildegast mit Augen aus glühenden Kohlen – er, der sich an Menschen rächte, wenn sie der Versuchung erlegen waren und Grenzsteine versetzt hatten. Sie gehörten gleichsam hierher, zu Evines Heimat.

Und nun sitzt Solfrid hier auf Evines Hof, der jetzt ihr eigener ist. Sie streckt die Arme über den Kopf und bemüht sich nach Kräften, mit der Freude über ihren Besitz die Unruhe und Traurigkeit vom gestrigen Abend zu vertreiben. Sie kann nichts tun, jedenfalls nicht jetzt. Vielleicht später, wenn sich alles beruhigt hat, wenn Inger nicht länger so enttäuscht und wütend ist.

Die Sonne schickt die allerersten Strahlen um den Felsen und läßt die Spinnweben in den Halmen glitzern wie dünne Häkelspitzentücher mit winzigen Straßsteinchen. Aber bis die Sonne hier zu ihr vordringt, dauert es noch. Und sie verschwindet früh, dafür sorgt der Hügel auf der anderen Seite. Aber um die Mittsommerzeit gibt es viele Stunden mit schönem Sonnenschein. Sie mag die Stille hier oben so sehr, eine Stille, so ganz ohne die von Menschen geschaffenen Geräusche. Vor ein paar Jahren kam eines Morgens ein Reh bis auf den Hof. Sie saß vollkommen still im Korbstuhl, versuchte sich darauf zu konzentrieren, nicht einen Muskel zu bewegen, und nahm den Anblick des grazilen Tieres in sich auf. Das begann gleich neben dem Stall zu fressen. Es äste friedlich, hob aber ständig den Kopf und sah sich wachsam um. Der schlanke Hals blieb in achtsamer Spannung, und es bewegte die Ohren nach allen Richtungen, ehe es den Kopf wieder senkte und mehr von den saftigen kleinen Trieben der Eberesche und Espen, die dort wuchsen, abzupfte. Sie konnte spüren, wie ihr eigenes Herz klopfte, und war sicher, das Reh müßte die rhythmischen Schläge hören. Und plötzlich hob es den Kopf und starrte ihr geradewegs in die Augen. Sie hielt die Luft an und starrte zurück, dem Gefühl nach eine Ewigkeit, aber vermutlich nur ein paar Sekunden lang. Der Blick war so blank, so ohne Ausdruck und gleichzeitig so lebendig und verletzbar. Sie starrte zurück, versuchte, nicht zu blinzeln, und merkte, wie die Augen trocken wurden. Und dann muß sie doch geblinzelt oder sich sonstwie kaum spürbar bewegt haben, denn das Reh warf sich herum und verschwand in der Sicherheit des Espenwäldchens hinter dem Nebengebäude. Genauso jäh fuhr ihr der Gedanke durch den Kopf, wie ungerecht es war, daß etwas so vollkommen Unschuldiges so ängstlich und verletzbar sein sollte.

Sie haben seither oft Rehe hier oben gesehen, sie und Jakob, aber nie so nahe. In der Regel wenden die scheuen Tiere ihnen den weißen Spiegel zu, sowie sie entdeckt worden sind.

7

Der Junge reckt sich in seinem Bett. Er streckt die Arme über den Kopf, so daß sich der Schlafanzug teilt und ein Stück seines glatten Bauchs zeigt. Offenbar ist er bald aus dem blaugestreiften Pyjama herausgewachsen. Solfrid ist dabei, Kaffee zu kochen. Als sie mit den Eisenringen des schwarzen Herdes hantiert, ist Jakob wachgeworden.

Auch das gehört zu Jakobs Freuden hier. Von Solfrids gedämpften Geräuschen in der Küche geweckt zu werden. Dazuliegen und all die bekannten Geräusche zu hören und zu raten, was als nächstes folgt. Sie hat den schweren Deckel in der Mitte abgenommen – den mit der kleinen Vertiefung in der Mitte und einer Rille quer darüber für den eisernen Haken, mit dem sie den Deckel anhebt – und den nächsten Ring, so daß das Loch gerade groß genug ist für den rußigen Kaffeekessel. Danach hat sie in dem länglichen Teil des Herdes hinter der Tür mit dem Handgriff aus runden, glänzenden Stahlringen schon Feuer angemacht. Diese Ringe erinnern Jakob immer an ein Spiel, das er hatte, als er klein war. Mehrere Holzringe in verschiedenen Farben und Größen mußten auf eine Holzstange gesteckt werden und bildeten einen dicken Mann mit blauer Hose und gelbem Pullover. Ganz oben saß ein kugelrunder kleiner Kopf mit einem großen lächelnden Mund und runden roten Flecken auf den Wangen.

Mit dem Handgriff am Herd verbindet Jakob eine schmerzhafte Erinnerung. Der wird glühend heiß wie der übrige Ofen, wenn sie einheizen. Die Mutter hat immer gut aufgepaßt, daß er nicht zu nahe kam. Aber einmal, als sie an einem Wochenende im Winter hier waren, vergaß sie es. Er war draußen gewesen und hatte in dem pulverigen Schnee herumgetollt, hatte auf der Scheunenauffahrt einen Rodelhang und ums Nebengebäude herum eine Langlaufloipe angelegt. Naß und voller Schnee stürzte er in die Küche, wo die Mutter den ganzen Vormittag eingeheizt hatte. Aber nach eiskalten unbewohnten Wochen saß die Kälte noch immer in allen Ecken. Erst hatte die Mutter der zitternden Gestalt alle Kleider ausgezogen, dann hatte sie ihm einen leichten Klaps auf den bloßen Hintern gegeben und gedankenlos gesagt:

»Geh zum Ofen und wärm dich, mein Jakob!«

Er hatte geschrien wie am Spieß, als der Griff an der Ofentür ihm die Haut auf seinem Rücken verbrannte, genau in der Höhe des Hosengummis.

Im verzweifelten Versuch, das Ausmaß der Katastrophe zu begrenzen, hatte ihm die Mutter ein mit Schnee gefülltes Taschentuch auf die Wunde gelegt, aber er hatte trotzdem Blasen bekommen, vielleicht weil sie das Tuch nicht lange genug auf der verbrannten Stelle liegenlassen durfte. Einige Wochen lang war es fast unmöglich gewesen, Hosen darüber zu tragen. Jahre später noch konnte er sich an ihre ausgeklügelten Konstruktionen erinnern – Unterhosen ohne Gummi mit Sicherheitsnadeln am Hemd befestigt und lange Hosenträger mit Klips, die seine Cordhosen weit unten auf der Hüfte hielten.

Seither hat er großen Respekt vor dem alten Ofen mit den Löwenfüßen und der Messingstange vorn.

Er mag das Geräusch, das die Mutter verursacht, wenn sie die Ringe mit dem kräftigen Eisenhaken anhebt und zur Seite schiebt, ehe sie den Kessel auf das Loch setzt, wo die Flammen orangegelb an den Rändern lecken. Dann liegt er im Bett, unter der Decke ist es gemütlich warm. Merkt, daß ihm nichts weh tut, daß er sich aufs Aufstehen freut, aber gleichzeitig genießt er es, noch ein bißchen zu kuscheln und zu horchen, das eine Ohr halb unten im Kissen, so daß die Geräusche weniger deutlich sind. Was wird sie als nächstes tun? Welches Geräusch wird als nächstes kommen? Sie hat den Kessel schon mit Wasser aus dem Zinkeimer gefüllt, der gleich neben der Tür auf einem Hocker steht den sie am gestrigen Abend zwischen sich von der Quelle unter dem Felsen hergetragen haben. Der winzige metallische Ton, wenn sie die Blechkelle wieder an den Eimerrand hängt, den hat er heute verschlafen. Aber das leichte trokkene Knarren der Schranktür über dem Küchentisch, wenn sie die Kaffeedose aus dem Schrank holt, das hört er. Und den Ton der anderen Schranktür, die nicht knarrt, weshalb er nur hört, wenn sie zugemacht wird, der kommt dann an die Reihe, ehe sie Kaffee in die Tasse gießt, die sie vorher herausgenommen hat. Ihre Schritte, wenn sie über die Holzdielen geht, der Holzboden, der unter ihren bloßen Füßen knarrt, nachdem sie die Eisenringe wieder auf ihren Platz gelegt und die Eisenstange zurück an die Messingstange gehängt hat. Ganz rechts – er ist sich bei rechts und links jetzt ganz sicher, aber das hat lange gedauert, bis er es konnte. Erst eine geraume Weile, nachdem er den Korbstuhl knirschen gehört hat, steht er auf und geht zu ihr hinunter.

Zuerst setzt er sich auf ihren Schoß, er, der so groß geworden ist. Bald hat er da keinen Platz mehr!

»Hast du gut geschlafen, Jakob? Nach dem Gewitter heute nacht?«

Ja, er hat gut geschlafen. Er reckt sich vor und holt sich ein Stück Teegebäck von dem kleinen Teller mit Blumenmuster. Den Ton der Keksdose im Eckschrank, hat er den überhört? Solfrid hat immer Teegebäck dabei, das sie beide in ihren Kaffee oder Kakao eintunken. Er legt gern das eingeweichte Stück Gebäck auf die Zunge, um es anschließend gegen den Gaumen zu pressen.

»Geht's dir heute besser?«

Sie fragt vorsichtig, zögernd, sozusagen zu einem raschen Rückzug bereit. Er wendet ihr den Kopf zu und sieht sie verständnislos an:

»Mm?« Der Mund ist voller Kuchenkrümel. Ein paar landen auf der Unterlippe, aber die flinke kleine Zungenspitze holt sie zurück, während Daumen und Zeigefinger das letzte kleine Stück des Teegebäcks in die Tasse tunken, die sie ihm hinhält. Da ist nur noch so wenig drin, und das Stück ist so klein, daß sie die Tasse schief halten muß.

»Sollen wir heute zum Echo gehen?« Blitzschnell startet sie ein Ablenkungsmanöver. Gleichzeitig denkt sie verwundert und mit einem Hauch von Neid: Gestern abend noch so verzweifelt und schuldbewußt, und heute vollständig unbekümmert – ist es wirklich so wunderbar einfach, ein Kind zu sein?

»Schau Mama, dort sind die Kätzchen!« flüstert er plötzlich und legt gleichzeitig zwei Finger auf ihren Mund.

Und dann sitzen sie ein paar Minuten still und schauen den drei getigerten Kätzchen zu, die um den Holzstoß an der Wand des Nebengebäudes Verstecken spielen. Anscheinend sind die Kleinen unbekümmert von ihrer Nähe, so lange sie sich in sicherem Abstand halten. Bei dem geringsten Annäherungsversuch würden sie wie das Reh sogleich verschwinden.

Sol wiederholt ihre Frage nicht. Denn natürlich werden sie zum Echo gehen. Sie gehen doch immer am ersten Tag zum Echo.

8

Doch an diesem Tag kommen sie nicht zum Echo. Normalerweise ist dieser Ort in den niedrigen Strahlen der Abendsonne am stimmungsvollsten und wie verzaubert. Deshalb unternehmen sie den Ausflug dorthin stets etwas später am Nachmittag.

Solfrid nutzt diesen Vormittag, um zu lesen und sich zu sonnen. Das heißt, sie versucht zu lesen, entdeckt aber bald, daß sie sich unmöglich konzentrieren kann. Da bleibt sie auf dem Bauch auf der Wolldecke liegen, den Kopf auf die Arme gestützt und denkt nach. Es gibt viel zum Nachdenken.

Jakob unternimmt vergebliche Versuche, sich den Katzenkindern zu nähern. Sie lassen sich von den einschmeichelnden Lauten und seinem wedelnden Grashalm nicht überreden, sondern beobachten ihn aufmerksam und neugierig aus ihren Schlupflöchern unter dem Holzstoß. Die Mutter ist weniger scheu. Sie zupft ihm mit einer raschen Bewegung das Stück Wurst aus den Fingern, das er ihr hinhält, worauf sie pfeilschnell und geduckt in eine Vertiefung unter dem Nebengebäude saust, um dort ihren Fang zu verzehren. Sie macht keine Anstalten, mit den gekränkten Kindern zu teilen, die sofort angesprungen kamen. Aber auf ihr verzweifeltes Miauen hin legt sie sich dann doch auf die Seite und läßt sie saugen, geborgen in der Höhle unter dem Stallboden. Der Junge legt sich auf den Bauch und schaut ihnen zu. Das Kinn hat er in die Hände gestützt. Eigentlich hätte er Lust, seine Mutter zu rufen, fürchtet aber, die Kätzchen damit zu erschrecken. Außerdem ist er ein wenig gekränkt, weil er das Gefühl hat, sie möchte heute vormittag am liebsten für sich sein.

Nach dem Essen trägt Solfrid eine Schüssel mit Abwaschwasser nach draußen, denn sie wäscht so gerne draußen ab. Gleich unter dem Küchenfenster ist ein langes, schmales Brett an die Wand genagelt, und das benutzen sie als Eßtisch. Das mag schon zu Sørens Zeit dort angebracht worden sein, aber Lars hat es repariert, und Solfrid hat ein geblümtes Wachstuch über die rauhe Oberfläche des Holzes gelegt. Der Küchentisch steht drinnen genau auf der anderen Seite, und Sol pflegt das Essen vorzubereiten und es durch die Fensteröffnung zu Jakob hinauszureichen.

Jetzt ist das Fenster geschlossen. Solfrid betrachtet ihr Gesicht in der Glasscheibe, während sie automatisch Gläser und Teller abwäscht. Ihr Gesicht wird von fast schulterlangem blondem Haar eingerahmt. Sie hat es seit einem halben Jahr nicht mehr geschnitten, weil er doch so gerne wollte, daß sie ihr Haar lang tragen soll.

»Morgen werde ich Haare schneiden«, nimmt sie sich vor und wirft den Kopf so heftig zurück, daß es im Nacken knackt. Automatisch legt sie eine nasse Hand an den Hals, so daß ihr das Abwaschwasser über die nackten Brüste läuft. Hier in der Abgeschiedenheit geht sie gern oben ohne.

Aber sie kann die Haare doch nicht selbst schneiden, hat es jedenfalls noch nie versucht, und Inger kann sie ja nun nicht mehr fragen. Solfrid spürt, wie ihr die Tränen kommen, schluckt sie aber standhaft hinunter, denn Jakob, der in ihrem Korbstuhl sitzt, hebt den Kopf und schaut sie fragend an: »Hast du dir weh getan?«

Ja, sie hat sich weh getan. Es tut ihr weh, verdammt! Nicht nur Inger tut es weh. Oder Christopher. Oder dem armen Hans, wenn schon. Ihr tut es auch weh. Sie hat Schmerzen wegen Kjetil. Dabei ist alles seine Schuld! Sie wringt energisch den Lappen aus, trocknet das Wachstuch mit wütenden, schnellen Bewegungen ab. Wirft den Abwaschlappen in die Schüssel, stützt die Hände auf die Handgriffe und starrt gekränkt auf ihr eigenes Spiegelbild zwischen den weißgestrichenen Fenstersprossen. Aber sie muß rasch den Blick abwenden und sich beschämt auf die Unterlippe beißen. Denn was sie tat – was sie taten – war trotz allem unverzeihlich.

Automatisch steckt sie die Hände in die gelbe Emailleschüssel mit dem schmalen grünen Rand. Sie fühlt, ob sie einen Löffel oder eine Gabel vergessen hat, ehe sie das Wasser ins hohe Gras hinter der Hausecke schüttet. Mit einem Mal springt Jakob aus dem Korbstuhl auf und wirft die Zeitung auf die Erde.

»Da kommt Laila!« Seine Stimme klingt freudig überrascht, aber Solfrid erstarrt und preßt beide Hände um die Handgriffe der Abwaschschüssel. Sie muß an eines der Kätzchen denken, wenn es im Gang des Nebengebäudes überrascht wird. Es krümmt sich zusammen und dreht den Kopf hin und her, sucht verzweifelt nach einem Ausgang, ehe es sich zu Tode erschrocken in dem schmalen Spalt hinter einem losen Brett versteckt. Sie fühlt die gleiche Panik und merkt, wie das Herz erschrocken hinter dem Brustbein klopft. Du liebe Zeit! Inger!

Aber nicht Lailas Mutter taucht hinter dem kleinen, kahlen Hügel auf, wo der steile Pfad in den Hofplatz mündet. Erleichtert entdeckt Solfrid Ragnhild und Lars, die gleich hinter Laila kommen. Sie grüßen, etwas außer Atem von dem steilen Anstieg.

Sie fühlt sich so erleichtert, daß ihr Willkommenslächeln warm und echt wird, obwohl sie eigentlich nicht in der Verfassung ist, jemanden zu empfangen. Nicht einmal ihre

Schwiegereltern, die ihr längst genauso nahestehen wie ihre eigenen Eltern.

»Mama zieht aus!« platzt Laila heraus. Sie klingt noch mürrischer als sonst.

Vor Schreck läßt Solfrid die Schüssel fallen. Der grüne Emaillerand trifft sie direkt auf dem Rist des rechten Fußes. Der Schmerz ist so stark und kommt so aus dem Nichts, daß sie laut aufschreit, ehe sie sich hinsetzt und losheult. Sie ist klatschnaß, weil sich das Abwaschwasser vollständig über sie ergossen hat.

In dem folgenden Durcheinander sendet Solfrid der umgekippten Schüssel mehrfach dankbare Blicke zu. Sie braucht Hilfe, damit sie sich in den Korbstuhl setzen kann. Ragnhild holt ein Kissen drinnen vom Sofa, um den verletzten Fuß zu stützen. Und sie braucht Hilfe bei den nassen Sachen. Lars wendet ihnen taktvoll den Rücken zu, während ihr Ragnhild aus Shorts und Schlüpfer hilft und den Bademantel reicht, den Jakob vom Nagel an der Tür des Schlafalkovens geholt hat.

Und die ganze Zeit, durch den heftig schneidenden Schmerz hindurch, der sich bald in ein intensives Klopfen verwandelt, während der Fuß kräftig anschwillt, fühlt Solfrid sich der Schüssel gegenüber zu Dank verpflichtet. Sie bewegt vorsichtig die Zehen und stellt erleichtert fest, daß vermutlich nichts gebrochen ist. Gleichzeitig bekommt sie Zeit, die überraschende Neuigkeit aufzunehmen, mit der Laila sie so erschreckt hat. Obwohl: so überraschend kam diese Nachricht vielleicht doch nicht. Jedenfalls nicht für sie.

9

In den letzten zehn Jahren ist Solfrids Cousine Inger auch ihre beste Freundin gewesen. Solfrids Mutter Gudrun und Ingers Vater Sverre sind Geschwister. Außerdem ist Sverre mit Ragnhilds ältester Schwester Milda verheiratet. In ihrer Kindheit hatte Sol meistens mit den jüngsten Geschwistern der großen Kinderschar auf Rønningen gespielt. Aber seit sie erwachsen wurden, spielte der Altersunterschied von sechs Jahren zwischen Inger und ihr keine Rolle mehr.

Sol fühlte sich auch den anderen Mädchen ihres Jahrgangs in den drei Jahren auf der Krankenpflegeschule gegenüber wesentlich erwachsener. Sie war drei, vier Jahre älter als die meisten, und ihre Lebenserfahrung und -situation unterschied sich erheblich von der der anderen. Und sie wohnte die ganze Zeit zu Hause, nicht im Internat, was dazu beitrug, daß sie nicht so richtig zu ihnen gehörte. Sie fand dort mit der Zeit recht gute Freundinnen, aber mit niemandem konnte sie reden wie mit Inger.

Sie teilten alles, allen Kummer um die Kinder und deren Erziehung, alle Gedanken über Männer und die Liebe, alle vorsichtigen Schwärmereien Sols für den einen oder anderen der jungen Ärzte im Krankenhaus. Seit sie sich vor einigen Jahren ernsthaft in den Amerikaner Eric verliebt hatte, hielt sie sich bei allen neueren Schwärmereien eher auf Distanz, so als wolle sie sich von vornherein vor einer Enttäuschung schützen. Bei dem geringsten konkreteren Interesse des Mannes zog sie sich zurück. Bis vor einem halben Jahr ...

Inger lebte seit gut fünfzehn Jahren in einer schwierigen Ehe mit dem ziemlich trunksüchtigen Hans. Mit Solfrid sprach sie immer offen über alles. Ihre Ehe war schon lange an einem Endpunkt angekommen, längst ging es nur noch um Aushalten und Resignation.

»Du mußt dich scheiden lassen, Inger!« hat Sol oft gesagt. Solfrid glühte förmlich von den Ideen der Frauenbewegung jener Zeit. »Es liegt kein Sinn darin, daß du dein Leben an den Saufbold verschenkst.«

Frauenmißhandler, hätte sie gern hinzugefügt, denn ihr war aufgefallen, daß Hans Inger immer wieder hart anfaßte.

»Er kommt ohne mich nicht zurecht!« wich Inger dann ständig aus. Aber Sol war überzeugt, daß Hans gar nicht so arm dran war, wie seine Frau glaubte. Vielleicht würde er auf die Beine kommen und den Blick von der Flasche heben, wenn er dazu gezwungen wäre. Und wenn nicht, dann war das verdammt noch mal sein Problem und nicht Ingers, hatte sie gedacht – und gesagt.

Aber Inger betrachtete sich selbst als Ursache für die Trinkgewohnheiten ihres Mannes. Und nachdem Inger ihr vor einigen Jahren ihre Affäre mit dem Jugendfreund Christopher gebeichtet hatte, muß Solfrid gegen ihren Willen zugeben, daß die Sache zwei Seiten hat. Denn mittlerweile gibt es keinen Zweifel daran, daß Christopher der Vater von Ingers ältester Tochter Sofie ist.

Es war tatsächlich die auffallende Ähnlichkeit, besonders der lebendigen dunkelbraunen Augen unter markanten Augenbrauen, die Inger dazu brachten, mit der Wahrheit herauszurücken. Nach gut einem halben Jahr auf der Schwesternschule arbeitete Solfrid auf der psychiatrischen Station und erzählte lachend von ihrer letzten »Distanzverliebtheit«.

»Du, der Oberarzt auf der Station, auf der ich jetzt bin, der ist vielleicht klasse! Und so nett!«

Die Ärzte in der psychiatrischen Abteilung pflegten einen vollkommen anderen Umgangston zu Patienten und Personal, das merkte Solfrid gleich am ersten Tag. In der chirurgischen Einheit herrschte ein viel strengerer Ton. Dort war sie in den ersten drei Monaten nach dem theoretischen Einführungsblock gewesen, wo sie allgemeine Krankenpflege lernten. Ja, einige der älteren Ärzte waren mit den Krankenschwestern und den Hilfsschwestern noch per Sie und verlangten, daß die sich erheben sollten, wenn die Ärzte ins Dienstzimmer kamen, um die Visite vorzubereiten. Idiotisch, hatte Solfrid gedacht, nachdem sie sich bei der geschäftigen Morgenarbeit die Hacken abgelaufen hatte, wo viele der Patienten für die Operation vorbereitet und zum OP hinuntergebracht werden sollten. Zusätzlich mußte den Frischoperierten morgens beim Waschen geholfen werden, und auch die Betten sollten zur Visite gemacht sein. Und wenn man sich dann endlich mit einer Tasse Kaffee auf einem Hocker im Dienstzimmer niederlassen konnte, trat das ganze Gefolge von hochnäsiger Chirurgen feierlich ein und verlangte, daß man sich wieder auf die Beine stellte. Nur damit der vornehmste von ihnen einen weißbekleideten Arm heben und sagen konnte: »Aber nein, bitte setzen Sie sich doch!«

Auf den meisten Stationen wurde der Ton jedoch langsam lockerer, besonders unter den jüngeren Ärzten und Krankenpflegern. Und in der psychiatrischen Abteilung trugen sowohl die Schwestern als auch das übrige Personal Zivil, in der Regel mit einem weißen Arztkittel darüber. Die Ärzte sprachen in einem eher kameradschaftlichen Ton, und die am wenigsten formellen von ihnen redeten einen sogar mit Vornamen an.

»Er will, daß wir Christopher zu ihm sagen«, schwatzte

Sol unbefangen drauflos. Sie saßen an einem Sonntagvormittag bei Inger im Wohnzimmer um den Tisch, während die Kinder draußen rund ums Haus Ski liefen. Wo Hans an dem Tag war, ob auf See oder in der Stadt bei seinen Saufkumpanen, daran erinnert Sol sich nicht mehr.

»Und weißt du was«, sie war so mit ihrer eigenen Schwärmerei beschäftigt, daß sie nicht bemerkte, wie sich Ingers Gesichtsausdruck veränderte, »weißt du was, er hat genau die gleichen dunkelbraunen Augen wie Sofie. Das ist total komisch, weil er auch ...« Der Satz blieb in der Luft hängen, weil sich Inger plötzlich aufs Sofa warf und heulend nach dem Kissen griff, auf dem *Keep smiling* stand und das sie aus ihrem Elternhaus mitgebracht hatte.

Was in aller Welt ist los! Hatte sie etwas Verkehrtes gesagt? Nein, das lag nicht an ihr, versicherte ihr Inger, und schluchzend und schniefend kam die ganze Geschichte ans Licht.

Die Geschichte von Christopher, den sie ein einziges Mal am Abend in der Stadt getroffen hatte, während sie darauf wartete, daß Hans vom Walfang nach Hause kommen sollte. Christopher, dem sie in dessen elterliche Villa im Schweizerstil folgte und in dessen Bett sie gelandet war.

»Lieber Gott, es war nur einmal, und es war nicht mal besonders aufregend!« schluchzte Inger und starrte verzweifelt in Solfrids ungläubige Augen. Die Überraschung war so groß, daß es dauerte, bis ihr die ganze Wahrheit aufging. Stell dir vor, Inger hatte ... mit einem Arzt ... mit dem assistierenden Oberarzt Nielsen ... mit Christopher! Zuerst war sie mit der Tatsache mehr beschäftigt als mit der Tatsache, daß Sofie nicht die Tochter von Hans war.

Aber mit der Zeit wurde das natürlich das wichtigste. In endlos langen Gesprächen bewegten sie das Thema hin und her. Sollte Sofie es erfahren? *Wann* sollte Sofie es erfahren? Sollte Hans erfahren, daß seine hübsche, lebhafte Tochter, auf die er so stolz war, nicht seine war? Oder wußte er es? Wenn er betrunken war, ließ er schon mal verworrene Andeutungen fallen, wie wenig ähnlich die Tochter ihm war und wie wenig ähnlich ihnen beiden.

Und das stimmte, Sofie glich weder ihrem Vater noch der Mutter. Doch sie hat Ingers schön geformte gerade Nase und vielleicht auch das energische Kinn, wenn man genau hinschaute. Aber das tat man nicht, weil einem die lebhaften braunschwarzen Augen unter den schmalen dunklen Augenbrauen auffielen. Oder nein, es war das ganze runde Mädchengesicht, eingerahmt von braunschwarzen, glatten Haaren, ein Pagenkopf mit Pony. Es war der wache, lebhafte Zug ihrer Augen, der in so großem Kontrast stand zu den eher träge blickenden Augen der Schwester und zu Hans' fast trüber, unbestimmter Augenfarbe.

Die hübsche Figur hatte sie wohl von der Mutter. Inger nahm nach den zwei rasch aufeinanderfolgenden Geburten zwar ein paar Kilo zu, aber dennoch hatte sie eine gute Figur. Sofie war immer noch schmal und zart, und es war unschwer zu übersehen, daß sie einmal eine Schönheit werden würde. Nicht einfach so eine »Jedes-Mädchen-ist-schön«-Schönheit, sondern eine wirkliche klassische Schönheit. Das war es, was die Leute im Ort dachten, wenn sie Sofie sahen. Und sie sahen vielleicht auch, daß Inger und Hans ihrer ältesten Tochter zu viel Freiheit ließen. Aber darüber redete keiner laut.

Neben ihrer aufgeweckten Schwester wirkte Leila noch einmal so schwerfällig und unbeweglich. Zusätzlich wurde sie als Kind von Polypen gequält, wodurch ihre Stimme nasal klang und ihre ein wenig dicke Stupsnase immerzu rot und verschleimt war. Und zeitweise war sie geradezu unausstehlich quengelig. Als wenn sie darauf programmiert gewesen wäre, jede scherzhafte Bemerkung als persönliche Kränkung aufzufassen. Von dem Humor der Schar aus Rønningen hatte sie nichts geerbt.

Ihrem Onkel Olefejus gelang es häufig mit seinem Spott einen Wasserfall von Rotz und Tränen auszulösen. Während die gleiche Bemerkung Sofie gegenüber gewöhnlich von dieser kess gekontert wurde. Ein bißchen *zu* aufgeweckt und naseweis, meinten viele. Und zu ihrer Schwester ist Sofie wirklich nicht immer nett gewesen.

10

In dem Moment, als Inger mit ihrer überraschenden Eröffnung herausrückte, verschwand Solfrids »Distanzverliebtheit« in Christopher wie Tau in der Sonne. Es war ja auch nicht mehr als ein unschuldiger Zeitvertreib gewesen. Stattdessen wurde sie zu einer Art Bindeglied zwischen ihnen beiden, nachdem Inger sie überredet hatte, einen Gruß an Christopher zu überbringen.

Seit jenem unglückseligen Frühlingsabend in der Stadt, als sie neunzehn war, hatte Inger Christopher nur ein einziges Mal gesehen. Das war zwei Jahre, ehe Solfrid in der psychiatrischen Abteilung anfing. Lars lag mit einer schweren Depression auf der gleichen Station, und Inger hatte Solfrid und Jakob zu einem Krankenbesuch gefahren. Als Inger davon erzählte, konnte Solfrid sich wieder an den jungen Arzt erinnern, der auf dem Krankenhausflur zu ihnen trat und mit ihnen redete. Sie konnte sich auch erinnern, daß sie sich über sein Engagement gewundert hatte – er hatte sich reichlich Zeit genommen, obwohl er für Lars gar nicht zuständig war, das wußte sie.

Erst bei dieser Gelegenheit hatte sich Ingers Verdacht bestätigt, den sie seit mehreren Jahren hegte, seit die Tochter klein war. Die Ähnlichkeit mit Christopher war so schlagend, daß es ihr unmöglich war zu begreifen, wieso das nicht alle Welt sah. Aber sie hatte nie jemandem die Wahrheit erzählt, ehe sie an diesem Wintertag mit Solfrid redete, und sie hatte nie einen Versuch unternommen, mit Christopher in Kontakt zu treten.

Jetzt lieferte Sol ihr eine Gelegenheit, und sie schaffte es natürlich nicht, der Versuchung zu widerstehen. Am Anfang wollte sie nur mehr über den erfahren, der also der Vater ihrer Tochter war. Neugierig drängte sie Solfrid, soviel wie möglich herauszufinden. War er verheiratet? Hatte er Kinder? Nein, er war unverheiratet und kinderlos, das wußten in der Abteilung alle. Aber hatte er eine Freundin, ein festes Verhältnis? Oder wohnte er vielleicht mit jemandem zusammen? Das war in den letzten Jahren doch so modern geworden.

Nein, Christopher wohnte mit niemandem zusammen. Aber Sol glaubte, er flirte vielleicht ein wenig mit einer der Krankenschwestern, sie hatte sie nach der Arbeit zusammen auf dem Nachhauseweg gesehen. Und durch die Korridore schwirrten Gerüchte. Aber da mußte nichts dran sein, und etwas Festes war das bestimmt nicht. Christopher war ja allen gegenüber umgänglich und aufmerksam.

Sol mußte ihn grüßen, doch, sie *mußte* ihm Grüße bestellen! O nein, sie durfte ihn auf keinen Fall grüßen. Herrgott, es war doch wohl schon schlimm genug! Aber nur ein Gruß, ein unschuldiger, kleiner Gruß? Inger schwankte, täglich, wöchentlich, bis Solfrid an einem der letzten Tage, ehe sie auf die geriatrische Station wechseln sollte, Christopher auf dem Flur anhielt und sagte:

»Ich soll dich von jemandem grüßen, den du kennst.«

Als sie den Namen nannte, zeigte er sich überrascht und erfreut und fast ein wenig verlegen. Und sie mußte selbstverständlich zurückgrüßen. Ja, ja, sie kannte also Inger.

Das war der erste einer langen Reihe von Grüßen. Nachdem Solfrid auf einer anderen Station arbeitete, passierte es dennoch, daß ihr Christopher auf dem Weg zum Ärztekasino begegnete, wo er zu Mittag aß. Das lag neben dem Speisesaal der Krankenschwestern, wo auch die Schwesternschülerinnen aßen, im Unterschied zu den Hilfspflegern und dem übrigen Personal, die ihren eigenen Speisesaal direkt nebenan hatten.

Jedesmal, wenn sie sich begegneten, hielt Christopher sie an und fragte ein bißchen, wie es ihr ginge, plauderte irgend etwas Belangloses, um schließlich mit einem Gruß an Inger zu enden.

»Hat er sonst nichts gesagt?« Inger brannte vor Neugier. »Hat er nicht mehr gesagt? Also, das sagt er? Ich meine, also wie sah er aus, als er das gesagt hat? Oh, lieber Gott, ich werde ihn anrufen!«

Und eines Tages tat sie es, ohne Solfrid vorher davon zu erzählen. Da hatte Solfrid seit Monaten Grüße zwischen ihnen beiden überbracht.

»Wie eine Brieftaube«, sagte sie gutmütig, und Inger tat ihr leid, denn sie sah ja, wie schwer es die Freundin hatte.

In dem Sommer hatten sie beide, wie immer, mit ihren Kindern mehrere Wochen auf Ura gewohnt. Hatten in den stillen blauen Sommernächten zusammengesessen und geredet und geredet, wenn die Kinder eingeschlafen waren.

Hatten gesehen, wie sich über dem See und den Wiesen die Nebelschleier bildeten – Elfentanz hatte Evine das genannt – und gespürt, wie die Erde unter ihnen vom Tau feucht wurde. Oft saßen sie, bis die ersten Sonnenstrahlen hinter dem Bergkamm hervorschauten und die Vögel ihren Morgengesang angestimmt hatten.

Meistens redete Inger. Sie redete und weinte sich durch ihre Probleme mit Hans und den Mädchen. Hatte Angst, die anderen würden es erfahren. Die Familie würde es erfahren. Der ganze Ort. Aber sie müssen es ja erfahren! Sie konnte doch so nicht leben!

Zwischendurch war sie bei kristallklaren Lösungen. Sie müßte selbstverständlich ... Es gab keinen anderen Ausweg ... Doch, jetzt hatte sie sich entschieden ...

Den einen Abend war sie dafür, an Hans festzuhalten, kein Wort zu irgend jemandem zu sagen und selbstverständlich keinen Kontakt zu Christopher aufzunehmen. Aber am nächsten Abend war es das genaue Gegenteil. Ja, in der Regel wechselten die verschiedenen Möglichkeiten im Laufe von ein und derselben Nacht. Sie drehte sich im Kreis und endete jedesmal genauso unglücklich, wie sie begonnen hatte.

Solfrid wußte genau, daß sie ihr keinen Rat zu geben brauchte, konnte sich aber trotzdem nicht zurückhalten:

»Du mußt dich scheiden lassen, Inger! Du mußt dich von Hans trennen!«

Aber Inger hatte, trotz aller frauenbewegter Gedanken, viel von den alten Gesetzen über die Unantastbarkeit der Ehe verinnerlicht. Die modernen Ideen über Zusammenleben und sexuelle Befreiung waren noch nicht ganz bis zu ihr vorgedrungen, auch wenn sie für die Frauenbewegung war. Aber das lief bisher nur über den Kopf. Das Recht der

Frau zu sexueller Freiheit und selbstbestimmter Schwangerschaftsunterbrechung war etwas, wozu sie eine Meinung haben konnte, aber nicht danach zu handeln brauchte. Seit ihrer Fehlgeburt nach einem Sturz vom Fahrrad vor ein paar Jahren hatte sie bei der Verhütung genau aufgepaßt, die wenigen Male, wenn sie ihrem Ehemann seinen Willen ließ.

Dennoch: sie konnte den hilflosen Trunkenbold, mit dem sie verheiratet war, nicht verlassen. Das mußte jetzt auch Solfrid begreifen, die doch Hans immer schon kannte. Er war doch ein großer Junge!

Aber Solfrid war anderer Meinung. Hans meisterte seinen Job auf See, sie hatten nie etwas anderes gehört. Und um Chef zu sein, mußte man doch wohl verantwortungsbewußt und erwachsen handeln! Vermutlich griff er nur zur Flasche, wenn er an Land war, und das konnte ja auch an der schlechten Ehe liegen. Vielleicht würde es ihm sogar guttun, für sich selbst die Verantwortung zu übernehmen, meinte Sol. Aber das glaubte Inger nicht.

Und dann stieg sie eines Tages den Pfad nach Ura hoch, als sie von einem Ausflug nach Hause zurückkam. Setzte sich mit hektischen roten Wangen ins Gras, direkt vor den Korbstuhl, in dem Sol saß und las. Die Kinder spielten im Nebengebäude und im Garten Verstecken. Mit einem Ausdruck von Freude und Schrecken schlang sie die Arme um die hochgezogenen Knie und sagte: »Weißt du was? Ich hab's getan!«

Solfrid war keinen Moment im Zweifel über das, was sie damit meinte. Deshalb hatte sie also unbedingt nach Hause gemußt, um irgendwelche angeblich vergessenen Kleider zu holen, die sie sowieso nie brauchen würde.

»Du bist verrückt!« sagte Solfrid mit Bewunderung in der Stimme. Inger aber fühlte sich rundherum erleichtert.

11

Anfangs war die Spannung, wenn sie sich trafen, so intensiv, daß für Schuldgefühle kein Platz war. Dann wurde es immer schwieriger. Inger belog Hans und die Mädchen, belog ihre Eltern, ja, sie belog alle außer Solfrid. Im Herbst fing sie einen Englischkurs in der Stadt an. So fuhr sie einen Abend pro Woche zum Unterricht, log aber ein paar extra Stunden dazu, damit sie Christopher treffen konnte. Wenn er Nachtwache hatte, besuchte sie ihn in seinem Büro im Krankenhaus.

Als ob er ihr beim Englischlernen helfen sollte. Dabei beherrschte er nach seinem Studium in Dublin die Sprache fließend, wenn auch mit einem charmanten irischen Akzent. Wenn sie auch nicht Englisch redeten, so hatten sie sich doch viel zu erzählen. Anfangs taten sie nichts anderes als reden, aber nach ein paar Monaten wurden immer größere Teile ihrer Kommunikation nonverbal. Die Spannung zwischen ihnen war noch immer da. Inger hielt lange standhaft dagegen, sie wollte ja Hans nicht untreu sein, das versuchte sie sich selbst immer wieder einzureden.

Dennoch sehnte sie sich nach nichts mehr als danach. All ihre Gedanken kreisten darum. Nach den herzzerreißenden Abschieden fuhr sie in einem ständig größeren Aufruhr nach Hause zu den Kindern – und zu dem Mann, wenn er zu Hause war. Manchmal versuchte Hans sein Recht als Ehemann einzufordern, aber dann entschlüpfte Inger ihm wie ein glatter Fisch. Was sie Christopher verweigerte, sollte Hans schließlich auch nicht bekommen.

Im Gegensatz zu Hans setzte Christopher sie nicht unter Druck. Jedenfalls wollte er es nicht. Nicht am Anfang. Aber seine samtbraunen Augen waren voller Verlangen wie die eines spanischen Liebhabers, und wer konnte einem solchen Blick schon auf Dauer widerstehen? Eines Abends hatte Christopher all ihren Widerstand gebrochen: sie ließ sich fallen – auf die Psychiaterliege, von der aus er während der Sprechzeit – so stellte sie es sich vor – so viel Intimes von unglücklichen und frustrierten Patienten anvertraut bekam.

Dabei benutzte Christopher die Liege gar nicht für seine Patienten. Er war einer der modernen Psychiater, baute auf Einzelgespräche, in denen man sich in einem Sessel bequem gegenübersaß, oft mit einer Tasse Kaffee in Händen. Die Liege mit dem grünen Kunstlederbezug und den glänzenden Stahlrohrbeinen hatte er allerdings auch nie so benutzt wie jetzt. Das versicherte er Inger ...

Seit dem ersten Mal hatte er viel gelernt, aber das war ja nun auch mehr als zehn Jahre her. Damals, Anfang zwanzig, war er ein blutiger Anfänger – reichlich spät dran, hatte Inger gedacht –, jetzt war er ein erfahrener Liebhaber. Dennoch gab es etwas, das Inger wiedererkannte: die beinahe ehrfürchtige Freude über ihren Körper, der aufrichtige Wunsch, ihr gutzutun und das Fehlen jeglicher Prüderie. Sie hatte – abgesehen von dem einen Mal mit Christopher – nie mit einem anderen als mit Hans geschlafen. Und der legte einfach drauflos, ohne viel darüber nachzudenken, wo auf der Skala zwischen reinem Widerwillen und Genuß Inger sich möglicherweise gerade befand.

Nein, mit Hans war es kein Genuß. Nach nur fünf Minuten in Christophers Händen hatte Inger begriffen, daß sie zusammen mit Hans nie auch nur in der Nähe dieses Wortes gewesen war. Sie hatte als Sechzehnjährige ihr Debüt erlebt, in einer regennassen Mittsommernacht in Hans' altem grauweißem und stockfleckigem Zelt. Nicht weil sie Lust gehabt hatte, sondern weil es spannend war und nicht zu umgehen. Das Erlebnis hatte sie nichts über Liebe oder Erotik gelehrt, das hatte sie rasch bemerkt. Und es war Hans auch seither nicht gelungen, daran etwas zu ändern.

Aber Christophers geschickte Hände hoben sie in Sekundenschnelle aus der Wirklichkeit und in eine Welt, in deren Nähe sie nur in ihren eigenen heimlichen Nächten hinter dem Rücken ihres schnarchenden Ehemanns gelangt war. Die Schutzmauern fielen eine nach der anderen, und sie ergab sich bedingungslos, ohne die Konsequenzen für ihr Leben zu bedenken.

Nach diesem allerersten Mal, nachdem der Puls und die Gefühle wieder ein bißchen zur Ruhe gekommen waren und sie dicht aneinandergeschmiegt auf der schmalen Liege unter einer der hellblauen Krankenhausdecken lagen, platzte es plötzlich aus ihr heraus: Sie erzählte ihm von Sofie, und Christopher fiel buchstäblich von der Liege. Mindestens eine halbe Stunde lang ging er im Zimmer auf und ab, in einem Aufruhr der Gefühle, das sicher das, was ihm die Patienten boten, weit übertraf. Zwischendurch kam er und schüttelte Inger, die, in die Decke gehüllt, zitternd auf der Liege saß, so daß ihre Zähne noch mehr klapperten, als sie es ohnehin schon taten. Oder er schlang die Arme um sie und drückte sie so fest, daß ihr die Luft auszugehen drohte. Hier war nicht viel von seiner Fähigkeit zur sachlichen Analyse geblieben. Dennoch gelang es ihm im Laufe einiger Stunden, den ersten Schock zu verarbeiten, seinen Zorn, seine Rührung. Und nach einer weiteren himmelstürmenden Runde auf der Liege ließ er Inger widerwillig aus seinen zitternden Händen schlüpfen. Da war es schon heller Morgen, aber Ingers Töchter, bei denen eine ältere Freundin zu Besuch war, hatten zum Glück durchgeschlafen. Hans war auf See.

12

Nachdem ihm Inger von Sofie erzählt hatte, versuchte Christopher sie zu überreden, den Ehemann zu verlassen, er bettelte und flehte sie an.

Als Christopher sein Studium in Dublin abgeschlossen hatte und nach Norwegen zurückgekehrt war, hatte er drei Jahre lang mit einer Frau zusammengelebt. Sie hatten versucht, ein Kind zu bekommen, anders ausgedrückt, sie hatten nichts unternommen, um es zu verhindern, aber seine Freundin wurde nicht schwanger. Er hatte sich gefragt, ob das vielleicht an ihm lag, denn nachdem Schluß war, hatte sie sehr schnell ein Kind von einem anderen Mann bekommen.

Als er seine alte Liebe das erste Mal mit dem Kinderwagen auf der Straße getroffen hatte und auf das Köpfchen mit der weißen Strickmütze schaute, spürte er, wie sehr er sich wünschte, das wäre sein Kind. Nicht wegen der Frau, sondern weil sein Wunsch nach einem Kind so groß war. Das war vor ein paar Jahren, damals, als er Inger auf dem Korridor im Krankenhaus begegnete, wenn sie Lars besuchte. Seither hatte er keine feste Beziehung mehr gehabt. Aber er war Anfang Dreißig, und seine konservativen Eltern fanden, es sei an der Zeit, Ordnung in sein Leben zu bringen. Besonders seine Mutter wünschte sich Enkelkinder. Wie sie die Neuigkeit über Sofie aufnehmen würde, daran wagte er nicht zu denken.

Anfangs war er einigermaßen aufgewühlt, und es war ihm ziemlich gleichgültig, was seine Eltern darüber dachten. Er verlangte so entschieden, die Tochter sehen zu können, daß Inger es mit vorsichtigem Rückzug versuchte: So sicher war es vielleicht doch nicht. Sie hatte sich ja nie bemüht, Klarheit zu gewinnen. Da war ja nur die Sache mit den Augen. Weder in ihrer noch in der Familie ihres Mannes gab es so dunkelbraune Augen.

Aber er bestand auf seinem Recht, Sofie sehen zu dürfen. Das sei doch wohl nicht zuviel verlangt. Inger hielt dagegen. Ja, sie versuchte sogar, mit Christopher Schluß zu machen, aber das führte nur dazu, daß beide drei Wochen lang tief unglücklich waren. Denn sie waren jetzt ebenso abhängig voneinander, wie es einige von Christophers Patienten – er nannte sie Klienten – von Tabletten oder Alkohol waren, oder von all den anderen Drogen, die mehr und mehr in Mode kamen.

Irgendwann aber gab sie nach. Sie nahm Sofie mit in ein Restaurant in der Stadt. Dorthin sollte Christopher kommen, so hatten sie es vereinbart. Hoch und heilig hatte er versprochen, nur durchs Lokal zu gehen, aber es gelang ihm nicht, sein Versprechen zu halten. Der Anblick des jungen Mädchens mit den lebhaften braunen Augen unter den geraden Ponyfransen wühlte ihn so auf, daß er geradewegs auf ihren Tisch zusteuerte.

»Ich glaubte, ich würde die Besinnung verlieren!« erzählte Inger Solfrid anschließend. Aber sie war nicht ohnmächtig geworden, hatte nur ziemlich unsinnig auf Christophers banale Fragen geantwortet. Er hatte indessen dauernd zu Sofie geschielt. Sie schaute gleichgültig von ihrem Kuchen hoch, lächelte und nannte ihren Namen. Später wollte sie natürlich wissen, wer das gewesen war, und Inger antwortete mit einer Stimme, von der sie selbst fand, sie höre sich an, als käme sie von der anderen Seite des Globus: »Halt einer, den ich ein bißchen kenne, einer vom Englischkurs.« Sofie hatte sicher nichts gemerkt. Sie zog die Mutter, die wie benommen war, mit in eine Buchhandlung, und ehe Inger wieder zu sich gekommen war, hatte sie ihrer Tochter zwei teure Pferdebücher gekauft.

Seither war es zwischen Inger und Christopher immer hin- und hergegangen, es folgten unzählige tränenfeuchte Trennungen: So ging es nicht weiter. *Sie* schaffte das nicht länger. *Er* schaffte das nicht länger. Jetzt *mußte* sie sich von Hans trennen. Nein, sie *konnte* sich nicht von Hans trennen. Sie *mußte* Sofie alles sagen. Nein, sie *konnte* es Sofie nicht erzählen.

Über die Jahre hin war Solfrid Zeugin dieses zermürbenden Verhältnisses gewesen, nie hatte es ausgesehen, als könne eine Veränderung eintreten. Doch, einmal, als Hans in einer ganz besonders schrecklichen Sauftour versackt war, da hatte Inger ihre Sachen gepackt und war mit den Töchtern zu ihren Eltern nach Rønningen gezogen. Endlich schien es, als wollte sie einen Schlußstrich unter ihre Ehe ziehen. Das Ergebnis aber war, daß Hans Schlaftabletten mit einer halben Flasche Rum schluckte und zum Magenauspumpen im Krankenhaus landete. Ein besonders ernster Versuch, sich das Leben zu nehmen, war das nicht gerade, denn er hatte Inger noch selbst angerufen und ihr erzählt, was er getan hatte. Aber es zeigte doch, wie tief unglücklich er war. Das machte es Inger ganz und gar unmöglich, bei ihrer Absicht zu bleiben.

Danach hatte sie zwar keinen weiteren Versuch mehr unternommen, sich von Hans zu trennen, dafür aber um so häufigere vergebliche Versuche, Christopher fernzubleiben. Vermutlich waren diese Bemühungen ebenso halbherzig wie Hans' Selbstmordversuch.

Inmitten all dieser Turbulenzen aber hatte Inger es geschafft, an den Abenden eine Ausbildung zu absolvieren. Erst machte sie als Externe das Examen für die Mittelstufe, dann belegte sie noch einige Abiturfächer. Ihr Tatendrang war immer schon enorm gewesen, und sie empfand es als befreiend, die große innere Unruhe, mit der sie sich in diesen Jahren quälte, in eine sinnvolle Tätigkeit umzusetzen.

»Sonst wäre ich wohl verrückt geworden«, sagte sie einmal zu Solfrid, die sie für ihre guten Leistungen beglückwünschte. Denn wie sich zeigte, war sie tatsächlich richtig gut in der Schule. Überraschend, nicht zuletzt für sie selbst. Als Kind hatte sie nie zu den Besten gehört. Jetzt war sie entschlossen, eine Ausbildung zu machen.

»Unabhängig davon, was passiert, ich werde auf jeden Fall allein zurechtkommen!« verkündigte Inger.

13

Sol sitzt auf dem Hof in ihrem Korbstuhl und spürt, wie der Puls rhythmisch in dem geschwollenen Fuß klopft. Oben auf dem Rist, dort wo die Kante der Schüssel ihn traf, ist die Haut über den Knochen weg. Und von den Zehen bis zur Ferse hat sich ihr Fuß blauschwarz verfärbt. Im Laufe einer Woche wird er wohl alle Farbvarianten von blau, lila, gelb und grün durchspielen, ehe er langsam wieder seine helle braune Sommerfarbe annehmen kann. Aber gebrochen ist zum Glück nichts.

Auf dem Tisch vor ihr steht eine Tasse mit Johannisbeersaft und ein Teller mit zwei Scheiben Brot, ihrem Abendessen, das Laila und Jakob gemeinsam angerichtet haben. Sie würden ihr so gern Kaffee kochen, aber sie hat Angst, die beiden im Herd Feuer anzünden zu lassen. Vielleicht morgen, hatte sie ihnen versprochen, wenn der Fuß dann noch genauso weh tut.

Die beiden finden es sehr spannend, daß sie sich jetzt um alles kümmern müssen, nachdem Ragnhild und Lars gegangen sind. Solfrid hat Laila in all der Zeit noch niemals so lebhaft gesehen. Sie hat ihre übliche Verdrossenheit abgelegt und erklärt verblüffend willensstark, als sie den Teller mit den Wurstbroten vor Solfrid auf den Tisch knallt, daß sie nicht daran denke, mit der Mutter umzuziehen.

»Das kann Sofie machen«, sagt sie. Und Sol kann nicht umhin zu denken, daß es Laila vielleicht guttun würde, sich nicht immer an der hübschen und geschickten Schwester messen zu müssen. Es ist, als ob sie Laila an diesem Abend mit neuen Augen sieht. Die Empörung, die Wut und die Frustration haben den hellblauen Augen Leben und dem rundlichen Kinn einen richtig markanten Zug verliehen. Es ist, als ob das junge Mädchen mit einem Mal älter geworden sei. Sie und Jakob sitzen und essen an dem Tisch unter dem Küchenfenster, und einmal als Jakob etwas sagt, das Sol nicht hört, etwas Amüsantes oder Neckendes, lächelt Laila so warm und lebendig, daß ihre Züge beinahe hübsch wirken. Aber das Lächeln verschwindet rasch wieder, das Mädchen ist ängstlich und niedergeschlagen.

»Ach, wie gerne würde ich etwas für Laila tun!« denkt Solfrid. Denn der Gedanke, daß Laila bei ihrem Vater wohnen bleibt, bereitet Sol ziemlichen Kummer.

Aber es ist wohl Lailas Wunsch. Sie will bei ihrem Vater bleiben. Der will einen Job an Land annehmen, hat er gesagt. Er will das Haus behalten und sich in der Stadt eine Arbeit auf der Werft suchen. Und dann soll Laila bei ihm wohnen.

»Und ich bin groß genug, um das selbst zu entscheiden!«

sagt Laila und drückt die Brust heraus. Ihre Brüste zeichnen sich unter dem roten T-Shirt schon ordentlich ab. Sie ist deutlich früher entwickelt als ihre ältere Schwester.

Solfrid ist zwar neugierig, reißt sich aber zusammen, um Laila nicht zu sehr auszufragen. Wieviel weiß Laila? Und Sofie? Und Hans? Sol hat von seinem neuerlichen Selbstmordversuch gehört, aber sie weiß nichts über den Hintergrund. Inger hat ihr vor langer Zeit von der Eifersucht ihres Mannes erzählt und von seinem Verdacht, betrogen zu werden. Hat er Ingers Verhältnis mit Christopher entdeckt? War das der Grund? Nach dem, was Ragnhild erzählt hat, war dieser Suizidversuch ernster als der erste.

Was ist eigentlich in diesen vergangenen vierzehn Tagen seit ihrem Zerwürfnis mit Inger passiert? Ein gewaltiger Zusammenstoß war das mit ihrer Freundin, Inger hatte sie zur Hölle gewünscht, ehe sie die Tür zuknallte. Zweimal war Inger danach auf dem Weg zum Geschäft an Sol mit dem Fahrrad vorbeigefahren, ohne auch nur zu ihr hinüberzuschauen. Bis Sol endlich Ferien bekam und sich hierher mit Jakob zurückziehen konnte.

Und jetzt soll Laila ein paar Tage hierbleiben, bis Inger kommt und sie holt. Dann wird sie wohl mit Solfrid reden wollen, denn Laila könnte ohne weiteres allein in den Ort zurückgehen. Aber Ragnhild drückte es ganz klar so aus, daß Laila bleiben sollte, bis ihre Mutter sie holen kommt. Solfrid merkt, daß sie sich entsetzlich fürchtet, wobei sie sich gleichzeitig freut, dieses Treffen hinter sich zu bringen. Und in erster Linie ist sie grenzenlos neugierig.

Nachdem die Kinder ins Bett gegangen sind, bleibt Sol noch sitzen und denkt nach. Sie hat eine der Rotweinflaschen geöffnet, die sie mitgebracht hat. Ihre Mutter mag es nicht, wenn sie Alkohol trinkt, so daß Solfrid für diesen Teil des Proviants selbst sorgen muß. Nun spürt sie, wie der Wein, zusammen mit den schmerzstillenden Mitteln, die sie genommen hat, eine Art Schleier über den klopfenden Schmerz im Fuß breiten. Sie hat nur drei, vier Schmerztabletten dabei, aber Ragnhild hat versprochen, Inger mehr mitzugeben. So muß sie sich diese bis dahin einteilen. Und abends noch ein bißchen Rotwein daraufgießen.

Solange Ragnhild und Lars hier waren, versuchte sie tapfer zu verbergen, wie groß die Schmerzen waren, denn sie wollte nicht, daß man sie mit in den Ort nahm. Lars hätte sie das steile Stück und über die Heide bis zum Wirtschaftsweg auf dem Rücken getragen und sie dort mit dem Traktor abgeholt. Aber Sol hatte sich überzeugend gewehrt, und da sie Krankenschwester war, konnten die anderen nicht so viel dagegen einwenden. Ihr Fuß wäre in wenigen Tagen wieder in Ordnung.

Aber jetzt läßt sie ihren Tränen freien Lauf. Sie weint über die Schmerzen im Fuß und über sich selbst und Inger, die Kinder und Hans und Christopher. Und über Kjetil. Am meisten über Kjetil.

14

Kjetil hat sich buchstäblich in Solfrids Leben gehämmert, an einem Vormittag im Winter vor einem halben Jahr. Die ganze Nacht hatte es ununterbrochen geschneit, und Solfrid hatte sich deshalb entschlossen, nach der Nachtwache im Krankenhaus zu schlafen, statt im Schneegestöber nach Hause zu fahren. Sie war nach einer unruhigen Nacht mit mehreren Geburten erschöpft – eine ziemlich komplizierte Zwillingsgeburt und eine Zangengeburt –, und so schlief sie nach Dienstschluß im Ruheraum der Hebammen wie ein Stein. Das Zimmer lag an einem stillen Flur in einer der oberen Etagen des Krankenhauses, weit entfernt von den Stationen mit den Patienten und der Geschäftigkeit dort. Es wurde oft von den Nachtwachen benutzt, so daß die meisten, die dort zu tun hatten, aufpaßten und leise waren.

Kjetil Sund war als »Mädchen für alles« im Krankenhaus neu angestellt. Er hatte eine zeitlich befristete Stelle, weil er ein bißchen Krankenhausatmosphäre schnuppern und sich breitere Erfahrung aneignen wollte. Er war offenbar noch nicht so weit gekommen, sich einen Überblick über die Ruhezimmer der Nachtwachen zu verschaffen.

Kjetil klopfte also wie ein Buntspecht munter pfeifend drauflos, energisch hantierte er mit Hammer und Nagel ganz in der Nähe des Zimmers, in dem Solfrid erschöpft zu schlafen versuchte, in einem weißen Krankenhaushemd, das sie sich aus dem Wäscheschrank der Station geschnappt hatte. Rhythmisch und hartnäckig hämmerte er sich durch die Wand und in ihre Träume. Zog sie widerwillig durch Schichten bleischweren Schlafs hinauf in eine maßlose halbwache Gereiztheit. Womit zum Teufel war Lars zugange? Er war doch sonst immer so nett und nahm an den Tagen, nachdem sie Nachtdienst gehabt hatte, Rücksicht auf sie.

Mühsam kam sie zu einer Art Bewußtsein, so schwer und verschwitzt und übernächtigt, wie man sich nur fühlt, wenn man nach nur einer Stunde unsanft aus dem Schlaf gerissen wird. Desorientiert blinzelte sie, die Augen waren trocken und schmerzten, weil die Tränendrüsen noch in tiefem Schlaf lagen, und erkannte die karierten Krankenhausgardinen wieder. Nach einigen Augenblicken gelang es ihr, das energische Hämmern draußen vor der Tür zu lokalisieren. Es gab gerade eine kleine Pause – er suchte wohl einen neuen Nagel hervor –, um mit neuer Kraft auf ihren schlaftrunkenen Kopf zu hämmern. Das Pfeifen war nicht unterbrochen worden. Auf ihrem verstörten Weg aus dem Bett und durchs Zimmer gelang es ihr, die Melodie wiederzuerkennen. Bertolt Brechts ›Friede auf unserer Erde‹. Dann riß sie wütend die Tür auf und hätte beinahe seinen Hammer an den Kopf bekommen.

»Sag mal, was fällt dir eigentlich ein ...?«

Sein verblüffter und unschuldig blauer Blick traf sie mitten in die Magengrube.

»Ohne mit der Wimper zu zucken, hätte ich ihn mit mir ins Bett nehmen können!« erzählte sie am Tag darauf Inger, selbst bestürzt über ihre Reaktion.

»Und da stand ich nun«, fuhr sie fort, »in nichts als dem Krankenhaushemd, mit zerwühlten Haaren und pelzigen Zähnen, verschwitzt und schwindelig, und schaffte gerade nur zu denken, daß ich jetzt meinen rechten Arm für Ingers Schlagfertigkeit geben würde!«

Aber Inger fand, daß Sol schlagfertig genug gewesen war. Denn sie hatte in aller Eile die grantige Grimasse ausgetauscht gegen ein, wie sie hoffte, annähernd akzeptables Lächeln und gesagt:

»Friede auf unserer Erde ...?«

Und er hatte gelächelt, ein Lächeln, das ihr den Rest gab, und mit einer so entwaffnenden Geste mit Hammer und Nagel geantwortet:

»Friede unserer Arbeit ...«, daß sie zu überlegen anfing, ob er wohl in Frankreich eine Tischlerlehre gemacht hatte. Das hatte er nicht, erfuhr sie später, aber sein Vater war in der französischen Botschaft angestellt gewesen.

Dann war er nach kurzem Geplauder den Korridor hinunter verschwunden, während sie ziemlich durcheinander wieder zum Bett gestolpert war.

Aber um vier Uhr hatte er vorsichtig angeklopft – mit dem Fingerknöchel, nicht mit dem Hammer, und ihr eine Tasse Kaffee als Friedensangebot lächelnd entgegengestreckt.

15

Kjetil empfand sich selbst als ausgesprochen sozialen Menschen. Er war als Einzelkind aufgewachsen. Der Job des Vaters als Botschaftsangestellter brachte es mit sich, daß die kleine Familie oft umzog und Kjetil sich immer zu neuen Menschen gegenübersah. In der Schule neuen Freunden, neuen Lehrern. Einem neuen Land mit einer neuen Sprache. Weltgewandt und lächelnd glitt er in die ständig wechselnde Umgebung. Knüpfte neue Verbindungen, die nach einer Weile, wenn der Vater zu einer anderen Botschaft versetzt wurde, wieder zerrissen. Aber das machte Kjetil nicht so viel aus. Es gab stets neue Menschen, neue Freunde zur Verstärkung, neue Mädchen zum Verlieben. Die Welt war groß und spannend. Mittendrin bewegte sich Kjetil mit einem entwaffnenden Lächeln und bezauberte alle, denen er begegnete.

Im Haus der Eltern gingen Menschen aller Hautfarben aus und ein. Sie redeten über aktuelle Weltereignisse und prosteten sich mit Champagner zu. O, my God, really! Cheers! Und man wandte sich dem nächsten Menschen zu. Die Mutter richtete einen Träger ihres Kleides, lächelte freundlich und hielt das Glas zum Nachfüllen hin. Komm hierher, Kjetil, mein kleiner Schatz! Sag bitte ... guten Tag und ... und ... Der Champagner perlte in den Gläsern, das Lachen der Mutter in ihrer Kehle. Und Kjetils Appetit auf das Leben perlte unter der leicht schief gebundenen Fliege.

Als er achtzehn war, ließen die Eltern sich scheiden. Der Vater verliebte sich in eine phantastisch kleine, phantastisch schöne und sehr weibliche Diplomatin aus Südamerika. Die Mutter fiel in Ungnade und wurde mit Kjetil nach Hause nach Norwegen geschickt. Sie wohnten bei den Eltern der Mutter am Rand Oslos, wo Kjetil das Gymnasium besuchte und ein Philologiestudium anfing. Aber als die Studentenunruhen die Universität erfaßten, legte er, wie so viele andere, sein Studium nieder und fing in einem der größten Unternehmen der Stadt an zu arbeiten.

Er war in den letzten Jahren oft umgezogen und hatte viele verschiedene Jobs gehabt. Er war ein ruheloser Zeitgenosse. Ein Vagabund. Hätte ihn jemand gefragt, wo er sich niederlassen wolle, hätte er die Arme ausgebreitet und geantwortet: in der Welt.

Kjetils Kindheit, insbesondere das Bild der Mutter, standen später fast wie eine Wolke von glänzendem Taft und knisternder Seide vor ihm stehen. Er erinnert sich an die zarte Taille der Mutter, wenn sie sich vor dem großen Spiegel im Schlafzimmer der Eltern drehte, während er auf der Bettkante saß und ihrem Ankleideritual zuschaute. Sie kam aus dem Bad – dorthin durfte er ihr nicht folgen – mit zwei Unterkleidern bekleidet, einem aus Taft und einem aus Tüll, dazu einem BH aus weißer, glänzender Seide und zarten Spitzen. Darüber erkannte er ein Taillenkorsett, für das in den Magazinen immer geworben wurde. Als seine Mutter ihren Freundinnen von Kjetils unverhohlenem Interesse an Damendessous erzählte, hatten sie gelacht. Und sie hatten ihm den blondgelockten Kopf getätschelt und gesagt: Good Lord, bestimmt sei er ein richtiger kleiner Frauenverführer, ein *homme des femmes*.

Er erinnert sich an den runden, glänzend polierten Tisch, an dem die Mutter und ihre Freundinnen saßen, und an den glatten Stoff der Stühle mit den dunklen Armlehnen, wo er gesessen und in den eleganten Magazinen der Mutter geblättert hatte. Jede Woche schickte seine Großmutter ihr norwegische Wochenzeitschriften, aus denen Kjetil der Mutter laut vorlesen mußte, damit er Norwegisch ebenso gut wie Französisch und Englisch lesen lernte. Er las die Antworten auf Leserbriefe von Kummerkastentante Klara Klug: *Wird der Frauenfreund ein guter Ehemann? Leiden Sie unter Platzangst? Ich bin Schwiegermutter.* Und er lernte alles über Pulver und Wässerchen, Damenhygiene und Schönheitsprogramme.

Die Wohnungen seiner Eltern erscheinen ihm in seinen Erinnerungen glänzend und frisch. Und er erinnert sich an die Mutter und ihre Freundinnen in ihren schwarzen Cocktailkleidern mit kleinen roten Rosen, auf dem Stoff kleine weiche Erhebungen, an denen sich seine Finger festhakten, wenn er über die weiten Röcke strich.

Seine Mutter war die schönste von allen, mit ihrer schmalen Taille und ihrer Wolke blonder Locken, um die ihre Freundinnen sie beneideten und die der Sohn geerbt hatte. Oh, was für phantastisches Haar! Er wurde bewundert und gehätschelt und gedrückt. Der kleine blonde norwegische Junge. Der bezaubernde kleine Charmeur. Oh, my God! Da gab es helle Frauenstimmen und helles Lachen. Da gab es Seidenstrümpfe mit Nähten, die zu richten er helfen mußte.

Da gab es nackte Schultern mit dem Duft des Parfums »Soir de Paris« aus der Stadt der schönen Frauen.

Wenn er die Anzeige für dieses Parfum sah, mußte Kjetil an den Großvater und die Sommerferien in Norwegen denken. Er erinnert sich noch heute an lange sonnige Sommertage, an denen er mit der Mutter zum Badestrand fuhr, die Mutter im gelben Kleid mit schmalen schwarzen Streifen und winzigen Schleifen um den tiefen Ausschnitt, er selbst in kurzen Hosen und im gestreiften, kurzärmeligen Baumwollhemd. Er erinnert sich an den blauen Badeanzug der Mutter mit dünnen Bändern, die sie über die Schultern warf. Er mußte helfen, sie an den Seiten durch Ösen zu ziehen und zu einer Schleife zu binden.

Dem Großvater waren alle Zähne gezogen worden, als er fünfzig Jahre alt war. Beim Reden verursachte sein Gebiß ein gerade eben hörbares Geräusch. Wenn er besonders gute Laune hatte, konnte ihn Kjetil überreden, die Zunge am Gaumen unter das Gebiß zu stecken und es vorzuschieben, daß es für einen Augenblick lose in der Luft hing und dann mit einem Schnalzen zurück an seinen Platz befördert wurde. Die Großmutter war groß und schlank, hatte die gleichen Locken wie die Mutter, nur dunkler und mit einem leichten grauen Schimmer an den Schläfen. Sie buk Sahnewaffeln und kochte die köstlichsten norwegischen Fleischklöße, die Kjetil kannte. Er vergötterte seine Großmutter, wie er die Mutter vergötterte.

An die ersten Jahre seines Lebens erinnert er sich eher in Form vager Stimmungen, Laute, Gerüche und Farben. Ganz genau aber erinnert er sich an die Eingangstür zur Wohnung in Paris: sie war groß und braun und mit einem wunderbaren Türklopfer. Und er erinnert sich an das Schlafzimmer der Eltern, hell und weiß, mit Mutters Toilettentisch, auf dem Flakons und Fläschchen standen, die er nicht anfassen durfte – nur wenn die Mutter dort saß und sich schminkte.

Hin und wieder gelingt es ihm, beinahe traumartig, ein Bild von sich selbst wieder hervorzurufen, auf der verkehrten Seite der hohen Tür. Er ist klein und fürchtet sich. Es ist dunkel, und er weint. Die Welt draußen ist groß und gefährlich. Von dort kommen durch ein hohes Fenster bedrohliche Geräusche zu ihm herein, Gardinen, mit Löwen und Elefanten drauf, bewegen sich in der Zugluft. Das Fenster steht offen. Es ist gefährlich, man kann hinausfallen. Das Mauersims ist breit und abschüssig, so abschüssig, daß die Brotkrumen, die er und die Mutter dort hinlegen, beinahe sofort auf die Straße hinunterrollen, bis weit unten, ehe es den Tauben gelingt, sie sich zu schnappen.

An seinem Bett sind Gitterstäbe, nicht weil er so klein ist, daß er herausfallen könnte, sondern weil das Fenster so hoch und gefährlich ist. Wenn das Licht durch den rechteckigen Fensterausschnitt fällt, werfen die Stäbe seines Gitterbettes ein Muster an die Wand, das ihn an ein Gefängnis erinnert. Ja, er sitzt in einem Gefängnis und weint, und die Mutter auf der anderen Seite der Wand hört ihn nicht.

16

Es dauerte drei Tage, dann hatten sie eine Affäre und drei Monate, dann hatten sie ein mehr oder weniger festes Verhältnis. Weniger fest war es von Kjetil. Er war kein Freund trauter Zweisamkeit. Solfrid machte das von Anfang an zu schaffen. Schreckte ihn vielleicht zusätzlich noch die Angst vor der Dreisamkeit? Sie überlegte das oft.

Aber nein, eigentlich glaubte sie das nicht. Nur war er noch so rasend jung, auch wenn er tatsächlich zwei Jahre älter war als sie, im Herbst wurde er dreißig. Er interessierte sich so sehr für die neuen Formen des Zusammenlebens. Wollte gern im Kollektiv wohnen und die befreite, sich selbst verwirklichende Frau und den weichen, rollenbewußten Mann in einer größeren Gemeinschaft entstehen lassen. Er selbst war überhaupt so kollektiv.

»Kinder können gar nicht genug Eltern haben!« war seine felsenfeste Überzeugung.

Und Männer nicht genug Frauen! dachte Sol bitter. Ihr war rasch klar gewesen, daß sie von den Ideen der freien Liebe, des kollektiven Glücks nicht wirklich begeistert war.

»Ich will einen Mann haben, keinen Wanderpokal!« schrie sie ihn einmal an, als sie über Formen des Zusammenlebens stritten. Er verstand sie überhaupt nicht. Wenn sie sich doch aufeinander verlassen könnten, war es doch nicht auch noch nötig, treu zu sein. Das wäre doch verrückt, Treue in einem Verhältnis zu *fordern*. Das bedeutete ja, einander unnötig zu binden. Wenn sie sich doch aufeinander verlassen könnten.

Vielleicht hat er ja recht, vielleicht war sie hoffnungslos altmodisch, dachte sie verdrießlich, wenn sie sah, wie die freie Liebe überall ungehemmt aufblühte.

Oder habe ich doch recht? dachte sie im nächsten Augenblick, wenn sie sah, wie Lebensgemeinschaften und Ehen wie Seifenblasen zerplatzten.

Vielleicht hatte keiner von ihnen beiden recht. Es sah so idyllisch aus, wenn gewesene, seiende und zukünftige Stiefväter ein antiautoritäres und bezaubernd aufmüpfiges Kind auf den frauenpolitischen Treffen von einem Schoß zum anderen wandern ließen, während die Mutter gerade einen flammenden Beitrag zur Rolle des Vaters in der Kindererziehung hielt. Auch Kjetil ergriff auf solchen Veranstaltungen oft das Wort. Und eines Tages platzte Sol der Kragen:

»Ja, du redest immer schön daher – aber hast du dir mal Gedanken darüber gemacht, daß dein Anspruch auf Freiheit meine Gefühle verletzt?«

Schließlich trennte sie sich von ihm. Wütend war sie. Wütend und enttäuscht.

In der Zeit danach lief er wie ein begossener Pudel durch die Krankenhausflure hinter ihr her. Aber er ließ nicht locker, sondern versuchte bei jeder Gelegenheit, sie zurückzugewinnen. Dann fuhren sie zusammen in die Berge.

Das war an Ostern, und sie reisten gemeinsam mit Inger und Christopher ins Gebirge, in die Hütte von Christophers Eltern. Hans war auf See, und Inger erlog sich ein kinderfreies Wochenende unter dem Vorwand eines Frauenausflugs. Solfrid log mit, obwohl es strenggenommen nicht nötig gewesen wäre. Auf jeden Fall nicht Ragnhild und Lars gegenüber, denen sie von Kjetil berichtet hatte, allerdings nicht, wie ernst das war. Oder wie schwierig. Ihren Eltern hätte sie auch die Wahrheit erzählt, wenn sie gefragt hätten, und wenn sie wegen Inger gekonnt hätte. Aber sie fragten nicht. Ihre Mutter lebte nach dem Motto »Was ich nicht weiß, macht mich nicht heiß.« Und das war auch in Ordnung so, denn ihre strengen religiösen Erwartungen konnte Solfrid ohnehin nicht erfüllen. So brauchte sie ihre Mutter gar nicht erst anzulügen.

Das war das schlimmste an der Beziehung von Inger und Christopher, fand Solfrid. Daß sie so abhängig waren von Lügen und Betrug. Gleichzeitig sah sie ein, daß die Lügen nötig waren. Und sie schadeten niemandem. Außer Hans.

Aber der sorgte bestimmt in den Hafenstädten für sich. Da war sich Inger ganz sicher.

Im Laufe der vier Tage im Gebirge entschieden sich Solfrid und Kjetil für ihre Beziehung. Zu sehen, wie unglücklich das andere Paar trotz glühender Verliebtheit war, trug vielleicht seinen Teil dazu bei. Wie sie es genossen, ganze Tage und Nächte zusammenzusein, zusammen zu kochen und sich lachend um den Abwasch zu streiten, zusammen schlafen zu gehen und wieder aufzustehen und ohne Stoppuhr in der Hand eng zusammen am Kamin zu sitzen. Die Tage einfach ziehen zu lassen, randvoll mit kleinen Alltäglichkeiten. Vier Tage waren ja so lang. Und doch so schnell vorbei. Die unglücklichen Blicke, die sie am letzten Abend voreinander und vor Sol und Kjetil zu verbergen suchten.

Auf dem Nachhauseweg saß Solfrid hinten und hielt Kjetils Hand, und sie waren sich bewußt, daß sich ihre Beziehung verändert hatte. Sol fühlte sich geborgen und froh und fand, es sei nun an der Zeit, daß er Jakob kennenlernen sollte.

Aber das eilte nicht. Sie wollte eine passende Gelegenheit abwarten. Und sie wollte ihrem Sohn erst von Kjetil erzählen und dem Jungen Gelegenheit geben, sich an den Gedanken zu gewöhnen. An einen neuen Vater!, dachte sie mit Kribbeln im Bauch. Ihr Sohn würde einen neuen Vater bekommen. Vielleicht Geschwister. Stell dir vor, noch ein Kind zu bekommen! Ein Kind zu gebären und zu stillen, ohne gleichzeitig um den Vater zu trauern – wie es bei Klein-Jakob gewesen war.

In den nächsten Wochen war sie so glücklich. Und so beschäftigt damit, daß alles ganz richtig sein sollte. Daß Kjetil und Jakob sich mögen würden. Daß Kjetil und ihre Eltern –

und nicht zuletzt Ragnhild und Lars – sich mögen würden. Und daß sie ein Haus bauen würden auf ihrem Grundstück, wo sie und Nils-Jan zu bauen geplant hatten, so daß Jakob nicht weit umziehen mußte. Sie war so voller Erwartung gewesen und so froh.

Und dann ging Kjetil mit der blödesten Gans unter ihren Freundinnen nach einem Fest ins Bett, während sie Nachtdienst hatte! Und belog sie anschließend! Danach hatte sie sich geweigert, mit ihm zu reden. Das war vor drei Wochen gewesen – in der Woche vor dem schicksalsschweren Theaterbesuch ...

17

Am nächsten Tag, als der Junge aufwacht, ist es vollkommen still. Diese Stille, diese Abwesenheit von Geräuschen ist nicht beruhigend, sondern verknüpft mit einem ahnungsvollen, unbestimmbaren Gefühl, daß etwas nicht stimmt. Als wenn man etwas Schlechtes geträumt hat, sich aber nicht daran erinnern kann.

Die Mutter liegt im Bett nebenan und schläft. Sie liegt flach auf dem Rücken, den Kopf hat sie nach links – das ist doch links – zu ihm gedreht. Sie atmet dieses stille Schlafatmen, zu dem ein winziger flötender Ton gehört. Das weckt etwas in ihm, eine Erinnerung aus der Zeit, als er klein war, etwas Zartes und Wehmütiges. Aber er weiß nicht mehr, was es ist.

Der kleine Zug um ihren Mund weckt in ihm auch etwas Trauriges. Er sitzt auf der Bettkante ihr gegenüber, im gestreiften Flanellpyjama, und betrachtet die kaum wahrnehmbare Angespanntheit in ihren Mundwinkeln und überlegt, ob sie nicht gut träumt. Sie sieht aus, als ob ihr etwas weh tut. Hat seine Mutter Schmerzen, ohne daß er weiß, was für welche? Haben die Erwachsenen oft Schmerzen, ohne daß sie den Kindern davon erzählen? Dabei soll er ihr doch auch immer alles erzählen.

Da fällt ihm ihr verletzter Fuß ein, und er ist fast erleichtert. Sie hat bestimmt Schmerzen im Fuß. Kann einem wirklich etwas im Schlaf weh tun, ohne daß man davon wach wird? wundert er sich. Kann man liegen und schlafen und spüren, daß man Zahnschmerzen, oder wie die Mutter, Schmerzen im Fuß hat, ohne daß man davon wach wird, es nur beim Schlafen spüren? Wenn man im Schlaf nicht sehen kann. Oder hören. Kann man im Schlaf hören? Oder riechen, kann man das? Wenn sie wach wird, will er die Mutter danach fragen.

Aber er will sie noch nicht wecken. Es ist so selten, daß sie länger als er schläft. Meistens ist sie schon aufgestanden, wenn er wach wird. Die wenigen Male, wenn sie noch schläft, kriecht er in ihr Bett und weckt sie. Eigentlich ist er dafür zu groß, macht es aber noch immer, so oft er Gelegenheit dazu hat. Er mag den warmen Geruch, sie riecht nach Mutter. Das ist ein Geruch, den er eigentlich vergessen hat, der aber an einem solchen warmen Morgen zurückkommt, durch alle Jahre hindurch, die vergangen sind. Wenn sie sich auf die Seite dreht, um für ihn Platz zu machen. Wenn sie, ohne die Augen zu öffnen, seinen Namen sagt – mit einer Stimme, in der noch die Träume sind. Gute, träge und langsame Träume.

»Jakob? Bis du schon wach, mein kleiner Jakob?«

Dann riecht sie süß und warm und schläfrig nach Mutter. Riechen alle Menschen? Er meint nicht solche Gerüche, die von außen kommen, wie Rauch oder Schweiß oder Rasierwasser, das Lars benutzt, wenn er ausgeht. Oder das Parfum, das sich die Mutter mit dem Zeigefinger hinter jedes Ohr tupft, wenn sie abends in die Stadt fährt. Wozu immer ein »Jetzt mußt du ein lieber Junge sein« und eine Umarmung gehören.

Er meint so einen Geruch, der von innen kommt. Riecht er anders als alle anderen, genau wie sein Fingerabdruck anders ist? Auf Großvaters Schreibtisch liegt ein flaches Kästchen mit einem Stempelkissen darin. Wenn er den Finger gegen das dunkelbraune Kissen drückt und anschließend auf ein weißes Blatt Papier, kann er die feinen runden Bogen sehen, die er an jeder Fingerkuppe hat. Seine sind schmal und klein und kaum zu sehen und viel kleiner als die von Großvater, wenn der seinen großen Zeigefinger neben den des Jungen auf das Papier drückt. Aber selbst wenn sie gleich groß wären, wären sie verschieden. Alle Menschen haben verschiedene Fingerabdrücke. Und sie riechen verschieden. Aber können das nur Hunde unterscheiden? Oder können andere Tiere, Kühe und Katzen und Schweine Leute nach ihrem Geruch unterscheiden? Können das nur Menschen nicht? Und warum nicht, wenn sie so viel anderes riechen können? Danach will er die Mutter auch fragen.

Eigentlich hat er Lust, gleich in ihr Bett zu kriechen, ehe seine nackten Füße eiskalt sind, weil sie über die Bettkante hängen. Aber beim Anblick ihres Fußes, der blaurot und geschwollen unter der Decke hervorschaut, läßt er es lieber sein. Anscheinend tut der Fuß so weh, daß sie nicht einmal das Gewicht der Decke darauf erträgt. Da ist es doch besser, er läßt sie schlafen und geht statt dessen nach draußen und schnitzt mit seinem neuen Fahrtenmesser einen Stock für sie. Außerdem könnte Laila aufwachen. Sie liegt an der kurzen Wand in dem Kojenbett, das Lars gezimmert hat, und schläft mit offenem Mund.

Der Hof draußen liegt wegen des hochaufragenden Berges in kühlem, feuchtem Schatten, wie immer am Morgen. Eine Bachstelze läuft auf pfeilschnellen Beinen über die Scheunenauffahrt, hebt mit einem winzigen Knicks ab und fliegt zu dem Ebereschendickicht ganz unten im Garten. Sie fliegt nicht in einem großen gleichmäßigen Bogen wie andere Vögel, sondern in vielen kleinen, weil sie die Flügel nach jedem Flügelschlag wieder ganz zusammenfaltet, ehe sie aufs neue rasch mit den Flügeln schlägt. Und sie wieder zusammenfaltet. Warum fliegen Bachstelzen so?

Das erinnert ihn an ein Muster, das er in sein Schreibheft gemalt hat, als er lernte, Buchstaben zu schreiben. Eine Seite mit d, eine mit f oder g, die waren am schwierigsten, mit einem Muster von Bogen und Farben zwischen den Reihen. Nach und nach schrieb er ganze Wörter zwischen die Borten: Mutter – Vater – Hund – Hier wohnen wir – Affe – Ball.

Wenn Bachstelzen vor dem Winter bis ganz nach Afrika fliegen, fliegen sie den ganzen Weg in solchen Bogen? Als ob sie eine geschwungene Borte über den Globus ziehen würden, von Norwegen bis Afrika. Wird es nicht anstrengend, auf diese Weise zu fliegen? Wie schön es wäre, wenn man das Muster sehen könnte, das die Vögel beim Fliegen bilden, genau wie das von den Flugzeugen am blauen Himmel. Die Bogen der Bachstelzen zusammen mit der Keilform der Graugänse, wie ganz viele V ineinander. Und die raschen Schwünge der Schwalben über die Borten der Muster hin- und hergestickt. Warum kann man Bewegung nicht sehen?

Er watet durch das halbhohe, taunasse Gras mit den glänzenden gelben Butterblumen dazwischen. Die jungen Vogelbeerbäume unten im Garten sind für sein Vorhaben ideal. Die geraden Äste eignen sich sehr gut, um daraus einen Stock zu schnitzen. Er findet sogar einen Ast mit einer Krümmung ganz unten, die wird ein guter Handgriff. Das Fahrtenmesser hat er von Olefejus zum Geburtstag bekommen. Es ist scharf, dennoch dauert es eine Weile, bis er den zähen Ast abgesäbelt hat. Dann setzt er sich auf einen Stein und entfernt all die kleinen Zweige, wobei er aufpaßt, nie auf sich zu, sondern immer weg von sich zu schnitzen, wie es ihm Olefejus beigebracht hat. Dennoch streift die Messerspitze gerade so eben sein Bein und ritzt die Haut. Nur so wenig, daß es kaum weh tut und nur ganz wenig blutet. Er hat keine Zeit, sich darum zu kümmern, fährt nur mit dem Zeigefinger über die Blutstropfen, steckt den Finger schnell in den Mund und saugt das Blut ab. Warum bluten wir eigentlich? Und warum hört es nach einer Weile auf zu bluten? Wie sieht es eigentlich innen in uns aus? Er hat sich lange Zeit seinen Körper als einen Hohlraum vorgestellt, halbvoll mit Blut. Vor sich gesehen, wie das Essen dort hinunterplatscht, in ein warmes und dunkles Loch. Und wie alles Blut den verkehrten Weg läuft, wenn er im Gras auf dem Kopf steht.

»Du darfst nicht so oft auf dem Kopf stehen, Jakob. Da läuft dir alles Blut in den Kopf, und das ist nicht gut«, sagte die Großmutter immer. Da hat er vor sich gesehen, wie das Blut langsam durch die schmale Stelle im Hals läuft und den Kopf füllt, wie bei der Eieruhr auf dem Regal über dem Herd.

Er ist mit dem Stock fast fertig. Beim Handgriff hat er die Rinde abgeschält und ihn am Ende schön abgerundet.

Aber die Spitze hat er noch nicht zugeschnitten, denn er weiß nicht, wie lang die Mutter den Stock haben will. Jetzt will er zurückgehen und sie wecken und ihr den Stock zeigen. Aber vielleicht soll er zuerst noch versuchen, im Gras auf dem Kopf zu stehen. Er steht auf, um Messer und Stock abzulegen.

Die Kreuzotter liegt auf einem Stein, nur wenige Meter von seinem nackten Bein entfernt, auf dem das Blut stecknadelkopfgroß neben dem roten Strich von der Messerspitze geronnen ist. Entsetzt starrt er auf den Rücken mit dem Zickzackmuster, dann wirft er Stock und Messer weg und rennt schreiend durch das hohe Gras zum Haus hinauf.

Solfrid schwankt über die Türschwelle, als sie seinen Schrei hört. Versehentlich hat sie den verletzten Fuß zuerst aufgesetzt. Als der Junge zu ihr kommt, sitzt sie zusammengekrümmt auf der Erde, beide Hände um den wunden Fuß, schaukelt vor und zurück. Sie wimmert vor Schmerz, gleichzeitig sieht sie ihn erschreckt und ernst an.

»Was ist los, Jakob! Hast du dir weh getan?« Die Worte preßt sie zwischen zusammengebissenen Zähnen hervor. Er kann sehen, daß sie kurz davor ist, in Tränen auszubrechen.

»Ich habe eine Kreuzotter gesehen! So eine große!« Er breitet die Arme aus. »Das war unten bei ...«

»Ach Jakob, ich wünschte, du ...« Aber sie verkneift sich die ärgerliche Bemerkung, als sie seinen Gesichtsausdruck sieht, die Unterlippe, die zu zittern beginnt. Und sie sieht, wie er das schluckt, was sonst wütende Tränen geworden wären, denn jetzt kommt Laila mit Tassen und Tellern für das Frühstück aus dem Haus. Sie bleibt stehen und schaut neugierig zu ihnen hinüber. Und Solfrid gelingt es, Bestürzung in ihre Stimme zu legen, als sie sich zu Laila umdreht und sagt:

»Jakob hat eine Schlange gesehen!«

Beim Frühstück reden sie über Schlangen. Sol hat sich von dem Schmerz wieder erholt. Sitzt im Korbstuhl, das Bein ruht auf dem Sofakissen, das feucht ist, weil es die Nacht über draußen gelegen hat. Sie vergaß, es mit hineinzunehmen, als sie schlafen ging. Die feuchte Kühle lindert den klopfenden Schmerz ein wenig.

Lächelnd hört sie zu, wie sich die zwei kabbeln, wer von ihnen die größte Schlange gesehen hat, während sie die schiefen Brotscheiben, die Laila abgeschnitten hat, futtern und kalte Milch dazu trinken. Es ist noch viel Milch im Eimer, der zum Kühlen in der Quelle unter dem überhängenden Felsen steht, nachdem Ragnhild gestern Nachschub mitbrachte. In dem rieselnden Wasser hält sich die Milch mehrere Tage lang kalt und frisch.

»Mein Vater hat eine Kreuzotter getötet, die genauso dick war wie sein Arm!« behauptet Laila. Dann wird ihr Gesicht plötzlich ernst, nicht so mürrisch wie oft, sondern bedrückt und traurig. Jäh erhebt sie sich und fängt an, den Tisch abzudecken. Solfrid streckt tröstend eine Hand aus, als sie vorbeigeht, aber Laila beachtet sie nicht.

Was mag Laila eigentlich von den Alkoholproblemen des Vaters begreifen, denkt Sol besorgt. Die zwei Mädchen haben ihren Vater doch so gut wie nie ohne eine Bierflasche gesehen. Und wenn er gerade mal nicht volltrunken war, litt er unter einem Kater.

Aber es ist ganz deutlich, daß Laila sich für ihren Vater verantwortlich fühlt und ihn nicht im Stich lassen will, was Mutter und Schwester ihrer Meinung nach tun. Und sie hat ihren Vater gern, also etwas Positives muß er in ihrem Leben bedeutet haben. Beide Mädchen haben ihren Vater gern ... Liebe Güte! Wie soll das enden! Wenn es Laila offenkundig so schlecht geht, wie mag es Sofie gehen? Nicht zu reden von Inger.

Wieviel weiß Laila eigentlich von dem, was passiert ist? Abgesehen davon, daß der Vater im Krankenhaus liegt und die Mutter ausziehen will. Wirklich mehr weiß wohl keiner, obwohl in den letzten Wochen die Gerüchte durch den Ort geschwirrt sind.

Plötzlich findet sie es entsetzlich, unerträglich hilflos hier oben mit hochgelegtem Bein zu sitzen, außerstande sich weiter als wenige Meter zu bewegen, außerstande, ihrer Freundin und den Kindern irgendwie zu helfen. Sie muß alle Kräfte mobilisieren, um die zunehmende Ruhelosigkeit zu bekämpfen, und versuchen, für die beiden Kinder da zu sein. Da hat sie wahrlich genug zu tun!

18

»Die Kinder zu verlassen ist unmöglich, finde ich!« Die schroffe Reaktion auf das Theaterstück kommt von einer der älteren Krankenschwestern aus der Inneren Medizin. Sie gab das laut von sich, als sie sich im angemieteten Bus auf den grüngemusterten Plüsch des Sitzes fallen ließ. Der verhältnismäßig neue Wohlfahrtsausschuß hatte einen Ausflug in eine der größeren Städte arrangiert, um im regionalen Theater eine Aufführung von ›Nora. Ein Puppenheim‹ zu sehen. Das Interesse war groß und der Bus voll besetzt. In der etwas nachdenklichen Stimmung, die sich manchmal nach einer guten Theatervorstellung oder nach einem Kinofilm einstellt, ließ der Satz der Schwester manche schmunzeln.

Aber klar, sie hat recht, denkt Solfrid, die weiß, daß diese Frau sich in einer schwierigen Ehe abmüht, mit einem teilweise behinderten Ehemann und einer ziemlich großen Schar von Kindern, neben einem Job in einer der schwierigsten Abteilungen des Krankenhauses. Aus ihrer Sicht muß sich Noras Bedürfnis der Selbstverwirklichung als reiner Luxus darstellen. Und es ist ja tatsächlich so, daß Noras und Helmers Kinder in dem Stück eine verblüffend untergeordnete Rolle spielen.

»Ich frage mich, ob das Stück anders wäre, wenn es ein weiblicher Ibsen geschrieben hätte?« sagt Sol zu ihrem Nebenmann. Zu ihrem eigenen Ärger hört sie plötzlich, wie sie ihren Dialekt ablegt, wie sie das immer tut, wenn sie zur Arbeit geht.

In der Ausbildung wurden die Schwesternschülerinnen angehalten, reines Norwegisch zu sprechen. Nur die, deren Dialekt aus anderen Teilen des Landes wirklich ausgeprägt war, durften ihn sprechen. Außerdem mußte man die Patienten siezen, und das war in der Sprache, mit der Sol aufgewachsen war, nicht üblich.

Solfrid kann sich noch an das unglückliche Gesicht der jüngsten Schülerin erinnern – noch weiter aus dem Landesinnern als sie selbst –, die von der Abteilungsschwester getadelt wurde, weil sie den Kopf in eines der Zimmer gesteckt und mit breitem Lächeln gefragt hatte:

»Und wie steht's hier? Wollt Ihr noch was zu trinken haben?«

In ihrem Dialekt war das »Ihr« durchaus die Höflichkeitsform – doch konnte man den Großbuchstaben natürlich nicht hören. Das hatte einen gewaltigen Ärger gegeben.

Solfrid, damals auch Lernschwester im ersten Lehrjahr, hatte aus dem Fehler der Freundin gelernt und ziemlich rasch ihren Dialekt, wenn sie im Krankenhaus war, beiseite gepackt. Zu Hause versuchte sie an ihm festzuhalten, um von den Freundinnen nicht schief angesehen zu werden. Das Ergebnis war natürlich eine lustige Mischung.

Aber Christopher, der sich den Platz neben ihr gesichert hatte – zur Verwunderung der Kollegen, kann sie sehen – ist an ihrem Dialekt ebensowenig interessiert wie an einem männlichen oder weiblichen Ibsen. Er hat an seinem eigenen Drama genug. Mit Inger ist mal wieder Schluß, und dieses Mal ist es endgültig, versichert er unglücklich. Jetzt kann er nicht mehr. Er will eine Freundin, mit der er sich nicht verstecken muß. Er will Frau und Kinder haben. Er will ein richtiges Zuhause! Er will alles das, was Solfrid sich von Kjetil wünscht.

Solfrid ist fast eifersüchtig auf Inger. Einen Mann wie Christopher zu haben! Der jahrelang zu Kompromissen bereit war, um Inger zu behalten. Der sich mit den kurzen heimlichen Stunden nach dem abendlichen Unterricht und dem einen oder anderen Wochenende zwischendurch begnügt hatte. Und immer war es schwierig für sie. Immer mußten sie lügen und täuschen und sich verstecken.

Aber jetzt mag er nicht mehr. Er will eine Frau, deren Hand er nehmen kann oder der er den Arm um die Schulter legen und mit der er durch die Stadt gehen kann, ohne sich zu verstecken. Ohne zu befürchten, Bekannten zu begegnen. Er will nicht länger eine Beziehung haben, die sich wie eine heimliche Bürde anfühlt. Eigentlich ist er ein sehr offener Mensch, und er will einfach nicht länger mit all der Heimlichtuerei leben.

Und Solfrid versteht ihn. Auch wenn sie Inger und ihren

Wunsch versteht, die Kinder und Hans vor dem Skandal im Dorf zu beschützen, versteht sie genausogut, daß Christopher so nicht weitermachen kann. Und sie versteht so von Herzen seinen Wunsch nach Kindern, nach einem Familienleben.

Bei Kjetil ist der Wunsch nach einem Familienleben alles andere als hervorstechend, denkt sie bitter. Wenn nicht die Rede von einer Großfamilie war mit gemeinsamen Frauen und Kindern. Aber das kann sie sich nicht vorstellen. Der Gedanke mag einleuchtend sein. Sie hat schon viel von freier Liebe gehört, von Dreiecksbeziehungen, die ausgezeichnet funktionierten. Nur ist das nichts für sie. Sie ist nicht so. Sie ist mehr wie Christopher. Sie will eine Familie mit Mutter und Vater und Kindern.

Bei ihrer Arbeit ist sie von neugeborenen Kindern umgeben. Bis sie nach Hause geht, hat sie das Schreien der Babys im Ohr. Dennoch wird ihr es nie zuviel. Den kleinen dunklen Kopf zwischen den gespreizten Schenkeln der Mutter kommen zu sehen, nachdem sie zuvor selber mit ihrem Hebammenstethoskop die Phasen vor der Geburt verfolgt hatte. Das eine Ende des dünnen Rohrs auf die gespannte Haut des Bauches gesetzt, das andere gegen ihr Ohr, hörte sie den Herzschlag des Kindes dort drinnen, so viel rascher als den Herzschlag der Mutter. Einige Male waren es zwei und einmal sogar drei Herzen, deren Besitzer in rascher Reihenfolge das Licht der Welt erblickten. Und einige entsetzliche Male hat sie verzweifelt auf einem geblähten Bauch herumgesucht nach einem Geräusch, das es nicht mehr gab. Aber daran mag sie gar nicht mehr denken.

Die meisten Geburten verlaufen glücklicherweise ohne Komplikationen, voll sicherer Routine: den freundlichen, ermunternden Bemerkungen zu pressen, die Wehen zu nutzen. Die kurzen, verschwitzten Pausen. Das Stöhnen vor Schmerzen. Das Lachgas. Und die verwirrten Väter, die in den letzten Jahren in den Kreißsaal Zutritt gefunden haben, wo sie ihr Bestes tun, sich nützlich zu machen oder Unruhe zu stiften, je nach Charakter und Verfassung. Manche sind zur Schwangerschaftsberatung mitgegangen und atmen geschickt mit ihrer Frau, andere stehen verschreckt in einer Ecke und warten auf eine passende Gelegenheit, um im Erdboden zu verschwinden. Zum Beispiel beim Geräusch der Schere beim Dammschnitt. Aber keiner hat Zeit, von den ohnmächtig werdenden Vätern Notiz zu nehmen, wenn das Kind endlich aus der engen Öffnung in ihre wartenden Hände gleitet.

Die glatte und gleichwohl flaumige Haut, die wirkt, als wäre sie zu groß. Der runde, kleine Kopf, bei dem der Puls in der Fontanelle klopft. Die verzweifelt suchenden, hilflosen Glieder mit den gespreizten Fingern und Zehen. Der zahnlose Mund. Und der Schrei. Der allererste zarte Schrei.

An Jakobs Geburt kann sie sich nur sehr undeutlich erinnern. Die erste Freude über ihn ist so unauflöslich verknüpft mit der Trauer um Nils-Jan, der nur wenige Monate vorher starb. Ihre Mutter und Ragnhild warteten auf dem Korridor. Und sie hatte eine ziemlich barsche Hebamme, soweit sie sich erinnern kann.

Sie würde das so gern noch einmal erleben. Ein Kind bekommen, während der Vater des Kindes mit einem feuchten Lappen, tröstenden Worten und der richtigen Atemtechnik am Bett wacht. Sie sieht jeden Tag so viel rührende Väter. Und beneidet die glücklichen Mütter. So einen Mann müßte man haben! Aber Kjetil kann sich in dieser Rolle nicht sehen. Da ist es einfacher, sich Christopher vorzustellen.

19

Solfrid wendete den Kopf und betrachtete den jungen Mann neben sich im Bus. Er war zweifellos ungewöhnlich gutaussehend, mit seinem schwarzen Haar, den feinen regelmäßigen Gesichtszügen und den dunkelbraunen Augen. Er war groß und schmal, schön gebaut. Kein Wunder, daß er einer der begehrtesten Junggesellen des Krankenhauses war. Viele der weißgekleideten jungen Mädchen schickten Christopher lange Blicke nach, wenn er sich durch die Korridore bewegte. Und er war stets nett und freundlich, aber für Flirts vollkommen unzugänglich. Denn für ihn hatte es in den letzten Jahren nur Inger gegeben.

Ganz im Gegensatz zu Kjetil, der mit der ersten besten ins Bett hüpfte, sobald sich die Gelegenheit bot. So hatte es ihr jedenfalls eine mitteilsame Freundin angedeutet. Und Kjetil hatte auch nichts abgestritten, als sie ihn damit konfrontierte. Da hatte er seinen Lockenkopf hängen lassen und sie gebeten, es erklären zu dürfen. Aber Solfrid wollte keine Erklärungen mehr. Wie Christopher hatte sie genug.

Und so waren sie sich einig geworden, die zwei Unglücklichen im Bus, daß sie nach der Theatervorstellung ausgehen und ihren Kummer im Wein ertränken wollten. Sie trennten sich von den anderen Businsassen an der Haltestelle und schlenderten genau in die andere Richtung, lange Blicke im Rücken. Doch, jetzt würde das Gerede auf den Stationen losgehen.

Aber da pfeif ich drauf, dachte Solfrid und rief zu Hause an, sie würde im Krankenhaus übernachten. Sie hatte am nächsten Tag sowieso Frühdienst.

Und sie hätte schwören können – sie kann es noch heute beschwören –, daß ihr in ihrer wildesten Phantasie nicht eingefallen wäre, daß sie nicht im Ruheraum der Klinik die Nacht verbringen würde, sondern in Christophers großem, weißgestrichenem Bett.

Es wäre ihnen beiden nicht in den Sinn gekommen. Es hat sich einfach so ergeben. So hätte Kjetil es vermutlich ausgedrückt. Christopher und sie hatten sich in einem versteckten Winkel eines Restaurants wiedergefunden, wo sie saßen und redeten, eine Rotweinflasche zwischen sich auf dem Tisch. Sol hatte kaum registriert, daß die eine geleert war und gegen eine neue ausgetauscht wurde. Sie spürte nur, wie gut es tat, mit Christopher zusammenzusitzen und zu reden, er war so ein guter Freund. Und bestimmt noch unglücklicher als sie selbst.

Dann ging sie mit ihm nach Hause. Und noch immer hatte keiner von beiden Hintergedanken. Wie naiv sie waren. Schließlich hatte sie geweint, weil es so dumm war, und weil sie Angst hatte, sie könnten jetzt vielleicht nicht länger gute Freunde sein. Und sie hatte an Inger gedacht, natürlich, und war noch wütender auf sich. Hatte sie wirklich geglaubt, Ingers und Christophers Beziehung sei beendet?

Sie hatten den Rest der Nacht versucht, sich gegenseitig zu beschwichtigen, sich zu versichern, daß sie auch weiterhin gute Freunde bleiben würden. Daß dies hier blöd gewesen war und daß sie es einfach vergessen wollten. Und sie hatte auf Christophers Arm gelegen und zugehört, wie er von Sofie sprach, die er so gerne kennenlernen wollte. Bis er beinahe mitten in einem Satz einschlief. Da stand sie auf und zog sich an. Vom Rotwein hatte sie einen schweren Kopf und wollte durch die frische Luft spazieren, ehe sie zur Arbeit ging.

Solfrid erinnert sich an den betäubenden Fliederduft, als sie Inger in die Arme lief: die hatte draußen auf der Treppe gesessen! Und an das ebenso betäubende Gefühl der Scham, das sie gleichzeitig mit Ingers Blick traf. Ihr verzweifelter und allmählich ungläubiger Blick begegnete ihrem mit einer Frage, die zu verneinen sie gern ein Jahr ihres Lebens hingegeben hätte. Ja, sie würde gern gelogen haben, geschworen und alle anderen beschummelt, um Inger in die Augen sehen und sagen zu können, daß – nein, so war es nicht ... sie hatte nicht ... sie hatten nicht.

Aber sie hatten. Sie hatte.

20

In den beiden darauffolgenden Wochen hatte Sol das Gefühl, etwas von dem zu spüren, womit sich Christophers Patienten vermutlich herumschlugen. Nie zuvor in ihrem Leben hatte sie ein dermaßen entsetzliches Gefühl von Ruhelosigkeit und Angst empfunden. Bei ihrem Wochenenddienst hatte sie glücklicherweise ungewöhnlich viel zu tun. So hatte sie wenig Zeit zum Nachdenken. Aber Samstagabend und -nacht und Sonntagvormittag, ehe die Nachmittagsschicht anfing, hatte sie kaum ausgehalten. Die Neuigkeit, die Ragnhild ihr überbrachte, als sie nach der Samstagsschicht nach Hause kam, daß nämlich Hans Freitagnacht nach einem weiteren Selbstmordversuch in die Klinik eingeliefert worden war, machte es nicht leichter.

Unter dem Vorwand, neue Artikel über Hausgeburten zu lesen – was wieder populärer wurde –, schloß sie sich in ihr Schlafzimmer ein und überließ den Jungen sich selbst und seinen Großeltern. Dem Schicksal sei dank, daß sie die hatte!

Solfrid bewohnt noch immer Mathildes alte Kammer, aber nicht mehr als Schlafzimmer. Der altmodische Raum mit den gestrichenen Holzwänden ist zu einem gemütlichen Wohnraum geworden. Durch eine Isolierung ist es hier jetzt immer schön warm. Ihr altes Bett steht noch an der Schmalseite, wo es seit fast hundert Jahren steht. Dort wurde Mathilde vor vierundachtzig Jahren geboren. Dort starb Mathildes Mutter, Maren Pytt, nachdem ihr Blut durch die Matratze und auf den Fußboden getropft war. Es hatte einen dunklen Flecken auf den breiten Holzdielen gebildet, so daß das Bett am selben Platz stehen muß, um ihn zu verdecken.

Sol hat das blauweißgestreifte, selbstgewebte Bettzeug behalten und den schön gestickten Bezug mit den Buchstaben L und Å für Larsen Ås, die Maren einst gestickt hatte. Außerdem hat sie mehrere große dunkelblaue Kissen genäht, die als Rückenlehne dienen, wodurch das Bett zu einem Sofa geworden ist.

Die große alte Truhe hat Sol unter das Fenster mit den gehäkelten Gardinen gestellt, dorthin, wo immer Mathildes Schaukelstuhl stand. Den benutzt Sol, um zu lesen. Sie hat ihn in eine Ecke neben die Truhe gestellt und eine schmiedeeiserne Lampe mit geblümtem Schirm dahinter. Der Kuckuck in Mathildes Kuckucksuhr, dem Nils-Jan so gern zuhörte, ruft noch immer, aber zu vollkommen verrückten Zeiten, die Uhr geht viel zu langsam. Sol hat sich schon lange überlegt, sie reinigen und überholen zu lassen, hat es aber bisher nie geschafft.

An diesem Wochenende hielt sie die Uhr an, denn sie ertrug weder das Ticken noch den spottenden Kuckuck. Stundenlang saß sie im Schaukelstuhl, die Hände im Schoß. Schaukelnd versuchte sie verzweifelt, die lähmende Angst unter Kontrolle zu bekommen. Ruhelos lief sie im Zimmer auf und ab. Sie hätte buchstäblich »die Wände hochgehen können«, als sie die Ruhelosigkeit in dem engen Zimmer von Wand zu Wand trieb.

Wie hatte sie so etwas tun können? Sie, die immer so verächtlich über Frauen geredet hatte, die mit den Männern anderer schliefen. Wie oft hatten sie um den Küchentisch gesessen, sie und Inger und Harriet, die Hände um dampfende Teetassen gelegt, und von oben herab über mangelnde Solidarität unter Frauen geredet. Daß man von Männern ja nichts anderes erwarten konnte, als daß sie die Blumen pflückten, die am Weg wuchsen. Aber daß inzwischen auch Frauen keine Verantwortung gegenüber anderen Frauen mehr empfanden, die mit kleinen Kindern zu Hause saßen, während deren Männer diese tollen emanzipierten Frauen, modisch gekleidet und perfekt geschminkt, umlegten! Vielleicht waren es die gleichen Frauen, die am Abend zuvor der betrogenen Freundin mit glühendem Enthusiasmus in die Augen gesehen hatten, als die Gruppe zum Abschluß eines gelungenen Abends in der Frauengruppe sang: »Wir sind viele, wir sind die Hälfte aller ...« Während die Schwiegermutter zu Hause auf die Kinder aufpaßte, damit ihr armer Junge nicht seinen Gitarrenkurs verpassen mußte.

Die Schwiegermutter ahnte wohl kaum, daß im gleichen Moment, wenn die Schwiegertochter nach dem wöchentlichen Treff außer Atem nach Hause kam – ich hoffe, sie waren lieb! – ihr Sohn das hohe C bei einem der weiblichen Mitglieder des Gitarrenkurses hervorlockte.

So hatten sie geredet, wenn sie um den Küchentisch saßen. Besonders sie, Solfrid, hatte ihre Verachtung unverblümt geäußert, nachdem sie Kjetil kennengelernt hatte und lernen mußte, was Eifersucht bedeutet. Die anderen, besonders Harriet, die so viel älter und glücklich mit Lyder verheiratet war, hatten etwas gutmütig gemeint, daß es so schlimm doch wohl nicht sei. Aber Sol war von selbstgerechtem Zorn erfüllt gewesen. Von wegen! Wir sind viele, wir sind die Hälfte ... Wenn es darum ging, mit der anderen »Hälfte« ins Bett zu gehen, war es mit der schwesterlichen Solidarität nicht so weit her, dafür wußte sie viele Beispiele!

Jetzt saß sie in ihrer Kammer und spürte die Selbstverachtung wie einen faden Geschmack auf der Zunge. Wie hatte sie so etwas tun können! Inger gegenüber, die seit vielen Jahren ihre beste Freundin war. Fast wie eine Schwester, hatte sie oft gedacht. Inger, die es so schwer hatte, die sich so mit ihrem Leben plagte, daß Solfrid sich oft gewundert hatte, weshalb sie nicht längst verrückt geworden war.

Es half nichts, sich damit zu entschuldigen, zwischen Inger und Christopher sei doch Schluß gewesen. Oder sich darauf hinauszureden, daß er der Initiator gewesen sei. Sol war ja niemandem untreu gewesen. Und sie konnte ja nicht ahnen, daß Hans, dieser Idiot Hans, ausgerechnet an diesem Freitagabend Pillen schlucken und im Krankenhaus landen würde. Wenn er das nicht getan hätte, würde Inger in jener Nacht nicht bei Christopher auf der Treppe gesessen haben. Dann hätte sie nie etwas von dem dummen, kleinen Seitensprung erfahren müssen. Gott, das war alles so peinlich! Eine Bagatelle, eine unwichtige, kleine Bagatelle, für das Verhältnis zwischen Inger und Christopher völlig bedeutungslos, da war sich Solfrid ganz sicher.

War es das, woran Kjetil dachte, wenn er mit dem ersten besten Mädchen ins Bett ging? Daß es unbedeutend und nur eine Bagatelle wäre, die auf das Verhältnis zwischen ihnen beiden keinen Einfluß hatte? Das sagte er jedenfalls immer, wenn ihre Anschuldigungen auf seinen Lockenkopf hagelten. Aber sie glaubte ihm das nie. Und wenn es so unbedeutend war, warum tat er es dann, wo er doch wußte, wie sehr es sie kränkte?

Und wenn sie wußte, wie weh es tat, betrogen zu werden, wie hatte sie das gleiche dann Inger antun können? Aber die beiden hatten ja Schluß gemacht, zum Teufel auch. Und Sol konnte ja nicht ahnen ... Und eigentlich war es Christophers Schuld ...

Sie drehte sich in dem engen Zimmer immerzu im Kreis, während die Wände ihr diese unsinnigen Entschuldigungen gnadenlos an den Kopf zurückwarfen. Was sie getan hatte, dafür war sie auch verantwortlich. Es half nichts, sich auf äußere Umstände zu berufen. Sie schämte sich, und das war kein gutes Gefühl. Zwischendurch schien es ihr, als ob das Schuldgefühl und die Scham, die Ruhelosigkeit und die Angst sie um den Verstand bringen würden. Daß sie überhaupt zur Arbeit kam, war ein Wunder, aber wenn sie erst dort war, war sie froh, an etwas anderes denken zu müssen.

Am Dienstagvormittag konnte sie nicht mehr. Da hatte sie ihren freien Tag nach dem Wochenenddienst, und der Gedanke an einen ganzen langen Tag zu Hause war ihr unerträglich. Sie könnte zweifellos im Garten mithelfen, aber die Vorstellung, mit Ragnhild und Lars zusammen zu arbeiten, ertrug sie nicht. Ebenso unerträglich war ihr die Vorstellung, in ihrem Zimmer zu sitzen und an den Schuldgefühlen weiterzuspinnen. Eigentlich würde sie gern zu Harriet Lund gehen, die neben Sol als einzige von Ingers Beziehung zu Christopher wußte. Aber Sol glaubte nicht, daß sie auch über Sofie Bescheid wußte. Darüber hatten sie jedenfalls nie geredet. Und *darüber* konnte sie nicht mit Harriet reden.

Also ging sie entschlossen los, um mit Inger zu reden. Die

Ruhelosigkeit noch länger auszuhalten, war ganz und gar unmöglich, und schlimmer als es war, konnte es nicht mehr werden. Sie ging quer über die Jakobswiese, durch Butterblumen, Johanniskraut, Süßklee und Wiesenkerbel, die in voller Blüte standen.

Automatisch pflückte sie einen großen Strauß, den Inger ihr aus den Händen riß und ins Gesicht schleuderte, sobald Solfrid auf der Treppe stand wie ein Verbrecher vorm Schafott. Und Inger war kein gnädiger Richter. Mit Anklagen scharf wie die Schneide eines Beils, ohne mildernde Umstände und in die schrecklichsten Schimpfworte gekleidet, durchtrennte sie ihre lebenslange Freundschaft an der Wurzel und gab Solfrid den Gnadenstoß, indem sie die Tür so heftig zuknallte, daß die Stühle auf der Veranda, auf der sie so viele vertrauliche Gedanken geteilt hatten, einen Satz machten.

Wie benommen ging Solfrid zurück. Sie hatte sich automatisch gebückt und die Blumen aufgehoben, als Ingers bittere Vorwürfe ihr über den Kopf fegten. Vor der grauen Wand der Jakobsscheune warf sie sie fort. Zitternd und mit weichen Knien sank sie auf die verwitterte Holzbank, die dort stand, lehnte den Kopf zurück an die rauhe Holzwand und ließ den Tränen freien Lauf. Über ihrem Kopf sang eine Lerche, als ob es in dieser Welt keinen Schmerz gäbe.

21

Mitten in der Nacht wacht der Junge vom Weinen seiner Mutter auf. Dieses Weinen ist voll trauriger Verzweiflung, nicht voller Wut, wie sein eigenes manchmal. Ein Weinen, das nicht um Trost bittet. Dennoch steht er auf, denn er will in ihr Bett kriechen und nur still neben ihr liegen. Vielleicht hört das Weinen davon auf. Warum ist es immer so schlimm, wenn Erwachsene weinen?

Als er die Beine auf den Fußboden setzt, dreht sich die Mutter zu ihm um. Er war so leise, wie er konnte, denn er wollte Laila, die an der Schmalseite schläft, nicht wecken. Trotzdem muß die Mutter gehört haben, wie er die Decke beiseite schlug und wie seine Füße auf dem Fußboden aufkamen. Das liegt daran, weil das Bett so hoch an der Wand angebracht ist, daß seine Beine nicht bis zum Fußboden reichen, wenn er auf der Bettkante sitzt. Er muß sich mit einem kleinen Hopser fallen lassen, und das geht nun mal nicht völlig geräuschlos.

»Jakob?« flüstert die Mutter im Dunkeln, »wo willst du hin, Jakob?«

Die Stimme hat vor sich etwas wie einen Vorhang, den man nicht beiseite schieben kann, um hineinzuschlüpfen. Der niemanden durchlassen will. Deshalb sagt er nur, er müsse mal.

Wie ein blauer Schleier liegt über allem das Dunkel der Sommernacht. Weit unten ist die Heide als hellerer Fleck vor dem dunkelblauen Wald dahinter zu erkennen. Er kann das Wasser wie ein schwarzes Loch zwischen den dunklen Baumstämmen ausmachen. Und ringsum stehen die Berge mit ihren gedämpften Silhouetten. Er bleibt auf der Treppe stehen und wickelt die Hosenbeine auf, damit sie vom Tau nicht naß werden. Dann watet er durch das halbhohe, nasse Gras bis zur Hausecke. Warum wird Gras nachts naß, wenn es nicht regnet? Vom Tau, hat die Mutter gesagt, aber woher kommt Tau? Das sind Evines Elfen, hat die Mutter früher immer gesagt. Das sind die Elfen, die nachts auf den Wiesen tanzen und lachen, bis ihnen die Tränen kommen. Aber er glaubt nicht mehr an Elfen. Und auch nicht an den Deildegast, der mit Augen aus glühenden Kohlen herumläuft und niemals Frieden findet. Er glaubt an so etwas nicht mehr, jedenfalls nicht tagsüber.

Aber in der Dunkelheit, die so still über allem ruht, ist das anders. Er flüstert rasch: »Paßt auf!«, sicherheitshalber, ehe er die Hose runterzieht und einen hellgelben Strahl ins Gras schickt. Die Unterirdischen mögen es sicher nicht, wenn man auf sie macht.

Er beugt sich nach hinten und schickt den Strahl in einem dünnen, hohen Bogen, weit bis zum Ende der kleinen Wiese, wo das Terrain so steil zum Dickicht hinunter abfällt, daß die Spitzen der Bäume nur gerade eben über den Rand schauen. Ganz bis zum steilen Abhang zu gehen, traut er sich nur am Tag.

Warum ist nachts alles so viel gefährlicher? Nicht daß er Angst hätte, dort hinunterzufallen. Er kennt hier alles so gut, daß er genau weiß, wie weit man sicher gehen kann. Außerdem hat der Großvater dort, wo der Abhang am steilsten abfällt, ein Geländer angebracht. Trotzdem hält er Abstand. Es rauscht so sonderbar und leise in den dunklen Baumwipfeln, und dort unten zwischen den Stämmen raschelt es. Wer weiß, wer sich dort herumtreibt.

Statt dessen geht er hinüber und setzt sich in den Korbstuhl der Mutter, der auf dem Hof steht und naß ist vom nächtlichen Tau. Er merkt, wie sein Schlafanzug feucht wird, kümmert sich aber nicht darum. Es ist spannend, allein in der Dunkelheit zu sitzen. Vielleicht hat die Mutter aufgehört zu weinen und ist wieder eingeschlafen. Dann wäre er als einziger wach.

Großmutter Ragnhild und Großvater Lars schlafen bestimmt in ihren Betten zu Hause auf Ås. Und Großmutter Gudrun und Großvater Herman nebenan ebenso. Und Tante Milda und Onkel Sverre auf Rønningen. Und ganz sicher Olefejus, denn er ist immer so müde. Tante Milda sagt, daß er bis weit in den Tag hinein schläft, wenn er frei hat. Und bestimmt schläft der König, wenn er nicht bei einer Gesellschaft ist. Ist der König auch König, wenn er schläft? Oder ist er dann nur ein gewöhnlicher Mann, der atmet und schnarcht und sich im Schlaf umdreht? Und vielleicht böse Träume hat. Kann ein König böse Träume träumen?

Vielleicht ist außer ihm jetzt niemand auf der Welt wach. Ach nein, natürlich sind viele Menschen wach, denn an anderen Orten ist jetzt ja Tag. Aber hier, wo es Nacht ist? Ist er der einzige im ganzen Dorf, der wach ist? In ganz Norwegen?

Wie er so dasitzt, spürt er eine große Einsamkeit. Die säuselnde Stille. Spürt, daß er, ohne sich zu fürchten, umgeben ist von Stille und Einsamkeit. Und mit einem kleinen Schrecken denkt er:

Wo werde ich sein, wenn ich nicht mehr hier bin?

Plötzlich kommen aus der Dunkelheit unter dem Nebengebäude zwei leuchtende Augen hervor. Aber das ist nicht der Deildegast, sondern die Katze, die quer über den Hof schleicht, ohne ihn zu entdecken. Oder doch? Plötzlich schießt sie los und beobachtet aufmerksam, wie er da im Stuhl sitzt, obwohl er sich nicht bewegt hat. Wie in aller Welt kann sie das? Ist es für Katzen nie zu dunkel?

Er dreht den Stuhl ein bißchen, so daß er dorthin schauen kann, wo er heute morgen die Kreuzotter entdeckt hat. Schlafen Kreuzottern nachts? Laila ist mit ihm dort hinten gewesen, um den Stock und das Messer zu holen. Mutter hat sich so sehr über den Stock gefreut, daß er merkte, wie er vor Freude errötete. Und nachher hinkte sie mit seiner Gehhilfe herum, wenn sie nicht im Korbstuhl saß.

Unten zwischen den Obstbäumen liegt ein winzig kleiner weißer Nebelschleier, dünn und durchscheinend wie die leichten Tüllgardinen, die im Wohnzimmer von Großmutter Gudrun vorm Fenster hängen. Und in dem weißen Schleier sieht er Evines Elfen tanzen. Leicht und lustig schwingen sie zwischen den Obstbäumen hin und her. Hin und wieder halten sie inne und schauen ihn an. Dann kann er ihr glucksendes Lachen hören und die Lachtränen sehen, die sie unter den niedrigen Zweigen der Bäume versprühen.

Und dort kommt Evine. Nicht die alte, halbverrückte Dame, wie sie die Mutter ihm beschrieben hat, sondern eine junge und schöne und scheue Evine, die zusammen mit den Elfen in ihrem Garten tanzt. Sie lacht und nickt und schüttelt den Kopf. Hält an und ruft seinen Namen, den die Elfen wie ein atmendes Echo wiederholen:

»Jakob-ob-ob-ob! Jakob-ob-ob-ob!«

Sie tanzen um seinen Stuhl, so nahe, daß er ihren Atem über seinem Gesicht spürt.

»Jakob?« Das ist die Mutter, die ihn vorsichtig schüttelt. »Aber was sitzt du denn hier und schläfst, Jakob!«

Sie ist schlaftrunken. Steht gestützt auf den Stock, und sorgt dafür, daß er aufsteht und ins Bett kommt. Stopft die Decke um ihn fest und drückt ihn, aber nicht tränennaß, sondern nur warm und fast schon gutgelaunt, ehe sie sich in ihr Bett legt:

»Hast du schon geschlafen, Jakob?«

Nein, schlief er? Hat er geschlafen?

22

Inger taucht am nächsten Tag nicht wie vereinbart auf. Laila war so sehr darauf eingerichtet gewesen. Es ist deutlich spürbar, daß das Mädchen sich nach Hause sehnt, es wird im Laufe des Tages immer ruheloser. Aber Sol will sie nicht allein gehen lassen, denn sie hat keine Ahnung, wie es dort zu Hause ausschaut. Hans war nach dem Selbstmordversuch in die psychiatrische Abteilung eingewiesen worden – nicht in Christophers Abteilung, fand Sol beim Pförtner heraus. Mit Christopher hat sie seit jener fatalen Nacht nicht mehr gesprochen. Was zwischen Inger und Christopher passiert ist, ahnt sie nicht.

Hans liegt noch immer im Krankenhaus, wo ihn Laila einige Male besucht hat. Was sie in dieser Zeit sonst angestellt hat, damit will sie nicht herausrücken. Sie sei mit einer Freundin »ein bißchen in der Stadt unterwegs gewesen und so«, erzählt sie, will aber nicht weiter darüber reden. Und Solfrid will sie nicht ausfragen, weder nach dem, was sie unternommen hat, noch wieviel sie weiß. Und schon gar nicht, wenn Jakob in der Nähe ist. Sie muß einfach warten.

Aber der Tag vergeht unerträglich langsam. Lailas Laune wird immer schlechter, und sie antwortet auf alles was Jakob an Aktivitäten vorschlägt, nur kurz angebunden mit »Keine Lust!« Nicht einmal zum See hintergehen, um zu baden, mag sie, obwohl ihnen Solfrid erlaubt hat, allein zu gehen, schließlich können jetzt beide schwimmen. Sie erlaubt ihnen auch, mit dem kleinen Boot loszurudern, das dort liegt: Evines Ruderboot, das Solfrid selbst abgedichtet und geteert hat. Aber Laila hat keine Lust. Jakob will gern zum Echo gehen, weil sie dieses Jahr noch nicht dort waren, aber auch dazu hat Laila keine Lust. Und Sol erlaubt nicht, daß er sich allein auf den Weg macht, denn ein Teil des Pfads, der in das kesselförmige Tal unterhalb des schroff aufsteigenden Børjæråsen führt, ist unwegsam, und der Hang daneben fällt steil ab. Sol erscheint das einfach zu gefährlich. Das Ende vom Lied ist, daß sich jeder in seine Ecke zurückzieht und schmollt.

Solfrid versucht vergeblich, nicht mehr an das zu denken, was sie in diesen letzten Wochen bewegt hat. Es kommt ihr so vor, als müsse sie verrückt werden, wenn sie hier sitzt, mit schmerzendem Fuß, ohne etwas tun zu können. Sie ist darauf angewiesen zu warten, daß etwas geschieht. Gleichzeitig wüßte sie nicht, wo sie sonst sein wollte. Und ihr graut vor Ingers Besuch.

Wenn Hans nun ins Delirium gefallen ist. Er hat so viel und so lange getrunken, daß das ja durchaus geschehen kann. Vielleicht bewegt er sich in der geschlossenen Abteilung wie ein brüllender Löwe und erschreckt alle Sommervertretungen und jungen Schwesternschülerinnen zu Tode. Sie kann sich noch gut an ihr erstes Erlebnis mit einem delirierenden Patienten erinnern.

Er war ein großer, kräftiger Kerl, genau wie Hans, der das ganze Wochenende hindurch die Abteilung mit seinen wilden Halluzinationen und gewaltsamen Ausbrüchen auf den Kopf gestellt hatte. Nachdem man ihn mit hohen Dosen Beruhigungsmittel zwangsweise ruhiggestellt hatte, sah es endlich so aus, als würde der Mann nun einschlafen. Schlafen mußte er, wenn sein Zustand nicht lebensbedrohliche Formen annehmen sollte, wurde Sol erklärt. Sie mußte bei dem schlummernden Patienten als Wache sitzen, und sie kann sich daran erinnern, daß sie das Gefühl hatte, neben einer Bombe mit Zeitzünder zu sitzen.

Und so war es. Der Mann war kaum fünf Minuten, nachdem er scheinbar eingeschlafen war, auf den Beinen. Er baute sich drohend vor Sol auf, die er offenkundig als Teil eines feindlichen Heeres betrachtete. Dann polterte er mit fürchterlicher, wenn auch leicht sedierter Stimme los:

»Wenn du mich nicht durch diese Tür läßt, dann schlage ich dich tot!«

Solfrid war nicht ihrer ersten Eingebung folgend unter das Bett gekrochen oder in den Kleiderschrank. Statt dessen hatte sie sich wie ein David vor Goliath aufgebaut und mit ihrer kleinsten und ängstlichsten Stimme gepiepst:

»Du kannst mich doch nicht schlagen, wo ich so klein bin!«

Diese Eingebung erwies sich als kluger Schachzug, denn der Mann maß sie von Kopf bis Fuß, und dann kroch er mit folgendem Kommentar wieder ins Bett:

»Nein, dich kann ich doch nicht schlagen! Du bist ja kaum größer als meine Frau!«

Nach anderthalb Tagen Tiefschlaf hatte er das Alkoholdelirium hinter sich. Sol weiß noch, daß sie ihn später als warmen, humorvollen und netten Menschen erlebt hat.

Wenn es Hans nun so geht! Wenn der arme Hans in einer Ecke der Station sitzt und verzweifelt gegen die wilden Halluzinationen ankämpft, die dieser Zustand mit sich bringt! Er würde sich bestimmt mit Erschreckenderem als kleinen roten Elefanten herumschlagen müssen, davon ist Sol überzeugt. Der arme Hans!

Nein, sie muß sich jetzt zusammennehmen. So schlimm ist es ja wohl doch noch nicht. Und wenn: *Daran* ist sie jedenfalls nicht schuld!

Solfrid humpelt ins Haus, um Fleischklöße zuzubereiten. Heute kann sie den Fuß schon leicht belasten. Aber er ist noch immer geschwollen und blaugrün.

Nach dem Essen bewölkt es sich, und gegen Abend beginnt es zu nieseln. Mißvergnügt ziehen sich alle drei ins Haus zurück. Jakob liegt auf dem Bauch und spielt mit den Kätzchen beim Holzstoß. Aus einem Korken und Bindfaden hat er ein Spielzeug gebastelt, dem die neugierigen Kleinen nicht widerstehen können. Jakob ist von seinen Fortschritten beim Zähmen der Kätzchen so begeistert, daß er Laila und die Mutter zumindest vorübergehend mit seiner guten Laune ein wenig anstecken kann.

Solfrid läßt Laila ein paar Tagesrationen der Süßigkeiten suchen, die ihr Vater und Jakob versteckt hatten. Es dauert wie immer so lange, wie Jakobs Geduld reicht. Dann werden die Hinweise immer deutlicher, bis das Versteck nicht länger zu übersehen ist. Die Aussicht auf Bonbons und Schokolade hilft sogar, Laila aufzumuntern. Das Mädchen ist ein richtiges Leckermäulchen, aber Inger rationiert knallhart, denn Laila war schon immer ein bißchen pummelig.

Jetzt läßt Solfrid alle Prinzipien sausen, und die Kinder dürfen eine Tagesration nach der anderen futtern. Derweil spielen sie zu dritt Mensch-ärgere-dich-nicht, Quartett und Schwarzer Peter. Das Gewicht ist gerade jetzt Lailas geringstes Problem. Es tut gut, sie lächeln zu sehen, auch wenn die Zähne schwarz sind von Lakritz.

Solfrid betrachtet Laila heimlich beim Spielen. Wenn sie so herumtollt und sich selbst vergißt, so wie jetzt, wird ihr volles Gesicht richtig lebhaft und geradezu hübsch. Das braune Haar kräuselt sich weich über der Stirn mit den hellen, zart gebogenen Augenbrauen. Die Locken und die tiefe Kerbe im Kinn hat sie wohl von der mütterlichen Familie, aber die hellen Augen stammen sicherlich vom Vater, das kann jeder sehen. Solfrid fand immer, daß Lailas Augen eher ausdruckslos wirkten. Aber hier im Schein der

Kerzen und der Petroleumlampe glitzern sie so lebhaft, daß sie nicht begreifen kann, wieso sie so etwas denken konnte. Weil sie sie ständig neben Sofies dunkelbraunen Raubkatzenaugen gesehen hat? Ach, Sofie! Wie mag es Sofie gehen?

Solfrid versucht, den Gedanken zu verscheuchen. Beim Mensch-ärgere-dich-nicht würfelt immer sie die Sechser, baut Sperren und schlägt die Kinder haushoch. Auf die Forderung nach Revanche geht sie nicht mehr ein, sondern die geschlagenen Truppen werden ins Bett kommandiert. Es ist spät, und Jakob kann schon lange kaum noch die Augen offenhalten. Hier darf er immer lange aufbleiben, die endlosen Abende zusammen mit der Mutter sind ein wichtiger Teil seiner Ferien. Aber jetzt ist für ihn ganz klar Schluß, wo er doch schon die halbe letzte Nacht draußen im Korbstuhl verbracht hat. Und Laila hat auch ein paarmal schon das Gähnen hinter der vorgehaltenen Hand versteckt, Sol hat das wohl gesehen. Die Forderung nach Revanche war bestimmt nicht so ernst gemeint. Jetzt liegen sie jedenfalls alle beide friedlich im Bett.

23

Solfrid bleibt nachdenklich am Küchentisch sitzen, wobei sie gedankenverloren mit dem Würfel spielt. Es ist schon fast Mitternacht, als sie beim Eimer an der Tür ein Glas mit Wasser füllt, sich ihre Zahnbürste nimmt und zum Zähneputzen auf den Hof hinaushinkt. Der Nieselregen landet wie eine leichte Dusche auf ihrem Nacken, und weil die Nacht so warm ist, empfindet sie die kaum wahrnehmbare

Feuchtigkeit auch nicht als unangenehm. Ringsum ist spürbar, wie sich die Natur kaum merklich bewegt, dankbar, nach langen Tagen voller Sonnenschein ihren Durst stillen zu können.

Solfrid bleibt dort stehen, wo sie sich für gewöhnlich die Zähne putzt, und lauscht zum Abhang hin. Die Natur ist so besonders nahe und lebendig, wenn es wie jetzt nieselt. In dem dunklen Wald unter ihr knackt es leise im Laub und in den Zweigen. Raschelt dort unten ein Hase oder ein Fuchs? Allmählich fangen ihre Ohren ein Geräusch von etwas anderem und größerem weiter weg am Hang auf. Anfangs glaubt sie, das sei ein größeres Tier, ein Reh vielleicht oder ein Elch. Aber nachdem sie eine Weile gelauscht hat, beschleicht sie ein Gefühl der Angst, denn das ist ein Mensch, der sich über den steilen Pfad nähert.

An sich ist sie hier oben nie ängstlich. Seit Jakob vier Jahre alt war, hat sie mit ihm in jedem Sommer mehrere Wochen hier auf Ura gewohnt. Und an manchen Wochenenden. Die Stille und die Einsamkeit haben sie nie erschreckt. Auch nicht die Dunkelheit. Aber jetzt fühlt sie sich wie ein Nervenbündel, außerdem hilflos wegen des verletzten Fußes. Sie steht da und hält den Stock umklammert. Bei dem Gedanken, daß hier oben mitten in der Nacht ein Mensch auftauchen könnte – im Umkreis von zehn Kilometern gibt es ja keinen Menschen außer ihr und zwei schlafenden Kindern –, werden ihre Handflächen feucht vor Angst.

Sie weiß nicht so ganz, warum sie erleichtert ist, als sie Ingers roten Regenmantel aus dem dunklen Wald auftauchen sieht. Doch, bei aller Überraschung ist sie erleichtert. Sie hat sich vor dieser Begegnung so gefürchtet, daß es eine Erleichterung sein wird, es endlich hinter sich zu bringen.

Zunächst ist beiden die Situation so peinlich, daß sie nur

hektisch über dies und das reden. Warum in aller Welt kommt sie jetzt? – Ja, sie tut es halt. Und dann bei dem Regen. – Klar, es regnet, aber doch kaum. – Aber es war doch sicher dunkel und schwer, sich zurechtzufinden? – Ja, aber sie kennt ja den Weg.

Sie umkreisen einander wie zwei Wildfremde, während Inger einen Küchenstuhl und einen Hocker hoch in die Scheune trägt. Energisch hat sie entschieden, daß sie bei dem Regen dort drinnen sitzen werden, die großen Türen weit offen. Da sitzen sie unter einem Dach, sind gewissermaßen aber auch draußen. Und sie wecken die Kinder nicht. Inger hat Rotwein mitgebracht und sucht selbst Flaschenöffner und Gläser zusammen, sie kennt sich aus.

Die uralte kleine Scheune ist in verblüffend gutem Zustand, auch wenn sie ziemlich windschief und wackelig aussieht. Genau wie die übrigen Gebäude. Sie haben diese feine silbergraue Farbe, die Holz annimmt, wenn es ungestrichen jahrelang Wind und Wetter ausgesetzt ist. Aber der Ort ist vor dem schlimmsten Winterwetter gut geschützt, dicht unter dem überhängenden Felsen. Und Søren auf Ura, Evines Vater, der diese niedrigen Häuser erbaute, hat nicht am Material geknausert. Die groben Holzbohlen sowohl der Wände als auch des Dachs sind von solider Stärke. Sol hofft von Herzen, daß sie die Wände noch viele Jahre lang nicht streichen muß, weil sie die graue Farbe so mag. Eines Tages wird sie uralte Verkleidung wohl austauschen müssen, aber im Moment denkt sie nicht daran. Zerbrochene Dachziegel hat sie natürlich ersetzen lassen. Und die Fenster und die Windbretter am Dachüberstand des Hauses hat sie weiß gestrichen und die Tür in einem altmodischen Blauton, der gut zu dem Grau paßt.

Die Scheunenauffahrt haben die zwei Großväter von unten gemeinsam mit neuen, soliden Balken gesichert, um die morschen Planken zu verstärken. Dennoch würde sie keine schwere Last Heu tragen, aber das muß sie ja auch nicht. Ingers energische Schritte hält sie gut aus, als sie mit Flaschen und Gläsern eifrig auf und ab geht. Sol hat noch den Rest Rotwein vom Vorabend geholt. Inger legt ein sauberes Geschirrhandtuch über den Hocker, der als Tisch dienen soll, und stellt die Petroleumlampe und die Weingläser darauf. Dann kommt sie und zieht Solfrid, die im Nieselregen auf dem Hof gesessen und den Vorbereitungen zugeschaut hat, den Korbstuhl fast unterm Hintern weg. Als sie das tut, schaut sie Solfrid so freundschaftlich an, daß der ein Kloß im Halse steckenbleibt. Und als Inger sie dann noch am Arm packt, um sie zu stützen, bricht sie bei der freundlichen Geste in Tränen aus.

»Ach Inger, es tut mir so leid! Es tut mir so schrecklich leid!« heult sie unglücklich.

»Und mir erst!« entgegnet Inger unter Tränen. Und dann stehen die zwei im Sommerregen und weinen so lange, bis Solfrid am Schluß spürt, wie ihr gesundes Bein weh tut, weil es so lange allein ihr Körpergewicht tragen mußte. Da zieht Inger sie mit sich über die Scheunenauffahrt und plaziert sie im Korbstuhl. Sie selbst setzt sich auf einen Holzstuhl aus der Küche und schenkt Rotwein ein. Dann beginnt sie zu erzählen.

24

An dem Tag, als Harriets Zuchtstute ein zartes, langgliedriges dunkelbraunes Fohlen bekam, stellte sich für Sofie die Welt vollständig auf den Kopf. Aber das war nicht die Schuld des kleinen Fohlens. Auf dem Weg zur Schule – es war eine der letzten Wochen vor den Ferien – hielt Harriet sie auf dem Hof an und berichtete ihr die Neuigkeit. Ein einziges Mal machte Harriet jetzt den gleichen Fehler wie so viele im Ort, den sie aber für gewöhnlich zu vermeiden suchte: Sie übersah Laila, die gleich hinter Sofie fuhr, vollständig. Harriet hat oft genug Mitleid mit der rundlichen, schwerfälligen Laila gehabt, die immer im Schatten ihrer hübschen großen Schwester stand.

Aber jetzt rief Harriet Sofie. Und auch wenn beide Mädchen von der Straße, die quer über den Hof führte, hinunter zum Stall abbogen, wo Harriet in der Tür stand, sah Harriet nur Sofie. Und Sofie war es, die ihr Fahrrad zur Seite warf, so daß sich das Hinterrad noch eine Weile weiterdrehte. Laila blieb oben am Hof stehen, während die Schwester zu Harriet an der offenen Stalltür stürmte.

»Stimmt das? Ist es da? Ist das Fohlen da?«

»Heute nacht ist es gekommen! Und es ist ein hübsches kleines Fohlen, das kannst du wohl glauben! Komm!«

Und Harriet zog das aufgeregte Mädchen mit sich in den Stall, ohne deren Schwester zu beachten. Die stand schlechtgelaunt auf dem Hof, hatte den einen Fuß auf dem Rahmen des Rades gestellt, den Ellbogen auf den Lenker und das Kinn in die Hand gestützt. Harriet und Sofie hatten nur Augen für das Fohlen.

Sofie hatte seit Wochen auf das Fohlen gewartet. Natürlich hatte das auch Harriet, aber ihre Geduld war bedeutend größer als die des Mädchens. Jeden Tag verbrachte Sofie Stunden auf Lund. Meistens im Stall, wo sie sich um das braune Pferd kümmerte, es striegelte, bis es glänzte, aber auch im Kuhstall und bei den Hühnern. Das hatte sie im übrigen von klein auf getan, meistens mit der Schwester im Schlepptau.

Alle Kinder mögen Tiere, aber Sofies Interesse für die Tiere auf den Höfen ringsum war mehr als die übliche Faszination von Kindern. Und sie hielt auch noch an, als sie in das Alter gekommen war, wenn die Kinder von Höfen Tiere mehr als Arbeit betrachten, denn als Zeitvertreib. Sofie wohnte ja nicht auf einem Hof und war nicht verpflichtet, irgendwo bei der Arbeit mitzuhelfen. Dennoch beteiligte sie sich treu bei der Versorgung des Viehs. An dem Tag, als Harriet ihr beigebracht hatte, wie man von Hand melkt, war sie genauso stolz wie Laila, als sie endlich das Radfahren gelernt hatte.

Am allerliebsten auf der Welt will Sofie Tierärztin werden. Oder vielleicht mit Reitpferden zu tun haben. Vor ein paar Jahren fand sie die alten Mädchenbücher ihrer Mutter bei den Großeltern auf dem Dachboden. Seither wünschte sie sich sehnlichst ein Islandpony, eines, wie das Mächen in einem der Bücher von ihrem Vater bekommen hatte. Aber Sofies Vater konnte ihr kein Pony schenken.

In der Schule wußten alle, daß der Vater von Sofie und Laila trank. Es war immer so, daß Hans, wenn er zu Hause war, die eine oder andere Sauftour unternommen hat. Sofie hatte geglaubt, das müßte so sein. Und ihr Vater war der netteste Vater von der Welt, wenn er nüchtern war! Jedenfalls, als sie klein war. Heute erlebt sie ihn kaum noch einmal nüchtern.

Und in der letzten Zeit haben sich die Mutter und er noch

mehr als früher gestritten. So sehr, daß es beinahe unmöglich war, zu Hause zu sein. Deshalb hat sich Sofie mehr denn je auf Lund aufgehalten. Sie ist mit Harriet in den Stall gegangen und hat auf das Fohlen gewartet und gewartet. Das war also endlich diese Nacht zur Welt gekommen. Sie hatte so sehr gehofft, bei der Geburt dabeizusein, und ihre Enttäuschung war zunächst groß. Über der Freude an dem graziösen kleinen Geschöpf, das leise wieherte, als Sofie den Stall betrat, hat sie das aber schon vergessen.

In der Schule saß sie während der fünf Stunden auf dem Sprung. Beinahe mit der Hand am dunkelblauen Ranzen und bereit loszulaufen, als die Schulglocke nach der letzten Stunde klingelte und Lehrer Halvorsen die Kinder nach Hause entließ. Sie nahm sich nicht einmal Zeit, seinen Gruß zu erwidern.

Sie nahm sich auch nicht die Zeit, auf die langsamere Schwester zu warten, rief ihr nur zu, der Mutter Bescheid zu geben, daß sie nicht zum Essen nach Hause käme. Sie würde bei Harriet essen, wie sie es in der letzten Zeit so oft getan hatte. Nicht nur wegen der Tiere, die sie versorgte, sondern vermutlich auch deshalb, weil die Atmosphäre zu Hause immer unerträglicher wurde. Es war dort, als wenn man an einem drückenden und schwülen Sommerabend auf den ersten Donnerschlag wartet.

Laila bat sie auch nicht, auf sie zu warten. Denn in der letzten Zeit hatte Laila ein zunehmendes Interesse für die Schar der Jungen und Mädchen entwickelt, die sich vor dem Schultor zu den gutmütigen Raufereien versammelte, stets ein sicheres Zeichen dafür, daß die Pubertät im Anmarsch war. Und Laila hatte schon einen Busen bekommen. Einen großen Busen, den der eine oder andere interessiert beäugte oder beiläufig streifte.

Laila hatte gerade entdeckt, daß sie bei den Jungs viele Punkte machen konnte, wenn sie sich ihnen mit ihrem runden Po in engen Jeans quer auf den Bauch setzte und so eine Kabbelei provozierte. Aus dem Handgemenge tauchten dann beide mit rotem Kopf auf. Laila war dabei zu entdecken, daß sie auf diese Weise lange vor Sofie bei den Jungen beliebt war. Endlich hatte sie etwas, das die Schwester nicht hatte! Die Freude wurde nur dadurch getrübt, daß Sofie Lailas wachsende Beliebtheit bei den Jungen nicht zu bemerken schien.

Laila radelte quer über den Hofplatz von Lund, ohne sich um das Fohlen zu scheren. Sofies Fahrrad stand da, an die Scheunenauffahrt gelehnt. Bestimmt war sie zusammen mit Harriet im Stall. Die kleine Elisabeth, die Tochter von Harriet und Lyder Halvorsen, kam mit wippenden Zöpfchen vom Stall heraufgelaufen:

»Laila, Laila, wir haben ein schönes kleines Fohlen!«

Ohne anzuhalten, warf Laila nur ein »Weiß ich« über die Schulter. Sie wollte nach Hause und um Erlaubnis bitten, bei einer Freundin übernachten zu dürfen. Sie hatten besprochen, Lippenstift und Wimperntusche aus den Kosmetiktaschen der Mütter zu mopsen, und wollten versuchen, sich gegenseitig zu schminken.

Zu Hause war die Atmosphäre noch aufgeladener, als sie es in den letzten Wochen ohnehin gewesen war. Aber Laila gelang es, sich auch darum nicht zu scheren. Zum Glück erlaubte ihre Mutter ihr die Übernachtung bei der Freundin gleich; ihr Vater saß mit seiner Bierflasche da und schien sich nicht nennenswert darum zu kümmern, wohin sie ging.

Vermutlich waren sie froh, sie los zu sein, dann konnten sie in Ruhe weiter streiten. Laila ging ins Bad und packte Lippenstift, Puder, Wimperntusche und Nagellack ein, warf den Beutel auf den Gepäckträger und schwang sich aufs Rad. Auf die Frage der Mutter, ob sie nicht erst Mittagessen wollte, antwortete sie nur: »Keine Lust.«

25

Sofie blieb sowohl zum Mittag als auch zum Abendessen auf Lund. Sie hatte wenig Lust, das kleine Fohlen zu verlassen, und noch weniger Lust hatte sie, in die düstere Atmosphäre zu Hause zu kommen. Am liebsten hätte sie im Stall bei der friedlichen Stute und ihrem Fohlen geschlafen, aber das ging natürlich nicht.

Die Stimmung um den Abendbrottisch auf Lund war so warm und gemütlich wie immer. Die Zwillingstöchter von Lyder Halvorsen, Elin und Anita, kabbelten sich, welcher der Jungen aus ihrer Klasse auf dem Gymnasium der interessanteste war, ob Paul Simon oder Art Garfunkel die bessere Stimme hatte und was sie auf dem Fest, zu dem sie am Abend wollten, anziehen sollten.

Auf Harriets gutgemeinte Ermahnungen und Tips bekam sie nur ein im Chor gestöhntes »Mama!« zu hören. Sie war seit vielen Jahren die Mutter für die Mädchen, insbesondere seit sie und deren Vater geheiratet hatten, als die beiden sieben Jahre alt waren. Zu ihrer leiblichen Mutter hatten sie nie eine Beziehung aufbauen können, denn sie war bei ihrer Geburt ins Koma gefallen, aus dem sie nie wieder erwacht war. Sie starb, als ihre Töchter sechs Jahre alt waren. Und die Zwillinge haben Harriet mächtig gern, auch wenn ihre spöttischen Mienen beim Abendessen das Gegenteil vermuten lassen könnten.

Ihr Vater hatte die kleine Schwester Elisabeth neben sich und versuchte ihr die Mysterien des Lebens zu erklären, denn sie war lebhaft interessiert an der Geburt, die in der Nacht zuvor im Stall stattgefunden hatte.

»Aber wie kommt es *hinein*, Papa, ist das ein winzig kleines Pferd, wenn es in die Mutter kommt, aus dem Pipi seines Papas?«

»Mm, nein, nicht genau ein kleines Pferd, aber ein kleiner Samen, aus dem ein Pferd wird«, erklärte der Vater geduldig.

Sofie wurde bei dieser offenen Erklärung ganz verlegen, denn solche Gespräche bei Tisch war sie nicht gewohnt. Wenn ihr Vater auf solche Dinge zu sprechen kam, war er oft voll und wütend, und dann waren es nichts als Beschimpfungen der Mutter. Bittere, böse Sticheleien: er wüßte doch, daß sie ihre Möse für einen aufhob, der besser war als er. Aber er würde schon noch ...

Ach, wie haßte Sofie ihren Vater, wenn er so war! Trotzdem tat er ihr oft leid. Bei all seiner Streitsucht und Angeberei war er ja so bemitleidenswert. Saß da mit seiner Bierflasche und prahlte, wie wichtig sein Job wäre und wieviel Geld er verdiente.

Und wie sie die Mutter haßte, wenn die aufbrauste und ihren Mann wegen des Trinkens beschimpfte. Oder wenn sie mit Sofie und Laila zu ihren Eltern nach Rønningen lief, was in der letzten Zeit immer öfter geschehen war.

Dann blieb der Vater enttäuscht mit seiner Bierflasche zurück, während Inger wortlos mit den Mädchen im Schlepptau über die Dorfstraße hastete. Zu Hause in Rønningen ließ sie dann die Mädchen in der Obhut der Großeltern. Sie selbst ging nach draußen, setzte sich auf den Stein hinter dem Stall und weinte. Sofie hatte das schon ein paarmal gesehen, wenn sie der Mutter bis um die Hausecke gefolgt war. Und einmal, als Mutter sie entdeckt hatte, winkte sie die Tochter zu sich, schlang die Arme um sie und schluchzte:

»Ach Sofie! Arme kleine Sofie! Was soll nur aus uns werden?«

Als ob Sofie etwas damit zu tun hätte.

Sofie hörte das Donnerwetter bereits, als sie durch die Gartenpforte kam. Die Mutter klapperte mit dem Geschirr, wie so oft, wenn es ihr zuviel wurde. Wie ein Wirbelwind sauste sie dann durchs Haus, entweder mit Staubsauger oder Scheuereimer bewaffnet, als ob sie versuchen wollte, auf diese Weise ihren Verdruß zu vertreiben. Jetzt tönte ihr wütendes Lärmen durch die offenen Fenster. Und die dunkle Stimme des Vaters mischte sich dröhnend dazwischen. Konnten sie nicht wenigstens die Fenster schließen, wenn sie sich stritten? Von der Dorfstraße aus konnte sie ja jeder hören!

Sofie merkte, daß sie unglaublich wütend wurde, nicht nur traurig und niedergeschlagen wie sonst immer. Warum konnten sich ihre Eltern nicht wie die Eltern anderer Kinder benehmen? Warum mußten sie ständig streiten und sich wie zwei wütende Stiere umkreisen, bereit, bei der ersten besten Gelegenheit mit den Hörnern zuzustoßen. Warum konnte es ihre Familie nicht so schön haben wie die auf Lund? Aber Lyder trank ja auch nicht. Und Anita und Elin waren viel bessere Freundinnen als sie und Laila. Obwohl auch sie sehr verschieden waren.

Es könnte so schön bei ihnen sein, wenn ihr Vater nicht trinken würde. In den Zeiten, wenn er auf See war, ging es ihnen ja viel, viel besser. Mit der Zeit kam es so, daß sie sich alle drei davor fürchteten, daß er nach Hause kam. Aber darüber sprachen sie nie miteinander.

Und die Mutter bemühte sich ja so sehr. Sofie konnte sehen, wie ihre Mutter versuchte, es ihnen schön zu machen und den Vater einigermaßen nüchtern und bei guter Laune zu halten. Aber hin und wieder, wenn der Vater so anzüglich wurde und komische Dinge sagte, gelang es ihr nicht, ihr eigenes Temperament zu zügeln. Und dann brach oftmals ein Unwetter los. In der letzten Zeit war die Mutter allerdings besonders niedergedrückt gewesen und eher niedergeschlagen als wütend. Sie schien irgendwie traurig. Und oft hatte sie auf die Andeutungen des Vaters, wie piekfein und hochnäsig sie geworden sei, nur mit einem resignierten »Ja, du weißt das wohl am besten« reagiert.

Sofie spürte, wie sie vor Wut einen ganz heißen Kopf bekam. Jetzt sollte er sich aber mal zusammenreißen! Oder besser gleich ganz auf See bleiben. Auf dem Kiesweg warf sie ihr Fahrrad beiseite und marschierte ins Wohnzimmer, baute sich direkt vor ihm auf. Er saß mit ausgestreckten Beinen in seinem Sessel. Sofie nahm ihm kurzerhand die Bierflasche aus der Hand und sagte mit zornbebender Stimme:

»Hör jetzt endlich auf mit dieser Trinkerei!«

Der Vater starrte sie an. Seine Augen waren so rot, daß sie wußte, er war völlig betrunken. Klar, es war ja Freitagabend. Am Wochenende war es immer am schlimmsten mit ihm. Die Mutter, die an der Spüle stand, drehte sich jäh um, als ob sie wüßte, was jetzt kommen würde und verzweifelt versuchte, es zu verhindern.

Aber Hans starrte Sofie, die wie ein Racheengel vor ihm stand, nur mit stumpfen Augen an.

»Halt die Klappe, du Hurenkind«, sagte er stumpf. »Du bist ja verdammt noch mal nicht mal meine Tochter.«

Erst brach Sofies Welt in sich zusammen, dann zerriß es den Vater vor ihren Augen. Sie konnte sehen, wie Reue und angstvolle Verzweiflung über das, was er gesagt hatte, langsam an die Oberfläche kamen, wie sein verschwommener Blick langsam nüchtern wurde.

»Sofie, liebe kleine Sofie! Mein Mädchen! Ich habe es nicht so gemeint! Liebe kleine Sofie, das habe ich nicht so gemeint! Das habe ich nicht gewollt!«

Er ergriff Sofies Hände und winselte und bettelte wie ein geprügelter Hund.

»Liebe Sofie! Liebe, liebe Sofie!« bettelte er weinend. »Ach Sofie, Sofie, Sofie!«

Hinter ihrem Rücken entfuhr Mutter ein Laut, der Sofie an das junge Kätzchen erinnerte, dem sie einmal aus Versehen auf die Pfote getreten war.

Die Mutter hatte mit dem tropfnassen Abwaschlappen dagestanden und bemerkte nicht das Wasser, das ihr auf die Hausschuhe tropfte und ringsum eine Pfütze bildete. Dann ließ sie den Lappen fallen, legte ihre warmen, nassen Hände um Sofies Oberarme und entzog sie Hans' klammerndem Griff, weg von seiner klagenden Stimme, aus dem Haus, in dem sie aufgewachsen war. Die Treppe hinunter, wo Sofie einmal gestolpert war und sich an der scharfe Kante der Stufe die Stirn aufgeschlagen hatte. Über den Kiesweg, wo der Vater ihr das Radfahren beigebracht hatte, während Laila auf der Treppe saß und zuschaute. Durch die Gartenpforte und über den Weg nach Lund.

Sofie konnte sich später nicht erinnern, ob die Mutter etwas gesagt hatte oder nicht. Das einzige, woran sie sich erinnerte, war die klagende Stimme des Vaters – oder besser: der Person, die sie immer für ihren Vater gehalten hatte. Die Bitte um Vergebung folgte ihr lange, nachdem seine

Stimme verhallt war, nach. Aber Sofie dachte nicht an Vergebung. Ihr Kopf war vollständig leer. Und Inger würde dem Ehemann niemals vergeben.

26

Inger nimmt noch einen Schluck Rotwein, dem sie schon eifrig zugesprochen hat. Auch Solfrid trinkt aus und öffnet, ohne zu zögern, die letzte der beiden Flaschen, die Inger mitgebracht hat. Eine ganze Flasche Rotwein, das ist die Grenze dessen, was sie schaffen kann, und jetzt sehnt sie sich verzweifelt nach der beruhigenden Wirkung des Weins. Aber ihr Kopf bleibt klar, und die Angstkralle in der Brust unterdrückt den anhaltenden Schmerz im Fuß. Denn Ingers Geschichte ist nicht auszuhalten. Und für Solfrid wird die Fortsetzung beinahe noch schlimmer.

»Und was hast du gemacht?« fragt sie voller Mitleid und füllt Inger das Glas. »Herrgott, Inger, was hast du denn dann unternommen?«

»Ich habe an dich gedacht«, sagt Inger, und auf den Blick hin, den sie Solfrid über ihr Glas zuwirft, packt die Kralle Sols Brust fester, fast so, als könne sie nicht mehr atmen. Nicht weil sie Vorwürfe in Ingers Blick lesen würde oder Wut. Inger schaut, als wäre sie jenseits von irgendeinem besonderen Gefühl. In ihrem Blick liegt eine Art erschöpfter Ruhe, die Sol nicht recht begreift.

»Ich dachte daran, zu dir zu gehen, aber es war Freitagabend, und ich wußte, daß du nicht zu Hause warst. Also ging ich zu Harriet.«

Solfrid erinnert sich, daß sie Inger von dem Ausflug ins

Theater, den der Wohlfahrtsausschuß plante, erzählt hatte. Und Inger hatte Sol ermuntert, daran teilzunehmen, damit sie auf andere Gedanken kommen sollte. Beide waren sie damals so niedergeschlagen gewesen und hatten noch öfter als sonst zusammengesessen, um sich gegenseitig zu trösten. Christopher hatte sich aus der Beziehung zu Inger einige Wochen, ehe Solfrid Kjetils heimliche Machenschaften mit der Freundin entdeckte, herausgezogen. So waren sie beide gleich unglücklich gewesen. Beide waren sie sicher, daß ihre Beziehungen unwiderruflich vorbei waren. Aber keine ahnte, daß Christopher an dem Ausflug ins Theater teilnehmen würde.

Inger war also zu Harriet gegangen. Dort waren die Zwillinge zum Glück schon zu dem Fest in die Stadt gefahren, und Lyder war dabei, Lise zu Bett zu bringen. Harriet nahm Inger und Sofie mit zu den Pferden in den Stall. Das Licht vom Stallgang warf einen leichten gelben Schein durch die halboffene Tür auf das kleine flauschige Fohlen und die glänzende, leise wiehernde Mutter, die nur ab und an lauschend ein Ohr auf Ingers und Harriets Stimmen richtete.

Sofie hatte die Arme um das Fohlen geschlungen, streichelte immerzu sein Fell, das so merkwürdig stumpf und kraus war. Am Schluß waren ihre Handflächen schwarz und fettig. Und während sie das Fohlen streichelte, erfuhr Sofie die Geschichte von ihrem Vater.

27

Bis Inger nach Hause ging, war es spät geworden. Sofie war auf Lund geblieben, wo sich Harriet um sie kümmerte.

Was geschieht mit mir? schienen Sofies samtbraune Augen verwundert zu fragen. Wo bin ich gelandet? Ist das alles wahr? Soll ich das wirklich glauben?

Sofie schwieg. Und ihre Mutter hatte sie nicht ein einziges Mal angeschaut. Auf unsicheren Beinen war Sofie Harriet willenlos hinterhergestolpert. Sie ließ sich auf einen Stuhl in der Küche plazieren, wo sie gehorsam die warme Milch trank, die Harriet ihr hinhielt. Ihre Hände zitterten so sehr, daß Harriet ihr helfen mußte, die Tasse zu halten. Aber nach und nach beruhigte sich die kleine Gestalt ein wenig. Mit den Augen folgte sie Harriets Bewegungen. Meist starrten sie in die Tasse, die sie mit kraftlosen Fingern hielt. Inger beachtete sie mit keinem Blick.

Lyder steckte den Kopf zur Küchentür herein, zog sich aber diskret gleich wieder zurück.

Sofie starrte noch immer mit leeren Augen in die Tasse. Auf der Milch hatte sich Haut abgesetzt und dabei ein Muster gebildet, in das Sofie kein System bekam. Ingers Tränen waren auf das Wachstuch getropft, und sie fuhr ziellos mit dem Finger in den nassen, kreisrunden Flecken herum.

Nachdem Harriet ihrem Mann erklärt hatte, was vorgefallen war, kam er wieder herein. Er streichelte Inger über die Wange, als er um den Tisch ging und sich dann neben Sofie auf die andere Seite stellte. Er beugte sich zu ihr herunter, legte ihr eine Hand um den Kopf und drückte seine Wange an ihre. Dabei sah er Inger unentwegt an, während er zu Sofie sagte:

»Du bist ein tolles Mädchen, Sofie, und du bist stark.

Du wirst auch hiermit fertig werden, das sollst du mal sehen.«

Inger konnte merken, wie die zwei Gestalten vor ihren Augen verschwammen, wie hinter einer Glasscheibe, die langsam beschlägt. Und wenn sie sich später erinnert, weiß sie noch genau, wie sie damals dachte, daß sie wohl ganz schnell mit Heulen aufhören sollte. Jetzt war mehr von ihr gefordert als ein unablässiger Tränenstrom.

Auf dem Nachhauseweg wirbelten die Gedanken in ihrem Kopf nur so umher. Sofie hatten sie zu Harriet in das schöne Doppelbett aus Birkenholz gepackt.

Im Zimmer nebenan hatte sich Lyder in eines der Betten der Zwillinge schlafen gelegt. Er fror an den Beinen. Er ärgerte sich ein bißchen, weil er vergessen hatte, die Dekken auszutauschen, denn seine eigene war extra lang. Jetzt schauten seine langen Beine heraus, und das etwas zu kurze Bett wurde dadurch noch ungemütlicher. Aber große Hoffnung durchzuschlafen, hatte er sowieso nicht. Nach einer Weile stand er auf und setzte sich an den Arbeitstisch der Mädchen. Dann nahm er Papier und Bleistift zur Hand und fing an zu schreiben.

Soweit Inger sich an diese Nacht erinnern kann, verschwendete sie keine besonderen Gedanken auf Lyder. Aber den Blick, den Sofie ihr nachschickte, als sie ging, an den erinnert sie sich genau. Sie hatte auf der Bettkante gesessen und Sofies schlaffe Hand zwischen ihren Händen gehalten, bis sie ging. Als Inger ihr Gesicht zwischen beide Hände nahm und sagte, das müßten sie nun durchstehen, sie hätten keine Wahl, streifte sie Sofies Blick, verwirrt und verwundert.

Zum ersten Mal an diesem Abend und nur für eine Sekunde hatten Sofies braune Augen den Blick der Mutter erwidert. Und Inger erinnert sich, daß sie, als sie durch die Sommernacht nach Hause ging, dachte – guter Gott, sicher gab es ein bißchen Hoffnung für sie. Oder nicht?

Sonst weiß sie nur noch, daß sie einen Blick zum Hang hinauf warf, dorthin, wo sie vor mehr als vierzehn Jahren an einem Morgen mit einem Kater gesessen und sich übergeben hatte. Das war nach jener Nacht gewesen, als sie und Christopher nach ihrem Treffen in der Stadt Sofie gezeugt hatten.

Schon merkwürdig, wie das Leben geht, dachte sie, als sie dort unten auf der Straße entlangging. Wie merkwürdig und anders mein Leben geworden ist durch diese eine Nacht vor langer Zeit.

Eine Menge Wenn-dann-Gedanken flatterten ihr wie Schmetterlinge durch den Kopf. Wenn sie an jenem Abend nicht in die Stadt gefahren wäre. Wenn sie mit Jens-Julius, dem Busfahrer, ins Kino gegangen wäre, statt in das Lokal »Avenue«. Wenn sie Christopher nicht getroffen hätte. Wenn sie nicht mit ihm nach Hause und ins Bett gegangen wäre. Wenn sie an dem Abend nicht so viel getrunken hätte, vielleicht würde Hans später dann auch weniger getrunken haben. Und sie hätten vielleicht eine bessere Ehe geführt.

Aber es gäbe Sofie nicht. Inger erinnert sich, wie ihr der Name Sofie gleich einfiel, als sie das kugelrunde Gesichtchen mit den dunklen Augen gesehen hatte, von denen sie schon beim ersten Mal, als sie das Kind in Armen hielt, fand, daß sie über der weißen Babydecke so wach schauten. Nicht Anne Sofie, wie die Tochter später getauft wurde, sondern Sofie. Inger hatte sie nie anders als Sofie genannt.

Christopher hatte einmal scherzhaft gemeint, auch das wäre Schicksal gewesen. Daß sie sich damals begegnet waren und später noch einmal. Und daß Inger ihre Tochter Sofie genannt hatte. Denn dieser Name wurde in Christophers Familie seit vielen Generationen verwendet. Aber Inger glaubte nicht an Schicksal. Ihre Sofie hieß natürlich nach Hans' Großmutter Jenny Sofie.

Inger kann sich erinnern, daß ihr auf dem Heimweg durch die dunkelblaue Sommernacht diese Gedanken und eine Menge anderer durch den Kopf gegangen waren. Inger spürte nicht den Windhauch, der ihr kühlend über das verweinte Gesicht strich und womöglich Regen ankündigte. Unter all den verwirrten Gedanken gab es einen, der die anderen in den Hintergrund schob, und zwar immer mehr, je näher sie dem Haus kam:

Hoffentlich hatte Hans nicht das Auto genommen. Er durfte keinesfalls mit dem Auto losgefahren sein, um irgendeinen seiner Saufkumpane zu treffen!

Lieber Gott! Wenn er nur das Auto stehengelassen hat! Ingers Verzweiflung wuchs, je näher sie der verschlossenen Garagentür kam. Nicht aus Sorge um den Ehemann, dem sie seit langem schon keinen freundlichen Gedanken mehr widmen konnte. Inger dachte tatsächlich an das Auto. Denn ihr war, als könnte sie diese Nacht nicht überleben, ohne Christopher zu treffen.

Sie hatte versucht, ihn von Lund aus anzurufen, während Harriet Sofie ins Bett brachte. Hatte den schwarzen Telefonhörer ans Ohr gepreßt und es minutenlang bei ihm klingeln lassen, bis sie widerwillig einsehen mußte, daß er nicht zu Hause war. Daß er vielleicht Dienst hatte und im Krankenhaus war. Oder war er vielleicht in der Stadt ausgegangen?

Seitdem Schluß war, hatte sie noch nicht mit ihm gesprochen. Er war so verzweifelt entschlossen gewesen, daß es diesmal Ernst sein müsse. Aber das war er ja auch früher schon gewesen. Und dann hatte er doch immer wieder nach einer Weile zu ihr Kontakt aufgenommen. Oder sie hatte Kontakt gesucht. Dieses Mal hatten sie es beide nicht getan. Vielleicht wollte keiner als erster kapitulieren. Vielleicht war es ihnen ernster gewesen als früher. Aber hatte sie tief im Innersten wirklich geglaubt, daß sie dabei war, Christopher zu verlieren?

Voller Schrecken mußte Inger einsehen, daß sie sich eigentlich nicht klar gemacht hatte, was das bedeuten würde. Eine trostlose Ehe mit einem Alkoholiker. Eine Ehe ohne Liebe und Erotik. Denn das, was Hans und sie da gelegentlich im Bett veranstalteten, konnte man so wirklich nicht nennen. Das war nichts anderes als Pflichterfüllung, damit es nicht zu auffällig wurde.

Dennoch reichte das aus, um Christopher eifersüchtig zu machen. Und dieses Mal war genau das der Auslöser für ihren Bruch gewesen. Es half nichts, daß Inger ihm versicherte, daß sie für Hans nichts mehr empfand. Er wollte einfach nicht einsehen, warum es Inger so unmöglich war, Hans zu verlassen. In dem Maße, in dem Christophers Wunsch nach einem Familienleben zunahm, wurde er ständig eifersüchtiger auf das, was Inger hatte. Wenn man das Familienleben nennen konnte, dachte sie dann immer verächtlich. Jetzt war es damit auf jeden Fall völlig vorbei.

Und mitten in dieses entsetzliche Gefühl einer Katastrophe mischte sich ein Hauch von Freude und Erleichterung. Vielleicht würde jetzt endlich alles besser werden. Wenn sich die schlimmsten Wogen geglättet hatten und der Dorfklatsch sich beruhigt hatte. Wenn Sofie den Schock überwunden hatte. Wenn Laila Bescheid wüßte. Wenn sie nur einfach mit Christopher geredet hätte!

Inger hörte das Brummen des Motors, als sie durch die Gartenpforte eintrat. Das Garagentor war zu, aber Hans war vermutlich so voll, daß er nichts davon merkte, bis er direkt hineinfuhr. Keinesfalls sollte er mit dem Auto wegfahren können! Sie brauchte es doch! Vor Wut ballte Inger die Fäuste und bereitete sich auf einen ordentlichen Schlagabtausch vor. Aber als sie die Garagentür öffnete, lag Hans auf der Erde, den Kopf direkt unter dem Auspuff, neben sich eine Schachtel Schlaftabletten und eine Flasche Rum, beides leer.

28

»Er mußte es ja gründlich machen«, sagt Inger mit einem kurzen, bitteren Auflachen. Aber als Sol fragt, ob sie keine Angst hatte, gesteht sie, daß ihre erste Reaktion nicht besonders ruhmvoll war.

»Ich war nur wütend!« Immerhin hatte sie den Notdienst angerufen und ihren Mann mit Blaulicht ins Krankenhaus bringen lassen. Nachdem ihm der Magen ausgepumpt worden war, kam er auf die Intensivstation. Später war er in die psychiatrische Abteilung verlegt worden, wo ihn Laila mehrmals besucht hatte. Inger hatte noch nicht mit ihm reden können, will es aber im Laufe der Woche tun. Ob Sofie zu ihm geht, weiß sie nicht.

Nachdem Hans auf die Intensivstation gebracht worden war, brach Inger endgültig zusammen und wurde von Weinkrämpfen geschüttelt. Da verordnete ihr der diensthabende Arzt ein starkes Beruhigungsmittel und beauftragte eine Krankenschwester, bei ihr zu bleiben. Die Schwester tröstete die vermeintlich gebrochene Ehefrau so gut sie konnte. Inger nahm die gutgemeinten Versicherungen, ihr Mann werde den Selbstmordversuch überleben und auch für seine Alkoholprobleme Hilfe bekommen, an, ohne sie an ihren wahren Gedanken teilhaben lassen zu können.

Inger verließ erst zwischen vier und fünf Uhr morgens das Krankenhaus und machte sich auf den Weg zu Christopher. Die Tabletten hatten ihre Nerven beruhigt. Gleichzeitig war sie aber so durcheinander, daß sie einen Abstecher auf den Friedhof machte, an dem sie unterwegs vorbeikam, und zwischen den stillen Gräbern Zuflucht suchte. Sie brauchte Zeit, um ihre Gedanken zu ordnen. Außerdem fürchtete sie sich, Christopher anzurufen – was sollte sie tun, wenn er nicht da wäre? O Gott, wenn er nun nicht zu Hause war! Wenn er das ganze Wochenende verreist war!

Als sie endlich vor seinem Haus wieder zu sich kam, konnte nicht einmal sein Auto im Carport sie soweit beruhigen, daß sie den Mut fand, zu klingeln. Sie kauerte sich auf die Treppe, die Hände um die Knie geschlungen, um sich zu sammeln und für die Enttäuschung zu wappnen, falls er nicht zu Hause sein würde. Vielleicht war sie für einen Moment eingeschlafen. Sie war von all der Aufregung so erschöpft und spürte, daß die Tabletten, die sie bekommen hatte, sie sehr schläfrig machten.

Das nächste, woran sie sich erinnert, waren Schritte auf der Treppe. Der Jubel, der ihre chaotischen Gedanken durchdrang. Er war zu Hause! Und dann Solfrids entsetztes Gesicht, als sich Inger von der Treppenstufe erhob.

»Da hätte ich gewünscht, du könntest gut lügen!« sagt Inger mit dem gleichen kurzen Auflachen wie früher. Sie schaut Solfrid an, die wieder zu weinen begonnen hat.

»Ich wollte nicht ... ich wußte nicht ... wir waren so ...

wir haben nicht ...« Es blieb bei den Satzanfängen, sie wußte nicht weiter. Es gab keine Möglichkeit, das alles zu erklären.

»Das war so gemein!« heult sie so laut auf, daß Inger sie bremsen muß. Wenn die Kinder aufwachen!

Es ist jetzt ganz hell. Die Vögel haben schon seit Stunden ringsum in den Baumwipfeln um die Wette gesungen. So ein ohrenbetäubender Chor von Vogelgezwitscher war auch an jenem Morgen zu hören gewesen. An die Vögel kann Inger sich erinnern, aber sie weiß nicht mehr, was sie dachte oder fühlte. Vermutlich hatten die Tabletten das meiste gedämpft.

»Hätte ich die nicht geschluckt, wäre ich euch wohl beiden an die Kehle gegangen!« meint sie. Wieder mit diesem kurzen Auflachen.

Schließlich war sie die Treppe hinaufgestürmt und hatte den Zeigefinger auf Christophers Türklingel gehalten, bis er verwirrt die Tür aufriß und sie in die Wohnung zog. Stotternd und unter Tränen beschimpfte sie ihn mit den schrecklichsten Worten, bis er sie um beide Oberarme packte und wie eine Stoffpuppe schüttelte. Wenn sie so eifersüchtig wäre auf etwas, das nicht das mindeste für ihn bedeutete – hier wirft Inger Sol einen gleichzeitig entschuldigenden und schadenfrohen Blick zu –, dann könnte sie jetzt vielleicht begreifen, wie es ihm in all den Jahren ergangen sei. Da wand sie sich wütend aus seinem Griff.

»Das kannst du wohl nicht vergleichen!« heulte sie hysterisch. »Hans ist nicht deine beste Freundin, zum Teufel!«

Und dann ging sie.

»Ich knallte die Tür noch heftiger zu als am Dienstag bei dir«, sagt sie zu Solfrid und hält der Freundin ihr Glas hin, damit Sol den letzten Schluck Rotwein eingießt.

29

Plötzlich fühlt sich Solfrid entsetzlich egozentrisch und theatralisch. Da ist sie nun in diesen Wochen herumgelaufen und hat um ihre eigene unglückliche Liebe geweint und ihr Schuldgefühl wegen des Fehltritts gepflegt, der doch Inger beinahe um den Verstand gebracht haben muß. Es ist ein Wunder, daß die Freundin hier sitzt und in vollständigen Sätzen redet, und ein noch größeres Wunder ist es, daß sie mit Sol redet.

»Wie hast du das überlebt«, schnieft sie weinend. »Wie hast du alles ausgehalten?«

»Ich habe saubergemacht«, sagt Inger lakonisch. Sie war geradewegs heimgefahren und hatte das Haus auf den Kopf gestellt. Riß die Gardinen herunter, trug die Möbel hinaus, leerte die Kleiderschränke, die Schubladen und die Kammern, und sie machte von oben bis unten das Haus sauber. Laila war am Wochenende wenig zu Hause und verschwand immer gleich wieder, kaum daß Inger Zeit blieb, herauszufinden, wo sie sich aufhielt. Sie machte das Wohnzimmer sauber und die Küche. Klopfte die Möbel aus und hängte die Gardinen an einem Sonntag zum Trocknen auf. »In der Kirchzeit«, lächelt sie. Sie kümmerte sich nicht darum, daß man das sowohl von der Straße als auch von ihrem Elternhaus aus sehen konnte. Insbesondere Milda nahm es mit so etwas genau, aber Inger dachte, daß der Mutter bald ganz andere Sachen zu Ohren kommen würden, über die sie sich Sorgen machen mußte, als daß ihre Tochter den Feiertag nicht heiligte.

Am Montag machte sie die Schlafzimmer sauber, und am Dienstag holte Sols Klingeln sie vom Scheuereimer im Badezimmer.

»Dir ist vielleicht nicht aufgefallen, daß ich die Toilettenbürste in der Hand hielt, und ich hätte sie dir beinahe um die Ohren gehauen.«

»Die Blumen reichten durchaus«, gibt Solfrid zurück und erinnert sich an die Blumen, die ihr Inger ins Gesicht schleuderte, ehe sie die Tür zuwarf. Doch jetzt haben sie ihren alten Umgangston wiedergefunden, und zum ersten Mal im Laufe dieser langen Nacht lächeln sie sich direkt und vorsichtig prüfend an.

Inger nutzte die Zeit, als sie den Scheuerlappen schwang, um über die Zukunft nachzudenken. Sie mußte ihr Leben und das der Mädchen planen. Mit Seifenschaum bis zu den Ellbogen wusch sie sich buchstäblich aus dem Haus, aus dem alten Leben hinaus und in ein neues hinein, von dem sie nicht wußte, was es ihr bringen würde. Ihr war nur klar, daß sie in die Stadt ziehen und sich einen Job suchen wollte. An dem Tag, an dem in der Lokalzeitung die Stelle einer Telefondame in der Vermittlung ausgeschrieben war, trocknete sie sich den Seifenschaum ab, setzte sich hin und schrieb eine Bewerbung. Außerdem sah sie die Anzeigen nach freien Wohnungen durch.

Am Montag rief die Schwiegermutter an und stritt sich fürchterlich mit ihr, nachdem sie ihren Sohn im Krankenhaus besucht hatte. Da war Hans bereits in die psychiatrische Abteilung verlegt worden, und als die Eltern kamen, hatte er die ganze Geschichte ausposaunt.

»Kein Wunder, daß er krank wurde!« schrie die Schwiegermutter so aufgewühlt, daß Inger fast spüren konnte, wie die Ausrufezeichen durch den Telefonhörer und in ihr Ohr blitzten. Sie unternahm nicht den geringsten Versuch, sich zu verteidigen. Nahm die Verantwortung für Hans' Trinken ebenso stumm auf sich wie die Anklagen der Schwiegermutter, sie hätte ihr Heim zerstört, ihre Ehe, die Familie, die Kinder und vor allem ihren geliebten armen Sohn.

»Ich nahm alles auf meine Kappe«, sagt Inger, Galgenhumor klingt aus ihrer Stimme. »Schlimmer konnte es sowieso nicht werden.« Sie hatte nie ein herzliches Verhältnis zu Hans' Mutter gehabt.

Gleich nachdem Solfrid am Dienstag dagewesen war, rief die Schwiegermutter wieder an. Sie verlangte, daß Laila bei ihnen wohnen solle, aber Inger entschuldigte sich damit, daß Laila bisher keine Sommerferien habe, sondern noch ein paar Tage zur Schule gehen müsse.

Laila radelte jeden Tag mit ihren Schulsachen weg und kam erst spät am Abend wieder nach Hause. Ja, es kam auch vor, daß sie nachts wegblieb, ohne daß Inger tatsächlich wußte, wo sie war. Sie nahm an, daß ihre Tochter bei der neuen Freundin übernachtete, zu der sie plötzlich so ein enges Verhältnis hatte. Die Familie war relativ neu im Dorf. Inger kannte die Eltern der Freundinnen ihrer Töchter nie so recht, weshalb es ihr auch etwas peinlich war, anzurufen und nach ihrer Tochter zu fragen. Genaugenommen hatte sie keinen Überblick. Laila war sich weitgehend selbst überlassen.

In der kurzen Zeit, die sie sich sahen, wechselten Mutter und Tochter nicht viele Worte, denn Laila hatte »keine Lust« mit Inger zu reden, weder über die Scheidung noch über den Umzug oder sonst etwas. Sie war mürrischer denn je und verschwand in ihrem Zimmer oder ging wieder weg, kaum daß sie sich in der Küche im Stehen ein paar Scheiben Brot gemacht hatte.

Jeden Nachmittag und Abend verbrachte Inger auf Lund. Sofie wirkte, als käme sie nach dem ersten Schock langsam wieder zu sich, rascher als Inger nach ihrer ersten Reaktion zu hoffen gewagt hatte. Nachts, wenn sie nicht schlafen konnte, stellte sie sich vor, welchen Schaden Sofie womöglich für ihr ganzes Leben genommen haben könnte. Aber Lyder hatte recht gehabt, Sofie war stark. Nach einigen Tagen mit bitteren Vorwürfen gegenüber der Mutter richtete sie ihren schmalen Rücken auf und schickte ihren Raubkatzenblick in alle Richtungen, ebenso lebendig und aufgeweckt wie früher. Aber sie hatte etwas von ihrer sicheren, beinahe arroganten Haltung verloren. Und in die Schule wollte sie nicht, also ließ ihr Lyder den Willen.

Außerdem hatte sie entschieden, mit Christopher nichts zu tun haben zu wollen. Inger ging es genauso, denn sie war noch immer so verletzt und wütend, daß sie die beiden Male, wo er sie angerufen hatte, den Hörer auf die Gabel knallte. Am Mittwoch vormittag aber nahm die Geschichte einen anderen Verlauf. Christophers Auto bog auf den Hof von Lund ein, als Sofie und Harriet gerade auf dem Weg zum Stall waren.

30

Was sie Aufnahmebesprechung für die psychiatrische Station nannten, fand jeden Dienstag und Freitag vormittag im Zimmer des Oberarztes im dritten Stock statt. Da trafen sich alle Ärzte, Psychologen, der Sozialpädagoge und die häuslichen Krankenpfleger plus der Oberschwester und den Stationsschwestern der verschiedenen Stationen, um die langen Wartelisten zu diskutieren und zu entscheiden, für wen es unbedingt notwendig schien, einen Platz in der übervollen Abteilung zu bekommen. Meistens war die

Warteliste am Ende des Treffens ebenso lang wie am Anfang.

Die Sitzung rund um den länglichen polierten Tisch, der bald über und über mit Krankenberichten, Notizblöcken, Kugelschreibern und großen weißen Bechern mit schwarzem Krankenhauskaffee bedeckt war, könnte durchaus an ein Kartenspiel erinnern. Der Oberarzt, ein energischer kleiner Mann zwischen fünfzig und sechzig teilte die Karten aus. Zuvor hatte er geduldig den Klagen einer atemlosen Stationsschwester zugehört, der es erst im letzten Moment gelungen war, der Hektik unten in der Abteilung zu entkommen.

»Noch mehr Unruhe verkraften wir nicht! Bei uns ging es das ganze Wochenende hindurch drunter und drüber. Der Maniker, den wir am Sonnabend bekommen haben, hat die ganze Abteilung auf den Kopf gestellt. Er ist wie ein wildes Tier herumgelaufen und hat unsere depressiven alten Damen zu Tode erschreckt. Ihr müßt ihn hier oben in der geschlossenen Abteilung übernehmen!«

Emotional wie sie war und im taktischen Spiel nicht so geschickt wie der Rest der weißen Schar, knallte sie oft Dame und Bube auf den Tisch, noch ehe das Spiel überhaupt eröffnet worden war. Das Resultat war, daß nachdem sowohl der Sozialpädagoge als auch die häuslichen Krankenpfleger ihre jeweiligen Könige aus dem Ärmel gezogen hatten, am Ende regelmäßig sie mit dem Schwarzen Peter übrigblieb.

Die häuslichen Pfleger, die den Krisen draußen in nächster Nähe begegneten, versuchten alles, ihre Patienten, oftmals Schizophrene oder andere schwer psychotische Patienten, aus der Institution draußen zu halten, indem sie sie zu Hause eng begleiteten. Aber hin und wieder wurden die

Krisen zu groß und ein Patient *mußte* eingewiesen werden, ob es Platz gab oder nicht.

Diesmal aber hatte der Oberarzt selbst das As in der Hand. Er war in der medizinischen Abteilung gewesen, um einen Patienten zu begutachten, der am Freitagabend nach einem ernsten Suizidversuch eingeliefert worden war. Ziemlich dramatisch, mit einer Mischung aus Globoid und Alkohol, dazu, sicherheitshalber, der Versuch einer Abgasvergiftung. Seine Frau hatte ihn in der Garage entdeckt.

Christopher hatte sich so weit nach hinten in eine Ecke gesetzt wie möglich. Dort saß er mit einem Rezeptblock in der Hand, als gehöre er nicht zu dieser Runde. Mit einem der blauen Krankenhaus-Kugelschreiber malte er geistesabwesend auf der Rückseite des Blocks herum, ohne den Ausführungen des Oberarztes zuzuhören.

Der freie Platz, der vergeben werden sollte, war nicht in seiner Abteilung. Deshalb war es ihm vollkommen gleichgültig, ob ihn der Selbstmordkandidat aus der Medizin oder der Maniker aus der Neurologie bekam. Christophers Gedanken waren anderswo. Er hatte im Laufe des Wochenendes zweimal versucht, Inger anzurufen, hatte beide Male nicht mehr als ein, zwei Silben vorbringen können, ehe auf der anderen Seite der Hörer aufgeknallt wurde.

Am Montag hatte er freigehabt und war in die Gebirgshütte der Eltern gefahren, um nachzudenken. Auf einem kleinen Felsen direkt am See in der Nähe der Hütte hatte er stundenlang gestanden und versucht, Forellen zu angeln. Hatte dem Flug des grünen Schwimmers nachgeschaut, ihn nach einem gelungenen Wurf weit draußen auf dem See aufplatschen gesehen. Beim Kurbeln das Summen der Rolle gehört und die Stille in dem Augenblick, den es brauchte, um die Stange schräg über den Kopf zu halten, ehe er aufs neue auswarf. Nicht einmal hatte er gespürt, daß einer anbiß, aber der Ausflug hatte ihm trotzdem gutgetan.

Er hatte nachgedacht. Und er war bis zu dem Punkt gekommen, wo ihn Inger morgens aus dem Bett geklingelt hatte. Vielleicht war es ja wirklich das beste, ein echter Bruch. So starke Bindungen ließen sich wahrscheinlich nicht sanft auflösen, die mußten brutal zerrissen werden. Dafür hatte er genug Beispiele bei den Ehepaaren gesehen, die zur Gesprächstherapie bei ihm waren. Oft hatten sie jahrelang aneinander herumgenörgelt, ohne sich aus der destruktiven Beziehung befreien zu können. Hatten einander mit kleinen, bitteren Bemerkungen zermürbt. Boshafte Stiche, so elegant und treffsicher plaziert, daß es ihm manchmal eiskalt über den Rücken lief.

Aber so war es ja nicht zwischen Inger und ihm! Ganz im Gegenteil. So ein Verhältnis wie seine Patienten hatten Inger und Hans, und sie war ja so entschlossen, daran festzuhalten. Wegen der Kinder. Wegen Hans. Wegen Was-werden-die-Leute-sagen, vielleicht. Egal, was zum Teufel der Grund war, es war ihre Entscheidung. Und er hatte nicht mehr gekonnt.

Aber die Sache mit Solfrid war dumm gewesen, darüber waren sie sich beide einig. Und daß Inger das entdecken mußte, war entsetzlich. Es ging ihr ohnehin schlecht genug. Aber so eine Katastrophe war es wohl auch wieder nicht, nachdem ihre Beziehung ja beendet war. Schließlich war er kein Mönch! Sie konnte doch nicht von ihm erwarten, daß er für den Rest seines Lebens allein lebte.

Aber er konnte sie verstehen. Auch wenn ihm nicht ganz klar geworden war, was sie mitten in der Nacht vor seiner Wohnung gesucht hatte – sie war mit keiner Erklärung herausgerückt –, so konnte er verstehen, daß sie heftig reagierte, als sie dort auf Solfrid traf.

Gott, was war sie wütend und außer sich gewesen! So vollkommen aus dem Gleichgewicht hatte er sie noch nie erlebt. Als sie die Tür zuknallte, hatte er bei dem überstürzten Versuch, sich anständig anzuziehen, ein schreckliches Durcheinander von Hemdärmeln und Hosenbeinen veranstaltet. Dann raste er hinter ihr die Treppe hinunter. Aber als er auf die feiertäglich stille Straße trat, war sie nicht mehr zu sehen gewesen.

Sowohl am Samstag als auch am Sonntag hatte er versucht, anzurufen. Mit der heimlichen Hoffnung, daß sie vielleicht bei ihm aufgekreuzt war, um ihm mitzuteilen, daß sie bei Hans ausziehen wollte. Warum sonst sollte sie versuchen, ihn zu erwischen, ehe er zur Arbeit ging?

Aber im Laufe des Montags hatte er sich in seinem ursprünglichen Vorsatz, keinen Kontakt zu ihr aufzunehmen, wieder bestärkt. Es nützte ja nichts. Er mußte einsehen, Inger würde sich nie von Hans trennen. Er hatte sie schon so oft zu überreden versucht, und es hatte nie etwas genützt, warum sollte es also diesmal anders sein? Und nun hatte sie zusätzlich Grund, auf ihn wütend zu sein.

Christopher hatte in seiner Ecke gesessen und seinen Block so mit merkwürdigen Figuren und mystischen Linien vollgekritzelt, daß er instinktiv versuchte, den Psychologen, der neben ihm saß, das Ergebnis nicht sehen zu lassen. Trotzdem sank ihm der Block auf den Schoß, als der Name, den der Oberarzt aussprach, ihn unvorbereitet traf.

Sonderbar leer und verwirrt im Kopf saß er auf seinem Hocker und hörte, wie Hans' Leben, Ingers Leben, Sofies Leben, *sein* Leben – verdammt! für einen kurzen Moment – zur professionellen Beurteilung der Kollegen aufgedeckt wurde. Er sah das unsichtbare Lächeln, das resignierte Schulterzucken, die halb nachsichtigen Mienen und wußte, das alles gehörte zu ihrem Beruf dazu. Darin drückten sich weder Mangel an Mitgefühl noch Verachtung aus, sondern es war ein notwendiges Manöver, um Abstand zu schaffen. Und er wußte, daß er sonst den gleichen Ausdruck resignierten Mitgefühls zeigte, wie er ihn jetzt bei den Gesichtern ringsum ausmachte.

Aber es ging um Inger! Es ging um Sofie, die er nur ein einziges Mal gesehen hatte. Da hatte sie Kuchenkrümel im Mundwinkel. Und als sie lächelte, war es, als ob das Kinderbild seiner Mutter zu Hause über dem Klavier zum Leben erwacht war.

Er stand abrupt auf, schob sich durch zur Tür, ohne all die ausgestreckten Beine zu bemerken, die rasch unter die Stühle eingezogen wurden. Dabei riß er Hans' Krankenbericht, der auf dem Tisch lag, herunter, daß die Blätter in alle Richtungen über den grünen Linoleumboden segelten.

Der Oberarzt starrte verblüfft seinem Assistenzarzt über die Brille nach, ehe er anfing, die losen Blätter, die ihm von wohlmeinenden Händen gereicht wurden, zu stapeln. Und der Psychologe betrachtete während der restlichen Sitzung die kryptischen Mitteilungen auf dem Rezeptblock, den er vom Fußboden aufgehoben hatte, mit verwundertem Interesse.

31

Jakob erscheint in der Türöffnung, eine kleine blau-weiß gestreifte Gestalt vor dem halbdunklen Rechteck. Sie haben die Tür offen gelassen und können drinnen den glänzenden Zinkeimer auf dem Hocker ausmachen. Der Junge dreht sich dorthin, füllt die am Eimer hängende Kelle mit Wasser und trinkt. Die zwei Frauen in der Scheune können hören, wie er leise murmelt, als er den Rest des Wassers durch die Türöffnung ins Gras schüttet, ehe er die Kelle wieder an ihren Platz am Eimer hängt.

Auf dem Treppenabsatz bleibt er stehen, beugt sich vor und krempelt erst das eine, dann das zweite Hosenbein seines Schlafanzugs auf. Er tut das langsam und umständlich, als ob er eine rituelle Handlung ausführte.

»Er muß mal, er geht jetzt zum Abhang«, flüstert Solfrid und versteckt hinter der vorgestreckten Hand ein Lachen. »Das tut er jede Nacht.«

Aber Jakob nimmt nicht wie üblich den Weg zum Erlengesträuch am Rand des Abhangs. Er schlägt einen Bogen in den Garten und macht dort ins hohe Gras, ehe er direkt auf die Scheunenauffahrt zugeht. Aus der Art, wie er sich bewegt, können die zwei in der Scheune erkennen, daß er nicht richtig wach ist. Beide machen sie mit der Hand eine abwehrende Geste, um die andere am Eingreifen zu hindern.

Jakob kommt die Scheunenauffahrt ganz hinauf und hält erst wenige Meter vor ihnen an. Als er sich auf den Rand zu bewegt, erheben sich Sol und Inger. Inger geht vorsichtig zu ihm und stellt sich direkt hinter den Jungen, bereit, wenn nötig einzugreifen. Er stellt sich an den äußersten Rand, zieht die Hose herunter, nimmt mit Daumen und Zeigefinger den kleinen Penis und schickt den Strahl in die Morgenstille.

Der Laut, der von unten aufsteigt, ist so überraschend, daß beide Frauen zusammenfahren, um dann wie gebannt dem ohrenbetäubenden Dröhnen zuzuhören. Der Strahl hat die umgedrehte Regenwassertonne getroffen, die direkt neben der Toilettentür steht. Die Tonne ist nicht länger in Gebrauch, denn Solfrid braucht nicht mehr Wasser, als sie an der Quelle unter dem überhängenden Felsen holen kann. Aber zu Evines Zeit wurde die Tonne vermutlich benutzt, um darin Regenwasser für die Tiere zu sammeln. Das alte, abgeschnittene Ölfaß, vollkommen braun vom Rost, hat seit mehreren Jahren gleich neben der Scheunenauffahrt gestanden. Jakob hat es lange Zeit benutzt, um davon herunterzuspringen. In der letzten Zeit wollte er sogar von der Auffahrt auf die Tonne springen, hat aber zur Erleichterung der Mutter den Sprung noch nicht gewagt.

Jetzt trifft sein hellgelber Strahl die Tonne und macht dabei einen solchen Lärm, daß die Katze, die gleich daneben auf Mäuse gelauert hatte, erschrocken über den Hof saust und um die Hausecke verschwindet. Eine Spatzenschar unterbricht ihr Morgenkonzert in dem kleinen Busch neben dem Plumpsklo und hebt in einer Wolke von Federn und Durcheinander ab, um Hals über Kopf Zuflucht auf der Spitze des Birnbaums zu suchen.

Aber der Junge wacht nicht auf. Sol und Inger starren ihn verwundert an: Wieviel kann so eine kleine Blase fassen? Und warum in aller Welt wacht er nicht auf von dem Krach, den er veranstaltet? Wovon träumt er?

Nachdem die Kraft des Strahls nachläßt, nimmt der Lärm ab, und am Ende, als der Strahl nicht länger auf die Regentonne, sondern das Gras davor trifft, wird es ganz still.

Nachdem er die Hose hochgezogen hat, dreht er sich so jäh um, daß er gegen Inger strauchelt, die bereit steht, um ihn zu packen, falls er einen Schritt in die falsche Richtung machen will. Durch den Zusammenstoß verliert er das Gleichgewicht, und Inger muß mit beiden Händen nach ihm fassen, damit er nicht von der Scheunenauffahrt fällt. Solfrid schreit erschrocken auf, und das Kind ist plötzlich wach und ganz verstört.

32

Der Junge träumt, daß er draußen im Wald ist. Er ist mit der Mutter zusammen, und sie sind unterwegs zum Echo. Sie gehen durch dichtes und feuchtes Unterholz. Halbhoher Farn mit schwarzbraunen Warzen auf der Unterseite der gefiederten Blätter legt sich über den Pfad, auf dem sie gehen, und schlägt ihm um die Knie, so daß seine braune Cordhose naß und kalt wird.

»Krempel deine Hosenbeine auf, Jakob«, sagt die Mutter. Ihre Stimme kommt wie von weit entfernt oben, nicht von dort, wo ihr Kopf ist, gleich vor ihm auf dem Pfad. Aber er wundert sich nicht darüber, hält nur an und tut, was sie sagt. Er spürt, wie die dicken Nähte auf beiden Seiten der Hosenbeine harte Klumpen bilden, die beim Weitergehen ein bißchen an den Beinen scheuern.

Jetzt ist die Mutter nicht mehr direkt vor ihm, sondern er kann ihr Lachen weiter oben am Hang hören, wo der Pfad zwischen dichtem Gebüsch von Hasel- und Erlensträuchern verschwindet, und irgendwelchen merkwürdigen kleinen Pflanzen, deren Namen er nicht kennt. Sie haben dünne runde Blätter, bei denen er an Pflanzen denken muß, die zu Hause auf Ås im Garten wachsen und die Großmutter Ragnhild »Judas-Silberlinge« nennt. In jedem Herbst werden die kreisrunden Blätter, die eigentlich Samenkapseln sind, zart und durchsichtig, und ihre Farbe erinnert an altes Papier. Dann schneidet Großmutter sie ab und stellt sie auf dem Flur in eine Vase auf der kleinen Kommode, wo das gehäkelte Deckchen von Mathilde liegt. Dort stehen die Silberlinge den Herbst hindurch und rascheln leise jedesmal, wenn er die Flurtür öffnet. Bis sie eines Tages so eingestaubt sind, daß sie in den Ofen geworfen werden.

Im letzten Herbst hatten er und die Mutter einen solchen Silberpfennig in einen Blumentopf gelegt, den sie in seinem Zimmer auf die Fensterbank stellten. Daraus sollte eine neue Pflanze wachsen, aber er hatte vergessen, die Erde feucht zu halten, deshalb kam nichts.

Diese silberpfennigartigen Blätter hier sind nicht grün wie im Sommer oder trocken und papierweiß wie im Herbst, sondern durchsichtig, und sie klirren wie Glas, als er sich den Weg hindurch bahnt. Über dem Klingeln hört er Mutters Stimme, und noch eine, von der er plötzlich weiß, das ist die Stimme des Vaters. Er hat seit vielen Jahren nicht an den Vater gedacht, aber jetzt läuft er durch das dichte Gebüsch, um einen Blick auf ihn zu werfen. Gleichzeitig weiß er, daß der Vater tot ist und daß es unmöglich ist, zu glauben, er könne ihn eines Tages sehen, aber das Wissen macht ihm nichts aus. Er hat keine Angst, ist nur so verwundert.

Auf dem Weg durchs Gebüsch läßt er die Hände links und rechts herunterhängen, so daß die zarten Silberlingblätter ihn an den Handflächen kitzeln. Auch wenn er sie nicht pflückt, sondern nur die Handflächen darübergleiten läßt, hat er, als er auf die kleine Lichtung hinter den Büschen tritt, die Hände voller glänzender Silberpfennige.

Er ist drinnen beim Echo. Er steht allein auf der kleinen grünen Wiese und sieht Mutter und Vater über die tiefe Kluft schweben. Sie haben die Arme umeinander geschlungen. Sie tanzen vor ihm auf einer weißen wogenden Decke, die ihn an Evines Elfen erinnert, und er bleibt stehen und schaut ihnen zu, sieht, wie schön sie sind und wie glücklich. Die Mutter streckt einen Arm nach ihm aus – er soll zu ihnen kommen –, und der Vater dreht ihm das Gesicht zu und lächelt ihn mit einem Lächeln an, das ganz fremd ist und doch bekannt. Komm, sagt er. Aber etwas unter der weißen Decke verhindert das. Nichts, das groß oder gefährlich wäre, aber etwas, das er nicht überwinden kann. Das sind die Unterirdischen oder vielleicht der Nöck, er weiß es nicht so genau.

Es fallen ihm die glänzenden Silberlinge ein, die er in der Hand hat, und er wirft sie mit aller Kraft über das wogende Weiße. Als sie fallen, entstehen metallisch klirrende Laute, und dicht an dicht legen sie sich zu einer glatten und glänzenden Schlitterbahn, auf der er hinunterrutschen kann, direkt in die Hände der Mutter.

33

Solfrid bleibt eine Weile mit Jakob auf dem Schoß sitzen. Er ist vollkommen durcheinander, als er plötzlich auf der Scheunenauffahrt aufwacht, so daß sie nicht das Herz hat, ihn sofort wieder ins Bett zu schicken. Was er geträumt hat, kann sie nicht herausfinden, denn er hat es sicher in dem

Moment, als er aufwachte, vergessen. Aber es muß etwas vom Echo gewesen sein. Er möchte ja so gerne zum Echo. Sie verspricht ihm, daß sie wieder dorthin gehen, sobald es ihrem Fuß bessergeht, hat selbst aber wenig Hoffnung, den langen gewundenen Pfad vor nächster Woche bewältigen zu können.

Es tut gut, den Jungen auf dem Schoß zu haben, auch wenn sich der Korbstuhl dafür wenig eignet. Der Rücken tut ihr weh, aber Inger holt ein Kissen und eine Decke, die sie sorgfältig um die zwei feststopft. Dann geht sie wieder hinein, um im Herd Feuer zu machen und Kaffee zu kochen.

Solfrid spürt, wie sich die Wärme vom Körper ihres Sohnes über Bauch und Schenkel ausbreitet, bis zum Rücken und in die Hände und Füße. Sie hatte gar nicht gemerkt, wie kalt ihr in der letzten Stunde geworden war. Denn auch wenn die Sommernacht warm ist, bringen die frühen Morgenstunden viel Feuchtigkeit mit sich. Der Schmerz im Fuß schwelt wie ein niedergebranntes Lagerfeuer, dringt durch den Rotweinrausch. Ingers Ausführungen haben sie so aufgewühlt, daß sie nicht mehr auf den Schmerz geachtet hat.

Jetzt spürt sie die lindernde Wärme des Kindes wie eine Hand um den schmerzenden Fuß, um den ganzen Körper, und zum ersten Mal seit Wochen lockert die Klaue in ihrer Brust ihren Griff. Eine wohlige Schläfrigkeit kommt angesegelt und lullt sie in träumerisches Wohlbehagen. Weit weg hört sie Inger mit den Ofenringen und dem Kaffeekessel hantieren, vorsichtig, um Laila nicht zu wecken.

Daß er so groß ist, ihr kleiner Sohn, so schwer auf dem Schoß. Merkwürdig, einen Körper so gut zu kennen, wie sie Jakobs kennt. Es kommt ihr so vor, als wäre sie noch mit dem geringsten Detail vertraut. Die festen runden Beine, die zu den Knöcheln hin schmaler werden, die sich auf beiden Seiten unter der glatten Haut rund wie Murmeln abzeichnen. Die etwas schrägen, schmächtigen Schultern, die sie so an Nils-Jan erinnern. Und der Schwung auf der Stirn, über den sie so gern mit dem Daumen streicht. Auch den hat er von seinem Vater. Der Nagel des einen kleinen Zehs, der linke, ist gespalten, beim Nägelschneiden muß sie aufpassen, sonst verhakt der sich in seinen Strümpfen, und das kann weh tun. Sie kennt den Haarflaum auf seinen Armen und der Verlauf der Adern unter der dünnen Haut an der Innenseite seiner Arme, all das kennt sie so gut wie ihr eigenes Gesicht im Spiegel.

Sie und Jakob. Vor allem anderen sie und Jakob. Aber wie lange? Wie viele Jahre noch? Neun Jahre sind sie nun zusammen, und es ist ihr unmöglich, sich ein Dasein ohne ihn vorzustellen. Das Leben, ehe er geboren wurde, die Kindheit gemeinsam mit seinem Vater, als sie zusammen spielten und später als Jugendliche, als sie Freunde wurden, alles wie ein ferner Traum. Aber nach weiteren neun Jahren wird er ein junger Mann sein, mit einem Körper, der Geheimnisse verbirgt, die zu kennen sie kein Recht mehr haben wird.

Andere werden sie kennen. Andere Frauen, eine andere Frau wird in sein Leben treten und ihm ebenso nahe sein, immer näher sein, als sie es jetzt ist. Den größten Teil seines Lebens werden andere Menschen wichtiger für ihn sein als sie. Ein Teil von ihr weiß, daß es so ist. Sich das vorzustellen, fällt ihr dennoch unendlich schwer.

Er schläft. Sein Kopf ruht schwer an ihrer Schulter, hart und rund unter dem glatten blonden Haar. Er atmet mit offenem Mund und schnarcht ganz leise. Sich vorzustellen, daß er nicht ihr gehört, ist ganz unmöglich. Ein Teil von ihr weiß, daß sie ihn eines nicht allzu entfernten Tages aus ihren Armen gleiten lassen muß, aber die andere Hälfte will das nicht wahrhaben.

Gleichzeitig ist ihr bewußt, daß sie den Sohn in diesen letzten Monaten vernachlässigt hat, als sie so von der Beziehung zu Kjetil vereinnahmt war. Sie hat weniger Zeit denn je mit ihm verbracht, abgesehen vielleicht von dem Jahr, als sie regelmäßig zur Ausbildung nach Oslo fuhr. Aber damals war sie in der kurzen Zeit, die sie zusammen hatten, hundertprozentig für ihn da. Jetzt kam es öfter vor, daß sie zwar mit ihm zusammen war, in Gedanken aber ganz woanders. Manchmal hatte sie den Jungen sogar zu Ragnhild und Lars oder zu ihren eigenen Eltern abgeschoben. Es war so wunderbar, die Großeltern in der Nähe zu haben, aber hatte sie deren Hilfsbereitschaft nicht ein wenig überstrapaziert?

Und selbst hier im Sommerhaus war es so gewesen. Es ist so viel passiert. Sie war von der Geschichte mit Inger und Christopher so außer Fassung. Und sie hat sich so schrecklich nach Kjetil gesehnt.

Solfrid preßt das Gesicht des schlafenden Kindes an ihren Hals und spürt, wie sein warmer Atem bis zur Brust hinunter kitzelt. Als Inger, nachdem sie den Kaffee und die Becher abgestellt hat, die Arme nach dem Jungen ausstreckt, gibt sie ihn nur ungern her und spürt die Leere in den Armen, als Inger über den Hof geht, um den Jungen ins Bett zu legen.

Wie traurig das für Christopher gewesen sein muß – denkt sie auf einmal –, wie traurig es gewesen sein muß, zu wissen, du hast eine Tochter, aber du darfst sie nicht kennenlernen.

»Inger«, sagt sie ernst, als die Freundin sich setzt und

Kaffee ausschenkt, »Inger, du mußt Christopher erlauben, Sofie zu treffen!«

»Das hat er schon getan«, antwortet Inger, als sie Sol über den Tisch hinweg die Kaffeetasse reicht.

34

Ehe er Inger begegnete, das heißt, ehe er Inger *wieder* begegnete, vor über vier Jahren, war Christopher an den kleinen Gemeinden im Innern Vestfolds wenig interessiert gewesen. Seine Eltern und die meisten seiner Verwandten waren echte Stadtmenschen, die große Teile des Sommers auf dem Boot draußen zwischen Inseln und Schären zubrachten, entweder auf Motorbooten oder wie sein Vater in einem stromlinienförmigen Segelboot. Im Winter fuhren sie zum Skilaufen ins Gebirge, in die Hütte der Familie.

Für Christopher war das Land jenseits des Höhenzugs nichts weiter als ein Streckenabschnitt am Weg gewesen. Wo Kühe ihre Köpfe unter Stacheldrahtzaun durchsteckten und eine lange blaurote Zunge nach dem Gras auf der anderen Seite ausstreckten, wenn er und die Schwester im elterlichen Auto saßen, und der ungeduldige Vater einen Bauern, der im Schneckentempo dahinschlich, jagte. Er erinnert sich an den wütenden karierten Bauernrücken, die mühsam unterdrückten Verwünschungen des Vaters und an Mutters »Bleib ruhig, Christian, denk an deinen Blutdruck.«

Und er kann sich an die Jungen und Mädchen mit dem breiten Dialekt erinnern, über die sich sowohl der Norwegischlehrer als auch die Mitschüler lustig machten. Aber er erinnert sich auch an den eher stillen Klassenkameraden, der sich hartnäckig weigerte, seine bäuerliche Sprache abzulegen, und der sein Abitur mit Auszeichnung bestanden hatte und ein Stipendium der Schule bekam. Und als das hübscheste Mädchen aus der Parallelklasse ihm von der Klassenfahrt eine Karte schickte, auf der stand: »Alles Gute kommt vom Land«, hat er verliebt und schwärmerisch gedacht, da hatte sie doch recht!

Nachdem er Inger wiedergetroffen hatte, und besonders nachdem er von Sofie erfahren hatte, fühlte er sich beinahe magisch vom Inneren Vestfolds angezogen. Inger verbot ihm unerbittlich, sich in ihrer Heimatgemeinde sehen zu lassen, ja, sie bat ihn so von Herzen, daß er spürte, er müsse sich daran halten. Aber bei langen Touren mit dem Auto oder dem Rad durch die angrenzenden Gemeinden kreiste er sie buchstäblich ein.

Auf solchen einsamen Sonntagsausflügen entdeckte er eine Landschaft, durch die er zigmal gefahren war, ohne je Einzelheiten zu registrieren. Die kleinen Bäche und Flüsse, die sich still durch Baumgruppen von Grauerlen und Weiden wanden. Die Wälder mit den blauenden Bergzügen im Hintergrund. Und die grünen hügeligen Äcker mit den von Büschen umstandenen Felskuppen dazwischen. Felskuppen mit Haselsträuchern und Ebereschen, mit zitternden Espen und blühenden Heckenrosen. Dann wieder kahle Felsrücken, wo das Gebirge grau zwischen gelb-violetten Stiefmütterchen und rosafarbenen Katzenpfötchen herausschaute. Und die schaumweißen Flechten, die trocken unter seinen Fingern knisterten, wenn er mit angezogenen Beinen dort saß, während das Fahrrad wie ein geduldiges Pferd zwischen Glockenblumen und Wiesenkerbel am Straßenrand lag.

Ihm war zum Heulen zumute bei all der Schönheit, weil er dies alles nie mit Inger teilen sollte. Wie sehr er sich einen ganz normalen Alltag wünschte! Einen gewöhnlichen, geruhsamen Alltag, wo das Leben zwischen ihnen beiden still und ereignislos dahinfloß. Seite an Seite auf so einer kleinen Felskuppe sitzen und zuschauen, wie die Sonne im Westen die Berge nach und nach rot färbte. Sehen, wie die abendlichen Schatten, wenn sie langsam immer näher kamen, eine feuchte Kühle mit sich brachten, spüren, wie ihre bloßen Arme von einer Gänsehaut überzogen wurden. Eine Jacke um ihre Schultern legen, auf deren rotbrauner Haut vom Sonnenbaden weiße Streifen geblieben waren. Einen Arm heben und unbekümmert einem vorbeifahrenden Auto zuwinken. Das Hupen wie einen freundlichen Gruß hören. An sie. An Ingerundchristopher. Christopherundinger. Und Sofie. Sofie immer bei ihnen. Oder nicht? Aber klar doch!

Sofie! Er hatte eine Tochter! Er hatte eine Tochter, die einen anderen Vater hat. Aber nicht mehr. Nicht, nachdem Hans selbst die Wahrheit so herzlos ausposaunt hat. Wird es ihm, Christopher, endlich erlaubt sein, Sofie ein Vater zu sein?

Dieser Gedanke schießt Christopher durch den Kopf, während sein Auto die Kilometer frißt. Es ist der einzige klare Gedanke, an den er sich später erinnern kann. Sonst wird ihm von dieser vormittäglichen Tour ins Innere Vestfolds nur wenig bleiben. Von der Natur, an der sich zu freuen er in diesen letzten Jahren so intensiv gelernt hat, bekommt er nichts mit. Er hätte ebensogut über sibirisches Eis oder die Ebenen Afrikas rasen können. Als er die Bundesstraße überquerte, wäre er beinahe mit einem Lastwagen kollidiert, weil er ohne nach links oder rechts zu schauen einfach darüberbretterte. Auch die quietschenden

Bremsen und das wütende Hupen gingen ihn nichts an, es kam ihm nicht in den Sinn, daß das mit ihm zu tun haben könnte.

Die Hände ganz oben auf dem Steuer sitzt er da und hat die Augen starr auf die Straße gerichtet. Nach einigen Kilometern löst Schotter den Asphalt ab, ohne daß er den Unterschied bemerkt. Die Schultern hat er bis an die Ohren hochgezogen, und sein Körper ruckelt rhythmisch vor und zurück, als ob er versuchte, das Auto voranzuschieben, während er sich gleichzeitig müht, das Tempo zu halten.

Hin und wieder fährt er nervös mit der Zungenspitze über die trockenen Lippen, die, was ihm anfangs gar nicht bewußt ist, eine Melodie pfeifen.

»Sorge, lieber Vater, du ...« Dieses Lied verbindet er mit seiner alten Großtante Sophie, der tief religiösen, altjüngferlichen älteren Schwester seiner Großmutter. Er erinnert sich kaum an sie, weiß noch, daß sie, wenn er auf ihrem Schoß saß, nach Kampferbonbons roch und nach Medizin. Und sie sang mit brüchiger Stimme:

»Sorge, lieber Vater, Du.
Ich will keine Sorge tragen.
Will nicht mit besorgtem Sinn
stets nach meiner Zukunft fragen.«

Nie ist ein Kirchenlied gleichzeitig weniger am Platz und gleichzeitig so völlig richtig gewesen, denkt Christopher, als ihm die Worte zu der Melodie, die er beständig pfeift, endlich bis ins Bewußtsein vordringen. Nie ist er wohl mehr besorgt gewesen um die Zukunft. Und nie hat er, als der nichtreligiöse Mensch, der er ist, wohl mehr zwischen dem Bedürfnis geschwankt, das Schicksal jemandem mit größeren Kräften zu überlassen und dem Wunsch, selbst die Kontrolle zu behalten.

Er selbst hat sich immer für einen verhältnismäßig nüchternen Menschen gehalten, aber seine Schwester meint, er sei ein romantischer Gefühlsmensch. Er hätte das Mädchen und sie der Junge werden sollen, sagt sie immer. Vielleicht hat sie recht. Jedenfalls ist sie als Mädchen recht burschikos gewesen. Jetzt ist sie verheiratet, arbeitet als Rechtsanwältin und hat eine kleine Tochter, die Christine heißt. Nicht Sophie, wie seine Mutter so gern wollte.

Sophie mit ph ist seit mehreren Generationen in der Familie vertreten. Die Großtante Sophie, bis jetzt die letzte, ist eigentlich keine alte Jungfer. Sie war gerade ein halbes Jahr verheiratet, als ihr Mann auf See blieb, ganz zu Anfang des Ersten Weltkriegs.

Sie hat nie wieder geheiratet. Einer Jugendliebe ein Leben lang treu zu sein, darin liegt etwas Rührendes, findet Christopher. Nachdem sie zur Krankenschwester ausgebildet worden war, wurde aus Tante Sophie Schwester Sophie, so war das damals. Auch in der Familie ging man dazu über, sie Schwester Sophie zu nennen. Zu Hause bei den Eltern steht ein Bild von ihr auf dem Klavier. Sie trägt darauf die Schwesterntracht, mit weißem Häubchen und gestärktem Kragen. Sie sieht sehr gut aus, ihr Haar ist auf der Stirn gerade abgeschnitten, direkt über den Augenbrauen. Ihre Augen sind dunkel und markant – wie die seiner Mutter. Wie die von Sofie, so wie er sie von dem einen Mal, als er sie im Café sah, in Erinnerung hat. Beinahe fünf Jahre ist das her.

Nein, das stimmt nicht, er hat sie nicht nur einmal gesehen. Er hat sie zwei weitere Male gesehen. Einmal ging sie an einem Samstagvormittag in der Stadt zusammen mit einem Mädchen, vermutlich ihrer Schwester, über den Marktplatz. Er stand am Rand und sah, wie sie den Platz überquerte, das andere Mädchen, groß und pummelig, im

Schlepptau. Ihm schien, der ganze Platz, die ganze Stadt wiegte sich unter dem leichten, tänzerischen Schritt der Mädchenfüße. Und er war sicher, daß die Marktleute alle ihre Blicke von den Kohlköpfen und Mohrrüben, dem Dill und der Petersilie hoben, um sich am Anblick des zierlichen Persönchens zu freuen. Er hatte solches Herzklopfen bekommen, daß er, um sich zu beruhigen, in ein Café gehen – dasselbe, in dem er Inger und Sofie früher begegnet war – und eine Tasse Tee trinken mußte. Erst dann konnte er seine Erledigungen fortsetzen.

Das zweite Mal gestand er sich selber nicht gern ein. Denn damals hatte er Ingers Verbot, ihr Dorf zu besuchen, mißachtet. Er hatte am Fuß eines Hügels in seinem Auto gesessen und gesehen, wie die Tochter auf dem Heimweg nach der Schule an ihm vorbeiradelte. War das der Hang, an dem Inger mit dem Fahrrad gestürzt war und sich an der Nase verletzt hatte? Sie hatte ihm das einmal erzählt, nachdem sie miteinander geschlafen hatten, als er ihr Gesicht mit seinen Händen umfaßt und mit dem Daumen über die Narbe gestrichen hatte. Sie erzählte so lebendig, daß er alles vor sich sehen konnte, ja, er konnte beinahe den Duft des Mädesüß' riechen, in den sie gestürzt war. Das mußte derselbe Hügel sein, auch wenn da jetzt kein Mädesüß wuchs. Es war wohl noch zu früh im Sommer.

Seine Tochter schaffte jedenfalls die Kurve unten am Hang ohne Probleme. Sie schaffte auch den Hügel auf der anderen Seite bis fast ganz oben. Als er sie langsam überholte, stand das Rad fast, und Sofie balancierte wie ein Zirkusartist mit all ihrer Kraft auf dem einen Pedal. Als das Auto an ihr vorbeiglitt, erhaschte er einen Blick auf ihren zielbewußten Gesichtsausdruck.

Und die ganze gnadenlose Wahrheit war ihm mit einem

Schlag bewußt geworden: Fängst du erst damit an, wirst du verrückt!

Auf dem Weg nach Hause hatte er geweint. Das hatte er am Tag darauf, als er Inger traf, auch getan, ohne ihr von der Ursache zu berichten. Aber so von Herzen, wie er sie da bat, hatte er sie noch nie um eine Veränderung gebeten. Und seine Tränen machten Eindruck, sie hatte ihn nie zuvor weinen sehen.

Zusammen mit Hans' Sauferei lösten diese Tränen den einzigen wirklichen Versuch aus, den Inger unternahm, um aus der Ehe auszubrechen. Aber dann schluckte Hans Tabletten, und Inger war wieder bei ihm.

Das war das schlimmste gewesen in all diesen Jahren. Nicht nur, daß er das Heranwachsen seiner Tochter versäumte, obwohl das schlimm genug war, sondern zuzusehen, wie unglücklich Inger war.

Oder? Wenn er ganz ehrlich sein soll, ist es ja so gewesen – je unglücklicher Inger in der Ehe mit Hans war, desto höher schätzte er, Christopher, seine Aussichten ein. Die Male, wenn Inger wieder blaue Flecken an den Oberarmen hatte und leise wimmerte, hatte er eine weißglühende Wut empfunden. Aber gleichzeitig auch einen schadenfrohen Triumph: Nur zu, du Idiot, tu was du kannst, um deine Ehe zu zerstören. Ich würde dich am liebsten umbringen, du Schwein!

Und er mußte einsehen, daß es auf dieser Welt einen Menschen gibt, dem er, Christopher Nielsen, studiert und aus guter Familie, wirklich den Tod wünscht. Das war nicht nur so ein hingeworfener Gedanke, sondern ein wirklich brennender Wunsch: Wenn doch dieser Drecksack einfach nur von der Oberfläche der Erde verschwinden könnte. Über Bord fallen und ertrinken. In einer Hafenstadt niedergestochen werden. Vom Saufen eine Schrumpfleber bekommen und eines elenden Todes sterben. Hauptsache verschwinden. Ein Röhrchen Tabletten schlucken, ohne Inger oder anderen Bescheid zu sagen, und friedlich für immer einschlafen. O ja, Christopher hatte so seine Vorstellungen. Am mörderischsten waren sie wohl gewesen, wenn Hans sich mal wieder zusammengerissen und Inger versöhnlich über den Ehemann geredet hatte.

Jetzt war es Hans auf jeden Fall nachdrücklich gelungen, seine Ehe scheitern zu lassen. Soviel hatte Christopher am Vormittag den Worten des Oberarztes entnehmen können. Denn aus den Papieren des Patienten ging hervor, daß die Ehefrau unversöhnlich sei. Sie war schon dabei, auszuziehen und wollte in den nächsten Tagen die Scheidung einreichen. Ein »Kein Wunder« hatte über dem Tisch geschwebt, meinte er registriert zu haben – in dem Maße, wie sein Gehirn zu dem Zeitpunkt in der Lage gewesen war, irgend etwas zu registrieren.

Und der Kindsvater, der Liebhaber, was ist mit ihm? Konnte Christopher ein kleines Lächeln hinter der Brille des Oberarztes ausmachen? Er wußte es nicht. Denn da war er aus der Tür gestürzt, in sein eigenes Büro. Dort hatte er seinen Arztkittel ausgezogen und sich seine Tweedjacke mit den Autoschlüsseln geschnappt, um dann vollkommen verstört den Kopf in das Büro der Sekretärin zu stecken und ihr mitzuteilen, er wäre für den restlichen Tag weg. Ihr verblüffter Gesichtsausdruck bewies ihm, daß er ungefähr so aussah, wie er sich fühlte.

Jetzt nähert er sich dem Ziel. Urplötzlich wird ihm klar, daß er nicht weiß, in welchem Haus Inger wohnt. Er hat einen Menschen geliebt und mit ihm vier Jahre lang eine Beziehung gehabt. Sie haben ein gemeinsames Kind, und er hat keine Ahnung, wo sie wohnt, wo sie wohnen. Er weiß nur ungefähr wo und daß er an einem Hof abbiegen soll, wo mit Pferden gearbeitet wird. Deshalb nimmt er die falsche Abzweigung und landet auf Li. Dort kommt der Sohn des Hofes heraus und gafft ihn groß an, Christopher bringt jedoch nichts Vernünftiges heraus, so durcheinander ist er. Deshalb wendet er einfach auf dem Hof, überfährt beim Zurückstoßen beinahe die wie verrückt bellende Hündin und läßt den staunenden Bauern in einer Staubwolke zurück.

Beim nächsten Versuch ist er richtig. Seine Handflächen sind so verschwitzt, daß er kaum das Steuer halten kann. Mit Schwester Sophies »Sorge, lieber Vater, du ...« im Kopf biegt er auf Lund ein, als Harriet und Sofie gerade über den Hofplatz gehen.

35

Harriet hatte Christopher natürlich noch nie getroffen. Dennoch zweifelt sie nicht einen Augenblick, wer da über den Hof auf sie zugeht, Reflexe der Sonnenstrahlen im schwarzen Haar. Auch wenn Sofies Haar nicht wirklich schwarz ist, die Ähnlichkeit ist verblüffend. Das Gesicht, die Art, wie er sich bewegt, wie er den Kopf ein bißchen schräg hält – genau wie Sofie. Auf halbem Wege bleibt er für einen Augenblick mit einer Geste stehen, von der er vermutlich selbst nichts weiß. Eine Art lustige Grimasse mit dem Kinn, einem Anspannen der Halsmuskulatur, verbunden mit einer charakteristischen Bewegung des Kopfes. Eine Geste, die Harriet bisher nur von Sofie kennt, und zwar seit sie ganz klein war. Eine Erregung drückt sich darin aus, vielleicht auch Freude oder Spannung. Sie haben sich oft darüber amüsiert. Jetzt erkennt sie die gleiche Geste an Christopher wieder.

Als Sofie Christopher erblickt, erstarrt sie. Sie hat nicht den geringsten Zweifel, wen sie da vor sich sieht, auch wenn sie sich an die Episode im Café vor vielen Jahren nicht deutlich erinnert. Sie wirft ihren Körper herum, als wolle sie weglaufen, aber Harriet legt ihr die Hand in den Nacken und hält sie zurück.

Harriet verläßt sich immer auf ihr Gefühl. Die Situation ist ungewöhnlich und fremdartig. Sie kann nur ihren Eingebungen folgen und muß sich darauf verlassen, daß sie das Richtige tut. Also packt sie etwas fester zu, gleichzeitig drückt sie Sofie etwas nach hinten, fast als ob sie das Mädchen fest in die Erde pflanzen wolle. Als Christopher ein paar Meter entfernt ist, lächelt sie ihm kurz zu, läßt Sofies Nacken los und geht zum Wirtschaftsgebäude.

Sofie bleibt stehen. Christopher bleibt stehen. Er, dessen Arbeit jeden Tag darin besteht, Menschen zu helfen, ihre Gefühle in Worte zu fassen, ist jetzt sprachlos. Sofie ist es, die nach einer halben Ewigkeit den Mund aufmacht:

»Du kannst mitkommen und das Fohlen anschauen«, sagt sie und geht voran zum Stall.

Die Stute und das Fohlen wiehern freudig, als Sofie und Christopher den Stall betreten. Er hat wenig mit Pferden zu tun und hält respektvollen Abstand, ist aber rasch bezaubert von dem Fohlen mit seinen glänzenden Augen. Beide bleiben sie auf einer Seite stehen und streicheln dem Fohlen über die schmalen Flanken, beide halten sie die Augen fest auf das flauschige Fell gerichtet. Nur ab und an lösen sich ihre Blicke von dem festen Punkt und begegnen sich in einem kurzen erschrockenen Moment. Als ob sich zwei braune Schmetterlinge in der Luft streiften. Christopher spürt das jedesmal im Zwerchfell, schwindlig, erwartungsvoll. Denn die Augen der Tochter wirken nicht nur skeptisch oder abweisend. In den raschen Blicken, die sie ihm zuwirft, liegt auch eine gespannte Neugier. Fast meint er, darin ein *Wer bist du? Ich? Wir?* ausmachen zu können, worin so etwas wie eine Zukunft liegen könnte. Aber von der Zukunft reden sie noch nicht.

Sie sprechen über das Fohlen, dann wieder schweigen sie lange. Über weite Zeiträume sind die Laute der zwei Pferde das einzige, was die Stille im Stall unterbricht. Die große Stute, die Heu frißt und hin und wieder schnaubt und sich anders hinstellt. Das Fohlen, das nach einer Weile die Mutter sucht, um zu trinken. Daneben stehen zwei hilflose Menschen mit einem großen Leerraum zwischen sich. Wird es ihnen eines Tages gelingen, diesen mit Vertrautheit zu füllen? Das zu beurteilen, ist es noch viel zu früh.

Harriet kommt herein. Sie geht die Stille zwischen den beiden direkt an und streckt Christopher die Hand entgegen:

»Sie müssen Christopher sein.« Sie nennt ihren Namen, dann beginnt sie die Hufe der Stute auszukratzen. Ja, er dachte schon, daß sie es sein müsse.

Christopher will das Fohlen kaufen und es Sofie schenken. Ein Teil von ihm sagt ihm, daß er die Liebe der Tochter wohl nicht mit einem Fohlen erkaufen kann. Aber er kann es doch nicht lassen. Harriet sagt, das müsse man gut bedenken, aber eine kleine Zusage ist das schon.

Und Sofie streichelt dem Fohlen über das Maul und spürt eine vorsichtige Freude, daß es vielleicht einmal ihr gehören wird. Zum ersten Mal lächelt sie ihren Vater an, ein schüchternes kleines Lächeln.

Christopher ist es, als ob sie sein Herz entführte. Er wird ganz aufgedreht und will, daß sie dem kleinen Geschöpf einen Namen gibt. Was meint sie, wie könnte das Fohlen heißen?

Sofie sagt, was ihr zuerst einfällt. Sie verknüpft mit dem Wort keine bewußten Assoziationen, greift einfach in die Luft. Das Fohlen hat ihr den Kopf auf die Schulter gelegt, und sie wirft Christopher über den Kopf des Fohlens einen raschen Blick zu.

»Chris«, sagt sie und fährt mit den Fingern durch die kurze abstehende Mähne.

36

Laila kommt die Treppe herunter. Mittlerweile ist es Morgen. Inger und Solfrid haben die Kaffeekanne ganz leergetrunken. Indessen sind die Sonnenstrahlen langsam bis zum Rand des Plateaus gekrochen, auf dem der Hof liegt. Weit hinten am Horizont erkennt man noch ein paar grauweiße Wolken vom nächtlichen Regenwetter, jetzt ziehen sie sich zurück. Die Katze hat sich im Gras ausgestreckt, dort wo die Sonnenstrahlen schon hinkommen, und leckt sich das Fell. Sie hebt den Kopf und starrt mit schmalen Augen nach dem Mädchen, das über den Hof geht.

Am Anfang sieht Laila Sol und ihre Mutter nicht. Barfuß und nur in Unterhose und T-Shirt bummelt sie quer über den Hof in Richtung Plumpsklo. Ihr Gesicht ist ganz ausdruckslos, aber als sie die Freundinnen in der Scheunentür erblickt, wird ihre Miene augenblicklich mürrisch und abweisend. Solfrid kommt es vor, als habe sie das Mädchen noch nie so finster und wenig liebenswürdig gesehen. Gleichzeitig denkt sie, daß es Laila wirklich schwer hat. Auch ihr Leben ist vollkommen auf den Kopf gestellt. Und wer hat sich in der letzten Zeit überhaupt um sie gekümmert?

»Es wird sicher auch mit Laila besser werden, sie hat nur noch nicht genug Zeit gehabt«, tröstet Sol Inger, die verdrießlich der rundlichen Gestalt ihrer Tochter nachschaut, als sie hinter der Ecke der Scheune verschwindet. Aber Inger ist sich da nicht sicher. Denn Laila kennt nur Hans' Version.

Inger hatte nur sehr wenig – viel zu wenig, merkte sie später – Einblick gehabt in das Leben ihrer jüngeren Tochter in den Tagen seit Hans' fatalem Zusammenbruch. Sie hatte sich ehrlich gesagt auch nicht weiter darum gekümmert. Laila schwamm am Rande ihres chaotischen Daseins als ein formloser Schatten, wie etwas, um das sie sich zu einem späteren Zeitpunkt kümmern würde. Wenn die Krise vorüber war. Wenn das Leben wieder etwas mehr seinen Gang ging. Wenn sie mit den Töchtern umgezogen war. Jetzt ging es in erster Linie um Sofie. Laila blieb so lange sich selbst überlassen.

Inger wußte, daß sie sich nicht richtig verhielt, und so unternahm sie einige halbherzige Versuche, die jüngste Tochter einzubeziehen. Aber Laila war so mürrisch und abweisend, daß Inger aufgab. Das mußte jetzt warten, bis sich die Situation beruhigt hatte. Laila kam und ging inzwischen, wann sie wollte.

Schon am Tag nach dem Selbstmordversuch des Vaters war sie mit dem Bus in die Stadt gefahren. Eigentlich sollte sie bei ihrer Freundin Marita übernachten, aber den beiden war schnell klar, daß sie den Samstagabend nutzen wollten, um die Welt zu erkunden. Nachdem sie sich gegenseitig geschminkt hatten, »liehen« sie sich Pullis von Maritas Mutter, hinterlegten einen Zettel, daß Marita bei Laila übernachten würde, und stiegen herausgeputzt wie zwei kleine feine Damen in den Abendbus.

Nein, wie echte Damen sahen sie gewiß nicht aus. Die Wimpern hatten zuviel Wimperntusche abbekommen – dazu Eyeliner und blauer Lidschatten über den Augen, und der Schmollmund war verführerisch knallrot bemalt – es war ein Wunder, daß die Polizei sie nicht gleich in dem Moment aufgriff, wo sie ihre Plateausohlen auf die Straße setzten.

Es waren ganz andere Blicke, die sich von Lailas Rundungen in den hautengen Schlaghosen einfangen ließen, und es waren ganz andere Arme als die langen des Gesetzes, die spät in der Nacht eine benommene und verwirrte Laila auf ein Sofa bugsierten und sie von einer Jungfernschaft befreiten, von deren Besitz sie bislang noch nicht einmal etwas geahnt hatte.

Und damit hatte Laila Geschmack gefunden am Erwachsenenleben. An jener Seite des Erwachsenenlebens, in die ihr Vater mit seinen Zechkumpanen abgetaucht war, mit dem sich die Mutter und der Rest der Familie aber nie befaßt hatte. Lailas Bedürfnis, wahrgenommen zu werden, war stark. Immer war es Sofie, die hervorstach. Immer die hübsche, lebhafte, braunäugige Sofie. Aber jetzt konnte sie dort auf Lund hocken, ohne Vater und ohne Busen, und das idiotische Fohlen tätscheln, während die Mutter um ihre Aufmerksamkeit bettelte. Denn Laila hatte andere Freunde, die zu schätzen wußten, was sie zu bieten hatte.

Jeden Tag nach der Schule nahm sie den Bus in die Stadt.

Zu schwänzen wagte sie nicht, denn das würde Lyder der Mutter berichten. Bevor sie loszog, pfefferte sie kurz ihre Schultasche zu Hause in die Ecke, ehe sie sich von diesem Mann in der Stadt aufs Sofa werfen ließ. Der keuchte über ihr, bis er fertig war. Dann gab er ihr eine Selbstgedrehte, von der sie so husten mußte, daß die Tränen kullerten. Bier spendierte er ihr auch, und ihre Brüste liebkoste er, als ob sie die kostbarsten Kleinodien wären. Doch, Laila fühlte sich richtig geschätzt, wenn sie dort halb entkleidet auf dem Sofa saß und spürte, wie ihr der Rausch zu Kopf stieg und die dunklen Gedanken über den Vater und die miese Stimmung zu Hause verjagte.

Eines Tages stahl sie in einem Geschäft einen Pullover. Marita schaute erschrocken zu, bewunderte sie aber fast schon respektvoll für die Tat. Laila spürte, sie war tougher und mutiger als die Freundin. Noch am gleichen Tag ging sie ins Krankenhaus und besuchte ihren Vater.

Hans, der in Krankenhausbademantel und Pantoffeln umherschlurfte, sah so jämmerlich aus, daß sich Laila bei seinem Anblick erwachsen und verantwortungsvoll fühlte. Über Inger, die ihn so grausam in all den Jahren zum Narren gehalten hatte, spuckte er vor seiner Tochter Gift und Galle. Gespött der Leute im Dorf würde er sein, wenn dies hier bekannt würde.

»Wie konnte sie nur!« fauchte er, voll gerechten Zorns. »Wie kann man so was tun!« fauchte auch seine Mutter, als sie zu Besuch kam und Laila noch da war. Der Großvater indessen stand traurig und gebeugt in einer Ecke und hielt sich fern von der scharfen Zunge seiner Frau. Er hatte Inger immer so gern gehabt. Und er hatte Sofie sehr gern, die er jetzt wohl verlieren würde, fürchtete er. Denn jetzt ging es um Laila. Hans und Laila. Großmutter und Laila. Großvater und Laila. Laila blühte unter der ungewohnten Aufmerksamkeit auf und ließ sich nur zu gern für die Abneigung, die sie gegen Mutter und Schwester hegte, hätscheln.

Er, Hans, würde es schaffen. Sie würden zusammen wohnen, Laila und Hans, und gut zurechtkommen, ohne die eklige Hure und ihr verdammtes Hurenkind. Und Hans würde zu trinken aufhören und Arbeit an Land annehmen. Aber eben gerade war er verzweifelt vor Durst. Konnte nicht vielleicht seine geschickte Tochter ihrem kranken Vater einen Schnaps organisieren?

Und Laila organisierte. Nach einer weiteren Runde auf dem Sofa mit gespreizten Beinen – eine Stellung, von der sie bereits festgestellt hatte, daß sie viele Vorteile mit sich brachte – wurde sie mit einem Flachmann versorgt, den sie in einer Tüte mit frischer Wäsche ins Krankenhaus schmuggelte. Als sie frische Kleidung für ihren Vater holte, sah sie die leeren Fächer in Mutters Kleiderschrank, und für einen Augenblick mußte sie sich aufs Bett setzen, weil Angst sie überwältigte.

Aber ihre neue Herrenbekanntschaft hatte ihr eine rosa Pille geschenkt, die schluckte sie mit Wasser aus dem Zahnbecher mit dem Cockerspaniel, den ihr Sofie vor langer Zeit geschenkt hatte.

Laila starrt ihr Gesicht im Spiegel an. Was passierte mit ihr? Mit den Eltern und Sofie? Mit ihrem Zuhause, mit ihrer kleinen Welt? Ihr fällt ein, wie sie einmal in ihrem Notizbuch nach ihrem Namen und ihrer Adresse hinzugefügt hatte: Vestfold, Norwegen, Europa, Erde, Milchstraße, Universum. Für einen schwindelnden Moment merkt sie, wie alles zerfällt, von der Mitte, von außen her, so als ob einer das Strickzeug an einem losen Faden aufribbelt. Bald wird es nur noch Laila und das Universum sein. Laila im

Universum. Sie schlingt die Arme um sich und spürt die Schwere der Brüste an den Unterarmen. Sie hat einen schönen Busen! Sogar Marita, die zwei Jahre älter ist und das beliebteste Mädchen an der Schule, ist neidisch auf Lailas Busen.

Und sie, Laila, hat einen Freund! Einen richtigen erwachsenen Freund, der richtig wie Erwachsene mit ihr knutscht und glaubt, sie sei sechzehn Jahre alt. Sechzehn! Und Sofie, die aussieht, als wäre sie zehn oder höchstens elf!

»Blöde, eingebildete, flachbrüstige, pferdeverrückte Mist-Sofie!« murmelt Laila. »Läuft da auf Lund rum und buddelt im Mist und schleimt sich beim Lehrer ein, damit sie in der Schule die besten Noten bekommt. Scheiß-Sofie! Mist-Sofie!«

Sie nimmt Sofies weißen Plastikzahnbecher aus dem Halter, legt ihn auf den Fußboden und zerquetscht das Pferdebild unter der Plateausohle. Dann schnappt sie sich die Plastiktüte mit Vaters Unterwäsche und läuft zur Tür, um den Bus noch zu erreichen. Unterwegs hält sie an und klaut aus Mutters Geldbeutel einen 50-Kronen-Schein. Sie hat keine Ahnung, wo die Mutter ist. Aber das ist ihr sowieso egal, Scheiß-Alte!

Im Bus in die Stadt spürt Laila, wie die rosa Pille den Druck in der Brust und den Kloß im Hals auflöst. Sie spürt, wie sie wächst. Sich mit etwas füllt, einer Art glücklicher Erwartung, die immer größer wird. Sie ist Laila! Sie ist erwachsen! Sie ist hübsch! Sie hat einen schönen Busen!

Ihr Heimatdorf flimmert draußen vorbei, ohne daß es ihr etwas bedeutet. Es ist klein und doof und bedeutungslos. Ein richtiges Scheißnest. Sie schleudert ein verächtliches Lachen über die Landschaft, die draußen vor der staubigen

Scheibe vorbeigleitet. Als der Bus durch einen Wald mit viel Schatten fährt, kann sie kurz ihr Spiegelbild sehen, ihren schönen Busen. Sie richtet ihren Oberkörper auf und macht den Rücken gerade, so daß sich die Brüste unter dem T-Shirt runden. Sie ist Laila. Unterwegs zu ihrem Freund. Unterwegs in die Stadt, um eine Flasche Schnaps für ihren Vater zu organisieren.

37

Inger und Solfrid unternehmen an diesem Tag immer wieder den Versuch, ernsthaft mit Laila zu reden. Aber das Mädchen entzieht sich und ist nur unwillig und gereizt, wenn sie nicht sogar richtig böse und unverschämt wird. Besonders Inger bekommt einige bittere Pillen zu schlucken. Sol gegenüber benimmt Laila sich halbwegs. Aber sie ist nicht gewillt zu erzählen, was sie in den letzten Wochen so getrieben hat. Als Inger ihre Tochter damit konfrontiert, daß in der letzten Zeit mehrfach Geld aus ihrem Portemonnaie verschwunden sei, wird Laila so wütend und gekränkt, daß Inger überlegt, ob sie sich doch geirrt habe.

»Und Sofie kann das natürlich nicht gewesen sein? Das Goldkind doch nicht, Sofie tut ja nie was Falsches!« Laila ist so aufgewühlt, daß sich ihr apathisches Gesicht mit ungewöhnlich viel Leben füllt.

»Nimm doch dein Goldkind und hau ab!« Laila kreischt und schließt sich auf dem Klo ein. Dort bleibt sie eine halbe Stunde sitzen, in der Inger abwechselnd weinend und schimpfend vor der Tür steht. Aber kein Weinen und kein Schimpfen beeindrucken Laila. Sie will mit ihrem Vater zusammen wohnen! Das haben sie und der Vater und die Großmutter entschieden.

Schließlich stimmt Inger zu, das als Übergang zu versuchen. Sie einigen sich darauf, daß Laila bei den Großeltern wohnt, bis der Vater aus dem Krankenhaus entlassen wird. Denn daß sie allein zu Hause wirtschaftet, das ist unmöglich.

Das Mittagessen wird eine finstere Angelegenheit, auch wenn die Erwachsenen sich bemühen, die Stimmung zu heben und mit Jakob plaudern. Er hat den ganzen Vormittag mit großen Augen beim Holzstoß gesessen und geistesabwesend mit einem trockenen Halm nach den jungen Katzen gewedelt.

Als sich Mutter und Tochter zum Aufbruch fertig machen, ist die Stimmung zwischen ihnen noch immer gereizt. Aber Inger nimmt Solfrid in den Arm, so daß diese weiß – ihr ist verziehen. Es ist, als ob ihr Fehltritt mit Christopher in dem dramatischen Zusammenhang kleiner geworden ist. Inger hat eigentlich weder Zeit noch Grund, sich daran festzuhalten, jetzt, wo sie und Christopher sich ausgesprochen haben. Ihr Leben ist so voller Dramatik, daß es guttut, die lösbaren Konflikte aus dem Weg geräumt zu haben.

Und Inger braucht die Freundschaft mit Sol. Die Gerüchte fangen an, sich im Dorf zu verbreiten, vermutlich durch Hans' Mutter oder durch Hans' Bekannte, die Krankenbesuche gemacht haben. Daran, daß Harriet und Lyder dichtgehalten haben, gibt es keinen Zweifel.

Solfrid ist erleichtert, als die zwei über den gewundenen Pfad verschwinden. Von der Aufregung und dem Schlafmangel ist sie ganz erschöpft. Ihr Fuß schmerzt heftig, und der Kopf tut weh vom vielen Rotwein gestern nacht. Von ihrem Korbstuhl aus starrt sie den beiden nach. Auf dem

Weg über die Heide kommen sie allmählich wieder ins Blickfeld. Sie gehen mit zehn Meter Abstand zwischen sich. Laila stapft wütend vorneweg, daß Sol meint, die schlechte Laune wie eine Wolke dunkel und drohend über ihrem Kopf hängen zu sehen. Inger trägt ihren roten Regenmantel über dem Arm.

Inger und Christopher werden endlich zusammenziehen können! Denn daß das geschehen wird, daran hegt Sol überhaupt keinen Zweifel. Auch wenn Inger darauf besteht, daß sie zunächst einmal mit Sofie allein wohnen will. Am Rande der Stadt hat sie schon eine Wohnung gefunden. Und sie hat den Job als Telefondame bei der Lokalzeitung bekommen. Sofie wird in der Stadt in die Oberstufe kommen. Die frühreife Laila hat noch ein Jahr, bis sie in die weiterführende Schule wechselt, so daß sie und Hans weiterhin im Haus wohnen bleiben.

Laila tut Solfrid aufrichtig leid. Was Inger von ihr erzählt hat, das heißt, das wenige, das sie von ihr weiß, verstärkt Solfrids Eindruck, daß mit Laila eine Veränderung vorgegangen ist. Vielleicht nichts Ernstes, man will ja das Beste hoffen, aber …

Die ganze Person ist verändert, da ist etwas Neues. Etwas, aus dem Sol nicht recht schlau wird. Eine Art Wachsamkeit, dazu ihre gewohnte mürrisch-stumpfe Art, die sich noch verstärkt hat. Solfrid meint, ein gutes Verhältnis zu Laila zu haben. Allein schon, daß das Mädchen darauf einging, ein paar Tage bei ihr hier zu verbringen, zeigt das. Ja, eigentlich meint Sol, zu Laila eine bessere Beziehung zu haben als zu Sofie. Denn als sie kleiner waren, hat Sofie Jakob mächtig gepiesackt. Laila trottete der großen Schwester nur hinterher und war im Grunde genommen viel netter. Jetzt aber wirkt Laila durchtrieben. Wie ein Pokerspieler, der weiß, egal was geschieht, er hat noch einen Trumpf im Ärmel.

Was ist das für ein Trumpf, den du im Ärmel versteckt hast, kleine Laila? denkt Solfrid besorgt.

38

In den nächsten Tagen kommt Solfrid wieder auf die Beine. Sie spürt, daß sie trotz allem Inger beneidet. Ihr Fuß tut noch immer so weh, daß sie ihn nach Kräften schont. Meistens sitzt sie mit einem Buch im Korbstuhl oder liegt bäuchlings auf einer Decke im Gras. Jakob beschäftigt sich in ihrer Nähe. Seitdem Inger und Laila weg sind, ist er still und nachdenklich.

Ihr armer kleiner Junge, der ohne Vater aufwachsen muß! Solfrid merkt, daß es ihr richtig guttut, ein bißchen in Selbstmitleid zu schwelgen. Warum konnte sie nicht auch Verliebtheit und Liebe erleben, ohne den zu verlieren, den sie gern hatte? Wie sie Nils-Jan verloren hatte, ehe Jakob geboren wurde. Wie wäre ihr Leben verlaufen, wenn Nils-Jan noch lebte? Jakob würde Geschwister haben. Und Nils-Jan würde vermutlich den Hof übernommen haben. Sie würden Bauern sein, so wie Ragnhild und Lars. Seit Nils-Jans Tod waren mehr als neun Jahre vergangen, aber Solfrid verspürt hin und wieder noch immer eine überwältigende Bitterkeit dem Gott ihrer Mutter gegenüber, selbst wenn sie nicht mehr so trauert wie in den ersten Jahren. Tage und Wochen können vergehen, ohne daß sie überhaupt an Nils-Jan denkt.

Und sechs Jahre sind seit jenem Sommer mit Eric vergangen. Er ist danach nicht mehr in Norwegen gewesen, und nachdem Granny vor ein paar Jahren starb, hat der Kontakt zu den Verwandten in Amerika abgenommen. Liebe, gute Granny! Und lieber, guter Eric, mit dem Sol entdecken konnte, daß es möglich war, sich wieder zu verlieben. Er war einmal mit ihnen hier zu Evines Hof gegangen. Mit dem kleinen Jakob auf den Schultern war er förmlich über die Heide getanzt, wobei er eifrig die Probleme der Welt diskutierte. Bestimmt war es um irgendeinen politischen Konflikt in irgendeinem afrikanischen Land gegangen, von dem sie gerade eben mal den Namen gehört hatte. Er war so voller Leben und Engagement. So aufrichtig empört über die Ungerechtigkeiten auf der Welt, so voller idealistischer Lösungen. Er war so ... so ... Er war so ähnlich wie Kjetil, wurde ihr schlagartig klar.

Ihr war immer klar, irgendwo im Hinterkopf, daß Kjetil sie an jemanden erinnerte. Aber nie zuvor war ihr eingefallen, daß es Eric war. Er ist ebenso engagiert, ebenso brennend eifrig, hat das gleiche große Herz. Und die gleiche Anziehungskraft auf Mädchen, denkt sie bitter.

Eric hat geheiratet, das weiß sie. Gemeinsam mit Ragnhild und Lars hat sie ein Hochzeitsgeschenk geschickt, eine kleine mit Rosen bemalte Holzschale, die Granny sicher »ganz wunderbar« gefunden hätte. Sie hatte eine Danksagung erhalten, auf der Eric und ein hübsches Mädchen mit asiatischen Zügen glücklich in die Kamera lächelten. Fast ein bißchen schmerzlich, scheint es Sol. Denn selbst wenn sie nicht ernstlich glaubte, daß Eric nach Norwegen zurückkommen würde – jedenfalls nicht für viele Jahre –, so war ihre Sommeraffäre für sie immer ein lieber kleiner Tagtraum gewesen. Jetzt war es damit definitiv vorbei.

Nur wenige Monate später begegnete sie Kjetil. Und seither hatte sie Eric keinen einzigen Gedanken mehr geschenkt. Bis jetzt. Aber jetzt sieht sie es deutlich: das, was sie vor sechs Jahren an Eric so bezaubert hatte, ist das gleiche, weshalb sie sich in Kjetil verliebte.

Ach, warum ist es nur so schwer, miteinander zu leben! Sie kennt so gut wie kein junges Paar, das unkompliziert und harmonisch zusammenlebt. War es für ihre Eltern oder für Ragnhild und Lars ebenso schwer gewesen, als sie jung waren? Haben sie Streitereien oder Konflikte hinter sich gelassen? Oder sind sie nur geschickter darin, sie zu verbergen? Jedenfalls wirkt es, als seien manche geschickter darin, aus ihrem Leben ein Chaos zu veranstalten als andere. Man muß sich nur Inger anschauen.

Aber für Inger wird ja nun alles gut. Inger und Christopher werden bestimmt glücklich bis ans Ende ihrer Tage zusammenleben. Sie werden umgeben sein von Kindern und Kindeskindern, während sie, Solfrid... Ein paar Tränen des Selbstmitleids tropfen auf die Decke, auf der sie liegt, dann steht sie auf und humpelt nach drinnen, um Kaffee aufzusetzen.

Jakob kommt angerannt, um ihr beim Feuermachen zu helfen. Er legt Papier und trockene Zweige in den Ofen, und bald brennt ein lustiges Feuer unter dem rußigen Kessel. Während das Kaffeewasser aufkocht, läuft er los und holt mehr Wasser von der Quelle. Einen gut halbvollen Eimer schafft er, bis hierher zu schleppen, ohne daß allzuviel Wasser überschwappt. Die Mutter lobt ihn, und Jakob freut sich.

»Bist du müde, Jakob? Du bist so still?«

Nein, er ist nicht müde. Auch nicht traurig. Nur nachdenklich.

»Worüber denkst du nach, mein Junge?« Nachdem sie

sich Kaffee eingeschenkt und für ihn ein Glas Saft bereitgestellt hat, nimmt sie ihn auf den Schoß.

Nun, er denkt über Scheidungen und so etwas nach. Ist es so, daß man sich auch von den Großeltern und dem Rest der Familie scheidet? Oder werden nur Mutter und Vater geschieden? Und was bedeutet eigentlich »geschieden werden«? Ist Hans jetzt nicht länger der Vater von Sofie und Laila, weil er und Inger sich scheiden lassen? Ist Laila deshalb so böse? Weil sie auch weiter die Tochter von Hans sein will? Und warum kann Sofie nicht dableiben, wenn Laila es kann, auch wenn die Eltern geschieden sind? Werden Sofie und Laila keine Schwestern mehr sein? Werden die jetzt auch geschieden?

Das ist schwer zu erklären. Schwer zu entscheiden, wieviel sie sagen soll. Aber Sol macht es, so gut sie kann. Er bleibt sitzen und starrt noch eine Weile nachdenklich in die Luft, ehe er ihr Gesicht genau studiert. Seine Augen schauen ernst, auch wenn der Saftbart in den Mundwinkeln ihn fröhlich aussehen läßt.

»Mutter«, sagt er feierlich, »wie kommt es, daß du, wo du doch so nett und so hübsch bist, keinen Mann hast?«

Sie muß ein bißchen lächeln. »Würde dir das gefallen, Jakob, wenn du und ich einen Mann hätten?«

»Wenn er nett wäre und nicht trinkt, dann ja!« antwortet Jakob. Er gleitet von ihrem Schoß, denn jetzt kommt die Katzenmutter über den Hof, und da stecken sogleich die Jungen ihre Köpfe unter dem Holzstoß hervor. Auf halbem Weg über den Hof bleibt er stehen. Die blauen Baumwollshorts, die einzigen, die er hier hat, hängen auf den schmalen Hüften. Der Schwung auf seiner Stirn leuchtet im Sonnenschein, und Solfrid kann sehen, wie ähnlich er seinem Vater einmal sein wird.

»Können wir vielleicht morgen zum Echo gehen?« bittet er.

»Ja, morgen können wir's versuchen«, verspricht ihm die Mutter.

39

Auch wenn sie sich einig sind, daß es beim Echo gegen Abend am stimmungsvollsten ist, entscheiden sie sich, früh loszugehen. Jakob ist ungeduldig, wegzukommen.

In Evines alter hellgrüner Thermoskanne nehmen sie Kaffee mit und für Jakob Limonade. Die Limonadeflasche hat bei der Quelle gelegen und ist so kalt, daß sie beschlägt und abgetrocknet werden muß, ehe sie sie in den Rucksack stecken. Die Mutter packt noch Brote ein, mit Leberpastete und Käse, außerdem für beide zusätzliche Pullover. Der Weg zum Echo führt durch dichten Wald, wo auch im Sommer eine schattige und kühle Feuchtigkeit herrscht.

Solfrid trägt den Rucksack, ihren alten blauen aus der Schulzeit, nicht Evines abgenutzten grauen, der in der Kammer am Haken hängt. Den benutzen sie für größere Expeditionen, zum Beispiel wenn sie zum Einkaufen ins Dorf müssen.

Wegen Sols Fuß sind sie dieses Mal weder im Ort noch sonstwo gewesen. Langsam geht ihnen dies und jenes aus. Die Milch ist längst alle, und viel Butter ist auch nicht mehr da. Aber Ragnhild und Lars haben versprochen, am Sonntag mit Nachschub zu kommen. Deshalb paßt es gut, daß sie heute zum Echo gehen, dann stehen die Großeltern wenigstens nicht vor einem leeren Haus.

Solfrid merkt ziemlich schnell, daß ein so langer und anstrengender Ausflug für ihren kranken Fuß noch verfrüht ist. Aber sie möchte Jakob gegenüber so gern ihr Versprechen einlösen. Er hat ganz lieb nicht gedrängelt, aber sie hat trotzdem gespürt, wie ungeduldig er nach und nach darauf wartete, loszukommen. Der Ausflug zum Echo hat immer zu den Höhepunkten seiner Sommerferien gehört.

Jetzt läuft er eifrig vor der Mutter her, unternimmt kleine Abstecher hierhin und dorthin, um nach Dingen zu schauen, an die er sich von ihren letzten Wanderungen her erinnert. Den großen Baum mit dem runden Loch hoch oben am Stamm, wo ein Waldkauz oder ein Specht gewohnt haben kann – glaubt die Mutter. Oder vielleicht noch dort wohnt? Vielleicht brütet die Spechtmutter in dem dunklen Loch auf vier kleinen Eiern, während ihr Mann an den Baumstämmen ringsum Trommelwirbel veranstaltet. Oder ist es umgekehrt? Liegt der Vater auf den Eiern und wärmt sie, während die Mutter draußen ist und trommelt? Bei manchen Vögeln ist das ja so, oder? Warum trommelt ein Specht überhaupt? Und bekommt er davon nicht furchtbare Kopfschmerzen?

Oder sind dort vielleicht zwei Waldkäuze – die graufleckigen oder sind es die braunen? –, die ihre runden Köpfe aneinanderlehnen und tagsüber in ihrer Holzhöhle schlafen, während sie auf die Dunkelheit warten? Wenn sie lautlos über den Wald gleiten und dabei mit ihren kugelrunden hellen Augen nach einer emsigen kleinen Maus Ausschau halten, die sie mit ihren Krallen packen und nach Hause tragen können zu den kleinen flaumigen Jungen im Nest? Denn Eulen schlafen doch tagsüber, oder? Doch, das glaubt die Mutter.

Er unterbricht sein Plaudern und schaut sie an. In ihrer Stimme ist etwas, das nicht da hingehört. Etwas Angespanntes, als ob sie die Zähne zusammenbeißt. Tut sie das?

»Tut es weh, Mutter?« Er kann sehen, daß sie kurz davor ist, in Tränen auszubrechen. Sie stützt sich schwer auf den Stock, den er ihr geschnitzt hat, und ihr Gesicht zeigt den gleichen Zug wie an dem Morgen, als er auf der Bettkante saß und sie anschaute. Bevor er rausging und den Stock schnitzte. An dem Tag, an dem er die Schlange sah

Plötzlich fühlt er sich groß und erwachsen. Auf einer kleinen Lichtung, wo die Sonnenstrahlen soeben durch das dichte Laub ringsum dringen, sorgt er dafür, daß sie sich auf einen umgestürzten Baumstamm setzt. Holt die Thermoskanne und schenkt ihr Kaffee ein, ohne zu kleckern. Dankbar trinkt sie, zwischendurch beugt sie sich immer wieder vor und reibt den schmerzenden Fuß. Er ist wieder stärker geschwollen, die Haut sitzt stramm und glänzend über den blaugrünen Farben.

»Wir kehren um«, entscheidet er und packt die Thermoskanne wieder ein. Seine Stimme klingt entschieden, und er zeigt nicht, ob er enttäuscht ist.

»Wir können ein andermal dort hingehen, Mutter.« Er nimmt den Rucksack auf den Rücken, streckt eine Hand aus und hilft ihr beim Aufstehen. Als sie ihm eine Hand auf die Schulter legt, spannt er den ganzen kleinen Körper an, um ihr Gewicht zu stützen.

»Stütz dich nur auf mich«, sagt er und geht ernst und fürsorglich neben ihr nach Hause. Mamas kleiner Ritter – in orangefarbenem T-Shirt und verblichenen Jeans, die ein bißchen zu kurz sind. Sie spürt an seinem Bemühen, sich ihren Schritten anzupassen, wie groß er sich fühlt.

»Es geht prima«, sagt sie, »wir sind bald zu Hause. Und Großvater wird bestimmt mit dir zum Echo gehen, wenn er am Sonntag kommt.«

40

Als sie um die Hausecke biegen, sitzt ein fremder Mann im Korbstuhl. Solfrid zuckt bei seinem Anblick zusammen, und Jakob macht schnell einen Schritt auf sie zu, so daß er sie etwas aus dem Gleichgewicht bringt. Sie muß auf den kranken Fuß auftreten und spürt den Schmerz wie eine weißglühende Säule durchs Rückgrat aufsteigen, bis hoch in den Nacken. Gleichzeitig merkt sie, wie unfähig zur Verteidigung sie durch die eingeschränkte Bewegungsmöglichkeit ist.

Sie bekommt tatsächlich Angst, so sehr, daß Jakob es spürt, ehe Lars mit zwei Glas Bier aus der Tür tritt. Er muß das Bier mitgebracht haben, denn sie hat keines hier. Bei aller Erleichterung, ihn zu sehen, ist sie doch mächtig irritiert. Wie in aller Welt kommt Lars dazu, mit einem wildfremden Menschen hierherzukommen? Ohne vorher Bescheid zu geben! Und das jetzt! Etwas von dem, was zwischen Inger und Hans vor sich gegangen ist, muß er wohl doch mitbekommen haben. Und er weiß, daß Inger vor ein paar Tagen hier gewesen ist. Er weiß, daß Sol Liebeskummer hat, auch wenn sie nicht weiter darüber gesprochen haben. Solch ein Übergriff ähnelt Lars eigentlich nicht, Lars ist bei aller Warmherzigkeit ein sehr rücksichtsvoller und diskreter Mensch. Solfrid spürt, daß sie den zwei Männern reserviert und angespannt zulächelt.

Aber Jakob läuft überglücklich zum Großvater und umarmt ihn, so daß das Bier in den Gläsern schwappt. Lars stellt sie auf den Tisch, hebt den Jungen hoch und wirbelt ihn herum, so wie er es schon tat, als Jakob noch klein war.

»Großvater, können wir zum Echo gehen? Mutter schafft den weiten Weg nicht. Kannst du nicht zum Echo mitkommen, Großvater!« Er ist so aufgeregt, daß er ganz laut ruft. Lars setzt ihn auf die Erde und sagt, hier sei ein fremder Mann, der gern Jakob und die Mutter begrüßen möchte. Und Jakob gibt ihm ordentlich die Hand und sagt seinen ganzen Namen: Jakob Larsen Ås. Für einen Moment betrachtet er den Fremden neugierig, dann läuft er, um die Katzenkinder beim Holzstoß zu begrüßen. Sie sind jetzt so zahm, daß er das mutigste von ihnen hochnehmen und streicheln kann. Die beiden anderen schrecken vor seinen Händen immer noch scheu zurück.

Solfrid kommt ebenfalls herüber und begrüßt den Fremden. Unter ihren Ärger hat sich nach und nach Neugier gemischt. An dem Aussehen des Mannes kommt ihr etwas bekannt vor, es erinnert sie an etwas, ohne daß sie das Rätsel lösen kann. Aber als er aufsteht und seinen Namen nennt, wobei er ihr mit einer galanten Geste den Platz im Korbstuhl überläßt, da sieht sie unmittelbar die Fotografie in der Keks-dose oben auf dem Dachboden in Ås vor sich. Die Dose gehört zu den wenigen Hinterlassenschaften von Nils-Jans Mutter Borgny. Sie hat seit vielen Jahren nicht mehr hineingeschaut. Trotzdem sieht sie die Ähnlichkeit, vielleicht weil sie den Namen wiedererkennt, als er ihn sagt. Der Mann ist Hans, Borgnys deutscher Freund, der Großvater ihres Sohnes.

Sie wundert sich, daß sie dabei so wenig empfindet. Abgesehen von dem Unmut – immer noch – spürt sie zunächst nichts, weder Freude noch Überraschung.

Doch, natürlich ist sie überrascht. Und als sie sich ein wenig gefaßt hat, freut sie sich natürlich und findet es spannend, Nils-Jans leiblichen Vater kennenzulernen. Jedesmal, wenn er sich Lars oder dem Jungen zuwendet, starrt sie ihm verstohlen von der Seite ins Gesicht. Sucht nach Familienähnlichkeiten in seinen Zügen, fragt sich, ob er ein Mensch ist, den sie mögen würde, wenn sie ihn besser kennen würde. Doch, eine gewisse Ähnlichkeit ist da, findet sie.

Als Jakob klein war, dachte Solfrid oft daran, daß sie und er Nils-Jans Familie in Deutschland aufspüren sollten, wenn Jakob groß genug sein würde, um die Zusammenhänge zu verstehen. Und weil Solfrid so von Borgny begeistert gewesen war, nachdem sie und Ragnhild nach Mathildes Tod herausfanden, daß Borgny deren Tochter war, die sie 1916 weggegeben hatte. Sol hatte von einer romantischen Liebesgeschichte phantasiert, in der Borgny dann nach dem Krieg als »Deutschenhure« und Nils-Jan als »Deutschenkind« abgestempelt wurden. Sie hatte den flotten deutschen Offizier vor sich gesehen und die schüchterne und einsame junge Frau, und schwärmerisch hatte sie gedacht, daß Nils-Jans Dasein eine Dramatik anhaftete, die ihrem Leben – und dem Rest des Dorfs – fehlte.

Aber jetzt sind viele Jahre vergangen, in denen sie niemals an Borgny und Hans, die leiblichen Großeltern des Kindes, gedacht hatte. Der Junge hat zwei Großelternpaare. Mit den Großeltern väterlicherseits wohnt er unter einem Dach. In all den Jahren ist Großvater Lars sein Vater gewesen, einen anderen hat er nie gehabt. Zwischen Lars und Jakob hat immer eine besondere Beziehung bestanden. Sie waren sich so nahe, daß sie oft eifersüchtig war. Hat dieser sympathische, aber vollkommen fremde Mann etwas mit ihr und ihrem Sohn zu tun?

Wir brauchen dich nicht! denkt sie, fast feindselig, während sie den großen gebeugten Mann mit dem graumelierten Haar betrachtet. Lars hat aus der Küche Stühle herausgetragen, und jetzt sitzen sie da und unterhalten sich über den Ort hier, übers Wetter und über die Natur. So ganz unbeschwert geht die Unterhaltung aber nicht vonstatten. Hans lernte während des Krieges zwar etwas Norwegisch, nicht zuletzt mit Borgnys Hilfe. Indem er norwegische Bücher las, hat er versucht, die Sprache lebendig zu halten. Trotzdem muß er oft nach Wörtern suchen. Anfangs griff Lars zu seinem Seemannsenglisch, aber ohne viel Glück, denn Hans' Englisch ist nicht so gut. Besser geht es, wenn sie sich ans Norwegische halten und Hans zu deutschen Vokabeln greift. Die zwei merken in der Regel, worauf er hinauswill, weil die Wörter, die er wählt, im Norwegischen oft so sehr ähnlich sind.

Aber wenn auch die Unterhaltung hin und wieder etwas stockt, so ist die Stimmung zwischen den beiden Männern doch leicht und unbeschwert, als ob sie seit langem gute Freunde wären.

Hat Lars überhaupt keine Angst, den Jungen zu verlieren? wundert sich Solfrid. Nein, natürlich nicht! Der Gedanke ist auch ziemlich absurd, sieht sie ein. Und daß der Ausdruck »Blut ist dicker als Wasser« bedeutungslos ist, wird ihr ernsthaft klar. Jakob wird immer Lars' und Ragnhilds Enkel sein. Daran können keine Blutsbande etwas ändern.

Und plötzlich merkt sie an der Ruhe, die zwischen den beiden Männern herrscht, daß sie mit dem Thema fertig sind. Hans ist nicht gekommen, um sich die Großvaterrolle bei einem vermißten Enkel zu sichern. Zwar betrachtet er den spielenden Jungen, der ab und an zum Tisch gelaufen kommt, um rasch von den Kätzchen zu berichten, aber leicht zu interpretieren ist sein Blick nicht. Hans schaut Großvater und Enkel lächelnd zu, wenn Jakob angelaufen kommt, auf Großvaters Stuhl hängt und den Erwachsenen aufmerksam zuhört, um dann wieder zurückzusausen. In seinem Blick liegt kein Neid, nur ein warmes Lächeln, das Solfrid milder stimmt. Er ist nicht gekommen, um etwas wegzunehmen. Aber warum ist er dann gekommen?

41

Er kam, um Borgny zu besuchen, seine Jugendliebe während des Krieges in Norwegen. Nein, eigentlich ist er nur auf Urlaub. Er will das Land wiedersehen, in dem er drei unglückliche – und glückliche – Jahre seiner Jugend verbrachte.

Zu Hause in Berlin war er jung und verliebt gewesen, als er einberufen wurde, zuerst an die Ostfront, dann nach Oslo, nachdem er durch eine Kugel ins Knie kampfuntauglich geworden war. Gesegnete Kugel, hatte er oft gedacht.

Hilke, sein Schwarm vor dem Krieg, hatte vor Kummer geweint, als er an die Front mußte, aus Erleichterung, als er lebend nach Hause zurückkehrte und wieder aus Kummer, als er wenige Monate später nach Norwegen zog.

Er wußte nur wenig von dem Land. Nur, daß es kalt war und natürlich Feindesland. Borgnys Wärme war die erste und einzige Wärme, die ihm dort zuteil geworden war.

Nicht, daß er Hilke nicht mehr mochte. Ganz im Gegenteil. Er vermißte sie sehr, besonders am Anfang. Aber drei Jahre sind eine lange Zeit, wenn man jung ist und die Welt um einen herum gerade untergeht. Damit hat er sich später getröstet.

Anfangs waren Borgny und er nur Freunde. Nein, nicht einmal Freunde, nur Bekannte, die sich zulächelten, wenn sie sich begegneten. Und das taten sie täglich, denn sie servierte stets an dem Tisch, an dem er zum Frühstück saß, und mit der Zeit zu so vielen Mahlzeiten, wie ihm möglich war. Bald fing er an, sie zu vermissen, wenn sie einmal nicht da war. Wenn Lea servierte, spürte er Enttäuschung und Ärger, was er zunächst damit verband, daß Lea Jüdin war und deshalb besonders reserviert und feindselig wirkte. Lea, die gemeinsam mit ihrer Familie nach Deutschland geschickt wurde, nur wenige Wochen, nachdem Hans nach Norwegen kam.

Er hatte damit nichts zu tun gehabt! Immer hat er sich daran geklammert, daß er nichts damit zu tun gehabt hatte. Und er hatte ebensowenig Möglichkeiten, das Geschehen abzuwenden, wie die Norweger um ihn.

Als er Simon, Leas kleinen Bruder, bei Borgny entdeckte, hatte er das nicht gemeldet. Sie hatte ihn einige Tage versteckt gehabt, und mit Hilfe von Ragnhilds Brüdern war es gelungen, ihn über die Grenze nach Schweden und in Sicherheit zu bringen. Nur wegen dieser Episode findet er den Mut, Borgny heute aufzusuchen, scheint ihm.

Danach erst waren sie ein Liebespaar geworden. Je mehr Zeit Borgny und er miteinander verbrachten, um so häufiger tauchte Ragnhilds Name in ihren Gesprächen auf. Abgesehen von Lea war sie Borgnys einzige Freundin.

Er hatte Ragnhild damals nie getroffen. Sie war mehrere

Jahre vor Kriegsbeginn zurück in ihr Heimatdorf gezogen. Und sie würde vermutlich nichts mit ihm zu tun gehabt haben wollen, auf keinen Fall, so patriotisch, wie sie eingestellt war.

Aber er erinnert sich an die Namen, sowohl ihren als auch den ihres Mannes, der während des ganzen Krieges in England gewesen sein soll. Borgny hatte ihm immer von Ragnhilds Briefen erzählt, so daß ihm all die Namen vertraut wurden, auch der des Hofs und des Ortes, in dem sie wohnten. Da Borgny keine Familie hatte, redete sie gern von Ragnhild.

Und Ragnhild war so nett, Pakete zu schicken. Hans kann sich erinnern, wie er und Borgny in ihrer kleinen Wohnung am Tisch saßen und Brote mit Honig aßen. Er kann sich erinnern, daß er den Honig von ihren Fingern schleckte und wie das Gefühl ihrer Haut an seiner Zungenspitze und der Ausdruck ihrer braunen Augen eine Lust in ihm entzündeten, so überwältigend, daß er ganz ehrfürchtig wurde. Er kann sich erinnern, daß er sie immer beschützen wollte. Ihretwegen fühlte er sich in dieser schweren Zeit wohl.

Als er direkt vor Weihnachten neunzehnhundertvierundvierzig nach Hause reiste, glaubten sie beide, er würde zurückkehren. Aber das Dritte Reich hatte anders entschieden – in dem Maße, wie es noch zu entscheiden in der Lage war. Hans mußte in Berlin bleiben.

Am Anfang vermißte er Borgny entsetzlich. Er wagte nicht, ihr zu schreiben, denn wie würde wohl ein Brief mit deutschem Poststempel in Norwegen aufgenommen werden? Und auf Berlin fielen unablässig Bomben aus amerikanischen und britischen Flugzeugen. Er hatte an anderes zu denken als ans Briefeschreiben. Nach Kriegsende schrieb er mehrfach, sowohl an Borgnys Adresse als auch an das Hotel, in dem sie gearbeitet hatte. Aber er bekam nie eine Antwort. Nach und nach trat die Erinnerung an die Jahre in Norwegen in den Hintergrund und wurde zu einer Episode in seinem Leben. Eine Episode, die gute und schlechte Erinnerungen barg. Hilke war noch immer unverheiratet, und der Wiederaufbau der Heimatstadt forderte bald alle Kräfte.

Er hatte eine Ausbildung im Baugewerbe absolviert, aber auch wenn es hier mehr als genug Arbeit gab: durch das steife Knie hatte er erhebliche Probleme. Eine Weile versuchte er es mit verschiedenen Stellen in Büros, aber Büroarbeit sagte ihm gar nicht zu. Nach einigen Jahren absolvierte er eine Ausbildung zum Buchbinder.

Bücher hatte er immer gemocht. Im Haus der Großeltern, das in den letzten Kriegstagen von Bomben zerstört worden war, hatte Hans als Kind vor den Bücherregalen gekniet und die in Leder gebundenen Ausgaben von Schiller oder Goethe in Händen gehalten. Er hatte sich an dem schönen Glanz des Leders und den goldenen Buchstaben auf dem Buchrücken erfreut – nicht so sehr an der Frakturschrift, die konnte er damals noch nicht lesen.

Jetzt bekam er die gleichen Bücher wieder zu sehen. Mitgenommene alte Ausgaben, die die Verwüstungen des Krieges überlebt hatten und einer behutsamen Behandlung bedurften. Unter seinen geschickten Händen wurden die Rücken wieder gerundet, die Bände wurden instand gesetzt, um aufs neue zwischen neuen Buchdeckeln, in neuen Bücherschränken zu leben.

Hin und wieder saß er mit einem Buch in Händen da, streichelte über das schöne goldbraune Leder und dachte, daß Borgnys Haar genau so eine Farbe gehabt hatte. Und genau so glatt und glänzend hatte es sich angefühlt, wenn seine Finger hindurchglitten. Wie mochte es ihr mittlerweile gehen? Vermutlich hatte sie geheiratet und Kinder bekommen. Ihn hatte sie vermutlich lange schon vergessen.

Nicht Hilke heiratete er ein paar Jahre nach Kriegsende, sondern die kleine, etwas mollige und fröhliche Maren. Ihr hatte er von Borgny erzählt, dem norwegischen Mädchen mit dem langen seidenweichen Haar, das er so gern gehabt hatte. Deshalb hatte er, als seine erste Tochter geboren wurde, scherzhaft vorgeschlagen, sie Borgny zu nennen. Aber da hatte Maren nicht mitgemacht. Sie mochte den Namen nicht, statt dessen erhielt ihre Tochter den Namen Bärbel.

Danach bekamen sie Ulrike und Johann. Und fünf Enkelkinder, ehe Maren an Magenkrebs starb. Drei Jahre später fuhr Hans in die Ferien nach Norwegen.

Er war gekommen, um Borgny zu besuchen. Doch er wußte die ganze Zeit, als er die Reise nach Norden plante, daß dies der eigentliche Grund der Reise war. Er wollte versuchen, durch Ragnhild und Lars zu ihr Kontakt aufzunehmen. Diese zu finden, konnte nicht so schwer sein. Die Orte auf dem Land waren nicht Berlin.

Nein, er wollte nicht gleich zu ihr Kontakt aufnehmen, nicht gleich beim ersten Mal. Er wollte einfach wissen, wie es ihr ging, ob sie verheiratet war. Vielleicht war sie verwitwet? Wenn sie Witwe war, konnte er sich unter Umständen mit ihr in Verbindung setzen.

Erst auf der Fähre nach Oslo suchte er den kleinen Ort auf der Norwegenkarte. Er hatte sich noch nicht entschieden, dachte, er wolle es dem Schicksal überlassen. Aber der Name des Ortes stand da, die Buchstaben so klein, daß er die Karte unter das Licht der Wandlampe halten mußte, um sie entziffern zu können. Er erkannte den Namen, und selbst wenn es mehrere Orte dieses Namens geben mochte, sah dieser hier so aus, als stimme er mit der Lage überein, wie er sie sich vorstellte. Und die Entfernung nach Oslo war lächerlich gering. Höchstens hundert, hundertfünfzig Kilometer. Doch, er wollte es versuchen. Es waren dreißig Jahre seit dem Krieg vergangen. Vielleicht waren die Norweger mittlerweile ja nicht mehr so feindlich eingestellt.

42

Ragnhild und Lars hatten gerade das Vieh versorgt und waren dabei, die Kühe wieder hinaus auf die Weide zu treiben, als das fremde Auto auf den Hof einbog. Ragnhild ging gleich zu ihm hin – vermutlich wieder einer, der sich verfahren hatte –, während Lars die letzten Kühe durch die Öffnung im Zaun trieb, den Draht mit dem Handgriff und der Federung wieder an entsprechender Stelle am Pfahl einhakte und das Aggregat an der Scheunenwand anstellte. Als er auf den Hof hinaustrat, hatten Ragnhild und der Fremde bereits die erste aufklärende Begrüßungsrunde hinter sich.

»Ja, das ist mal ein besonderer Gast«, lächelt Ragnhild und erzählt Lars, wen er vor sich hat. Sie wirkt durchaus herzlich, als sie zum Kaffee hineinbittet. Aber Lars, der sie kennt, ahnt die Reserviertheit hinter dem gastlichen Tonfall.

Ragnhild sieht die Welt schwarz und weiß. Lars kennt keinen Menschen außer ihr, der gleichzeitig so großzügig sein kann und so, wie soll er sagen ... so strikt vielleicht, wie Ragnhild.

Liegt es daran, daß sie sich nicht ganz damit abgefunden hat, daß Borgny während des Krieges mit »den Deutschen rummachte«, weshalb ihr Tonfall eine Spur feindselig klingt? Denn so redet sie noch heute davon, natürlich wenn es sich nicht um Borgny dreht, sondern um andere, die sie kennt. Dabei hatten sich die meisten wohl einfach verliebt, wie man das in der Jugend, unabhängig von den äußeren Umständen, schnell macht.

Hin und wieder verspürt Lars Ragnhild gegenüber deshalb einen gewissen Groll. Weil sie so festgefügte Ansichten hat: Das ist richtig. Das ist verkehrt. Dazwischen gibt es nichts. Trotzdem kann sie auch nett und nachsichtig sein. Wenn ihr etwas nicht gefällt, sagt sie es selten direkt. Aber Lars gegenüber kann sie schon recht vernichtend über andere reden. Vielleicht duldet sie Fehler anderer so wenig, weil sie selbst so ursprünglich und unverfälscht ist, denkt er manchmal.

Er schaut der kleinen Frauengestalt nach – sie hat mit den Jahren ziemlich zugelegt –, die nach drinnen verschwindet, um Kaffee aufzusetzen.

Nein. So denkt er für gewöhnlich nicht. Solche Gedanken über Ragnhild hat er nur sehr selten. Sie leben so gut zusammen, und sie stehen sich so nahe. Ihre ruhige ausgeglichene Wesensart paßt so gut zu seiner eigenen. Sie haben zusammen gelacht und zusammen geweint. Tagaus, tagein haben sie die Arbeit auf dem Hof erledigt, Jahr für Jahr, fast ohne sich zu streiten.

In der ersten Zeit haben sie oft darüber geredet, was für ein unfaßbares Glück sie gehabt haben, daß sie sich begegneten. Wenn sie dicht beieinander in Ragnhilds eiskalter Wohnung lagen, wo die Wirtin auf der anderen Seite der Wand polterte. Wo die Geräusche der Großstadt, ihnen beiden so unvertraut, leiser wurden. Dann lagen sie zusammen und zählten alle die »Wenn-danns« auf, von denen ihrer beider Leben so voll war.

Wenn sein Militärdienst nicht um ein Jahr verschoben worden wäre. Wenn er nicht bei der Königlichen Garde gelandet wäre. Wenn Ragnhild nicht mit genau diesem Zug gekommen wäre. Wenn er nicht genau da Wache gehabt hätte. Wenn sie nicht näher gekommen wäre, um die schmucke Uniform anzusehen ... Ach so, in die Uniform hatte sie sich verliebt? Und wie fand sie ihn ohne ...? Ein Wirrwarr von Armen und Beinen und Bettzipfeln, die in diesem kalten Zimmer ja überall unten bleiben mußten. Paß auf, du drückst mich! Ach, ich habe dich so lieb! Solch ein unfaßbares Glück!

Und später die anderen »Wenn–danns«. Ragnhilds schluchzende – wenn es nicht schiefgegangen wäre, wenn ich es nicht verloren hätte ... nach ihren vielen Fehlgeburten. Die frohen »Wenn–danns«, nachdem Nils-Jan als Fünfjähriger zu ihnen gekommen war, nur zu Anfang vermischt mit Trauer über den Tod der Freundin, denn wenn Borgny nicht gestorben wäre ...

Nachdem Nils-Jan gestorben war, wurden alle die »Wenn–danns« zu schwierig. Sie ließen sich nicht in Worte fassen, drehten sich nur immer wieder und wieder im Kopf herum und schraubten ihn unbarmherzig in die Tiefen einer Depression. Wenn der Junge nicht krank geworden wäre. Wenn das Schiff nicht so weit vom Festland entfernt gewesen wäre. Wenn nicht er, Lars, den Ernst der Lage erst zu spät erkannt hätte. Wenn sie nicht so lange gewartet hätten ...

Nach der tiefen Melancholie und den Selbstmordgedanken vor sechs Jahren hat er aufgehört, Fragen zu stellen. Hat versucht, sich auf das Leben hier und jetzt zu konzentrieren, von einem Tag auf den nächsten zu leben, ohne nach einem tieferen Sinn zu fragen. Er hatte Ragnhild. Er hatte Jakob und Solfrid, die für ihn mittlerweile wie eine Tochter war. Er hatte seinen Hof. Und nachdem er Medizin bekommen hat, ist das Herz, das so ungleichmäßig in seiner Brust schlug, zu seinem gleichmäßigen Rhythmus zurückgekehrt.

Es gerät nur noch selten ins Stottern, und dann greift die Angst nach ihm: Bin ich noch da? Gehe ich noch immer hier auf Erden umher? Und wie lange noch? Aber dazwischen können Monate oder Jahre liegen.

Jetzt steht er hier und lächelt höflich-erstaunt über eines seiner »Wenn–danns«. Wenn kein Krieg in Norwegen gewesen wäre. Wenn Hans nicht verletzt worden wäre. Wenn er nicht Borgny in dem Hotel getroffen hätte, wo sie arbeitete. Dann hätte es keinen Nils-Jan gegeben.

Hans ist es nahezu unmöglich, auf all das zu reagieren. Er sitzt neben Ragnhild auf dem Sofa und blättert in einem grünen Album. Dort lächelt ein blondes Kind ihn von den grauweißen Seiten an: Nils-Jan hat einen Zahn verloren. Nils-Jan wurde von der Schaukel an der Stirn getroffen. Nils-Jans erstes Weihnachtsfest auf Ås, sein erster Schultag, das erste Fahrrad. Nils-Jan ist von einer Biene gestochen worden. Nils-Jan mit den jungen Kätzchen. Nils-Jan und Vater treiben die Kühe heim. Nils-Jan und Mutter – auf dem Schoß, Wange an Wange, einen Arm hat er ihr um den Hals geschlungen. Nils-Jan und Sol auf der Schaukel. Nils-Jan als Konfirmand. Nils-Jan als Seemann, auf seiner ersten Reise. Und zuletzt ein weißer Sarg in einer Kirche. Ein Bild von einem Grabstein. Nils-Jan Larsen Ås *1945 †1965. Ragnhild weint.

Es ist nicht zu fassen. Hans weiß nicht, was er fühlt. Borgny verschwand für ihn vor dreißig Jahren. Er hatte keine Ahnung, daß sie schwanger war. Oder doch? Hatte er tief drinnen einen Verdacht? Hat er deshalb diese Reise unternommen? Er weiß es nicht, erinnert sich nicht mehr an das, was er damals dachte und fühlte, als er abreiste. Weiß nur, daß er sie anfangs vermißte.

Er erinnert sich, daß er Briefe schickte. Aber dann kam Maren, und nach und nach folgten die drei Kinder. Doch, er hatte an Borgny gedacht, aber wie die Jahre vergingen mit einer gewissen Verwunderung. Wie mag es ihr wohl gehen? Wie mag sie aussehen, vierzig Jahre alt, fünfzig Jahre – und jetzt, fast sechzig. Hat sie sich sehr verändert? Sind ihre Haare grau geworden?

Er hat natürlich die Möglichkeit bedacht, daß sie tot sein könnte. Aber daß sie so jung starb, macht auf ihn einen tiefen Eindruck. Sie starb in dem Jahr, als seine Tochter Ulrike geboren wurde. Und sein Sohn, ein Sohn, von dem er nie wußte, daß er ihn hatte, starb in dem Jahr, als Ulrike konfirmiert wurde.

Er blickt auf die Fotografien, die eine, die es von Borgny gibt, aufgenommen mehrere Jahre, bevor er sie kennenlernte, und die vielen des Jungen. Alles ist so unwirklich, es ist nahezu unmöglich, sich dazu zu verhalten. Er sieht Bilder der jungen Solfrid, die den kleinen Jungen, der sein Enkel ist, auf dem Schoß hält. Er sieht die Trauer hinter dem Lächeln, mit dem sie in die Kamera schaut, und denkt: Gott sei Dank, daß ich das nicht erleben mußte! Er hört, wie Ragnhild sich die Nase putzt und denkt: Ich hätte nicht kommen sollen! Das muß schlimm für sie sein.

Die Geschichte von Mathilde, die Borgnys Mutter und Nils-Jans Großmutter war – ein Zusammenhang, der nicht eher ans Licht kam, als bis alle drei tot waren – berührt ihn nicht. Er hat Mathilde nicht gekannt, und für ihn ist die Geschichte nichts weiter als ein merkwürdiges Zusammentreffen.

Aber Ragnhilds Bericht von Borgnys letzter Woche im Tuberkuloseheim in Sandefjord berührt ihn tief. Er sieht sie vor sich, bleich und mager, mit einer tödlichen Mattigkeit. Zu der Zeit erwartete Maren das zweite Kind. Er hatte seine Ausbildung als Buchbinder abgeschlossen, und Monate vergingen zwischen den Malen, wo er an Borgny dachte.

Lars schaut Ragnhild an, während sie erzählt. Er hört die Wärme in ihrer Stimme, als sie über Borgny spricht, und plötzlich wird ihm klar, daß er sich in ihr geirrt hat. Sie steht den Fehltritten anderer weniger streng und unversöhnlich gegenüber, als er glaubt. Vor allem, wenn es um jemanden geht, den sie gern hat.

Hat er sich in Ragnhild geirrt? Er denkt noch immer an sie, als er und Hans am nächsten Tag zusammen durch den Wald gehen. Hans hat in Sandefjord im Hotel übernachtet und dort Borgnys Grab aufgesucht. Ragnhild kümmert sich noch immer darum. Oft hat sie daran gedacht, die Grabstelle auf den heimatlichen Friedhof verlegen zu lassen, wo Nils-Jan und Mathilde liegen. Das würde richtig sein und in erster Linie praktischer, denn dann müßte sie nicht immer bis ganz nach Sandefjord. Aber noch fährt sie jedes Frühjahr mit Stiefmütterchen und Fuchsien dorthin und pflanzt sie auf das Grab. Aber sie weint nicht, wie sie es tut, wenn sie die Blumen auf das Grab des Sohnes pflanzt.

Hat er sich in Ragnhild geirrt? Hätte sie es ertragen, die Wahrheit über Maureen und ihre Töchter zu hören? Würde sie verziehen haben, daß ihr Mann während der vier Jahre, die er im Krieg in England verbrachte, mit einer anderen

Frau zusammenlebte? Daß er die Kinder einer anderen Frau liebte und Vater für sie war? Ragnhild und ihm waren eigene ja verwehrt geblieben.

Seltsamerweise erzählt er dem Deutschen von Maureen und ihren Töchtern, von der kleinen Liz, die er in den ersten Jahren nach dem Krieg vielleicht am meisten vermißt hat. Sie folgen dem alten Pfad der Holzfäller. Der Weg und das Gesprächsthema zusammen wecken schwere Erinnerungen in ihm. Einmal, im finstersten Moment seines Lebens, hatte er hier ganz in der Nähe gesessen und der alten halbverrückten Evine seine Geschichte erzählt. Seither hat er nie wieder davon geredet, bis jetzt. Fängt er an zu erzählen, weil der Mensch, der hier mit ihm zwischen den stillen Fichten geht und ihm zuhört, ein vollkommen Fremder ist? Oder weil er auf eine wundersame Weise spürt, daß sie so vieles gemeinsam haben?

Sie sind unterwegs zu Evines Hof, um den Enkel zu sehen, von dem Hans nichts wußte. Ein Kind, mit dem Lars so eng verbunden ist, daß ihm nie in den Sinn kommt, daß er nicht der richtige Großvater ist. Aber sie empfinden keine Eifersucht, nur stillschweigend eine tiefe Verbundenheit. Dreißig Jahre sind seit dem Krieg vergangen. Jeder von ihnen stand auf seiner Seite, aber darüber reden sie nicht. Beide waren sie jung, sie durchlebten einige unsichere Jahre, weit weg von allen, die ihnen lieb waren. Sie mußten sich mit Menschen verbinden, lieben, von denen sie später wegkamen und die sie nie wiedersahen. Hans hat seine Enkel zu Hause, Lars hat seinen hier. Blut ist nicht dicker als Wasser.

Aber hat er sich in Ragnhild geirrt? Würde sie es ertragen haben, von Maureen und ihren Töchtern zu erfahren? Muß ein Mensch, mit dem man so eng zusammenlebt, alles von einem wissen? Lars fragt Hans. Sie sind bei dem kleinen See am Rande der Heide angekommen. Hans bleibt stehen und betrachtet benommen und gleichzeitig nachdenklich die weißen Seerosen, die in der Bucht still zwischen den grünen Blättern schwimmen. Er muß plötzlich an Hilke denken, mit der er bereits so gut wie verlobt war, als er nach Norwegen abkommandiert wurde.

»Vielleicht.« Er sucht eine Weile nach den Worten, und am Schluß gelingt es ihm zu vermitteln, daß es vielleicht nicht so sehr darum ging, was der andere aushalten konnte zu hören, als vielmehr um das, was man ertragen konnte, allein durchzustehen.

Und vielleicht, denkt Lars, als er auf dem steilen Pfad weitergeht, vielleicht fragen die Menschen nur nach der Wahrheit, die zu hören sie ertragen können. Ragnhild hatte ihn immer nur sehr wenig gefragt.

43

Der Junge steht hinter dem Stallgebäude und drischt dort mit einem Stock auf die hohen Brennesseln ein. Er ist schlechtgelaunt und resigniert. Das merkt er selbst. Nichts ist in diesen Ferien, wie es sein soll. Das liegt nicht nur an Mutters verletztem Fuß. Sie ist so anders diesmal, so unruhig, rastlos. Als ob sie nicht ganz hier ist, wenn sie beide allein sind. Jedesmal, wenn andere da sind, ist sie denen aufmerksam zugewandt. Erst bei Laila und Inger, heute dem fremden Mann gegenüber, der zusammen mit dem Großvater hierherkam. Aber sowie die zwei allein sind, ist es, als wenn die Mutter quasi in sich selbst verschwindet.

Die Erwachsenen hatten am Tisch draußen auf der Wiese gesessen und stundenlang geredet. Meistens von seinem Vater, den der Junge nie kennengelernt hat. Wenn er zum Tisch kam, betrachtete der fremde Mann ihn auf eine Weise, daß er sich genierte und schnell wieder zu den jungen Katzen beim Holzstoß lief. Der Großvater war aufmerksam und liebevoll wie immer, wollte aber nicht mit Jakob zum Echo gehen. Er hatte keine Zeit. Der fremde Mann, der komisch redete, weil er aus einem Land kam, das Deutschland heißt, wollte noch am gleichen Abend weiterfahren. Er machte mit dem Auto Urlaub in Norwegen und wollte bis hoch zum Nordkap.

Die Mutter hatte Jakob zurechtgewiesen, weil er den Großvater wegen des Ausflugs zum Echo drängelte. Aber der deutsche Mann hatte nur gelächelt und Jakob ein Mickymausheft gegeben und eine Tüte mit Süßigkeiten. Jakob hatte sich oben auf die Scheunenauffahrt gesetzt, den Rükken ans Scheunentor gelehnt und das Heftchen gelesen. Dabei hatte er die ganze Tüte leergefuttert. Deshalb konnte er mit den Erwachsenen zusammen kein Brot essen. Großvater hatte Butterbrote von der Großmutter dabeigehabt, die sie in eine runde Kuchendose gelegt hatte, mit Butterbrotpapier zwischen den einzelnen Schichten.

Aber als die beiden Männer gerade gegangen waren und Jakob sich beklagte, er sei hungrig, hatte die Mutter ihn nur kurz abgefertigt. Er möge bitte zu den Mahlzeiten essen. Sie hatte gesagt, sie sei erschöpft, und er könne hineingehen und sehen, ob in der Dose, die Großvater auf den Küchentisch gestellt hatte, noch etwas zu finden sei. Da lagen nur zwei Scheiben mit Ei und Anchovis, das mochte er nicht, und eine mit solchem grünen Käse, den er noch weniger mochte. Aber er getraute sich nicht, der Mutter das zu sagen. Sie saß im Korbstuhl und starrte über die Heide, als er an ihr vorbeikam.

Er ging in den Garten hinunter, wo er vor ein paar Tagen die Schlange gesehen hatte, und schnitt sich einen Stock zurecht. Er quälte sich lange damit, ehe es ihm gelang, den Stock abzuschneiden, denn er war dicker als der, den er für Mutter gemacht hatte.

»Ich finde, wir sollten jetzt nicht noch mehr Besuch bekommen, jedenfalls sollen keine Fremden mehr kommen!« hatte er, ziemlich sauer, zur Mutter gesagt, als er an ihr vorbeiging. Aber die Mutter hatte nur geistesabwesend gelächelt und gesagt, das bekämen sie auch nicht, das könne sie garantieren.

Nun steht er da und trampelt die starren Stiele der Brennnesseln flach, die er abgehauen hat. Dabei denkt er, daß es ja auch nicht hilft, wenn sie zu zweit sind und die Mutter dann nicht so ist wie sonst. Er trägt noch immer die Jeans und die Joggingschuhe, weil er sich nach der mißglückten Expedition heute morgen nicht umgezogen hat.

Er haut mit seinem Stock zu, und er trampelt, und er denkt, daß er sich langweilt, daß er einen Bruder haben sollte, einen gleichaltrigen oder einen, der ein bißchen älter ist, denn dann könnten sie zusammen losziehen und Flußbarsche angeln. Seit dem erstem Abend war er nicht mehr beim Fischen, weil die Mutter ihn nicht allein zum See gehen lassen will. Aber wenn er doch verspricht, aufzupassen, und wenn er auf dem Flatberg steht, wo sie ihn vom Haus aus sehen kann. Vielleicht würde sie trotzdem die Erlaubnis geben. Er kann doch jetzt gut schwimmen.

Plötzlich ist er ganz sicher, daß sie es ihm erlauben wird. Vergißt daran zu denken, wie er die Fische töten soll. Trampelt in aller Eile die letzten Brennesseln flach und läuft hinauf, um die Mutter zu fragen.

An der Ecke des Stallgebäudes bleibt er jäh stehen. Dabei hatte die Mutter doch gesagt, mehr Fremde würden nicht kommen! Aber jetzt steht sie mitten auf dem Hof und hat einem fremden Mann die Arme um den Hals geschlungen. Der Mann hat sie um die Taille gefaßt und hält sie so dicht an sich gepreßt, daß die Zehen des gesunden Fußes nur gerade eben noch die Erde berühren. Den kranken Fuß, der noch immer gelb und blau und ein bißchen grün ist, streckt sie hinter sich in die Luft. Ihr Körper zittert ein bißchen, aber ob sie weint oder lacht, kann er unmöglich erkennen. Die dunklen Locken des Mannes legen sich über ihr blondes Haar. Still zieht Jakob sich hinter die Hausecke zurück.

44

Es ist nicht so, daß er sich sofort entscheidet, zum Echo zu gehen. Er geht einfach drauflos – auf dem Weg, den Mutter und er am Vormittag gegangen sind. Die Welt ist drinnen zwischen den hohen Bäumen so anders, so dunkel und gewaltig, so groß und schwer und still, aber trotzdem nicht erschreckend. Die ganze tiefe, bewaldete Kluft liegt im Schatten, denn um diese Tageszeit – es ist Spätnachmittag geworden – hat sich die Sonne hinter den Berg zurückgezogen. Nicht hinter den wuchtigen Børjærås, hinter dem sie morgens aufgeht, sondern dieser heißt Storås, und Mutter sagt, er würde weiter westlich liegen.

Wie kommt es, daß manche immer wissen, wo Osten ist und wo Westen, daß sie das irgendwie spüren, so wie Mutter und Großvater Lars. Aber andere wie Großmutter Ragnhild und Großvater Herman wissen es nicht. Wird er spüren, wo Osten liegt und wo Westen, wenn er größer ist? Er schließt die Augen und versucht, dem nachzuspüren, aber sein Körper empfängt von den Himmelsrichtungen keine Signale. Wenn er auf der Küchentreppe auf Ura steht, weiß er, daß der Storås im Westen liegt, aber er fühlt es nicht in sich. Und wenn sie denselben Gebirgskamm zu Hause auf Ås von der Küchentreppe aus sehen, sagt Mutter, er liegt im Nordwesten.

Die Ameisen orientieren sich an der Sonne. Er bleibt stehen und starrt auf die Waldameisen, die um seine Füße wuseln. Wenn er zu lange stehenbleibt, weiß er, daß sie auf seine Schuhe und weiter unter die Hosenbeine kriechen würden. Sie würden sich an der Haut der Beine oberhalb seiner Ringelsocken festbeißen. Weh tut das eigentlich nicht, aber er hat nicht gern Ameisen an sich. Während er die wimmelnden kleinen Geschöpfe betrachtet, trippelt er jetzt auf der Stelle.

Wie kann so eine winzige Ameise eine Kiefernadel hinter sich herziehen, die so viel größer ist als sie selbst? Und warum schleppt sie die Nadel erst in die eine Richtung, um sie plötzlich loszulassen und umzukehren, zurückzukommen und anzufangen, die Kiefernadel in die entgegengesetzte Richtung zu ziehen? Das kann nichts mit der Sonne zu tun haben, denn durch das dichte Laub dringt kein Sonnenstrahl.

Der Waldboden liegt in einem schattigen Halbdunkel, alle Geräusche scheinen außen anzuhalten, draußen auf der Heide oder auf dem Platz vorm Haus. Dort, wo die Mutter steht und einen Mann umarmt, den er noch nie zuvor gesehen hat. Aber dort sind bestimmt auch nicht so viele Geräusche.

Hier drinnen knarrt es ab und zu, wenn die hohen geraden Baumstämme, die so dicht zusammenstehen, sich aneinanderreiben. Wie können die sich bei so wenig Wind bewegen? Und wieso können sie so hoch und so gerade wachsen? Er legt den Kopf in den Nacken und starrt in die dichten Kronen dort oben. Ein bißchen wie in einer Kirche, nein, keine Kirche, wie in einem großen Haus oder einem Zimmer. Er ist ganz allein in einem riesengroßen Zimmer, aber er fürchtet sich nicht. Denn es gibt so vieles, das er von früheren Ausflügen wiedererkennt. Oben am Hang sieht er den Baum mit dem Loch. Und weiter weg hört er den Specht, der vielleicht dort wohnt. Der trommelt einen munteren kleinen Zapfenstreich, er kann hören, aus welcher Richtung das Geräusch kommt, aber der dunkle Vogel mit der roten Kappe läßt sich nicht blicken.

Großvater Herman nennt ihn Gertrudsvogel. Er hat eine Geschichte von ihm erzählt, aber die hat Jakob vergessen. Er erinnert sich nur daran, daß sie von einem Mädchen handelte, das Gertrud hieß und eine rote Kappe trug. Sie wurde in einen Vogel verwandelt, aber er weiß nicht mehr, warum. Warum mag sie in einen Vogel verwandelt worden sein?

Manchmal träumt er, er fliegt. Er hebt vom Wohnzimmertisch zu Hause auf Ås ab, macht eine Kurve um den alten Kronleuchter und fliegt aus dem Fenster. Er kann spüren, wie die zarten Gardinen seine Arme streifen – denn er hat Arme, keine Flügel –, als er durchs offene Fenster fliegt. Seine Füße berühren beinahe die hellroten Blüten, die Großmutter »Prinzen« nennt. Warum nennt sie die bloß so? Er findet nicht, daß sie wie Prinzen aussehen.

Für gewöhnlich fliegt er bei solchen Träumen zur Jakobsau. Dann sieht er den Wiesenkerbel unter sich fein wie kleine weiße Wolken schwanken. Die Jakobsscheune sieht er von oben, sieht die verschiedenen roten und braunen Farbtöne der Ziegelsteine.

Einmal ist er auf dem Dach gelandet, aber in der Regel dreht er nur eine Kurve über der Erde und fliegt dann wieder durchs Fenster. Nach solchen Träumen wacht er nicht gerne auf. Dann liegt er zusammengerollt unter der Decke und versucht das gute Gefühl, fliegen zu können, festzuhalten. So lange, bis die Mutter oder meistens Großmutter kommt und ihn drängt, aufzustehen, damit er rechtzeitig in die Schule kommt.

Wie schön es sein muß, fliegen zu können! Dann könnte er nach Rønningen hinüberfliegen und sehen, wie es Olefejus geht. »Olefejus ist so verliebt, daß er nicht weiß, auf welchem Bein er stehen soll«, sagt Mutter. Warum werden die Erwachsenen so albern, wenn sie verliebt sind? Wird er auch mal so albern sein? Nein, auf gar keinen Fall!

Wird seine Mutter so? Oder ist sie so? Ist sie deshalb in der letzten Zeit so komisch gewesen? Weil sie in jemanden verliebt ist, den er nicht kennt, in den fremden Mann, mit dem sie zusammensteht und den sie umarmt?

Als er klein war, war er in Anita auf Lund verliebt. Ja, er war auch in ihre Zwillingsschwester Elin verliebt, aber am meisten in Anita, weil sie die hübscheste war. Wenn er mit der Mutter zu Besuch nach Lund kam, verkleideten ihn Anita und Elin immer als Mädchen. Sie zogen ihm ein rosa Strickkleid an und banden ihm ein Kopftuch um. Dann führten sie ihn in die Küche und fragten ihre Mütter, die dort saßen, ob sie nicht fanden, daß ein hübsches kleines Mädchen zu Besuch gekommen wäre. Und Harriet und seine Mutter schlugen die Hände zusammen und sagten: »Aber ja doch, was für ein süßes kleines Mädchen. Wie heißt sie denn?« »Sie heißt Desiré«, sagte Anita, denn das war für sie der schönste Name. Manchmal hieß er auch Veronika, denn den Namen hatte Elin am liebsten.

Ein bißchen ist er immer noch in Anita verliebt, wenn er es sich überlegt. Sie drückt ihn immer und fragt, ob er ihr Freund wäre, aber darauf antwortet er natürlich nicht. Außerdem hat sie einen Freund in ihrer Klasse auf dem Gymnasium, das hat Elin erzählt. Warum ziehen Kinder, wenn sie einen Freund haben, die anderen damit auf, aber bei den Erwachsenen, da redet keiner darüber?

Er ist tief in den Wald gekommen, bis hin zu dem steilen Hang, vor dem Mutter sich so fürchtet. Er hat sie immer um den hervorstehenden Sims führen müssen, dort, wo der Pfad nur ein schmaler Vorsprung an der steilen Bergwand ist. Einige Meter unterhalb der abschüssigen Wand fällt der Hang jäh und steinig ab in die Kluft. Wer hier den Halt verliert, rollt über die scharfen Steine hinunter.

Ganz unten im Tal fließt ein kleiner Bach, nicht überschäumend wild und rauschend wie im Frühling, aber noch ausgelassen genug. Der hat so ein glucksendes kleines Lachen, als ob er sich weiter oben ein Lachen eingefangen habe, das er lustig plaudernd den Hang hinunterträgt. Das sind Evines Elfen, die lachen, denkt der Junge. Er drückt sich an die Bergwand und bewegt sich auf dem schmalen Felsvorsprung seitwärts.

45

Nachdem die zwei Männer gegangen sind, fühlt Solfrid sich vollständig erschöpft. Sie hatte früher oftmals gedacht, wie es wohl sein würde, den deutschen Großvater ihres Sohnes kennenzulernen. Aber sie muß sich selbst eingestehen, daß Hans für sein Kommen keinen weniger passenden Zeitpunkt hätte wählen können. Die Ereignisse der letzten Wochen waren so aufreibend, daß es ihr jetzt vorkommt, als habe sie das ganze Spektrum der Gefühle verbraucht. Ihr ist, als habe jemand sie in ein Glas gesteckt, kräftig geschüttelt und das Glas mit ihr wieder ausgeleert.

Sie bleibt sitzen, starrt vor sich hin und überlegt, daß sie jetzt für lange Zeit erst einmal keine Kraft mehr hat, sich auf jemanden oder etwas einzulassen. Nicht einmal auf ihren Sohn, obwohl sie spürt, daß er wegen ihrer Geistesabwesenheit böse auf sie ist, vielleicht auch verletzt. Aber sie muß auch das später aufgreifen, denkt sie und schließt die Augen, läßt sich auf den Stuhl sinken und ruht den schmerzenden Fuß auf dem Tisch aus. Nachdem sie einen Arm in den Nacken gelegt hat, läßt sie alle Geräusche durch den Kopf gleiten. Sie hört das schwache Sausen des Windes in den Bäumen. Eigentlich sollte es gegen Abend nachlassen. Heute nacht gibt es vielleicht etwas Wind und einen Regenschauer, denkt sie gleichgültig. Die Spatzen lärmen im Stachelbeerbusch: Tschilp, tschilp, tschilp. Der mutigste von ihnen sucht auf der Erde unter dem Tisch nach ein paar Brotkrumen. Sie kann das hektische Flattern der Flügel hören. Und sie hört, wie die Katzenmutter schnurrend ihre Jungen ruft, ein Ton, der nicht mißzuverstehen ist. Bald dringt auch das dünne Miauen an ihr Ohr, mit dem sie antworten. Alle drei sind in dieser Woche so viel zahmer geworden. Vielleicht sollte sie Jakob erlauben, nach den Ferien ein Kätzchen mitzunehmen? Auf Ås gibt es zur Zeit nur einen erwachsenen Kater, nachdem die weißgefleckte Katze im Frühjahr verschwunden ist. Vermutlich hat sie der Fuchs geholt. Und wo war eigentlich Jakob? Na ja, er würde wohl wieder auftauchen, wenn er fertig war mit Schmollen. Vielleicht sollte sie ihn rufen und ihm sagen, er könne sich ein Kätzchen aussuchen. Ja, das will sie tun, sowie sie ein bißchen zu sich gekommen ist.

Sie hat Luft geholt, hat seinen Namen auf der Zunge, da hört sie Schritte unten am Hang. Das darf doch wohl nicht wahr sein! denkt sie erschöpft. Und dann, schon wieder neugierig: Wer in aller Welt kann das sein, der jetzt so spät am Nachmittag noch kommt?

Sie weiß nicht, was sie erwartet hatte. Daß Lars etwas vergessen hatte. Daß ihre Eltern einen kleinen Ausflug unternommen haben, obwohl Lars ja gesagt hatte, sie wollten bis nach dem Wochenende warten. Daß Inger es für nötig befunden hatte, Laila wieder in Solfrids Obhut zu geben. Oder daß sich ein Wildfremder auf dem steilen Pfad verirrt hatte.

Auf keinen Fall hat sie mit Kjetil gerechnet. Aber er ist es, der dort auftaucht und für einen Augenblick mit seinem entwaffnenden Lächeln stehenbleibt, ehe er herüberkommt und sie aus dem Stuhl hochzieht. Solfrid schlingt ihm die Arme um den Hals und ergibt sich.

In vielerlei Hinsicht ist er wie ein Kind. Man kann ihm einfach nicht widerstehen. Oder lange auf ihn wütend sein. Spielt er seinen Jungencharme bewußt aus, oder ist er einfach so? Ein kleiner dreijähriger Junge, der noch nicht gemerkt hat, daß zu lieben Verantwortung in sich birgt. Schon läßt sie sich wieder von ihm bezaubern. Läßt sich durch Küsse und Umarmungen davon überzeugen, wie sehr er sie vermißt hat, wie lieb er sie hat, wie gern er möchte, daß sie beide zusammensind.

Ach, es ist so herrlich, genau hier und jetzt, das einfach nur so stehen zu lassen. Alle ihre Gefühle preiszugeben, ohne sich abzusichern, ohne daran zu denken, daß er sie wieder enttäuschen wird. Tief im Innersten weiß sie, daß das wieder geschehen wird. Aber genau jetzt will sie einfach nur hier stehen und spüren, daß sie sich lieben.

Und er ist diesmal offensichtlich aufrichtig zerknirscht. Nicht nur auf seine jungenhafte, fast schon spielerische Art, sondern ernsthaft und erwachsen. Er weiß jetzt, wie sehr er sie verletzt hat. Und er weiß überhaupt nicht, wie er das wiedergutmachen soll.

Als er entdeckt, daß sie sich am Fuß verletzt hat, entwickelt er eine geschäftige Fürsorge. Er geleitet sie zurück zum Korbstuhl, legt ihr ein Kissen unter den Fuß und eine Decke über die Knie. Er will Tee für sie kochen, muß aber alle dreißig Sekunden zurückkommen, um sie zu küssen und um zu fragen, wo er was findet. Wo sind Tassen, Holzscheite, Wasser, Tee, Streichhölzer. Hat der Mann keine Augen im Kopf? Sie lacht und zieht ihn ein bißchen auf und genießt es, sich bedienen zu lassen.

Er hat tatsächlich Proviant mitgebracht! Brot und Käse, Tomaten und Gurke, sogar an die Butter hat er gedacht. Und er hat kaltes Hähnchen und Wein dabei, damit könnten sie sich später am Abend vergnügen, hat er gedacht. Er räumt hin und her und zerbricht eine von Evines alten Tassen mit dem Rosenmuster. Aber sie lacht und vergibt ihm, weil er so lieb ist und so fürsorglich. Und weil er sie ja so liebhat.

Sie bleiben sitzen und reden, jeder mit seiner dampfenden Teetasse, während die Sonne feuerrot direkt über dem Storås am Himmel hängt. Es ist etwas diesig jetzt am Abend, so daß die rote Kugel unscharf wirkt, fast als ob man sie durch eine beschlagene Scheibe betrachtete. Und auch die grüne Landschaft, die Berge und Wälder bekommen einen leichten Schleier, als seien sie von einer hauchdünnen Tüllgardine bedeckt. Dies ist einer der schönsten Abende, die Solfrid in diesem Sommer hier erlebt hat. Der Wind von vorhin ist wieder eingeschlafen, nur die Espen rascheln nervös mit dem Laub, und vier gerade aufgeblühte Glockenblumen zittern mit ihren himmelblauen Glöckchen. Sie sind früh dran in diesem Jahr.

Er hat die Lebensmittel ausgepackt und weggeräumt. Wieso in aller Welt kommt er dazu, Essen mitzubringen?

»Inger hat gesagt, daß alle, die zu Besuch kommen, das, was sie essen werden, mitbringen, damit dir hier oben nicht die Lebensmittel ausgehen«, sagt Kjetil, als ob es vollkommen selbstverständlich wäre, daß er mit Inger geredet hat.

Natürlich muß er das getan haben, wie sonst hätte er sie finden sollen?

»Ich bin den Signalen gefolgt«, hatte er auf ihre erste Frage hin gelacht. Tatsächlich hatte sie kleine, pulsierende Töne der Sehnsucht vor sich gesehen, die sich durch die Luft fortpflanzten. Hatte gesehen, wie sie von ihrem Korbstuhl aufstiegen, über die Baumwipfel segelten und in seine unordentliche Wohnung hinein. Ja, für einen albernen kleinen Moment hatte sie ihn zwischen Bergen schmutziger Wäsche herumwühlen sehen, auf der Jagd nach den Tönen – ehe er witternd den Kopf hob, alles fallen ließ und loslief. Zu ihr. Als ob ihre Gedanken ein unsichtbares Band wären, dem er bis zu ihr hin folgen könnte.

Aber natürlich hatte er mit Inger geredet, das war ja vollkommen klar. Er und Inger waren in diesem halben Jahr ja gute Freunde geworden, und …

O Gott! Er hatte mit Inger geredet! Die Wahrheit schoß Solfrid unvermittelt durch den Kopf und ließ ihr Gesicht erröten. Sie konnte die Wärme bis zu den Ohren hin spüren.

Und plötzlich denkt sie viele Gedanken auf einmal, nicht einen nach dem anderen, sondern alle zur gleichen Zeit. Sie denkt, daß er weiß. Und sie denkt, wenn er nicht wüßte, würde sie ihm dann von der Nacht mit Christopher erzählen? Bitter denkt sie: Ja, denn ihm würde es ja doch nichts ausmachen. Und gleichzeitig rachsüchtig: Ja, denn dann könnte er selbst einmal merken ...

Sie denkt, wenn sie wüßte, daß es ihm etwas ausmachte, würde sie es ihm dann erzählen? Wenn sie wüßte, daß damit die Gefahr verbunden wäre, ihn zu verlieren? Und sie denkt, ja, das würde sie, denn eine Beziehung muß auf Offenheit gebaut sein, und sie denkt, nein, das würde sie nicht, denn sie würde es nicht schaffen. Nein. Das würde sie nicht.

Und es bedeutet ja nichts. Ha! Wie oft hat sie diesen Satz von Kjetil gehört? Zehnmal? Fünfzehnmal? Oder zwanzigmal? Jedesmal, wenn sie auf sein Flirten mit anderen Frauen eifersüchtig reagierte – nicht weil das notwendigerweise hieß, daß er mit dem Mädchen ins Bett gehen würde, sondern weil sie sich dadurch verunsichert und nicht wahrgenommen fühlte –, bekam sie diesen Satz ins Gesicht geschleudert. Von einem Kjetil, so charmant und zerknirscht und überzeugend, daß ihre Wut in sich zusammenfiel. Aber war er wirklich zerknirscht? Da war sie sich jetzt gar nicht mehr so sicher!

Darin liegt sicher der größte Unterschied zwischen ihrem Seitensprung und seinen. Sie hat wahrlich heftig bereut und sich selbst hoch und heilig geschworen, so etwas nie wieder zu tun. Er aber betrachtet eine Affäre als Menschenrecht: das Recht, seine Gelüste bei denen zu befriedigen, die sie im Augenblick wecken. Und das waren nicht wenige.

Ist es wirklich so, daß Männer und Frauen verschieden

sind, wie Harriet behauptet? Harriet vergleicht Männer generell mit männlichen Tieren, die um ihr Revier kämpfen und die Weibchen erobern, die sie erwischen können.

»Schaut euch den Hengst dort an«, sagte Harriet eines Tages im letzten Sommer, als Inger und Solfrid bei ihr am Küchentisch saßen. Sie machte mit dem Kopf eine Bewegung zum Fenster hin, woraufhin die beiden einen Lachanfall bekamen. Denn draußen auf dem Hof ist Lyder dabei, für Elisabeth ein Auto zu schnitzen, er, der so ungeschickt ist.

Harriet folgte ihren Blicken und brach ebenfalls in Gelächter aus, denn ihr ungelenker, gutmütiger Ehemann hatte nun überhaupt nichts Hengstartiges an sich.

»Eigentlich dachte ich eher an den dort«, fuhr sie fort und deutete auf den schwarzen Hengst, der friedlich mit ihrer Stute graste. Er war einer der Traber von Li, den sie mit Harriets Stute zusammengestellt hatten, damit die Natur ihren Gang gehen sollte. Von künstlicher Befruchtung der Stuten hielt Harriet nichts. Sollte sie dem schicken Fräulein nicht eine der größten Freuden des Lebens gönnen, wenn ein solches Prachtexemplar wie der auf Li in Reichweite stand? Na also!

Solfrid und Inger können noch immer kichern wie die zehnjährigen Mädchen. Und beim Gedanken an den Sohn des Hauses auf Li mit seinem Bierbauch bekamen sie den nächsten Lachanfall.

Doch dann wird Solfrid wieder ernst. Sie schaut Kjetil direkt in die Augen. Blitzt in seinem Blau Schadenfreude auf? Ein kleines: Da siehst du mal, auch du bist nicht ohne Fehl und Tadel. Ist das die Reaktion, auf die sie wartet? Was kann man eigentlich aus dem Blick eines Menschen ablesen, abgesehen von grundsätzlichen Gefühlen wie Freude, Trauer, Wut?

Er sitzt auf dem Küchenstuhl, die Beine hat er angezogen. Die nackten Zehen krümmen sich um die Tischkante. Die Ellbogen ruhen auf den Knien, und zwischen seinen langen Fingern dreht er die leere Teetasse. Die braune Cordhose hat er bis zu den Knien hochgekrempelt, und sein kariertes Hemd hängt aufgeknöpft auf jeder Seite seiner glatten, unbehaarten Brust.

Sie überlegt, was er über sie denkt. Ob er dasitzt und darauf wartet, daß sie ihm erzählt, das mit Christopher würde nichts bedeuten? Es bedeutete ja auch nichts! Gar nichts!

Aber nicht das sagt sie, als sie den Mund öffnet. Sie spürt die Schamröte über dem Gesicht, als sie geradewegs in seine unergründlichen Augen schaut.

»Das war so gemein Inger gegenüber«, sagt sie beinahe trotzig. »Herrgott noch mal, war das gemein Inger gegenüber.«

46

Kjetil hatte Inger eines Tages, als sie noch immer auf Christopher und Solfrid wütend war, in der Stadt getroffen. Ein paar Tage zuvor hatte Sol reumütig bei ihr auf der Treppe gestanden. Das hatte Ingers Wut aber nur noch verstärkt. Natürlich war sie am wütendsten auf Hans. Sie war nicht in der Stadt, um ihn zu besuchen, sondern um eine Wohnung zu besichtigen, die an dem Tag in der Zeitung annonciert gewesen war. Die war zu klein und zu teuer, und auch darauf war Inger wütend. Als sie auf dem Weg zum Bus Kjetil traf, zog sie ihn mit sich in ein menschenleeres Café und platzte mit der ganzen Geschichte heraus.

Abgesehen von Solfrid war Kjetil der einzige, der die Wahrheit über Sofie wußte. Er hatte davon erfahren, als sie noch zwei Paare und alle vier im Frühjahr gemeinsam auf der Hütte gewesen waren. Es war natürlich unmöglich, ein ganzes Wochenende mit Christopher und Inger zusammen zu verbringen, ohne daß über Sofie geredet wurde.

Kjetil hatte es total überspannt gefunden, daß Inger nicht schon seit langem Hans verlassen hatte. Sie müßte um Gottes willen zusehen, das endlich zu tun! Meinte er, und wie wundervoll das sein würde, wenn sie alle vier mit ihren Kindern zusammen eine Wohngemeinschaft bildeten. Ja, ruhig auch mit mehreren, Erwachsenen und Kindern. Wie gut sie es haben könnten, gute Freunde, die sie doch waren! Und die Kinder, die sich so gut kannten, die waren doch fast wie Geschwister.

»Faktisch sind sie in doppelter Hinsicht Geschwisterkinder«, meinte Inger und erklärte den beiden Männern die Familienverhältnisse. Ingers Vater und Solfrids Mutter waren Geschwister, und das waren auch Ragnhild, Nils-Jans Mutter und Milda, Ingers Mutter. Christopher entwickelte eine lange Erklärung über Vererbung und Gene, die Solfrid mit dem Hinweis unterbrach, daß Ragnhild ja nicht Nils-Jans Mutter, aber daß seine Großmutter die Cousine von Ingers Großmutter gewesen war. Inger und Nils-Jan waren also Vettern und Cousinen dritten Grades. Zu dem Zeitpunkt hatte Kjetil schon lange den Anschluß verpaßt. Er saß in einer Ecke der Hütte und klimperte auf seiner Gitarre, während die anderen sich über Christophers flüchtig skizzierten Stammbaum beugten.

Kjetil wußte noch, daß Solfrid gekränkt war, weil er sich so wenig für Jakobs Familiengeschichte interessierte. Und er hatte darauf genauso gekränkt geantwortet, wenn er nicht an Vererbungslehre interessiert sei, bedeute das noch nicht, daß er sich nicht für ihr Kind interessiere.

Aber sie hatten sich rasch wieder versöhnt. Hatten lange Ausflüge unternommen, um den Kamin gesessen und Kniffel gespielt, die Rotweingläser neben sich auf dem Fußboden. Er weiß noch, wie behaglich erschöpft er sich gefühlt und wie gut es ihm gefallen hatte, daß sie nur zu viert waren. Er war so oft mit so vielen Menschen zusammen.

Das gute Gefühl dieses Wochenendes war es in der Tat gewesen, weshalb er eingesehen hatte, daß Solfrid für ihn mehr war als nur eine oberflächliche Affäre. Für sie wollte er sich entscheiden, mit ihr wollte er zusammenleben, Kinder bekommen. Nicht, daß er sich selbst plötzlich als treuen Ehemann sah, oder doch, vielleicht doch. Jedenfalls war der Gedanke daran für ihn nicht mehr so erschreckend wie früher gewesen.

Es war ihm noch nie eingefallen, sich in einer dauerhaften Beziehung »zur Ruhe zu setzen«. Er hatte immer geglaubt, er wäre nicht der Typ für ein traditionelles Familienleben, für das Modell Vater-Mutter-Kind. Nein, Wohngemeinschaften waren mehr nach seinem Geschmack. Er sah sie vor sich, Solfrid und sich – und ihren Sohn, auf jeden Fall ihren Sohn! – in einer Wohngemeinschaft. Gern im Ausland, vielleicht in Dänemark oder den Niederlanden, und gern auf einem kleinen Hof, mit Hühnern und Kaninchen. Daß er über die zwei Tierarten nicht mehr wußte, als daß die eine Sorte zwei Beine hatte und die andere vier, das alles bekümmerte ihn nicht nennenswert.

Oder warum nicht mit einem Hausboot umherreisen? Die großen Flüsse in Deutschland oder Frankreich hinunterfahren, ein gutes Buch lesen, während der Junge auf dem Schiff herumsprang und die Schleusen öffnete. Oder sie könnten ein Jahr lang durch die Welt vagabundieren. In Neu-Delhi hatte er ein paar Jahre gewohnt, als er klein war. Und Katmandu wäre auch ein interessantes Reiseziel.

Ach, es gab so viele Möglichkeiten! Die Welt war so groß – und so klein. Und Solfrid war es, mit der er sie teilen wollte. Und mit ihrem Sohn. Ja, auch mit ihrem Sohn, auf jeden Fall.

Solfrid aber hatte offenkundig andere Pläne. Sie hörte bei seinen bestimmt nicht einmal zu. Vermutlich nahm sie ihn nicht richtig ernst, denn sie tat sie mit einem beinahe schon nachsichtigen Lachen ab und einem lächelnden: Und wovon sollen wir dann leben? Ihre Pläne sahen anders aus: ein Haus am Jakobshaugen, Kinder und ein etabliertes, kleinbürgerliches Familienleben in ihrem Ort. Doch, reisen konnten sie durchaus! Aber alles zu seiner Zeit. Wenn Jakob größer geworden ist, wenn sie etwas Geld gespart hätten, wenn sie ...

Er wußte nicht ganz genau, was er sich vorgestellt hatte. Vielleicht, daß es galt, die Freiheit zu nutzen, solange er sie hatte. Auf jeden Fall hatte er gedacht, daß er Solfrid gern hatte, daß sie keinen Grund zur Eifersucht hatte, selbst wenn er ein bißchen mit anderen Mädchen flirtete. Eifersucht hat mit der Angst vor Verlust zu tun, und wenn zwei Menschen so verliebt waren und sich so gern hatten wie er und Solfrid, dann müßte ihre Beziehung einen unschuldigen und unbedeutenden kleinen Seitensprung verkraften. Von beiden Seiten, aber natürlich, von seiten beider Partner!

Hatte er so gedacht? Er erinnert sich nicht. Als er mit Inger im Café saß, erinnerte er sich nicht an das, was er gedacht hatte. Der Gedanke an Solfrid und Christopher – Solfrid und Christopher! – ließ ihn spüren, nicht einsehen, sondern spüren mit seinem Körper, daß Eifersucht mehr war als die Angst vor Verlust. Eifersucht war ein irrationales Gefühl. Eifersucht heißt, sich gedemütigt, sich betrogen fühlen, zum Narren gehalten werden.

47

Ihm fällt dazu eine Episode aus seiner frühen Kindheit ein, als sie in Paris wohnten. Es muß kurz vor Weihnachten gewesen sein oder vor seinem Geburtstag, denn er weiß noch, daß er ein Geschenk von der Großmutter in Norwegen erhalten hatte, einen weißen, flauschigen Hund mit roter Zunge und schwarzen Glasaugen. Seither hatte er ihn jede Nacht mit ins Bett genommen. Aber nach jenem Abend legte er ihn beiseite und vergaß ihn.

Die Mutter saß auf einer moosgrünen Chaiselongue – er erinnert sich an sie immer in der französischen Schreibweise – und wartete auf den Vater. Sie wollten zum Weihnachtsball gehen. Die Mutter war fertig zurechtgemacht, hielt ein Glas in der einen Hand und eine perlenbestickte Tasche in der anderen. Sie trug schwarze Handschuhe, die bis über die Ellbogen reichten. Den glänzenden cremefarbenen Rock des Kleides hatte sie über die Chaiselongue ausgebreitet, um ihn nicht zu zerknittern.

Kjetil fand die Mutter so schön, daß er auf ihren Schoß klettern und sie umarmen wollte. Doch das durfte er nicht.

»Du zerknitterst meinen Rock, Schatz!«

Deshalb stand er neben dem altmodischen Sofa und streichelte mit dem weißen Hund vorsichtig über den feinen Kleiderstoff. Aber als der Vater den Raum betrat, sammelte die Mutter den Rock zusammen und machte auf der Chaiselongue Platz für ihn. Er legte ihr den Arm um die nackten Schultern, steckte einen Zeigefinger in den Spalt zwischen den Brüsten und ließ den Finger langsam über die Brust hin und her gleiten, unter dem Kleid. Gleichzeitig beugte er sich herunter und küßte sie auf den Nacken, unter ihre blonden Locken. Die Mutter lachte.

Dann hob der Vater den Kopf, streckte den anderen Arm über Mutters Schoß dorthin, wo Kjetil stand, drückte mit dem Zeigefinger auf Kjetils Nase und sagte:

»Das ist *meine* Mama!«

Das war ein Spiel, das sie oft am Frühstückstisch spielten. Denn zu der Zeit geschah es nur selten, daß die Mutter bis weit in den Vormittag im Bett lag. Meistens saß sie in einem seegrünen seidenen Morgenrock am Frühstückstisch, Kjetil im gestreiften Pyjama und dunkelblauen Schlafrock. Nur der Vater war fertig gekleidet, mit Anzug und Krawatte, denn er mußte zur Arbeit in die Botschaft. Damals bekleidete er noch eine untergeordnete Stellung. Im Eingang standen Aktentasche und Schirm und warteten. Der Hut lag auf der Ablage, der halblange Mantel hing darunter am Haken.

»Das ist *meine* Mama!«

»Nei-ein, das ist *meine*!«

»Meine!«

»Nein meine!«

So pflegte das zu gehen, der Vater zwinkerte der Mutter und Kjetil zu, Kjetil hatte den Kopf zurückgelegt und das Kinn eigensinnig gegen den Vater vorgereckt:

»Nei-ein! Das ist sie nicht! Das ist *meine*! Das ist meine – das ist meine – das ist *meine*!«

Bis die Mutter lachend unterbrach, ihn vom Stuhl hob, herumschwenkte und ihm versicherte, daß sie *nur* seine Mama wäre, *nur* Kjetils und die von keinem anderen! Und

Papa sollte doch einfach zu seinem Job gehen, denn heute würden sie und Kjetil das schöne Museum besuchen, wo all die Impressionisten hängen. Und anschließend würden sie in einem Café heiße Schokolade mit Schlagsahne trinken und Apfelkuchen essen.

Das war immer ein amüsantes Spiel gewesen, aber dieses Mal wurde Kjetil wütend. Er schmollte, weil er zu Hause bleiben mußte, mit einem Kindermädchen, das er kaum kannte. Er schmollte, weil die Mutter ihn wegen des feinen Rockes nicht nahe an sich lassen wollte. Er war gekränkt und wütend und schlug mit dem weißen Hund nach dem Vater.

»Geh weg, du!«

Die Eltern lachten einfach. Der Vater leerte das Glas der Mutter und setzte es auf dem kleinen Tisch neben der Chaiselongue ab. Er zog die Mutter hoch und tanzte mit ihr durch den Raum, so daß das Kleid wie eine seidenweiße Wolke um sie beide wogte. Lachend tanzten sie hinaus auf den Flur, um sich anzuziehen. Die Mutter hatte zu Weihnachten eine Nerzstola geschenkt bekommen, ein bißchen im voraus, damit sie sie schon zum Ball tragen konnte. Als ihr der Vater die Stola über den nackten Rücken legte, drehte er sich zu Kjetil um, der schreiend hinter ihnen hergelaufen war, und sagte:

»Du solltest erst wissen, was ich mit deiner Mama mache, wenn du schläfst!«

Die Mutter sagte lächelnd: »Na, nun aber!«, und dann verschwanden sie nach draußen und ließen Kjetil mit dem französischen Kindermädchen zurück, die schon bald ganz verzweifelt war.

Denn Kjetil ließ sich gar nicht mehr beruhigen, weder durch das Versprechen, ihm heiße Schokolade zu kochen noch durch den Vorschlag, das Bilderbuch von der Gänsemutter mit ihren Kindern laut vorzulesen. Er verschanzte sich in seinem Zimmer eine Etage höher. Wenn das arme Mädchen zwischendurch einmal die Treppe heraufkam und den Kopf durch die Tür steckte, verscheuchte er sie mit unzweideutigen französischen Ausdrücken: »Va t'en!«, »Hau ab!«, »Geh weg!«

Dort oben möblierte er die beiden Schlafzimmer um, sein eigenes und das der Eltern. Er schleppte sein Bett bis zur Schlafzimmertür der Eltern. Die Schwelle zwischen den beiden Zimmern war ziemlich hoch, so daß er sich lange abmühte, bis es ihm gelang, das eine Ende seines Bettes darüber zu wuchten. Die Tür war so schmal, daß er über die Gitterstäbe in sein Bett und auf der anderen Seite wieder hinausklettern mußte. Dann mußte er den Rest des Bettes durch die Tür schieben, bis die Beine des Bettes erneut gegen die Türschwelle stießen und er sie wieder anheben mußte. Er plagte sich ordentlich ab, und am Ende gelang es ihm, die schweren Betten der Eltern aus poliertem Birkenholz auseinanderzuschieben und sein eigenes mitten dazwischen zu plazieren.

Das Kindermädchen hatte keinen Versuch unternommen, ihn aufzuhalten. Vermutlich hatte sie alle Bemühungen aufgegeben, sich ihm zu nähern, und statt dessen am Radio der Gastgeber Musik gehört. Als sie hochkam, um Kjetil ins Bett zu bringen, schlief er bereits, vollständig angezogen, in seinem Bett, das er sicher zwischen die Betten der Eltern gestellt hatte.

48

An diese Eifersucht erinnert er sich. Und die kann er Solfrid vermitteln, dazu das Bild einer Mutter, die er in seiner ganzen Kindheit vergöttert haben muß. Es erscheint ihr unfaßbar, daß er bisher so wenig von ihr geredet hat. Als einziges hat er erzählt, daß die Mutter seit vier Jahren tot ist und daß er zum Vater, der wieder verheiratet ist und im Ausland lebt, nur wenig Kontakt hat. Es ist überhaupt merkwürdig, wie wenig sie über Kjetils Familie weiß, denkt Solfrid plötzlich. Sie kennen sich bald ein halbes Jahr. Er weiß sehr viel von ihr und Jakob, von ihren Eltern, von Ragnhild und Lars, vom Dorf und ihrer Kindheit. Und von Nils-Jan.

Sie weiß so gut wie nichts über seine Familie, nur daß er keine Geschwister hat. Wenn er von der Kindheit sprach, dann oft von den großen Städten, in denen sie gewohnt hatten, von Kirchen und Museen, in die die Mutter ihn mitgenommen hatte, und von Menschen, denen sie durch die Arbeit seines Vaters im diplomatischen Dienst begegnet waren.

Dies ist das erste Mal, daß Solfrid einen Hauch von Ahnung von dem kleinen Kjetil bekommt. Sie ahnt, wie einsam der kleine Junge unter all den Menschen gewesen sein mußte, die die ganze Zeit kamen und gingen. Hat er deshalb ein so ausgeprägtes Bedürfnis, oberflächliche Kontakte zu vielen zu knüpfen? Ist er deshalb so sozial, fast glatt? Und so ängstlich, sich zu binden?

»Ich würde gern deine Mutter gekannt haben«, sagt sie und streichelt über seinen nackten Unterarm.

»Nein, das würdest du nicht«, antwortet er mit einem traurigen Lächeln, »jedenfalls nicht am Schluß.«

Und dann erzählt er, wie sich die Mutter, nachdem sie und Kjetil nach Norwegen zurückgekehrt waren, systematisch und zielstrebig durch Alkohol ihre Gesundheit ruiniert hatte. Ja, natürlich hatte das viele Jahre zuvor begonnen, schon als Kjetil klein war. Doch weder der Vater noch die anderen in ihrer Umgebung hatten die Signale richtig ernst genommen. Vielleicht weil sie alle mit der Zeit ähnlich viele Tabletten und Alkohol gebraucht hatten. Die neuen Beruhigungsmittel machten ja auch nicht abhängig, hieß es.

Die Großeltern zu Hause in Norwegen waren die ersten, die auf die Signale reagierten. Kjetil erinnert sich an eine heftige Szene, als die Mutter in einem Tobsuchtsanfall ein Glas an die Wand warf. Die Großmutter weinte, und der Großvater ging auf und ab, wollte, daß die Tochter sich mäßigte.

»Denkt doch an …« Er nickte mit dem Kopf kurz zu Kjetil hinüber, der in einem Sessel zusammengekrochen war und den Erwachsenen mit den Augen folgte. Aber seine Mutter schnaubte bloß, Vater und Mutter wüßten ja nichts vom Leben dort draußen in der Welt, sie, die niemals außerhalb der Landesgrenzen gewesen waren. Die ihre Tochter niemals besucht hatten, weil sie nicht wagten zu fliegen!

»Alle nehmen sie einen Drink, das ist völlig normal!« behauptete sie und holte ein neues Glas aus dem blaubemalten Eckschrank. Sie füllte es mit dem süßen Wermut, den sie bei sich hatte, denn damals hatte sie noch nicht begonnen, Whisky zu trinken. Und sie beugte sich über Kjetil und fragte ihn lächelnd: »Nicht wahr, mein Schatz, alle tun das?«, wobei sich ihr süßer Atem wie ein Schleier über sein Gesicht legte.

Und Kjetil nickte.

Aber nachdem sich die zwei in Norwegen niedergelassen

hatten, in einem Seitenflügel im Hause der Großeltern, bemühte er sich unermüdlich, die Mutter vom Trinken abzuhalten. Er war achtzehn Jahre alt und versuchte, seine Forderungen mit all seiner erwachsenen Autorität durchzusetzen, aber es nützte wenig. Immer wieder gab die Mutter vor, auf ihn zu hören, gelobte Besserung, trank aber heimlich weiter. Am Ende überließ er sie der Obhut der Großmutter und zog zu Hause aus. Zuzusehen, wie sie vor die Hunde ging und nichts dagegen tun zu können, war entsetzlich.

Während er im Studentenwohnheim in Oslo lebte, besuchte er sie fast jedes Wochenende, aber nachdem er sein Studium abgebrochen hatte, wurden die Besuche seltener. Nicht zuletzt, weil sie und die Großeltern die Richtung, die sein Leben nun nahm, so ganz und gar ablehnten. Das führte ohnehin nur zu bitteren und sinnlosen Streitereien.

Mit der Zeit gab Kjetil es auf, der Mutter und den Großeltern begreiflich zu machen, welche Entscheidungen er getroffen hatte. Er konzentrierte sich ganz und gar auf das radikale Umfeld, dem er sich angeschlossen hatte, und versuchte über weite Strecken hin zu vergessen, daß er eine Mutter hatte. Als sie im Krankenhaus starb, war sie von dem Bild der schönen Mutter, die er einmal vergöttert hatte, so weit entfernt, daß es ihm fast unnatürlich vorkam, um sie zu trauern.

Jetzt, wo er mit Solfrid darüber spricht, verschmelzen die zwei Gestalten zum ersten Mal und werden wieder zu ein und derselben Person, einem Menschen, von dem er spürt, daß er ihn vermißt. Und er spürt auch, daß er die Großeltern vermißt, mit denen er mehrere Jahre unter einem Dach lebte, die er aber jetzt höchstens alle paar Monate einmal sah.

»Ich werde dich mit nach Oslo nehmen, dann kannst du

meine Großeltern kennenlernen«, sagt er. »Dich und Jakob«, fügt er rasch hinzu, so schnell, daß Solfrid nicht entscheiden kann, ob der Gedanke ihm selbst kam oder ob er den Wunsch in ihren Augen sah.

Er hat nicht nach dem Jungen gefragt. Und Solfrid hat nicht den üblichen kleinen Groll verspürt, wie manchmal, wenn sie findet, er sei zu wenig an ihrem Sohn interessiert. Denn sie selbst hat Jakob für den Moment völlig vergessen.

49

Der Junge hat den Vorsprung auf dem Pfad fast umrundet. Beim Gehen hat er dem Abgrund den Rücken zugewandt. Eigentlich kann man ihn nicht Abgrund nennen, es ist ja nur eine zwei, drei Meter hohe Böschung mit abschüssiger Geröllhalde. Aber für Jakob ist das hoch genug. Er hat die Augen fest auf die grüne Wand vor sich gerichtet, auf der die kleinen Blätter des Tüpfelfarns hier und dort herausschauen, mit einem etwas helleren Grünton als das weiche Moos, das den Felsrücken bedeckt. Jakob weiß, wenn er die Moosschicht wegreißt und die hellgrünen Farnblätter hochzieht, werden sie einige der Wurzeln mitziehen. Die sind gelbbraun und so dick wie Regenwürmer. Wenn man sie kaut, schmecken sie scharf, säuerlich und ein bißchen bitter.

Aber er traut sich nicht, die Wurzeln des Tüpfelfarns loszureißen, er konzentriert sich darauf, wohlbehalten den Vorsprung zu umrunden bis zur anderen Seite, wo der Pfad wieder breiter wird. Er ist fast in Sicherheit, als ein großer Vogel – war das ein Birkhahn? – flügelschlagend aus dem Wäldchen direkt vor ihm auffliegt. Bei dem Geräusch ist

Jakob so zusammengezuckt, daß er fast das Gleichgewicht verloren hätte. Er muß eine Weile mit geschlossenen Augen und beiden Händen tief im grünen Moos vergraben dastehen, während sein Herz heftig klopft, so daß das Blut ihm in den Ohren pocht. Für einen kurzen Moment weiß er, daß er sich nicht trauen wird, die Augen zu öffnen und weiterzugehen, und in dieser Gewißheit hört das Herz zu schlagen auf. Er ist von einer Einsamkeit erfüllt, so grenzenlos, daß er nicht verstehen kann, wie ein so unendliches Gefühl in ihm Platz finden kann.

Aber das dauert nur einen Augenblick. Er spürt auf der Handfläche einen brennenden Schmerz, zieht die Hand zurück und ist auf der anderen Seite des Felsvorsprungs, ohne noch einmal nachgedacht zu haben. Auf seiner Handfläche sitzt eine kleine rotbraune Ameise. Und auf seinen Armen krabbeln noch mehr. Er wischt sie rasch fort.

Er setzt sich auf den Stein, auf den die Mutter und er sich immer setzen, wenn sie den Vorsprung geschafft haben. Der ist so groß, daß beide nebeneinander Platz finden, wenn sie dicht zusammenrücken. Und er liegt in sicherem Abstand vom Rand, aber nahe genug, daß mit einem vorsichtigen Ziehen im Bauch etwas vom Schrecken vor dem Abgrund den, der dort sitzt, noch erreicht. Nicht gefährlich ist das, nur spannend: Wenn ich da hinunterfallen würde! Hinabkullern, bis ich leblos und an den Steinen zerschmettert dort unten auf dem Grund liegen würde! Wie traurig die Mutter sein würde! Und die Großeltern, alle! Bei dem Gedanken wird ihm ganz feierlich zumute.

Auch über dem Wald ringsum liegt etwas Feierliches. Das sanfte Sausen oben in den Baumwipfeln. Wie ein Lied, das sie leise summen, so leise, daß man die Wörter nicht verstehen kann. Wovon singen solche hohen Baumwipfel?

Singen sie alle das gleiche Lied, oder hat jede Baumspitze ihr eigenes? Merkwürdig die Vorstellung, ein Baum zu sein. Das ganze Leben auf ein und demselben Flecken zu stehen und zu wissen, daß man nie, nie etwas anderes zu sehen bekommen wird, eine andere Landschaft, ein anderes Land.

Wird er einmal andere Länder zu sehen bekommen? Seine Mutter glaubt das. Sie sagt, er wird einmal viel reisen, denn heutzutage tun die Menschen das. Er ist schon in Oslo gewesen. Großmutter Ragnhild war dort zum ersten Mal, als sie neunzehn Jahre alt war, das ist fast erwachsen. »Ich war *schrecklich* erwachsen!« sagt sie, wenn sie darüber reden. »*Schrecklich* erwachsen!« nickt Großvater Lars dann und lacht über ein Geheimnis, das er und Großmutter nicht mit Jakob teilen wollen. »Erwachsene dürfen doch wohl auch Geheimnisse haben!« sagen sie, wenn Jakob drängelt.

Seine Mutter und der lockige Mann, haben die auch Geheimnisse, von denen sie ihm nichts erzählen wollen? Er weiß, daß der Mann der Freund seiner Mutter ist und daß sie sich küssen und schmusen und so was machen, wie die Tiere. »Tiere machen das nur, damit sie Junge bekommen, aber Menschen tun es die ganze Zeit«, hat Laila ihm erklärt.

In einem Sommer vor langer Zeit – vielleicht im letzten Jahr – nahm Laila Jakob mit in die Scheune, um ihm zu zeigen, was die Erwachsenen machen, wenn sie »es tun«. Aber es gelang ihnen nicht, »es zu tun«, »weil sein Penis zu klein war«, sagte Laila. »Die Erwachsenen tun es jede Nacht, wenn die Kinder schlafen«, sagte Laila.

Aber Jakob schert sich wenig darum. Er denkt eigentlich nicht gern daran und findet, Laila ist dumm, wenn sie davon anfängt. Laila, die angegeben hat, sie hätte »es schon getan«, aber das dürfe Jakob keiner lebenden Seele erzählen, »denn sonst bringe ich dich um!« hatte Laila gesagt.

Nein, Jakob hatte sich aus einem anderen Grund verdrückt. Es war, als wären die Mutter und der lockige Mann in einer durchsichtigen Blase. Oder als ob sie unter so einer runden Glasglocke stehen würden, wie sie die Großmutter für den Ziegenkäse benutzt.

Er ist sicher, daß die Mutter und der lockige Mann, der wohl Kjetil heißt, daß sie ihn nicht gesehen haben. Aber ihm kam es so vor, als hätten sie ihn trotzdem weggewunken. Ja, es ist, als könne er das vor sich sehen, wie er hier auf dem Stein sitzt und das Sausen in den Baumwipfeln über sich hört. Er kann sehen, wie die Mutter den einen Arm von Kjetils Hals nahm, kann sehen, wie die langen Locken über ihren Arm glitten, als sie die Handfläche zu ihm drehte und ihn wegwinkte, ohne daß die zwei Münder mit Küssen aufhörten.

Aber er weiß doch, daß sie das nicht getan hat. Sie hat es nicht getan! Trotzdem war es, als ob sie zu ihm sagen würde: Geh weg! Nicht wütend oder sauer, einfach nur: Geh weg!

Geh weg, mein Sohn.

50

Die Spannung, die seit der überraschenden Begegnung zwischen ihnen in der Luft lag, ist überwältigend. Sie liegt in allem, was sie tun. Sie ist in Kjetils Hand, als er Solfrid die Teetasse reicht und ihr dabei über den Kopf streicht, in dem

Blick, mit dem sie ihm dankt. Sie liegt bereit wie ein Lachen, in das auszubrechen sie sich nicht getrauen, denn wenn sie erst damit anfangen, werden sie nicht wieder aufhören können. Auch wenn sie sich unterhalten, liegt die Lust, von der sie beide wissen, daß der andere sie fühlt, wie ein intensiver Unterton über allem.

Solfrid fühlt sich an die Missionstreffen von früher erinnert. Sie weiß noch, wie Nils-Jan und sie nebeneinander auf kleinen Schemeln saßen und die Augen auf den Prediger gerichtet hielten. Sie wußten, sie durften nicht lachen. Während feierliche Ausdrücke wie »Jesu Braut zu sein« oder »wenn der Bräutigam kommt« über ihre Köpfe flogen, saßen sie da und spürten, wie das Lachen in ihnen aufstieg. Und sie erinnert sich, wie eine unbedeutende Bewegung mit dem Zeigefinger, ein vorsichtiges Winken, das nur eben den grauen Stoff seines Hosenbeins berührte, bei Nils-Jan das erste unterdrückte Kichern auslöste, das sie kopfüber in einen Lachanfall stürzte, der unmöglich zu stoppen war. Wie oft waren sie hinausgeflogen – was jedesmal eine Erlösung war.

Jetzt ist es Kjetil, von dem diese unbedeutende auslösende Bewegung ausgeht. Solfrids schlimmer Fuß ruht auf dem Tisch auf einem Kissen. Kjetils Hand hat lange direkt neben ihrem Fuß gelegen, er hat sich vorgelehnt und die Ellbogen auf die Tischkante gelegt. Jetzt streckt er den Zeigefinger aus und streicht damit vorsichtig über die blaugelbe Haut am Rist. Die Haut dort ist so überempfindlich, daß Sol bei der Berührung der Atem stockt. Gleichzeitig schaut Kjetil sie an, beide haben sie lange vermieden, einander anzuschauen, aber jetzt blickt er ihr jäh und direkt in die Augen.

Und dann ist es da. Es ist kein Lachen. Es ist kein Weinen. Es erinnert an beides, denn es trägt beides, Lachen und Weinen, in sich. Solfrid kann sich nicht erinnern, jemals eine solche Lust empfunden zu haben, eine Lust, die fast schmerzhaft durch den ganzen Körper zieht. Sie weiß nicht, ob diese Lust schlecht ist oder gut. Sie ist einfach nicht zu beherrschen. Als Kjetil sie hochhebt, legt sie die Beine um seine Hüften, der gesunde Fußknöchel stützt den verletzten.

Sie kommen bis hinter die Küchentür. Einer von beiden besitzt gerade noch die Geistesgegenwart, den Schlüssel umzudrehen. Sie kommen gar nicht mehr dazu, sich hinzulegen. Sie unternehmen erst gar keinen Versuch, die Kleider auszuziehen, finden auch so ans Ziel.

Sie spürt die glatte Messingstange des Herdes an ihren Handflächen, hört die Wanduhr ticken und eine Fliege, die eingesperrt hinter der Fensterscheibe summt. Sie sieht das schwarze Ofenrohr und wie es in der Wand verschwindet und weiß, daß ein Teil von ihr unbewußt nach Tönen von draußen lauscht, nach Schritten, Rufen. Einem Griff nach der Türklinke. Aber sie kümmert sich nicht darum. Sie ist so erfüllt von diesem anderen, spürt zum ersten Mal, wie sie an einem Punkt tief innen berührt wird. Das ist ein Gefühl, das sie schier um den Verstand bringt.

Anschließend lassen sie sich fallen in die Wärme der Küche, in ihre eigene. Kjetil ist so voller Zärtlichkeit, viel mehr als sonst. Solfrids unbeherrschte Lust hat ihn berührt. Er will einfach so über sie gebeugt stehen und sie streicheln. Er will sie beschützen und behüten. Er will ihr Gutes tun. Er will ihr Mann sein, mit allem, was das bedeutet.

Doch plötzlich fährt Sol zusammen und dreht sich um, so jäh, daß ihr verletzter Fuß gegen sein Bein tritt. Er starrt verdutzt auf ihr verzerrtes Gesicht. Was in aller Welt ist mit ihr los?

»Jakob!« stöhnt sie zwischen zusammengebissenen Zähnen, als sie zur Tür hinkt. Das klingt wie ein Vorwurf an Kjetil. Auf seine gekränkte Geste rüttelt Sol hitzig an der Tür, sie hat vergessen, daß sie sie abgeschlossen haben.

»Herrgott, verstehst du denn nicht!« faucht sie. »Deinetwegen hab ich tatsächlich mein Kind vergessen!«

51

Kjetil beruhigt Sol so weit, daß sie sich erst mal an den Gartentisch setzen und über Jakob reden. Kjetil war gleich um den Stall gegangen, um nach ihm zu schauen, aber etwas erleichtert stellen sie fest, daß er nicht in der Nähe war. Vermutlich ist er in seinem Bauerngarten. Oder er liegt auf dem Bauch und läßt Holzstöckchen auf dem Bach unter dem Felsvorsprung schwimmen.

Solfrid spürt, wie sich die Probleme türmen, als sie erst angefangen haben, über Jakob zu reden. Als sie angefangen hat, über Jakob zu reden. Er redet ja nie über Jakob. Fragt nie nach Jakob. Er kümmert sich ja gar nicht um Jakob!

Kjetil findet ihre Reaktion unangemessen und absurd, als sei das seine Schuld! Sie wollte es doch genausosehr. Und es kann auch nicht viel länger als fünf Minuten gedauert haben ... Er versucht es mit einem entwaffnenden Lächeln. Und natürlich muß sie ihm recht geben. Das war nicht seine Schuld. Darüber ist sie sich doch im klaren. *Sie* hätte an Jakob denken müssen. Denn Kjetil interessiert sich ja nicht für ...

»Aber ich habe Jakob ja noch nicht einmal kennenlernen dürfen! Ich kann mich doch nicht für einen Menschen interessieren, dem ich noch nie begegnet bin!«

»Aber er ist schließlich *mein Kind!*«

»Und genau deshalb ist es ja wohl an der Zeit, daß ich ihn begrüßen darf!«

Da hat er wohl recht. Solfrid muß sich widerstrebend eingestehen, daß sie diejenige war, die es bisher verhindert hat. Denn Kjetil hat schon öfter gesagt, daß er Jakob gern kennenlernen möchte. Er hat immer wieder gesagt, daß er gern mit zu ihnen nach Hause kommen und ihre Familie kennenlernen möchte. Sie war diejenige, die das nicht wollte.

In seiner Stimme und in seinem ganzen Auftreten ist irgend etwas anders als sonst. Nicht diese entwaffnenden Gesten. Er hat etwas Eigensinnig-Halsstarrisches an sich, das sie als neu erlebt. Und ihr wird plötzlich bewußt, daß sie es gut findet, etwas zu haben, wogegen sie ankämpfen kann. Er entzieht sich ihr nicht mehr sofort, wie er es früher getan hat. Oder ist das ihre Interpretation? Hat sie sich selbst genauso rasch zurückgezogen?

Mit einem Mal kann Solfrid sehen, welche enormen Erwartungen sie mit dem Treffen zwischen Kjetil und ihrem Sohn verknüpft hatte. Wie richtig alles sein sollte, wie sehr sich beide unbedingt sofort mögen sollten. Herrgott! Solche Erwartungen kann ja wohl niemand erfüllen! Denkt sie niedergeschlagen.

»Du findest, er ist ein Klotz am Bein!« sagt sie, kurz angebunden.

»Findest du das?« Er schaut sie mit einem Blick an, daß sie sich fühlt, als säße sie einem Psychiater-Kollegen von Christopher gegenüber.

»Schluß mit dieser Schein-Psychologie, spinnst du!« faucht sie wütend. Denn sie hat niemals! *niemals!* Jakob als einen Klotz am Bein empfunden. *Niemals!*

Kjetil beruhigt sie. Sie haben sich gegenseitig immerzu

beruhigt, jedesmal, wenn mit der Erregung das Stimmvolumen zunahm, so daß die Diskussion verhältnismäßig ruhig vonstatten ging. Der Junge muß doch ganz in der Nähe sein.

»Als ich klein war, mußte ich immer Krawatten tragen«, sagt Kjetil auf einmal.

»So.«

Er sieht Solfrids Verblüffung und reckt den Hals, gleichzeitig dreht er den Kopf und macht eine Bewegung mit den Fingern zum Hals, als ob er einen zu straff sitzenden Knoten lockerte. Das ist eine bekannte Geste, etwas, das sie bei ihrem Vater gesehen hat und bei anderen Männern, hundertfach. Aber bei Kjetil wirkt es vollständig fehl am Platz. Sie ist verblüfft, daß er das überhaupt kann. Sie hat ihn nie mit einer Krawatte gesehen.

Aber er hat eine Vergangenheit als gutgekleideter kleiner Dandy. Ein gutangezogener und herausgeputzter kleiner Herr, mit einer Krawatte, von der Mutter hübsch geknotet. Sie kann sich das unmöglich vorstellen, auch wenn er ihr davon erzählt hat. Und er mochte das! Er kannte keine andere Welt als die der Eltern, in die er eintrat, an der er teilnahm und aus der er zur Schlafenszeit wieder verschwand, mit einer Tanzschulverbeugung. Aber er weiß noch, daß er jedesmal vor den Spiegel im Schlafzimmer der Eltern trat, ehe er hinunterging. Denn er wollte ganz sicher sein, daß der Knoten, an dem er herumgebastelt hatte, ein bißchen schief saß.

Noch bevor er nach Norwegen zurückkam, begann seine Auflehnung gegen alle Konventionen. Alle brachte er mit seiner Rebellion zur Verzweiflung; der schiefe Krawattenknoten war erst der Anfang. Eine Zeitlang trug er das Haar bis auf den Rücken, und seine Sachen waren noch bunter und ausgefranster als die seiner Freunde.

Aber warum erzählt er jetzt davon? Für eine Sekunde sieht Solfrid ihr ganzes Leben vor sich, Jakob, die Schwiegereltern, den Hof, das Dorf, das Haus, das sie am Jakobshaug bauen will. Sie sieht es vor sich wie einen An-zug, in den sie Kjetil hineinzuzwängen versucht. Und der schiefsitzende Knoten? Steht der auch für seine Seitensprünge?

Es sind doch gar nicht so viele, beteuert Kjetil mit hängendem Kopf.

»Verstehst du nicht, daß ich furchtbar erschrocken war?« bricht es aus ihm heraus, so laut, daß sie ihm den Finger auf den Mund legt und sich gleichzeitig nach Jakob umschaut. Er hat sich noch immer nicht gezeigt, aber sie ist sicher, daß er nicht weit ist. Er geht nie weit weg. Er ist ja eigentlich sehr vorsichtig. Bestimmt ist er mit irgend etwas bei dem Felsen hinter der Scheune beschäftigt.

»Ich war furchtbar erschrocken«, wiederholt Kjetil leiser. Auch er blickt sich um. »Du hattest alles schon fertig. Haus und Familie und Kinder, alles war geplant. Man mußte nur noch einziehen. Aber Solfrid, versteh das doch, ich schaffe das nicht!«

Doch, irgendwie versteht sie ihn. Sie sieht, daß Kjetil nicht in ihre voreiligen Pläne paßt. Er hat einfach nicht den Wunsch, sich weit draußen auf dem Land niederzulassen.

»Es ist nur eine halbe Stunde Fahrzeit!« versucht sie es trotzdem.

Ja schon, aber er hat kein Auto, also kann sie doch auch pendeln! Sie kann ein bißchen in der Stadt bei ihm wohnen und ein bißchen zu Hause auf Ås. Und an den Wochenenden können sie ja alle drei zusammensein.

Es ist klar, sie müssen vieles durchsprechen, es gibt viele praktische Probleme zu lösen. Bei einer Sache ist Solfrid unnachgiebig: Sie will nicht, daß Jakob umziehen muß. Und sie will nicht von Jakob wegziehen. Damit ist ein Großteil der Bedingungen festgelegt.

Ja, ja. Nach und nach werden sie es herausfinden. Wichtig ist ja, daß sie darüber reden und daß sie beide bereit sind, aufeinander zuzugehen. Sie werden Veränderungen zulassen müssen.

Kjetil hatte stets Wert darauf gelegt, daß niemand ihn verändere. Aber kann man an Veränderungen nicht auch wachsen? Schwierig ist nur die Balance zwischen Veränderung und Manipulation.

52

Sie müssen seit Stunden geredet haben, unterbrochen nur durch das blitzartige Intermezzo, von dem sie beide noch immer eine angenehme Schwere spüren. Ja, sie kommen einer Lösung näher, verstehen sich plötzlich wieder besser. Keinem von beiden ist aufgefallen, daß die Sonne ganz langsam hinter dem Bergrücken verschwunden ist. Vom Hof und von dort, wo sie sitzen, ist die Sonnenwärme schon lange verschwunden. Solfrid hat Kjetils Jacke über den Schultern hängen. Vermutlich hat sie die schon lange um, kann sich aber nicht daran erinnern, ob er sie ihr umgelegt hat oder ob sie das selbst getan hat.

Sie ist so glücklich. Nach diesen nervenaufreibenden Wochen ist das ein schönes Gefühl. Bestimmt werden sie eine Lösung finden, wie sie zusammenleben können. Vielleicht nicht wie eine traditionelle Familie, aber trotzdem können sie es doch schön haben. Und Kjetil wird Jakob gern mögen. Wie könnte jemand Jakob nicht gern mögen?

»Ich muß ihn jetzt erst mal kennenlernen«, lächelt Kjetil. Und wieder verspürt Solfrid eine gewisse Unruhe, weil sich der Junge noch nicht gezeigt hat.

Aber ängstlich ist sie eigentlich noch nicht. Sie erwartet jeden Augenblick, daß Jakob auf den Hof gelaufen kommt, atemlos und mit roten Wangen: Hast du gerufen, Mutter? Aber wo bist du denn gewesen, mein Junge? Komm her und sag guten Tag ...

Erst nachdem sie mehrfach gerufen hat und nachdem Kjetil beim Felsen hinter der Scheune und bei der Quelle gewesen ist, ohne den Jungen zu sehen, wird sie wirklich unruhig. Wo in aller Welt steckt er? Sie sieht, wie Kjetil einen Blick in Richtung des kleinen Waldsees wirft. Die Oberfläche liegt ruhig da, nur hin und wieder kräuselt sich das Wasser, als wenn sich etwas Großes unter der dünnen Haut der Oberfläche voranbewegte.

Nein, zum See kann er nicht hinuntergelaufen sein. Sie ist sich sicher, daß er nicht zum See gegangen ist. Das tut er nie, ohne um Erlaubnis zu fragen. Außerdem würden sie ihn von hier oben gesehen haben. Sie weiß, daß sie ihn gesehen haben würde, wenn er dort gestanden hätte. Sie weiß, daß er nicht dort hinuntergegangen ist!

Kjetil läuft trotzdem hinunter. Außer Atem und erleichtert kommt er wieder herauf und erzählt, daß die Angelrute dort an die Birke gelehnt steht, wie sie es ihm erklärt hat. Auf jeden Fall hat Jakob nicht versucht zu angeln. Auch sonst war von ihm dort unten keine Spur zu sehen.

Aber davor hat Solfrid eigentlich keine Angst. Sie weiß, daß Jakob nicht allein zum Weiher gehen würde. Er ist viel zu ängstlich. Eigentlich ist er ziemlich wasserscheu. Sie hat große Anstrengungen unternommen, um ihn mit Wasser vertraut zu machen. Es ist geradezu ein Wunder, daß sie ihm das Schwimmen beibringen konnte, aber sie wollte das zu seiner Sicherheit unbedingt. Sie kann sich noch an Åshild, Harriets kleine Tochter, erinnern, die mit sechs Jahren im Fluß ertrank.

Jakob hat letzten Sommer das Schwimmen gelernt. Aber wenn die Mutter nicht mit ihm zusammen im Wasser war, hatte er noch immer Angst vor der Tiefe. Hin und wieder machte es sie wütend, daß ihr Sohn so wenig robust war. Sie selbst sei eine ordentliche »Range« gewesen, so drückte ihre Mutter es aus. Aber Nils-Jan war auch vorsichtiger und ängstlicher. Und Jakob ähnelt nun mal in vielem seinem Vater.

Deshalb ist sie sicher, daß er nicht weit weg sein kann. Vielleicht ist er irgendwo im Stall eingeschlafen. Sie schickt Kjetil hinein, um dort nach ihm zu suchen. Während er dort drinnen herumwühlt, denkt sie an eine Episode aus ihrer Kindheit. Eines der Kinder auf Rønningen brachte einmal eine ganze Konfirmationsgesellschaft durcheinander, indem es in der Scheune im Heu einschlief.

Aber Kjetil trägt keinen Jakob auf den Armen. Halbversteckt im Heu hat er einen alten dreibeinigen Melkschemel gefunden.

»Schau dir den an, ist der nicht schön?«

Sie wollen den Schemel abspülen und hier in der Küche benutzen. Noch ist keiner von beiden richtig ängstlich, nur besorgt. Denn wo in aller Welt kann der Junge geblieben sein? Wenn er hungrig ist, wird er schon zum Vorschein kommen, denkt Solfrid und merkt, daß sie etwas verstimmt ist. Jakob spielt doch wohl nicht Blindekuh mit ihnen?

Erst als blaugrau die Dämmerung hereinbricht, fängt Sol an, sich ernstlich Sorgen zu machen. Nach einer halben Stunde ist sie in Tränen aufgelöst, nach einer Stunde ist sie mit ihrem kranken Bein so viel herumgehinkt, daß sie gleichermaßen vor Schmerzen und vor Angst weint. Ihre Stimme ist von all dem Rufen heiser. Jakob ist nicht in der Nähe. Wenn er nicht ... Aber den Gedanken sprechen beide nicht aus.

Solfrid macht sich selbst und Kjetil Vorwürfe. Am meisten sich selbst. Wie konnte sie nur so egoistisch und gedankenlos sein! Vielleicht ist Jakob genau in dem Moment nach Hause gekommen, als sie und Kjetil gerade ... Sie errötet noch nachträglich bei dem Gedanken. Wenn der Junge nun draußen auf dem Hof gestanden und zugehört hat! Seine Mutter gehört hat ... Mit einem Mann, den er nicht kennt! Am Ende ist sie vor Schuldgefühl und Angst völlig verzweifelt.

»Gibt es nichts, wo er unbedingt hinwollte? Hat er nichts erzählt? Kann er nach Hause zu den Großeltern gegangen sein, zum Hof?« Kjetil zieht ein Taschentuch hervor, dem man ansieht, daß es schon ziemlich lange in seiner Tasche gesteckt hat.

Nein. Doch. Dann, nach einer ganzen Weile kommt sie aufs Echo. Daß sie beide heute morgen zum Echo unterwegs waren, aber wegen ihres Fußes umkehren mußten. Aber sie glaubt nicht, daß Jakob zum Echo gegangen ist. Er hat zuviel Angst, als daß er so weit alleine gehen würde. Außerdem weiß er, daß er dafür keine Erlaubnis bekommt. Kjetil entschließt sich trotzdem, dem Pfad ein Stück weit zu folgen und zu sehen, ob er den Jungen finden kann. Etwas anderes können sie doch nicht tun. Solfrid sitzt vollkommen aufgelöst im Korbstuhl und sieht ihn im Wald verschwinden.

53

Der Junge sitzt da und denkt, daß er nun ganz alleine ist. Er ist ganz allein im Wald, ohne Angst zu haben. Eine große Stille liegt hier drinnen über allem. Über den Ebereschen und den Haselbüschen, die die kleine Lichtung einfassen, und über der kleinen Fläche darüber, wo er sitzt. Über den Buchen dahinter mit ihren grauen Stämmen und über den dunklen Tannen. Ja, sogar über den bebenden Blättern der Espen liegt eine zitternde Ruhe. Es ist, als ob alle auf irgend etwas warteten. Auch der Junge.

Er ist bis zum Echo gekommen. Er hat es angerufen, nicht laut wie sonst, wenn er mit der Mutter hier ist. Hat es nur mit vorsichtigen Rufen hervorgelockt. Und es antwortete beinahe flüsternd, als er rief:

»Jakob!«

»akob-ob-ob-ob!«

»Bist du dort?«

»ort-ort-ort?«

Aber es ist irgendwie nicht so voll Gelächter wie sonst. Es ist nachdenklicher, als ob auch das Echo wartete. Lebt die Natur? Er meint wirklich leben, nicht nur, ob sie lebendig ist. So wie er? Nicht gerade, daß sie denken kann, denn das kann sie ja nicht, aber daß sie spürt, daß es sie gibt. Er kann das spüren. Daß es ihn gibt. Er kann nie aufhören, sich darüber zu wundern. Daß er hier drinnen ist, an der Innenseite von sich selber. Er weiß nicht mehr, wann er sich dessen bewußt wurde, ob das schon lange her ist oder erst kurze Zeit. Aber jetzt kann ihm dieses Wissen nicht wieder entwischen. Hier drinnen, in dem, was er ist, das, was alle anderen, Mutter, Großeltern, Sofie und Laila, alle Menschen als Jakob sehen, hier drinnen wird er sein ganzes Leben sein. Bis er stirbt.

Und was passiert eigentlich, wenn man stirbt? Großmutter Gudrun glaubt, daß er in den Himmel kommt, wenn er lieb war. Aber was, wenn er nicht lieb war? Darauf will sie nicht antworten. »Aber du bist ja lieb!« sagt sie nur. Aber er weiß, was sie glaubt. Er hat das in einem kleinen Buch in komischer Schrift gesehen, das bei Großmutter im Regal steht. Das Buch heißt ›Spiegel des Herzens‹, und darin sind viele Bilder von einem Mädchengesicht mit einem Herzen darunter. Auf einem der Bilder sitzt der Teufel auf einem großen Thron mitten im Herzen des Mädchens, und das Mädchen weint, weil es in die Hölle kommt, wenn es stirbt. Auf einem anderen Bild sitzt Gott zusammen mit zwei Engeln im Herzen. Das Mädchen lächelt froh, weil es lieb war und in den Himmel kommt.

Aber Großvater Herman glaubt nicht an die Hölle. »Wenn wir sterben, werden wir in die Erde gelegt, und dann kommen wir vielleicht wieder als eine schöne kleine Blume«, sagt er. Aber ich, der hier drinnen ich ist, was wird aus ihm? »Tot sein ist wie schlafen, nur ohne Träume«, sagt seine Mutter.

Aber wenn man schläft, muß man ja einmal aufwachen. Wenn nun der, der er ist, nicht der, der Jakob ist, sondern der hier drinnen ist, der, der spürt, daß er lebt, wenn der an einem ganz anderen Ort aufwacht, wenn er, Jakob, tot ist. Daß das eine ganz andere Person ist, die das gleiche Ich in sich hat, ohne Jakob zu sein? Ohne nur die geringste Spur von Jakob.

Der Wald ist so still. Nicht still wie tot, sondern voll von stillem, wartendem Leben. Worauf wartet er? Auf einem Baum genau hinter ihm hat eine Amsel zu flöten begonnen. Lange melancholische Töne, die sie mit Variationen bis ins Unendliche zu wiederholen scheint. Spürt der Vogel, der dort sitzt und singt, ohne daß Jakob ihn sehen kann, daß er *ist*, so wie Jakob das spüren kann? Und wartet er auch darauf, daß etwas passieren wird? Oder singt er nur, weil er dazu geschaffen worden ist, ohne eigentlich zu wissen, daß er ist?

Er wird aus seinen Gedanken gerissen, denn jetzt geschieht das, worauf alles hier gewartet hat. Es ist nichts Großes oder Dramatisches, nur ein lautloses kleines Naturphänomen.

Die grüne Fläche, auf der er sitzt, ist einem kesselförmigen Tal zugewandt. Direkt gegenüber ragt die Felswand nackt und steil auf. Und auch auf jeder Seite sind hochaufragende Berge, nackte Felsen, die das Echo wie einen klangvollen Ball zwischen sich hin- und herwerfen. Der Talkessel ist nicht sonderlich groß, nur gerade groß genug, daß es unmöglich ist, die Entfernungen richtig einzuschätzen. Man kann sich einreden, die Felswände seien mehrere Kilometer weit entfernt und die kleine Schlucht unter einem sei abgrundtief. Der hohle Widerhall zwischen den Bergwänden trägt seinen Teil dazu bei, das Gefühl der Größe zu verstärken.

Einmal muß es hier drinnen einen Erdrutsch gegeben haben, denn riesige Felsstücke liegen über die leicht geneigte Fläche verteilt. Steine, deren Größe unmöglich zu bestimmen ist, weil sie gleichzeitig ganz nahe und enorm weit entfernt zu sein scheinen. Sie sehen wie gigantische Riesen aus, die einmal vor tausend Jahren in der Bewegung innegehalten haben. Oder haben sie nur für eine Sekunde angehalten, um sofort weiterzustürzen? Der allergrößte ist oben ganz flach, darauf wächst eine kleine Birke, die wie eine Feder an einem Hut zwischen Farn, Wacholder und Heckenrosen aufragt.

Der Junge hat oft dagesessen und die Birke angeschaut

und sich gewünscht, er könne dort hinaufkommen. Wenn er ein Vogel wäre, könnte er hinfliegen und sich auf einem der oberen Äste niederlassen. Dort könnte er die Flügel ein wenig ausruhen, ehe er unter der steilen Felswand davongleiten würde. Er hat sich oft vorgestellt, wie es wäre, mit ausgebreiteten Flügeln zu gleiten, so nahe, daß er mit den äußersten Flügelspitzen fast den glatten Fels berühren würde.

Die Felswand gegenüber hat lange im Schatten gelegen, aber jetzt sieht der Junge, wie auf der einen Seite ein Streifen von goldenem Sonnenlicht erscheint und langsam über die dunkle, graue Fläche gleitet. Er hat das noch nie zuvor gesehen, und er begreift erst nicht, woher es kommt. Es ist, als ob jemand hinter ihm eine Tür einen Spaltbreit geöffnet hätte und aus einem erleuchteten Saal Licht herausfiele. Er dreht sich um, sieht aber hinter sich nichts anderes als den dunklen Wald, genau so, wie er immer aussieht. Nur ganz oben in einer Tannenspitze glitzert es, und der Junge begreift, daß dieses Licht, das er sieht, von der untergehenden Sonne kommt. Im Wald muß ein kleiner Spalt sein, durch den die letzten Strahlen hindurchfallen.

Wie schön das ist! Und so still! Ist es das, worauf alles hier drinnen gewartet hat? Die Bäume und das Gras, die Amsel und die anderen Vögel, haben sie gewußt, daß es kommen würde und sich darauf gefreut? Der schmale Goldstreifen arbeitet sich sachte über die Felswand voran. Er ist vollkommen senkrecht und reicht fast bis dorthin, wo der Fels endet und die Talseite darunter beginnt. Gleichmäßig und zielstrebig wird das senkrechte Band von der einen Seite zur anderen gezogen. Davor und dahinter ist alles grau, aber in dem kleinen Moment, in dem das Licht darauf trifft, glüht die Felswand in warmem Rotgold auf.

Ist es hier jeden Abend so? Oder nur genau zu dieser Zeit des Sommers? Er weiß, daß die Sonne jetzt am höchsten steht und daß es deshalb fast gar nicht Nacht wird. Vielleicht ist genau die kommende Nacht die kürzeste? Vielleicht ist der goldene Sonnenstreif nur heute nacht zu sehen? Und dann vergeht bis zum nächsten Mal ein Jahr. Hat nur er, als einziger auf der Welt, dies hier gesehen?

Der Sonnenstreif hat den großen Stein mit der Birke darauf erreicht. Für einen kleinen Moment trifft das Licht die oberste Baumspitze mit einem winzigen goldenen Blinken, als ob der Tag mit einem letzten Gruß und Dank die Feder am Hut rüttelte.

Der Junge schaut hingerissen dem wandernden, lebendigen Streifen Lichts zu. Über seinem Kopf singt ein Buchfink seine charakteristische Weise und ermahnt ihn, heimzugehen. Aber er will nicht nach Hause. Er will hier sitzen und die große schöne Stille spüren. Auch nachdem der Sonnenstrahl verschwunden ist und den Berg in einer graublauen Dämmerung zurückgelassen hat, bleibt er sitzen. Er ist nicht traurig. Er hat keine Angst. Er denkt an die Mutter und überlegt, ob sie ihn vermißt. Vielleicht sollte er nach Hause gehen, damit sie sich nicht zu ängstigen braucht. Aber er will nicht nach Hause. Bestimmt sitzt sie mit ihrem Freund zusammen und redet mit ihm. Ihm ist klar, daß sie viel miteinander zu bereden haben, denn er hat doch gemerkt, wie niedergeschlagen die Mutter gewesen ist. Warum können Erwachsene Kindern nicht mehr erzählen? Glauben sie, Kinder seien nicht in der Lage zu verstehen?

Er legt den Kopf in den Nacken und schaut auf zum Himmel. Der ist ganz hell, aber er kann gerade so eben einen Stern erkennen ... nein zwei ... nein drei. Dort oben sind drei Sterne, ein großer, der funkelt, und zwei etwas kleinere. Wie kommt es, daß er Sterne sehen kann, wo der Himmel doch nicht dunkel ist? Und wie kommt es, daß er sich nicht fürchtet? Eigentlich hat er doch immer Angst, wenn er allein ist.

Plötzlich weiß er mit einem kleinen, eiskalten Schauder: Wenn ich jetzt Angst bekomme, bin ich verloren. Dann traue ich mich nicht, durch den Wald zurückzugehen. Dann traue ich mich nicht, hierzubleiben. Aber er bekommt keine Angst. Er legt sich auf die grüne Wiese und sieht nach oben zu den drei Sternen. Über seinem Kopf hat der Buchfink sein Lied beendet.

54

Kjetil ist in das erste Waldstück gekommen, das mit den hohen geraden Buchenstämmen. Und mit einem Mal ist er wieder in der großen gotischen Kathedrale seiner Kindheit, in die seine Mutter ihn mitnahm. Er erinnert sich an die schweren Türen, bei denen er nicht an die Türklinke reichte. Er erinnert sich an gedämpfte Orgelmusik und brennende Kerzen in hohen Leuchtern.

Hier ist es weder hell, noch gibt es Musik, aber trotzdem ist ihm so wie in einer Kathedrale zumute. Das hat mit der Größe des Raums zu tun, mit den hohen grauen Säulen, dem mächtigen gewölbten Laubdach. Und dem Licht, das golden zwischen die Stämme einfällt. Auf dem Waldboden glänzt es in kleinen, weißen, sternförmigen Blumen. Über seinem Kopf singt ein Chor von Vögeln. Zuerst erscheint es ihm wie eine mannigfaltige Symphonie aus Wohlklang, aber nach einer Weile kann er die Vögel voneinander unterscheiden und hören, daß jeder seine Melodie hat.

Und jäh wird ihm klar: Darüber weiß ich gar nichts. Wenn dies eine Kirche in einer der großen europäischen Städte wäre, würde er anhand der Form der Säulen etwas über die Zeit sagen können, wann sie erbaut wurde. Er würde die hohen Bogen angeschaut haben, und ohne nachzudenken wäre ihm klar, dies ist eine gotische Kirche – oder eine romanische. Aber von diesen geraden hohen Stämmen, die hoch über seinem Kopf ein Laubdach tragen, kennt er den Namen nicht.

Er kennt auch nicht den Namen der sternförmigen Blumen zu seinen Füßen. Für ihn sind alle kleinen, weißen Blüten Buschwindröschen. Aber hätte er die gleichen Blüten auf einem Gemälde gesehen, würde er nach Technik und Farbwahl gesagt haben können, ob es von Monet oder Renoir gemalt worden war.

Nachdem er mit der Mutter in zahllosen Konzerten gesessen hat, hört er problemlos den Unterschied zwischen der Musik Händels und Vivaldis. Das gehört zu dem, was er in der Kindheit gelernt hat. Aber nie ist ihm in den Sinn gekommen, daß »Vogelgesang« nicht nur ein Oberbegriff ist wie »Musik« oder »Malkunst«.

Als er klein war, konnte er allein in einer menschenleeren Kathedrale sitzen und spüren, wie ihn ein großes und friedliches Gefühl erfüllte. Das hatte nichts mit Religion zu tun, fühlte sich aber trotzdem religiös an. Jetzt steht er mitten in einem Wald mit hohen Baumsäulen und das gleiche Gefühl erfüllt ihn. Aber das währt nur einen Augenblick. Er muß weiter, er ist unterwegs. Er sucht nach etwas.

55

Später kann der Junge unmöglich angeben, wann sich alles veränderte. Wann war die Stille plötzlich nicht länger friedlich? Wann verwandelte sich die geborgene Ruhe hier drinnen in etwas Schweres und Beunruhigendes? Als ein großer Vogel unten am Hang aufflatterte und über den dunklen Baumwipfeln verschwand? Entdeckte er die Dunkelheit zum ersten Mal, als er den schweren Flügelschlägen nachschaute? Unbarmherzig sickerte sie von allen Seiten herein. Nicht wie im Herbst dicht und pechschwarz, sondern dunkelblau und erschreckend groß. Als ob etwas dabei sei, einen dunklen Umhang über den Erdball zu ziehen.

Und plötzlich, übergangslos, ist ihm sterbensbang. Er weiß, daß er nicht wagt, durch den Wald zurückzugehen. Und er wagt nicht, auf der kleinen Fläche zu bleiben. Unter der wuchtigen Felswand auf der anderen Seite ist das Dunkel schwarz und undurchdringlich. Und zwischen der Wand und ihm ist der Abgrund genauso schwarz. Der riesige Stein mit dem Federbusch oben türmt sich wie der Kopf eines Riesen, mitten in der tiefen Schlucht. Als ob ein Troll seinen Kopf hochgehoben hätte, um sich umzuschauen. Hoho! Schwarze Nacht! Ja, das mochte der Troll! Sollte er sich vielleicht mit dem ganzen riesigen Körper aus der Erde herausrecken? Sich zu voller Größe erheben, leicht den Kopf schütteln, daß der Federbusch tanzt und sich umschauen: Was ist das für ein kümmerlicher Wurm, der wie ein kleines Kind bei dem Stein dort auf der Fläche sich zusammenkauert! Sollte man sich vielleicht die Mühe machen und genauer nachsehen?

Der Junge schluchzt vor Angst. Er wagt nicht, laut zu

weinen. Er wagt nicht, aufzustehen und wegzurennen. Er wagt nicht, nach der Mutter zu rufen, denn als er es einmal halblaut versucht, wird der Ruf unmittelbar aus der Dunkelheit ringsum zurückgeworfen:

»Mutter -ter-ter-ter!«

Es klingt, als ob einer lacht. Nicht das glockenhelle Lachen von Evines Elfen, was dort unten im Bach so lustig gluckert, sondern ein zischendes, gefährliches Gelächter. Dort ist einer, der ihn leise auslacht, drohend und böse. Er legt sich ins Gras, zieht die Knie bis unters Kinn, schlingt die Arme um den Kopf und weint. Tief drinnen im Wald hört er das Geräusch von etwas Großem, das sich bewegt.

Kjetil ist überrascht, wie rasch die Dunkelheit hereingebrochen ist. Ganz dunkel wird es jetzt im Sommer ja nicht, aber hier drinnen zwischen den Bäumen ist es doch immerhin so dunkel, daß er bereut, die Taschenlampe nicht mitgenommen zu haben, wie Solfrid es ihm vorgeschlagen hatte.

Er hatte noch nie Angst vor der Dunkelheit und an sich auch jetzt nicht. Aber es wird ihm schlagartig klar, daß Alleinsein hier im wilden Wald anders ist als in den nächtlichen Großstadtstraßen. In gewisser Weise ist es hier gleichzeitig größer und kleiner.

Mit den menschenleeren Straßen ist er vertraut. Auf dem Heimweg nach einem Fest hat er die Stille und das Alleinsein in den dunklen Stunden oftmals genossen. Aber die Dunkelheit in der Stadt ist nicht wie das dichte Dunkel hier zwischen den Stämmen. Es fällt ihm schwer, dem Pfad zu folgen, und er muß besonders gut achtgeben, damit er nicht über die hinterlistigen Wurzeln der Bäume stolpert, die sich so oft unter Kiefernnadeln und trockenem Laub verstecken.

In dem Dunkel schärft er alle seine Sinne und lauscht nach allen unbekannten Lauten. Für einen Moment scheint ihm, er hört Schritte auf dem Weg. Sind sie vor oder hinter ihm? Ein Tier oder ein Mensch? Kaltes Entsetzen packt ihn, ehe ihm klar wird, daß er seinen eigenen Herzschlag hört.

Er klettert schnell weiter, kommt zu dem schmalen Stück, das Solfrid ihm beschrieben hat, und schlängelt sich um den Vorsprung. Unwillkürlich schaut er zu der Geröllhalde unter sich. Das sind nicht viele Meter, aber trotzdem. Ein Kind könnte umkommen, wenn es unglücklich fällt. Glücklicherweise ist dort unten nichts zu sehen. Für einen Moment bleibt er stehen und starrt hinüber zur tiefen Schlucht, ehe er in das letzte Waldstück eintaucht. Ja, es ist ziemlich dunkel geworden.

Falls der Junge hier ist, muß er entsetzliche Angst haben. Wenn er, Kjetil, es schon ganz schön erschreckend findet, hier ganz allein zu gehen, wie muß das dann ein kleiner neunjähriger Junge erleben? Bei dem Gedanken beschleunigt Kjetil seine Schritte, gleichzeitig wird er unachtsam und stolpert prompt unter einer Tanne, deren schwere, pieksende Äste ihm ins Gesicht schlagen. An einem spitzen Stein schlägt er sich das Knie auf, bleibt aber ansonsten unverletzt. Verärgert schüttelt er Nadeln und Staub ab, dann beeilt er sich weiterzukommen.

56

Der Junge hat sich unter einem Haselstrauch zusammengekauert. Er kann nur noch denken, wie klein und ängstlich er ist. Beide Fäuste vor den Mund gepreßt, schluchzt er leise und vorsichtig, ängstlich bemüht, keinen Laut von sich zu geben, den dieses Große, das sich im Wald hinter ihm bewegt, hören könnte. Er weiß nicht, ob es weit weg ist oder in seiner Nähe. Es klingt, als machte es einen Bogen um ihn. Er hört Äste, die knacken, und das Geräusch der Zweige, wenn sie zurückschwingen, nachdem sie derjenige, der dort herumschleicht, zur Seite geschoben hat.

Ein plötzliches Krachen und ein dumpfer Aufprall lassen ihn noch mehr zusammenfahren, er preßt die Hände auf die Ohren. Eine ganze Weile hört er nichts als das kräftige Brausen in seinem eigenen Kopf.

Aus irgendeinem Grund muß er an das Pferd denken, das er erschreckt hat. Nachdem er am ersten Abend der Mutter davon erzählt hatte, war die ganze Geschichte in Vergessenheit geraten. Aber jetzt denkt er an das Pferd, an seine Angst.

Kann das ein Pferd sein, was er da hört? Oder vielleicht eins von Großvaters Kälbern? Er weiß, daß das Jungvieh eher in anderen Teilen des Waldes zu finden ist. Kann sich ein Tier bis hierher verirrt haben?

Dieser Gedanke kommt ihm wie eine Erleichterung. Mit einem Mal ist er sicher, daß das, was er im Wald hinter sich hört, eines der halbwüchsigen Kälber ist, wie er sie so gut vom Viehstall zu Hause auf Ås kennt. Vielleicht das schwarze Stierkalb mit dem weißen Fleck auf der Stirn? Das war immer so unbändig und eigensinnig. Würde ihn nicht wundern, wenn das den wackeligen Stacheldrahtzaun überwunden und sich auf einen Ausflug begeben hätte.

Er nimmt die Hände von den Ohren und hebt den Kopf. Soll er es wagen aufzustehen und es rufen? Aber die Geräusche sind jetzt verschwunden oder auf jeden Fall viel weiter weg, als ob sich das Wesen, das er hörte, oberhalb von ihm am Hang zurückgezogen hat. Es kann auch ein Reh gewesen sein, vielleicht das, was die Mutter vor einigen Tagen gesehen hat, und das eines Morgens, als sie in ihrem Korbstuhl saß, fast bis auf den Hof kam.

Ja, er will denken, daß es ein Reh war. Er will ganz still unter dem Haselstrauch liegen und an das Reh denken und an Evines Elfen und an all die schönen Dinge, die er kennt, bis es Morgen geworden ist oder bis die Mutter kommt oder vielleicht ihr Freund und ihn findet.

Hier drinnen kann der Junge unmöglich sein, das ist das erste, was Kjetil beim Anblick des kesselförmigen Tals, in das er hinaustritt, in den Sinn kommt. Über der wuchtigen schwarzen Felswand gegenüber liegt etwas so schrecklich Großes und Einsames, und auch über dem Hang mit den Silhouetten der darüber verstreuten Riesensteine. Hier draußen ist es heller als im Wald, aber trotzdem unheimlicher. Im kalten Licht des Mondes, den er vorher noch nicht wahrgenommen hatte, tritt die Landschaft mit scharfen Konturen hervor. Tief unten in der steilen Geröllhalde blinkt das Wasser des kleines Baches, dessen Rieseln er auch hören kann. Und überall liegen die steinernen Kolosse mit ihren dunklen Schatten. Unbeweglich in ihrer Unordnung, als ob sie jemand am Berg gelöst und in blinder Wut hinuntergeworfen hätte. Über dem ganzen Ort liegt eine unheimliche Stimmung. Jakob kann unmöglich hiergeblieben sein, nachdem es dunkel wurde.

Trotzdem ruft er seinen Namen. Er ruft halblaut, als ob er

Angst hätte, schlummernde Kräfte zum Leben zu erwekken. Und tritt unwillkürlich einen Schritt zurück als das Echo hohl aus allen Richtungen wiederholt:

»Jakob-akob-akob-ob-ob-ob!«

»akob-ob-ob!«

»ob-ob!«

57

Der Junge setzt sich auf und schaut sich verwirrt um. Hat er geschlafen? Ihm ist, als ob er sich erinnert, geträumt zu haben. Er träumte von Evine und ihren Elfen. Die waren hier, zusammen mit ihm. Wirbelten durchs Gras und schwebten schwerelos durch das Tal, um den Laut von seinem Namen einzufangen, den das Echo aus allen Richtungen zurückschickte. Er konnte Evine sehen, die oben auf dem flachen Stein stand und ihre flatternden Elfen in alle Richtungen dirigierte: Dort ist eins ... und dort eins. Die Elfen fingen die Echolaute ein, indem sie den Rocksaum ihrer Kleider anhoben und damit hoch zu Evine flogen. Ihre Flügel waren durchsichtig wie die der Libellen, und sie bewegten sich auf die gleiche unvorhersehbare Weise wie diese, ruckartig hierhin und dorthin. Mitten unter ihnen tanzte das schwarze Stierkalb mit dem weißen Fleck auf der Stirn. Es warf ausgelassen mit dem Kopf und stieß spielerisch nach den Elfen, wenn sie vorbeiflogen. Das Hinterteil stand in die Höhe.

Als Evine den Schoß voller Echolaute hatte, warf sie sie in die Luft, so daß sein Name durch das ganze Tal klang:

»Jakob-akob-ob-ob-ob-ob!«

Und Evine winkte und bat ihn, noch einmal zu rufen, denn wenn er nicht rief, gab es kein Echo.

Jetzt ist er hellwach. Er sieht die Schatten der steil aufragenden Felsen ringsum. Er sieht den Hang mit den Riesensteinen. Er sieht, daß die Sterne am Himmel von einem Mond Gesellschaft bekommen haben, der fast voll ist, und ihm wird klar, daß es deshalb heller ist als noch vor kurzem. Die Landschaft tritt mit klaren Konturen hervor, als ob es heller Tag sei. Aber einiges hat einen schwarzen Schleier angelegt. Wie damals, als er einen der alten schwarzen Seidenstrümpfe der Großmutter über den Kopf gezogen hatte und glaubte, ersticken zu müssen, weil er ihn nicht schnell genug wieder ausziehen konnte.

Genau diese verzweifelte Panik spürt er jetzt, als er hört, wie das Echo seinen Namen aus allen Richtungen zurückwirft. Nein, nicht genau dieselbe. Jetzt hat er mehr Angst. Damals war die Mutter zur Stelle und half ihm, den Strumpf abzuziehen. Jetzt ist er allein. Er sitzt allein auf einer Fläche im dunklen Wald und hört, wie das Echo seinen Namen wie ein unheimliches, gellendes Lachen zurückwirft. Aber er hat nicht gerufen.

Kjetil wird klar, daß er den Weg verloren hat und zu weit auf dem Geröll gelandet ist. Zu weit drinnen und zu hoch oben. Ein paarmal hat er versucht, den Jungen zu rufen, aber das Echo ist so stark und erschreckend, daß er keine weiteren Versuche mehr machen möchte. Er glaubt im übrigen auch nicht, daß der Junge ihm antworten wird.

Er ist ganz innen in der Talmulde aus dem Wald herausgekommen und will versuchen, den steilen Hang hinunterzukommen, bis zu der kleinen Fläche, die er im Halbdunkel weiter unten ausmachen kann. Nach Solfrids Beschreibung muß das die Stelle sein, die sie Echoplatz nennen. Es sieht aus, als wäre es mühsam, dorthin zu gelangen, aber nicht unmöglich.

Es ist für Kjetil wenig verlockend, wieder in den Wald zu treten. Die pechschwarze Dunkelheit zwischen den Stämmen hat etwas Erschreckendes, findet er. Nachdem er den Pfad verlassen hat, ging der Wald in Dickicht über, dort war es fast unmöglich, voranzukommen. Daß er hinfiel, machte die Sache nicht besser. Fast ohne die Hand vor Augen zu sehen, hat er sich vorangetastet, während ihm ständig Tannenzweige um die Ohren schlagen.

Jetzt steht er ein Stück weit draußen auf der abschüssigen Geröllhalde und sieht widerwillig auf die schwarze Wand des Waldes. Nein, dorthin will er nicht wieder! Da ist es besser, sich den Hang hinunterzubewegen. Er kann sehen, daß es möglich ist, aus dieser Richtung zu der kleinen Fläche zu gelangen, auch wenn die steinige Halde abschüssig und unwegsam zu sein scheint.

Vom Echo seiner eigenen Stimme kann er selber noch immer einen Schauder verspüren. Es klang unverkennbar wie ein lebendiges Wesen, ein unheimliches, gellendes Lachen, das von überall und nirgends herzukommen schien und für einen Augenblick die Luft erfüllte, bis es in überwältigender Stille erstarb.

Er sieht sich um und findet mit einem Mal, daß das Tal unbegreiflich groß ist und er selbst winzig klein. Links von ihm ragt der schwere steile Berg auf, rechts steht der Wald dicht und furchterregend. Mitten dazwischen in dem tiefen Talkessel steht er, angestrahlt vom klaren Mondlicht und wie niedergedrückt von all diesem Erhabenen, Großen. Er steht auf einer stark abschüssigen Unterlage aus kleineren Steinen, die sich anfühlen, als könnten sie, zusammen mit ihm, jeden Moment unter den Füßen wegrutschen.

Es ist so still. Kein Laut. Nicht einmal ein Windhauch in den Baumwipfeln. Nirgendwo ein lebendes Wesen. Wo ist er hingeraten? Wie kann man sich so allein fühlen? Vorsichtig bewegt er sich in Richtung der kleinen Fläche, etwas unterhalb von ihm.

58

Der Junge starrt mit weit aufgerissenen Augen hoch zu etwas, das sich hoch oben am Hang bewegt. Ist das eines der Kälber von zu Hause? Oder das Reh? Nein, das ist zu groß und zu langhaarig. Vielleicht ist es ein Bär. Vor Schreck fröstelt es ihn. Hier gibt es keine Bären, hat die Mutter gesagt. Aber trotzdem. Wenn es nun doch ein Bär ist, aus einem Zirkus oder einem Zoo ausgerissen. Nein, das ist kein Bär. Das kann er jetzt sehen. Das ist ein Mensch, auf dem Weg zu dem Felsvorsprung, auf dem er sitzt.

Er sieht, daß es ein Mensch ist, und ihm fallen die Spukgeschichten, die Laila so oft erzählt, ein. Und er merkt, daß er jetzt so viel Angst hat, daß jeder Gedanke aus seinem Kopf hinaus verschwindet. Nein, nicht hinaus. Für einen Moment sieht er sein Gehirn vor sich wie eine halbdunkle Grotte, in der sich die Gedanken erschrocken flach an die Wände pressen. Er starrt hinüber zu der Gestalt, die sich mit etwas zögernden Sprüngen nähert. Gleichzeitig sieht er den halbdunklen Grund des Gehirns, auf den sich kein einziger Gedanke mehr vorwagt, außer diesem einen, der vorsichtig hervorkriecht: Wenn ich mich noch mehr fürchte, sterbe ich vor Angst.

Und in demselben Augenblick ist noch ein Gedanke da. Flink und neugierig löst er sich von der Wand und saust blitzschnell über den leeren Fußboden des Gehirns, wobei er den ersten vorsichtigen Gedanken mit sich reißt: Kann man wirklich vor Angst sterben?

Mit weit aufgerissenen Augen starrt er zu dem Mann, der näher kommt, und läßt die Gedanken vortreten, einen nach dem anderen, wie er und die Klassenkameraden es zum Schuljahresabschluß bei der Zeugnisübergabe tun mußten.

Jetzt sitzt er hier und versucht Ordnung in seine erschrockenen Gedanken zu bringen, während er dem näher kommenden Mann entgegenstarrt. Die Gedanken treten vor, einer nach dem anderen, machen einen Diener und lassen den nächsten in der Reihe vortreten:

Der ist nicht gefährlich, tröstet der erste.

Das ist ein fremder Mann, flüstert der zweite erschrokken.

Es ist nicht sicher, daß er gefährlich ist, flüstert der dritte beruhigend, wird aber unbarmherzig von dem vierten ungestüm aus der Reihe geschubst:

Das ist bestimmt ein Geist!

Und jetzt sind alle Gedanken auf einmal da, kopfüber, ebenso unmöglich unter Kontrolle zu halten wie eine aufgeregte Schar Spatzen. Wenn das der Deildegast ist! Aber nein, der Deildegast hat große glühende Kohlenaugen! Dieser hier sieht aus wie ein gewöhnlicher Mann, der eine Geröllhalde herunterrutscht.

Aber wenn es ein Mörder ist!

Wenn es ein Geist ist!

Sind Geister von Toten gefährlich? Warum haben alle so viel Angst vor toten Menschen? Die können doch niemandem etwas Böses tun? Oder doch?

Wenn das mein Vater ist! Hellwach und klar ist der Gedanke plötzlich zur Stelle. Wenn das mein Vater ist, der oben in Großmutters Himmel gesessen und gesehen hat, wieviel Angst sein Sohn hatte. Kann der Vater sehen, was auf der Erde geschieht, auch wenn er tot ist?

Als er kleiner war, dachte Jakob oft an den Vater. Er dachte an all das, was er und der Vater zusammen hätten tun können, all das, bei dem Großvater Lars immer sagt, er könnte es nicht oder er hätte keine Zeit dafür. Manchmal träumte er, daß der Vater kommen und ihn holen würde, und sie würden weit in die Welt hinausfahren oder vielleicht nur bis in die Stadt und ins Café gehen und Kokosmakronen essen. Aber das ist lange her. Er denkt nicht mehr so viel an den Vater. Und er glaubt, Mutter auch nicht, nicht mehr so viel wie früher. Wenn alle aufgehört haben an die Toten zu denken, was wird dann aus ihnen?

Endlich hat Kjetil den Jungen entdeckt. Der Anblick läßt ihn anhalten, er ist unsicher, wie er weiter vorgehen soll. Jakob ahnt doch nicht, wer er ist. Unter die Erleichterung, den Jungen gefunden zu haben, mischt sich eine beinahe lähmende Ratlosigkeit.

Denn wie in aller Welt nähert man sich in dieser Umgebung, mitten in der finsteren Nacht einem wildfremden Kind, ohne es zu Tode zu erschrecken? Zögernd macht er einen weiteren Schritt, die Augen auf den Jungen gerichtet. Als er den Mund öffnet, um etwas zu sagen, vielleicht den Namen des Jungen, wackelt der Stein, auf dem er steht. Es gelingt ihm, sich mit einem Satz in Sicherheit zu bringen, ehe sich der große Stein in Bewegung setzt und die Geröllhalde hinunterkracht.

59

Es ist kein großer Bergrutsch, nur dieser eine Stein, so groß wie eine Bierkiste, denkt der Mann. Wie die Treppenstufe vor der Küchentür, denkt der Junge. Es werden ein paar kleinere Steine mitgerissen, aber eine Geröllawine kann man das nicht nennen.

Trotzdem ist das Geräusch ohrenbetäubend. Der Knall, wenn einer der abwärts springenden Steine auf einen anderen trifft, wird von allen Seiten zurückgeworfen, mit dem hohlen Echo, das alle Geräusche hier hervorrufen. Einige Sekunden lang poltert und kracht es wie ein kleines Gewitter, dann ersterben die Laute, und alles wird ganz, ganz still.

Kjetil sieht den Jungen an. Er wirkt so klein und ängstlich, wie er dort fröstelnd in dem kurzärmeligen T-Shirt steht, dort auf dem Absatz direkt über ihm. Bis jetzt schien es hier noch verblüffend warm zu sein, vielleicht weil Steine und Felsen die Wärme des sonnigen Tages noch nicht vollständig verloren haben. Aber auf das Gras, wo der Junge gesessen hat, ist Tau gefallen, und das T-Shirt ist dunkel von Feuchtigkeit. Mit großen Augen starrt er den Mann an, der zu dem Vorsprung hochklettert, auf dem er steht.

Kjetil ist einige Meter hinuntergerutscht, als sich der Stein löste, und muß wieder ein Stück hinaufklettern, um zu dem Absatz zu gelangen. Als er genau auf einer Höhe mit dem

Jungen ist, der ganz am Rand steht, hält er inne, und sie schauen sich an.

»Hallo, Jakob«, sagt er und lächelt, »deine Mutter hat mich geschickt, um dich zu holen. Du bist doch Jakob?« Er lächelt ein bißchen über die unnötige Frage. Als ob es in diesem Wald von abhanden gekommenen kleinen Jungen wimmelte!

Der Junge lächelt ein schüchternes, vorsichtiges Lächeln. Er streckt die Hand vor, als ob er Kjetil beim letzten Schritt auf den Vorsprung helfen wollte. Kjetil ergreift seine Hand und springt hinauf, neben ihn.

»Ja«, sagt der Junge und seine Stimme weckt ein schlafendes kleines Echo, ein Echo, das sie gerade nur so eben hören können.

»Ja, ich bin Jakob.«